Geld und Geist

oder

Die Versöhnung

Jeremias Gotthelf: Geld und Geist oder Die Versöhnung

Berliner Ausgabe, 2017, 4. Auflage
Durchgesehener Neusatz mit einer Biographie des Autors bearbeitet
und eingerichtet von Michael Holzinger

Erstdruck in: Bilder und Sagen aus der Schweiz, Solothurn 1843/44.

Textgrundlage ist die Ausgabe:
Jeremias Gotthelf: Ausgewählte Werke in 12 Bänden.
Herausgegeben von Walter Muschg, Zürich: Diogenes, 1978.

Herausgeber der Reihe: Michael Holzinger
Reihengestaltung: Viktor Harvion
Umschlaggestaltung unter Verwendung des Bildes:
Gemälde von Johann Friedrich Dietler, 1844

Gesetzt aus der Minion Pro, 10 pt

ISBN 978-1482522242

Das wahre Glück des Menschen ist eine zarte Blume, tausenderlei Ungeziefer umschwirret sie, ein unreiner Hauch tötet sie. Zum Gärtner ist ihr der Mensch gesetzt, sein Lohn ist Seligkeit, aber wie Wenige verstehen ihre Kunst, wie Viele setzen mit eigener Hand in der Blume innersten Kranz der Blume giftigsten Feind; wie Viele sehen sorglos zu, wie das Ungeziefer sich ansetzt, haben ihre Lust daran, wie dasselbe nagt und frißt, die Blume erblaßt! Wohl dem, welchem zu rechter Zeit das Auge aufgeht, welcher mit rascher Hand die Blume wahret, den Feind tötet; er wahret seines Herzens Frieden, er gewinnt seiner Seele Heil, und beide hängen zusammen wie Leib und Seele, wie Diesseits und Jenseits.

Im Bernbiet liegt mancher schöne Hof, mancher reiche Bauernort, und auf den Höfen wohnt manch würdiges Ehepaar, in ächter Gottesfurcht und tüchtiger Kinderzucht weithin berühmt, und ein Reichtum liegt da aufgespeichert in Spycher und Kammer, in Kasten und in Kisten, von welchem die luftige neumodische Welt, welche alles zu Geld macht, weil sie viel Geld braucht, keinen Begriff hat. Bei allem diesem Vorrat liegt eine Summe Geld im Hause für eigene und fremde Notfälle, die in manchem Herrenhause jahraus, jahrein nicht zu finden wäre. Diese Summe hat sehr oft keine bleibende Stätte. Wie eine Art von Hausgeist, aber keine böse, wandert es im Hause herum, ist bald hier, bald dort, bald allenthalben: bald im Keller, bald im Spycher, bald im Stübchen, bald im Schnitztrog und manchmal an allen vier Orten zu gleicher Zeit und noch an ein halb Dutzend andern. Wenn ein Stück Land feil wird, das zum Hofe sich schickt, so wird es gekauft und bar bezahlt. Vater und Großvater sind auch nie einem Menschen etwas schuldig geblieben, und was sie kauften, zahlten sie bar und zwar mit eigenem Gelde. Und wenn Verwandschaft oder in der Freundschaft und in der Gemeinde ein braver Mann in Geldverlegenheit war oder einen Schick zu machen wußte, so wanderte dieses Geld hierhin und dorthin, und zwar nicht als eine Anwendung, sondern als augenblickliche Aushülfe, auf unbestimmte Zeit, und zwar ohne Schrift und Zins, auf Treu und Glauben hin und auf die himmlische Rechnung, und zwar eben deswegen so, weil sie noch an ein jenseits glaubten, wie recht ist.

In die Kirche und auf den Markt geht in ehrbarem Halblein der Mann, und die Erste des Morgens und die Letzte des Abends schaltet die Frau im Hause, und keine Speise kömmt auf den Tisch, welche sie nicht selbst gekocht, und keine Melchter in den Schweinstrog, in die sie nicht mit blankem Arme gefahren wäre bis auf den Grund.

Wer solche adeliche Ehrbarkeit sehen möchte, der gehe nach Liebiwyl (wir meinen nicht das in der Gemeinde Köniz, wissen auch nicht, ob sie dort gefunden würde). Dort steht ein schöner Bauerhof hell an der Sonne, weithin glitzern die Fenster, und alle Jahre wird mit der Feuerspritze das Haus gewaschen. Wie neu sieht es daher aus und ist doch schon vierzig Jahre alt, und wie gut das Waschen selbst den Häusern tut, davon ist es ein täglich Exempel.

Eine bequeme Laube, schön ausgeschnitzt, sieht unterm Dach hervor; rings ums Haus läuft eine Terasse, ums Stallwerk aus kleinen, eng gefügten Steinen, ums Stubenwerk aus mächtig großen Platten. Schöne Birn- und andere Bäume stehen ums Haus, üppig grünt es ringsum; ein Hügel schirmt gegen den Bysluft, aber aus den Fenstern sieht man die Berge, die so kühn und ehrenfest Trotz bieten dem Wandel der Zeiten, dem Wandel der Menschen.

Wenn Abend ist, so sieht der Besucher neben der Türe auf einer Bank einen Mann sitzen, der ein Pfeifchen raucht und dem man es ansieht, daß er tief in den sechziger Jahren steht. Unter der Türe sieht er zuweilen eine lange Gestalt mit freundlichem Gesichte und reinlichem Wesen, welche dem Mann etwas zu sagen oder etwas zu fragen hat, das ist des Mannes Frau. Hinten im Schopf tränkt ein hübscher Junge, schlank und keck, die schönen Braunen, während ein älterer Bruder Stroh in den Stall trägt, und aus dem Garten hebt sich aus Kraut und Blumen herauf zuweilen ein lustiges Meitschigsicht und frägt die Mutter, ob es etwa kommen solle und helfen, oder schimpft über Wären im Kabis, über Katzen im Salat, über Mehltau an den Rosen und frägt den Vater, was gut sei dagegen. Diensten und Tauner kommen allgemach vom Feld heim, ein Huhn nach dem andern geht zSädel, während der Tauber seinem Täubchen noch gar emsig den Hof macht.

Ein solches Bild hätte man fast alle Abende vor Augen gehabt, wenn einer vor fünf oder sechs Jahren vor jenem Hause zu Liebiwyl stillegestanden wäre, und wenn er dann die Nachbaren oder eine alte Frau, welche etwas unterm Fürtuch gehabt, gefragt hätte, was das für Leute wären, so hätte er in Kürze ungefähr Folgendes vernommen.

Das seien bsunderbar gute und grausam reiche Leute. Als sie vor ungefähr dreißig Jahren Hochzeit gehabt hätten, da seien sie das schönste Paar gewesen, welches seit langem in einer Kirche gestanden. Mehr als hundert Wägelein hätten sie zum Hochzeit begleitet, und noch Viele seien auf den Rossen gekommen, was dazumal viel mehr der Brauch gewesen als jetzt, ja sogar das Weibervolk hätte man zuweilen auf Rossen gesehen und bsonderbar an Hochzeiten. Das Hochzeit habe drei Tage gedauert, und an Essen und Trinken sei nichts gespart worden, man hätte landauf, landab davon geredet. Aber dann hätte es auch Hochzeitgeschenke gegeben, daß es ihnen selbst darob übel gegruset hätte. Zwei Tage lang hätten sie mit Abnehmen nicht fertig werden können und noch Leute zur Hülfe anstellen müssen; aber ein berühmterer Bauernort sei auch noch nie gewesen das Land auf, das Land ab.

Einen solchen Hof, von den schönsten einen und ganz bezahlt und manchtausend Pfund Gülten dazu, das finde man nicht allenthalben. Sie hätten es aber nicht für sich alleine, die wüßten noch, daß die Reichen Verwalter Gottes seien und von dem erhaltenen Pfund Rechnung stellen mußten. Wenn jemand sie zu Gevatter bitte, so sei es nie Nein, und die meinten nicht, seit das Holz so teuer sei, hätten arme Leute keines mehr nötig. Die Diensten hätten ihre Sache wie nicht bald an einem andern Ort; da meinte man noch nicht, es müsse alles an einem Tage gearbeitet sein und dazu sei es schade um ein jegliches Tröpflein gute Milch, welches ihnen vor die Augen komme.

Kurzum das seien rechte Leute, und einen Frieden hätten sie unter sich, wie man sonst selten antreffe; da sei das Jahr aus, das Jahr ein lauter Liebe und Güte, es hätte noch niemand gehört, daß eins dem Andern ein böses Wort gegeben. Wenn es unter der Sonne Leute gebe, welche es hätten, wie sie wollten, und nichts zu wünschen, so seien es die; öppe glücklichere Leute werde man nicht antreffen.

So urteilten die Leute und hatten dem Anschein nach vollkommen recht, und doch war auch hier wahr, daß jedermann seine Bürde schwer finde und daß den meisten Lebensbürden die Eigenschaft anwohne, daß sie immer schwerer werden, je länger man als Bürde und ununterbrochen sie trage, daß ihre Last zu einer Unerträglichkeit sich zu steigern vermöge, in welcher jedes andere Gefühl, jedes Glück und jede Freude untergeht. Allerdings hatten sie sehr lange, was man so sagt, recht glücklich mit einander gelebt; doch war es auch wahr geblieben, daß an allen Orten etwas sei, aber dieses Etwas blieb nur vorübergehend, ward nicht zur andauernden Empfindung und kam nie vor die Leute.

Es ist kurios, wie das, was die Menschen im Allgemeinen so oft gegen einander aufregt, so gerne trennend ebenfalls zwischen Eheleute kömmt; ich meine das zeitliche Gut. Nur wo ein Instrument rein gestimmt ist, klingt es bei kundiger Berührung rein wider, wo aber das Instrument unrein geworden, antwortet es mißtönend auch der kundigsten Hand, auch bei der leisesten Berührung. Es scheint, das Verhältnis zweier Eheleute, wo Beide ein Interesse haben, Beiden das Gut gemeinsam gehört, Beide jeglichen Schaden gemeinsam fühlen, sollte dem Zwiespalt vorbeugen, aber eben das ist, was ich meine: Friede und Zwiespalt liegen nicht in den Verhältnissen, sondern in den Herzen. Man wird mir etwas zugeben, man wird sagen: ja, wo alles Vermögen vom Manne kommt, wo er alleine alles verdient und das Weib nichts mitgebracht hat, da geschieht so etwas gerne, oder wo vom Weib alles kömmt und von dessen Sache der Mann lebt, ebenfalls; da wird das rechte Maß selten gefunden, und das Eine meint, es möge alles erleiden, und das Andere, man sollte es bei jedem Kreuzer zeigen, wem es gehöre und wem man es verdanke. Oder, wird man sagen, wo ein Mann haushälterisch ist und das Weib vertunlich, wo der Mann alles zu Ehren ziehen möchte und das Weib von nichts den Wert kennt und alles an die Kleider hängen möchte, oder wo der Mann gutmeinend ist, das Weib aber den Geizteufel im Leibe hat, wo der Mann will, was Recht und Brauch ist, das Weib aber Kaffeebohnen zählt und niemand was gönnt, da muß es Streit geben, da kann es nicht anders sein.

Allerdings, so ists. Aber es gibt nicht bloß Streit, sondern noch Schlimmeres als Streit, andauernden Zwiespalt, und zwar nicht bloß wegen Lastern, sondern noch weit mehr wegen Eigentümlichkeiten, und zwar auch da, wo man in der Hauptsache durchaus einig ist.

Unsere Eheleute waren Beide von Haus aus reich, Keines hatte dem Andern etwas vorzuhalten. Er hatte den Hof geerbt mit wenig Schulden, sie ungefähr vierzig, oder fünfzigtausend Pfund eingebracht. Beide waren haushälterisch, gaben wenig Geld für Unnützes aus, zogen alles bestmöglichst zu Ehren, gingen wenig von Haus, waren dabei guten Herzens, dienstbar, hülfreich und wohltätig. Nach altländlicher Sitte hatten sie auch das Geld gemein, die Frau ging über das Schublädli so gut wie der Mann, und vom Auf, schreiben der täglichen Ausgaben und Einnahmen war keine Rede. Zu diesem Schublädli hatten sie nur einen Schlüssel, und wenn eins denselben von dem Andern forderte, so fragte nie eins das Andere, für was es Geld nehmen wolle.

Christen, der Mann, hatte eine behagliche Natur; wenn er an

der Arbeit war, so tat es ihm selten einer zuvor an Fleiß und Geschick, aber Mühe kostete es ihn, an die Arbeit zu gehen.

Er schob nicht ungern von einem Tag zum andern auf, und was sich ihm heute nicht schicken wollte, schickte sich ihm selten schon morgen. Es mochte Wetter sein, wie es wollte, so fing er nie eine der großen Sommerarbeiten im Lauf einer Woche an. Wenn alles um ihn her zappelte, so sagte er ganz kaltblütig, wenn das Wetter gut bleibe, so wolle er am nächsten Montag auch anfangen, aber so in der Mitte der Woche möge er nicht; der Vater hätte es auch nie getan, und das sei ein Mann gewesen, es wäre gut, es würde noch viele solche geben. Wenn es aber am nächsten Montag nicht schön Wetter war, so wartete er ruhig noch eine Woche ab. Er hätte noch nie gesehen, daß man im schlechten Wetter gutes Heu mache, und wenn es genug geregnet hätte, so werde es auch wieder gut Wetter werden. So kam es dann allerdings, daß er gewöhnlich zuletzt fertig ward mit einer Arbeit und zu vielem keine Zeit fand. Er meinte aber, wenn man schon seine Leute nicht eis Tags töte, so zürnten sie einem deswegen nicht, und wenn das Vieh auch nicht sei was Menschen, so solle man doch auch Verstand gegen dasselbe haben, wofür hätte man ihn sonst. Es sei Mancher, er gönne keine Ruhe weder Menschen noch Vieh, aber er sehe nicht, daß die gar weit kämen; was sie erzappelten, könnten sie dem Doktor geben oder dem Schinder. Die Tiere, welche er hatte, waren ihm alle lieb, und wenn er eins fortgeben sollte, so wars, als wollte man einen Plätz von seinem Herzen damit. Er löste daher aus seinem Stall nicht viel, und mit den höchsten Preisen machte man ihm nichts feil, wenn es ihm eben ins Herz gewachsen war.

Daneben, wenn er jemand etwas fahren, mit einem Pferd einen Dienst leisten sollte, so sagte er niemand ab, war dienstfertig in alle Wege, nur Geld schenkte er nicht gerne. Es hielt ihn überhaupt hart, es auszugeben. Man wüßte nicht, wie hart es ginge, bis man es hätte, sagte er, und wenn man es einmal fort hätte, so hätte es eine Nase, bis man wieder dazu käme.

Anders war darin Änneli, seine Frau. Die war ein rasches Mädchen gewesen und hatte sich dreimal umgedreht, während eine Andere einmal. Kuraschiert ging sie an alles hin, und an den Fingern blieb ihr nichts kleben. Sie war in ihrer Jugend viel gerühmt worden von wegen ihrer Gleitigkeit; so ging es ihr bis ins Alter nach, daß sie gerne voran war in allem. Es gehe in einem zu, sagte sie, und wie viel Zeit man gewinne das Jahr hindurch, wenn man alles rasch angriffe, wüßte man nicht, man könnte es mit fast ds Halb weniger Leuten machen. Z'gyzen begehre sie nicht, Gott solle sie davor behüten; aber wenn man Kinder hätte, so müsse man immer daran denken, daß sich einst das Gut verteile, und wenn man es mit dem ganzen Gut bösdings machen könnte, wie sollten es dann die Kinder machen mit dem halben oder einem Viertel? Dann kämen ihr auch immer die vielen armen Leute in den Sinn, denen man helfen sollte, für die hatte man nie zu viel. Und allerdings war Änneli bsunderbar gut und konnte niemandem etwas absagen; die Kleider gab sie fast vom Leibe, äsiges Zeug, was man wollte, ja selbst Geld schlüpfte ihr durch die Finger, wenn sie gerade im Sack hatte. Zu allen Tageszeiten sah man arme Leute, besonders Weiber mit Säcklein, kommen und gehen. Böse Leute redeten ihr nach, einesteils sei sie gerne eine berühmte Frau und besser als andere Weiber, anderntels höre sie gerne, was in andern Häusern sich zutrage, und das arme Weib kriege am meisten, welches am meisten Böses von den Nachbarsweibern zu berichten wüßte. So redeten die andern Weiber. Es war aber vielleicht nur Neid, weil sie nicht so gerne und aus gutem Herzen gaben wie Änneli, daß sie ihr so etwas andichteten.

So waren also Christen und Änneli in der Hauptsache einig und gleich gesinnt. Beide wollten ihr Gut verwalten, daß sie es einst vor Gott verantworten könnten, wollten gut sein und doch an die Kinder denken, aber jedes hatte dabei seine eigentümliche Weise; Christen wollte zusammenhalten, was er einmal hatte, Änneli wollte sich um so rascher rühren und aus allem den rechten Nutzen ziehen, damit sie dem Dürftigen um so treuer helfen könnte in seiner Not.

So war die Art eines jeden, aber das Eine störte das Andere in seiner Art viel weniger, als man hätte glauben sollen. Es schien allerdings manchmal dem Christen, als ob seine Frau zu gut wäre und jedem Klapperweib Glauben gebe, und als würde das, was sie auf diese Weise unnütz ausgebe, ein artig Sümmchen ausmachen. Allein da er nicht meinte, er müsse alles gleich sagen, was ihm in Sinn kam, so hatte er Zeit zu vergleichenden Betrachtungen. So dachte er, ein jeder Mensch hätte etwas an sich, und er wolle doch lieber, Seine sei zu gut als zu bös, und daneben sei sie doch sparsam, für die Hoffart brauche sie nichts; mit dem Haushalten möge sie nicht bald eine, und wenn es Ernst gelte, schaffe sie für Zwei und brauche nicht eine Jungfrau hinten und vornen. So möge es schon etwas erleiden, und er könnte leicht eine haben, welche viel mehr brauchte und dazu nicht verrichtete, was sein Änneli.

Änneli kam es allerdings manchmal bis in die Fingerspitzen,

wenn ein Metzger für eine Kuh bot, daß es ihr schien, sie dürfte das Geld kaum nehmen, und die Kuh gab wenig Milch, nicht einmal gute und nur kurze Zeit. Die Kuh war nichts als schön, und Christen konnte doch nicht von ihr lassen, nahm das Geld nicht, behielt sie im Stalle, wo sie nichts nutzte, als einer bessern den Platz zu verschlagen und daß hie und da jemand sagte: Das sei die schönste Kuh in manchem Dorfe weit herum, man könne weit laufen, ehe man eine solche antreffe. Und manchmal kam es ihr vor, als sollte sie aus der Haut fahren, wenn die Sonne so warm am Himmel stand, das Korn so reif auf dem Felde, der Montag war aber noch nicht da, und Christen saß behaglich ums Haus herum oder ging erst ans Bändermachen, welche in andern Häusern längst fertig waren. Und wenn dann endlich der Montag kam und mit ihm alle die vielen Leute, welche Christen nötig glaubte, für welche alle Änneli kochen mußte, und eine Wolke stand in einer Ecke am Himmel, und von wegen der Wolke stand Christen mit allen seinen Leuten vom Morgenessen bis zum Mittagessen ums Haus herum, werweisend, ob sie einhauen wollten oder nicht, und sie kamen am Mittag alle wieder zum Essen, und kein Halm war noch abgehauen, so wollte es Änneli fast über den Magen kommen, und es legte sich wie ein Stein über ihr Herz.

Und dann dachte sie, es müsse jeder Mensch seine Fehler haben und jeder seine Bürde, und wenn Christen nicht so wäre, so hätte sie auch gar nichts und müßte fürchten, daß etwas viel Ärgeres käme. Darum wollte sie sich auch nicht beklagen; andere Weiber hätten es ja viel schlimmer, und während der Mann alles vertäte, sollten sie nichts brauchen. Und was hätte sie davon, wenn ihr Christen in alle Spitzen gestochen wäre und in allem der Erste, und er wäre dann wüst gegen sie und gegen Andere, gönnte niemand etwas und dächte nur ans Raxen und hätte kein Herz als nur fürs Geld und das Fürschlagen? Sie wollte doch mit hundert Andern nicht tauschen, und wenn Christen auch nicht der Erste hinterm Korn sei, so sei er auch nicht der Erste hinterm Wirtshaustische, und wenn er auch oft der Letzte im Heuet sei, so sei er doch nie der Letzte, der von einem Markt heimkomme oder sonst von einer Lustbarkeit, und wenn man so eins ins Andere rechne, so wüßte sie nur zu rühmen, und Sünde wäre es, zu klagen, und Keinen wüßte sie, an welchen sie ihren Christen tauschen möchte.

Wo das Gemüt der Menschen noch auf diese Weise rechnet, da weist es sich nicht nur zurecht, sondern es ist auf dem Wege zur Zufriedenheit mit seinem Schicksale, ist rechter Dankbarkeit gegen Gott fähig, nimmt dem Mißgeschick seinen Stachel, den

Fehlern der Mitmenschen ihre Säure. Nur da, wo der Gesichtskreis sich verengert, so daß man das Gute nicht mehr sieht, sondern nur das Böse, wo das Gefühl sich schärft für das Unbeliebige und in gleichem Maße der Sinn abnimmt für das Dankenswerte, nur da ist das Unglück fertig und der Abgrund öffnet sich, aus welchem als grauenvolles Gespenst die Zwietracht steigt. Wie der östreichische Soldat auf die Haselbank, ist der arme Mensch mit seinen eigenen Gedanken fast wie mit seinen Haaren gefesselt an das, was ihn drückt, beschwert, kann nicht mehr loskommen, stöhnt, klöhnt, zappelt, zanket, webert, wimmert, aber alles umsonst, er ist angeschmiedet mit Fesseln, gegen welche keine Feile hilft. Menschen können ihm nicht helfen, und Gott will es nicht, denn wer sich hinstreckt auf diese Bank, der hat auch von Gott gelassen.

Christen und Änneli waren also allerdings glücklich und auf dem Wege zu noch größerem Glück, weil sie sich und ihr Geschick wogen mit der Wage der Dankbarkeit, welche der Mensch Gott schuldig ist.

Nun geschah es freilich auch, daß dem Einen oder dem Andern ein empfindlich Wort entfuhr, aber so verblümt, daß es unter vielredenden Stadtleuten nicht einmal beachtet worden wäre. Daß Christen zum Beispiel sagte, wenn Änneli es anbot, ein Schnäfeli Fleisch ihm ins Hinterstübli zu stellen: »He, es ist mer gleich, wenn du noch hast.« Das fühlte Änneli schon als Trumpf, weil sie das Bewußtsein hatte, daß sie allerdings aus Erbarmen manches weggegeben, was Christen auch genommen und vielleicht vermißt hatte. Wenn aber Christen so drehte und an nichts hin wollte und seine vielen Leute im Taglohn, aber nicht an der Arbeit hatte, so gramselte es Änneli wohl in den Gliedern und es entfuhr ihm die Frage: Wenn sie nichts zu tun wüßten, so wollte es sie an den Kabis z'bschütten reisen. Christen empfand das übel, weil er wohl wußte, daß sie viel genug zu tun hätten, wenn er nur daran hin könnte, und daß seiner Frau so viele Leute, welche nichts täten und doch Lohn und Essen wollten, katzenangst machen müßten.

Solche Worte kamen freilich selten, aber hier und da entrannen sie doch. Es wurde darüber nicht geeifert und gezankt, wie es zuweilen unter hochgebildeten Leuten der Fall ist, daß vor aller Welt um einen halben Birnenstiel Mann und Frau sich zanken, bis die Frau in Krämpfe fällt oder gar in Ohnmacht. Das, welches den Trumpf erhalten, schwieg, wenn es ihn schon tief fühlte und er ihm weh tat. Doch wie tief er auch ging, lang haftete er nicht, er eiterte nicht. Hauptsächlich waren es zwei Gründe, welche es verhüteten, daß solche eingegangene Trümpfe nicht böses Blut machten.

Ännelis Mutter wohnte bei ihnen. Das war eine gar verständige Frau und hatte den Tochtermann sehr lieb. Sie war früher bei einem andern Tochtermann gewesen, welcher sie roh und wüst behandelt hatte. Sie hätte alles dargeben sollen und nichts brauchen, alles annehmen und zu nichts was sagen. Hier hatte sie es, wie sie es wollte. Christen zog sie zu Rat, als wenn sie seine eigene Mutter wäre, hielt sie um ein Geringes, und wenn im Haus etwas Gutes zu essen oder zu trinken war, so ruhte er nicht, bis die Mutter auch davon hatte, wenn sie es auch nicht begehrte. Und wenn es ihr irgendwo fehlte, so ging er ihr selbst zum Doktor und hielt diesem an, er solle recht anwenden, es möge kosten was es wolle; wenn ihm das Mutterli abgehen sollte, er wüßte nicht, wie es ferner machen. So sah die Mutter deutlich, sie sei ihm nicht im Weg und er möge ihr Leben und alles Gute so lange gönnen als Gott, und das ist wahrhaftig nicht an allen Orten der Fall. Wenn nun das Mutterli sah, daß ein Wort eingeschlagen hatte, Änneli bös war, vielleicht gar weinte und ihr klagte, so was hätte sie nicht verdient und sie halte es nicht mehr aus und sie wolle lieber sterben als länger so dabei sein, so goß Mutterli nicht Öl ins Feuer, sondern sagte: »Du gutes Kind, du weißt gar nicht, was Leiden ist, und weil du großes Leiden nicht kennst, darum nimmst du ein klein Wörtchen so schwer auf. Aber Änneli, Änneli, versündige dich nicht; es macht mir immer Angst, wenn ich junge Weiber wegen so kleinen Dingen so nötlich tun sehe, der liebe Gott suche sie mit schwerem Unglück heim, damit man es erfahre, warum er einem das Weinen gegeben und wann er das Klagen erlaubt. Wenn du gehabt hattest was ich, dann würdest du für solche Kleinigkeit Gott danken und darin ein Zeichen sehen, daß er dich recht lieb hat. Denk doch, wie ich es gehabt habe!« Und sie erzählte Änneli eine Geschichte aus ihrem Leben, von ihrem Manne oder ihrem Tochtermanne und wie sie sich da habe fassen müssen, wenn Unglück und Elend nicht noch größer hätten werden sollen. Freilich tönte das anfangs manchmal nicht gut bei Änneli, und sie sagte: »Ich bin darum nicht Euch, und was habe ich davon, wenn Ihr noch böser gehabt habt als ich, darum habe ich noch lange nicht gut.« So sprach Änneli wohl, aber der Mutter Rede wirkte doch, es setzte sich ihr Zorn, und ihre Liebe richtete sich wieder auf. Wenn sie dann ganz wieder zufrieden war, so warf sie ihrer Mutter scherzweise wohl vor, man sollte eigentlich meinen, Christen wäre ihr Kind, denn sie hätte diesen lieber als sie, und er möge machen und sagen, was er wolle, so sei alles recht. Sie glaube einmal, wenn Christen ihr die Nase abbeißen wollte, sie zündete ihm dazu.

Aber die Mutter redete auch Änneli z'best. Wenn sie dem Christen einmal ein Wort ins Herz gejagt hatte und die Mutter sah, daß es drin saß wie ein Splitter im Fleische, trappete sie Christen nach, bis sie ihn in einer heimlichen Ecke hatte, und bat ihn, er solle es nicht übel nehmen; er wisse wohl, Änneli sei ängstlicher Natur, und sie hätte ihr das nie abgewöhnen können, gäb was sie probiert hätte. Aber es bös meinen, das tue sie nie, und wenn er nur zufrieden wäre, sie wisse, sie wäre es sicher auch gerne. Christen war nicht so, daß wenn jemand sich unterzog, er dann um so wüster tat, er wurde auch nicht um so aufbegehrischer, je demütiger einer sich darstellte; die Art hatte er nicht, zu einem Ratsherrn hätte er nicht getaugt. Er sei nicht böse, sagte er dann der Schwiegermutter, aber es daure ihn, daß Änneli meine, sie müsse für ihn sinnen. Alles auf einmal machen könne man nicht, und so unbesinnt dreinfahren wie ein Muni in einen Krieshaufen, das möge er nicht. Er hätte nie gesehen, daß viel dabei herauskomme. Aber er wisse wohl, ein jeder hätte seine Art und daß Änneli es gut meine. Darum wenn ihm schon zuweilen etwas eingehe, so trage er es ihr nicht nach, man müsse mit einander Geduld haben, es hätte ein jeder seine Fehler, und wofür sei man sonst in der Welt?

So mittelte, als guter Hausgeist, die Schwiegermutter die meisten Streitigkeiten, oder, um es besser zu sagen, ebnete die kleinen Spalten, welche sie zwischen den Herzen sah. Hier und da war wohl eine Spalte, welche sie nicht sah oder welche sie nicht ebnen konnte, ehe die Sonne unterging; die ebnete und schloß dann ein anderer Geist.

Es war eine alte schöne Haussitte, welche durch Jahrhunderte eine unendliche Kraft übte und alles, was Streitbares in den Herzen sich ansetzte, alsobald zerstörte und tilgte, welche wie ein guter Geist den Frieden erhielt, bei welchem Gottes Segen ist und welcher den Kindern Häuser baut: wer zuletzt zu Bette kam, Mann oder Weib, betete dem Andern hörbar das Vaterunser, und schwer mußte der Schlaf sein, wenn das Erste nicht erwachte und nachbetete mit Andacht und aus Herzensgrund. Wenn dann die Bitte kam: »Vergib mir meine Schulden, wie ich vergebe meinen Schuldnern«, und es war Streit oder vielmehr Spaltung zwischen Mann und Weib, so klang sie wie eine Stimme Gottes in den Herzen, und die Worte zitterten im Munde. Und wenn dann die andere noch kam: »Und führe mich nicht in Versuchung, sondern erlöse mich von allem Bösen«, so versenkte und tilgte schamrot vor Gott Jegliches, was es dem Andern nachgetragen, und es schlossen sich die Herzen auf, und jedes nahm seine Schuld auf sich, und jedes bat dem Andern ab, und jedes bekannte sein Glück und seine Liebe und wie nur im Frieden ihm wohl sei, aber wie der böse Geist an ihns komme, er wisse nicht wie, ihm schwarz mache vor den Augen des Geistes und ihns treibe in die Trübnis des Zornes und der Unzufriedenheit. Wie dann, wenn das Gebet komme, es ihm wäre, als komme eine höhere Macht hinter den bösen Geist im Herzen, setze mit scharfer Geißel ihm zu, daß er, wie er sich auch winde, dahinfahren müsse, und dann sei ihm, als erwache es aus einer Betäubung, als gehe eine Tür ihm auf, als sehe es aus wilder Nacht in einen schönen sonnigen Garten, so daß ihm sei, als müßte es den ersten Eltern so gewesen sein, als sie aus der Wildnis noch den letzten Blick ins verlassene Paradies getan. Dann treibe es ihns mit aller Gewalt diesem Garten zu, in aller Angst, es möchte ihm gehen wie den ersten Eltern, die immer weiter davon wegkamen, und Ruhe habe es nicht, bis es wieder drinnen sei, und dieser sonnige Garten sei der Friede und das trauliche Verhältnis, und wenn es die ganze Welt gewinnen könnte, an diesen Garten des Friedens tauschte es sie nicht. So blühte ihnen neu ihr Glück wieder auf, und in freudiger Demut bekannte jedes seine Fehler, bat ab seine Schuld, versprach, recht rittermäßig zu kriegen gegen diesen bösen Feind, der unabtreiblich immer wieder komme. In süßem Frieden schliefen sie ein, und wenn dann ein junger Tag auf blühte am Himmel, so erwachten sie mit neugestärkten Herzen Es war ihnen, als hätten sie sich neu gefunden wie in den ersten Tagen ihrer Ehe; sie sehnten sich nach einander, in geheimem Verständnis suchten sich ihre Augen, und Christen trappete unvermerkt dem Änneli nach und Änneli trat alle Augenblicke unter die Türe, zu sehen, wo doch Christen sei.

So verstrichen Jahre, und die gute Mutter starb. Es war ein harter Schlag für die Leute im Hause, ein guter Geist schied mit ihr, sie mißten sie alle und lang. Christen sagte oft, eine solche Schwiegermutter gebe es nicht mehr auf der Welt, er glaube es nicht, und kein Tag verging, daß er nicht sagte: »D'Muetter het allbets gseit – –«

Der andere gute Hausgeist aber, der starb nicht, sondern blieb bei ihnen und einigte ihre Herzen immerfort und half ihnen auch tragen, was das Leben sonst noch Schweres ihnen brachte. Denn es gibt in jeglichem Leben harte Schläge, wie es in jeglichem Sommer Gewitter gibt, und je schöner der Sommer ist, um so mächtiger donnern die einzelnen Gewitter über die Erde.

Gott hatte sie mit Kindern gesegnet, ihre innigste Freude hatten sie an ihren. Da kam die Hand des Herrn über sie, und hinter einander nahm er ihnen die schönsten und liebsten, und es war ihnen, als sollte keines mehr übrig bleiben, als sollten sie alleine bleiben in der Welt. Es kam ihnen schwer an, sich zu fassen, und lange, lange ging es, bis sie recht aufrichtig sagen konnten: »Der Herr hat es gegeben, der Herr hat es genommen, der Name des Herrn sei gelobt!« Sie versuchten es oft, aber sie schämten sich und schwiegen, denn sie fühlten, daß das Herz ganz anders redete, und sie wußten wohl, was Gott von solcher Zwietracht zwischen Mund und Herzen halte. Aber sie trugen mit einander, und wenn sie des Abends mit einander beteten und eins fing an: »Unser Vater«, so stockte wohl die Stimme, und das Weinen kam, und das Andere weinte mit, und lange konnte Keines wieder beten. Und doch ließen sie nicht nach, bis es eins vermochte, und wenn auch jede Bitte neues Weinen brachte und hinter jeglicher die verlornen Kinder standen und das Reich und der Wille und das Brot, kurz alles, alles an sie mahnte und bei den Schulden die Angst kam, ob sie nicht etwas an ihnen versäumt, an ihnen sich versündigt hätten. Konnten sie aber alles begwältigen, konnten sie sich durchringen, wie Wanderer durch Klippen und Schlünde, bis zu dem Ende, konnten sie mit einander beten: »Denn dein ist das Reich, dein die Kraft, dein die Herrlichkeit« – dann kam Ruhe über sie, die Wellen der Schmerzen sänftigten sich. Sie konnten sich denken die Kinder in der Herrlichkeit des Vaters, bei der Großmutter, konnten sich denken die Zeit, wo auch sie durch die Kraft des Vaters auferweckt bei ihnen sein würden in des Vaters Reich in alle Ewigkeit. Dann konnten sie mit einander reden von den gestorbenen Kindern und wie sie so gut und lieb gewesen und was sie alles gesagt und wie es gewesen wäre, als hätten sie ihren Tod geahnt. Von den toten kamen sie auf die lebendigen, redeten von ihren Freuden und Hoffnungen und wie sie den gestorbenen glichen und jeden Tag ihnen ähnlicher würden und wie es ihnen wäre, als hätten die Kinder sie viel lieber und mühten sich nach Kräften, die Lücke auszufüllen. Allmählig wuchsen die lebendigen an die Stelle der toten, wurden gleichsam die Blumen, welche der Toten Gräber deckten, den Augen der Eltern verbargen.

Drei Kinder, wie gesagt, waren ihnen übrig geblieben, zwei Buben und ein Mädchen. Der Jüngste war der Mutter Liebling, das Mädchen des Vaters Herzkäfer, der Älteste allen lieb. Die Kinder hatten überhaupt der Eltern Art und wuchsen in der Sitte des

Hauses auf in adelicher Ehrbarkeit. Mit gar vielem Lernen brauchten sie den Kopf sich nicht zu zerbrechen, aber fest in der Bibel wurden sie; das sei die Hauptsache, meinen Vater und Mutter, die hätte sie ohne große Künste im Rechnen und Schreiben hieher gebracht.

Allerdings waren auch Beide in beiden Dingen keine Hexenmeister, und wenn Christen seinen Namen schreiben sollte, so nahm er einen Anlauf, als wenn er über einen zwölf Schuh breiten Graben springen sollte, und wenn Änneli mit dem Ankenträger uneins war in ihren Rechnungen, so wurde sie plötzlich einig mit ihm, sobald er die Kreide nahm, und was er aufmachte, war ihr recht, sie wußte wohl warum.

Etwas anders war es mit dem Arbeiten. Änneli musterte sie dazu und meinte, sie lernten es nie zu früh und etwas Nützliches machen sei besser als etwas Ungattliches, und etwas müsse gehen bei Kindern. Christen aber meinte, so früh trage Arbeiten nichts ab, es erleide nur den Kindern, und wenn sie später sollten, so möchten sie nicht; wenn ihnen einmal der Verstand komme, so griffen sie von selbst an. Einmal er habe es so gehabt, und es werde niemand sagen, daß er nicht arbeiten könne und möge. Diese Verschiedenheit gab auch hie und da einen Anlaß, daß sie einander vergeben und vergessen konnten. Denn wenn Änneli musterte, so entrann Christen wohl zuweilen ein: »He, ich wollte sie nicht zwängen; wenn sie möchten, sie täten es schon.« Und wenn Christen mit Wohlgefallen dem Nichtstun der Kinder zusah, so sagte wohl zuweilen Änneli: Es dünke ihr, es sollte doch dem Einen oder dem Andern in Sinn kommen, etwas Wichtigeres zu machen. Aber alles dieses tilgte der gute Hausgeist wieder aus, tilgte alle Abende die Säure, die sich zuweilen in den alternden Herzen ansetzen mochte.

Etwas ging auf die Kinder über, denn Kinder sind eine weiße Wand; so weiß die Hände sind, welche über sie fahren, zuletzt werden doch die Spuren derselben sichtbar. Christen, der Älteste, der sich niemand besonders anschloß, war ein stilles Gemüt, ihn ließ man am meisten gewähren; er sagte wenig, aber empfand viel, lebte mehr in einem innern Leben als im äußern und schien daher untätig und gleichgültig. Annelise war ein liebliches Mädchen, aber es konnte tagelang von einer Arbeit sprechen, ehe es daran ging; war es einmal daran, dann konnte es die beste Jungfrau beschämen, es geschah aber selten. Die armen Leute hatten es nicht gerne, sie hielten es für hochmütig und wüst, wenn es aber darum zu tun war, einer armen Frau etwas zu bringen oder ihr zu wachen, so war Annelise immer parat; auch die jungen Bursche hielten es für hochmütig, weil es nicht anlässig war wie Andere, hielten es für hoffärtig, weil ihm alles wohl stand und es immer zweg war, als käme es aus einem Druckli. Resli, der Jüngste, war ein schöner Bursche, rasch, tätig, gwirbig wie die Mutter; wie sie, wurde auch er etwas ängstlich in der Arbeit, und während sein Vater einmal handelte in seinem Stall, hatte er mit Täubchen, Kaninchen, Schafen siebenmal schon gewechselt. In allen war etwas Schweigsames, Keines redete viel, aber wenn sie redeten, so wollten sie in jedes Wort viel legen. Und allerdings war jedes Wort, das eins zum Andern fallen ließ, gerade wie ein Lichtstrahl, der hundertfältig splittern kann. Nur der Älteste konnte viel reden, wenn irgend ein Schlüssel, zum Beispiel ein gutes Glas Wein, ihm den Mund auftat; dann zeigte er, daß vieles in ihm war, an das man nicht dachte.

Je mehr Eigentümlichkeiten in einen Haushalt treten, desto bewegter wird das Leben, wenn auch nicht von außen sichtbar, so doch im Innern fühlbar. Wie lieb man einander auch hat, etwas stößt doch auseinander, etwas hat jedes an sich, das am Andern mehr oder weniger empfindlich sich reibt. Ein jedes hat sein eigentümliches Gebiet, welches es wahren zu müssen glaubt vor jeglichem Eingriff, ein jedes macht seine bestimmten Ansprüche, welche sich scheinbar zufällig und bewußtlos ausbilden und deren Nichtbeachtung, auch wenn es mit keinem Wort, keinem Blick verraten wird, tief kränkt. Bei solchen Ansprüchen, je bewußt, loser sie entstanden sind, um so mehr meint man, ihre Gewährung verstehe sich von selbst.

So hatte jedes dieser Kinder wie sein eigentümliches Wesen, so auch seine eigenen Ansprüche, sowohl an die Eltern als an die Geschwister, und ihre Nichtbeachtung trieb einen Splitter in sein Herz, und je schweigsamer man nach der Haussitte über solche Dinge war, um so leichter hatten solche Splitter geeitert.

So zum Beispiel war Christen kränklicher Art, zu entzündlichen Krankheiten geneigt, die zuweilen Folgen hinterließen, welche einer Auszehrung glichen. Christen forderte nun Rücksichten für diese Schwäche, in der Arbeit, in der Speise, in der Pflege, in der Benutzung des Arztes usw. Man tat alles Mögliche, aber da sein Aussehen die Krankheiten nicht immer verriet, da er meinte, was er innerlich empfand, sollte man ihm auch äußerlich ansehen, so konnte es nicht fehlen, daß er sich zuweilen vernachlässigt glaubte, meinte, man achte sich seiner nicht und wäre froh, wenn er weg wäre.

Annelisi machte Ansprüche an die Welt, war ein lustig Ding, und wer weiß, ob nicht im Hintergrund ihrer Seele der Wunsch schlummerte, nicht schön Annelisi zu bleiben, sondern auch eine Bäuerin, wie die Mutter eine war, zu werden. Sie war daher gerne in aller Ehrbarkeit bei dieser, bei jener Lustbarkeit, und natürlich nicht gerne wie ein Aschenbrödel, sondern so aufgestrübelt und aufgedonnert wie jede Andere. Nun aber waren die Brüder nicht immer bereit zu ihrem Begleit, und alleine mochte sie nicht gehen, und der Vater wollte nicht immer Geld zu allem geben, was Annelisi nötig glaubte, und die Mutter war gewöhnlich auf des Vaters Seite und sagte, sie sei auch nicht Hudilump gewesen und hätte nirgends hintenab nehmen müssen, aber solches hätte sie nie gehabt, ja nicht einmal davon gehört. Sie hätte ihrer Mutter mit so was kommen sollen, jawolle! So was tat dann Annelisi weh, und sie meinte manchmal, sie sollte nur der Brüder wegen da sein und an ihr sei niemand etwas gelegen. Nur z'arbeiten sei sie gut genug, wenn sie aber auch etwas wolle, da sei niemand daheim.

Resli, der natürlich wohl wußte, daß er einmal den Hof erben werde, der hätte gerne mehr gehandelt mit der Arbeit, mehr gehandelt, mehr benutzt, und es schien ihm oft, als wenn niemand an ihn dächte, ja als ob alle so viel brauchten und so wenig täten als möglich, nur damit ihm nichts überbleibe. Er war gar nicht geizig, aber er war ängstlich, und in dieser stillen Ängstlichkeit, welche er nicht einmal zeigen durfte, kam er Vielen hochmütig vor, und Andere hielten ihn für geizig, weil er sehr oft zu Hause war, um zu der Sache zu sehen, während Andere herumhürscheten unnützerweise und Geld brauchten.

Weder Vater noch Mutter kannten dieses innere Wesen; man lauscht es sich selten ab, darum denkt man auch nicht daran, daß es in Andern sei; aber die Mutter hatte von früher Jugend an die Kinder mit ihrem versöhnenden Hausgeist bekannt gemacht, hatte sie das Unser Vater so recht gelehrt, daß sie es nicht gedankenlos beteten, daß es ihnen auch war erst wie ein tiefer See, in den sie allen Groll versenkten, und dann wie eine hohe Leiter, auf welcher sie ins Land des Friedens, in den Himmel stiegen. Besonders bei den Brüdern, welche bei einander schliefen und meist zusammen beteten, hatte dieses die Frucht, daß sehr selten die Sonne des Morgens den Schatten noch sah, der bei ihrem Untergang das Herz des Einen oder des Andern verdunkelt hatte. Bei Annelisi hielt es etwas härter, weil keine bestimmte Gelegenheit ihr gegeben war, ihr Herz des Grolles zu entleeren; wenn das Gebet sie allerdings versöhnlich gestimmt hatte, so konnte sie ihre Gesinnung nicht ausdrücken, nicht Frieden schließen, nicht durch ein Bekenntnis sich entlasten. Gewöhnlich kam dann die Gutmütigkeit der Brüder zu Hülfe, die, wenn sie einmal etwas abgeschlagen hatten, hintendrein reuig wurden und eine Zeitlang um so gefälliger waren, oder die Schwäche des Vaters, der gar gerne seinem lieben Meitschi hintendrein etwas kramete, welches noch mehr kostete, als was Annelisi gern gehabt, aber nicht bekommen hatte.

So lebte die Familie berühmt und im Wohlsein, bis ein Schlag, äußerlich nicht von großer Bedeutung, ihr ganzes Glück zu zertrümmern drohte.

Christen mußte nicht nur sächlich die Gemeindelasten tragen helfen, sondern auch persönlich, das heißt er mußte Vogt werden, öffentliche Verwaltungen übernehmen, sich auch in Behörden wählen lassen. Dieses ist an sich selbst eine Last, es ist aber auch bedeutende persönliche Verantwortlichkeit dabei, und seltsamerweise ist an manchem Orte diese persönliche Verantwortlichkeit unbezahlter Gemeindsbeamteten sehr groß, während den wohlbezahlten Regierungsbeamteten gar keine auferlegt ist. Wo das System herrscht, jeder Korporation dem Individuum gegenüber unrecht zu geben, aus dem übel verstandenen Grundsatz persönlicher Freiheit, und jeden Halunken zu begünstigen gegenüber dem rechtlichen Manne, aus übel verstandener Humanität, da wird diese Verantwortlichkeit zu einer förmlichen Gefahr zu einem Schwerte, das an einem Pferdehaar über des Gemeindebeamteten Haupte hängt.

Christen, bei seiner Unkenntnis aller Gesetze, bei seiner Unfähigkeit, selbst zu schreiben, wurde dies sehr beschwerlich und kostbar. Aus eigenem Sacke mußte er nicht nur fremde Hülfe bezahlen, sondern hing auch ganz von fremdem Rate ab und mußte diesem folgen, wie ein Blinder dem Hündchen, welches ihn leitet. Die eigentliche Gefahr jedoch fühlte er weniger als Änneli, wie dann Weiber immer mehr Ängstlichkeit besitzen vor dem Kommenden aus der dunkeln Zukunft als Männer. Alle diese Geschäfte, welche Christen von seinem Geschäfte und von seiner Arbeit weg, zogen, waren Änneli überhaupt zuwider, jedoch ließ sie dieses den Mann nicht entgelten, wie Weiber oft tun, die dem Manne noch mehr verbittern, wessen er sich nur gezwungen unterziehen muß. Insbesondere aber war ihr der verdächtig, welcher dem Mann am meisten mit seinem Rat beistand, sie warnte ihn oft vor demselbigen. Es komme ihr immer vor, sagte sie, als sei er falsch an ihnen; er sei viel zu schmeichlerisch und rühmerisch und dazu immer nötig; so einer mache oft für zehn Batzen, was ein Anderer nicht für tausend Pfund. Aber Christen konnte ihn nicht entbehren, guter Rat ist immer teuer und in mancher Gemeinde auch um Geld fast nicht zu haben; Änneli wußte selbst niemand, der bessern geben konnte, und damit er nicht etwa aus Not sie verrate, spendierte sie demselben, so viel sie konnte, und wenn er kam, so mußte er allemal im Hinterstübli, wo ihm etwas zwegstand, welches er daheim nicht hatte. Es gibt aber Leute, welche, je mehr man ihnen gibt, nicht nur um so ungenügsamer werden, sondern auch in den Wahn geraten, als sei man völlig in ihrer Gewalt und als könnten sie einen ungemerkt und ungestraft mißbrauchen, wie sie nur wollten. Sind sie einmal auf diesen Punkt geraten, so treiben sie gerne ein doppelt Spiel, lassen sich von uns bezahlen und von Andern bestechen, um uns zu foppen und zu betrugen. Sie rechnen, wenn man aus zwei Händen zu nehmen wisse, so gebe es akkurat doppelt so viel als nur aus einer. Es gibt mehr Leute, welche von solchem Schmaus leben, als man glaubt.

Christen war Vormund, hatte fremdes Vermögen hinter sich, ob Geld oder Schriften, weiß ich nicht, kann beides gewesen sein, denn daß die Titel immer da seien, wo sie dem Gesetz nach liegen sollten, ist nicht gesagt; wo ein Regierungsbeamteter und ein Gemeindsbeamteter, ein Gemeindschreiber zum Beispiel, unter einer Decke liegen und unter einem Hütlein spielen, da können noch heutzutage ganze Vermögen verschwinden, und wo ist das Verantwortlichkeitsgesetz gegen den Regierungsbeamteten? Über die unschuldigen Gemeindräte oder die noch unschuldigern Gemeinden geht es aus. Später muß es die Gemeinde ersetzen; kleine Diebe hängt man vielleicht, große aber läßt man laufen.

Christen dachte nun von ferne nicht ans Betrugen, aber er sollte beschummelt werden.

Es waren Leute, welche Geld nötig hatten. Christens Ratgeber wurde ins Interesse gezogen, und dieser bewog den guten Mann, das Geld aus den Händen zu geben oder anzuwenden, die Titel zu versilbern oder abzutreten. Er sagte Christen, der Gemeinde sei es ganz recht, er habe mit ihr geredet, und sie habe ihn autorisiert, er solle es also nur unbesorgt machen, ihm könne es auf keinen Fall etwas tun. Wenn ihm die Sache einmal aus den Händen sei, so sei er aus aller Verantwortlichkeit, brauche sie nicht zu hüten, und er wolle alles schon so schreiben, daß er zu allen Zeiten, es möge gehen, was da wolle, drus und dänne sei. Dem Christen leuchtete das ein, und er hatte durchaus kein Arg. Änneli aber traute nicht und sagte: Sie könne nicht helfen, aber sie traue der Sache nur halb, es treffe fünftausend Pfund an, und mit dem sei nicht zu spaßen; sie hülfe noch zu einem rechten Mann zu Rat zu gehen, man sei nie z'vorsichtig.

Aber Christen redete ohnehin nicht mehr, als er mußte, und von Geschäften so ungern als möglich, weil er nicht gerne verriet, daß er gar nichts kannte, denn er schämte sich seiner Unwissenheit doch, wenn er schon seine Kinder nicht begehrte geschickter zu machen. Zudem wußte er nicht, wem er trauen sollte, wenn er sich auf seinen Ratgeber nicht verlassen konnte. Wenn der ein Schelm an ihm sei, so glaube er denn gewiß, es sei kein braver Mensch mehr in der Welt, und was es ihm dann nütze, Mühe zu haben und herumzulaufen, wo man ohnehin alle Hände voll zu tun hatte; so redete er. Christen war allerdings auch mißtrauisch, aber eben deswegen suchte er nicht neue Vertraute, sondern hielt am Glauben fest, wenn der alte Ratgeber treulos sei, so sei keine Treue mehr auf Erden; den habe er doch probiert auf alle Wege, es dünke ihn, er sollte es mögen halten. Da Änneli das Wüstest alles nicht machen wollte, so ging richtig die Sache vor sich, und alles schien gut, denn lange Zeit sagte kein Mensch, daß es nicht gut sei.

Nach mehreren Jahren erst fing die Sache an sich zu rühren; allerlei unter der Hand wurde geredet, und aus der Gemeindratstube heraus schlich, man wußte nicht wie, das Gerücht, Christen hätte sich gröblich verfehlt mit Vogtsgeld, es werde ihm an die Beine gehen um viel tausend Pfund. Änneli, die zwar selten von Haus kam, aber doch alles vernahm, nicht nur was ging, nicht nur was geredet wurde, sondern noch ds Halbe mehr, vernahm also bald: Es heiße, es ginge Christen grusam an die Beine, und wenn er nicht so reich wäre, so möchte es ihn lüpfen. Änneli erschrak gewaltig, obgleich sie wußte, daß es so übel nicht gehen konnte, und Christen mußte auf der Stelle zu seinem Faktotum und ernstlich fragen, was an der Sache und ob da etwas zu fürchten sei, von wegen, er möchte lieber zu der Sache tun, ehe es zu spät sei. Der nun lachte ihn aus, daß er doch auf solches Weiberdamp hören möge, es wäre gut, wenn alles so sicher wäre wie das. Da sei er ihm gut dafür, daß es ihm keinen Liar kosten werde, und wenn noch jemand etwas sage, so solle er sie zu ihm schicken, er wolle sie dann brichten. Nein, da möchte er doch dann nicht so jemand hineinsprengen, dafür sei er noch lange zu gut. Er hätte schon manchmal können, wann er gewollt, aber o Jere, wenn er schon ein arm Mannli sei, so hätte er doch noch ein Gewissen und wohl noch ein besseres als mancher Reiche. Da solle er nur nicht mehr Kummer haben und ruhig schlafen; was er gemacht es leuchtet die Notwendigkeit ein, etwas vorzukehren, den Schaden zu ersetzen, es flackert das Sinnen auf, wer den Verlust verschuldet.

Christen hatte kein Haus aufzubauen, aber er begann nachzudenken, wie die fünftausend Pfund zu ersetzen wären. Und allemal, wenn eine Frau zum Hause schlich, loderte ihm der Gedanke auf: Die trägt wieder etwas fort, welches Geld gelten würde, und was will ich hausen und sparen, während auf der andern Seite fortgegeben wird alles, was nicht angenagelt ist? Der gute Christen hatte es auch wie viele andere Leute; was er nötig glaubte, das wollte er bei Andern anfangen, und hätte doch wissen sollen, daß wenn der Bauer mir seinen Leuten mähen will er vorausmäht und nicht hintendrein.

Änneli kam es wieder in den Sinn, daß sie gewarnet habe, das Geld herauszugeben, daß sie Christen angeraten, noch jemand anderes zu Rate zu ziehen, daß sie den trügerischen Freund nie hätte leiden mögen, sondern vielfach ihren Verdacht geäußert. Sie begann daran zu sinnen, ob wohl die Zeit gekommen wäre, daß mit wenigern Leuten mehr gearbeitet würde. Und wenn sie durch den Stall ging und zwei oder drei Kühe sah wie Flühe, aber fast ohne Milch, so konnte sie sich nicht enthalten, zu rechnen, wie manche Dublone da zu machen wäre, wenn man sich zu rangieren wüßte. Das alles ging im Inwendigen vor, fast wie des Blitzes Schein fuhr es vorüber; böse Worte gab man sich nicht, treulich beteten sie mit einander, und friedlich, wenn auch oft mit schweren Seufzern, schliefen sie ein.

Aber ein alt Sprüchwort sagt: Der Teufel ist ein Schelm, und wenn er auch umhergeht wie ein brüllender Löwe, so schleicht er noch viel mehr herum in Gestalt von flüchtigen Gedanken, luftigen Nebeln gleich, und diese Gedanken streifen zuerst nur über eine Seele, dann schlagen sie sich allmählig nieder darin, haften, setzen sich fest. Dann steigen sie herauf in unsere Blicke, in unsere Gebärden, brechen endlich als Worte zum Munde heraus, und während wir glauben, wir reden aus dem göttlichsten Recht, ists der Teufel, der grimmig und lustig uns zum Munde aus flattert und dem Nächsten mit Klauen und Hörnern zu Leibe geht, bis auch aus dessen Munde ein Teufel fährt und eine Schlacht zwischen Beiden sich erhebt auf Kosten der Armen, in deren Seelen der Teufel sich hinabgelassen und aus deren Mund er wieder herausgefahren ist.

Eines Tages wars, als ob einer wäre, der ersinnete, was sie böse machen könnte, und alles dieses herbeiführte und ihnen antäte. Es gibt solche Tage, wo eins hinter dem Andern kömmt wie eine

Schneegans hinter der andern, wo das Ärgerliche nicht aufhören kann, bis die Galle überläuft und es Wetter gibt zwischen den Menschen.

Als man in den Stall kam, war ein Pferd über die Halfter getreten und hatte sich übel verletzt, so daß man dasselbe des Morgens nicht brauchen konnte; im Kuhstall fehlte auch etwas, und als man Flachssamen brauchen wollte, hatte die Mutter den letzten einer armen Frau gegeben, welcher Umschläge verordnet waren. In den Ställen vertrappeten die Leute ihre Zeit, so daß auf dem Felde nichts geschah, und während Andere schönes Emd einmachten, blieb das Ihre schön dem Regen zweg. Abends kam ein Berner Metzger, der Kühe suchte und von ihrem Stalle gar nicht fort wollte. Er meinte, es müßte erzwungen sein, zwei oder wenigstens eine feil zu machen, und bot Geld, daß man es fast nicht hätte nehmen dürfen. Es war eine Zeit, wo fette Kühe fast nicht zu erhalten waren, und die Metzger die größte Not hatten, denn obs Kühe gebe oder keine, darnach fragen die Stadtleute gar nicht, aber Fleisch wollen sie haben, und zwar je besser, desto lieber, ihretwegen kanns der Metzger von Zaunstecken schneiden oder aus Kabisstorzen.

Aber Christen tubakete ganz gelassen an seiner Pfeife und sagte dem Metzger: »Du hasts schon manchmal gehört, ich gebe sie nicht. Um was so ein Berner Metzgerli sie vermag zu kaufen, um das vermag ich sie auch zu behalten.« Alle Einreden des Metzgers, daß andere Kühe für ihn weit nützlicher wären, daß er an drei Kühen wenigstens sechzig Kronen zwischenaus machen würde, gingen in den Wind. Änneli hörte dem Märten mit ungeduldigem Herzen zu, ging oft aus und ein und konnte sich nicht enthalten, zu dem Metzger zu sagen: Es dünke sie, er wäre nicht der Uwatligist, und wenn sie mit einem handeln wollte, so wäre er nicht der Letzte.

Das war ein Stich, der bei Christen Fleisch faßte, aber er sagte nichts darauf, sondern nur zum Metzger: »Du hast gehört, was ich will, und jetzt wollte ich mich nicht länger säumen, wenn ich dich wäre. Wenn du heute noch etwas anderes finden willst, so hast du deine Zeit zu brauchen.«

Bald darauf kam eine arme alte Frau, welche einen kranken Sohn hatte; derselbe erhielt sie sonst, jetzt war die Not groß. Derselbe fing an sich zu erholen, und der Doktor hatte Wein verordnet. Aber wo nehmen und nicht stehlen? In solchen Fällen war Änneli die Zuflucht, und umsonst nahm man sie selten zu ihr. Als die arme Mutter kam und mit dem Fürtuch die Augen wischte, noch ehe sie anfing, und dann vieles vom Sohn erzählte, wie er so gut gegen sie sei und wie er krank geworden und wie sie in der Not seien und sie wäger heute noch nichts Warmes gegessen, und jetzt sollte sie Wein kaufen und hätte keinen Kreuzer im Hause und wüßte keinen aufzubringen. Wenn doch Änneli ihr dr tusig Gottswille nur einige Batzen leihen wollte oder, wenn es möglich wäre, nur eine halbe Krone, so wäre ihr geholfen, und sie wollte dafür spinnen, bis sie selber sagen müßte, es sei genug. Aber wenn ihr der Sohn sterben sollte, sie wüßte nicht, was sie anfinge, unter Tausenden gebe es keinen Solchen.

Änneli war in großer Verlegenheit. Wein hatten sie diesen Augenblick keinen Tropfen im Hause, wie sonst manchmal der Fall war, und Geld hatte sie auch nicht mehr im Sack als sechs Kreuzer. Sie ließ sich sonst nie so auskommen, daß sie nicht einige Batzen oder Franken in irgend einem Sacke hatte. Aber sie hatte letzthin zu Gevatter stehen müssen, hatte seit der Sichelten, wo es den Ankenhäfen übel ergangen war, keinen Anken mehr verkauft, sparte ebenfalls Augsteneier auf, hatte kein Geld gemacht, und das Schlüsseli hatte eben Christen im Sack. So konnte sie die Frau doch nicht gehen lassen; wenn der Sohn sterben sollte, so hätte sie ja keine ruhige Stunde mehr im Leben und das letzte Stündlein wäre ihr auch nicht ruhig, und doch war es ihr grausam zuwider, dem Christen das Schlüsseli zu fordern. Sie stellte der Frau vorläufig etwas Warmes zweg und suchte dann den Resli, sie wußte, daß der Geld genug hatte, allein der war zum Viehdoktor gegangen und hatte den Schlüssel zum Schaft im Sack; der andere Sohn war im Stall, hatte aber kein Geld im Sack, sondern alles in Reslis Schaft. Annelise aber hatte den Schlüssel verloren zu seinem Gassettli, worin es sein Geld hatte; es war, wie wenn alles verhexet wäre. Da nahm endlich Änneli das Herz in beide Hände, ging hinaus und sagte: »Gib mir doch geschwind das Schlüsseli!« Christen ward ganz rot im Gesicht, suchte es langsam, gab es endlich mit den Worten: »He, ich wollte doch machen, daß morgen auch noch wäre.«

So etwas hatte Änneli noch nicht gehört, es stellte ihr das Blut, einen Blick tat sie auf Christen, den der auch noch nie gesehen, aber sagen konnte sie kein Wort, sie ging mit ihrem Schlüsseli wie stumm ins Haus, und als sie der alten Frau die halbe Krone herzählte, zitterten ihr die Hände so, daß die in den höchsten Ausdrücken dankende Frau plötzlich fragte: »Aber mein Gott, was fehlt dir, wird es dir gschmuecht?« – »O nein«, sagte Änneli, »es ist nichts anders, das gibt es mir, wenn ich lange kein Blut ausgelassen. Es ist allbets bald vorbei.« Und Änneli faßte sich zusammen, denn kein fremdes Ohr hatte je eine Klage gehört und kein Auge Tränen gesehen in ihrem Auge, außer bei natürlichen Anlässen; was unter ihnen vorging, sollte keine Posaune auf den Straßen verkünden. Aber es kostete dieses Zusammenfassen schwere Mühe, und kürzer als sonst fertigte sie die Frau ab; sie konnte es fast nicht aushaken, bis sie ihr den Rücken sah. Die gute Frau konnte fast nicht aufhören zu danken, aber nicht nur aus Dankbarkeit, sondern es stach sie auch der Gwunder, was Änneli wohl in diese Bewegung versetzt hatte, und solange sie im Hause war, hatte sie Hoffnung, es zu erfahren. Als sie es endlich verlassen mußte, stellte sie sich draußen bei Christen und hätte noch gerne ein neues Gespräch angefangen, aber der gab ihr keine Antwort. Gewiß haben die mit einander etwas gehabt, dachte sie, und ob dem Sinnen, was es gewesen sein möchte, vergaß sie fast die halbe Krone, mit welcher sie nun ihren Sohn laben konnte.

Wie die Frau zur vordern Türe aus ging, schoß Änneli zur hintern hinaus, machte sich etwas bei den Schweinställen zu schaffen, und da sie dort noch nicht ruhig war vor Knechten und Mägden, so schlich sie nach dem Bohnenplätz, der schon gar manchmal als schöner grüner Umhang gedient hat für Dinge, die nicht für jedermanns Augen sind.

Dort ließ sie endlich ihren Tränen freien Lauf, und es dünkte sie, wenn nur das Herz auch gleich käme den Tränen nach, so wäre doch dann ihr Leid zu End. Sie konnte nicht mehr stehen, sie mußte niedersitzen in den Bohnen, der Boden wankte unter ihr, schwarz ward es um Augen und Seele, als ob man ein großes Leichentuch um beide geschlagen hätte.

Also so ging es ihr jetzt, jetzt sollte sie das Unglück alleine entgelten, sollte den armen Leuten abbrechen, sollte es sie entgelten lassen, wessen sie sich doch so gar nichts vermochten! Das dünkte sie eine große Sünde, daß man ob der Armut wieder ersparen wolle, was menschliche Bosheit und eigene Schwachheit gefehlt; hatten sie doch selbst oft darüber sich aufgehalten, daß es zunächst immer die Armen entgelten müssen, wenn ein Reicher einen Verlust erleidet, indem man zuerst immer den Armen abschränzt, ehe man sich selbst etwas Entbehrliches abbricht, und jetzt sollte es bei ihnen auch gerade so zugehen? Und was trug das ab?

Eine Kleinigkeit, während man da, wo man das Zehnfache erübrigen konnte, alles im gleichen Trappe gehen ließ und sich keinen Zollbreit ändern konnte. Dublonen ließ man fahren, und wegen einer halben Krone mußte sie Worte hören, daß sie meinte, man haue ihr Leib und Seele abeinander. Sie sehe jetzt, daß keine Liebe zu ihr mehr da sei, daß sie der Sündenbock sei, der alles ausessen sollte, was Andere eingebrochet. Hatte sie nicht gewarnt, gemahnt? Aber man achtete sich ihrer nicht, glaubte ihr nichts, und jetzt sollte sie es alleine entgelten. Wenn noch ein Funke von Liebe zu ihr da wäre, so wäre man nicht so gegen sie. Und ging dann etwa die Sache alleine aus Christens Gut, hatte sie nicht auch eingekehrt, daß es wohl ein Almosen ertragen möchte! Ja, wenn sie eine bräuchige Frau wäre oder eine hoffärtige oder eine, die gerne im Sessel säße, so wäre es noch eins, aber ringsum sei Keine, die mehr eingebracht und mehr schaffete, und da möchte sie doch wissen, ob es ihr nicht auch etwas für ihre Freude ziehen möchte, und armen Leuten zu helfen sei einmal ihre Freude, und sie möchte wissen, ob das nicht besser wäre als Hoffart und Märitlaufen; Und je mehr sie weinte, um so völler ward dem armen Änneli das Herz, daß es sie dünkte, es müsse zerspringen und es wolle die Seele oben zum Kopfe hinaus. Schwere, zornige Wolken wälzten sich über ihr Gemüt: Fortlaufen, Scheiden, Klagen, Aufbegehren, Auspacken, Wüsttun, eins nach dem Andern kam, und eins nach dem Andern ging, vor dem Einen schämte sie sich der Leute wegen, das Andere wollte sie nicht um der Kinder willen; aber wie das Feuer das Wasser verzehrt und das Nasse trocknet, so verzehrte der Zorn das Leid und trocknete die Tränen, und als sie merkte, daß man sie suche ums Haus herum, da war es in ihrem Gemüte, wie es oft nach einem Gewitter am Himmel ist; es regnet nicht, es donnert nicht, aber es scheint auch die Sonne nicht, trüb und trotzig sieht es am Himmel aus, und was werden will, weiß kein Mensch. Wie sie merkte, daß die Suchenden sich entfernt und niemand mehr hinter dem Hause sei, verließ sie ihren Kupwinkel und erschien im Hause, wie ein kluges Weib es so wohl versteht, daß es mitten unter den Leuten ist und Keiner sagen kann, wann und woher es gekommen.

Die Kinder fühlten wohl, daß etwas nicht gut sei, aber keines frug nach der Ursache und jedes ging so bald wie möglich der Ruhe zu.

Christen rauchte wie üblich seine Pfeife vor dem Hause, und wo er einmal saß, da stand er nicht gerne auf, und wie gerne er auch im Bette gewesen wäre, so war es ihm doch so zuwider, daran hinzugehen, daß er bis nach Mitternacht sitzen konnte, ehe er zum Entschlusse kam. So saß er auch diesmal lange und alleine draußen, und vielleicht nicht bloß aus Gewohnheit, sondern wahrscheinlich war es ihm auch, wie es jedem Menschen ist, wenn er sich einem Menschen nähern soll, von dem er weiß, daß er beleidigt ist, aber nicht weiß, ist er streitbereit oder friedfertig, während man selbst den Mut noch nicht gefaßt hat, offen und ehrlich den Frieden zu begehren.

Endlich suchte er doch das Beet. Er war der Letzte, er betete sein Unser Vater, aber alleine, Änneli betete nicht mit. Als er fertig war, wartete er eine Weile; Änneli blieb stumm, er wußte nicht, schlief sie oder wachte sie; das erste Wort konnte er nicht reden, die Frage »Schläfst?« harte er zehnmal im Halse, aber dort blieb sie, er legte sich schweigend nieder. Es war das erstemal, daß sie sich nicht gegenseitig bsegneten mit dem frommen Wunsche: »Gute Nacht gebe dir Gott.«

Änneli harte nicht geschlafen, aber auch sie wollte nicht zuerst reden. Christen wars, der gegen sie so gröblich gefehlt, an ihm war das erste Wort, und auf dieses erste Wort wartete sie; aber ob sie mit ihm Friede machen wollte oder nicht, das wußte sie nicht, aber sagen wollte sie ihm, was ihr fast das Herz zerreißen und was sie nicht ertragen konnte, wenn es so gehen sollte.

Als Christen betete: »Vergib mir meine Schulden, wie ich auch vergebe meinen Schuldnern«, da dachte sie, ob er wohl an die Schuld denke, welche er heute gegen sie gemacht. Als er gebetet, erwartete sie seine Rede; als er aber schwieg, als er sich zum Schlafen legte, ohne Wunsch und ohne Segen, da sagte sie zu sich selbst: So, ist das so gemeint; jetzt ists fertig! Kann der seine Sünden nicht mehr bekennen, so bin ich ein armer Tropf; aber so ganz unterntun lasse ich mich nicht. Änneli dachte wunderbarerweise gar nicht daran, daß es heiße von Sünden vergeben, sondern hatte nur Bekennen im Kopf und daß dieses Bekennen Christen zukäme, und weil er es nicht tat, so sah sie darin eine neue Schuld, eine Schuld, die sie gar nicht verzeihen konnte, und als Wunsch und Segen noch ausblieben, da war es ihr, als sei zwischen ihr und Christen ein weiter und tiefer Graben, über den keines Menschen Fuß kommen könne, zu keinen Zeiten mehr. Manchmal war es ihr, als müßte sie reden, als sei alles gefehlt, wenn sie einmal in Groll und Ärgernis niedergegangen und die Sonne darüber aufsteigen ließen; aber solche Regungen wurden immer wieder unterdrückt durch den trotzigen Mut, daß sie einmal zeigen müsse, sie nehme nicht alles an, wolle nicht alles ausbaden, was Andere angerichtet, lasse nicht mit sich umgehen, als ob sie ein Waschlumpen wäre oder als wäre sie mit leeren Händen gekommen.

Selbe Nacht kam kein Schlaf in ihre Augen, aber auch keine

Reue in ihr Herz. Als kaum der Morgen graute, stund sie auf, nur um Christen nicht etwa »Guten Tag gebe dir Gott« wünschen oder ihm auf seinen Wunsch danken zu müssen. Und das war wiederum der erste Tag, den sie ohne Wunsch und Segen begannen. Trübselig und wortlos verstrich er, und als der Abend kam, da legte zuerst Christen sich nieder. Ihn verlangte nach der Stimme seiner Frau, die er den ganzen Tag über nicht gehört, und es war ihm unwohl dabei geworden, denn sie war ihm lieb und er hatte die Rechnung gemacht, daß wenn sie schon gegen die Armen viel zu gut sei und mit ihnen viel unnütz verbrauche und das Lumpengesindel ziehe wie Zucker die Fliegen, so sei sie doch sonst sparsam und arbeitsam und er könnte leicht eine haben, mit welcher er viel böser zweg wäre, und es hätte jeder Mensch etwas an sich, das zu scheuen wäre, aber der eine minder, der andere mehr. Er wollte diesmal reden; ds Tublen trage nichts ab, und bald dreißig Jahre seien sie im Frieden bei einander gewesen, für den Rest wollten sie keinen neuen Brauch anfangen. Änneli kam, betete, aber betete leise für sich alleine. Wenn Christen ihr nicht »Gute Nacht« wünschen möchte, so wüßte sie nicht, warum sie für ihn beten solle, so dachte sie. Und Christen wartete sehnlich auf das Beten, wollte nachbeten; als aber kein lautes Wort kam, als Änneli ohne Wunsch sich zum Schlafen legte, da wußte er fast nicht, wie ihm war. Daß er gestern ohne Segen sich gelegt, dachte er nicht, nur an das, was Änneli jetzt tat. So, ist das so gemeint, sagte er zu sich selbst, so kann ich auch anders sein, warte du nur! So von einem Fraueli lasse ich mich noch nicht kujonieren, dafür bin ich nicht auf der Welt, und für was wäre ich der Mann, als für zu sagen, wie es gehen solle, und wenn du tublen willst, so tuble meinethalb so lange du willst, einmal ich frage dich nicht, was du habest.

So stieg das Feuer auch in Christen auf, und wie es bei langsamen Naturen der Fall ist, um lange zu bleiben. Änneli aber hatte erwartet, Christen werde fragen, warum sie nicht bete, dann wolle sie ihm so recht auspacken. Als nun Christen nicht fragte, nichts sagte, da dachte sie bei sich selbst: He nun so dann, wenn du es so haben willst, so habe es, aber daß du so ein Wüster wärest und daß du mich so wenig lieb hättest, das hätte ich nicht geglaubt, und nicht viel fehlte, es wäre ein heftiges Weinen über sie gekommen, so voll ward ihr auf einmal das Herz. Aber Zorn ward Meister und trieb, was im Herzen war, als heiße Dämpfe in den Kopf hinauf.

So begannen Beide erbittert die Nacht, standen am folgenden Morgen wortlos auf, und eine traurige Zeit begann für das Haus.

Sobald ein Groll im Herzen bleibt und sich setzet, wird dieses Herz selbstsüchtig. Sein Gesichts- oder vielmehr Gefühlskreis verengert sich. Wie die Spinne nur die Fliegen zu erfassen vermag, welche in den Bereich ihres Netzes kamen, so vermag der Groll nur die Dinge zu empfinden, welche ihn berühren; alles andere ist für ihn gar nicht in der Welt, er sieht es nicht, er riecht es nicht, und naht es sich fühlbar, so stößt er es zornig zurück. Wo in einem Herzen die Harmonie zerstört wird und ein Gefühl die Oberhand gewinnt, da trittet Beschränktheit ein, und wie Archimedes, in seine Berechnungen vertieft, die Einnahme seiner Vaterstadt nicht gewahrte, so fasset ein so recht innig Grollender es kaum, wenn sein eigen Haus brennt, und ein hart Leidender es kaum, wenn tausend Andere in seiner Nähe wimmern und webern würden.

Redet mit einem Liebenden von Brand und Wassernot, die Tausende unglücklich gemacht, um so mehr freut er sich seines Glückes, wenn euch nämlich hört. Redet einem Mißvergnügten von einer glücklichen Ernte, welche der Not von Tausenden ein Ende gemacht, er verflucht den Segen Gottes, weil er Andere zufrieden gemacht. Redet einem Zornigen von der Sanftmut unseres Herrn, so gibt er euch eine Ohrfeige, wenn er nämlich fasset, was ihr redet. Laßt einen Regenten eitel sein, so benutzt er den Staat ungefähr wie eine Dame ihr Schmuckkästchen; die Folgen sieht er nicht, wie nahe sie auch liegen, und zwischen monarchischen und republikanischen Regenten ist hierin kein anderer Unterschied als zwischen einem Tropf und dem andern Tropf.

Laßt eine Leidenschaft überhaupt im Herzen eines Menschen sich ansetzen, so wird sie euch gleich einem losgebundenen Element, das alles verzehrt, was in sein Bereich kömmt, und erst in sich zusammensinkt, wenn alles verzehrt ist, wenn es keine Nahrung mehr findet. Laßt Eheleute dauernd grollen, so nimmt nicht nur das ganze Haus diese Färbung an, wird unheimlich, sondern alle Interessen gehen in diesem Grolle auf, alle Gefühle verlieren mehr und mehr ihre Kraft, und wie die Gedanken an diesem Grolle unausgesetzt nagen, so verlieren sie ihre Schärfe für alles andere, ja es ist fast, als ob sie auch die Augen schwächte, daß sie das Notwendigste nicht mehr sehen, für das Liebste keinen Sinn mehr haben. Diese Zustande wachsen so allmählich, man weiß nicht wie, denn wie gesagt, der Teufel geht nicht immer umher wie ein brüllender Löwe, sondern sehr oft auch als ein schleichender, und die Hölle hat viel Ähnlichkeit mit einem Ofen, sie wird nicht auf einmal glühend, sondern zuerst nur lieblich warm.

So ging es auch dem armen Ehepaar. Wohlverwahrt trugen sie ihren Groll in ihren Herzen, ließen ihn anfangs nicht unter die Leute, blieben bei ihren angeerbten Sitten, und anständig ging es zu wie vorhin. Aber expreß verkaufte nun Christen seine Kühe nicht, expreß hielt er nicht weniger Leute, förderte die Arbeit nicht rascher, sondern alles eher das Gegenteil, und Änneli, weil sie dieses sah, so ward sie nur um so freigebiger und hieß manche Frau vor Christens Ohren bald wieder kommen. So trotzte eins dem Andern, während Keines die fünftausend Pfund vergaß und jedes meinte, sie sollten wieder erhuset werden; aber jedes meinte, auf anderem Wege, und je weniger das Husen vorwärts wollte auf diese Weise, um so mehr wuchs die innere Mißstimmung.

Diese wurde zuerst fühlbar den Kindern. An allen ihren Angelegenheiten nahmen die Eltern immer weniger teil, achteten sich derselben kaum, die Kinder konnten gehen und kommen, weder Vater noch Mutter fragten: woher, wohin? Schlechten Kindern ist das recht, guten Kindern aber hat es etwas unbeschreiblich Unheimliches.

Wenn Annelisi sonst heimkam von irgend einer Lustbarkeit, so hörte die Mutter gerne erzählen, wie es zugegangen, wer zugegen gewesen, und lockte wohl durch Fragen hervor, was Annelisi gerne sagte. Dann ließ sie Worte fallen über diesen Burschen und jenen Burschen, daß die Tochter wohl merken konnte, wer als Schwiegersohn willkommen wäre und wer nicht. Solche Gespräche waren auch die beste Gelegenheit, über Nebenbuhlerinnen sich zu beschweren und der Mutter zu sagen: »Nein aber, Mutter, einen neuen Kittel muß ich notwendig haben. Es sind Meitschi dagewesen, wo sie daheim mit den Zinsen noch genug zu tun haben, aber einen so schlechten Kittel, wie ich einen habe, hat keins angehabt. Und Göllerketteli habe ich nur die, welche ich erhalten, als mir der Herr erlaubt hat, und die sind so leicht und altmodisch, es trüge leicht eine hoffärtige Magd sie nicht.« In solchem Zusammenhang hatte die Mutter wider neue Anschaffungen am wenigsten, und wenn die Mutter einmal Ja gesagt hatte, so sagte der Vater seinem Annelisi nie Nein. Das ward auf einmal anders.

Es gab allemal saure Augen, wenn es irgendwohin wollte. Kam es heim und wollte mit einem Bericht des Erlebten wieder gut Wetter machen, so schwieg die Mutter oder sagte, sie möge des Gstürms nicht, und ehemals seien die Mädchen daheim geblieben und hätten den Eltern etwas abgenommen, statt in der Welt jeder Lustbarkeit nachzufahren wie die Vögel dem Hirs. Und wenn es etwas vom Anschaffen sagte, eine Kappe gerne gehabt hätte oder ein Gloschli, so seufzte die Mutter und schwieg oder sagte: Wenn es einmal fehle, so komme gerne alles zusammen und helfe einander, um einen zu Boden zu machen, und sie hätte geglaubt, es hätte mehr Verstand als so. Wenn es dann weinte, weil es der Mutter nichts mehr treffen könnte, und der Vater fragte ihns zufällig: »Was plärest aber?« und es antwortete, es mache es niemand mehr recht und Freude sollte es keine mehr haben, es erleide ihm, so dabei zu sein, und zuletzt nehme es den Ersten den Besten, nur um fortzukommen, so antwortete ihm der Vater:»»He nun so denn, so nimm, und komme dann, mir brav Ehesteuer zu fordern, es geht in einem zu. Es ist besser, man mache gleich hintereinander fertig, so weiß man doch auch, woran man ist.«

Das tat dann Annelisi grusam weh. Es war ein gutes Kind und liebte seine Eltern, aber daß es das Unglück allein entgelten und nur für andere Menschen auf der Welt sein sollte, das meinte es doch auch nicht. Wie der Bauernsohn gerne ein Bauer wird, warum sollte die Bauerntochter nicht auch gerne eine Bäuerin werden? Es ist nicht nur wegen dem Manne selbst, der doch auch allerdings nicht zu verachten ist, sondern wegen dem unabhängigen Regiment, das eine rechte Bäuerin führt, und der Achtung, in der sie steht; denn eine rechte Bäuerin, deren es im Kanton Bern viele gibt und welche die Sonnseite des Bauernlebens sind, ist die Mittlerin des Hauses zwischen Gott und Menschen, ist die sichtbare Vorsehung in allen leiblichen Dingen. Und jetzt sollte Annelisi keine werden, weil der Vater fünftausend Pfund verloren und eine Ehesteuer ihm zu hart ankam! Das tat ihr weh.

Der älteste Sohn war empfindlicher Natur, und hatte er schon vorhin hie und da geglaubt, man hätte nicht genug Rücksichten für ihn, so geschah das jetzt noch viel öfters und nicht immer mit Unrecht. Früher sah der Mutter Auge jede Veränderung in jedem Gesichte, und wo sie eine bemerkte, da traf sie Vorsorge. »Christeli, ich habe dir heute Trank angerichtet, du gehst nicht aufs Feld«, so sagte sie, und im halben Tag rief sie ihn ins Stübli, wo sie ihm etwas Meisterloses zweg hatte, damit er nicht an der harten Speise der Arbeitenden sich noch mehr verderben müßte. Und wollte es nicht bald bessern, so sagte sie: »Man wird zum Doktor müssen«, und manchmal sagte sie sogar: »Es wäre gut, er käme selbst, er könnte dann selbst sehen, wo es dir fehlt; so mit dem Brichten breicht man es nicht allemale recht.« Nun ging diese Aufmerksamkeit verloren; die Mutter frug ihn viel seltener, ob ihm etwas fehle, und wenn er es manchmal zu merken gab mit Nichtessen oder Berzen, so war sie imstande zu sagen: »Du mußt nicht so nötlich tun, es wird schon bessern; je mehr man sich achtet, um so mehr tut einem weh.« Und wenn er liegen mußte und meinte, er sei recht übel zweg, und vom Doktor redete, so war der Vater imstande zu sagen: Man könne nicht das ganze Jahr durch einen für ihn auf der Straße haben; des Dokterns hätte er doch bald satt, er hätte jetzt sein Geld für andere Sachen zu brauchen, aber je nötiger er es hätte, um so mehr begehrten die Andern zu brauchen.

Solche Reden gingen Christen tief ins Herz. Es dünkte ihn, nicht länger als er noch leben werde, sollten sie es ihm gönnen; aber es gehe ihnen noch zu lange und sie möchten nicht warten, bis er weg wäre. Es kam ihn manchmal an, wenn er nur heute sterben könnte, damit sie sich so recht ein Gewissen machen müßten. Es würde sie doch wohl z'plären tun, wenn sie mit ihm zChilchen müßten und denken, sie hätten besser zu ihm sehen können, er lebte noch, wenn sie das Geld für den Doktor nicht gereut hätte. Und wiederum kam ihn das Weiben an, damit er jemand hätte, der zu ihm sehen würde und für ihn tun, was er mangelte. Dann strich er umher, besuchte Orte, deren er sich eigentlich hätte schämen sollen, ließ Geld aufgehen in den Wirtshäusern, daß männiglich meinte, er werde bald verkünden lassen; aber plötzlich verleidete es ihm wieder, er sah kein Mädchen mehr an, rührte keinen Wein mehr an, wollte wiederum sterben.

Weitaus am meisten litt darunter der jüngste Sohn, Resli. Die Mutter hatte ihm früher oft gesagt: »Resli, je früher du mir ein Söhnisweib bringst, um so lieber ist es mit, aber drei Sachen achte dich wohl: nimm eins, das sich wäscht, aber nicht nur oberhalb des Göllers, sondern auch unterhalb, eins, das alles anrühren darf und die Saumelchtern nicht scheut, und eins, dem man nicht zweimal die Zeit wünschen muß, ehe es einmal dankt. Ich bin froh, an die Ruhe zu stellen, und wenn du mir so eine bringst, so soll sie nicht über mich zu klagen haben.«

Freilich sagte Resli: »Mutter, es pressiert mir nicht.« Aber er redete doch gerne mit der Mutter über die Meitscheni und hörte, was sie für einen Trumpf hatte für dieses oder jenes und was sie von dessen Familie wußte bis zur Großmutter hinauf. Denn Resli hielt gar viel auf den guten Namen und wollte nur eine Frau »von braver Familie nache«. Er wollte nicht, daß man den Kindern die Eltern vorhalten könne und hielt ebenso viel auf ehrlichem Gut, und eine mit ungerechtem Gut hätte er nicht mögen, und wenn sie einen ganzen Kässpycher voll Dublonen gehabt hätte und dazu es Myneli, wie wenn man es aparti tangglet hätte.

So ein junger Kerli weiß aber, wenn die Mutter es ihm nicht sagt, nicht, was in einer Familie vorgegangen und was ihr anhanget; er sieht bloß, wie das Meitschi tut, und sehr oft sieht er auch dieses Tun durch eine Brille. Und wenn er auch einsieht, wie dumm es tut, so meint er noch sehr oft, aus einem Meitschi, das dumm tut, gehe es eine Frau, die gescheit tue – aber ohä! Es ist daher einer glücklich, wenn er eine Mutter hat, mit welcher er vernünftig über die Meitscheni reden kann und die nicht meint, das Himmelreich bestehe in einem Geldsack und wenn ihr Sohn schon eine dumme Frau kriege, so mache es nichts, weil er gescheit für Zwei sei.

Mehrere Jahre hatte Resli bereits in der Welt gelebt und hatte schon an viele Mädchen gedacht, hatte schon manchmal gwerweiset: Will ich dies oder will ich jenes, das wäre reicher, das wäre schöner, das wäre lustiger und jenes e Werchadere vom Tüfel, aber noch keines hatte er angetroffen, bei dem er in sich selber dachte: Das will ich und kein anderes, und wenn ich das nicht haben kann, so will ich gar keins, und wer weiß, vielleicht hänge ich mich noch.

Da war einmal ein schöner Sonntag, und es dünkte Resli, er möchte auch einmal baden. Er machte sich zweg, steckte eine schöne Rose auf den Hut, legte das schönste Halstuch um und sagte, man solle abends zum Essen und Füttern nicht auf ihn warten, man wisse nie, was es gebe, und säume sich manchmal ungsinnet.

Gleich nach dem Mittagessen ging er alleine, denn sein Bruder hatte gerade seine kranke Laune, und einen Knecht so gleichsam als Sicherheitswache mit sich nehmen, wie es oft geschieht, der dann mit des Meisters Sohn ißt und trinkt, sich aber auch für ihn schlägt und prügeln läßt, das mochte er nicht.

Es war ein heißer Tag, der Staub lag handhoch auf der Straße, und als Resli aus dem Bade kam, dünkte es ihn, er sei ein ganz neuer Mensch, er hätte Flügel und könnte fliegen über Berg und Tal. Zwei lustige Geiger riefen zum Tanze, und rasch hörte er die genagelten Schuhe den gygampfenden Boden stampfen. In langsamer Ruhe stieg er die Treppe auf, trat unter die Türe, sah im öden Saal ein halbes Dutzend Paare dampfen und stampfen und ein Dutzend Mädchen an den Wänden stehen, welche auch gerne gezeigt hätten, wie sie ihre Kittel schwingen könnten und wie sie das Stampfen erleiden möchten, auch wenn es auf ihren eigenen Füßen (Füßchen kann man nicht wohl sagen) stattfinden sollte.

Resli gehörte nicht zu den weichen Herzen, die sich aller verlassenen Mädchen erbarmen, die meinen, wenn ein Mädchen tanzen möchte oder sonst etwas, so hätte sie der Herrgott apart dazu geschaffen, des Mädchens Wunsch zu erfüllen. Zudem ist es bei uns zulande nicht so mit einem Tanze abgetan, so daß wenn der Geiger den letzten Strich tut, man das Mädchen flädern lassen kann, unbekümmert, in welche Ecke oder an welche Wand es gerät, wie es unter den heutigen Zierbengeln Mode wird. Reicht ein Bursche einem Mädchen zum Tanz die Hand, so steigen in demselben gleich ein Fuder Hoffnungen auf. Zuvorderst steht eine Halbe Wein, welche der Tänzer kommen läßt, hintendrein kommt Essen, ein schönes Schnäfeli Bratis, dann eine schöne Heimfahrt und endlich ein lustiger Hochzeittag. Das steigt alles auf, sobald ein Mädchen eine Hand zum Tanzen kriegt, und so eine Hand ist gleichsam der Schlüssel zu einem Schranke, der voll Herrlichkeit ist und der einem aufgeht, sobald man mit dem Schlüssel recht umgeht. Wenn aber nach ein oder zwei Tänzen sonder Komplimente ein Bursche seine Tänzerin fahren läßt, so versinken auf einmal alle diese Hoffnungen, und aschgrau wird es dem Mädchen im Herzen, wie es uns allen würde, wenn wir das Morgenrot gesehen hätten und nach dem Morgenrot käme keine Sonne, sondern wiederum die Nacht.

So täuschte nun Resli nicht gerne, und für etwas mehr als höchstens einen Tanz war ihm keines der Mädchen anständig. Er forderte daher einen Schoppen für sich alleine und setzte sich an den Schenktisch, unbekümmert um die ärgerlichen Augen, die wie Fliegen und Wespen seine Ruhe gern gestört hätten. Aber Resli trank kaltblütig seinen Schoppen und dachte: Wenn nichts Besseres kömmt, so trink ich aus und gehe.

Und wie der Böse kommen soll, wenn man an ihn denkt, so kömmt in guten Stunden uns auch der Engel vor die Augen, an den gerade unsere Seele dachte.

Wie Resli aufsah, sah er ein Mädchen am Eingange stehen von ganz anderem Schlage als die Mädchen drinnen an der Wand. Es war nicht reich gekleidet, nicht so handgreiflich schön, wie man es auf dem Lande liebt, aber auf den ersten Blick sah man, daß da etwas Rechtes sei und aus einem berühmten Hause; der Glanz der Züchtigkeit und Reinlichkeit, in welchem das Mädchen so gleichsam gebadet war, gab ihm fast etwas Stolzes, daß keiner der Bursche, die da waren, sich an ihns wagte. Resli fühlte sich auch etwas und glaubte nicht, daß für ihn leicht eine zu vornehm sei, und wenn ihm auch das Mädchen fremd war, so dachte er doch, Fragen werde nicht z'töten gehen. Darum stand er auf und frug das Mädchen, ob sie einen mit einander haben wollten? Und das Mädchen sagte, es sei ihm recht.

Mehrere Tänze tanzten sie im weiten Saale, so gleichsam der König und die Königin unterm gemeinen Volk, und sie hatten je länger je größern Gefallen an einander; das ging zusammen so rund und sittig, so rasch und richtig, daß es jedes von ihnen dünkte, so wohl hätte das Tanzen ihm noch nie gefallen und noch mit Keinem hätte es so fortkommen können wie pfiffen. Nach einigen Tänzen sagte er, er möchte eine Halbe zahlen, wenn es kommen wollte. Das Meitschi sagte zuerst, es sei nicht nötig, es sei nicht durstig; indessen wehrte es sich doch nicht halb so wie manches Stüdi, das, wenn es von weitem Wein riecht, schon die Finger zu schlecken anfängt bis an den Ellbogen, sich aber doch, wenn jemand es zum Wein fuhren will, erst reißen läßt, bis ihm irgend ein Bein im Leibe kracht.

Man sah dem Mädchen an, daß Resli ihm wohl gefiel, und eben weil es hier fremd war und es wohl sah, daß Resli es auch nicht kannte, so ließ es sich um so unbeachteter gehen und verschanzte sich nicht hinter die übliche zähe, einsilbige Sprödigkeit. Als sie am Wein saßen und die Stubenmagd fragte, ob sie noch etwas zu essen bringen solle, da befahl Resli gleich vom Besten, was sie hätten. Aber da redete das Mädchen auf und sagte, ein Glas Wein zu trinken sei ihm recht gewesen, aber essen möge es nicht, sein Vater werde bald kommen und es abholen, sie hätten weit heim.

Resli gebärdete sich aber auch als einer, der wußte, wer er war, und sagte der Stubenmagd, sie hätte gehört, was er befohlen, und dem Meitschi sagte er, es soll sich doch nicht eigelich machen, auf ein paar Batzen mehr oder weniger komme es ihm nicht an, und wenn der Vater käme, so sei immer jemand, der esse, was gekochet sei. Wenn es ihm aber recht sei, so wollten sie noch ein paar mit einander haben, bis das Essen komme; er hätte noch kein Meitschi angetroffen, mit dem sich ihm das Tanzen besser geschickt. Das Meitschi sagte nicht ab, und nun tanzten sie wieder, daß man ihnen die Herzenslust von weitem ansah und Die Kunde bis in die Küche drang, es tanzten Zwei oben ganz bsunderbar, man hätte noch nie so was gesehen, und ein Kuchimutz nach dem andern streckte mit zurückgehaltenem Kuchischurz seine schwarz angeloffene Nase neben dem Türpfosten durch in den Saal.

Noch zwei Tänze tanzten sie, nachdem das Stubenmeitli das Essen auf den Tisch gestellt und ihnen immer gewunken, von wegen weil es kalte. Aber es war Resli, als könne er das Meitschi nicht aus dem Arm lassen, und wenn er es lasse so entschwinde es ihm und er sehe es nie wieder. Endlich führte er es doch zum Tische, und das Meitschi ließ sich führen; freilich sagte es, es sei unverschämt und es wolle seinen Teil bezahlen, es täte es nicht anders. Es sei nicht da hinaufgekommen, um zu schmarotzen, aber der Vater hätte eine Verrichtung gehabt und es unten Langeweile, darum habe es dem Tanz zusehen wollen, damit die Zeit fürgehe. Daß es selbst hätte tanzen können, sei ihm viel zu gut gegangen, und darum wolle es ihn jetzt nicht noch in Kösten bringen. Vom Geiger wolle es nichts sagen, aber an der Ürti zahle es seinen Teil; wenn er das Geld nicht zu scheuen brauche, so sei es denn nicht, daß andere Leute nicht auch welches hätten und es brauchen dürften.

Es nahm Resli wunder, wer das Meitschi sei, und das Meitschi, wer Resli sei, und sie schlugen Beide auf den Stauden herum; aber ein jedes wollte erst hören, wer das Andere sei und ob die Bekanntschaft zulässig sei, ehe es herausrücke aus seinem Inkognito. So gelang Keinem sein Vorhaben. Es dünkte Resli wunderlich, daß das Meitschi nicht war wie andere Meitschi. Er hatte nach der Verrichtung des Vaters gefragt und hatte vernommen, er suche Holz um etwas zu bauen. Er hatte gefragt, ob das Haus ihnen zu klein sei. Jetzt hätte das Mädchen Gelegenheit gehabt, aufzuzählen, wieviel Jucharten Land sie hätten und wieviel Garben sie machten und wieviel Klafter Heu sie alle Jahre dem Küher gäben. Aber von diesem allem vernahm er nichts, sondern bloß, daß das Haus ihnen gar unkommod sei und der Stall sehr bös. Es wollte ihm nichts rühmen, wie er es auch darauf anlegte, nicht einmal wieviel Schweine sie hätten, vernahm er. Darum vernahm das Mädchen auch nichts. Er rühmte sonst gerne ihre schönen Rosse, wie manches sie hätten und wieviel sie für jedes hätten lösen können, aber jetzt hätte er es bei Leib und Leben nicht sagen können, wie oft das Meitschi ihm auch Gelegenheit dazu gab. Es kam ihm vor, als ob das Rühmen ihn in den Augen des Meitschis heruntersetzen würde und daß der am meisten sich rühme, der den Ruhm am meisten nötig hätte.

Während sie so mit einander worteten und Keines sich verraten wollte, kam das Stubenmeitli mit der Nachricht, der Vater sei unten und lasse befehlen, daß es alsobald hinunterkomme. »Sage ihm, ich komme gleich«, sagte das Meitschi, stund aber nicht auf, machte mit Resli Gesundheit, wortete wieder, und bald wars, als ob des Vaters Bescheid vergessen wäre.

Da kam das Stubenmeitli noch einmal und sagte: Der Vater lasse befehlen, daß seine Tochter auf der Stelle kommen solle, sonst fahre er alleine, man könne die Rosse nicht einen ganzen halben Tag an den Bäumen stehen lassen. »Laß du ihn fahren«, sagte Resli, »ich begleite dich dann heim, wenn du nichts darwider hast.« Da ward das Mädchen rot und sagte: »Nein, das will ich jetzt nicht, aber dankeigist, und behüte dich Gott«, und somit gab es Resli die Hand. Resli nahm sie und wollte noch etwas sagen, und das Meitschi wartete darauf. Aber das rechte Wort kam Resli nicht. Da stürzte die Magd hinein und rief: »Gschwind, gschwind, dr Alt ist scho ufghocket!« – »Adie wohl«, rief das Mädchen und riß sich los. »Wart doch, los doch«, rief Resli, aber das Mädchen war schon auf der Treppe und frug auf derselben im Fluge das Stubenmeitli: »Was ist das für e Bursch?« – »Ich weiß es nicht«, sagte dasselbe, »ich kenne ihn nicht, er ist noch nie dagewesen.« Da ging stille das Mädchen aufs Wägeli, stille hörte es die Vorwürfe des Vaters, stille fuhr es mit ihm dahin; es war ihm, als fahre derselbe mit ihm ins weite, öde Meer, wo keine Freude, keine Lust mehr sei, nichts als Herzeleid und lange, lange Zeit, bis man sterben könne.

Resli war ganz verdutzt gestanden, und als er zum Fenster trat, um nach Wägeli und Vater zu sehen, ob er sie vielleicht kenne, sah er nur noch die hinter ihnen aufwirbelnde Staubwolke. Da tat es ihm im Herzen weh, und er konnte nicht aufhören, in den Staub zu sehen, hoffend, der Wind möchte kommen und den Staub verjagen, noch einmal könne er das Meitschi sehen; und lange war Staub und Wägeli verschwunden, und immer noch sah Resli ins Weite, und immer wirser tat es ihm im Herzen. Es dünkte ihn da, wie wenn ein Mühlstein darauf läge, und der Staub biß ihn in den Augen wie noch nie. Tausend Pfund reuten mich nicht, dachte er, wenn ich wüßte, wer die wären.

Als er dieses dachte, merkte er hinter sich das Stubenmeitli. »Mach mir die Ürti«, sagte er rasch, als ob er fürchtete, dasselbe lese an seinem Rücken die Gedanken in seinem Herzen. »He, es ist fünfundzwanzig Batzen«, sagte dasselbe. Während es das dargelegte Geld nachzählte, dünkte es Resli, er möchte doch noch etwas wagen, und sagte: »Was sind das für Leute gewesen?« – »Das ist der Dorngrütbauer, er wohnt da in den Dörfern unten, exakt in welcher Gemeinde, weiß ich nicht, aber es soll ein gar grusam Reicher sein. Du hast dich aber überzählt, es sind zwei Batzen zu viel, fünfundzwanzig Batzen habe ich gesagt und nicht siebenundzwanzig.« – »So behalte sie«, sagte Resli, »ich begehre sie nicht wieder.« – »Du bist ein seltsamer Bursch«, sagte das Stubenmeitli, »die Meisten wollen mir zu wenig gehen, und du gibst mir zu viel.

Aber ich will es nehmen, ich mangle es über als du, und du sollest Dank haben z'tausend Malen. Aber weißt du, was ich noch lieber möchte als die zwei Batzen?« – »Nein«, sagte Resli. »Einen mit dir haben möchte ich, du kannst es bsunderbar wohl. Willst?« – »He, meinetwegen, öppe einen«, sagte Resli. »He nu so de, Gyger, so mach denn fry e lustige, aber gschwind! Sonst, wenn die Wirtin merkt, daß ich tanze, so kommt sie und nimmt mich bei den Züpfen; sie ist heute aber gar eine böse, und ich will lieber, sie komme nicht dazu.« Nun ging sTanzen los, und das Meitschi ward selig, tat Sprünge wie ein junges Böcklein, vergaß aber doch nicht, trotz seines Glückes in einer Pause zu fragen: »Woher kömmst du?«

Da dünkte es Resli erst, wenn seine erste Tänzerin nicht wisse, woher er komme, so brauche es die gegenwärtige auch nicht zu wissen, aber bald besann er sich eines Bessern und gab seinen Stammsitz an; denn wäre es nicht möglich, daß man hier ebenfalls nach ihm fragen würde?

»So, bist du der«, sagte das Stubenmeitli; »ich habe viel von Liebiwyl gehört, bin aber noch nie dort gewesen. Des Dorngrüter Bauern Tochter hat gefragt, woher du kämest, aber was man nicht weiß, kann man nicht sagen«. (Man frägt im Emmental meist »Woher bist« statt »Wer bist«, da nach alt-adelicher Sitte die Menschen bekannter sind unter den Namen ihrer Höfe als denen ihres Geschlechts). »Soll ich dir noch eine Halbe holen, Du wirst doch nicht schon fort wollen, du kämest ja Tags heim!« – »Nein, ich mag nicht mehr trinken«, sagte Resli. »So mußt du noch einen mit mir haben«, sagte das Stubenmeitschi, und nach dem einen wollte es noch einen und noch einen, gäb was Resli sagen mochte, und wer weiß, wie manchen Resli noch hätte haben müssen, wenn nicht die Wirtin unter der Türe erschienen wäre, um das arme, in seine Privatgeschäfte vertiefte Meitschi zu suchen. »So, bist du da, du Donnstigs Bubennarr, was du bist, wohl, dir will ich!« rief sie mit klebriger Stimme in den weiten Saal durch Geigen und Stampfen mitten hindurch, daß das arme Mädchen zusammenfuhr wie von einem großen Dorn gestochen, sich umsah und mit einem Satz zur Stube aus fuhr, als wenn es schrittlings auf dem Bysluft führe.

»Bist du noch da, du Donnstigs Tanzgöhl?« fuhr die Wirtin fort und richtete ihre Kanone auf den armen Resli. »Es dünkt mich, du solltest genug haben, und das andere Mal lasse mir meine Meitli in Ruhe oder bring eine mit, wenn du tanzen willst, für solche Schmöckeni habe ich meine Meitleni nicht. Oder wenn du es zwingen willst, zu tanzen, so frag mich, ob ich Zeit habe. Ists denn wahr, daß du es so wohl könnest? Seh, laß mal probieren; Gyger, mach fry e styfe!« Und sonder weitere Umstände mußte Resli mit der dicken Wirtin, welche dampfte wie eine siedende Fleischsuppe, die über einem anderthalbzentnerigen Mocken strudelt, an den Tanz. Er begann zu glauben, er sei verhext, und ihm war, wenn er nur da weg wäre; wenn nach der Wirtin noch die Köchin käme, dann das Badmeitli, nach dem Badmeitli die Hühnermutter, nach der Hühnermutter das Kindermeitschi und nach dem Kindermeitschi die Wirtstöchtern noch alle, so ginge es bis am Morgen, und was wurden die Leute sagen, wenn er erst mitten im Morgen heimkäme!

Da erschien zum Glück unter der Türe der Wirt und fluchte: Es nehme ihn doch wunder, warum heute alles da oben sein wolle; aber wenn das nicht aufhöre, so wolle er ihm schon ein Ende machen und jage die Geiger fort. Es dünke ihn, für so eine Alte sollte sie witziger sein, und wenn eine drei Männer gehabt und vierzehn Kinder, so sollte ihr das Tanzen erleidet sein. Aber er habe schon manchmal gehört, für die Narrochtige sei kein Kraut gut als einmal der Tod. Sie solle sich abemachen, es seien Leute unten, die wollten etwas essen, und zwar auf der Stelle. »He, die werden wohl warten«, sagte die Wirtin, »wir haben auch warten müssen, bis sie gekommen sind.« – »Hast dus gehört«, sagte der Wirt, »oder soll ich dir zünden?« – »Du bist ein Grobian«, sagte Die Wirtin, »hast du es gehört, ich lasse mir nicht von dir befehlen und tanze, mit wem ich will und so lang ich will. Komm, Bürschli, wir wollen noch einen haben«, und somit drehte sie sich und wollte Resli wieder fassen, aber es war kein Resli mehr da; sie streckte die Arme in die Luft und stand da, ungefähr wie Loths Weib gestanden sein mag. Es erscholl ein donnernd Gelächter, der Wirt sagte: »Gäll, der hat es dir gereiset!« – »Wo ist der junge Löhl?« fragte die Wirtin, sah rund in der Stube herum, aber Resli war nirgends zu sehen. »Hat ihn der Schwarze genommen?« Und abermal lachten alle, und der Wirt sagte: »Such nur!« Die Wirtin wurde endlich verblüfft und sagte: »He nu so de! Wenn es hat sein müssen, so ist es mir allweg lieber, er habe ihn alleine genommen als mich damit. Es nimmt mich nur wunder«, sagte sie zu ihrem Manne, »warum er dich nicht mitgenommen hat, es wäre ihm in einem zu gegangen, und er hat schon Manchen genommen, der am kleinen Finger besser gewesen ist als du am ganzen Leib mit Haut und Haar.«

Während unter solchen zärtlichen Gesprächen das Ehepaar an

seine Arbeit ging, hatte Resli, der zum offenen Fenster aus auf die Laube und von da ins Freie gekommen war, schon einen Plätz Weg gemacht. Bald schiens ihm, er gehe auf Rädern, bald wieder kniestief in der Erde, bald tanzte er mit dem Mädchen, bald dachte er, er hätte es zum letzten Male gesehen.

Er machte Plan um Plan, wie er zu ihm gelangen wolle, bald nachts als Kiltbub, bald unter dem Vorwand, Kühe oder Rosse zu kaufen oder Heu oder Stroh; so ein Baurensohn hat gar manchen Schlüssel zu andern Baurenhäusern, wenn es ihm ernst ist, hineinzukommen. Aber nichts gefiel Resli recht; er ersann immer etwas Neues, und das gefiel ihm dann wieder nicht, und er war daheim, er wußte nicht wie.

Die Andern hatten schon gegessen, aber die Mutter hatte ihm sein Essen an die Wärme gestellt. Sonst war sie neben ihn gesessen und hatte ihn gefragt, wo er aus gewesen, und dann hatte ein Wort das andere gegeben, bis Beide wußten, was sie wollten. Jetzt aber stellte sie ihm sein Essen dar, fragte nicht: »Ist es noch warm?«, sagte nicht: »Du bist früh heim«, sagte ihm kein Wort, ging aus und ein, als wäre er nicht da. So konnte er keine Frage anbringen, und das tat ihm weh. Manchen Tag strich er um die Mutter herum, aber wenn er etwas vom Sonntag anfangen wollte, so verschloß ein mürrisch-grollend Wort ihm den Mund.

Endlich glaubte er einen günstigen Augenblick erhascht zu haben, er war mit der Mutter alleine im Spycher und faßte ihr Korn für die Schweine. »Mutter, kennst du den Dorngrüter Bauer?« – »Warum fragst du nach dem?« – »He, ich habe ihn letzten Sonntag gesehen.« – »Wie hast du gewußt, daß es der Dorngrüter Bauer war?« – »Oh, ich habe gefragt.« – »Was hat dich das wunder genommen?« – »Ho, nienerum. Aber ich habe mit der Tochter einen Tanz getanzt oder zwei.« – »Jä so«, sagte die Mutter, »während man daheim für euch sorget und huset und kummert, fahrt ihr herum und lauft jedem Schlärpli nach.« – »Es dünkt mich doch, Mutter, du solltest nicht über mich zu klagen haben, ich mache ja, was ich kann.« – »Ja« sagte die Mutter, »und läufst an den Orten herum, wo es lustig geht. Es dünkt mich, das sollte dir vergehen, wenn du sinnetest, wie wir dran sind, und der Mut zum Tanzen und Karisieren sollte dir vergehen. Aber so hat man es mit den Kindern, wenn man sie am nötigsten hätte, so sieht ein jedes für sich und frägt Vater und Mutter nicht mehr nach.« Darauf konnte Resli keine Antwort mehr geben, das Herz tat ihm zu weh. Die Mutter sollte doch wissen, dachte er, wie lieb er sie hätte und daß er diese Vorwürfe nicht verdiene. Wenn es einem

Bauernsohn nicht mehr ziehe, einmal im Jahr zu baden und einige Tänze zu tanzen, so wäre es doch bös, und darneben sei er doch der Erste und Letzte bei der Arbeit, und wenn es gerechnet sein müßte, so gehörte ihm ein schöner Lohn heraus. Und öppe für wüst zu tun oder Schlägereien sei ja noch kein Kreuzer für ihn bezahlt worden.

Solches dachte Resli, aber es erbitterte ihn nicht. Es war ihm immer, als müßte er der Mutter und noch einer Andern zeigen, daß er besser sei, als man von ihm denke, als werde man hier oder dort nach ihm fragen, und dann solle jeder sagen müssen, einen brävern Burschen und einen, der alles besser angreife, gebe es nicht, so weit der Himmel blau sei. Und wenn ihm die Galle aufsteigen wollte und ihn antreiben zum Wüsttun, so wars ihm, als hebe das Meitschi hinter einem Hag den Finger auf und sage: »Bhüet mih Gott vor einem Selligen.« Dann nahm er sich zusammen und tat wieder, wie er dachte, daß ein Meitschi, welches gerne einen guten Mann hätte, es am liebsten sehen würde.

Aber wie viele Pläne er auch machte, auf das Dorngrüt zu gehen, er führte keinen aus. Es munterte ihn niemand auf, und so wie es bei ihnen immer mehr ging, hatte er nicht das Herz, eine junge Frau in das Wesen hineinzuführen.

Als künftiger Besitzer des Hofes, um der Mutter zu gefallen und ein gutes Lob zu erhalten ringsum, hatte er geglaubt, er dürfte wohl dem Vater sich näher zur Hand stellen, dürfte ihn fragen: »Wollen wir nicht an dieses oder jenes hin? Vater, bleib du daheim, wir wollen die Sache schon machen, daß es dir recht ist.« Auch fragte er: »Vater, darf ich nicht mit dir zMärit, soll ich den Kleb mitnehmen oder den Tschägg, sie sind fett und geben wenig Milch, es wäre Geld zu verdienen, und ich sollte das Handeln auch lernen?« Dann sah und hörte der Vater einige Zeit zu, und es dünkte ihn, er sollte selbst Freude haben am Eifer seines Sohnes, und er sagte wohl einige Male zu sich selbst: Das gibt einmal ein rechter Bauer.

Hätte die Erfahrung des Vaters den Eifer des Sohnes unterstützt, die fünftausend Pfund wären nicht nur bald ersetzt, sondern ihr Verlust wäre durch die erzeugte Aufregung ein eigentlicher Vorteil geworden. Aber bald kamen Eifersucht und Mißtrauen über den Vater. Er meinte, Resli sei von der Mutter aufgestiftet und sollte jetzt den Hof führen nach ihrem Sinn, mit Hasten und Jagen und Grämpeln, wie es Vater und Großvater nie getan. Er wollte den Sohn nicht über den Kopf sich wachsen lassen, die Leute sollten ihm nicht sagen, sein Sohn sei ein ganzer Kerli, und seit er regiere, gehe alles besser. Es sei eins ein schlechter Sohn, wenn er den Pflug nicht im gleichen Loche fahre wo der Vater. Einmal er hätte sich geschämt, regieren zu wollen, solange der Vater gelebt, und als derselbe gestorben, habe er gebauert, wie er es vom Vater gelernt, und es wäre auch gegangen. Aber die Welt werde immer schlechter, und die Kinder verachteten ihre Eltern, und ein jeder Bube wolle gescheiter sein als Vater und Großvater. Aber solange er lebe, gebe er den Löffel nicht aus der Hand und auch das Hefti nicht, und man solle erfahren, wer Meister sei.

Von dieser Zeit an ging es dem armen Resli bös, und er brauchte nur ein Wort zu einer Sache zu sagen, so ging es übel, und von allem, was er sagte, tat der Vater gerade das Gegenteil, und wenn er ihm eine Unerfahrenheit oder Unbesonnenheit aufrupfen konnte, so sparte er es nicht und nahm sich damit nicht einmal vor den Diensten in acht. Wo er nur konnte, gab er ihm zu verstehen, daß er eigentlich nur noch ein Bub sei und nichts verstünde und noch manchen Bissen Brot essen müßte, bis er nur wüßte, was eigentlich ein Bauer sei.

Resli verlor allen Mut, als sein Eifer ihm so übel genommen ward. War er dann laß und mutlos, so hieß es, da sehe man, was mit ihm sei; wenn er die Sache mit dem Maul machen könnte, so wäre es wohl gut, aber wo es müsse ausgehalten sein, da sei er nicht daheim.

Doch dies hätte er auch noch ertragen, er wußte gar wohl, daß man mit der Eltern Gebrechen Geduld haben solle, wenn nur diese Vorwürfe im Stillen unter vier Augen geschehen wären. Aber die Art im Hause hatte sich ganz geändert, und das war es, was ihn am übelsten plagte und manchmal fast z'weinen tat. Früher war man so besonnen mit der Rede, hütete sich, daß kein böses Wort fiel oder wenigstens nie vor fremden Ohren; denn wenn Mann und Weib sich böse Worte geben, was sollen Kinder und Diensten daran für ein Exempel nehmen? Und muß man sich darüber wundern, wenn sie ebenfalls böse Mäuler kriegen? Darum auch war das Haus so berühmt weit und breit; denn wo Keiner dem Andern ein böses Wort sagt, da geht es im Frieden, und wo es im Frieden geht, da können böse Leute ihr Maul nicht hineinhängen, und das ist eine rare Sache.

Nun war es anders geworden.

Christen und seine Frau gaben sich manches böse Wort und hielten sich unverblümt ihre Fehler vor. Christen hielt seiner Frau ihre Wohltätigkeit vor und wie diese und jene Frau eine ganz andere sei, so und so viel Eier- und Milchgeld hätte sie in einem

Jahr ihrem Mann gegeben. Aber da stünden nicht immer Zwei vor der Tür und warteten, bis drei Andere, die drinnen wären, herauskämen, um dann auch hineinzugehen. Mit einer solchen Frau sei es auch eine Freude zu hausen, da hätte man ungsinnet immer mehr; er aber möge einnehmen, so viel er wolle, so sei in Gottes Namen immer kein Geld da, es sei, wie wenn der Luft darhinter wäre. Die Frau blieb nichts schuldig und sagte, fünftausend Pfund hätte sie doch nicht verliederlichet, und sie könnte manchem armen Menschen wohltun, ehe sie nur den Zins davon gebraucht hätte, und zwischen Spitzbuben und armen Leuten sei doch noch ein Unterschied, und es heiße in der heiligen Schrift nirgends, daß die einen Gottslohn davon hätten, welche Spitzbuben mästeten. Sie könne nichts dafür, daß es nicht mehr Milchgeld gebe, sie kaufe und verkaufe die Kühe nicht und müsse die Milch nehmen, welche man ihr bringe. Und wenn man zu rechter Zeit jede Arbeit verrichten würde, man erhielte auch mehr und besseres Futter. Sie wüßte Männer, welche ds Halb mehr auf dem Hofe machen würden.

Wenn sie dann auf ähnliche Weise mit einander geworten hatten, so konnte sich vielleicht Christen nicht enthalten, vor Knechten und Taunern zu sagen: Es erleide ihm, dabei zu sein, und wenn seine Frau nicht bald aufhöre, ihm die fünftausend Pfund vorzuhalten, so müsse etwas anders gehen. Änneli aber weinte in der Küche vor den Mägden und sagte: Es sei gut, daß ihre Mutter das nicht erlebt hätte; sie hätte es nicht ausgestanden, und wenn sie es jetzt schon könnte, wie es ihr gehe, sie kehrte sich noch im Grabe um. Daß man so mit ihr umgehe, hätte sie nicht verdient, und was sie gebe, gebe sie eigentlich aus ihrer Sache, und es dünke sie, das sollte niemand viel angehen. Aber sie wollte, sie wäre tot, Christen könnte dann eine von denen nehmen, welche so viel Eier- und Milchgeld machten. Vielleicht machten die es wieder gut, und Christen würde noch manchmal an sein Änni sinnen, welches jetzt in keinen Schuh mehr gut und nichts recht sei, es möge in Gottes Namen machen, was es wolle.

Die Worte, welche in die Ohren der Diensten fallen, Die finden nicht unfruchtbares Erdreich, die gehen auf, manchmal tausendfältig, und wenn sie aufgegangen sind, so stehen sie nicht still wie Korn oder Weizen, sondern wandern von Haus zu Haus und samen sich wiederum ab in die Ohren neugieriger Weiber, die, wie gegenwärtig die Stadttore, Tag und Nacht offen stehen. Es ist aber mit Dienstenohren noch eine wunderliche Sache. In gewisser Beziehung würde man ihnen das größte Unrecht antun, wenn man sagte, das wären auch Ohren, die nicht hörten. Denn diese Ohren hören zuweilen auf hundert Schritte, sogar durch verschlossene Türen und solide Wände, und von dem, was sie so hören, vergessen sie nichts; dann gibts wiederum andere Sachen, welche nicht zu diesen Ohren ein wollen. Es gibt Dinge, man kann sie ihnen hundertmal des Tages sagen, am folgenden Morgen wissen sie nichts mehr davon und sagen sie auch nie wieder. Kuriose Ohren sind Dienstenohren!

Aber nicht nur Diensten redeten, auch Annelisi klagte zuweilen einer Freundin ihr Leid, wie es nicht mehr auszuhalten seie daheim, und es wäre ihr zuletzt recht, den ersten Besten zu heiraten, wenn sie nur daheim wegkäme. Aber sie solle es bei Leib und Sterben niemand sagen. Die Freundin sagte: »Was denkst du doch, und wenn man vier Rosse ansetzte, kein Sterbenswörtchen brächte man aus meinem Munde.« Und kaum war sie heim, so sagte sie: »Mutter, dort drüben gehts strub zu, ds Annelisi hat es mir selbst geklagt, für viel Geld möchte ich nicht im Hause sein. Ja, auf my armi, wenn mich jetzt einer von den Buben schon wollte, sie könnten mir küderlen.« Der Versuch wäre jedoch nicht ratsam gewesen.

Christeli konnte sich ebenfalls nicht enthalten, wenn er getrunken hatte, anzügliche Worte fallen zu lassen, und wenn er seine melancholische Laune hatte und sich vernachlässigt glaubte, dann war sein Herz noch offener. Ja auch die Bettler, welche Guttaten empfingen aus Ännelis Händen, schnappten Worte auf und vergaßen fast zu danken für die erhaltene Gabe, aus Eifer und Hast, das aufgeschnappte Wort weiterzutragen.

Man findet oft auf wüsten Inseln Gewächse blühen aus fernen Zonen, und es können die Menschen es nicht fassen, wie die Gewächse auf die einsame Insel gekommen, bis irgend ein Gelehrter sich ihrer erbarmet und mit gelehrtem Gesichte ihnen erzählt, wie Blumenstaub fliege in der Luft herum und dieser Blumenstaub sich hänge an eines Vogels Flügel oder Beine. Nun geschehe es oft, daß diese Vögel durch mächtige Winde verschlagen würden weithin über den unermeßlichen Ozean. Dann würden sie müde, und wo sie festen Boden erblickten, ruhten sie. Nun falle der Blumenstaub ihnen von den Füßen, keime, sprosse, und nach wenig Jahren sei auf der wüsten Insel ein blühend Leben. Dem fliegenden Blumenstaube gleichen alle Worte; sie sind Geister der Lüfte, fliegen im Winde, hängen in Menschenohren sich, lassen sich tragen, wohin ihre Fuße gehen, lassen sich absetzen, wo sie stehen und sitzen, keimen und wuchern, und wer sie hergetragen, vergißt man. Wer später ihren Wuchs sieht, wundert sich, errät das Geheimnis nicht, weiß nicht, wie lange solche Geschichten wachsen und fort und fort wachsen weit, weit von dem Leben weg, in welchem sie sich zugetragen haben sollen; er weiß nicht, wie leicht lange Geschichten sprossen können aus einem geflügelten Wort, das in eines Bettlers Ohr sich hängt.

So wurde jetzt viel geredet allenthalben von der unglücklichen Familie, denn gar zu oft flogen solche gefährliche Luftgeister, die so gerne hängen bleiben, ums Haus herum. Und je weniger man vorher Ursache gehabt hatte, über sie zu reden, um so mehr redete man jetzt und entschädigte sich gleichsam für das frühere Schweigen, so wie die, welche zu fasten belieben, sich auch durch desto mächtigeres Essen entschädigen, wenn die Fasten zu Ende gegangen.

Mehr oder weniger mochten es ihnen alle gönnen. Da sehe man jetzt, sagten die Leute, die hätten immer besser sein wollen als Andere, und wegen fünftausend Pfund täten sie so nötlich. Wenn sie ein solches Vermögen hätten wie jene, sie wollten nicht nebenume luegen, aber da sehe man jetzt, daß sie das Geld noch lieber hätten als andere Leute und daß sie nur die guten Leute machten, wo sie es mit ein paar Birenschnitzen und öppe einer Handvoll Mehl zwegbringen könnten. Nein, die hätte man so weit und breit gerühmt und bsunderbar viel auf ihnen gehalten, aber wegen fünftausend Pfund schämten sie sich doch, so wüst zu tun.

Die Weiber absonderlich konnten ihre Freude nicht verbergen. Wegen Christen sei es ihnen leid, sagten sie; mit dem könnte jede vernünftige Frau nachkommen, und Manche wäre froh, der Ihrige wäre nur halb so gut wie Christen. Wenn man mit ihm zu reden komme, so sei es nicht, daß er die Sache nicht verstehe, so ausbündisch könne nicht Mancher über alles Bescheid gehen wie er. Aber Änni, der Gränne, möchten sie es gönnen, der geschehe es vom Tüfel recht. Die habe gemeint, sie habe die Weisheit mit Kaffeechachelene trunke, habe alle Weiber verachtet, mit keinem Gemeinschaft haben, weit und breit die Beste sein wollen, habe die armen Leute aufbegehrisch gemacht, daß man ihnen nicht genug habe geben können. Ja sie seien imstande gewesen, ihnen das Brot wieder zu Füßen zu werden und zu sagen: Sie sollen es dem Hund geben, wenn er es möge, sie wüßten einen Ort, wo man für arme Leute Brot hätte, das sie essen könnten. Die hätte gemeint, sie hätte kein Fleckli nirgends und es solle kein Mensch etwas über sie sagen und der liebe Gott könnte seine Beine nicht stille halten im Himmel vor Freude, daß einmal so eine in den Himmel käme, und jetzt könne man sehen, wie die eigentlich seien, wo besser sein wollen wie alle Andern. Sie hätten schon lange gesagt, wenn der nicht etwas auf die Nase werde, so wüsse man nicht, ob man noch an eine Gerechtigkeit glauben solle oder nicht. Aber wohl, jetzt sei es gekommen; an der Hälfte hätten sie mehr als ds Halbe zviel, und es könnte sie jetzt bald noch dauern. Aber wunder nähme sie es, ob Änni jetzt Die Milch hinuntergelassen und ob es jetzt mit Leuten wie sie sich abgeben möchte. Aber jetzt möchten sie auch nicht. Seien sie ehemals nicht gut genug gewesen, so wußten sie jetzt auch nicht, warum so eine jetzt ihnen gut genug sein sollte.

So räsonierten die Weiber; die Männer machten es etwas kürzer, und Änneli fand vor ihnen mehr Gnade als Christen. Da müßte man doch blind sein, wenn man nicht wüßte, wer den Wagen in den Hag gefahren und jetzt nichts mit ihm anzufangen wüßte. Es sei bei einem so großen Hofe nichts verderblicher, als wenn man immer um eine Arbeit hintendrein sei. Das sei gerade, wie wenn man an einem Morgen nicht auf möge und am Abend nie nieder könne. Drüben aber gehe es so, und daran sei Christen schuld. In der Haushaltung, welche Änneli regiere, da habe alles seine Zeit, und man habe nie gehört, daß die Diensten nicht zu rechter Zeit essen könnten. Und was Änneli unter seinen Händen habe, das suche es zu guter Losung zu bringen, während Christen nichts aus den Händen lassen könne und im Handel ein rechter Fösel sei, jeder Schulbub möge ihn. Sie wollten mit Änneli wohl nachkommen, es sei eine manierliche Frau, und wenn eine einen solchen Mann hätte, so nehme es sie nicht wunder, wenn sie zuweilen auch ein Wort dazu sagen wolle. Es wäre wohl gut und käme Manchem wohl, es würde keine schlimmeren Weiber geben als Änneli.

Dann sagten wohl die Weiber: Es gebe keine wüstern Hüng als das Mannenvolk; es brauche eine nur wüst zu tun, so gefiele sie allen wohl. Es gelüstete sie, den Männern es zu zeigen, wie einem sei bei so einem Änni; es nehme sie wunder, ob sie nicht bald aus einem andern Loche pfiffen. Aber es sei ein wüst Volk, und alles sei ihnen recht, außer was ihre eigene Frau täte; die könnte es ihnen in Gottes Namen nicht breichen, sie möge es anfangen wie sie wolle.

Dieses Gerede tat aber niemand mehr weh als Resli. Alles andere hätte er im Stillen ertragen wollen, wenn nur das nicht gewesen wäre. Ihm war es immer im Gemüte, als würde des Dorngrüter Bauern Tochter noch nach ihm fragen, als müßte sie vernehmen, wo er daheim sei. Und wenn sie jetzt fragte, was vernahm sie? War nicht der alte, berühmte Name dahin? Mußte es nicht heißen: Da gehe es nicht mehr gut. Lauter Streit und Zank sei im Hause, und wenn nicht Reichtum dagewesen wäre, so ginge es nicht mehr lange. Jetzt möchte es noch ein Weilchen halten, aber immer könne das nicht so gehen. Es müßte eine da zweimal luegen, ehe sie hineintrappe, sonst nehme sie einen Schuh voll heraus. Aber öppe ein rechtes Meitschi, das noch nicht zu äußerst am Hag sei, werde sich wohl hüten. Er wußte wohl, daß ein Name, welcher durch mehrere Geschlechter während einem ganzen Jahrhundert erworben worden war, in wenig Jahren ganz dahin gehe, und wer mußte es büßen als gerade er, der auf dem Hofe blieb! Es kam ihm immer mehr vor, wenn schon zehntausend, ja zwanzigtausend Pfund verloren gegangen und nur der Friede geblieben wäre, so wäre er glücklich und wollte kein Wörtlein klagen. Es schien ihm, als würde ein Verlust alleine das Meitschi nicht abschrecken; in ein Haus aber, wo nur Streit und Zank sei, da hinein wurde es um alles in der Welt nicht gehen; das, meinte er, habe er ihm wohl angesehen. Je länger je weniger durfte er daran denken, sich im Dorngrüt zu zeigen. Jena Sonntag war ihm ein schöner Traum, der ihm aber oft das Wasser aus dem Herzen herauf in die Augen trieb. Er trug lange sein Leid alleine und meinte immer, die Mutter müsse in einer guten Stunde ihm dasselbe ansehen und darum fragen; dann wolle er es ihr in der Liebe sagen, alles, was er auf dem Herzen hätte. Vielleicht könne sie es einsehen, wie es ihren Kindern auf diese Weise viel zu übel gehe. Aber die Mutter fühlte nur ihr Leid, hatte keine Augen mehr für Anderer Leid, und die gute Stunde kam ihr nicht.

Endlich vermochte Resli sein ganzes Leid nicht mehr in sein Herz zu fassen, er klagte dasselbe seinem Bruder. Dieser hatte ihn als einen Günstling betrachtet, und da er ihn im gleichen Spital krank fand, wallte auch das gleiche Mitleid, welches er mit sich selbsten hatte, für den Bruder in ihm auf, und Beide wurden rätig, daß es je länger je schlimmer gehe und daß man da zu helfen suchen müsse, wie man könne und möge. Man müsse den Eltern, wenn sie zu kifeln anfingen, abbrechen, meinten sie, und ihnen sagen, das trage nichts ab, als daß sie verbrüllet würden. Wenn man es ihnen in der Manier sage, so würden sie es wohl annehmen und merken, daß sie unrecht hätten, bsunderbar wenn man dem, welches eigentlich die Urhab sei, zeige, daß es unrecht hätte und sich doch um Gottes und der Kinder willen besänftigen solle. Das fanden sie für das Beste, und als Christen noch an Reslis Liebe teilnahm und sagte, es müsse nicht zu machen sein oder Resli müsse des Dorngrütbauern Tochter haben, er wolle in den nächsten Tagen um das Dorngrüt herumstreichen, und wenn er das Nötige vernommen, ins Haus selbst zu kommen suchen, um zu sehen und zu hören, wie es um das Meitschi stehe: da war Resli wieder voll guten Muts und meinte, sövli bös seien doch die Eltern nicht, und wenn sie sehen, wie es ihnen daran gelegen sei, so würden sie sicher schon sich Gewalt antun, sie hätten allweg noch ein Herz für ihre Kinder.

Dem Annelisi sagten sie nichts davon. Sie betrachteten es halb wie ein Kind und halb wie einen Hintersäß, welcher vor Zeiten in Gemeindssachen auch nichts zu reden harre. Bauernsöhne haben es fast wie die Katzen, welchen man es nachredet, daß sie sich mehr an die Häuser als an die Leute schlossen und hingen, während die Mädchen es haben wie die Täubchen, welche alle Tage ins Weite fliegen und ob fremden Tauben ihr Häuschen vergessend ihnen gerne folgen. Die Söhne sind die Aristokraten, die Mädchen die Radikalen; die Erstern meinen, es gehöre ihnen alles von Rechts wegen, die Letztern flüchten sich je eher je lieber in fremdes Land, um unter fremdem Schutz desto sicherer und mächtiger gegen die brüderlichen Aristokraten aufzubegehren und aus ihren Klauen zu reißen so viel wie möglich.

Die Brüder hatten Annelisi recht lieb, aber weil es zuweilen etwas gäuggelhaft tat, so trieben sie oft ihr Gespött mit ihm und sahen es so gleichsam über die Achseln an. Annelisi, welches sich wohl bewußt war, daß es nicht auf den Kopf gefallen sei und so gute Gedanken hätte als irgend ein Meitschi, nahm das übel und vergalt den Brüdern ihr vornehm Wesen durch manche Spottrede, manche Neckerei und verrätschte sie wohl zuweilen bei Vater und Mutter; kurzweg gesprochen, es tat recht radikal gegen sie, wessen sie sich aber wenig achteten, sondern nur noch vornehmer gegen Annelisi wurden.

Wie gut Christen und Resli es auch meinten, gut kam es ihnen nicht. Die Eltern verstunden sie nicht; es ging ihnen, wie wenn Unkundige in einer Wunde herumfahren oder in eine Beule stechen, welche noch nicht zeitig ist. Sobald sie in das Gekifel der Eltern reden wollten, so wurden sie an die alte Haussitte gemahnt, seit wann es der Brauch sei, daß Kinder hineinwelscheten, wenn Eltern mit einander redeten. Die guten Eltern dachten nicht daran, daß wenn man Die Stützen wegnehme, das ganze Haus umfalle, und daß wenn sie selbst das erste Bedingnis, vor den Kindern nicht zu worten, verletzten, die Kinder auch um den alten Respekt kämen, und daß wenn Eltern vor den Kindern sündigen, die Liebe die Kinder treibe, die Eltern zurückzuweisen, so gut als sie auch die Eltern treibt. Der Witzigere wehrt ab, wenn nun die Kinder die Witzigern werden, sollen sie nicht auch abwehren?

So verstunden es aber die Eltern nicht, sahen nicht, daß sie nicht mehr die Alten waren, sondern krank geworden, die Kinder aber die alte Lebenskraft seien, welche sie wieder zur alten Gesundheit bringen mochte. Wenn nun die Kinder zum Schweigen gewiesen wurden, so wollten sie sich entschuldigen und sagten: »Aber Vater, es dünkt mich doch, es sei nicht der wert, so bös zu werden«, oder: Die Mutter habe recht; wenn man es so machen würde, wie die Mutter sagte, es käme besser, oder: »Der Vater hat doch auch etwas recht; man kann in Gottes Namen nicht immer machen, was man will, man muß sich zuweilen auch nach den Umständen richten« Das ging dann noch tiefer; was Entschuldigung sein sollte, nahm das Eine als Billigung, das Andere als Mißbilligung. So etwas während dem Streit ist Öl ins Feuer, und zugleich kam dasjenige, welches mißbilligt sich glaubte, in den Wahn, die Kinder hielten es mit dem Andern, glaubte sich unterdrückt, wurde nur hässiger und böser, der Streit ward häufiger, giftiger, lauter. Resli, in seinem Tätigkeitstrieb vom Vater zurückgewiesen, der Mutter Wohltätigkeitssinn, des Hauses Ehre, notwendig achtend und auch innerlich ihn teilend, entschuldigte sich öfters damit: Es dünke ihn doch, man sollte zuweilen auch darauf achten, was die Mutter sagte. Das machte den Vater immer böser über Resli, und laut klagte er über ihn, daß er nicht warten möge, bis er den Löffel aus der Hand gegeben; er stecke hinter der Mutter und weise sie auf, und wenn er nicht wäre es ginge alles besser. Er merke wohl, was abgekartet sei und daß er den Hof abtreten sollte, aber das tue er nicht, solange er ein Glied rühren könne. Annelisi, Reslis natürlicher Gegenpart und nicht in die Absicht der Brüder eingeweiht, nahm des Vaters Partei und sobald Resli den Mund auftat, mischte sich auch Annelisi ein, oft noch ehe es wußte, wovon die Rede war. Wenn die Mutter es schweigen hieß, so begehrte der Vater um so lauter mit Resli auf, und wenn später Resli mit Annelisi alleine war, so drohte er ihm, wenn es noch einmal den Mund auftue, so nehme er es bei den Züpfen und führe es zur Stube aus. Er wolle ihm zeigen, was es sich in alles zu mischen hätte, und es sollte sich schämen ins blutige Herz hinein, ein Wort gegen die Mutter zu sagen. »Tue es nur«, antwortete ihm dann Annelisi, »wenn du darfst und du meinst, du hättest alleine das Recht zu reden! Aber das Haus ist noch nicht deins, und solange ich in der Kräze sein muß, will ich das Recht haben, zu reden, was ich will, hörst du, so gut als du. Und es nimmt mich wunder, ob du dich nicht noch mehr schämen solltest, so auf dem Vater zu sein, du solltest doch wohl sehen, was er zu leiden hat von der Wunderlichkeit da Mutter.« – »Was, Wunderlichkeit der Mutter«, schrie Resli, »es nimmt mich wunder, wer wunderlicher sei, der Vater oder die Mutter!« So gings, und oft war es nahe dabei, daß Die Beiden sich in die Haare gefahren wären, wenn der ältere Bruder nicht gemittelt hätte.

So ward, was zum Frieden dienen sollte, ein neues Reizmittel zum Streit, wie es ja auch bei großen Bränden geschieht, daß Feuerspritzen, welche man zur Rettung eines Hauses in eine Gasse gestellt, das Feuer leiten vom brennen, den Hause ins Nachbarhaus, weil, durch die Hitze angesteckt, sie selbst in Brand geraten. Statt daß da Eltern Streit aufgehört hätte, riß Streit unter den Geschwistern ein, und ein Streit nahm Nahrung aus dem andern Streit. So ward das Leben immer trübseliger, und es erleidete Änneli oft so dabei, daß es zu Gott betete, er möchte es doch sterben lassen, und Christen ging es nicht besser.

Einmal, es war am Sonntag vor Pfingsten, am ersten heiligen Sonntag, dünkte es Christen, er möchte noch Kuchen zum zMorgenessen. Sie hatten am Samstag gebacken und nach üblicher Sitte Kuchen gemacht für das ganze Hausgesinde über den Tisch weg. Dies geschah gewöhnlich in so reichlichem Maße, daß immer übrig blieb und manchmal später den Rest niemand essen mochte. Diesmal kam Christen die Lust an, es war, als ob der Teufel ihn stüpfe, wie man zu sagen pflegt, oder ob er zwei Bettlerweiber vom Hause weggehen sah, ich weiß es nicht. Denn die sind auch früh auf, und je länger je weniger soll man den Bettlern Faulheit vorwerfen, hoschen und doppeln sie einem ja manchmal schon vor fünf Uhr an der Türe.

Genug, Christen wollte zu seinem Kaffee Kuchen haben, und Änneli sagte: »Kuchen ist keiner mehr, aber ich will dir lings Brot holen.« – »He, das wäre kurios, wenn kein Kuchen mehr da wäre«, sagte Christen, »es ist ja gestern noch so viel übrig geblieben. Gehe du, Annelisi, du wirst wohl noch finden.« – »Du hast gehört«, sagte Änneli, »es ist keiner mehr, und du brauchst das Meitschi nicht zu schicken, wenn ich es dir sage.« – »Aber wo ist denn der Kuchen hingekommen?« fragte Christen. »Er ist einmal nicht mehr da«, sagte Änneli. »So, geht das nun so«, brach Christen los, »fressen einem Die Bettler den Kuchen vor dem Maul weg? Brot ist nicht mehr gut genug für sie. Es wird bald dahin kommen, daß wir nicht einmal Brot mehr haben, wenn die Bettler uns den Hof gefressen. Aber so geht es, wo die Frau den Bettlern die Sache besser gönnt als dem Mann und den Kindern.« – »Ich weiß gar nicht, warum du heute Kuchen willst«, sagte die Frau, »das ist nur um zu zanken, es ist manchmal übrig geblieben und du hast keinen begehrt, so daß er zuschanden gegangen wäre, wenn ich ihn nicht weggegeben hätte. Wenn ich dir anbot, hast du gesagt, du liebest alten Kuchen nicht.« – »Selb ist nicht«, sagte Christen, »aber du begehrst mich auf Die Gasse zu bringen oder ins Grab, du – «. »Vater, Vater« sagte Resli, »denket, es ist heute heiliger Sonntag, und was werden die Leute sagen, wenn sie hören, daß wir wieder Streit haben.« – »Aber was braucht die Mutter den Kuchen fortzugeben«, sagte Annelisi, »sie hätte doch wohl denken können, der Vater nehme noch.« – »Und was hast du dareinzureden«, sagte Resli, »die Mutter hat gewußt, was sie zu machen hat, ehe du dagewesen bist.« – »Ich habe so gut das Recht, dareinzureden, als du«, sagte Annelisi, »und lasse mir von einem Solchen, wie du einer bist, nicht befehlen.« – »Wie bin ich denn einer?« fragte Resli. »He, einer, daß wenn man mit den Schuhen an ihn gekommen wäre, man sie wegwürfe aus Grusen, man sei vergiftet.« – »Wart, du Täsche!« rief Resli und wollte hinter das Meitschi her. Das floh hinter den Vater und brüllte jämmerlich, der Vater donnerte auch. Da tat die Mutter, welche hinausgegangen war, als Resli vom heiligen Sonntag redete, die Türe auf, welche aus der Küche in die Stube führte, und sagte: »Eh Resli, denkst du jetzt auch nicht an den Sonntag und schämst dich nicht vor den Chilerleuten, sprichst Andern zu und kannst dich selbst nicht halten?« Das schlug Resli wie mit einem Zaunstecken. Er sagte: »Vater, zürne nicht, mit dir wollte ich nicht streiten, und wenn ds Meitschi sagen darf, was es will, so ists mir auch recht, wenn du es erleiden magst«, und ging zur Tür hinaus.

Es war eine gestörte Haushaltung an selbem Morgen. Sobald der Streit anging, hatten die Diensten sich fortgemacht, und als Resli hinausging, machten sich auch die Andern fort, eines hier aus, das Andere dort aus, fast wie eine Bande, die ob böser Tat gestört worden, und Keines kehrte in die Stube zurück, das zMorgen blieb auf dem Tische fast bis zMittag. Niemand ließ sich herbei, es wegzuräumen.

Änneli wollten Reslis Worte, was die Leute sagen würden, nicht aus dem Kopf. Was werden sie erst sagen, wenn heute an einem heiligen Sonntag niemand in die Predigt geht? Da erst werden sie uns verhandeln und allerlei lügen, warum wir nicht gegangen. Jemand muß doch gehen. Aber Änneli fand niemand, den es senden konnte; es mußte, wenn ihr Haus repräsentiert sein sollte in der Kirche, Hand an sich selbsten legen, das heißt sich des Hauses, in welches es wollte, würdig kleiden. In ungestörter Einsamkeit vollbrachte es sein Werk, und es kam ihm wohl, daß es zu demselben nicht fremde Hände brauchte; aber die Mutter hatte es von Jugend auf gelehrt, daß der Mensch sich selbst müsse helfen können in allem, was täglich ihm zur Hand käme. Dafür hätte Gott einem die Hände wachsen lassen, über die man einsten auch Rechnung ablegen müsse wie für jedes andere erhaltene Pfund.

Änneli pressierte nicht, es begehrte nicht der Menge sich anzuschließen, welcher oft das, was vor und nach der Predige auf dem Kilchweg geredet wird, wichtiger ist als die Predigt selbst; sein Gemüt drängte es nicht zur Mitteilung, und für Anderer Angelegenheiten hatte es keinen Platz, es war voll eigenen Leids.

Eine halbe Stunde weit hatte Änneli zur Kirche, und niemand war auf ihrem Wege, denn heute eilte alles, um noch Platz zu finden. Gar seltsam war ihr zumute, so einsam und schauerlich, als ob sie pilgern sollte weit, weit weg und wüßte kein Ziel, wüßte keine Heimat mehr, und alle seien vorausgezogen und niemand wartete ihr, alleine müßte sie pilgern, weit und immer weiter. Noch tönten die Glocken, die ihr sagten, wo die Andern seien, aber sie verhallten bald, und stille wards. Sie hörte nichts als ihre eigenen Tritte, nicht einmal ein Hund bellte im Tale; so stille mußte es im Grabe sein. Und wenn sie nun alleine wäre in der Welt, fände keinen Menschen mehr im Dorfe, keinen in der Kirche, keinen mehr in der ganzen Welt, und alle wären fortgezogen durch das unsichtbare Tor, zu welchem der Herr einzig den Schlüssel hat! Da schwollen von der Kirche her feierliche Klänge und mächtige Töne rauschten auf, und Änneli faltete die Hände, es war ihr, als wäre ihr wieder Mut ins Herz gekommen, und doch bebte sie in ihrer Seele, es war ihr, als höre sie aus den Tönen heraus eine Stimme als wie eines Richters Stimme, die sie riefe vor Gericht.

Angefüllt war die Kirche, kein Platz schien mehr für Änneli da, sie stund im Türwinkel. Sieh, wenn es dir so ginge, wenn du sterben würdest, dachte sie, und kämest unter des Himmels Türe, und kein Platz wäre mehr da für dich, und du müßtest stehen, müßtest wieder gehen, weil kein Platz für dich da wäre, weil du zu spät gekommen, alle vorangelassen im Wahne, du kämest noch früh genug. Und wieder nun wuchs ihr Angst ums Herz, denn es gibt Augenblicke, wo unser Herz angstvoll ist und alles auf sich bezieht, wo die Angst um die Seele zuvorderst ist und alle Augenblicke die Augen voll Wasser sind. Da winkte ihr eine Taunersfrau, welcher sie auch manche Guttat unters Fürtuch gegeben; aber Änneli merkte es nicht, bis im nächsten Stuhl eine ihr einen Mupf gab und deutete. Da sah sie, wie die arme Frau ihr ängstlich winkte, den Andern deutete, daß sie noch näher zusammenrücken sollten, und ihr dann ein Plätzchen frei machte im Stuhle. So machte die arme Frau der reichen Platz in der Kirche, und diese trat demütig näher und nahm jetzt auch eine Wohltat an. Wer weiß, dachte Änneli, wenn ich so spät komme und voll Sündenschuld in den Himmel, wer weiß, ob mir dann nicht vielleicht auch eine arme Frau weichet, um ein Plätzchen für mich bittet, das ihre mit mir teilt, für Weniges, das ich getan, mir so Vieles gibt. Dann erfahre ichs, wie reich vergolten wird das Wenige, was man auf Erden an Nebenmenschen getan. Und als sie neben die arme Frau niedersaß, war es ihr fast, als sitze sie neben ihren Engel und hätte jetzt einen sichern Platz gewonnen, und niemand werde sie aus demselben stoßen, und ihr sei jetzt wohlgegangen in alle Ewigkeit.

Als der Gesang verklungen war, begann der Pfarrer zu beten, und die Gemeinde stand auf. Es schmerzte Änneli, vom erhaltenen Platze aufzustehen, wo ihr so wohl geworden, als sei sie zur himmlischen Ruhe gekommen. Sie dachte, wie es wohl einem sein müßte, der den Himmel erlangt und wieder daraus weg müßte, in die Hölle vielleicht, wo Heulen und Zähneklappen ist ewiglich. Da zuckte es in ihrem Herzen, als ob feurige Pfeile durch dasselbe fuhren, und vor ihr standen die vergangenen Tage, und nach ihnen kamen die gegenwärtigen, und über den ersten stand Freude und Glück, und die letztern waren in Weh und Schmerz gehüllt, und sie fühlte in ihrem Herzen, wie es einem sein muß, der aus dem Himmel in die Hölle muß. War sie ja auch in schaurigem Jammertale und sah ihrem Elende kein Ende, und von hier weg, wo ihr so wohl geworden, mußte sie in kurzer Stunde wieder heim in Qual und Zank, in des Unfriedens graulicht Gebäude. Mußte alleine dort wieder einziehen, von all den Hunderten kam niemand mit, keine arme Frau, welche ihr ein still, friedsam Plätzchen bereitete; dort warteten ihrer wieder die alte Not, das Elend, das nicht aus mißratenen Ernten kommt und mit den schlechten Jahren zu Ende geht, sondern das andere, das aus übelberatenen Seelen stammt und dauert so lange als der üble Rat in den Seelen, oft so lange als die Seele selbst, ewiglich. Ach, müßte sie doch nimmer heim, könnte sie ihr müdes Herz doch legen an ein ruhig

Plätzchen, wo es schlafen konnte, bis ihr Plätzchen im Himmel bereitet sei.

Da tönte in diese Gedanken hinein des Pfarrers Stimme, welcher den Text verlas, der also lautete: »Aber ich sage euch: Ich werde von nun an nicht mehr vom Gewächs dieses Weinstockes trinken, bis an den Tag, da ich es neu trinken werde mit euch in meines Vaters Reich.«

Es war ihr, als hätte der Pfarrer in ihr Herz gesehen und die Worte gerade auf sie gerichtet, als eine schöne Verheißung, daß ihr Wunsch bald sollte erfüllt und sie befreit werden aus ihrem Elend und an ein ruhig Plätzchen kommen. Sie freute sich des Sterbens, und doch kam eine unbeschreibliche Wehmut über sie. Sie dachte anfangs wohl: Mir ginge es so wohl und niemand übel, wenn ich darausstellen könnte. Vielleicht, wenn ich einmal fort wäre, merkten sie, was ich gewesen und daß ich nicht mehr da bin, und sie sinneten vielleicht noch manchmal an mich, wenn an das nicht gesinnet wird und für jenes nicht gesorget. Sie würden vielleicht denken: Es ist notti übel gegangen, daß uns die Mutter gestorben ist. Würde aber wohl auch jemand weinen, wenn ich stürbe, wenn sie mich zu Grabe trügen und wenn die Erde polterte auf meinen Totenbaum? Müßte wohl Christen das Nastuch nehmen vor das Gesicht? Und Resli, was würde der sagen, würde er fühlen, wie übel es ihm ginge, Ach, hätte ich vor drei Jahren sterben können, da weiß ich, was sie getan hätten; da wäre es Christen gewesen, als hätte man ihm das Herz aus dem Leibe genommen, als müßte er diesem Herzen nach ins Grab. Und wenn ich jetzt sterbe, steht vielleicht niemand an meinem Bette, und wenn sie mich tot finden, so ists ihnen, als sei ihnen ein Berg vom Herzen gefallen und der Stein des Anstoßes verschwunden. Ach Gott, wenn meine Mutter wüßte, wie es mir ergeht und daß ich ein solches Ende nehmen würde; das hätte ich keinem Menschen geglaubt, und habe ich gemeint, wenn ich einmal sterbe, so müsse es heißen: Wir haben noch nie eine Leiche gesehen, wo es so übel gegangen ist, alli sufer hei pläret, man hat es fry wyt ghört, das mueß afe e Frau gsi sy!

Heiße, heiße Tränen siedeten in Ännelis Herzen und sprudelten in reichen Strömen über ihre Wangen. Sterben als ein Stein des Anstoßes, als ein Berg auf aller Herzen, als eine Türe vor dem Glück, das war schrecklich, und hatte sie ja immer das Gegenteil gewollt. Von wehmütigem Schmerz überwältigt, konnte sie fast des lauten Weinens sich nicht enthalten, und der Schmerz verzehrte ihr alle ihre Gedanken, und in die Finsternis ihrer Seele hinein tönte wieder des Pfarrers Stimme.

Sein letztes Mahl hätte Jesus mit seinen Jüngern gehalten; er hätte gewußt, wann es das letzte wäre, hätte einen unvergänglichen Segen gestiftet an selbigem, hätte dieses Mahl uns hinterlassen als ein unverwelkliches Erbe. Wann sein letztes Mahl jeder hielte mit den Seinigen, wisse Keiner, Keiner wisse seinen letzten Tag. Es wäre wohl gut, wenn jeder jedes Mahl als sein letztes betrachtete, das er mit den Seinigen hielte, und so weit aus den Augen sollte dieser Gedanke nicht liegen, denn wie mancher Hausvater sei am Abend als Leiche auf seinem Bette gelegen, der des Mittags mit den Seinen am Tische gesessen, wie manche Hausmutter hätte mit dem Tode gerungen, während das Mahl, das sie eigenhändig kochte, noch über dem Feuer stund ungegessen, und wie mancher Jüngling sei nicht über Nacht tut heimgebracht worden, der des Abends üppiglich gelebt an seiner Eltern Tisch! Da wäre wohl gut, wenn jedes jedesmal gedächte, daß es sein letztes sein könnte, da wurde es anders sich gebärden, würde gerne ein schönes Wort, eine freundliche Rede hinterlassen zu seinem Andenken, daß es nach langen Jahren noch heiße: »Ich kann es nicht vergessen, als es das letztemal mit uns gegessen, wo kein Mensch ans Sterben dachte, da hat es noch gesagt –. Ich habe seither manchmal gedacht, ob er etwas vom Sterben gefühlt. Aber es ist seither oft mein Trost gewesen, daß wenn er schon ungesinnet gestorben ist, er doch so gute Gedanken gehabt hat.«

»Aber wenn einer über Tisch schlechte Reden geführt, den Geber alles Guten geärgert, während er seine Gabe genoß, denket, wie muß es den Hinterlassenen sein, wenn diese Reden ihnen einfallen, wie muß es dem Sterbenden sein im Augenblicke des Todes, wo die Gedanken mit unbeschreiblicher Schnelle vor der Seele wechseln, als ob sie das ganze Leben aufrollen wollten vor selbiger, wenn er an seine Worte gedenket am letzten Mahle und was für ein Andenken er den Seinen hinterläßt und was für ein Zeugnis über den Zustand seiner Seele!«

»Oder wenn man gar in Streit und Zank die Gaben Gottes genossen, in Streit und Zank auseinandergegangen ist, mit Groll im Herzen, mit bösen Gedanken in der Seele vielleicht, mit bösen Wünschen auf der Zunge, und Gott rufet einen ab, er kann nicht Friede machen, nicht abbitten, nicht zurücknehmen, er stirbt unversöhnt, was meint ihr, muß der Tod nicht wie ein zweischneidend Schwert in seine Seele fahren, und wie muß es den Seinen sein, und muß es ihnen nicht allemal, wenn sie zu Tische sitzen, in Sinn kommen, wie einer aus ihrer Mitte im Unfrieden dahingefahren! Wohin?«

»So sollte wohl jegliches Mahl in jedem Hause genossen werden als das letzte, genossen werden, wie Die Kinder Israel das letzte Mahl genossen im Diensthause des Ägypterlandes, zur Reise in die Wüste bereit, so der Christ bereit zur Reise ins wüste Tal des Todes, welches zwischen unserem jetzigen Lande und unserem gelobten Land gelegen ist.« Aber der Geschäfte des Tages, des gemeinen Lebens Aufregung hindere dies, halte meist den Geist nieder, daß er nicht aufzuschauen vermöge in die Gebiete des höheren Lebens. »Aber eben darum sollte man ja nicht versäumen, wenigstens das Mahl, welches die Erneuerung ist des Mahles, welches der Herr als sein letztes genossen, auch als ein Abschiedsmahl von dieser Welt zu betrachten. Nicht nur als einen Abschied von der Sünde, sondern auch als einen Abschied von allen, welche uns angehören, sollte man es betrachten, denken, man müsse nach genommenem Mahle scheiden von all den Seinen. Hat man für sie gesorgt? Seine Schuldigkeit an ihnen getan? Welchen Namen, welches Andenken läßt man ihnen? Scheidet man im Frieden? Folgen ihre Tränen uns nach? Bleiben ihre Herzen bei uns? Das sind Fragen, die sich stellen sollen vor unsere Seelen. Denket euch, zum letzten Male tränket ihr hienieden mit den Eurigen vom Gewächse des Weinstockes, diesen Abend, wenn die Sonne scheidet, schlage auch eure Abschiedsstunde, und stellet nun jene Fragen vor eure Seele! Was waret ihr den Euren? Was hinterlasset ihr ihnen? Wie trennen die Herzen sich, wenn heute abend der Abschied kömmt? Ich weiß es, dieses fährt wie eine feurige Flamme in manches Herz, und manche Quelle innern Leids bricht auf, und manchen dunklen Schatten werfen die Gewissen über die Seelen. Denn den Unfrieden kann man nicht leugnen, der Groll liegt auf den Gesichtern, der gestrige, der heutige Tag können noch nicht vergessen sein, und was wir sind, steht vor unserem Angesichte. Darum eilet und machet Friede, machet gut, holt das Versäumte nach! Den heutigen Abend werden wahrscheinlich die Meisten erleben, wenn nicht das Gewölbe dieser Kirche einbricht, die Brücke dort nicht unter euch zusammenbricht, aber das nächste Abendmahl, wer wird dieses erleben? Drei Monate liegen zwischen diesem Mahle und dem nächsten Mahle; drei Monate sind eine lange Zeit, vergesset nicht, wie Mancher vor einem Jahre im Laufe dieser Monate ins Grab sank! Zählet draußen die Gräber; wenn ihr sie gezählet, so vergesset die Zahl nicht, traget sie heim und gedenket, daß Der, welcher vor einem Jahre so Viele ins Grab legte, der Gleiche geblieben und in diesem Jahre ebenso Viele oder viermal so Viele zu diesen legen kann, sobald Er will! Warum sollte euch diesmal die Reihe nicht treffen? Hat einer unter euch einen Sicherheitsschein? Junge sinds und Alte, Starke und Schwache, welche des Herrn Arm geschlagen, welche die Ihrigen dorthin gelegt. Fühlt ihr nicht, wie die Vergänglichkeit durch eure Glieder schleicht, wie das Pochen eurer Herzen mir recht gibt? Säumet nicht, holt nach, macht gut! Warum zögert eure Seele, den heiligen Entschluß zu fassen? Ja, ich bin nicht schuld, sagen die Einen, der Andere hat zuerst gefehlt. Ja, sagt ein Anderer, ich weiß nicht, ob er Friede machen will. Die Dritten: und wenn ich heute Friede machte, so wäre es morgen im Alten; und noch Hunderte solcher Sprüche schleichen aus dem Hintergrunde der Seele hervor; es sind die alten Leichentücher, welche ihr schon hundertmal gebraucht, in welchen ihr jeden guten Entschluß zu begraben pflegt. Hat Jesus auch Entschuldigungen gemacht im Garten Gethsemane? Machte er Vorbehalte, als er sprach: Vater, vergib ihnen, sie wissen nicht, was sie tun? Machte er Ausnahmen, als er sein Opfer am Kreuz vollbrachte? Er hatte keine Ausreden, machte aber auch keine Vorbehalte, als er befahl, daß man siebenmal siebenzigmal in einem Tage vergeben, den Balken aus dem eigenen Auge ziehen solle. Darum gehorcht, versöhnt euch mit den Menschen, dann erst könnt ihr euch versöhnen mit Gott; vergebt euren Schuldnern, dann erst werden eure Schulden euch vergeben, rechnet nicht mit den Brüdern, wenn ihr nicht wollt, daß der Herr rechne mit euch! Zögert nicht, zaudert nicht; wie ein Dieb in der Nacht kommt der Herr. Glaubt es doch! Der Bruder hat euch auch eine Rechnung zu stellen, sieht ebenso viel Fehler an euch als ihr an ihm. Diese Rechnungen aber gleicht man mit Rechnen nicht aus, da hilft nur Vergeben und Vergessen. Darum du, der du zum Altar treten willst und weißt, daß dein Bruder zürnet, so laß den Altar und versöhne deinen Bruder, dann erst komme wieder! Im Himmel ist ewiger Friede; wer im Himmel ein Plätzchen will, darf nicht Streit auf Erden lassen, nicht Streit im Herzen tragen. Darum reiniget euch, damit wenn der Herr kommt, ihr fröhlichen Abschied nehmen, auf Erden ein freundlich Andenken hinterlassen, im Himmel den ewigen Frieden finden könnet!«

So sprach der Pfarrer, und die Worte tönten in Ännelis Seele wider fast wie Gottes Worte. Sie trafen Punkt für Punkt ihre eigenen Zustände und Gedanken, als wenn ein allwissendes Auge sie in ihrer Seele gelesen hätte, sie begegneten jedem Stocken, jeder Ausflucht; Schlag auf Schlag erschütterte ihre Seele, sie ward wie betäubt, und als der Pfarrer schwieg, da schien es ihr, sie stünde an eines tiefen, fürchterlichen Abgrundes Rand, und eine Stimme hoch über ihr sage: Frau, Frau, deine Zeit ist um, rette deine Seele!

Sie ging nicht zum heiligen Mahle, mit Andern verließ sie nach der Predigt die Kirche unwillkürlich, von einer inneren Gewalt getrieben, obgleich sie eigentlich angezogen war, um zum Tische des Herrn zu gehen. Aber eben es war nur der Leib, welcher die rechte Kleidung trug, und da weigerte sich die Seele und forderte auch das Kleid der Reinigung. Betäubt, fast wie jemand, der aus großer Todesnot gerettet worden, aber noch nicht weiß, wie es gegangen und wo er ist, ging sie nach Hause.

Wie lange sie heimgegangen und was in ihrer Seele auf- und niedergegangen, das wußte sie ebenfalls nicht. Aber sie harten ihrer geharret, Resli stand auf der Bsetzi, und seiner Stimme, als er frug: »Mutter, kömmst du endlich und wo bleibst so lange?« hörte man es an, daß er Angst um sie gehabt. Das Essen war längst zweg, Annelisi hatte gekocht und schoß puckt in der Küche herum. Es war die Verlegenheit des bösen Gewissens, das gerne sich entlastet hätte, aber nicht recht weiß wie. Denn als die Mutter fragte, ob alles zweg sei zum Essen, antwortete Annelisi ganz freundlich und mit viel mehr Worten, als nötig gewesen wäre. Noch fehlte der Vater; er sei zum Waldacker hinaufgegangen, hieß es.

Dort oben am Waldessaum saß Christen, und während der Himmel so heiter über ihm war, die ganze Erde lachte, war es ihm so trüb im Gemüte. So kann es nicht mehr länger bleiben, sagte er zu sich selbst; kein Essen ist mehr gut, Die Kinder reden in alles, die Diensten ästimieren einen nicht mehr; eins zieht hier aus, das Andere dort aus, und zuletzt geht alles über mich aus, und mit dem Rücken kann ich ansehen, was ich vom Vater geerbt. Nein, so kann es beim Schieß nicht mehr gehen. Aber was machen? ZBoden stellen, daß man einmal weiß, wer Meister ist, und wenn es sein muß, sie zuweilen in die Finger nehmen, das wär ds Best, wenn die Kinder nicht wären. Aber man muß sich vor den Kindern schämen, und dann liefen sie fort und der Lärm würde nur größer. Die verfluchten Bettelweiber mit der Geisel wegjagen, und wenn eine ins Haus schleichen würde, sie an den Züpfen hinausführen, so gutete doch wenigstens das verfluchte Verschleipfen. Aber was hätte ich davon, als verbrüllet zu werden im ganzen Land, und wenn eine Frau verschleipfe will, so ist ihr der Tütschel nicht listig genug. Scheide wäre ds Kürzest, und dann könnte ein jedes mit seinem Gelde machen und husen, wie es wollte. Aber wie ginge es dann mit dem Weibergut? Wenn ich das herausgeben müßte, es täte mir notti weh. Und dazu hätte ich eigentlich gar nichts wider Änni; wenn es nur weniger narrochtig tät mit dem Bettelvolk und nicht meinte, es mußte jeder Täsche aufwarten mit dem Hemd ab dem Leibe, und weniger regieren wollte und mir die fünftausend Pfund nicht immer vorhielte, so hätte ich gar nichts wider ihns, im Gegenteil, es wäre mir fast noch so lieb wie ehemals. Denn daneben wäre es ein Gutes in alle Spiel, hätte Sorg zu allem, und es sei kein Zeichen im Kalender, über welches es nicht Bericht geben könnte. Öppe so Laster, wie die meisten Weiber damit behaftet seien, wüßte er notti an Änneli keines. Aber die fünftausend Pfund lasse er sich nicht vorhalten; er sei nicht für seine Freude Vogt gewesen, vermöge sich dessen nichts, und wenn sie einem Menschen weh täten, so täten sie ihm weh, und bsunderbar weil er sehe, daß auf diesem Wege man nicht mehr dazu käme, sondern noch um das, was man hätte. Aber zuletzt wäre ihm an den fünftausend Pfund nicht mehr alles gelegen. Wenn sie nur den vorigen Zustand wieder hätten und Änneli würde wie ehemals, so könnten seinethalb die fünftausend Pfund sein, wo sie wollten. Er könnte dem Bub den Hof abtreten und in die Hinterstube gehen, aber er schäme sich auch, schon abzugeben und mit minderem Vermögen, als er ererbt; das würde die Leute lächern, und zudem daure ihn der Bub. Wenn sie mit dem ganzen Vermögen nicht fahren möchten, wie sollte es denn der Bub machen können, wenn er den Geschwistern herausgeben und dazu ihnen noch einen großen Schleiß ausrichten müßte? Und er wüßte auch nicht, wie Änneli das ausstünde. Man habe schon manches Beispiel, daß eine Mutter, wenn man ihr die Haushaltung abgenommen und sie zu nichts mehr etwas hätte sagen sollen, verhürschet worden seie im Kopf, und bsunderbar sei es denen begegnet, die gewohnt gewesen seien, viel auszuteilen, und die nun auf einmal nichts mehr zu geben hätten. Er glaube nicht, daß Änneli das ausstünde, wenn man ihm auf einmal alles abnehmen würde, und daran möchte er doch nicht schuld sein, es sei daneben doch noch ein Gutes gewesen. Nun habe man Beispiele, daß man mit ihnen umginge gerade wie mit Vieh. Nit, solange er lebte, wollte er schon dafür sorgen, daß es nicht geschehen würde, aber man wisse nicht, wer zuerst davon müsse. Er wüßte eine Frau, die auch verhürschet worden sei, weil man ihr alles eingeschlossen und sie zu keiner Sache mehr etwas hätte sagen sollen und nichts mehr geben, und die man jetzt, seit ihr Mann gestorben, behandle wie ein Unvernünftiges, sie einsam und abgesondert einschließe und niemand zu ihr lasse. Und doch sei es nicht, daß die Leute es nicht vermöchten. Er möchte an solchem nicht schuld sein, solches müsse einst abgebüßt werden an beiden Orten, hienache und dortnache, und was die Kinder nicht alles ausessen, das warte noch den Kindeskindern. Und selb möge er nicht. Resli täte es jetzt freilich nicht, aber man wisse nicht, was er für eine Frau erhalte, und was eine Frau aus einem Menschen zu machen vermöge, das wisse man auch nicht. Man habe Beispiele, daß aus den freinsten Burschen halbe Tüfle worden seien vor Gyt und Unverstand, wenn sie Weiber darnach erhalten hätten. Ja, wenn es Wyb z'ungutem geratet, so hat es siebe Manne use und dr Tüfel könnt byn ihm ga Lehrbueb sy. Aber was er anfangen wolle, das wüßte er wahrhaftig nicht, aber so stehe er es nicht mehr aus.

Bis hieher dachte Christen, nun versank er in tiefes, bewußtloses Sinnen; einzelne Glockenklänge, mit denen leise Winde über den Wald her spielten, weckten ihn. Es war das Zeichen, daß der Gottesdienst zu Ende sei, und eine Mahnung, wieder zu kommen am Nachmittage, damit der Same, welcher mit fleißiger Hand ausgestreut worden sei, mit Ernst und Nachdruck eingeeggt werden könne in den seltsamen Boden des Gemütes, wo der bessere Same so gerne sich verflüchtigt oder sonst nicht zum Leben kömmt. Ich sollte heim, dachte Christen, wenn ich zur rechten Zeit beim Essen sein will, aber ich weiß nicht, ich mag nicht, es ist mir allemal, wenn ich dem Haus zu komme, wie wenn jemand vor dem Hause wäre und mit einem Stecken mir wehrte oder als ob etwas Böses, Grüslichs gehen sollte, daß ich fast nicht dranhin dürfte. Ehemals ist das doch nicht so gewesen, es ist mir gegangen fast wie einem Schiff, wo der Fluß immer stärker unter ihm dahinschießt. So habe ich immer stärker laufen müssen und manchmal fast springen, je näher ich meinem Hause kam. Da war es schön. Und wiederum sann Christen, bis ihm laut der Wunsch entrann: »Ach, wenn es nur wieder so wäre!« Aber es wieder so zu machen, wußte er nicht, kein Rat kam.

Trübselig machte er sich nach Hause, und sein Trübsal war bald mehr bitter und bald mehr wehmütig und bald mehr trotzig und bald mehr melancholisch, je nachdem die Wolke gefärbt war, welche über seine Seele strich. Aber die Färbungen dieser verschiedenen Wolken sah man auf seinem Gesichte nicht, das war ungefähr wie ein Holzstich, der die nämliche Färbung behält, man mag ihn betrachten, von welcher Seite man will, und wenn die Sonne scheinet oder wenn es regnet. Es ist kommod und unkommod, ein solch Gesicht, aber Staatsmänner und Spitzbuben würden oft viel Geld darum geben. Freilich gibt es auch Staatsmänner, welche es bereits haben, das sind dann aber sogenannte. Spitzbuben gibt es aber sehr selten sogenannte, die unterscheiden sich von den Staatsmännern eben dadurch, daß sie meist wirkliche sind.

Dieses Gesicht brachte er heim, und mit diesem Gesicht setzte er sich oben an den Tisch, und es war erbärmlich anzusehen, wie schnell und schweigend gegessen ward, fast als ob jedes in einem Wespenneste säße; aber es meinte jedes, aus Christens Gesicht würde Blitz und Donner brechen bei dem geringsten Anlaß, wenn etwa ein Bettler hoschete oder ein Handwerksmann Geld wollte. Jedes merkte, daß es hinter dem Gesichte grollte und gärte; aber daß es naher dem Weinen als dem Donner war, eben das sah man nicht. Freilich donnert man zuweilen auch aus lauter Verlegenheit, weil man nicht mehr recht weiß, wie man weint. Es machte also ein jedes, daß es wegkam so bald möglich, auch Änneli nahm nur eine Gablete oder zwei und suchte die Küche wieder. Das beelendete Christen aber immer mehr, er wußte auch nicht, daß Änneli nicht seinetwegen so schnell abseitsging, sondern weil ihr immer das Weinen zuvorderst war und ihr Herz überhaupt so voll, daß sie meinte, es müßte zerspringen. Er glaubte, sie sei noch böse und kupe, und eben das sei das Unglück, daß sie nie vergessen könne und wochenlang die Sache wiederkaue, so daß wenn er zufrieden sein möchte und längst alles vergessen, Änneli das Alte immer wieder aufwärme, und das sei doch ehedem ganz anders gewesen, und das sei noch ärger, als wenn man am Sonntag Schnitz und ein Mus koche und beides die ganze Woche durch wärme; so sei nicht dabei zu sein, und das Leben erleide ihm.

So bald möglich machte er sich auch vom Tische fort und stund lange draußen auf der Bsetzi und wußte nicht was machen. Er wäre lieber daheim geblieben, aber daheim fürchtete er Streit, mochte mit Änneli heute nicht alleine sein, er wollte heute nicht mehr streiten, und doch war es ihm zuwider, wegzugehen. Endlich ging er und war schon ein langes Stück gegangen, ehe es ihm einfiel, wie und wo er seinen Nachmittag zubringen könnte. Änneli hatte ihm aus dem Küchenfenster zugesehen und gedacht: Bleibt er wohl oder geht er wieder? Wenn er doch daheimbleiben würde, wir wären alleine diesen Nachmittag, da wollte ich das Herz in beide Hände nehmen und es ihm leeren und mich unterziehen und um Verzeihung bitten und ihm anhalten, daß er nicht mehr so sei; es sei mir nicht nur wegen mir und von wegen den Leuten, sondern bsunderbar wegen den Kindern. Aber ums Bleiben durfte sie ihn nicht bitten, was würde er denken, dachte sie. Aber als er ging, als er nicht umkehrte, sie ihn nicht mehr sah, da schoß ihr das Wasser in die Augen wie vom Berge der Bach, wenn eine

Wolke gebrochen ist. Sie mußte abseits.

An schönen Sonntagen und besonders wo keine kleinen Kinder sind, ist es oft einsam des Nachmittags um einen Bauernhof. Man kann zweimal ums Haus herumgehen, man merkt nichts Lebendiges als vielleicht ein Schwein, das sich kündet, wenn man dem Trog zu nahe kömmt, oder ein Pferd, welches durch den leeren Bahren wiehert. Zuweilen sieht man beim dritten Mal einen Hans oder einen Peter, der im Schatten eines Baumes wohl schläft, das Gesicht nach unten gekehrt, die Beine aber vom Knie weg gen Himmel gestreckt. Sehr oft aber sucht man umsonst unter den Bäumen nach solchen Himmelszeigern, man muß am Hause hoschen, muß drei-, viermal hoschen, stark, aber geduldig; dann kömmt endlich beim siebenten oder achten Mal eine ingrimmige Stimme aus der hintern Stüblistüre: »Doppelt neuer?« Es ist die Stimme der Bäuerin, welche sich vor dem Fliegenheer ins Hinterstübli geflüchtet hat, erst lesen wollte in einem geistlichen Buche, aber unwiderstehlich gelockt worden war hinter den dicken Umhang ums breite Bett, wo in der ungewohnten Stille bald ein seliges Schläfchen sie umfing, bis der unwillkommene Doppler sie weckte. Nachdem sie denselben abgefertigt, sieht sie ihm ein Weilchen nach, geht zum Brunnen, weckt sich durch einige Züge des schönen, Bläschen werfenden Wassers und macht dann die Runde ums Haus und in der Hofstatt, bis es Zeit wird, das Nachtessen zu rüsten, oder es sie gelüstet, privatim ein Kaffee zu machen.

Fast ebenso hätte es der Besucher auf jenem Hofe selben Sonntag getroffen, alle waren ausgeflogen bis an Änneli, das gaumete. Anfangs war sie, nachdem sie hinter der letzten Jungfrau, welche ausflog, die Türe geschlossen hatte, auch ins Hinterstübli gegangen, hatte den Kopf aufs Bett gelegt, aber nicht Schlafens wegen, sondern weil er so schwer von Trübsal und Jammer war. Es war ihr, als hätte sie eine innere Gewißheit, daß sie bald sterben müßte, und im Streit scheiden wollte sie nicht, kein Plätzchen im Himmel finden wollte sie nicht, wo keine arme Frau ihr eines machen konnte, auch beim besten Willen nicht, wenn sie nicht versöhnt zur Himmelstüre gekommen. Wie sollte sie es anfangen, Frieden zu machen? Christen schien alle Tage verstockter und unversöhnlicher, und nicht das mindeste Wörtlein nahm er von ihr an. So sann und weinte sie trostlos lange, bis ein Doppeln an der Haustüre sie störte. Änneli zögerte; eine Bäuerin erscheint nicht gerne mit verweinten Augen unter der Haustüre, es wäre ihr recht gewesen, wenn der Klopfende weitergegangen wäre. Als derselbe aber nicht absetzte, so erlaubte es dem Änneli ihr gutes

65

Herz nicht, zu tun, als wäre gar niemand daheim, wie es wohl oft geschieht. Ich muß doch gehen, wenn es etwa ein Unglück wäre oder jemand für einen Kranken etwas wollte, ich müßte mir noch auf meine Letze ein Gewissen machen, und selb will ich doch nicht, dachte sie bei sich selbst. Sie setzte die Kappe wieder auf, strich Die Haare zurecht, wischte mit der feuchten Hand die roten Augen aus und öffnete. Da stund draußen der Polizeier und begehrte eine Unterschrift.

Eigentlich war es eine flotte Dampete, welche er im Sinne trug, in deren Hintergrunde ihm ein tüchtiges Glas Schnaps glänzte nebst dem dazugehörigen Stück Brot wie ein Licht in dunkler Nacht. Denn so ein Polizeier ist oft neben seinem Amte auch zugleich eine alte Frau, die sich mit Neuigkeiten Herumtragen abgibt, mit dem Unterschiede jedoch, daß er für seine Mühe lieber Schnaps nimmt als Kaffee, während eine eigentliche alte Frau den Kaffee mehr liebt. Änneli hörte ihn sonst nicht ungerne, und es geschah selten, daß der Polizeier den Mund nicht noch lange bald schleckete, bald abwischte, wenn er vom Hause wegging. Diesmal war Änneli nicht aufgelegt zum Dampen, öffnete nur den obern Teil der Türe und diesen nur halb, sagte: »Christen ist nicht daheim, du mußt ein andermal kommen.« Die üblichen Fragen: »Wo ist er hin? Kommt er bald heim? Wenn ich wüßte, daß er bald käme, ich wollte warten«, fertigte Änneli kurz ab, und als der Polizeier vom Wetter anfing und sagte, es sei schön und er traue, es wolle einen Rung so bleiben, es wäre gut, da sagte Änneli: »Es wär gut, aber ds Beste ist, wenn man es nimmt, wie es kömmt.« – »Du hast recht«, sagte der Polizeier, »aber wenn mans könnte, du gute Frau du.« – »He, man sollte es lernen«, sagte Änneli und machte die Öffnung in der Türe immer kleiner, so daß der Polizeier es endlich merkte, daß er unwert sei und gehen könne. »He, so will ich ein Haus weiter«, sagte er endlich traurig und sann, ehe er Adie sagte, noch lange nach, wo er wohl Zeit zu einer Dampeten und ein Glas Schnaps dazu finden könnte. Kaum war er dort abgesessen, so sagte er, was es wohl bei ds Bure in Liebewyl wieder gegeben habe; wenn es denen dort gut gehe, so verstehe er sich nicht mehr darauf. Die Bäuerin hätte ganz verplärete Augen gehabt, und als er nach dem Manne gefragt, da hätte es ihn gedünkt, sie möge es kaum hervor, bringen, sie wüßte nicht, wo er sei und wann er heimkomme. Und er wolle doch gefragt haben, wo eine rechte Frau sei, die nicht wüßte, wo der Mann sei!

Änneli aber hatte die Türe zugemacht, das Bett im Hinterstübli zurechtgerüttelt, ging zur hintern Türe aus, zog sie hinter sich zu, machte die Runde ums Haus, besichtigte die Ställe, in welchen sie lange nicht gewesen war, machte ihren Schweinen einen Besuch, und sie begrüßten sie freundlich mit Grunzen und Schnürfeln und erhielten zum Dank dafür einen Armvoll grünes Gras in den Trog. Von dort trappete Änneli in die Hofstatt hinaus, trappete von Baum zu Baum, freute sich des Segens, der so reichlich die Bäume schmückte, dachte bei jeder Sorte, für was sie wohl gut wäre, und wie ein Feldherr die Truppen zur Schlacht, so ordnete Änneli die sämtliche Masse nach ihrem Wert und Dienst, zum Behalten, zum Verkauf, zu Schnitzen und zu Bätzi, zu Most und zu Branntwein, kam unvermerkt zum Flachs, der dicht und schlank emporwuchs, dem Hanf nachstrebte, der hochmütig auf ihn herabsah. So kam Änneli immer weiter, von einem zum Andern, und alles war üppig und schön, und als sie am Rain hinterm Hause das Ganze übersah, da hüpfte ihr das Herz fast vor Freude, denn so schön hatte sie noch nie alles gesehen, und einen schönern Hof gebe es doch nicht, dachte sie. Aber da kam schon wieder der Jammer, gerade wie in nassen Jahren nach jedem Sonnenblick ein nur um so ärgeres Regenwetter kömmt. Das alles ist unser, und wie gut Händel könnten wir nicht haben, und jetzt, wie haben wirs! Übler zweg sind wir als die ärmsten Kacheler und Häftlimacher, und nicht wegen der Armut, wir hätten Sachen genug für uns und öppe auch für unsere Kinder, aber da inwendig ists nicht gut, da hat bös Wetter alles verherget.

Änneli setzte sich nieder, sah über das reiche Land hinweg, sah, wie alles im reichsten Segen prangte, vom Tale weg bis hinauf zu den Gipfeln der Vorberge, sah, so weit das Auge reichte, den Himmel rundum sich senken den Spitzen der Berge zu, sah ihn umranden den Kreis, welchen ihr Auge ermaß, sah, wie da eins ward der Himmel und die Erde, und von dieser Einigung kam der reiche Segen, kam der Sonne Licht, kam der Regen, kam der geheimnisreiche Tau, kam die wunderbare Kraft, welche Leben schafft im Schoße der Erde. Es ward dem Änneli ganz eigen ums Herz, als sie diese Einigung zwischen Himmel und Erde erkannte und wie eben deswegen alles so schön und herrlich sei und so wunderbar anzuschauen, weil Friede sei zwischen Himmel und Erde, der Himmel seine Fülle spende, die Erde den Himmel preise. Und sie dachte, ob denn eigentlich der Himmel nicht alles umranden sollte, nicht bloß die Erde, sondern auch der Menschen Leben, so daß wenn die Jahre ihn drängen an der Erde äußersten Rand, vor ihm der Himmel offen liege. Darum auch alle seine Verhältnisse ein jegliches zum Berge wird, auf den der Himmel sich senket und aus dem er in den Himmel steigen kann. Ja, jeder Tag des Lebens, ein kleines Leben für sich, sollte der nicht im Himmel beginnen, und wenn wir einen heißen Tag lang gewandert sind, der Abend kömmt und der Schlaf über die müden Augen, sollten wir da nicht Herberge halten, wo der Himmel die Erde berührt und die Engelein auf- und niedersteigen und Wache halten über den schlafenden Pilgrim, der im Herrn entschlafen ist, damit wenn die Sonne wieder kömmt, er wohlbewahrt im Herrn erwache, gekräftigt in himmlischer Ruhe zu irdischer Geschäftigkeit? Und hatten wir es nicht ehedem so? frug Änneli sich. Wenn die Nacht kam, am Ende des Tages die Ruhe winkte, hoben wir da unsere Seelen nicht hinauf und suchten in Gott und mit Gott Friede und Ruhe und ließen dahinten der Erde Elend und versenkten ins Meer des Vergessens böse Gedanken und jegliches Nachtragen? Da ward uns wohl, und jeden Morgen nahmen wir den Segen Gottes mit in den Tag hinein, und jeden Abend legten wir ab, was die Erde Unreines an uns gebracht. Jetzt aber legen wir nichts mehr ab, legen uns schlafen mitten in Not und Elend, in Groll und Gram hinein, und böse Geister kommen in der Nacht und nähren in wilden Träumen Gram und Groll. Und am Morgen scheint keine helle Sonne einem ins Gemüt hinein, keinen Segen Gottes nehmen wir in den jungen Tag hinein, sondern das alte Elend, die alte Not, welche über Nacht noch gewachsen sind und wachsen von Tag zu Tag, so daß sie jeden Tag unser ganzes Leben umranden, unser Auge keinen Himmel mehr sieht, wie in trüben Regen-, in schwarzen Gewittertagen auch nur dunkle Wolken auf den Bergen liegen und kein Himmel zu sehen ist.

Da ging Änneli so recht klar zum erstenmal ihre Schuld auf, wie sie zu beten aufgehört hatte und wie von diesem Augenblicke an Groll und Gram gewurzelt seien in ihren Gemütern, und was sonst jeden Abend vorüberging, ein Bleibendes geworden. Wohl hatte sie auch für sich gebetet, aber das Gebet war nicht hinübergeklungen in Christens Seele, hatte nicht mehr geebnet alle Anstöße, ja es hatte sich immer weniger erhoben zu Gott, hatte die Seele im Dunkel ihres Jammers gelassen, und immer mehr waren es nur Worte gewesen, die, wie Steine im Flußbette rollen, ihr über die Zunge gerollt waren. Das Licht von oben läuterte ihre Seele nicht mehr, aber die Erde trübte sie jeden Tag mehr.

So ging ihr auf ihre Schuld, und ihres Elendes Anfang suchte sie nicht mehr im Verlust der fünftausend Pfund, welche mehr dem Manne als ihr zur Last fielen, sondern im Zerreißen des geistigen Bandes, welches so lange ihre Seelen in Treue und Liebe zusammengehalten hatte, und dieses Zerreißen war ihre Schuld. Diese Erkenntnis, die fast wie ein Blitz durch ihre Seele fuhr, erschütterte Änneli tief. Das hatte sie nicht gesehen, nicht begriffen, und lag es ihr doch so vor den Füßen! Und diese Schuld hätte sie beinahe mit sich ins andere Leben genommen, mit sich genommen die Seufzer ihrer Kinder, denen sie ihr Leben vergiftet und vielleicht auch ihre Herzen. Jetzt erkannte sie, wie man den Splitter sieht in des Nächsten Auge, den Balken im eigenen Auge aber nicht. Ach, wenn sie Gott mit dem Gerichte gerichtet hätte, mit welchem sie oft ihren Mann gerichtet!

Eine unendliche Demut kam über sie, sie sah, wie tief unten sie war, keine Strafe schien ihr groß genug, und sie bat die Strafe nicht ab, sondern sie fühlte einen innigen Wunsch, gestraft zu werden, eine Freudigkeit, jede Strafe zu ertragen; es dünkte ihr, erst dann würde es ihr wieder wohlen, wenn Gott sie so recht züchtigte, dann erst wüßte sie, daß Gottes Augen, von denen sie so lange nichts gemerkt, wieder auf ihr ruhten, seine Hand wieder offen wäre über ihr. Sie fühlte aber auch, daß sie gut machen müsse, was sie gefehlt, bekennen müsse ihre Schuld, es ward ihr so recht von ganzer Seele klar, daß nur dem, der seine Sünden von Herzen bekenne, könne vergeben werden, und nicht nur so obenhin einmal und in Bausch und Bogen bekennen, in der Hoffnung plötzlicher Vergebung und Auswischens, sondern sie bekennen in der Liebe, die sich nicht verbittern läßt, die alle Tage die Schuld bekennet, ohne Versöhnung zu erhalten, die im Bekenntnisse verharret, auch wenn der Bruder das Bekenntnis mißbraucht, sein eigen Unrecht nicht erkennt, sondern alle Tage häuft. Sie wußte, daß an ihr nun alles lag, daß sie der Angel war, um den des Hauses Schicksal sich drehte, daß sie die Hand ans Werk legen müsse sonder Zagen und Zaudern, denn kömmt nicht der Herr wie ein Dieb in der Nacht und fordert von seinem Knechte Rechnung über seinen Haushalt? Sie wußte, sie mußte vor allem aus das zerrissene Band wieder anknüpfen; das war ihr großes, ihr heiliges Werk.

Man liest so oft von Helden, die Übermenschliches vollbrachten, von Märtyrern, welche Übermenschliches ertrugen; die Schwächern beben, die Kühnern glühen, wünschen die Tage wieder herauf, wo solchen Ruhm die Kraft erwarb, verwünschen unsere Tage, die so geschliffen einherrollen, einer dem andern gleich, dem Menschen nichts zu bieten scheinen als den Kampf mit der Langenweile in diesen geschliffenen Zeiten und bei den durch sie geschliffenen Menschen. Es ist eine Eigenheit des Menschen, daß er die Größe und das Mächtige nur nach Pfunden, Zahlen, Längen und Breiten zu messen weiß, daß er fürs Geistige keinen andern Maßstab hat als der Zeitungsschreiber für seine Schlachten, deren Größe er nach der Zahl der Toten berechnet und nach der Menge der getanen Kanonenschüsse.

Nun aber gibt es Helden und Martyrer immerfort, und die Gelegenheiten dazu kommen jeden Tag. Wo göttliche Kraft im Menschen ist, da sprudelt sie hervor, und wo ist auf Erden die Quelle, welche nicht ihr Bett gefunden? Die ächte Kraft weiß im Kleinen groß zu sein, der öde Hochmut nur harret immer auf die Gelegenheit, groß zu werden, und harret immer umsonst, und wenn eine Gelegenheit zu Großem käme, so würde er nicht groß werden, sondern gar jämmerlich klein, so wie ein eitler Mensch, der in allen Ängsten nach einem Titel ringt, sei es ein geistlicher oder ein weltlicher, erst recht erbärmlich wird, wenn er denselben erhaschet hat. Ächte Heldenherrlichkeit, großen Märtyrersinn findet und sieht man heute wie immer, man muß ihn nur zu erkennen wissen im Leben und nicht bloß, wenn er geschrieben angepriesen wird, man muß ihn nur zu suchen wissen in jedem Lebensverhältnis und nicht meinen, er blühe nur auf Schlachtfeldern oder Blutgerüsten.

Diese Demut aber, die aus der Liebe stammt, Die alles erträgt, alles erduldet, sich nicht verbittern läßt, die da, wo Gott sie stellet, ausharret bis ans Ende, sei es zum Leben, sei es zum Tode, ausharret in dem Bewußtsein, daß über dem Menschen des Herrn Wille walte und dieser Wille ertragen werden müsse zur eigenen Sühnung und Anderer Heil, im Größten wie im Kleinsten: diese Demut ist der Sinn, der die Helden zeugte, aus dem die Martyrer hervortraten, der noch jetzt Helden und Martyrer zeuget.

Diese Demut kam über Änneli und dazu eine rechte Freudigkeit, alles auszustehen, was Gott nur für gut finde, und nicht nachzulassen, bis alles wieder sei wie ehedem, wo die Mutter noch lebte. Und jetzt erst war es ihr, als durfte sie so recht wieder an die Mutter denken, und es fiel ihr auf, wie sie sie von Tag zu Tag mehr vergessen und in der letzten Zeit gar nicht an sie gedacht habe. Jetzt hob sie ihre Augen zu ihr auf, und ein Friede kam ihr ins Gemüte und eine fröhliche Zuversicht, wie sie sie lange nicht gefühlt. Das kömmt von der Mutter, dachte sie, sie freut sich auch deiner und will dich aussteuern zu deinem heiligen Werke, wie sie dich während ihres Lebens auch so manchmal aussteuerte mit gutem Rat und lebendiger Vermahnung.

Als Änneli so auf dem Berge gerungen und gesieget hatte und

sie die Augen aufhob, da schien ihr alles noch viel schöner als sonst, und der Himmel schien ihr nicht nur Die Erde zu umranden, sondern sich auf dieselbe gesenket, mit ihr verwoben zu haben, Himmel und Erde eins zu sein. Änneli wußte es nicht bis jetzt, daß wenn der Himmel sich hinuntergelassen hat über unser Gemüt, wenn er inwendig in uns ist, unser Fuß jeden Ort, den er betritt, zum Himmel heiliget.

Gekräftigt, wie neu geboren, stieg sie zum Hause hinab. Freundlich bewillkommen sie Tauben und Hühner, folgen ihren Schritten bis zur Küchentüre, harren dort, bis sie ihnen Futter bringt und fröhlich zusieht, wie sie lustig und friedlich darum sich zanken. Da kömmt auch der Hund hervor, wedelt durch Tauben und Hühner, ohne sie zu stören, und legt sein Haupt in Ännelis Schoß und läßt sich nicht stören wenn die Katze, welche bereits auf demselben Platz genommen, ihn mit der Tatze trifft, denn sie hatte die Krallen eingezogen und neckte sich gerne mit dem alten Kameraden. An dieser Einigkeit und Traulichkeit hatte Änneli große Freude, und sie streichelte abwechselnd bald Hund und Katze, aber sie ging ihr auch zu Herzen und trieb ihr das Wasser wiederum in die Augen. Wenn Hund und Katze sogar wegen alter Bekanntschaft einig und im Frieden mit einander leben, wie können dann Mann und Frau, die Gott für einander geschaffen hat, sich plagen und quälen und immer größere Feinde werden, je länger sie bei einander sind!

So sah sie dem Spiele zu, bis, wie abends zum Walde Die Vögel wiederkehren und zum Schlage die Tauben, ein Bewohner ihres Hauses nach dem andern heimkam, ein jeglicher auf seine Weise. Die, welche noch ein Tagwerk hatten, eilig und schlitzend, andere, welche nur noch essen und dann schlafen wollten, behaglich und langsam. Die Jungfrauen kamen eilig dahergeschossen, rupften aber doch aus dem Zaun allerlei Blümchen und Blättchen ab und ergriffen diese Gelegenheit, um verstohlen zurückzusehen, ob Keiner ihnen folge von weitem, in welchem Falle sie wohl noch gezögert hätten, ein Strumpfband gebunden oder sonst etwas, bis sie vernommen, ob derselbe ihnen vielleicht noch etwas zu sagen hätte. Resli kam wehmütig vom Walde her, Christen lustiger von Seite des Dorfes, Annelisi zur hinteren Türe herein, man wußte nicht woher.

Noch war Christen nicht da, mit Angst schaute Änneli nach ihm aus. Endlich kam er langsam, zögernd und fast wie ein Schiff dem Hafen zu, dem vom Lande her der Wind entgegenweht. Es klopfte doch Änneli das Herz, als sie ihn so kommen sah mit dem sauren Gesicht und dem zögernden Schritt, denn was ihm im Herzen sich regte, das wußte sie nicht. Es wollte ihr der Mut und die Zuversicht fliehen, und sie mußte ins Haus hinein und konnte kein freundlich Wort zum Willkommen ihm sagen, wie sie gewillet war. Das tat Christen weh, als er Änneli bei seinem Kommen ins Haus gehen sah. Kann sie mir dann nicht einmal mehr freundlich guten Abend sagen und selbst an einem heiligen Sonntag das Dubeln nicht lassen, dachte er, und fast wäre er umgekehrt. Nun machte er aber ein desto saurer Gesicht und mochte fast nicht einmal dem Annelisi guten Abend sagen, das an ihn heranschlich wie in heimlichem Verständnis oder als wenn es ihm etwas anzuvertrauen hätte. Da aber der Vater tat, als merkte er sie nicht, gab sie dem Hund, der an ihr sich streichen wollte, einen Stoß und ging in den Garten zu ihren Blumen. Unterdessen hatte Änneli den Kaffee gemacht, die Erdäpfelröste dazu, alles stand auf dem Tische bis an die Kaffeekanne, die stand auf dem Tritte des Kunstofens, und langsam drehten die Leute zum Essen sich herbei.

Änneli nahm sich zusammen, festigte ihre gläubige Demut wieder, tat freundlicher als sonst und hatte für jeden ein gutes Wort. Was sie lange nicht getan, tat sie wieder, sie schenkte selbst den Kaffee ein und Christen zuerst; dann kam sie mit der Milch, und weil sie wußte, wie Christen die Milchhaut liebe, nahm sie ihr Messer und schob die meiste ihm in sein Kacheli. Und als Christen sagte: »Hör ume, ih ha gnueg«, sagte sie: »He nimm ume, es ist für die Angere o no da.« Das verwunderte Christen sehr, er dachte, so wäre es wieder dabei zu sein, und er wurde gesprächig und berichtete recht kurzweilige Sachen, wie man es lange nicht gehört hatte, daß sich die Meisten verwunderten und meinten, Christen sei im Wirtshaus gewesen und hätte einen Schoppen mehr als sonst getrunken. Aber Christen hatte den ganzen Tag keinen Wein gesehen, aber als Änneli ihm wieder die Milchhaut in sein Kacheli schob, da heimelete es ihn, es ward ihm wieder, als wäre er daheim, und das wirkte mehr, als drei oder vier Schoppen vermocht hätten.

So böse über sie, dachte Änneli, mußte Christen doch nicht sein, und ihr Vertrauen ward fest, und als die Haushaltung gemacht war, setzte sie sich zu den Andern draußen vor die Küchentüre, nahm freundlich teil an allen Gesprächen; ein freundlich Wort gab das andere freundliche Wort, man wußte nicht wie, und hoch am Himmel stand der Mond, als eins nach dem Andern seine stille Kammer suchte.

Änneli ging zuletzt ins Haus, schloß die Türe, sah wie üblich nach, ob das Feuer ausgelöscht sei und alles am rechten Orte. Zweimal machte sie die Runde, denn es klopfte ihr wieder das Herz, und ihrem Stübchen nahte sie sich, wie der Laie sich naht dem Heiligtume im Tempel, welches sonst nur des Priesters Fuß betritt. Schweigend rüstete sie sich zur Ruhe, schweigend suchte sie ihr Plätzlein. Da saß sie lange und wollte wieder beten wie ehedem, aber enger und enger ward es ihr um die Brust. Die Worte wollten den Durchgang nicht finden, und wenn auch die Lippen sich bewegten, zur Bewegung wollte der Laut nicht kommen; es war, als wenn eine unsichtbare Macht unwiderstehlich ihr im Wege stünde, sie zurückdrängen wollte ins Geleise der letzten Gewohnheit. Sie fühlte sich niedergezogen in Die Kissen, und alles in ihr rief ihr zu: Heute geht es ja nicht, fasse dich, stärke dich, warte bis morgen, morgen gelingt es dir besser, morgen ist bessere Zeit! Aber dann tönten ihr wieder Die Worte des Pfarrers zu, daß die Hausmutter sterben könne, während das Essen, das sie aufs Feuer getan, noch koche, daß im Himmel ein ewiger Friede sei, und wer im Himmel ein Plätzchen finden wolle, nicht Streit auf Erden lassen, nicht Streit im Herzen tragen dürfe. Und von neuem rang sie nach einem lauten Wort, und in hellen Tropfen stand der Schweiß auf ihrer Stirne. Da wandte ihre Seele sich mit einem unaussprechlichen Seufzer zu Gott empor: Vater, hast du mich verlassen? Da wars, als versinke ein finsteres Unwesen, das drohend vor ihrer Seele gestanden, als sprängen Ketten, die um ihre Brust geschlungen; frei ward das Wort in ihrem Munde, und langsam und bebend, aber inbrünstig und deutlich begann sie zu beten: »Unser Vater« usw.

Beim ersten Ton aus Ännelis Munde fuhr Christen zweg, als hätte der Klang der Feuerglocke sein Ohr getroffen, dann saß er auf, dann rangen sich auch Töne aus seiner Brust, er betete mit, und als Änneli die Bitte betete: »Vater, vergib mir meine Schulden, wie auch ich meinen Schuldnern vergebe«, und nun das Weinen über sie kam und sie erschütterte über und über und ihre Stimme nur ein Schluchzen wird, da weinte er mit, und weinend betete er das Gebet zu Ende. Und es ward ihnen, als wenn das Gebet die Sonne wäre, und schwarzer Nebel hätte sie umlagert, daß eins das Gesicht des Andern nicht mehr hätte sehen können. Nun aber kam die Sonne über den Nebel, und ihre Strahlen brachen, spalteten ihn, er zerriß, und als ob Gottes eigene Hand vom Himmel herunterreiche, hob er sich höher und höher, hob sich in immer lichtern Wölkchen zum Himmel auf, verlor sich ganz und gar im Himmel, und licht und klar war es um sie, kein Schatten war mehr da und die Herzen lagen offen vor einander. Das heilige Schweigen brach zuerst Änneli, sich anklagend und um Verzeihung bittend, aber Christen antwortete: »Du hast nichts zu bitten, ich bin an allem schuld, hätte ich dir gehorcht, so wäre alles nicht begegnet.« Wunderbar war es jedem, wie das Herz des Andern so weich war und so voll Liebe und so ganz anders gesinnet, als man es gedacht, und daß es nur ein Wörtlein gebrauchte zur Einigung. Und Keines hatte daran gedacht und jedes das Herz des Andern ganz anders geglaubt, darum an jeder Verständigung verzweifelt; nur die Demut Ännelis, welche sich allem unterziehen wollte um ihrer erkannten Schuld willen, konnte durch die bergende Hülle brechen. Eben deswegen hat uns Gott der Zukunft Schoß verdunkelt, den Vorhang gezogen vor die Herzen der Menschen, daß wir lernen in ächtem Heldensinn und hingebendem Vertrauen das Rechte tun, ohne nach dem Gelingen zu fragen, ohne die Anstrengung mit dem Kampf zu messen. Da wird dann oft, was den Kleingläubigen zurückgeschreckt hätte als unerhörtes Wagnis, dem Gläubigen plötzlich so leicht, daß er fast erschrecken, es ansehen möchte als eine Täuschung, aus welcher er bald um so elender erwachen werde, daß er es erkennen muß als eine Gnade Gottes, die über dem Gläubigen so mächtig geworden. So war es auch ihnen; lange trauten sie ihren Ohren kaum, konnten ihr wiedergefundenes Glück nicht fassen, fürchteten bei jedem Wort, es möchte in eine wunde Spalte des Herzens fallen und aus dem Abgrunde der Streit wieder sein struppicht Haupt erheben. Sie wählten mit der rührenden Sorgfalt, mit welcher eine zärtliche Mutter ihres Lieblings eiternde Wunde verbindet, die Worte aus, und in neuer Redweise erkannten sie die Macht ihrer Liebe. Und als sie endlich sicher waren, daß keine Täuschung da sei, daß Keines dem Andern nachrechne, sondern vergeben habe von Herzensgrund, daß jedes in Demut seine Schwäche erkannt und lechze und dürste nach dem alten Glück, dem alten Frieden, daß jedes ihn nicht nur vom Andern erwarte, sondern mit ganzer Seele und allen Kräften dazu beitragen wolle, da kam ein Glück über sie, das sie nicht gekannt; es war fast dem zu vergleichen, welches der empfindet, dem geträumt hat, er sei in der Hölle, der den Teufel gesehen, das Feuer empfunden hat und der nun im Himmel erwachet und Gott schauet von Angesicht zu Angesicht. Es war die Freude der Engel über den Verlorengegangenen und Wiedergefundenen, es war die Freude des Vaters, als der verlorne Sohn wieder in seinen Armen war. Ihr ganzes inneres Leben, was sie gedacht, was sie empfunden, seit ihre Herzen sich verschlossen, strömte auf ihre Lippen, und eines staunte über das Andere, und manchmal noch weinte Änneli und sagte: »Oh, wenn ich das gewußt hätte, es wäre nicht so lange gegangen, aber warum verlor ich den Glauben, warum das Vertrauen! Ach, jetzt weiß ich es, daß wenn man Glauben und Vertrauen zu Gott verliert, man gottlos wird, und wenn man Glauben und Vertrauen zu den Menschen verliert, so wird man lieblos, und wer gottlos und lieblos ist, um den ist es finstere Nacht, und wenn er schon noch nicht in der Hölle ist, so ist doch die Hölle in ihm.« Aber Ännelis Klagen stillte Christen mit seinen Klagen, daß es ihm gerade so gegangen, und sie konnten sich nicht sattsam wundern, wie sie einander so mißverstanden, wie sie als Haß auslegten, wo die Liebe sich regte, als Bosheit, was innerer Schmerz war. Es war, als ob eines spanisch gewesen wäre und das Andere böhmisch, und hätten doch Beide gemeint, sie redeten die gleiche Sprache, und hätten darum jeden Laut und jedes Zeichen falsch und verkehrt gedeutet. Sie wurden nicht satt, solche Mißverständnisse aufzusuchen, und bei jeder Lösung wuchs das Vertrauen des Einen zum Andern und das Staunen über ihre eigene Verblendung. Dann wuchs Änneli ihre Schuld immer wieder ins Gemüt, daß sie es eigentlich gewesen sei, welche die Schlüssel ihrer Herzen umgedreht und abgezogen, so daß sie verschlossen geblieben von selbiger Zeit an. Hätte sie das nicht getan, so wäre die ganze unglückliche Zeit nicht gewesen, sie wären in Gott immer einig geworden; denn eben was die Erde trenne den Tag über, das solle des Abends in Gott sich wieder suchen und finden, so habe die selige Mutter immer gesagt.

Dann tröstete Christen, daß er auch nicht gewesen, wie er gesollt; was er gefehlt, hätten Andere entgelten sollen, er fühle das wohl, und wenn er die Herzen verschlossen, so hätte sie sie wiederum aufgetan und mehr als gut gemacht. Und wenn das nicht alles so gekommen, so hätte er nie gewußt, um wie viel mehr der Friede wert sei als fünftausend Pfund und wie das Geld nicht alles sei, ja wie es nichts sei; denn wo der Friede fehle, da sei der Reichste ja viel unglücklicher als der Ärmste, der den Frieden hätte. Er hätte es manchmal recht mit Zorn gesehen, wie seinen Taunern und Knechten viel wöhler gewesen sei als ihm und wie sie viel fröhlicher hätten essen mögen als er. Jetzt hätte er es so lebendig an sich selbst erfahren, was Jesus damit sagen wolle: Und was hülfe es euch, so ihr die ganze Welt gewönnet, und ihr littet Schaden an eurer Seele? Oder was kann der Mensch geben zum Werte seiner Seele? Das hätte er alles niemand geglaubt, wenn er es nicht selbst erfahren. Geld, Geld, reich, reich, hätte ihm früher immer in den Ohren geklungen, und wem er von einem unbekannten Menschen reden gehört, so hätte er gefragt: »Het er öppis?« Jetzt solle fürder Friede, Friede, fromm, fromm in seinen Ohren sein, und wenn er nach dem Werte eines Menschen frage, so wolle er auch anders seine Frage stellen.

Aber auf ihr Glück senkte sich erst die Krone, als sie ihrer Kinder gedachten. Sie wußten es, wie ihr Unglück auch auf die Andern übergegangen, denn wenn alle Glieder eines Leibes es empfinden, wenn ein Glied krank wird, so empfinden es noch viel mehr alle Glieder eines Hauses, wenn eine Krankheit in einer Seele ausbricht, und in dem Grade mehr, je bedeutungsvoller die kranke Seele im Getriebe des Hauses ist. Sie sahen wohl, wie Die kindliche Harmlosigkeit und der jugendliche Frohsinn verwelkten, als ob der elterliche Streit zum Mehltau an ihren kindlichen Seelen würde. Sie sahen erst jetzt recht ein, wie der Streit ihre Herzen zusammengezogen, daß sie keinen Platz mehr darin für ihre Kinder hatten, sondern nur noch für ihre Angst ums Geld und ihren Streit darum. Sie hatten sich nicht nur um ihr Schicksal nicht bekümmert, an dem sonst so gerne die Eltern bauen mit emsigen Händen, sondern es war ihnen wohl selbst manchmal ein Gefühl aufgestiegen, als ob die, welche sonst ihre größte Freude gewesen, ihnen im Wege wären, fast eine Last.

Jetzt waren ihre Herzen wieder weit geworden, der Kinder Glück war wieder ihr eigenes, und freudig schlug ihr Herz, wenn sie dachten, wie dieselben sich freuen würden, wenn sie den Streit verschwunden, die alte Einigkeit und die alte elterliche Liebe auf einmal wieder sehen würden, als ob sie für einen Augenblick freiwillig sich versteckt hätten, nur um freudig zu überraschen, wie oft Eltern pflegen, wenn sie mit Kindern sich necken in fröhlichem Spiele. Ihren Kindern bauten sie Häuser in ernster elterlicher Liebe, bis endlich Christen fragte: »Aber sage mir, Änneli, wie brachtest du es dahin, daß dir das Herz wieder aufging und du das Beten wieder anfangen konntest? Ich habe auch daran gedacht, mit dir mit Manier zu reden, aber erstlich wäre ich böse geworden und du wahrscheinlich auch, denn ich war gesinnet, nur du hättest die Fehler; aber ich konnte nicht, wenn ich auch wollte, man hätte mir das Maul nicht mit einem Knebel aufgebrochen.«

Nun erzählte Änneli, wie es ihr ergangen, wie der Geist es ihr gesagt, daß sie bald sterben werde, wie ihr geworden sei, sie sei der letzte Mensch auf Erden und müsse eiligst den Andern nach, und dann wieder, man trage sie zu Grabe, es weine niemand hinter ihr und sie finde keinen Platz im Himmel wie keinen in der Kirche, wo ihr endlich eine arme Frau Platz gemacht. Wie daraufhin der Pfarrer gesagt, man solle immer meinen, was man genieße, sei das letzte Mahl, und absonderlich vom Abendmahl solle man es glauben. Und darum solle man Friede halten und Friede machen, denn mit Streit komme man nicht in den Himmel, und Keiner solle glauben, daß die Schuld nicht an ihm sei und der Andere aneknien müsse, sondern das Gegenteil. Da sei es ihr geworden, sie wisse nicht wie, aber daß wieder Friede werden müsse, sei fest in ihr gestanden; um ihr Plätzchen im Himmel wolle sie nicht kommen, und das Sterben komme ihr bald. Aber lange hätte sie nicht gewußt, wie sie anfangen solle, bis ihr spät am Nachmittag es aufgegangen sei, daß sie da anfangen müsse, wo der Zwiespalt so recht angefangen, und daß sie eigentlich schuld an allem sei. Nun hätte sie gewußt, was sie zu tun hätte, aber angst sei ihr doch dabei geworden, denn sie hätte nicht gedacht, daß Christens Herz zum Frieden so zweg wäre, sie hätte geglaubt, lange, lange alleine beten zu müssen, bis sie sein Herz wieder aufgesprengt; darum hätte sie vor Angst und Bangen fast nicht anfangen können, allein einmal angefangen, hätte sie auch nicht mehr abgesetzt, »denn sterben ohne Friede, das will ich nicht. Als du aber alsobald aufgesessen und mitgebetet hast, da war es mir, als wärest du mir viele, viele Tage lang verschüttet unter der Erde gelegen, umsonst hätte ich dich gesucht, nach dir gegraben. Da säßest du auf einmal gesund und wohlbewahrt, von Engeln emporgetragen, an meiner Seite und ich hätte dich wieder und verlöre dich nimmer bis ich sterbe. Jetzt weiß ich es, daß wenn ihr mich zu Grabe traget, ihr wieder weinen werdet, und wenn dumpf auf meinen Totenbaum die Erde tönt, so wirst du den Lumpen vors Gesicht nehmen und denken: Änneli war doch gut, und wenn ich noch einmal weiben könnte, ich nähmte keine Andere, und es ist mir und Andern übel gegangen.«

Da sagte Christen: »Red nicht so, von Sterben mag ich nichts hören. Aber das will ich dir sagen, du hättest sterben mögen, wenn es gewesen wäre, geweint hätte ich immer denn eine brave Frau warst du allweg, und lieb warst du mir auch immer, und wenn du hättest sterben sollen, so hätte ich alles, alles vergessen und nur daran gesinnet, wie lieb du mich hattest und wie du immer für alles gesinnet hast zu rechter Zeit und alles verstanden wie keine Andere. Aber von Sterben red nur nicht, erst jetzt wollen wir wieder recht zu leben anfangen mit neuem Mut und in rechter Eintracht, und was dich freut, das soll auch meine Freude sein.«

»Höre, Christen«, sagte Änneli, »du bist immer ein Guter gewesen und jetzt z'vollem gut, aber eins mochte ich noch. Du redests mir nicht aus, daß ich bald sterben werde; es ist mir so wohl und so wunderlich, daß ich wohl weiß, daß dies den Tod bedeutet. Aber wir wollen darüber nicht streiten, sondern es Gott überlassen, der wird alles wohl machen. Aber eines möchte ich noch, das müßt ihr mir versprechen. Am nächsten Sonntag, an der heiligen Pfingsten, da wollen wir noch alle das heilige Abendmahl zusammen nehmen, so zum Zeichen, daß alles recht gründlich vergeben und vergessen sei, so wie als wenn es das letzte Mahl in diesem Leben wäre und der Abschied gleich darnach käme, so wie die Israeliten, zur Reise bereit und alles abgetan, was man nicht mitnehmen soll, so an Leib und Seele bereit, auf den Ruf des Herrn vor seinem Angesichte zu erscheinen. So möchte ich mit euch allen noch einmal an des Herrn Tisch; dann erst, dünkt mich, werde ich den zeitlichen und den ewigen Frieden gewiß haben; dann erst, wenn wir ein solches inniges Versöhnungsfest werden gefeiert haben, weiß ich, daß nichts mehr zwischen unsere Seelen kömmt. Noch kömmt immer wieder ein Bangen über mich, als ob der Feind noch da sei, der so lange zwischen unsern Seelen stand; aber wenn das geschieht, dann ist alles gut, dann werd ich erst mit recht frohem Herzen sagen: Jetzt, Herr, jetzt laß deine Magd im Frieden fahren.«

»Los, lieb Ännneli«, sagte Christen, »vom Sterben rede mir nichts mehr, davon mag und will ich nichts hören; ich wußte nicht, warum du gerade jetzt sterben solltest, wo wir mit einander im Frieden leben könnten. Das düechte mich, ich muß es sagen, vom lieben Gott nicht recht. Aber mit allen Freuden will ich am Sonntag mit dir das Nachtmahl nehmen, und die Kinder werden es auch gerne tun und eine bsunderbare Freude daran haben, wenn der alte Tschup aus ist. Und es ist mir auch noch wegen den Leuten. Es ist so manches von uns unter sie gekommen, wie ich wohl gemerkt habe; sie können dann auch von uns reden, wenn sie wollen, wenigstens sehen können sie, daß es nicht so übel mit uns steht, wenn wir zusammen vor des Herrn Tisch gehen dürfen. Es ist kurios, auf die Religion verstehe ich mich freilich nicht recht und zur Kirche gegangen bin ich nicht viel, es wollte sich mir so oft nicht schicken, und unserein hat gar so viel zu sinnen, ds Geistliche kann man nicht immer im Kopf haben, aber ich muß bekennen: allemal, wenn ich in die Kirche kam oder zum Nachtmahl, nahm ich mir vor, mehr zu gehen. Es wohlete mir allemal, es war mir fast der Seele nach, wie es mir ist, wenn ich zur Selteni einmal badete. Es düechte mich allemal, ich hätte mehr Mut und es habe mir wieder gluteret vor den Augen und ich könnte alles ruhiger nehmen. Es het mih mengist düecht, so wie wir ehemals alles, was wir öppe mit einander gehabt haben, im Beten haben liegen lassen, so sollte man im Sonntag alles liegen lassen, was die Welt einem die Woche über angehängt hat, und wie man am Sonntag ein sauberes Hemd anzieht, so sollte man auch die Seele säubern und reinigen, es würde manchen Unflat weniger geben auf der Welt. Aber wenn üsereim schon zuweilen etwas zSinn chunt, so ist man dann z'hilässig, darnach z'lebe, wenn es schon gut wäre. Aber es muß anders kommen, und am Sonntag komme ich gerne; Gott und Menschen können dann sehen, ob wir einander lieb haben oder nicht.«

Die Freude des wiedergewonnenen Glückes hielt den Schlaf ferne von ihrem Lager; es dämmerte draußen, die Sonne stieg herauf, ihre freundlichen Strahlen kamen als liebliche Boten und döppeleten an die Augen der Menschen, daß sie schauen sollten des Herrn Herrlichkeit und schaffen ihre Werke, während der Herr dazu ihnen leuchte.

Wonnereich und glücklich ging das alte Ehepaar in den jungen Tag hinein. Alles Übel war versenkte, und ein neues Leben blühte im Herzen, oder es war vielmehr das alte Leben, das neu aufgetaucht war unter dem Übel hervor, mit dem es bedeckt und das jetzt abgeschüttelt war, und über das jetzt neunundneunzigmal mehr Freude war als ehedem, weil es verloren gewesen und wieder gefunden worden. Sie verkündeten ihre Freude nicht laut, gaben ihr keine besondern Worte, das Hauswesen ging seinen gewohnten Gang, aber ein seliger Friede leuchtete auf ihren Gesichtern, und es war recht rührend zu sehen, wie die alternden Leute sich nachträppeleten wie zwei junge narrochtige Eheleute am Tage nach der Hochzeit, wo jedes immer zu meinen scheint, das Andere könnte ihm noch darauslaufen. Alle Augenblicke hatte Christen in der Küche seine Pfeife anzuzünden und kaum war er daraus, so trappelete Änneli ihm schon nach und hatte ihn etwas zu fragen oder ihm etwas zu berichten. Schon das fiel den Kindern auf, aber sie frugen nicht. Als Resli mittags den Rossen kurzes Futter gab, kam der Vater zu ihm in den Stall, redete mit ihm über den Viehstand, frug, was er meine, ob nicht etwas zu ändern wäre, es wäre da vielleicht ein ordentliches Zwischenaus zu machen, und wenn er meine, so konnte er an den ersten Monatdienstag nach Bern; dort mache man es immer am besten, und er müsse sich auch nach und nach ans Handeln gewöhnen, er müsse das doch einmal machen, und je früher man anfange, um so eher lerne man es und um so weniger müsse man Lehrgeld zahlen. Resli stund fast auf den Kopf und folgte dem Vater freundlich durch die Ställe, und was er meinte, fand der Vater gut.

Fast ebenso ging es Annelisi mit der Mutter, die mit einander Kabis setzten. Die Mutter begann von Annelisis Garderobe, musterte sie mit ihr durch, sagte von Hemden, welche sie ihr wolle machen lassen, sobald man die Näherin herbeibringen könne, fand, ihr Sonntagsschöpli sei abgetragen und es mangle ein neues. Sie könne es machen, wie sie wolle, entweder schon am Abend zum Krämer und sehen, ob er etwas Anständiges hätte, oder warten, bis an einem Ort ein Märit sei, wo man bessere Auswahl hätte.

Diese Reden der Mutter machten Annelisi fast wunderlich; sie wußte nicht, war es ihr recht im Kopf oder nicht, und ihr Gewissen begann sich zu regen und zu fragen, ob das der Lohn sei für ihre gestrige Aufführung. Sie traute der Sache nur halb, wußte nicht, war es Ernst oder war das nur ein Anfang und hängte die Mutter noch etwas anderes dran; sie gab daher nur halbeinläßlichen Bescheid und wartete immer, was noch käme. Da aber nichts nachkam als ein freundlich Wort dem andern und keine Vorwürfe und keine anderweitigen Vorschlage, da verwunderte sich auch Annelisi und dachte: Wenn es doch immer so wäre, aber es werde sich bald ändern.

Aber es änderte nicht, nichts als freundliche Worte hörte man, neuer Trieb schien ins ganze Hauswesen zu kommen, lustig und munter schnurrte sein ganzes Räderwerk. Es war wie an warmen Märztagen, wenn warm die Sonnenstrahlen über die Erde strömen, das schlafende Leben wecken, es lustig zu surren anfängt über den Boden weg. Die Erde hat ihren Schoß geöffnet, Leben ohne Maß entströmet ihr, es beginnt sich zu färben die fahle Pflanzenwelt, und erkräftigt hebt hier und da ein welkes Pflänzchen sein grün gewordenes Haupt; dem Menschen aber wird die Brust weit, munterer regen sich seine Kräfte, drängen ihn zu tätigerem Leben, das Herz öffnet sich zu Lob und Preis seines Schöpfers.

Es ist Friede und Liebe eines elterlichen Paares die Haussonne; verbirgt sie sich, so steht das Haus im Winter, von Frost umgürtet, von Sturm, Schnee, Regen gehudelt, und trübsinnig, nutzlos, stöckisch sind alle seine Bewohner; scheint sie, so taut alles unwillkürlich auf, der Sturm schweigt, der Regen hört auf, ein fröhliches Treiben beginnt, und wie die Lerchen am liebsten in den blauen Himmel hinein ihre Lieder schmettern, ertönen heitere Lieder ums

Haus, und jeglicher bewegt sich, als ob ihm Flügel zu wachsen begönnen. Annelisi tanzte ihrem Tschöplituch nach und ängstigte den Schneider, Resli suchte Gespräche mit dem Vater und strich in stiller Freude um die Mutter herum, und mit fröhlichem Herzen, aber mit dem Kopfe in der Hand, als ob grausames Weh ihn plagte, saß Christen, der junge, hinter einer Teekanne, welche ihm die Mutter ungeheißen schon zweimal gefüllt, und ungefragt hatte der Vater ihm schon den Doktor anerboten. So verging die Woche ohne ein einziges Wölkchen, denn alle Abend ward der Friede inniger und gefestigter, und als der Samstag kam, hatte Änneli kein Bangen mehr, sie wußte, daß er bleibend sei und nicht wie eine Morgenwolke, die bald vergeht.

So kam der Samstag und mit ihm sein früher Feierabend, der hier, wie in vielen andern Häusern, pünktlich gehalten ward. Es ist nämlich noch Sitte, daß am Samstag nach sechs Uhr oder nach dem Feierabendgeläute nicht mehr gearbeitet wird; man macht lieber am Sonntag morgens fertig, was Samstags vor sechs Uhr nicht beseitigt werden konnte. Obs ein Überrest des jüdischen Sabbats ist oder eine freie Zeit sein soll zur stillen Vorbereitung auf den kommenden Sonntag, wissen die Leute selbst nicht recht, und die Einen legen es so aus, die Andern anders. Besonders willkommen ist sie dem jungen Volk, besonders den Dienstboten. Diese benutzen sie selten genug zur stillen Einkehr in sich selbst, sondern fahren ihren Verrichtungen nach, zu denen sie in der Woche keine Zeit hatten, zu Schneider und Schuhmacher, zum Krämer, suchen nebenbei gut Schick. Die Bursche rotten sich zusammen, die Mädchen flattern hin und her wie Mücken ums Licht oder wie Kinder, die neckisch vor jemand laufen und in einem fort schreien: »Nimm mich, wenn du kannst, nimm mich doch!«

Es war abgegessen worden, das Vieh besorgt, die Mägde waren ausgeflattert, die Knechte weggestopfet, auf dem Banklein vor dem Hause saß der Vater mit Resli. Christen stund auf der Bsetzi, wußte nicht was machen, und Annelisi trug Meyenstöcke hin und her. Da kam die Mutter heraus und frug: »Hast du es ihnen gesagt?« – »Nein«, sagte der Vater, »aber du kannst es ihnen ja selbst am besten sagen.« – »He«, sagte die Mutter, »das kann ich wohl. Es wäre mein Wunsch, daß wir morgen alle zum Nachtmahl gingen mit einander. Ihr wißt wohl, es war lange etwas Ungutes unter uns. Wir meinten es Beide gut, ich und der Vater, aber wir haben uns nicht mehr recht verstanden. Es war uns nicht von wegen uns, sondern von wegen euch, denn für wen husen die Eltern als für die Kinder? Daran war ich den Mehrteil schuld, und grusam habe ich da gefehlt. Das habe ich nun eingesehen und dem Vater es gesagt, und er hat mir verzogen.« – »Aber Mutter«, sagte der Vater, »ich habe gefehlt so gut als du, ich habe so gut als du nicht gewußt, was das Glück ausmacht, und während wir meinten, wir seien unglücklich geworden, hatten wir sGlück noch ganz unversehrt gehabt und trieben es dann selbst vor lauter Ängstlichkeit von uns weg, und ich noch mehr als du. Wenn ich mich etwas besser nachegla hätte, so wären die fünftausend Pfund bald verschmerzt gewesen.« – »O Ätti, wir wollen jetzt nicht worten, ich weiß es im Herzen wohl, wie ich gefehlt und wie ich mich vor lauter Ängstlichkeit nicht nur am Vater, sondern auch an euch versündigt habe, denn ihr mußtet auch darunter leiden, und während ich, wie ich meinte, um euer Glück jammerte, machte ich euch unglücklich. Aber jetzt weiß ich, daß Glück und Geld ganz verschiedene Dinge sind, und ihr habt es auch, so Gott will, für euer Lebenlang erfahren. Gott hat uns das zeigen wollen, darum wollen wir nicht klagen; aber eines möchte ich noch, daß ihr mir nämlich alle so von Herzensgrund verzeihen möchtet vor Gott selbsten, damit wir so recht den Frieden besiegelt hätten, damit wenn ich von euch muß, ich weiß, ihr seid mit mir zufrieden und traget mir nichts nach, vor den Menschen nicht und vor Gott nicht.« – »Aber Mutter«, sagte Resli, »was sinnest auch, dir tragen wir ja nichts nach und auch dem Vater nicht. Es hat uns schon lange gedrückt, daß ihr so nötlich tut wegen dem Geld, und wir haben es wohl gewußt, daß es unsertwegen ist; das hat uns bsunderbar plaget, aber wir konnten nichts daran machen. Wir haben es schon die ganze Woche gemerkt, daß etwas geganget ist, und es dünkte uns, es gehe ein Schatten ab der Sonne, und es war ein ganz anderes Dabeisein, es hat uns allen geschienen, wir seien auf Federn. Ja, von Herzen gern wollen wir morgen zum Nachtmahl kommen, aber nicht von wegen dem Verziehen, sondern um dem lieben Gott zu danken, daß alles so geganget, und nicht von wegen dem Sterben, du sollst erst jetzt sehen, Mutter, wie lieb wir dich haben. Es ist gut, wenn es alle Leute wieder sehen, daß wir nichts wider einander haben, sondern uns Gott und *Menschen* zusammen zeigen dürfen.«

»Ja«, sagte Annelisi, »ich habe gegen dich gefehlt, Mutter, und es ist mir leid; aber wenn wir morgen zum Nachtmahl gehen wollen, so muß ich geschwind noch ins Dorf hinter den Schneider her, der hat wieder versprochen und wird nicht halten, und wenn ich mein neues Tschöpli nicht bekomme, so kann ich nicht mitkommen, denn im alten darf ich mich nicht mehr zeigen.« – »Du bist immer das gleiche Annelisi«, sagte der Vater, »und hast nur deine Narretei im Kopf, sonst wurdest du jetzt nicht an dein Tschöpli sinne, sondern daran, was es heißt, wenn Vater und Mutter und Brüder und Schwester mit einander zum Nachtmahl gehen wollen, zu einem Versöhnungsbunde, damit sie auch mit Gott versöhnet bleiben. Denk daran, wenn du deinen Sinn immer an der Hoffart hast, so wirst du unglücklich und machst unglücklich, wer um dich ist. Jetzt weiß ich, was es heißt: Wo euer Schatz ist, da ist auch euer Herz, und wenn der Schatz verloren wird, so geht das Herz im Jammer unter. Darum müssen wir nach einem Schatze trachten, der nicht verloren geht, um deswillen wir nicht Gott und Menschen hassen müssen. Nein, Annelisi, heute gehst du nicht deinem Tschöpli nach, sondern lässest Tschöpli Tschöpli sein und bleibest bei uns, und wenn du scholl einmal ein Kapitel lesen wurdest, so wurde es dir nichts schaden. Auf mich mußt du nicht sehen, ich habe mehr zu tun und zu denken als du, und dann brauche ich nicht immer zu lesen, wenn ich an etwas Gutes sinnen will, ich kann noch gar manchen Spruch, den du nicht kannst; öppis Guets z'lehre ist man zu vornehm, und es soll manchen neumodischen Lehrer geben, der sich der Bibel schämt und der übers Fragebuch nume zäpflet. Ich habe scholl manchmal gedacht, wie es endlich kommen müsse und daß man sich nicht verwundern dürfe, wenn die Kinder nur an Tschöpleni denken wenn man vom Nachtmahl redet.« – »O Ätti, zürnt nicht, ich habe das so gesagt und nichts weiters gesinnet, aber ich bleibe ja gern daheim, und es ist nicht, daß ich nur an Tschöpleni sinnen muß. Wenn morgen der liebe Gott in mein Herz sieht, so wird er auch sehen, daß ich an Vater und Mutter sinnen kann und daran, wie ich sein müsse, daß sie mich doch lieb haben könnten auch so recht. Gell, Müetterli, du glaubst es?« sagte Annelisi, legte ihren Ellbogen auf deren Achsel und streichelte ihr die Backen, wie kleine Kinder es so gerne zu tun pflegen. Es sei notti ein Gutes, sagte die Mutter, wenn man schon zuweilen nicht wisse, woran man mit ihr sei, und meinen sollte, sie hätte lauter Flausen im Kopf; aber wenn sie sterben sollte, so werde Annelisi nicht die Letzte sein in der Haushaltung und zeigen, daß sie noch etwas anderes wisse als Flausen machen und hoffärtig sein.

So saß die Familie in ernsten und lieben Gesprächen ungestört zusammen bis in den tiefen Abend hinein. Vieles wurde verhandelt, aber die Hauptsache drehte sich immer um Ännelis Glaube, daß sie bald sterben werde und daß sie morgen das letzte Mahl mit ihren Kindern hielte. Weichmütig, aber heiter hielt sie diesen Gedanken fest, wie sehr die Andern ihn ihr auch ausredeten. Sie redete viel von Ahnungen und von Exempeln aus ihrer Familie, daß den Kindern die Herzen immer weicher wurden, bis endlich der Vater sagte: Er hülfe, sie wollten hinein und ein Kapitel lesen, da wisse man doch, daß es wahr sei, und könne sich trösten damit; bei solchen Sachen aber wisse man nicht, was daran sei, und sie machten einem nur traurig und unnötig z'förchten Er wolle hoffen, der liebe Gott werde sie noch lange im Frieden bei einander lassen; hätte er ihrem Streit zugesehen, so werde er jetzt auch seine Freude an ihrer Liebe haben wollen. Sie erbauten sich an Gottes Wort, und in feierlicher Stimmung, fast wie am Abend vor dem ersten Abendmahl, suchten sie die Ruhe.

Feierlich steigt ein heiliger Sonntag übers Land herauf; da hört man keine Kutschen, Chaisen rollen. Niemand kommt es in Sinn, Gott und seinem Gewissen entrinnen zu wollen; da weiß man noch, was der städtische Pöbel, zusammengesetzt aus Herrn V. und Herrn X., nicht mehr weiß, daß wenn man auch Flügel der Morgenröte nähme und flöge ans Ende des Meeres, der auch da sei, der den Wurm im Staube sieht und jeglichen Schlingel, sei er zu Fuß oder zu Wagen; da weiß man noch, daß man nicht Ärgernis geben soll, und schämt sich des städtischen Pöbels, der gerade an den heiligen Tagen rings auf dem Lande Zeugnis ablegt, wie nahe er trotz seiner guttuchenen Kutte dem Vieh verwandt sei und wie er, ohne seiner Ehre Abbruch zu tun, jedem Schweine »Götti« sagen kann.

Feierlich steigt der Tag herauf und stille ists, das Säuseln des Herrn hört man in den Zweigen der Bäume, die Seufzer der Gewissen rauschen in den Seelen, das Beten der Herzen tritt flüsternd auf die Lippen. So war es auch in unserm Hause, und in jedem Herzen war noch das Weh über den unwürdigen, unheiligen Streit vom letzten Sonntag, der die eiternde Beule zur Reife gebracht und aufgebrochen. Um so weicher war eines jeden Stimmung, um so inniger war ihr Sinnen an den heiligen Tag, um so inbrünstiger eines jeden übliche Gebete, um so freundlicher und weicher ihr Begegnen. Ihre Gefühle taten sich nicht durch besondere Gebärden kund, sie traten kaum ins Auge; aber im Tone der Stimme gaben sie sich zu erkennen, im Zuvortun bei allen Geschäften, in der Teilnahme, mit welcher jedes Wort aufgenommen wurde, im Zueinanderstehen, ohne daß man sich eben etwas zu sagen hatte. Selbst Annelisi war innig bewegt und dachte nicht ans neue Tschöpli, als es das alte anzog, war früh fertig, sorgte der Mutter für einen schönen Rosmarinstengel und wollte den Brüdern auch welche geben, aber diese sagten, sie begehrten heute keine. Alle warteten der Mutter vor der Türe, die noch die Jungfrauen zu brichten hatte über ihre Pflichten und wie sie zu allem zu sehen hätten, damit das Essen nicht verdorben, das Haus nicht verwahrloset würde. Sie ließ zwar hinaussagen, man solle ihr doch recht nicht warten, aber ohne Mutter wäre Keines vom Hause gegangen, und Keines ward ungeduldig, und Keines rief ins Haus hinein: »Mutter, kömmst nicht bald!« Als sie kam, sich entschuldigend, sagte Christen: »Wir hätten dir noch lange gewartet, säumtest du dich ja um unseretwillen; es hatte jedes von uns nur für sich selbst zu sorgen, du aber für alle«. So war keine Ungeduld in keinem Herzen, und eines Sinnes, ohne viele Worte, in stiller Andacht zogen sie dem Hause des Herrn zu.

Es ist doch schön, wenn so eine ganze Familie eines Glaubens, eines Sinnes zum Hause des Herrn zieht, Keines vornehmer im Geiste als das Andere, jedes gläubig wie das Andere, vom gleichen Gott sein Heil erwartend, den gleichen Weg vor Augen, nach dem gleichen Himmel trachtend. Es ist doch schön, wenn Eltern mit ihren erwachsenen Kindern zur Kirche ziehen können, wo sie dieselben taufen ließen, und nicht nur sagen können: Siehe, Herr, hier sind die, die du mir gegeben hast, und Keines ist verloren gegangen, sondern noch danken können, daß der Herr durch die Kinder die Eltern geheiliget und die Kinder Stützen geworden seien, nicht nur für den Leib in den alten Tagen, sondern auch für den Geist auf dem Wege der Heiligung. Wenn so eine ganze Familie zum Mahle des Herrn geht als wie zum letzten Mahle und doch im gläubigen Vertrauen, daß der Herr nicht scheiden werde, was sich hier gefunden, daß wenn schon der Tod als wie ein Schatten vor das Eine oder das Andere sich stellt, dieser Schatten über Kurzem wieder schwinden werde im Lichte des ewigen Lebens, es ist doch schön. Es wehet in einer solchen Familie eine Kraft des Vertrauens, des Glaubens, der Liebe, welche die Welt nicht gibt, welche die Welt nicht kennt.

Bald waren sie nicht mehr alleine; hieher kamen Leute und dorther, freundliche Grüße wechselten, die Einen hemmten ihren Schritt, die Andern beschleunigten ihn, ein jedes richtete seinen Schritt nach der Andern Schritt, weil es nicht alleine wallen wollte auf dem Wege zur Kirche, sondern in Gemeinschaft mit den Andern. Warum aber nur auf dem Kirchwege seinen Schritt modeln nach der Andern Schritt, warum nicht auch auf dem Lebenswege? Nur eine kleine Anstrengung, nur ein klein weniger Eigensinn, nur einiger Tage leichte Übung, und einmütig und gleichen

Schrittes, eine Gemeinschaft der Heiligen, würde durchs Leben wallen, was auf ewig auseinandergeht, weil das Eine seinen Schritt noch kürzt, während das Andere den seinigen verlängert.

Die Leute sahen mit Verwundern die Fünfe so einträchtig zusammen gehen, drückten aber die Verwunderung nicht einmal mit den Augen aus, geschweige daß jemand nach der Veranlassung des nach der bekannten Spaltung um so auffallenderen gemeinsamen Kirchganges gefragt hätte. Jeder machte seine Mutmaßungen und behielt sich vor, dieselben daheim beim Mittagessen vorzubringen, und fast in allen Häusern war dies das Tischgespräch. Vermutungen aller Art wurden laut, und allerdings war die Bewegung Ännelis am vorigen Sonntag in der Kirche nicht unbemerkt geblieben, aber das Rechte erriet doch so recht niemand, von wegen wenn man etwas begreifen will, so muß man den Sinn, aus welchem es hervorgegangen, selbst in seiner Brust tragen. Das wissen aber die wenigsten Leute, darum so viele Mißverständnisse, darum werweisen die Meisten so dummes Zeug, wenn sie von einer guten, uneigennützigen Tat hören; sie tragen halt den Sinn dazu nicht in ihrer Brust. Hingegen weiß so Mancher, daß er selbst für die schlechtesten, eigennützigsten Absichten die schönsten Gründe hat. Mancher vermag zum Beispiel Amt, Stellung, Staat auf die schändlichste Weise zu mißbrauchen zur Sättigung seiner Lust oder seines Geldsäckels, während er von lauter System, Gemeinwohl und Volksinteresse überfließt.

Die Leute strömten immer zahlreicher, je näher man der Kirche kam, denn an Pfingsten, wenn die Sonne schön warm scheinet, wagt so manches alte Mütterli, das durch Kalte und Kot nicht mehr kam, noch so gerne einen Kirchgang und labet seine Seele, die auch gerne da oben wäre an des Herrn Mahl; es weiß nicht, was der Herr im nächsten Winter mir ihm vorhat, es sucht, wo es kann, den Herrn, damit wenn der Tod kommt, der Herr es finde.

Wenn sie schon früh waren, so fanden sie doch mit Mühe Platz in der Kirche. Wer es vermag, sollte immer frühe gehen, wer hintendrein hastet, kömmt sehr selten mehr in die rechte Stimmung, so wenig als der Pfarrer, der weltliche Geschäfte abmachen muß, ehe er ans heilige Werk gehen kann. Es ist gar eigen, unser Gemüt, und stille und feierlich muß es um dasselbe sein, wenn es stille und feierlich in ihm werden soll, so wie auch die Winde aufhören müssen zu wehen, wenn die Wellen sich legen, das Meer sich ebnen soll.

Wenn man da so sitzt im stillen, weiten Raume, vielleicht ein schönes Lied von der Orgel tönt oder ein schönes Wort aus der Bibel kömmt, und Die Glocken rufen die draußen herein, da, wie die Augen im Dunkel des Kellers allmählig aufgehen und zu schauen vermögen, so geht es unsrer Seele: sie öffnet sich Eindrücken, für welche sie sonst verschlossen war, und wenn der Prediger kommt und als geistiger Säemann frommen Samen streut, so fällt dieser Same in offene Seelen, wo er sonst nur Ohren gefunden hätte, und Ohren, die nicht hörten.

So wurden ihre Seelen noch weiter, empfänglicher ihr Herz, gespannt harrten sie auf die Textesworte des Pfarrers, welche an bewegte Seelen kommen wie eigene Losworte oder vielmehr wie Worte aus des Herrn eigenem Munde und vom Geiste, der alles weiß, auch die Bewegung jeglicher Seele, dem Pfarrer in den Mund gelegt für diese oder jene Seele. Und darum haben solche Textesworte für bewegte Seelen eine ganz eigene Kraft, und nach Jahren, wenn die Predigt längst vergessen ist, hört man noch solche Worte anführen, durch welche die Seele niedergeschlagen worden oder aufgerichtet.

Da schlug der Pfarrer das heilige Buch auf und las die Worte: »Was fehlt mir noch?« Diese Worte fielen nicht zündend in ihre Seelen, sondern fast kamen sie ihnen allerdings vor wie eine Frucht vom heiligen Baume, aber eine fremdartige, mit welcher sie nichts zu machen wußten; betroffen wiederholten und betrachteten sie dieselben, aber die Beziehung auf sich fanden sie nicht.

Da begann der Pfarrer zu reden von seiner letzten Predigt und wie er ermahnt, daß man jedes Abendmahl genießen möchte als ein Abschiedsmahl, versöhnt mit allen Menschen. Aber nicht bloß an die, welche man lasse, hätte man zu denken, sondern auch an das, was vor einem liege, an die, zu denen man wolle; nicht nur Abschied habe man zu nehmen, sondern auch zur Reise sich zu rüsten, und da müsse jedem die Frage von selbst kommen: Bin ich fertig, oder was fehlt mir noch? Habe ich, was zum Himmelreiche hilft, oder was mangelt mir? Da sei es, wo man so leicht sich täusche, und man täusche sich allemal, wenn man das Ziel ergriffen zu haben meine. Es seien aber deren so Viele, die mit aller Zuversicht den Himmel erwarteten und vollkommen mit sich zufrieden seien, sich innerlich gerne zum Beispiel Anderer aufstellten, mit aller Behaglichkeit auf Andere herabsähen und selbst ihre Fehler zu beschönigen wüßten, als wären es Tugenden, und sie selbst Gott als solche anrechneten, fast wie zuweilen ein Mensch den andern zu betrügen suche mit einem gemeinen Steine, den er für einen kostbaren Edelstein ausgebe.

Wenn man so im Allgemeinen und von weitem an den Tod dächte, so meine man nur zu gerne, man wäre fertig und es sei leicht zu sterben; aber wenn er plötzlich vor einem stünde, so käme es einem anders, und was man leicht geglaubt, das käme einem schwer vor, und was man nicht gesehen, für das gingen einem die Augen auf. Sie sollten nur an den reichen Jüngling denken, wie der guten Muts zu Jesus gekommen, willens, das ewige Leben zu gewinnen, und das Gewinnen leicht glaubend, weil er schon so vieles getan und die Gebote gehalten von Jugend auf Was fehlt mir noch? habe auch der gefragt. Geh, verkaufe, was du hast, und gib es den Armen, sagte Jesus. Darauf war der Jüngling nicht vorbereitet, er ging betrübt hinweg; er, der gemeint, er hätte alles getan, was er schuldig gewesen, dem fehlte noch alles zum Himmelreich. Dem fehlte der christliche Sinn, der gehorsam ist bis zum Tode am Kreuz, ihm fehlte die Liebe, die Gott über alles hält, den Nächsten als sich selbst; der war zu allem bereit, aber nur zu dem, woran er gewöhnt war, und nicht zu dem, was der Herr von ihm forderte; er war getreu, bis der Herr seine Treue erproben wollte; ihm fehlte der Geist, der in alle Wahrheit leitet und den Menschen bewahret in jedem Verhältnis, in jeder Anforderung ein Kind Gottes bleiben läßt, wie er die Apostel das Rechte reden ließ vor jeglichem Richter.

»Nun leben Tausende dem reichen Jünglinge gleich, wissen nicht, daß die Hauptsache ihnen fehlt. Sie leben in stiller Rechtlichkeit, im Geleise, in welchem Vater und Mutter gegangen, geben keinen Anstoß und finden keinen Anstoß im Leben, aber ihnen unbemerkt leben sie doch für etwas, und dieses Etwas ist ein Zeitliches, es ist ihr Gut, und ihnen unbemerkt leben sie für dieses Gut, in einer immer festeren Angewöhnung, auf besondere Weise, und dies Gewohnheit wird ihr Meister und regiert sie, sie merken es nicht. Tritt nun etwas Besonders in ihr Leben, fordert Gott ein Opfer von ihnen, streckt er seine Hand nach ihrem Gelde aus, rüttelt er an ihren Gewohnheiten, machen sie Verluste oder tun ihre Ausübungen, welche gegen kein Gebot stoßen, Andern weh, verbittern sie ihnen das Leben, dann, dann zeigt es sich, was ihnen fehlt und an was sie ihr Leben gesetzet und wie ihr Leben ihr Meister geworden und nicht sie ihres Lebens Meister, denn der Geist ists, der ihnen fehlt. Ob der Angst ums Geld vergessen sie Gott, haben weder Vertrauen auf ihn noch ein Ergeben in seinen Willen; sie werden betrübet, gehen hinweg vom Heile, dem reichen Jüngling gleich, werden erbittert im Gemüte über die Menschen, vermögen ihrer Gewohnheit keinen Zwang anzutun; Friede und

Eintracht werden gebrochen, weil sie nur gebaut gewesen auf die äußeren Verhältnisse, auf des Lebens gewohnten Gang und nicht auf den lebendigen Geist, der zu jeder Stunde zu jedem Opfer bereit ist, bereit ist, das Auge auszureißen, die Hand abzuhauen, von denen Ärgernis kommen.« Sie sollten doch nur nachdenken, wie oft ihr Friede auf diese Weise gestört würde, wie oft ihr eigenes Gemüt Zeugnis rede, daß Gott ihnen nicht über alles sei, wie sie zu schwach seien für das kleinste Opfer, der geringsten Anforderung erliegen und betrübet werden. Ja, sie sollten nachdenken, wie viele Menschen und Haushaltungen auf diese Weise äußerlich und innerlich zugrunde gegangen seien, eben weil sie nie erkannt, was ihnen fehle. Heute sei der Pfingsttag, und solange er wiederkehre, sei gültig die Verheißung, daß Gott seinen Geist geben wolle denen, die darum bitten. So sollten sie erkennen, daß *dieser* Geist die höchste Gabe sei, welche Gott uns Menschen werden lasse, sollten an sein Gewinnen das Leben setzen.

»Dies ist der Geist, der in Christo die Welt überwunden hat, in jedem sie überwindet, der in Christo ist; er ist köstlicher als Silber und Gold; die Welt nimmt ihn nicht, der Tod raubt ihn nicht, er bewahrte das Glück in jedem Verhältnis, den Frieden in jedem Hause, das Genügen in jedem Herzen; es ist der, der uns den Vorgeschmack der Seligkeit gibt und der Schlüssel zum Himmelreich ist.«

»Dieser Geist wars, der dem reichen Jüngling fehlte, der noch so Vielen fehlt, und ohne diesen ists dem Menschen schwerer, ins Himmelreich zu kommen, als es einem Kamel wird, durch ein Nadelöhr zu gehen, und schwer besonders ists dem Reichen, weil er sein Genügen in seinen Besitztum setzet und es vergißt, daß weit über dem Gelde etwas anderes ist, in dem einzig das Genügen wohnet, das fest bleibet im Leben und im Sterben, in gesunden und kranken Tagen, in jeglichem Wechsel dieser Welt; und wenn ihm dann sein Geld Jammer bringt oder kein Genügen mehr gibt, dann geht es ihm wie dem Menschen, der ins Wasser fällt und nicht schwimmen kann, in zappelnder Angst beschleunigt er seinen Untergang. Die Besonnenheit hat er nicht, die Hand zu sehen, die rettend sich ihm bietet; er fasset sie nicht, er stößt sie von sich, er gehet unter.«

So redete der Pfarrer im Allgemeinen, führte aber das Allgemeine im Besondern näher durch und belegte alles mit dem Leben. Da ward den Gliedern der Familie der Text lebendig; der Stein ward zum Diamant, der die hellsten Strahlen durch ihre Seele warf, alle Falten erleuchtete. Es war ihnen, als sehe der Pfarrer in ihrem Herzen eine eigene Schrift und lese ihnen die ab, und diese Schrift erzähle alles, was sie erlebt und wie es in ihren Seelen gewesen, wie ein Irrtum sie an den Rand des Abgrundes geführt, und lese nun auch ab, was in solchem Zustande helfen könne und was ihnen wirklich geholfen.

Wunderbar wurden sie gerührt und erhoben, als sie im Wechsel ihrer Seelen, in den Regungen, die sie füllten, das Wehen des Geistes erkannten, der ihnen so lange gefehlt, als sie deutlich dessen sich bewußt wurden, daß Pfingsten geworden sei in ihrem Herzen, daß sie ein Gut erlangt, welches über alle Güter ist, dessen Mangel die ganze Welt nicht ersetzt, daß der Herr sie in die Finsternis geführt, damit in der Angst der Nacht ihre Seelen den Morgen suchten, ihre Augen nach dem Aufgang sich richteten, bis die Sonne kam. In Staunen, in frommer Bewegung versunken hörten sie, wie von der Kanzel herab abgelesen ward vor der ganzen Gemeinde ihrer Herzen Geschichte und Zustände; es war, als stünde dort oben ein wunderbarer Zauberspiegel, in welchem zu sehen wäre das Innere der Herzen, welches sonst den Augen der Menschen verborgen ist.

Und daß der Pfarrer so deutlich auf sie rede, ihr Geheimstes vor der ganzen Gemeinde erzähle und erläutere, sie zum Gegenstand der allgemeinen Betrachtung mache, das zürnten sie nicht; es war ihnen, als müsse es so sein, als seien gerade solche Erlebnisse Gemeingut und sollten nicht unter den Scheffel gestellt werden, sondern auf einen Leuchter, damit die Herzen der Nächsten auch gewonnen würden. Es kam manchmal sie an, daß sie fast des Wortes sich nicht enthalten konnten zur Bestätigung oder Erläuterung dessen, was der Pfarrer sagte. Wenn er ihre Namen genannt hätte, sie hätten es nicht gezürnt, denn, meinten sie, müsse doch jedes Kind, welches in der Kirche sei, wissen, wen es angehe; nur sonderbar dünkte es sie, daß nicht aller Augen auf sie gerichtet seien, die Entferntern nicht aufstünden, nach ihnen zu sehen, daß alle machten, als merkten sie nicht, wen der Pfarrer meine.

Als der Pfarrer schloß, fühlten sie, daß, was in ihnen war, gefestigt worden; sie hatten in ihrem Acker einen Schatz gefunden, aber erst jetzt kannten sie ihn recht und wußten, wie er zu bewahren sei, mehr denn alles auf Erden. Und als der Pfarrer einlud, zum Tische des Herrn zu kommen, wer von Herzen sein Jünger zu sein begehre, da klang dieser Ruf ihnen ganz anders als sonst, nicht mehr so wie eine allgemeine Einladung, sondern es ging sie besonders an, und es dünkte sie, sie müßten Bescheid darauf geben.

Und als sie zum Mahle gingen, gingen sie nicht wie sonst als Solche, welche das Recht hätten dazu und es nicht veralten lassen wollten, sondern als ob sie hingezogen würden wie durch einen Magnet, durch eine unsichtbare Macht, wie der Dürstende zur Wasserquelle, das verloren gewesene Kind zum Vater, der wieder auftaucht in seinem Gesichtskreise. Das Einzelne, Besondere war vergessen, untergegangen in dem großen Gefühle, Gemeinschaft zu haben mit dem Vater und dem Sohne durch den Geist, der lebendig in ihnen wohne, und als Siegel dieser Gemeinschaft empfingen sie des Mahles äußere Zeichen, und sie empfanden es in unaussprechlicher Innigkeit, daß weder Welt noch Tod, weder Teufel noch Hölle sie mehr von Gott zu scheiden vermöchten.

Ernst, aber in getroster Freudigkeit verließen sie das Haus des Herrn; sie waren erbauet worden.

Der Strom der Leute umwogte sie, und seltsam kam es ihnen vor, daß sie mit ihnen unbefangen heimgingen, wie sie mit ihnen gekommen waren. Niemand gedachte mit einem Worte, daß sie der Gegenstand der Predigt gewesen. Erstaunt hörten sie, wie der Eine sagte: Der Pfarrer predige alle andere Sonntage über den Geiz, man merke wohl, daß er selbst nicht viel habe. Aber er müsse sagen, es mache ihm Langeweile, alle andere Sonntage das Gleiche zu hören. Ein Anderer sagte: Er hätte es wohl gemerkt, der Pfarrer hätte auf ihn gestichelt, das hätte er wohl können bleiben lassen; es dünke ihn, an einem heiligen Sonntag schicke sich das nicht, er könnte die Leute wohl ruhig lassen. Da sei der Pfarrer letzthin gekommen und habe da Steuer gebettelt, er wisse nicht mehr für was, und er habe ihm nichts gegeben; man habe sein Geld nicht nur für andere Leute, und er habe es dem Pfarrer gesagt, er wolle erst für sich sorgen und sehen, daß er genug habe. Und jetzt gehe der und halte eine ganze Predigt auf ihn, für einen Pfarrer dünke es ihn nicht schön. Aber dem wolle er es eintreiben, die ersten sechs Wochen sehe ihn der nicht mehr in der Kirche. Noch hatte der Eine dieses zu rügen, ein Anderer etwas anderes; jeder hatte eine andere Predigt gehört als der Andere, nur darin waren die Meisten einig, daß die, welche sie gehört, ihnen nicht gefallen. Er könnte es, wenn er wollte, sagten sie; vor acht Tagen habe er eine Predigt gehabt, Leib und Seele hätte noch lange geschlottert, aber er möge es ihnen gar selten gönnen; das sei aber nicht dest bräver, wenn einer es könnte und nicht wollte.

Nur wenige Leute nahmen keinen Teil an diesen Urteilen, gingen in stillem Ernst ihre Wege; denen hatte der Pfarrer auch etwas Inwendiges getroffen, und dem dachten sie nach und redeten nicht in das Allgemeine; zum Disputieren war das Herz ihnen zu voll, und mit ihrem eigenen Innern beweisen, wie recht der Pfarrer gehabt, das mochten sie nicht. Es ist mit dem Inwendigen eine eigene Sache, man verhüllet es ärger als seinen Leib, und die Hülle wird oft so dick, daß kein Auge mehr hindurchdringt, nicht einmal das eigene, und die Zuversicht auf diese Hülle wird so groß, daß man nicht einmal denkt, ein Auge könnte durchdringen, und Gottes Auge nimmt man in dieser Meinung nicht aus.

Dieses Verhüllen hat aber auch seinen Grund in der Angst, nicht verstanden zu werden, in der Angst, daß die, denen man das inwendige Leben erschließt, Spott und Mutwillen mit demselben treiben möchten, weil sie es nicht würdigten, nicht begriffen, wie Kinder mit den kostbarsten Edelsteinen nicht anders umgehen als mit gemeinen Steinen und gemeine Leute desto lauter und höhnischer über das Edle spotten, je höher es über ihrer Gesinnung steht.

Darum auch fiel es weder dem Christen noch dem Änneli noch ihren Kindern ein, den Leuten die Predigt auszulegen, wie sie dieselbe verstanden, und sie mit ihrem äußerlich und innerlich Erlebten zu belegen. Sie wurden fast froh, daß den Andern ihre Augen oder Ohren gehalten gewesen und das, was sie so klar glaubten, ihnen dunkel und verborgen geblieben, und sagten nur hie und da, wenn sie nicht anders konnten, ein Wort ins Reden der Leute: Ihnen hätte die Predigt gefallen, es dünkte sie, es könne ein jeder seinen Teil davon nehmen, und wenn man dem Pfarrer nach täte, so käme es nicht bös.

Aber als der stille Nachmittag heraufkam, die Diensten ihre Wege gegangen waren, schön sonntäglich feierlich es ums Haus ward, der Baumgarten, fast einem heiligen Haine vergleichbar, mit leisem Säuseln die Bewohner des Hauses in seinen kühlen Schatten lockte; als sie ohne Abrede, aber von gleichem Zuge getrieben eins nach dem Andern kamen, das Eine noch vor diesem Baume stund, das Andere Raupen abstreifte im Vorübergehen, endlich alle sich zusammenfanden unter einem mächtigen Apfelbaume und sich lagerten ins kühle Gras, da redeten sie von dem, was in ihrem Inwendigen vorgegangen. Allen war es mit der Predigt gleich gegangen, allen war sie ein Spiegel gewesen, in welchem sie mehr oder weniger klar ihre innern Zustände gesehen, und eben deswegen sahen sie so klar und deutlich, daß der Pfarrer durchaus recht hatte und das Eine, das not tue, eben der Geist des Herrn sei, und daß sie eben deswegen so unglücklich gewesen, weil statt des Geistes das Geld Hebel, Mittelpunkt, Ziel ihres Lebens gewesen, und daß es nur der Geist des Herrn gewesen sei, der die wilden Wellen in ihren Herzen und in ihrem Hauswesen gestillet.

Wunderbar aber schien es allen, wie der Pfarrer gepredigt, als rede er aus ihren Herzen heraus und kleide es nur in Worte, was er in denselben gesehen, und mache ihnen nur deutlich und hell, was sie selbst gefühlt, geahnet, aber ohne ihm recht Worte geben zu können. Sie wußten, er kannte sie wenig, von ihnen hatte in Jahresfrist niemand mit ihm geredet, von ihrem Inwendigen konnte niemand anders ihm Bericht gegeben haben, kannten sie es selbsten doch kaum. Die Vorgänge der letzten Woche kannte ebenfalls niemand. Sie wußten es nicht anders zu erklären als eine Fügung Gottes, der auch noch heutzutage durch den Mund seiner Knechte redet, die Geister lenket, die Herzen zu treffen weiß. Denn wer ists, der dem Prediger den Text zur Hand gibt, der dem Text Leben gibt in des Pfarrers Geiste, daß er aufblüht und zur Predigt wird und gerade zu dieser und zu keiner andern? Der, ohne dessen Willen kein Haar aus unserem Haupte fällt und kein Sperling vom Dache, sollte der nicht auch Macht in den Geistern haben? Und der, der sich verkündigen läßt durch die Nacht mit ihrer Sprache, durch den Tag mit seiner Rede, durch jede Blume, die auf dem Felde blüht, sollte der sich nicht auch durch eine Predigt verkünden lassen können, und zwar gerade so, wie er es will? So meinten es die Leute und fanden großen Trost darin, daß Gott sie angesehen und den Geist des Pfarrers also gelenket.

Es war aber nicht nur der Text zur Predigt aufgegangen in des Pfarrers Geiste, sondern seine Predigt war auch auf, gegangen in ihrem Geiste, war Leben geworden, das heißt hatte mit ihrem Leben sich verwoben, und dieses Leben trat in bald schroffern, bald mildern Übergängen, gerade wie es der Zufall oder das wunderbare Gedankenspiel in ihrer Seele mitbrachte, in scheinbar rein weltlichen Gesprächen zutage, welche dem Fremden vielleicht gemütlich geschienen, denen er aber keine Spur eines höhern Lebens, eines heiligen Geistes, eines höhern Aufschwunges geahnet hätte. Aber es strömte der Geist des Herrn durch Feld und Wald, durch Nessel und Nelke, er strömt durch alle unsere Lebensverhältnisse, durch alle Worte, womit wir sie bezeichnen, wenn der Geist des Herrn in uns ist. Nur unsere Jungens meinen, er sei an bestimmte Worte gebunden, wie die Seele eines Frosches in den Leib des Frosches.

Die Freude, daß die Finsternis vergangen, der Morgen wieder angebrochen, brachte sie auf den vor ihnen liegenden Tag und seine Gestaltung, und diese Gestaltung war nicht bloß ein Nebel hoch oben im Gebiete der Lüfte, den man mit des Mundes Hauch von einem Munde zum andern Munde treibt, wie man auch oft Bysluft und Wetterluft ihr Spiel treiben sieht mit den Nebeln, sondern diese Gestaltung stellte mitten im Leben ab, und sie drückten sich aus darüber mit ganz natürlichen, allgemein verständlichen Worten; was aber für ein Geist in denselben lag, das fühlten die, welche gleichen Geistes waren, sehr wohl.

Er werde alt, sagte der Vater, er fühle wohl, er möge nicht mehr allem nach, und so könnte öppe vieles besser gehen, als es gehe, aber ändern könne er es nicht wohl mehr. Die Jungen möchte er nicht versäumen, darum sei besser, er stelle daraus und lasse die Kinder machen. Wenn sie öppe einander verstehen wollten, so wüßte er nicht, warum es nicht gehen sollte.

Es sei ihr auch recht, sagte die Mutter, sie wolle sich wohl gerne darein schicken. Sie und der Vater wollten in die Hinterstube oder könnten eine Wohnung machen lassen auf das Ofenhaus, die würde so viel nicht kosten, und wenn man etwas raten könne oder helfen, so sei man immer noch da, und die Jungen seien noch manchmal froh über einen. Aber anständig wäre es, wenn Resli heiraten würde, sonst sehe sie nicht ein, wie das zu machen wäre. Annelisi werde nicht immer dableiben wollen, und wenn Christen heiratete und seine Frau die Haushaltung machen müßte, und Resli nähmte einst den Hof zur Hand, so täte es Christens Frau weh und es ginge nicht gut.

Resli unterbrach die Mutter und sagte: Von dem wolle er nichts hören, und er wolle sie nicht vertreiben. Dem Vater helfen, wie er könne und möge, das wolle er gerne, und es sei seine Schuldigkeit; aber das Heft solle er nicht aus der Hand geben. Vom Heiraten möge er auch nichts hören, er werde kaum heiraten, und heiraten, nur um die Mutter aus der Küche zu vertreiben, das möge er gar nicht, sie sei ihm zu lieb dazu, und sie habe die Sache dreißig Jahre gut gemacht, es sei die Frage, ob je eine ihr die Schuhriemen auftäte.

»He«, sagte Christen, »jemand wird heiraten müssen, ich meine, ich oder du, vom Anneliese will ich nicht reden, das ist keine Frag. Ich aber will nicht heiraten, so ein kränklicher Mensch, wie ich bin, soll nicht ein Haus aufrichten, und ich könnte leicht eine erhalten, sie brächte mich das erste halb Jahr unter den Boden. Nein, ich will bei dir bleiben, wir sind öppe immer Brüder gewesen und werden es auch bleiben. Du mußt heiraten, und daß du etwas im Spiel habest, das hast du mir ja einmal selbst gesagt, und längst hätte ich es aufs Tapet gebracht, wenn ich es nicht ab unserm Elend vergessen hätte. Du aber hast es nicht, denn seither hast du ja keinen Fuß zum Tanz gehoben und keinen Tritt des Nachts zum Haus aus getan.«

Resli wurde rot und wollte sich verteidigen, da fragte die Mutter: »Hör, was ist das mit ds Dorngrüter Bauren Tochter? Du hast mich einmal nach ihr gefragt und so wunderlich dabei getan. Ich habe dich damals abgeschnauzt, es ist mir seither manchmal leid gewesen, und ich hätte wieder davon angefangen, aber bald schickte es mir sich nicht, bald dachte ich, du sagst mir jetzt doch nichts mehr, und so schwieg ich. Ist dir die öppe im Sinn?«

»Oh, aparti nicht«, sagte Resli.

»Hör, sage es fry recht geradeheraus. Wenn es etwas ist, so kann man dir helfen. Es hat schon Mancher so geschwiegen und hat die Sache so in sich selbst verdrückt und ist hintendrein reuig gewesen«, antwortete die Mutter.

»He nun«, sagte Resli, »so will ich es geradeheraus sagen: das Meitschi hat mir gefallen wie noch keines, ich glaube nicht, daß es eins gäbe, das ihm die Schuhriemen auftäte, und ich habe gleich gedacht, das oder keins. Und es ist mir noch so, aber ich sehe wohl, daß es nichts daraus gibt.«

»Warum?« fragte Christen, »hast gefragt?«

»He nein«, sagte Resli, »aber ich weiß es sonst.«

»Wie kannst du so etwas wissen, wenn du nicht gefragt hast; das geht oft ganz anders, als man denkt. Oder ist das Meitschi verheiratet?« fragte der Vater.

»Selb weiß ich nicht«, sagte Resli, »und vom Meitschi wollte ich nicht reden, es schien mir, als wäre ich ihm nicht ganz unanständig, freilich irrt man sich leicht. Aber es ist noch etwas anders.«

»So sage doch, was ists?« sagte der Vater. »Ists öppis z'schüchen a de Lüte?«

»He, wie man will«, sagte Resli. »Der Vater ist sehr reich und grusam geizig, und wie ich gehört, ist ihm für seine Kinder nicht gleich einer reich genug, und wenn es auch einer ist, so will er dann noch ehetagen auf alle Füli, daß es keine Art hat. Er hätte schon zwei Töchtern so gebraucht und ehetagen lassen, daß seine Tochtermänner daheim alleine erben und ihre andern Geschwister mit leeren Händen gehen können. Das will ich nun nicht, ich will mich an meinen Geschwistern nicht versündigen, daß ich denken muß, Kinder und Kindeskinder müßten es entgelten, und wo man unter solchen Gedingen zusammenkommt, da sieht man wohl, was Trumpf ist, und was e sellige Trumpf kann, das haben wir erfahren. Ich begehre nicht mehr als meine Sache, dem Christen und dem Annelisi gehören ihre Teile so gut als mir, wenn es einmal zum Erben kömmt, was, so Gott will, noch lange nicht geschehen wird.«

»Los Bruder«, sagte Annelisi, »wenn es nur das ist, so achte dich meiner nicht. Christen hat nur Späße gehabt, und es ist dann noch lange nichts Richtiges, und wenn ich dich damit kann glücklich machen, so bleibe ich ledig. Es wäre ja so Mancher ihr Glück gewesen, wenn sie nicht geheiratet. Wie wohl es mir ist bei Vater und Mutter, das weiß ich, wie es mir aber so mit einem Manne gehen würde, das ist ein Ungewisses.«

»Wie wir es zusammen haben«, sagte Christen, »weißt du, und wenn dir das Meitschi anständig ist, so mach, was du kannst, und was wir dir dazu helfen können, darauf zähle, und wenn dir der Vater den Hof abtreten will kaufsweise um ein Billiges, ich für mich hätte nichts darwider.«

»Von dem will ich nichts hören«, sagte Resli, »Vater und Mutter sollen ihre Sache behalten. Daß sie wegen einem Kinde sich die Hände binden sollten, das tue ich nicht. Wegen einem Meitschi lasse ich Vater und Mutter noch lange nicht auf die Seite stellen, wir sind jetzt so schön bei einander, wir wollen nicht alsobald Unguts hineinmachen.«

» Mir tätest du einen großen Gefallen, wenn es sich machen ließe«, sagte die Mutter; »wenn ich sterben sollte, und das werde ich bald, es wäre mir ein großer Trost, wenn ich deine Frau gesehen hätte.«

»Mutter, schweig vom Sterben, du darfst uns nicht sterben, und von einer Frau schweiget mir.«

»Und ich schweige nicht«, sagte Christen. »Es ist doch dann noch nicht gesagt, daß es immer gleich gehen müsse, und probieren schadet nichts. Es kömmt nur darauf an, ob dich das Meitschi will oder nicht; wenn man das vernehmen könnte, so müßte die Sache bald richtig sein. Hast du seither nichts von ihm vernommen?«

Nein, sagte Resli, er hätte nicht gewußt, was das Nachfragen abtrage, wo es besser wäre, er vergesse die ganze Sache, je eher je lieber.

»Da hast du unrecht getan«, sagte Christen, »und ich will für dich vernehmen, was nötig ist; es ist mir auch daran gelegen, daß du eine rechte Frau erhaltest, und wenn die Mutter so Freude hat an einer Sohnsfrau, so muß sie noch vor Ostern eine haben, oder ich will nicht Christen heißen. Vater, gib mir einige Neutaler in Sack, die meinigen sind neue use, und ich will um etwas aus, um Rosse, Kühe Schafe, sei es was es wolle, und somit habe ich Gelegenheit, auf das Dorngrüt zu kommen, unbekannt, vielleicht mit dem Meitschi z'reden, und vernehme allweg, was für Werch an der Kunkel ist und wie die Sache öppe anzukehren wäre.«

»Mache, was du willst«, sagte Resli, »und ich danke dir für dein Anerbieten, aber ich will dich nicht geheißen haben und an nichts schuld sein. Ihr seid alle nur viel zu gut gegen mich, aber ich will es auch Keinem vergessen.«

»Das hätte ich vor acht Tagen noch nicht hoffen dürfen, daß es so kommen könnte«, sagte die Mutter, »und wenn es mir jemand gesagt hätte, so hätte ich es ihm nicht geglaubt. Aber bei Gott sind alle Dinge möglich, und wie er das Unglück einbrechen läßt wie einen Dieb in der Nacht, warum sollte er nicht auch das Glück heraufführen wie die Sonne aus ihrer Kammer, wenn die Herzen dafür reif geworden sind?«

»Horch, was ists?« rief Resli und sprang vom Boden auf. Langsame Glockenschläge hallten einzeln durch die Luft, alle sprangen auf. »Es stürmt, wo brennts?« frugen alle. Rauch war nirgends zu sehen, aber nur im Halbkreise lag frei der Horizont vor ihnen. Sie eilten dem Hause zu; in zwei Minuten sah man Resli, den Feuerhaken auf der Achsel, den Eimer darangehängt, in raschem Laufe dem Kirchturme zu eilen, wo immer ängstlicher die Glocke um Hülfe wimmerte, und verschwunden war das schöne Bild der innigen Familie, verschlungen vom Wirbel der Welt.

Aber sei auch das Bild verschwunden, ist nur der Geist geblieben; der lebendige Geist sprüht neue Bilder immer wieder auf, schöne Kinder, Zeugen seines Lebens.

Vorwort zum zweiten Teil

Dem geneigten Leser wird anmit eine Fortsetzung der Erzählung »Geld und Geist«, welche im zweiten Bändchen der »Bilder und Sagen« enthalten ist, dargeboten; der Ärger vieler Leser über den scheinbar zu raschen Schluß bestimmte den Verfasser dazu, und Bedingungen zu fernerem Leben fanden sich in der ersten Erzählung hinreichend vor. Auf neuem Boden birgt sich das innere Leben mehr hinter äußere Verhältnisse, und unfreundlich wölbt sich der Himmel über ihm; wer aber in Geduld dieses überwindet, findet im Schlusse vielleicht den Geist wieder, welcher das Geld besiegt und den *Segen der Versöhnung* über die Herzen bringt.

Wer hat nicht schon den Unterschied bemerkt, der im Klange der Glocken liegt, es gefühlt, wie verschiedene Empfindungen sie erregen im menschlichen Gemüte?

Ernst und hoch, wie vom Himmel her, ertönen sie, wenn sie den Menschen rufen in Gottes Haus, sich zu demütigen vor dem Allmächtigen, sich aufzurichten am Allerbarmenden; dumpf tönt die Totenglocke, von weitem her wird es einem, als höre man auf den Sarg die Erde prasseln, als versinke man in ein dunkles Gewölbe und höre immer ferner und ferner des Lebens Klang. Freundlich und mild tönt die Vesperglocke. Wer des Abends über Berg und Tal das freundliche Geläute hört, dem wird, als empfange er freundliche Grüße, ein gastfreundlich Laden zu süßer Ruhe, als vernehme er des Vaters Ruf, sich zu stellen unter dessen treue Hut, zu legen all sein Sorgen und Sinnen in dessen weise Hand. Aber wenn die Feuerglocke erschallt, da zuckt Schreck durch die Seelen, Weiber werden blaß, Kinder weinen, Männer horchen hastig auf und stärker klopfen ihre Herzen. Es tönt vom Turme her wie Weiberjammer, wie Kindergewimmer, wie des Feuers Knistern, und je länger die Glocke geht, um so inniger scheinen ihre Töne zu werden, um so ängstlicher wimmert sie, um so lauter jammert sie. Es zieht das Herz sich zusammen, bange sucht der Mensch den Menschen, alle Augen suchen des Brandes Zeichen, den dunklen Rauch, der weithin des Brandes Stätte weiset, den Helfenden der düstere Stern über der Stätte, wo Hülfe nottut. Und jeder rät, wohin die dunkle Wolke weiset, und jeder schreit auf, wenn neue Wellen wallen über Berg und Tal, das Aufflammen neuer Häuser, das Zusammenstürzen der ausgebrannten verkündend.

Ums Spritzenhaus, welches wie üblich in der Mitte des Dorfes stand, von welcher gewöhnlich das Wirtshaus auch nicht ferne liegt, während die Kirche gerne zur Seite steht, wie billig auch, das Erstere als Anker der Welt, die Letztere ein Wegweiser aus der Welt – ums Spritzenhaus fand Resli, des Bauern Sohn von Liebiwyl, das halbe Dorf geschart. Die Einen sahen in den wirbelnden Rauch, der in der Ferne, aber immer dicker, immer schwärzer gen Himmel stieg; die Andern liefen ängstlich herum, hantierten mit der Spritze, banden Schlauche auf, schleppten Eimer herbei, schrieen nach Pferden, welche aber niemand werde geben wollen, was ein recht Elend sei und immer so gehe, schrieen nach einem Stück Kerze in die Laterne, da es auf den Abend gehe, und niemand wollte Kerzen haben daheim, aber der Krämer hätte fürs Geld, sagte man. Sobald Resli kam, frug er: »Wo ists?« Bestimmt wisse man es nicht, sagte man, aber allem an zu Ufbegehrige, und die Brunst sei groß und alle Augenblicke scheine ein neues Haus aufzugehen. Ängstlich rief Resli nach dem Rundellenträger, dem

Führer der Feuerläufer; der war nirgends zu sehen. Er sei weder vormittag noch nachmittag in der Kirche gewesen, hieß es, er werde um etwas aus sein, um eine Frau oder um eine Kuh, wahrscheinlich um das Letztere, da er in vergangener Woche den Bernmetzgern zwei verkauft hätte. Resli, rasch entschlossen, frug: »Wer nimmt meinen Haken?«, nahm die Rundelle, sagte: Wenn sie hier keine Rosse mehr vermöchten, so solle jemand rasch heim zu ihnen, sie hätten noch deren, aber machen sollten sie, daß sie bald nachkämen, sonst sei es eine Schande für die ganze Gemeinde. Gerade an solchen Dingen nehme man ab, was für Leute in einer Gemeinde seien ob etwas wert oder nichts. Seine Stichworte gingen in manches Herz, um so mehr, da sie von einem jungen Burschen kamen, der noch zu gar nichts etwas zu sagen hatte, und graue Häupter trafen, die Häupter der Gemeinde zu sein meinten.

Wenn ein jeder Säubub sein Maul in die Sache hängen wolle, so hätte er nichts da zu tun, sagte der Ammann, aber wohlweislich erst, als Resli in kurzem Trabe bereits ein Stück Wegs weit war. So ein Lümmel wisse nicht, daß man allweg, ehe man fahre, die Rosse füttern müsse, einem jeden ein Immi Haber oder zwei, von wege man wisse nicht, wann sie wieder zum Fressen kämen. Und wenn sie gefressen hätten, so sei es dann manchmal nicht einmal nötig, daß man fahre, und schon alles zBode.

In gemessenem Trabe steuerten die Feuerläufer und mit ihnen Mancher, der nicht daheim bleiben kann, wenn Not irgendwo ist, dem Brande zu. Je weiter sie trabten, desto gewaltiger stieg vor ihnen die Rauchsäule auf und verschwamm unterm Himmel in eine große schwarze Wolke, ein zweites Gewölbe, aus Rauch und Ruß gebildet, desto kläglicher wimmerten die Glocken, desto größer ward der Menschenstrom, der dem Brande zueilte. Sie hatten nicht not, wie es oft geschieht, bei jedem Hause stille zu stehen, zu fragen, ob man da auch gestürmt und wo man meine, daß es brenne, vor jedem Dorfe stille zu stehen und sorgsam nach dem dünnen grauen Fädchen zu sehen, das kaum sichtbar irgendwo von der Erde zum Himmel sich wand. Nein, da lag offen, schwarz und schaurig der glühende Ort vor ihnen, wo das entfesselte Element in wilder Schlacht rang mit Menschenkraft, wo weither die Winde dem Feuer zu Hülfe flogen, dem Menschen aber der Mensch. Und wie Regimenter, vom Donner der Schlacht herbeigerufen, nicht ängstlich oder bedächtig das Feld umkreisen, Verweisen, wo Stand und Zugang am bequemsten sei, sondern in die Schlacht sich stürzen, wo sie ihren Bereich erreichen, wohl wissend, daß die schnelle Hülfe die beste ist, so stürzten die Menschen sich in Rauch und Feuer, zu kämpfen mit Rauch und Feuer; nur den rasselnden Spritzen eilten Kundige voraus und spähten, wo Platz und Wasser sei für sie, wie auch den Batterien die Adjutanten vorauseilten, zu erkunden, wo die Kanonen am bequemsten abzuprotzen, am verderblichsten zu richten seien in des Feindes Reihen.

Kühn drang Resli mit seiner Schar in den Mittelpunkt der Schlacht, suchte die gefährlichste Stelle, suchte die Führer; die Letztern fand er nicht. Wirre durcheinander wogten Feuer und Menschen, geordnet war der Widerstand nirgends. Hier befahlen Viele, dort niemand; wo jeder tat, was ihm der Instinkt gebot, da ging es am besten. Als kluger Kommandant hatte Resli seiner Schar geboten, bestmöglichst beisammen zu bleiben; aber allen wards nicht möglich, auch hier war das Schicksal mächtig, das seine Lust zu haben scheint am Scheiden und Trennen. Die Feuerläufer mit den Haken stürzten zum Brande, rissen seine Beute, brennende Balken, ihm aus den Zähnen, rissen Angebranntes nieder, alle Augenblicke in Gefahr, selbst zu feurigen Branden zu werden. Die mit den Eimern stellten sich zu den Spritzen, lösten müde Mannschaft ab, reihten sich in die Wasserzüge, traten ein, wo Lücken waren, während Resli, als Rundellenträger, durch die Reihen flog, ordnend und mahnend Müßige in die Züge stellte, Unschlüssigen die rechte Stelle wies, den Verband erhielt zwischen der Spritze und denen, die das Wasser dahin schafften. Resli erfuhr es, was es heißt, in wild wogendem, gewaltigem, andauerndem Brande einen Wasserzug zusammenzuhalten; leichter ists, ein Regiment festzuhalten im tödlichen Kartätschenregen, im sausenden Reitersturm, ja wer weiß, ob es schwerer wäre, ein Hundert zusammengefangene Flöhe zusammenzuhalten auf der engen Fläche einer Hand, als einen langen Wasserzug, bestehend aus Menschen von hundert Orten her. Bald erleidet es einem, er drückt sich hinten ab; bald sieht ein Anderer, daß er seinen Gefährten verloren, er schleicht sich weg; dann ändert die Spritze ihren Stand, und wenn sie wieder Wasser will, so sind nicht die halben Leute mehr da, der Zug ist halb zu kurz; dann kömmt eine andere Spritze angefahren, durchbricht die Reihe, auseinander stauben die Leute; sollen die Reihen sich wieder schließen, siehe, so ist niemand mehr da, nach allen vier Winden ist alles auseinander. Nun soll alles wieder geordnet werden, die Menschen halb mit Gewalt zusammengetrieben. »Wasser! Wasser!« schreit es von allen Seiten her, und während man am besten dran ist, kömmt einer und befiehlt, man solle fort hier, an einem andern Orte sei Hülfe dringlich, und kaum hat man das angesagt, so laufen zwei Andere daher mit

Fluchen und Toben und wollen, daß man da stehen bleibe, weil sonst alles Übrige noch zugrunde gehe. Da muß man von neuem dran, muß die auseinandergelaufene Herde wieder zusammentreiben, muß sich wüst sagen lassen, muß von Dutzenden hören, man sei ein Sturm, ein Löhl, ein Lappi und wisse nicht, was man befehle.

Resli erfuhr das zum erstenmal, denn wenn er schon bei mehreren Bränden gewesen, so hatte er doch nie diesen Dienst versehen. Leicht wie ein Vogel und kühn wie ein Löwe war er zum Brande gekommen, hatte er sich in denselben gestürzt. Es war ihm gar wunderbar zumute gewesen, fast als ob er Flügel hätte und Kraft in sich, die Welt zu bezwingen; er hätte während dem Laufe jauchzen und singen mögen, wenn es schicklich gewesen wäre, und weil ers nicht durfte, rissen seine Beine um so schneller aus, daß die hinter ihm alle Augenblicke rufen mußten, er solle doch nicht so laufen, es möge ihm ja niemand nach.

In fast freudiger Erregung hatte er sich ins wilde Wirrwarr gestürzt; aber wer weiß nicht, wie jede Erregung so leicht in verschiedene Töne übergeht, die freudige in eine wilde, die wilde in eine zornige? Einen Wasserzug hatte er rasch zusammengebracht, und je lauter das Feuer prasselte, desto rascher eilte er auf und ab. Die Glut ergriff ihn immer mächtiger, dem jungen Helden gleich, dem die brausende Schlacht zum schäumenden Göttertranke wird, welcher menschliches Fürchten versenkt und einen Mut entbrennt, welchem zu hoch der Himmel nicht ist. Ans Lächerliche streift es aber, wenn dieser Götterbrand an kleinlichten Dingen verlodert, am Ordnen eines Wasserzuges zum Beispiel. Dieses Lächerliche fühlt aber niemand als der, in welchem der Brand lodert; aber dieses Gefühl löscht die Glut nicht, sie schlägt nur wilder auf, verkehrt endlich in Zorn sich. Resli mahnte und stellte die Leute erst in fliegender Hast, aber freundlich, fragte, ob man so gut sein wolle, bat, man möchte ihm den Gefallen tun, sobald mehr Leute da wären, so könnte man sich ablösen. Als aber immer Lücken zu füllen waren, oder wenn alles geordnet war, alles wieder zerrissen ward, da ließ er erst alle unnötigen Worte weg, dann alles Bitten, dann alles Reden, jagte nur kurzweg die Leute, welche er habhaft werden konnte, in den Zug. Endlich begann er gegen seine Gewohnheit zu fluchen und recht ungebärdig sich zu stellen, die Leute bei den Armen in die Reihen zu mustern und nicht immer sanft. Eben hatte er die Sache wieder einmal in Ordnung, da fuhr die Spritze auf die andere Seite des Hauses, und husch! war die Spitze des Zuges zerstört. Wild und fluchend jagte er die Leute zusammen. Zwei Mädchen, die unter einem Baum mit einander redeten, riß er auseinander und schmiß das eine dem Zuge zu. »Dampit daheim, ihr –«, sagte er. »Ume hübschli, mach nit dr Lümmel« sagte das Mädchen und wandte das Gesicht ihm zu. Da sah Resli in des Dorngrütbauern Tochter Gesicht, und die Tochter sah in Reslis Gesicht, und Beide sahen einander an, starrten einander an, und Keines konnte zum Andern etwas sagen, und Beide waren die Einzigen in der weiten Runde, die dastunden stille und wie vom Blitz geschlagen. »Sorg! Sorg! Platz! Platz!« erscholl es plötzlich von allen Seiten. Durch die Bäume, einem Weiher zu, brach plötzlich der wohlbekannte Solothurner Eimerwagen, hinter ihm drein ein Menschenstrom, einige Spritzen; alles stob in jähem Schreck auseinander, und als Resli sich umsah, sah er weder Wasserzüge noch Mädchen mehr. Der Erstere kümmerte ihn wenig, er sah rundum nach seinem Mädchen, er ging um die Bäume, er begann auf und ab zu rennen, sah nach allen Mädchen, aber nicht nach dem Wasserzug; da packte ihn der Spritzenmeister: »Donner, Rundellträger, was macht Ihr? Schon lange haben wir kein Wasser mehr, und der Spycher raucht zum Brennen; jagt die Leute zusammen, ich will Euch helfen! Steht, Leute, stellet Euch, nur noch eine halbe Stunde, so ists gewonnen!«

Resli mußte an seine Pflicht, und wie gerne wäre er jetzt davongelaufen wie Andere früher, die er hart an ihren Ort gewiesen! Hitze und Eifer war verschwunden, und wenn er schon noch wie wild auf und ab lief, so sah er doch nicht nach den Lücken, sondern nur jedem Mädchen ins Gesicht, und wie oft er über weggeworfene rinnende Eimer stolperte, zählte er nicht, aber weithin verkündete es jedesmal ein schallendes Gelächter. Er machte wohl noch die Runde rund um die Reihe, Müßiggänger herbeizutreiben, sah aber wiederum nur nach Dorngrütbauren Tochter, rannte dabei an Bäume und brachte mehr als einmal die längst angezündete Rundelle in Lebensgefahr. Aber nirgends sah er sein Mädchen wieder, wie manches er auch umdrehte, um wie manches er auch lief, und je länger er es nicht fand, um so mehr ärgerte ihn sein Betragen, aber auch das Mädchen, das gar wohl in der Nähe hätte bleiben können, wo es sicher gewesen wäre, ihn wieder zu treffen. Resli dachte nicht daran, daß bei einem Brande an einem fremden Orte und noch dazu nachts, wo alles in Rauch und Glut, in ungewissen Umrissen schwimmt, man nie weiß, wo man ist, und noch dazu ein Wasserzug akkurat dem andern gleicht. Auf einmal riß sein Wasserzug von oben an bis unten auseinander, alles stob davon und auf leerem Platz einsam stund Resli, ehe er zehn zählen konnte; stille ward es um ihn, nur von oben her, von den Spritzenführern, hörte er fluchen, er wußte nicht warum. Er hatte überhört, daß das Geschrei gekommen war, der Pfarrer halte die Abdankung. Diese will jeder hören, Keiner sie versäumen; wo das Geschrei erschallt, sie beginne, stockt die Arbeit, die Ordnung löst sich auf, von allen Seiten strömt die Menge dem einen Punkte zu, wo der Pfarrer steht, manchmal auf einem Stuhle, manchmal auf den Trümmern eines ausgebrannten Hauses, manchmal auf einer umgekehrten Bütte, in welcher sonst gewaschen wird oder Schweine gebrüht werden. Da kam es Resli in Sinn, was diesmal die Leute auseinandergestäubt, ein Stein fiel ihm vom Herzen. Eile kam in seine Beine, er flog dem Haufen nach, denn wo konnte er wohl sein Meitschi besser finden als da, wo alle sich zusammenfanden? Der Brand war gedämmt worden, das Element der menschlichen Anstrengung unterlegen, es war nun billig, Dem zu danken, von dem alle Kraft kommt und der jegliche Anstrengung segnen muß, wenn sie ein Gedeihen haben soll. Auf einer Laube stand diesmal der Pfarrer. »Rundellen vor!« ward befohlen; zunächst unter die Laube mußten ihre Träger sich stellen, und droben begann der Herr zu danken Gott und Menschen. Aber Resli hörte nichts, er war nur Auge und suchte sein Meitschi. Mit List und Kraft hatte er sich auf einen Haufen Holz gedrängt, schaute über die Köpfe hin, drehte seine Rundelle nach allen Seiten, streckte sich dazu noch, so lange er konnte, aber nirgends sah er sein Mädchen. Gesichter sah er zu Hunderten, aber nirgends das rechte, und wenn er auch meinte, das ist es, so war es es doch wieder nicht, bald ein Affengesicht und bald ein Schafsgesicht, die bekanntlich weit häufiger sich finden als hübsche Mädchengesichter.

Die Abdankung ging zu Ende, die Menge verlief; die Führer bliesen ihre Hörner, riefen laut die Namen ihrer Heimat und, wie zu ihren Fahnen, die Zerstreuten zu ihren Rundellen. Resli hätte es vergessen, wenn nicht einer, der sich zufällig zu ihm gefunden, ihn daran gemahnt hätte; er wäre lieber allein herumgestrichen und hätte gesucht, was er verloren, aber Ehre bringt Bürde. Als der größte Teil der Schar beisammen war und die Heimkehr fast angetreten, fiel Resli ein, daß er noch ein Zeugnis heimbringen sollte. Einer wandte ein, daß sei ja nicht nötig, die Eimer, welche sie hier ließen und welche durch die Gemeinde wieder zurückgebracht werden, sollten doch wohl die besten Zeugnisse sein, daß sie beim Brande anwesend gewesen. Er wolle aber ein Zeugnis, sagte Resli, man könne nicht wissen, wer die Eimer wieder bringe, und er wisse wohl, wie oft man die Feuerläufer verdächtige, nicht beim Feuer gewesen zu sein. Die Meisten waren auf der Seite dessen, welcher ohne Zeugnis gehen wollte, denn alle waren fürchterlich hungrig und durstig, hatten seit dem Mittage nichts gehabt, und das wenige Brot, welches zu Aufbegehrige, wo man mehr Worte im Vorrat hatte als Brot, unter die Helfenden ausgeteilt wurde, war bei der großen Menge nicht bis zu ihnen gekommen; hier ins Wirtshaus sich drängen mochten sie nicht, sie pressierten daher, nach einer der umliegenden Ortschaften zu kommen, wo sie etwas zu erhalten hofften. Das faßte Resli rasch auf und sagte, sie sollten nur vorangehen und in dem und dem Wirtshause ihm warten; sobald er das Zeugnis hätte, käme er nach. Das war allen recht, sie gingen voraus bis an einen, den Resli bleiben hieß; es war ihm, als könnte es vielleicht eine Gelegenheit geben, wo er froh wäre, seine Rundelle ohne sich nach Hause zu senden. Langsam strich er dem Schulhause zu, wo die Vorgesetzten zu finden sein sollten, stand oft stille, drängte sich durch die dichtesten Haufen, machte Umwege, um mit Menschen zusammenzugeraten, so daß sein Kamerad ihm sagte: »Du! du wirst noch Schläge wollen; nach einer Brunst ists nicht richtig, die Nase allenthalben zu haben.« Aber wie er auch zündete und guckte, das Meitschi fand er nirgends, fand es nicht im Schulhause, wo er endlich zu einem Zeugnisse kam, fand es nicht im Wirtshause, wo er trotz allem Protestieren seines Gefährten endlich einen Schoppen erzwängte; er mußte zum Dorfe hinaus, er mochte wollen oder nicht, ohne eine Spur vom Meitschi gefunden zu haben.

Es war eine schöne Nacht, die Sterne flimmerten am Himmel; die große Brandstätte hüllte sie in dünnen, durchsichtigen Schleier, glühte im friedlichen Gelände einer Hölle gleich, und die Schatten der Verdammten sah in derselben wimmeln, wer den Ort verlassen hatte und sich zurückwandte, auf den Graus der Verwüstung noch einen Blick zu werfen. Die arbeitende Mannschaft kam ihm vor wie eine wilde Höllenschar, welche das Feuer schürte, die Verdammten hin- und herschleppte, von einem Feuer ins andere Feuer, während die Haufen, die ringsum aus Feuer und Rauch tauchten, die Scharen schienen, welche, durch die Gebete der Ihren erlöst, die Hölle verließen, den Himmel suchten.

Vor dem Dorfe liefen viele Wege auseinander und durch einen schönen Eichwald, wo die majestätischen Bäume weit auseinander stunden, das Unterholz spärlich wuchs, der Menschen Auge in tiefen Hintergrund sich verlor. Ein eigentümlich Leben waltete in demselben. Zahllos wogten durch denselben die Helfenden ihrer

Heimat zu, lachend und schäkernd, singend und brüllend; dumpfrasselten die Spritzen, ängstlich schwirrten die aufgeschreckten Vögel, seltsam leuchteten die schwankenden Rundellen auf den Spritzen und den Achseln ihrer Träger. Immer wilder und lauter gestaltete sich dieses Leben. Der schwer aufzuregende Berner wird, einmal aufgeregt, schwer wieder ruhig. Nichts aber läßt wohl das Blut rascher kreisen als die Aufregung bei einem Brande. Der jähe Schreck bei den ersten Tönen der Feuerglocke setzt es in Bewegung, der rasche Lauf zur Stätte jagt es immer rascher, Werchen und Wagen beim Brande selbst macht es immer heißer, und kömmt zu allem noch ein Schluck Bränz, ein Schoppen Wein in den leeren Magen, dann kocht das Blut, ein Funke bringt es zum Brande. Daher Lärm, Geschrei, Toben und Streit allenthalben durch den weiten Wald. Jede Spritze, welche durch die Menge fuhr, drohte oder erzeugte eine Balgerei; um schäkernde Mädchen, welche in Massen zum Brande gelaufen waren, von guten Herzen getrieben oder gute Herzen suchend, schlugen Bursche sich blutig; alte Dorffeindschaften setzten die Feuerhaken in Aufruhr, und manche Hake fuhr in Menschenfleisch, als ob es ein brennender Balken wäre. Und wenn das Ding an einem Orte angeht, so geht es allenthalben los, wie eine ansteckende Krankheit, wie das Feuer auf einem Brechplatz, das, hier gelöscht, dort erstickt, immer neu ausbricht, bis es rundum gewesen ist.

Resli ging mit seinem Begleiter ruhig und stolz durch das Getümmel hin; kam ihm das Gedränge zu nahe auf den Leib, so wehrte er es mit starkem Arme, aber sachte, zur Seite und schritt fürbas. So kam er tief in den Wald hinein. Vor ihm hörte er Fluchen, harte Schläge, plötzlich Weibergeschrei; dunkel war es im Schatten der Eichen und seine Rundelle die einzige in diesem Augenblick im langen, durch Eichenäste gewölbten Wege. Akkurat tönte ihm eine weibliche Stimme wie die, die gesagt hatte: »Mach nit dr Lümmel«, und rasch zog er aus, dem Streite zu. Vergeblich mahnte sein Freund, aus dem Wege zu beugen oder die Rundelle zu löschen; wie er damit unter die Streitenden komme, so könne er auf Schläge zählen. Aus dem Wege gehe er nicht, der sei für alle Leute, sagte Resli, und die Rundelle lösche er nicht, die hätte man dafür, um heiter zu machen, wo es dunkel sei. Je lauter der Streit vornen ward, desto rascher zog Resli aus, hinter ihm sein Kamerad, der, als er sah, daß Resli nicht abzuhalten sei, meinte, wenns denn für ds Tüfels Gwalt sein müßte, so sei es ihm zuletzt gleich, z'töde werde es nicht gehen, und um eine Handvoll Schläge mehr oder weniger kehre er nicht die Hand um.

Wie Trojaner und Griechen um die Helena, zankten sich allerdings die Burschen um ein Mädchen oder zwei, und zwar handgreiflich nach der Väter Sitte. Und als Resli über den Trupp leuchtete, sah er manch blutend Gesicht, aber, wie er meinte, auch sein Mädchen in der Mitte. Da fuhr er gewaltig in den Ring hinein wie ein stolzes Linienschiff in des Meeres wilde Brandung, hinter ihm der gute Kamerad, eine Handvoll Schläge gewärtig. Da sauste es über ihren Köpfen, und wie vom Blitz getroffen sank Resli zusammen. Bei jedem Streit, wo Viele sind, gibt es deren Bürschchen, die ihre Haut gerne ganz behalten und doch etwas an der Sache machen möchten; die stehen dann seitwärts im Hintergrunde und passen die Gelegenheit ab zu einem guten Streich von hinten. Ein solcher hatte auch Resli getroffen mit dem Feuerhaken; eigentlich galt es der Rundelle, deren verräterisches Licht ungelegen kam.

»Wart, du verfluchter Mörder, dich will ich!« schrie Reslis Kamerad. Das Wort Mörder schreckte die Streitenden, in den Handel wollte Keiner kommen, und ehe er sich versah, war der Begleiter mit Resli allein. Da lag er nun betäubt im Blute, und jener sagte: »Gäll, es ist dir gegangen, wie ich gesagt, wenn du nur wieder lebendig wärest.« Er zog ihn neben den Weg, wollte ihn aufwecken, aufstellen, aber nichts gelang ihm; in der größten Verlegenheit stund er da. Endlich kam wieder ein Mensch durch den Wald, ließ sich in die Länge erzählen, was es gegeben, und sagte: »Weißt du was, da rechts, nicht einen Büchsenschuß weit, ist ein kleines Häuschen, ich will es dir zeigen, da geben sie dir einen Karren und du kannst mit ihm fahren; wenn du einmal bei den Andern bist, so gehts dann schon.« Er zögerte, dem Rate zu folgen, den Freund wollte er nicht allein lassen. »Du Löhl«, sagte der Andere, »fortlaufen wird dir der nicht, und stehlen wird ihn auch niemand, und die ganze Nacht da neben ihm stehen wirst du doch nicht wollen, er könnte sich ja verbluten.« – »Es könnten vielleicht Leute kommen«, sagte Reslis Freund, »und ihm helfen.« Er zweifle, sagte der Andere, es sei ihm, sie seien die Letzten, aber zwingen wolle er ihn nicht. »Mach, was du willst, anhalten will dr nicht, adie!« – »Wart, wart!« rief der Kamerad, suchte Resli bequem an einer Eiche zu betten; »jetzt komm«, sagte er, »aber geschwind, geschwind, er ist mir doch nicht ganz am Ort.« – »Ume hübschli«, sagte der Andere, »sonst lauf meinethalb alleine, wenn du den Weg weißt«, und folgte langsam dem Eilenden nach, und Beide verschwanden im Walde.

Lange war es gegangen, da rauschte es durch den Wald, mit einem Karren kamen zwei Männer gefahren. »Sieh«, sagte der eine,

»dort, wo die drei Eichen zusammenstehen, dort liegt er an der mittlern.« Vor der Eiche hielten sie, aber da lag niemand mehr, lag weit herum niemand; still und öde war es im Walde, alles Leben war verrauscht, die aufgescheuchten Vögel ruhten wieder.

Da stand der arme Kamerad, nirgends war der Freund nirgends eine Spur von ihm. Die drei Eichen waren es, ringsum standen keine so, und vor denselben lag Blut, und unter der mittlern sah man deutlich, daß jemand da gelegen. Einige Angst ergriff ihn, rundum zündete er mit der Rundelle, in jedes Mäuseloch hinein, auf jeden Baum empor; dann fluchte er über sich, denken hätte er doch sollen, es gehe so; dann über den, der es ihm angegeben und ihn noch dazu in der Irre geführt. Plötzlich kam ein schwarzer Gedanke über ihn: »Oder hat der – mich nur weggelockt«, sagte er, »um zu machen, was ihn gelüstete?« Und immer schwärzer ward sein Gedanke, immer größer seine Angst; er teilte sie dem mit, welcher ihn begleitete, und frug ihn, ob er den nicht gekannt, der mit ihm zum Häuschen gekommen? »Häb nit Kummer«, sagte dieser, »sieh, man sieht ja kein Gestampf oder etwas Ungerades bei der Eiche, und wenn der etwas Böses im Sinne gehabt hätte, so würde er dir das Häuschen nur von weitem gezeigt haben und nicht bis zu demselben gekommen sein, wo er doch hätte denken müssen, man erwische ihn noch ob der Tat. Aber der Mann wird zu ihm selbst gekommen sein; was gilts, du triffst ihn im nächsten Wirtshause.« Wer glaubt nicht gerne, was ihm angenehm, dazu noch so natürlich ist, denn dort sollten ja die Gefährten warten, wie es Resli selbst angeordnet. Er schaffte mit dem Karrenmannli ab und eilte dem Sammelplatze zu.

Dort war ein groß Gedränge noch, aber beinahe wäre es ihm bei seinem Suchen gegangen wie Resli im Walde. Da in der Gaststube seine Gefährten nicht waren, so stürmte er durch alle andern Stuben, aber nirgends waren sie mehr. Dagewesen seien sie, vernahm er endlich, aber ob einer zu ihnen gekommen, der blutig gewesen sei, das wußte niemand mit Bestimmtheit; die Einen meinten Ja, die Andern Nein, die Dritten sagten, er solle sich streichen und sie in Ruhe lassen, er sehe doch wohl, daß sie nicht Zeit hätten, sich lassen z'kinderlehren und jeder Gwundernase Bericht zu geben; sie hätten wohl viel zu tun gehabt, wenn sie sich eines jeden hätten achten wollen, der blutig gewesen, deren sehe man öppe viel nach einer solchen Brunst. So ohne bestimmten Bericht mußte er weiters; er tröstete sich, so gut er konnte, und doch war ihm nicht wohl bei der Sache. War ich doch nur bei ihm geblieben, was hat der verfluchte Karren abgetragen – oder ists vielleicht gar der Teufel gewesen, der mich da weggelockt? Es het ein fast düecht, es sei nicht ein Mensch wie ein anderer. So mußte er immer denken, bis er heim war, und als er heimkam, durfte er fast nicht fragen, wo Resli sei, sondern hatte gute Lust, ein Kind mit der Rundelle zum Spritzenhaus zu senden, in aller Stille sich heimzudrücken, zu tun, als ob nichts geschehen und er gar nicht dabeigewesen wäre. Indessen brachte er das doch nicht übers Herz, wie denn gottlob der Mensch nicht den hundertsten Teil tut von dem, was im Herzen ihm aufsteigt; er vernahm aber bald, daß kein Mensch Resli gesehen und daß alle von ihm wissen wollten, was aus Resli geworden.

Er erzählte nun und erzählte immer wunderlicher, weil er die Schuld verdecken wollte, welche sein Gewissen ihm vorwarf und die doch eigentlich gar keine Schuld war, sondern höchstens ein Mangel an Besonnenheit, nach einem solchen Brande und noch dazu bei ödem Magen leicht verzeihlich. Er erzählte immer wunderlicher, verworrener, wie es gekommen, daß er von Resli weggegangen, je mehr man ihn fragte, je länger er erzählen mußte, und aus dem Ding, das jeder hörte, das je länger je mystischer ward, machte nun jeder eine eigene Geschichte, und eine Geschichte glich der andern so wenig, als Weiß und Schwarz, als eine Schlange und ein Elefant sich gleichen. Nach den Einen war er als tot verscharret worden im Walde, nach den Andern zu Kilt gegangen, die Dritten düderleten vom Teufel, die Vierten von seinem Kameraden, der längst kein Geld gehabt und gewußt, daß Reslis Sack meist wohlgespickt war.

Unterdessen wartete man daheim mit Bangen auf Resli; der Vater lief ungeduldig die Bsetzi vor dem Hause auf und ab, die Mutter stund in den Weg hinaus, und bald sagte das Eine: »Er kömmt noch immer nicht«, bald sagte das Andere: »Siehst du ihn noch immer nicht?« Bange Stunden verflossen, und eben schickte sich der Vater an, ins Dorf zu gehen, als eine Frau kam und sagte: »Ihr guten Leute, ihr wartet vergeblich, der kömmt euch nicht mehr heim.« – »Herr Jemer! Herr Jemer! Was sagst, was hats gegeben?« sagte Änneli, und Christen schoß ab der Bsetzi wie ein Häbch, dem jemand zum Neste will. »Ich darf es euch nicht sagen«, sagte die Frau, »ich möchte euch nicht erschrecken, solche Sachen vernimmt man immer zu früh. Adie wohl!« Änneli war blaß geworden, konnte kaum noch sagen: »Mein Gott, mein Gott, was ists?« – »Wenn ich gewußt hätte, daß ihr so erschrecktet, ich hätte wäger nichts gesagt«, antwortete die Frau, »aber mehr darf ich wäger nicht sagen. Es ist schrecklich, wie es heutzutage geht. Adie.«

Da verlor Christen die Geduld und sagte: »Willst du reden oder nicht und mit der Sache hervor? So zum Narren lassen wir uns doch dann nicht halten.« – »Nur nicht so böse, du mein Gott!« antwortete die Frau,»wenn ihr nicht erschrecken wollt und es mir nachtragen, so will ich es wohl sagen, was ich im Dorfe gehört. Die Leute sagen, Resli sei futsch; die Einen reden vom Teufel, der ihn genommen, die Andern sagen, das sei nicht wahr, er sei tot und im Wald hieher Ufbegehrige verlochet. Adie wohl.« Diesmal horte das Adie niemand, denn Änneli hatte das Haupt auf die Ladenwand vor dem Garten gelegt und schluchzte so jämmerlich, daß es ihns über und über schüttelte. Christen aber sagte: »Tu nicht so, das wird nicht sein. Komm ins Haus, daß die Leute es nicht hören, sie könnten sonst wieder meinen, was es gegeben hätte. Ich will ins Dorf, dort wird wohl besserer Bericht sein; aber kurios ist es allweg, daß er noch nicht da ist.« Er wollte Änneli hineinführen, aber es sank zusammen; er mußte es tragen und mit Wasser und mit Tropfen lange fechten, ehe er es zurechtbrachte. Dann mußte er erst noch jemand zu seinen Kindern senden, die auf dem Acker Erdäpfel hacketen, daß sie heimkämen, und erst als sie da waren und um Mutter und Resli jammerten und wimmerten, konnte er gehen.

So rasch hatte seit Jahren niemand Christen gehen sehen. So wie man ihn von weitem zum Dorfe kommen sah, hieß es: »Er kömmt, er kömmt«, und alles verbarg sich vor ihm; die Weiber schossen in die Küche, die Männer drückten sich um die Ecken herum in die Ställe, nur hie und da blieb ein gwunderiger Junge an der Straße stehen, um zu sehen, wie der bedächtige Bauer dahergeschossen kam. Hinter ihm her streckten die Weiber ihre Köpfe über die Küchentüren und sagten: »Er pläret nicht einmal, aber ds Änni, seine Frau, die wird tun! He nun so dann, so gehts, heute rot, morgen tot. Aber man hätte es denken können, daß es so gehen müßte. Wo nichts als Streit ist, da tut der liebe Gott gern ein Zeichen, wie er den Streit hasse und das Wüsttun.«

Doch Christen hörte dies liebliche Geflüster nicht, er segelte, da er auf der Straße und vor den Häusern niemand fand, der ihm Bericht geben konnte, rasch dem Wirtshause zu. Hier hielt die Wirtin stand und gab vernünftige Kunde, aus welcher Christen entnahm, daß noch nicht alles verloren sei und das ganze Unglück darin bestehe, daß Resli abhanden gekommen, aber Weiteres niemand wisse, und daß Samis Hans zuletzt bei ihm gewesen sei, der könne Bericht geben, wenn er wolle, aber er rede gar wunderlich, bald so, bald anders, daß niemand recht daraus komme. »Wohl«, sagte Christen, »dem wollen wir die Wahrheit füremache«, und steuerte dem Hause zu, wo 's Samis Hans wohnte. Dort aber hatte er handliche Arbeit, ehe er jemand füregemacht hatte; er hoschete rings ums Haus und hoschete niemand hervor. Endlich sah er durchs Kellerloch die Bäuerin im Milchkeller, und rasch war er bei ihr und ruhte nicht, bis Hansli entdeckt war, den er scharf ins Gebet nahm. Hansli gab Bericht und ziemlich der Wahrheit gemäß, nur daß er den, welcher ihn von Resli weggelockt, sehr ins Schwarze malte und zu verstehen gab, daß es mit dem nicht richtig gewesen sein könnte. Aber daß Resli tot sei, glaube er nicht, doch wo er hingekommen, begreife er nicht. »He nun so dann, so muß man ga luege, du kömmst doch mit und zeigst, wo er zuletzt gewesen?« Er sei wohl müde, sagte Hans, die ganze Nacht hätte er nicht geschlafen. »He nun, so nimmt man Roß und Wägeli, mach daß du in einer Stund z'längst unten am Weg bist.« Hans war bereit dazu, sobald er sah, daß Christen nicht mit ihm aufbegehrte; er sagte, es sei niemand mehr daran gelegen, zu wissen, was mit Resli gegangen, es sei ihm nicht nur wegen Resli selbst, sondern auch, damit man wisse, daß er ihn nicht liederlich im Stich gelassen.

Christen ward es auf dem Heimwege ganz wunderlich, die Beine schlotterten ihm, und mehr als einmal war es ihm als ob es ihm schwarz werden wollte vor den Augen, daß er sich an einen Zaun stellen mußte und sich halten. Er hatte gute Hoffnung, daß die Sache nicht halb so böse sei als die Leute ausstreuten, und das Wasser stund ihm fort und fort hoch in den Augen aus Dank und Freude, daß die Nachrichten besser seien, als er anfangs gedacht; aber eben deswegen ließ die Spannung des Schreckens nach, und blöde ward es ihm an Leib und Seele, und lose nur schienen seine Glieder zusammenzuhängen. So kam er langsamer, als er gedacht, und mit Mühe heim, wo weit im Gäßchen vornen alle seiner warteten.

»Herr Jemer! Herr Jemer!« sagte Änneli, »wie siehst du aus, er ist tot, gäll? O Resli, my Resli, seh ich dich nie mehr!« und aufs neue schlugen die Wellen des Jammers über das Gestade. »Tu nicht so«, sagte Christen, »wäger nicht, allem an ist Resli nicht tot. Er wird, als er alleine war, zu sich selbst gekommen und nun hingegangen sein, wo er jetzt noch ist. Aber suchen muß man ihn. Christeli, gib dem Braun z'fresse und mach das Wägeli zweg, ich will mich anders anlegen«, so sprach Christen in Ännelis lauten Jammer, gegen das Haus gehend, und vor der Türe setzte er sich aufs Bänklein hin und sagte, man solle ihm Wasser bringen, es werde ihm so kurios. Nun neuer Jammer, daß er doch sagen solle, was er vernommen, einist müsse man es vernehmen, und je länger man hingehalten werde, desto grüslicher schlage es dann nieder. Sie sollten nur ruhig sein, antwortete Christen, die Sach sei nicht bös, aber es sei ihm so in die Glieder geschossen, er wisse nicht wie, es werde wohl vom starken Laufen sein und bald bessern. Änneli solle ihm ein frisches Hemd fürelege, er wolle gehen und sich zwäg machen. »O nein! Vater, du gehst nicht«, sagte Änneli, »Christeli kann fahren, es ist dir ja übel und der Braun wild; es weiß kein Mensch, welche Angst ich hätte, wenn du gingest.« – »Samis Hans kommt mit«, sagte Christen. »So komme er«, sagte Änneli; »er kann dich nicht gesund machen, und wenn man so zwäg ist wie du, so tuts ds Liegen am besten. Es weiß kein Mensch, ob es nicht einen Schlagfluß, Gott behüt uns davor, oder sonst etwas Böses geben könnte, wenn du in der Welt herumsprengtest. Nein wäger, du mußt dich stille halten, und wenn es dr nicht bald bessert, so muß Annelisi zum Doktor. Bluet usela wär vielleicht gut.«

Wie der Vater sich auch wehrte, er mußte nachgeben und ds Christeli fahren lassen, und die Sorge um den Anwesenden zerstreute etwas Kummer und Jammer um den Abwesenden in Ännelis Herzen. Den rechten Weibern ist und bleibt immer der der Nächste, der ihnen zunächst im Bereich ihrer Hülfe liegt; sie lassen nie einen Anwesenden schmachten und stöhnen, um zu jammern um einen in der Ferne. Christen mußte zu Bette, er mochte sich wehren wie er wollte, mußte sich Suppenbrühe geben lassen, und Änneli setzte sich neben das Bett und wehrte ihm die Fliegen, während Annelisi draußen ums Haus herumfuhr und bald in dieser, bald in jener Ecke auf der Lauer stand, ob niemand mit Botschaft komme oder vielleicht Resli selbst. Und zu ihm gesellte sich bald die Mutter, die vom schlafenden Christen sich weggestohlen, und bald wiederum Christen, den die Sorge nicht lange schlafen ließ; aber gäb wie sie ausschauten, es kam niemand, einsam blieb es ums Haus, einsam, so weit die Sinne reichten. Da sagte Änneli: »Ja so gehts, aber wer glaubt es, ehe man es erfährt! Gestern wars so schön, und wie waren wir alle beisammen, so glücklich und froh, und jetzt, wie ists? Jetzt sind wir einsam; unser Bub ist hin, und das Herz aus dem Leibe möchten wir weinen, jetzt, wo wir uns so lieb haben möchten.« Oh, wenn es der Mensch sinnen könnte, daß man sich lieb haben sollte, wenn man bei einander ist, weiß ja doch kein Mensch, wenn man von einander muß!

In einem waldumsäumten Boden stund in Mitte reicher Matten ein großes graues Haus, dessen Hinterseite im Reiz der Neuheit glänzte; nebenbei lagen ein Holzschopf, ein Spycher und ein sogenannter Stock mit kleinen Fenstern und einem auf die Fenster gedrückten Dache, das akkurat aussah wie ein Hut, den ein Räuber sich in die Augen gedrückt, damit niemand sehe, was die Augen im Schilde führen. Allerlei lag um das Haus herum, Bauspäne und sonstiges Geräbel; die Mistgülle lebte in süßer Freiheit, Enten und Hühner ebenfalls, und im offenen Tenn stand ein kurzer dürrer Mann mit breiter Nase und schmalen Augen, der Strohbänder machte für die kommende Ernte. Neben dem Tenn lag die Haustüre, die durch einen schwarzen, rauchigten Gang zunächst in die Küche führte. Aus derselben kam rasch ein Mädchen, dem man aber den Rauch nicht anmerkte, denn es war nett, schmuck, sorgfältig geströhlt, und sagte: »Vater, es wird doch noch der Doktor geholt werden müssen, er will nicht erwachen, oder was meinst?« – »Was anfangs«, hässelte der Mann, »daß ihr ihn hättet liegen lassen sollen; was ist er euch angegangen und was hat es braucht, uns die Unmuße zu machen?« – »Aber Vater«, antwortete das Mädchen, »so hätte er ja sterben müssen.« – »So hätt' er, es muß einmal sein, und jetzt wäre es ihm vielleicht leichter gegangen als einist.« – »Aber Vater, was hätten wir uns für ein Gewissen machen müssen, wenn wir ihn hätten liegen lassen und es dann geheißen hätte, er sei gestorben!« – »Unkraut verdirbt nicht so leicht, und du weißt nicht, ob seine Kameraden ihn nicht gesucht, und das ist dann eine schöne Geschichte, wenn die ihn nicht finden und weiß da Schinder was für einen Lärm machen.«

»Es ist einmal jetzt so, Vater«, antwortete das Mädchen, »und Balgen macht die Sache nicht anderst. Aber wolltest du nicht hineinkommen und sagen, was du meinst? Wir haben Weinüberschläge gemacht, und jetzt sagt die Mutter, sie wolle noch mit kaltem Wasser probieren, und wenn das nicht helfe, so wisse sie nichts mehr anzufangen.« Das Band zusammendrehend und dasselbe zu den gemachten legend, sagte da Alte: »So gehts, mit unserer Sache mögen wir nicht fertig werden und haben böse und geben uns noch dazu mit andern Leuten ab und versäumen uns darob. Aber daß du das weißt, einmal für allemal, wer liegt, den lasse liegen!

Was vermögen wir uns dessen, wenn einer nicht zu sich selbsten sieht!« So keifend ging er hinter dem Mädchen drein über die hohe Schwelle durch den dunkeln Gang, in welchem Werkzeug stand aller Art und manche schwere Kette an hölzernen Nägeln hing. Das Mädchen öffnete eine Stubentüre, und hinter ihm drein brummte der Vater: Man hätte ihn nicht brauchen in die Stube zu tun und ins beste Bett; Solche, die man im Wald auflese, tue man in den Stall, und im Stroh wäre er noch wöhler gewesen als in einem Federbett. »Vater, der ist von einem Hause her«, sagte das Mädchen, »wo sie nicht gewohnt sind, im Stroh zu liegen.« – »So wäre er daheim geblieben, da hätte er dann meinethalb liegen können, wo es sich ihm am besten geschickt.«

»St! St!« flüsterte drinnen in der Stube eine lange, hagere Frau und hielt den blauen Umhang vor dem Bett etwas zurück. »St! er rührt sich.« Leise trat die Tochter hinter die Mutter, an der Fußeten blieb der Bauer stehn und sah nach einem blassen Jüngling hin, der im Bette lag, dessen Kopf verbunden war, dessen Augen geschlossen und in dessen Hand ein Zucken sichtbar wurde, ein Heben und Wiederfallenlassen; es war, als fühlte er irgendwo etwas, wolle hin mit der Hand und vermöge es nicht.

Da mangle es des Doktors nicht, sagte der Bauer, der werde bald von sich selbst erwachen. Allbets sei es einem nicht der wert gewesen, wegen einem jedere Müpfli desauszufahren wie ein Kegel und so i dAllmacht z'liege.

Da schlug der Wunde langsam die Augen auf, sah matt um sich, langsam sanken die Augenlider wieder zu; plötzlich, als ob etwas Besonderes zu seinem Bewußtsein gekommen, fuhr er auf, sah mit Staunen in der Stube herum und frug endlich: »Aber um Gottes willen, wo bin ich und was ist mit mir?« – »He, wo wolltest du sein, als hier«, sagte die Frau. »Aber wie bin ich hieher gekommen?« frug Resli.

»Seh, Meitschi, bricht«, sagte die Mutter, drehte sich, und vor Resli stund unverdeckt Anne Mareili, des Dorngrütbauren Tochter, sittig und verlegen die Augen gesenkt. Dem Resli ward es gar wunderlich im Herzen, er mußte sich legen, aber wie sie ihm auch zufallen wollten, die Augen schloß er nicht wieder. »Seh, bricht, Meitschi«, sagte die Mutter, »drwylen kann ich haushasten.« – »Es ist einmal gut«, sagte der Bauer, »daß du wieder bei dir selbst bist, so braucht man den Doktor nicht und dSach wird scho bessere. Wenn ich meine Burde Bänder ausgemacht, so will ich wieder kommen und sehen, ob du aufmögest.« Es gingen Beide, Vater und Mutter, hinaus, und Keines von Beiden hatte eine Ahnung von dem, was in den jungen Herzen sich regte.

Anne Mareili hatte seinen schlanken Tänzer nicht vergessen können, hatte an manchem Markt, oder wo viele Leute zusammenliefen, seine dunkeln Blicke umsonst nach ihm ausgesandt, war manchmal in dunkler Nacht, wenn der Wind über seine Fenster strich, aufgefahren und hatte gedacht: Ists ihn wohl?, hatte dann traurig sein Haupt in die Kissen verborgen und gesinnet und gedacht: Ob er wohl vernommen, wer es sei, und ob es sein Lebtag nie vernehmen werde, wer er gewesen, und ob sie nie zusammenkämen. Vergessen könne es ihn nicht, und wenn es ihn erst in der Ewigkeit wieder sehen sollte, so kennte es ihn wieder auf den ersten Blick. Um so tiefer und inniger prägte das schöne Bild sich ein, je düsterer das Los war, welches ihm zu warten schien; um so weniger durfte es aber auch die Eltern merken lassen, was tief im Herzen ihm lebte. Wenn es gesagt hätte, es liebe einen Burschen, von dem es nicht wüßte, woher er sei und wie er heiße, so hätten sie gesagt: »Bist e Narr, e Sturm, unser Lebtag hat man nie davon gehört, daß ein Mädchen es Mannevolch gliebet het, wo es ihm keinen Namen hat geben können und nicht einmal gewußt, hat er nüt oder öppis und ob er auch an einem rechten Ort daheim ist oder nicht. Wie öppe die zusammenkommen, welche nichts haben, das weiß man öppe.«

Heimlich trug es das Bild in sich, wo es niemand sehen konnte, und kein Tag verging, daß es nicht dachte: Sinnet er wohl auch noch an mich und kennte er mich wieder, wenn wir wieder zusammenkämen? Dann stellte es neben dieses Bild ein anderes Bild, einen siebenzigjährigen Gritti mit dünnen grauen Haaren, roten Augen und einer Schnupfnase, und wer dann nahe bei ihm gewesen wäre, hätte wohl gehört: »Und ich tue es nicht, und wenn sie es zwängen, so sterbe ich.«

Das Dorngrüt lag keine Stunde weit von Aufbegehrigen, seitwärts von der Straße. Als Wolke um Wolke in schwarzen Wirbeln gen Himmel stieg, das Aufflammen neuer Häuser verkündend, die Glocken immer ängstlicher um Hülfe wimmerten, da blieb nach üblich schöner Sitte in weiter Umgegend niemand, der Arme und Beine rüstig rühren konnte, daheim. Die Bauerntöchter liefen mit den Mägden, die Söhne mit den Knechten, und mancher Großätti humpelte hinterdrein, mit einem Eimer in jeder Hand, welche von dem leichtsinnigen jungen Volke vergessen worden waren und welche doch bei jedem Brande so nötig sind. Auch aus dem Dorngrüt war alles fort bis an Vater und Mutter, und rüstig hatte Anne Mareili gearbeitet, war aber von den Seinen abgekommen und suchte sie wieder. Da erschien ihm plötzlich, als es am wenigsten daran dachte, sein lieb heimlich Bild, es schalt es Lümmel, und wie ein nächtlicher Spuk verschwand es. In einen andern Wasserzug, der durch dunkle Baumgärten ging, gestoßen, konnte es sein Bild lange nicht suchen, mußte Eimer um Eimer laufen lassen durch die rüstigen Hände, und der Boden brannte unter seinen Füßen und es mußte bleiben. Zweimal wollte es entrinnen, zweimal wies man es hart wieder an seine Stelle. Die Abdankung machte es frei, aber nur zuhinterst an den Ring gelangte es, sah nichts, mußte seine Leute suchen, mußte ihre Spritze suchen, denn die Mädchen wollten nicht alleine durch den Wald, wollten mit ihrer Mannschaft gehen; sie verließen unter den Letzten den Brandplatz, zahlreich und im Geleite der Spritze. Langsam und Jeder seine Helden, taten berichtend, daß wenn er nicht gewesen, der Pfarrer verbrannt wäre oder eine Frau oder ein Hals, und wenn ihre Spritze nicht gewesen wäre, nicht nur kein Haus, sondern kein lebendig Bein übrig geblieben wäre, zogen sie durch den Wald. Plötzlich schrie ein Mädchen, welches etwas seitwärts gegangen war, auf: »Herr Jemer, Herr Jemer, e Totne, e Totne!« Der Zug hielt, die Mädchen schrieen auf, die Bursche liefen hin; man rief nach der Laterne, hinter derselben drängten schüchtern die Mädchen sich nach. Unter einer Eiche lag ein schlanker Bursche, das blasse Gesicht im grünen Grase; blutige Streifen liefen über seine Wangen, mit Blut war das Gras betaut, und ein blutiger Streif lief vom Wege zur Eiche hin.

Auch Anne Mareili drängte sich in den Rund, den zwei Laternen hell machten. Da lag der, den es heimlich im Herzen getragen, gefunden, verloren; da lag er, tot. Es schrie nicht auf, es fiel nicht in Ohnmacht, aber es war ihm, als fasse eine eiserne Hand sein Leben und drücke es zum Tode. Da rief einer: »Nein, der ist nicht tot, er ist noch ganz warm, und ds Herz rührt sich auch, wie mich düecht.« – »So kommt«, rief der Spritzenmeister, »ehe er zu sich selbst kömmt, sonst wer weiß, ob wir nicht noch ins Schloß müßten oder gar dSach selber sollten gemacht haben.« Der Ring lief auseinander, die Bursche wollten wieder zu Rosse, der Spritzenmeister sagte schon: »Hü, i Gottes Name«, da sagte Anne Mareili: »Das geht nicht diesen Weg, den können wir da nicht liegen lassen, vor Gott und Menschen könnten wir es nicht verantworten.« – »Kommt«, sagte ein Bursche, »dem fragen wir nichts nach; wie er dahin gekommen ist ohne uns, so wird er auch so wegkommen. Es weiß ja niemand, wem er ist.« – »Nein, so kommt er nicht weg«, sagte Anne Mareili, »das ist ein vornehmer Bauernsohn, da obe aben, ich habe ihn einmal angetroffen. Wenn wir den so da ließen ungratsamet und er umkommen mußte, so wurd ja unsere ganze Gegend verbrüllet, kein Kreuzer Steuer käme da oben herab, und es möchte brennen wie es wollte, so käme niemand mehr zur Hülfe. Es muß doch nadisch nicht heißen, unser Wald sei eine Mörderhöhle.« Anne Mareili war im Ansehen, und es war nicht das erstemal, daß es etwas befohlen hatte, und so stellte sein Wort die Leute; sie ratschlagten, wie der fortzubringen sei. Anne Mareili befahl einem ihrer Knechte, auf dem kürzesten Wege heimzulaufen und ein Wägeli mit Stroh zu bringen, bis dahin könnte man ihn mit Zweien, die ihn hielten, vornen auf das Bänklein der Spritze setzen. Auf die Einwendung, wo man dann mit ihm hin wolle, wenn ers doch selbst nicht sagen könnte, wie er heiße, sagte es, daß sie darüber keinen Kummer haben sollten, das sei nicht der Erste und werde nicht der Letzte sein, den sie beherberget hätten. Anne Mareilis zwei Brüder, die da waren, redeten zwar dagegen, aber brachten nichts ab.

So war Resli in dies Haus gekommen. Der Vater hatte darüber gemuckelt, die Mutter aber gesagt: Sie hätten noch keinen kranken Bettler fortgejagt, und da wärs doch grüslich, wenn man Bauernsöhne im Walde wollte verrebeln lassen und daß das ein Bauernsohn sei, und zwar von den vornehmern einer, sehe man schon am Hemde, sie hätte noch nicht bald ein so feines und weißes gesehen.

So war es gekommen, daß Resli in Anne Mareilis Stübli war, denn daß er dorthin gebracht wurde, hatte es angeordnet, und es hatte ihns gedünkt, es nähmte nicht alle Schätze der Welt dafür, daß er nicht da wäre, und jetzt, als Vater und Mutter draußen waren, reichte er ihm die Hand und sagte: »Du bist doch nicht mehr höhns, aber ich habe wäger nicht gewußt, daß du es bist.«

»Wer wollte höhn werden in einem solchen Wirrwarr«, sagte Anne Mareili, »wer hohn werden will, muß nicht an eine Brunst.«

»Es war nur lätz, daß der Wagen daherkam wie vom Himmel, ich hätte dir doch sonst gesagt, es sei mir leid, und gab wie ich dich gesucht, fand ich dich nicht mehr«, sagte Resli. »Aber wie bin ich hierher gekommen?«

Nun erzählte Anne Mareili, wie es zugegangen, aber die Hauptrolle teilte es sich selbst nicht zu, sondern es bediente sich der Redeform: Me het denkt, gglaubt, gseit, gmacht. Dann mußte Resli erzählen, wie er unter die Eiche gekommen und da alleine geblieben. Der redete nun schon etwas deutlicher und sagte, daß es ihn immer gedüecht, er möchte ihns finden, um ihm zu sagen, daß er ihns nicht gekannt, denn sonst wäre er doch sicher nicht so grob und unerchannt gewesen, das sei doch sonst seine Art nicht; aber alles hätte ihn böse gemacht, und gäb wie er die Leute zusammengestellt, sei doch gleich wieder alles auseinander gewesen.

Er hätte gemeint, er höre ihre Stimme, und nachsehen wollen, da sei es ihm gewesen, als schlage man ihn auf den Boden hinab und schwärzer und schwärzer werde es um ihn, je tiefer er falle; plötzlich sei alles erloschen. Da sei es ihm in den Ohren gewesen, als rede es wieder, und mühsam hätte er die Augen aufgetan, aber hinter der Mutter sie nicht recht gesehen; plötzlich sei ihm eingefallen, das Meitschi hinter der alten Frau sei doch das, welches er gesucht, allem an; das habe ihm die Augen wieder aufgetan und ihn zu sich selbst gebracht. »Aber hast du mich denn noch gekannt?« fragte Anne Mareili. »Warum nicht«, sagte Resli, »unter Tusige hätts mer nit gfehlt, aber hast *du* mich noch gekannt?« – »Es hat mir geschienen, es sei dich«, sagte Anne Mareili, »doch habe ich es so bestimmt nicht gewußt, bis daß ich dich recht gesehen habe. Aber weißt du, wo du bist?« fragte Anne Mareili. »Es wird im Dorngrüt sein«, sagte Resli. »Warum meinst« fragte Anne Mareili. »Bist du nicht ds Dorngrütbauern Tochter?« – »Wer hat dir das gesagt?« – »Ds Stubemeitli, wo uns aufgewartet hat.« – »So, damals schon hast du es vernommen, und wunder hat es dich nicht genommen, wie ich heimgekommen, das ist schön von dir, und willst an mich gesinnet haben?« – »Häb es nit für ungut, hundertmal hätte ich daran gesinnet, zu kommen, aber du hast mir nichts gesagt, und zu fragen hatte ich nicht Zeit.« – »Es ist einer ein schlechter Schütze, wenn er keine Ausrede weiß«, sagte Anne Mareili; »du wirst vielleicht nicht abkommen können, wenn du willst, dein Meister wird dich nicht gehen lassen.« Da hob Resli sich auf; als er aber einen schalkhaften Zug um Mareilis Mund sah, antwortete er: »Vexier nur, du wirst wohl wissen, wer ich bin.« – »Wie wollte ich das wissen« sagte Anne Mareili, »gefragt habe ich niemals und an der Stirne steht es dir nicht geschrieben, so wenig als einem Andern.« – »Hat es dich denn gar nicht wunder genommen?« fragte Resli. »He, ungefähr wie du Langeweile nach mir gehabt hast, und wen hätt ich fragen wollen, den Ätti oder unsern Kohli?« antwortete das Meitschi. »Aber Spaß apart, wem bist?« Da erzählte Resli, wer er sei, und hatte nicht nötig, viel zu rühmen, denn wer ds Bure zLiebiwyl seien, das wußte man im Dorngrüt ungefähr so gut, als man in adelichen Ländern die adelichen Häuser kennt. Er rühmte nicht Land nicht Viehstand, nicht Reichtum, er rühmte bloß seine Geschwister, seinen Vater, seine Mutter, wie gut alle gegen ihn, wie einig sie überhaupt seien. Der gestrige Abend trat immer deutlicher vor seine Seele, das Wasser kam ihm in die Augen, das Herz auf die Zunge, und andächtiger als vor keinem Pfarrer, heiß im Herzen und naß in den Augen, saß Anne Mareili vor ihm. Da trat die Mutter herein mit Kaffeekanne und Eiertätsch und sagte, sie hätte neuis gemacht und wolle sehen, ob er möge.

Man hat viele Erzählungen, wie man Geister vertreiben, Erscheinungen verscheuchen könne und wie man dafür manchmal Kapuziner weither beschicken müsse; aber wie man das Herz von der Zunge treiben, die Seele aus den Augen, beide hinunter in ihren tiefen, dunkeln Versteck und vor beide eine Türe machen und vor die Türe einen Riegel schieben könne, das berichtet man uns nicht, und doch können es so viele Leute und wissen es nicht, tun es so viele Mütter, so viele Väter und schimpfen dann darüber, daß die Herzen sich so verstecken und verschließen täten. Aber es ist kurios, wie die Menschen so oft nicht wissen, was sie machen, und noch kurioser ist es, wie die Herzen so kurios sind, fast wie die Murmeltiere, die auch nur aus ihren Höhlen kommen ins Freie, wenn kein Lüftchen geht, aber recht warm und lieb die Sonne scheinet.

Stumm waren Beide, während die Herzen sich verkrochen; dann sagte Resli, sie sollten doch nicht Mühe haben seinetwegen, er möge nicht und sollte fort, und Anne Mareili sagte: »Weißt, wem er ist? Er ist ds Liebiwyle Bure Sohn, du weißt, wir haben schon oft von ihnen gehört, öppe von Bettlerleuten und Andern.« – »So? He nun so de«, sagte die Mutter, »aber mit dem Fort pressier nicht, nimm zerst und iß. Meitschi, schenk ein und gib ihm, ich habe noch den Schweinen ob, habe gedacht, es gehe in einem Feuern zu.« Aber es war ihr nicht sowohl um die Schweine, als um dem Vater es zu sagen, der immerfort brummte, daß man Leute heimbringe und nicht wisse, was für Fötzeln es seien, gerade auf dem Wege komme man ins Brüll und mache sich einen schlechten Namen. Als er hörte, für wen Resli sich ausgab, sagte er: »Wenn es wahr ist, so kömmt er von einem rechten Orte her, aber es hat sich schon manchmal einer für den Andern ausgegeben, und je eher er fortkömmt, dest lieber ist es mir. Wenns dr Kellerjoggi vernimmt, es weiß kein Mensch, was er sagt. Sorg ha muß man, Frau, du weißt doch, wie mißtreu er ist.«

Drinnen machte Anne Mareili die Hausfrau mit Servieren und Pressieren, und was das Trauliche dieses Amtes erhöhte, war, daß Anne Mareili alles zum Bette bringen mußte, das Kacheli hielt, während Resli aus dem Blättli trank. Man glaubt gar nicht, wie lieb man sich während solchem Trinken und Halten werden kann. Resli wehrte sich zwar gegen alles Essen und Trinken, aber das Halten und Zutragen war so schön, so appetitlich, daß er aß und trank, er wußte nicht wie. Freilich machte er lange daran, ließ noch länger sich nötigen, brachte alles mit der größten Mühe hinunter, aber es dünkte ihn doch, so gut hätte ihn noch nie etwas gedünkt und er möchte Tag und Nacht so essen und trinken, wenn so ein Anne Mareili es ihm immer zutrüge und Handreichung täte. Das war so ein traulich, herzlich Abwarten und Hinnehmen, wie es wohl selten und darum um so süßer ist.

Da kam die Mutter wieder und die hieß auch den Vater kommen, ein Kacheli Kaffee zu nehmen, und da war die süße Traulichkeit wieder davongeflogen. Der Vater war einsilbig, frug nicht einmal, wieviel Kühe sie hätten, ob auch eine Käserei, und wieviel sie melchten; aber immer mehr blangte es Resli nach Heimat und Mutter, immer mehr quälte ihn die Angst über die Angst, welche sie um seinetwillen ausstehen müßten, da kein Mensch wisse, wo er geblieben, und man ja wohl wisse, wie in solchen Stücken gelogen werde. Anne Mareili wollte ihn trösten und sagte, bei einem so jungen Burschen sei die Angst nicht groß, die blieben öppe manchmal aus, kein Mensch wüßte, wo sie wären, und er werde öppe nicht besser sein als die Andern. Er sei noch keine Stunde fortgewesen, daß die Mutter nicht gewußt hätte wo, sagte er, und beim zMorgenessen hätte er noch nie gefehlt. Da sei er ein Exakte, sagte die Mutter, so von einem hätte sie nicht bald gehört, ihr wäre es auch anständig, wenn ihre Buben so wären. Sie hätte noch mehr gesagt, denn die Mütter balgen gerne über ihre Buben, wenigstens halb so gerne, als sie dieselben rühmen und rühmen hören, und gar oft ist das Balgen nichts anders als eine Brücke zum Rühmen, aber der Vater fiel ihr ins Wort und sagte, wenn er wüßte, daß er es erleiden möchte, so wollte er ihn schon einen Platz führen, daß er heute noch heimkäme. Was er doch denke, sagte Anne Mareili, erst sei er zu ihm selber gekommen, und der Kopf sei noch wie Feuer, er solle kommen und greifen; dazu legte es seine Hand auf Reslis Stirne, daß der gar nicht wußte, hatte er kühl oder heiß, aber einen Umschlag, der ihm so wohl machte, hatte er noch nie aufgehabt. Es düechte ihn, mir dem auf der Stirne liefe er übers Meer bis nach Amerika, ohne umezluege. Jemand schicken könnte man, sagte es, es düech ihns selber, das wär schickig. Es wolle gehn und sehen, wen man schicken könne, es seien deren genug, die um sechs Kreuzer es wisse kein Mensch wie weit liefen. »Aber wenn er es zwängen will, zu gehen«, sagte der Vater, der nicht Lust hatte, zu greifen, wie heiß die Stirne sei, »was willst du ihm dawider sein? Er soll am besten wissen, was er erleiden mag und was sie daheim sagen.«

Das gschweigete Anne Mareili, es ward rot über und über und ging hinaus. Resli begriff des Alten Rede wohl, daß er da nicht wert, sondern lästig sei. Das vertrug sein Stolz nicht.

Er sagte daher, er hätte ihnen bereits zu danken genug und wolle nicht länger ihnen in den Kösten sein; bis zum nächsten Dorfe möge er allweg gehen, und möge er dort nicht weiter, so werde für Geld und gute Worte wohl ein Roß zu finden sein. Er wolle ihn nicht zwängen, sagte der Alte, aber wenn er ein Zeugnis wolle, wie man ihn gebracht, so sage er es ihm nicht ab; er werde die, welche ihn geschlagen, doch kennen und angreifen wollen. Resli antwortete, er sei der Sache nicht gewiß, und wenn er es schon wäre, so griffe er sie doch nicht an. Einen Streich mehr oder weniger mache nicht viel aus, und das Geld, welches er allfällig erhalten könnte, würde ihm nicht so viel Freude machen als das Prozedieren Verdruß, und aparte hätte er es eben auch nicht nötig. »Es hat ein jeder seine Art«, sagte der Bauer, »aber wo ich recht habe, da habe ich recht, gebe nicht nach, und sollte es mir den Gring kosten, geschweige denn den letzten Kreuzer.«

Resli schwieg dazu und sagte nicht, was sie daheim auf dem Prozedieren hielten, verließ das Bett und machte sich wenn auch schwankend und sturm, zur Abreise bereit. Da kam rasch Anne Mareili und sagte, es seien Zwei auf einem Wägelein gekommen und frügen ihm nach, er werde aber doch nicht fort wollen, er hätte ja jetzt Gelegenheit, heim Bescheid zu machen. »Er kann ja jetzt reiten«, sagte der Bauer, »und wenn ers ja will ghebt haben, so sind wir nicht schuld, wenn ers öppe nicht erleiden mag.« Unterdessen hatte die Mutter Christeli hereingebracht, der eine gar herzliche Freude an den Tag legte, Resli so wohl aufgefunden zu haben und dazu just noch im Dorngrüt, das sei das Kuriosest. »Warum ist denn das das Kuriosest, ists hier nicht wie an einem andern Orte?« frug der Bauer. »Ho wohl«, antwortete Christeli verlegen und blieb dann stecken auf einen Wink von Resli. Anne Mareili machte gwunderige Augen, es ahndete etwas, das es gerne gehört hätte; aber Resli, der in des Vaters Gesicht Unrat merkte und sein Spiel nicht gerne verdorben hätte durch ein unbesonnen mit der Türe ins Haus Fahren, was bei Mädchen öfters vortrefflich ist, bei Vätern aber selten, antwortete rasch: »Wir haben voriges Jahr Holz verkauft, wir reuteten ein Waldlein aus, das mitten im Land gestanden und viel geschadet hat an der Sonne; da ist uns gesagt worden, viel von dem Holz sei an dieses Haus gekommen.« Christen machte seltsame Augen, als er den Bruder so reden hörte, war aber klug genug, zu schweigen. Den Bauer nahm es wunder, wie sie das Holz verkauft hätten; er überschlug, was der Händler zwischenausgenommen, und meinte endlich, man sei nur ein Narr, wenn man sich mit ihnen einlasse, wer Zug hätte, täte immer am besten, dSach selber z'kaufen an Ort und Stelle. Er meine es auch, sagte Resli, und wenn er etwas nötig hätte, so solle er nur zu ihnen kommen, es müßte nicht zu machen sein, oder er solle haben, was er begehre, und öppe nit z'tür, ihr Wald möge es erleiden, und öppe es Fueder oder zweu zu führen, käme ihnen auch nicht darauf an und sollte allweg nichts kosten, es wär nur Schuldigkeit. Man sieht, Resli war nicht dumm; aber der Bauer war es auch nicht, trappete nicht in die gelegte Schlinge, sondern sagte, einmal jetzt hätte er, was er nötig hätte, und für später könne man de geng no luege.

Unterdessen hatte die Mutter Schnaps gebracht in einer weißen Flasche, Käse und Brot. Christeli und sein Begleiter mußten neuis nehmen, ehe sie wieder abfuhren, und ergänzten unterdessen ihre Erzählungen. Samis Hans setzte auseinander, wie es in der Nacht gegangen und wie Resli in alle Kuppelen die Nase gesteckt hätte, er wüßte nicht warum, er hätte es sonst nicht so, und Christeli setzte bei, wo sie vernommen, daß so einer im Dorngrüt sei, und wie es heiße, bkym er sich wieder, und wie ihm selbst bei der Nachricht geworden, es hätte ihn gedüecht, er möchte einen Brüll auslassen, daß es fry ein Loch in den Himmel gebe.

Resli hörte nur mit halbem Ohre, er hätte gerne noch ein vertraut Wort mit Anne Mareili gesprochen, aber es war unmöglich. Anne Mareilis Brüder waren auch gekommen; viele Augen, viele Ohren waren in der Stube, die, wie er wohl sah, aufpaßten, darum ward ihm unwohl, darum trieb er zum Aufbruch. Als alle dazu zweg waren, sagte Anne Mareili: Aber frische Umschläge sollte er doch noch haben, sie seien plötzlich zweg, sie sollten nur afange gehen, es solle nichts säumen, gäb draußen alles fertig sei, sei es geschehen. Aber niemand ging, selbst Christeli nicht; er meinte, draußen säume nichts, und wenns einmal zweg sei, so steh der Braun nicht gerne. Die Umschläge wurden also vor den Andern gemacht, aber langsam.

Endlich ward ausmarschiert. Resli zögerte mit Danken und Fragen nach seiner Schuldigkeit und Bitten, sie möchten kommen und es einmal einziehen, sonst könne er es nicht vergelten, was sie an ihm getan, ohne sie hätte er nicht mehr bis am Morgen gelebt. Dem Bauer ward das langweilig, er pressierte zur Türe hinaus, und Regel war bei ihm nicht, daß der Gast vorangig. Kaum war man draußen vor dem Hause, so schlug Resli an seine

Säcke, sagte, er glaub, er hätte den Lumpen drinnen vergessen, und kehrte um, ihn zu holen. Die Mutter rief, er solle nicht Mühe haben, ds Meitschi werde ihn schon holen. Ds Meitschi, das noch im Hausgang war, kehrte richtig um, der Stube zu, aber deswegen blieb Resli nicht zurück. »Häb nit Müh meinetwegen«, sagte er, »du weißt nicht, wo er ist.« So verschwanden Beide, derweilen tat der Braun wüst, stieg bolzgrad in die Höhe, daß Bauer und Bäurin luegen mußten. Da kam Resli schon wieder mit dem Lumpen in der Hand und hinter ihm Anne Mareili aber nur bis zur Schwelle, und sobald er noch einmal Adie gemacht und ehe er recht auf dem Wägelein war, verschwand es; aber ob es ihm nicht desto länger nachgesehen aus irgend einem Heiterloch, wollen wir nicht verbürgen.

Resli hätte das Haus nicht verlassen sollen; aber da er sah, wie unwert er da war, so wäre er um kein Geld geblieben. Er wußte nicht, war das überhaupt ihre Art oder hatten sie etwas Besonderes gegen ihn, wo er doch nicht hätte begreifen können was. Er mochte das Fahren nicht ertragen, gar fürchterlich weh tat ihm der Kopf; darum blieb er in einem der nächsten Wirtshäuser, deren jetzt zur Genüge sind, daß man nicht lange zu fahren braucht, um zu einem zu gelangen, und hieß Christeli zufahren, was der Braun laufen möge, damit Vater und Mutter aus der Angst kämen.

Welche Freude Christeli heimbrachte, als er endlich zum Reden kam, kann man sich denken, besonders da, als sie Christen alleine dahersprengen sahen, aufs neue Todesangst in ihren Herzen aufgewacht war. Als die Mutter hörte, wo er den Resli gefunden und wie es ihm ergangen, schlug sie die Hände über dem Kopf zusammen und sagte, sie müßten unserem Herrgott doch noch lieb sein, denn das sei alles so, als wenn er es ihretwegen so gereiset; es dauerten sie dabei nur die armen Leute, denen die Häuser hätten verbrennen müssen, so gleichsam ihretwegen, aber denen müsse auch gesteuert werden, daß es fry kei Gattig hätte. Daß sie dort den Resli nicht behalten, sondern so gerne hatten fortgehen sehen, das konnte sie freilich nicht verwinden. Sie hätten sich doch öppe seiner nicht zu schämen gehabt, und gesetzt, es hätte Kosten gegeben, so wäre doch wohl öppere dagewesen, der abgeschaffet hätte. Sie wollte von Christeli vernehmen, ob etwa Resli etwas angebracht und von der Sache angefangen hätte. Aber Christeli wußte nichts. Bloß hätte er gehört, daß des Bauern Tochter absolut hätte haben wollen, daß man Resli auflade und mitnehme, und das hätte alle Leute grusam verwundert, denn die seien öppe nicht schnitzig, Leute aufzunehmen, und für nichts und aber nichts werde das die

Tochter wohl nicht getan haben. Weiteres hätte er nichts vernommen, aber taubs hätte es ihn auch gemacht, und bsungerbar, wo er gesehen, wie das Reiten ihm so weh getan, daß es ihnen so darum gewesen, seiner los zu werden.

Änneli ward nicht müde mit Fragen, ob sie etwa nicht gewußt, wer sie waren, und wie das Meitschi gewesen, was die Mutter für ein Gesicht gemacht, was Haus und Hof für eine Gattig gemacht und ob Resli mit dem Meitschi nichts abgeredet, sondern alles im Alten gelassen. Und je mehr Änneli hörte, desto unwilliger war es nicht alleine über ds Bure, sondern auch über seine Buben, die wie jungi Gahline die beste Gelegenheit aus den Händen ließen, denen nichts zSinn käme, nicht einmal das Einfältigste, öppe es Bstellts z'mache. Gerade Solche müsse man an einen Ort schicken, wenn alles verkegelt werden solle. Wenn es nur von weitem gewußt hätte, wo Resli sei, kein Mensch hätte es abgehalten, selbst hinzugehen, und es wett die schönste Kuh im Stall, so z'leerem wäre es nicht dort weg; es hätte wissen wollen, woran es sei, und Resli wär noch dort und läge in der Stube, wo so hoffärtig sein solle mit Ruhbett und überzogenen Sesseln, wo man, wenn es niemand sehe, brauchen werde als Stelzen, damit einem die Mistgülle nicht über die Schuhe hineinlaufe. Darauf aber hätte es nichts, so hoffärtig innefert und so usufer ussefert; sufer usse u demüetig innenache, das sei seine Sache, und es sei ihm immer wohl dabei gewesen und den Andern auch. Wenn man sich gewohnt, so hocke man auf ihren Stabellen so wohl als auf Ruhbettleni, wo manch, mal ärger verhudelt seien als eine Bettlerkappe, wo dHaar aus hundert Löchern gwunderten, oder verdrohlet und zsämetätscht wie die Strohsäcke in einem Spital, wo man nur alle sieben Jahre frisches Stroh gibt und Sieben in einem Bette liegen.

Kurz, Änneli war unwirsch, ungeduldig, und wenn man ihns hätte machen lassen, es wäre auf der Stelle fortgefahren der Sache nach und um Resli zu sehen, den man doch nicht so alleine könne sein lassen. Annelisi sagte, es wolle noch heute fort, wenn die Mutter begehre; zu Resli könne es auch sehen, und wenn mit dem Dorngrüt etwas zu machen sei, so käme ein junges Meitschi, dessen man sich nichts achte, vielleicht besser zueche als so eine Frau, wo man gleich vorauswisse, warum sie käme, und an ihrem Gesichte abnehmen könne auf hundert Schritte, daß sie was Wichtiges im Sinne hätte.

»Ja wolle«, sagte die Mutter, »du wärest mir gerade das Rechte! Bist ja für dich nicht klug genug, geschweige denn für Andere. Nein, da muß ich selbsten hin und sehen, was zu machen ist.«

Das gute Änneli kam in ein rechtes Fieber hinein, bis der Vater kam und sagte: »Bis ume ruhig; wenns gut kommen soll, so fehlts nit, und wenns fehle soll, so hilft alles Zappeln nichts. Heute ists zu spät, aber morgen kann man fahren und sehen, was zu machen ist allfällig.« Da wollte eine Röte aufsteigen in Ännelis Gesicht. Als es aber in Christes gutmütige Augen blickte, ließ es sich wieder nieder; es gab Christen die Hand und sagte: »Du hast recht; chömit, Ching, mr wey es Kapitel lese.«

Aber den Schlaf las Änneli doch nicht herbei, und gar stürmisch, wie von zwei Winden hin und her getrieben, bewegten sich die Wellen ihres Gemütes. Denn ausgestritten hat niemand, solang das Herz nicht steht; solang das Herz noch geht, erhebt sich neuer Streit, wenn ein alter endet; darum hat nur der ausgestritten auf Erden, der auch ausgelitten hat und durch den Tod ins ewige Leben gegangen ist. Änneli hatte noch kein Kind verheiratet und glaubte das Wehen des Todes zu fühlen, und wo ist die Mutter, die nicht gerne von ihren Kindern wenigstens eins, wenn nicht alle, im stillen friedlichen Schatten der Ehe sähe, ehe sie die Augen schließt!

Resli war ihr Herzkäfer, und sein Glück schien zu schwanken auf Vorurteilen wunderlicher Eltern; wie die zu beseitigen, zu zerbrechen, das ging Änneli wild durch den Kopf, und es düechte ihns je länger je mehr, wenn es denen die Sache nur recht sagen könnte, so wär dSach richtig.

Daher weckte diesmal die Sonne Änneli nicht. Änneli war früher auf, suchte Bettstücke zusammen, um wenn möglich Resli das Heimkommen zu erleichtern, machte dabei so manche Türe auf und zu, daß alle im Hause erwachten und in der Angst, sie hätten sich verschlafen, da die Mutter bereits im Hause herumfahre, eiligst sich auf Beine machten, aber bald merkten, was Trumpf war.

Christeli machte sich in den Stall, Annelisi in die Küche; nur der Vater saß noch im Bette schläfrig und rieb sich die Augen, als Änneli mit einem Armvoll Kleider, die es im Spycher geholt hatte, wiederkam. »Seh, Ätti«, sagte Änneli, »da hast du Kleider; ich wollte jetzt auf, wenn ich dich wäre, so brauchst du nicht zu pressieren und bist doch fertig, wenn wir fort wollen.« – »Soll ich mit?« fragte Christen. »Das versteht sich«, sagte Änneli, »wer sollte sonst kommen« – »Ich glaube, du und Annelisi wolltet fahren«, sagte Christen; »was ists für Zeit?« – »Denk halb vier ists. Was wollte ich mit Annelisi anfangen, wenn es etwas geben sollte, und mit dem Draguner darf ich nicht alleine fahren.« – »Nimm den Alten«, sagte Christen, »der ist wie ein Lamm.« Aber Änneli sagte, der sei gestern auf den Beinen gewesen, und gegen die Tiere hätte es gerne Verstand, wenn es möglich sei. In Wahrheit wollte es den Dragoner, weil der ein prächtiges Roß war, daß die Leute stille stunden, wenn es daherkam wie in den Lüften. Es hieß auch die Magd Ziegelmehl stampfen und es in den Stall bringen mit dem Befehl, ds Mösch am Geschirr abzureiben und das Roß exakt und sauber zu striegeln, daß man ja keinen Staub mehr im Kammhaar oder sonstwo sehe, Resli hätte es ungern. Die Wägelikissen mußten apart ausgeklopft und gebürstet werden, und als Änneli endlich zum zMorgenessen erschien, mußte Annelisi laut auflachen und fragen, ob die Mutter zHochzeit wolle, sie sei ja in einem Staat, daß man sie fast nicht ansehen dürfe. Und als der Vater hintendrein kam, eben so stattlich, ward es ernsthaft und frug, was es dann eigentlich geben solle, daß sie die Hochzeitkleider, glaube es, angezogen und daherkämen als wie zwei Brautleute.

Und wirklich waren die beiden Alten ein recht schönes Anschauen in ihrer ehrbaren Kleidung, an welcher nichts Geziertes war, aber alles so ehrbar und währschaft und bei Änneli doch kostbar. Das ist ein Eigentümliches, daß der Mann so einfach und meist in eigenem Zeuge von den Füßen bis an den Hut dahergeht, während das Weib so manchen Neutaler am Leibe trägt, dunkel daherkömmt in Guttuch, Oberländertuch, Kamelot, der Mann in hellem Halblein prangt oder höchstens in hellem Mitteltuche. Es ist, als ob das Weib der dunkle Grund wäre, auf dem im Vordergrunde der helle Mann hin und her geht, aber vom dunkeln Grunde gehoben und getragen. Alles war anders an Beiden, nur die Schuhe hatten sie schön schwarz vom gleichen Leder und das Hemd in blendender Weiße von gleichem Flachse, und wer die Fäden daran zählen wollte, mußte gute Augen haben. Es ist kurios, bei den Städtern ist es meist umgekehrt; da ist, wenn der Staat recht angeht, das Weib hell und der Mann dunkel, und auf dem Lande beginnen leichtsinnige Weibsbilder die gleiche Mode, sie tänzerlen auch wie Pfyfolter geblümt und glarig im Vordergrunde; ob sie aber dadurch im Werte steigen, sind die Gelehrten verschiedener Meinung. Mögen sie, aber allweg ists doch schon, so eines Hauses Grund und Fundament zu sein. Mit Glaren wird nichts er, baut, mit Tänzerlen nichts ersprungen, nichts errungen.

Änneli antwortete Annelisi: »Wirst du dann nie witzig und meinst, putzen und hoffärtig sein sei nur für euch und mit Kleidern zwängt ihr allein etwas? Glaub nur, beim Heiraten sieht man auch auf Vater und Mutter, und manchmal machen die mehr an der Sache als so ein Gäxnäsi, wie du bist. Sie müssen da unten doch wissen, daß wir auch öppe daheim und nicht so von der Gasse sind. Und wenn Resli lange sagte, woher er sei und woher wir seien, wenn so zwei Kuderbützi daherkämen und er dem einen Ätti sagen müßte und dem andern Müetti, wer glaubte ihm? Sie müssen da unten doch wissen, daß hier oben auch neuer ist, daß man sich unserein nicht zu schämen habe und daß wir zu zahlen vermöchten, wenn sie einen Kranken nicht umsonst über Nacht zu haben vermöchten.« – »Wollt ihr dann ins Dorngrüt selbst?« fragte Annelisi; »wenns selb ist, so sinnet nur daran, was ich am Sonntag gesagt, es ist mir noch heute so.« Änneli sagte, es komme darauf an, wie sie Resli fänden und was er meine, aber wenn es zu den Leuten komme, es möge sein was es wolle, neuis schmöcke müßten sie. »Ätti, hast du Geld im Sack?« – »Einmal genug für heute«, sagte Christen und zog aus dem Sack eine Handvoll Münze, unter welcher noch einige Fünffrankenstücke hervorguckten. »Was sinnest auch«, sagte Änneli, »mit dem willst von Hause? Sieh, da hast du das Schlüsseli, und nimm ein Bläterli voll; du kannst es in den Busen stoßen, wenn es dich zerrt im Hosensack, man sieht es dort noch besser, wenn du es auch nicht hervorziehst, und mir bring auch ein Hämpfeli. Man weiß nie, was es gibt, und alle Kreuzer dm Ma müesse z'heusche, schickt sich nicht, bsonderbar an einem fremden Orte. Ja wolle, mit so einem Hämpfeli von Hause gehen wollen, und noch so weit! Ehedem ist das anders gewesen. Da, wo ich daheim war, hat nie ein Bauer den Pflug ins Feld geführt, er hätte dann wenigstens hundert Taler in der Busentasche gehabt. Selb Zeit, da ist noch Geld gewesen; jetzt weiß man nichts mehr davon.«

Endlich war alles zweg. Christen hatte seine Pfeife angezündet, zwei Knechte hielten den Draguner, der so wüst tat, daß es Änneli zu grusen begann. Annelisi forderte von der Mutter noch Instruktion, wieviel Butter es verkaufen solle, wenn der Träger komme, und Christeli sagte, was vorgestern geredet worden sei, das solle geredet bleiben, und wenn sie einen richtigen Handel machen könnten, so sollten sie sich seiner nicht achten. »Hü i Gotts Name«, sagte Christen, und einen Satz tat der Draguner, daß ein Knecht hieraus flog, der andere dortaus, Annelisi einen Schrei tat, wie wenn man ihns am Messer hätte, und noch einen, als es knapp um den Türlistock ging, daß man meinte, sie müßten überschlagen, und alles ins Gäßli sprang, um zu sehen, wie es weiterging. Es ging gut; wenn Christen einmal festsaß, so mußte ein Roß warten und auch der Draguner, wenn auch zähneknirschend und täubelend, traben, wie Christen wollte und nicht, wie es ihm im Leibe stak.

»Wer kömmt dort gefahren wie aus einem Stuck, Sind vornehme Leute allem an und bsunderbar am Roß«, sagte ein dicker Mann mit einer weißen Kappe auf dem Kopf, der neben einem schlanken Burschen vor einem Wirtshause stand, die Hände ruhend in den weiten Rocktaschen. Der junge Mann antwortete nicht, sondern trat zum heranfahrenden Bernerwägelein; lautauf wieherte das braune Roß, schwenkte gegen ihn zu, und vom Wägeli her rief eine stattliche Frau: »E lue, da ist er ja, da hey mr ne; bis Gottwilche! Wie gehts?« – »Seh nimm das Leitseil, Resli«, sagte der Mann, »das ist mr e Tusig das, mit dem fahr ich nicht so bald wieder, der Arm ist mir ganz lahm vom Halten.«

»Warum nehmt ihr den?« sagte Resli, »er ist lang gestanden und sonst wild genug, mit der Mähre wäre ein viel ruhiger Fahren gewesen.« – »Die Mutter wollte den Draguner ghebt haben«, sagte Christen und stieg mit Mühe vom Wägelein, bei welchem die Tritte nicht eben am passendsten angebracht waren, hob dann die Mutter, welcher das Hinuntersteigen noch saurer geworden wäre, mit kräftigem Schwunge hinunter. Als alle festen Boden unter den Füßen hatten, erst dann ging es recht an mit Fragen und Verwundern über Reslis Zwegsein und über der Eltern stattlichen Aufzug. Auch die Wirtin kam herbei, und nach gehörigen Entschuldigungen, daß sie so strub daherkomme, sich fast nicht zeigen dürfe, nötete sie das Ehepaar in die Stube, und ehe Resli, der den Draguner in den Stall begleitet hatte unter beständigem Wiehern und Kopfanschmiegen, zu ihnen in die Stube kam, hatten sie die beste Bekanntschaft gemacht und die Wirtin bereits erzählt, wie sie den Resli gepflegt, wie das aber auch ein Bursche sei, son e hübsche und manierliche, wie ds Land auf, ds Land ab nicht mancher sein werde. Änneli konnte nicht lange hinter dem Berge halten mit seinem Ärger, daß des Dorngrütbauern seinen Sohn so schnöde entlassen und wie es willens sei, hinzugehen und zu danken und abzuschaffen, damit die doch inne würden, wie man nicht ab der Gasse sei und nichts dr Gottswille begehre.

Die Wirtin fand das gar schön und wollte es des Grütlers von Herzen gönnen, wenn sie recht beschämt würden. Das seien die wüstesten und stolzesten Leute weit und breit und meinten, es sei alles schön, was sie machten. Einzig die Tochter, wo noch daheim sei, sei nicht wie die Andern, die gönne armen Leuten noch es Brösmeli und mög auch noch reden mit ihrer Gattig Leuten. Es nehme sie nur wunder, wo die Bäuerin die aufgelesen hätte, oder ob es dann möglich sei, daß eins so aus der Art schlagen könne;

wo Holzäpfel wüchsen, finde man sonst nicht Zuckerbiren. Sei es wie es wolle, das Meitli sei bravs, und wenn sie etwas dazu machen konnte, daß es einen recht braven Mann kriegte, so wärs ihr die größte Freud, nur damit sie es nicht zwängen könnten mit dem Uflat. Nit, das Mädchen daure sie auch, aber daß sie den einmetzgen und noch reicher werden könnten, so ring und ohne Mühe, das absonderlich möge sie denen nicht gönnen.

Natürlich fragte Änneli rasch, was das sei mit dem Heiraten, und sagte zu Resli: »Hasts gehört?« Der blieb kaltblütig und sagte bloß, es werd öppe nit sy; dLüt redete gar viel, während der Tag lang ist. »Wohl freilich, du Lecker«, sagte die Wirtin, »ist etwas an der Sache, ich würde es sonst nicht sagen. Und dir ist das auch nicht ein Tun, du hättest sonst gestern abend nicht so die Faust gemacht und geflucht, als ich es dir erzählt habe.« – »Was ists dann?« fragte Änneli ungeduldig. »He was ists«, sagte die Wirtin, »'s ist eine alte Geschichte, die immer wieder fürechunt und neu wird; ds Meitschi soll ihnen nur Räf oder Kratten sein, um neues Gut auf den alten Haufen zu kräzen. Da ist da drüben zu Schüliwyl ein alter Uflat, aber ein reicher, er hat schon drei Weiber gehabt und alle mögen. Ihm gönnt er, aber Andern nichts, und vor Hässigi kann niemand bei ihm sein. Er hat einen Haufen arme Verwandte, denen das Erben so wohl täte und die deretwegen das Unmögliche verwinden, ihm um keinen Lohn und ds halb Esse werche wie dHüng, aber zuletzt doch alle fortlaufen. Er lockt sie, macht ihnen das Maul süß und spricht, statt ihnen Lohn und Essen zu geben, von Einist und vom Verschreiben und plagt sie dabei so mit Werchen und Hunger und allem Wüsten, daß zuletzt doch Keins aushält und fortläuft, und nicht genug, daß er dann jedem nachruft: ›Wart du Hung, wasd bist, keinen Kreuzer mußt du von mir haben!‹, er vermalestiert und verbrüllet ein jedes noch obendrein, daß es ein Graus ist, und Keines kömmt von ihm, daß es nicht ein Schelm sein soll und Gott weiß was noch. Der Teufel hätte den längst nehmen sollen, aber es heißt, er wolle warten, bis er einen Gspahnen fände, seine Großmutter mangle zwei neue Kutschenrosse, aber bis jetzt hatte er noch keinen gefunden. Unterdessen gibt er ihm ein, zu heiraten, wahrscheinlich in der Hoffnung, dann gleich zwei Fliegen mit einem Schlage treffen zu können, denn wenn eine nicht schon ds Teufels ist, so muß sie es werden bei einem solchen Meerkalb. Und jetzt, was macht er? Sieht nicht etwa auf ein arm Meitli, das er glücklich machen könnte mit seinem Gelde, nein, gerade das reichste und schönste zentume will er, der alte Unflat, der er ist. Im Anfang hat das

Meitschi dazu nur gelacht und hat nicht glauben können, daß es Ernst sei, und hat das Narrenwerk mit ihm getrieben. Aber wohl, dem ists anders gekommen, als es gesehen, wie seine Leute Ernst daraus machten und es nöteten, sich mit ihm anzulassen, und von der Stunde an hat es dem Alten kein gut Wort gegeben; aber das wird ihm wenig helfen, es entrinnt ihm doch nicht, und wenn er es einmal hat, so wird er es ihm eintreiben. Sie machen es so, die alte Schnürflene.«

»Aber warum wollen die Alten das so zwängen? Wäre ihnen ein reicher Bursch, der doch auch öppe eine Gattig hätte, nicht eben so anständig?« – »Aber Frau, merkst dr Gspaß nit? Sie denke, von dem bekomme es keine Kinder, und wenn er noch zehn oder zwanzig Jahre lebe, so sei es mit dem Meitschi auch vorüber, es gebe eine reiche Wittfrau, und zuletzt falle alles wieder auf einen Haufen. Das ist so spekeliert. Bei einem jungen Burschen hätten sie dSach nit so gwüß, da müeßt es großes Gfell drby sy. Die Sache wäre schon lange vor sich gegangen, das Meitschi hätte sagen mögen, was es wollte, wenn sie einig wären mit dem Verschreiben, aber da soll es stecken. Der alte Unflat sagt, Gschriftlichs sei nicht nötig; sterbe er, so könne seine Frau alles nehmen, sie sei ja mehr als dreißig Jahre jünger als er. Der Dornbauer will es aber gschriftlich, er sagt, man könne nicht wissen. Und wenn sein Meitschi vor dem Manne sterbe, so nehme der auch, was das Meitschi eingebracht, und sie hätten nicht nur nichts davon, ds Kunträri, und so sei es nicht gemeint. So ein Alter müsse nicht meinen, daß er gytauf eine junge, reiche Frau kriege, er müsse den Vortel geben. Nun aber möchte der Alte sich die Hände nicht binden lassen, und wer weiß, ob der Uflat nicht schon an die Fünfte denkt und meint, weil er schon mit Dreien fertig geworden, so werde auch die Vierte öppe nicht lange machen.«

Und je mehr die Wirtin erzählte, desto feuriger brannte es in Ännelis Kopf; es wollte wissen, wie weit es in den Dornacker sei und wo der Weg sei, der dazu führe. Zu diesen möchte es doch einmal und sehen, was das für Leute seien und ob sie Hörner hätten oder seien wie andere Menschen. Aber Resli wollte das nicht. Er kannte die Mutter, die, wenn ihr etwas heiß im Herzen machte, damit nicht hinter dem Berge halten konnte; er wußte, daß sie ihren Ärger nicht würde verbergen können, und was daraus für Stiche und Trümpfe entstehen konnten, konnte er sich denken, und war einmal offene Feindschaft da, dann gute Nacht. Alles so auf einen Wurf zu setzen, dazu war Resli nicht vermessen genug, verließ sich auf Geduld und Klugheit und begann der Mutter ihr

Vorhaben auszureden, weil sie weit heim hätten, weil ihn heim verlange, weil er auf dem Dornacker bereits sattsam gedankt, weil sie die Leute nur versäumten, die heute Lewat schneiden würden. Natürlich war, durch Instinkt getrieben, der Vater auf des Sohnes Seite, aber Änneli hartnäckiger als gewöhnlich, und die Wirtin meinte, schaden würde es doch allweg nichts, wenn sie sehen würden, daß es auch noch Leute gebe, die an einem Orte daheim seien. Wenn sie jetzt gingen, so wollte sie ihnen unterdessen etwas zMittag machen, so was sie öppe hatten, und bis gekochet sei, wären sie wieder da. Aber Resli ward sehr ernst, ging hinaus und rief der Mutter nach, sie solle doch neuis lose.

Die Wirtin sagte zu Christen: »Wer einen solchen Sohn hat, der kann Freude haben, sie ist ihm zu gönnen; jetzt noch eine rechte Frau, so ist dSach richtig.« – »Ja, wenn man sie nur schon hätte«, sagte Christen, »aber wenn man meint, man habe eine, so ist dSach nüt. Es ist heutzutage bös.« – »Nicht wahr«, sagte die Wirtin, »ich darf wohl fragen, Habt ihr nicht ein Aug auf Dornbauern Tochter gehabt? Die, wo bei der Spritze gewesen sind, haben so wunderlich geredet, wie das Meitschi getan, als sie ihn im Walde fanden, und sie ließen sich nicht ausreden, daß die einander nicht zum ersten Male gesehen.« – »Es war neuis, aber es wird nichts mehr sein«, antwortete Christen. »Neue einmal haben sie mit einander getanzt, und da hat ds Meitschi dem Bub wohl gefallen und er hat von ihm gesagt; aber er wird wohl selber sehen, daß da nichts ist als Mühe und Umtrieb, und selbem fragt er nichts nach, so wenig als ich.« – »He«, sagte die Wirtin, »ich wollte ds Herz nicht gleich fallen lassen, ein schön und reich Meitschi ist doch wohl öppis Müh wert; auf denen, wo einem so in den Mund fliegen, wie im Sommer die Muggen, werdet Ihr doch auch nicht viel haben. Und wenn ich etwas dabei helfen kann, so unter der Hand, daß es niemand merkt, so will ichs gerne tun, von wegen dem Meitschi möcht ichs gönne, und wenn ich den Alten etwas zwidertun kann, daß sie es nicht merken, so spar ichs auch nicht.«

Endlich kamen Resli und die Mutter wieder hinein und die Letztere darein ergeben, nicht ins Dorngrüt zu fahren, aber man sah, es ging ihr nahe. Alle Umstände, die man gemacht, die schönen Kleider, das viele Geld, die halbe Todesangst mit dem Draguner umsonst! Bloß der Trost hielt sie aufrecht, daß doch andere Leute sie gesehen, und was diese gesehen, werde im Dorngrüt nicht unbekannt bleiben.

Das gute, fromme Änneli war ganz Mutter, und für seines

Sohnes Glück hätte es seine Seligkeit gegeben, wenigstens die halbe, und weil es glaubte, man hätte seinen Sohn verachtet, so konnte es Prunk und Hoffart treiben, welche beide ihm sonst in der Seele zuwider waren. Es ist jede rechte Mutter einer Henne gleich, die mit Schnabel und Flügeln schlägt und pickt, wenn man ihr nur von weitem nach einem Küchlein reckt; aber während die Sorge der Henne nur einige Wochen dauert, erlischt die Sorge der Mutter erst, wenn das Auge im Tode bricht, und wer weiß, ob auch dann? Und wenn ums Bett der sterbenden Mutter die Kinder stehen und ihr brechend Auge gleitet in flüchtigem Blicke über die weinende Schar, so könnte, wer die Schrift verstünde, im flüchtigen Blicke zusammengedrängt lesen all den Kummer und die Sorgen, die Leiden und die Freuden, die das mütterliche Herz um jedes ihrer Kinder getragen und die sie jetzt als ihre Lebensbeute mit ins Grab nimmt und sie auch hinauftragen wird zu ihrem Vater und ihrer Kinder Vater.

Änneli machte sich, um das Ding recht unter die Leute zu bringen, auf nach dem Krämerladen. Es gehe so selten fort, sagte es, daß es anständig sei, etwas zu kramen denen, die daheim geblieben, und es nehme ihns wunder, wie man hier den Kaffee gebe. Das Krämerhaus ist noch mehr als das Wirtshaus der Ort, wo den Weibern nicht nur der Mund aufgeht, sondern auch das Herz, und wo es alle Tage Verhandlige gibt, die noch viel kurzweiliger wären als die Verhandlungen von Großräten und Tagsatzungen, welche doch in die Zeitungen kommen. Aber eben vor lauter Wichtigkeit und weil man mit Leib und Seele dabei ist, hat niemand Zeit, sie aufzuschreiben. Und doch kommen sie im Lande herum, laufen von Haus zu Haus, richten Krieg an und Frieden, Hochzeiten und Kindstaufen, während in den gedruckten oft weder Kraft noch Leben ist, nichts als tote Buchstaben, mit denen man keinen Hund vom Ofen lockt, höchstens den Narren treiben kann mit einer jungen Katze.

Änneli traf es bei der Krämerin wie gewünscht; niemand war da, und so konnte es reden, sehen, sich vorlegen lassen und kaufen ganz nach Belieben. Es nahm sich Zeit, die Krämerin nahm sich Zeit, und so geschah es, daß am Ende Änneli einen Haufen zusammengekauft hatte, welcher ihm schwer geworden wäre, ins Wirtshaus zu tragen. Dabei benahm es sich ohne Ruhmrederei, aber so recht apart, verständig und einfach, daß es die Krämerin fast zTod wunder nahm, wer das sein möge, und doch durfte sie nicht fragen. Denn eben dieses Betragen war so recht vornehm, daß es ihr großen Respekt einflößte. Wer sich selbst rühmt und vornehm scheinen will mit Gebärden und Redensarten, der verrät seine Gemeinheit, und jeder macht sich mit ihm gemein, und niemand scheut sich, ihn zu fragen, was ihm in den Mund kömmt. Die Krämerin tat es durchaus nicht, daß Änneli auch nur ein Stücklein trug, versprach, sie wolle auf der Stelle es nachbringen, sie müsse nur noch die Erdäpfel über, tun. Sie hielt ihr Versprechen, wußte es aber zu machen, daß sie von der Wirtin vernahm, was das für Leute seien, samt einigen Deutnissen auf den Dornacker.

Und wie es kam, weiß man nicht, aber die stattliche Mahlzeit neigte sich eben dem Ende zu, der Wirt saß bei Christen und sie redeten von Knochenmehl und Ölkuchen. Die Wirtin trug ab und zu, und Änneli sagte, es wäre bald Zeit fort, und Resli sollte doch sehen, ob auch das Roß seine Sache hätte; es möge nichts minder leiden, als wenn die Leute sich wohlsein ließen, während die Tiere Mangel litten und Hunger. Resli sagte, zwar öppe viel werde der nicht mangeln, ging aber doch nach der Mutter Willen, und wie es kam, weiß man nicht, aber wie er aus dem Hause trat, kam gerade die Dornackerbäuerin die Straße herauf, und Resli konnte nicht anders, als sich bei ihr stellen, ihr die Hand längen und sagen, er sei noch da. Sie aber tat erschrocken, daß er noch da sei, und fragte, was es ihm gegeben und warum er nicht wieder zu ihnen zurückgekommen, wenn er das Fahren nicht hätte mögen erleiden. Daß er dageblieben, hätte sie fry recht ungern, die Leute könnten meinen, sie vermöchten niemand mehr ein paar Tage zu haben; wenn sie gewußt hätte, wie es gehen sollte, kein Hung hätte sie dazu bringen können, ihn gehen zu lassen, gäb wie er nötlich getan und es erzwängt hätte. Es sei gut, daß sie ungefähr ins Dorf gekommen sei, er könne gleich wieder mit ihr heimgehen, wenn es ihm nicht zu weit sei, zu laufen. Wenn sie es gewußt hätte, so hätte sie können das Wägelein nehmen. Resli trat nicht ein in »gewußt« oder »nicht gewußt«, aber das schlaue Gesicht der Krämerin hinter ihrem Fenster fiel ihm auf, und ob sie gekommen aus Gwunder, um seine Eltern zu sehen, oder wirklich, weil sie es ungerne hatte, daß er da im Wirtshause war, und Gelegenheit zur Entschuldigung finden wollte, erfuhr er ebenfalls nicht und frug auch nicht darnach, aber er tat sonst manierlich, wie junge Bursche wohl daran tun, denn einen Stein im Brette der Mutter zu haben, ist kein dumm Ding.

»Potz Tüfel!« fuhr auf einmal die Wirtin drinnen zweg, »redet dort nicht die Dorngrütbäuerin mit Eurem Sohne?« – »'s ist nit möglich«, sagte Änneli, »oder wär es se?« – »Jowäger«, sagte die Wirtin, »es ist se. Was will jetzt die im Dorfe? Die kömmt sonst das ganze Jahr nicht dreimal ins Dorf, nicht einmal zChilche.«

Unterdessen war Änneli aufgestanden, hatte das Fürtuch glatt gestrichen, und mit großer Freude im Gesicht ging es hinaus, stellte sich der Dorngrütbäuerin vor und nötete diese hinein, gäb wie die sich wehrte und doch gerne kam, aus Gwunder und auch der Leute wegen, damit die nicht meinten, es wäre da etwas Ungerades, und sie verbrüllteten als wüste Leute.

Sie mußte anesitzen, mußte sich vorlegen, einschenken lassen, und währenddem redete sie immer, wie man ihn tot gebracht und wie er ausgesehen, wie sie ihn gereinigt und wieder lebendig gemacht und wie ungerne sie ihn hätten gehen lassen, wie aber nichts zu machen gewesen; wenn man ihn mit Ketten gebunden hätte, sie glaube, er hätte sie zerschrissen. Diese ungeforderten Entschuldigungen entwaffneten das gutmütige Änneli; sie lobte und rühmte der Bäuerin Guttätigkeit, lobte und rühmte aber auch Resli und wie sie nicht mehr begehrt hätte, zu leben, wenn man ihn tot heimgebracht, und große Tropfen rollten ihr unterm Kinn zusammen. Es ging ihr auch so, sagte die Bäurin, obwohl es sie manchmal düeche, man wäre ohne King viel ruhiger. Seien sie klein, so seien sie einem den ganzen Tag unter den Füßen und man sei nur mit ihnen plaget; seien sie groß, so liefen sie wo sie wollten, und ztot müsse man sich werchen und sinnen für z'mache, daß ein jedes auch bekäme, daß es sein könnte. Denn öppe daß ein King weniger zwegkäme als sie, das möchten sie nicht; wie man gewohnt sei, so sei man gewohnt, und anders käme es nicht gut. Das bildete den Übergang zur Erzählung, was sie hätten und wie sie King hätten die bsungerbar gfellig gewesen mit dem Heiraten, daß die jetzt noch reicher seien als sie. Änneli redete verständige Worte dazwischen, ließ sich aber nicht zu gleicher Ruhmredigkeit verleiten. Überhaupt bildeten die beiden Weiber einen großen Gegensatz, so etwa wie eine schöne gelbe Ankenballe mit einer angelaufenen Kaffeekanne; hinter beiden steckt was, und zwar was Gutes, aber die eine hat ein appetitlich freundlich Ansehen und man sieht von weitem, was sie ist, bei der andern muß man zusehen, daß man sich nicht brämt, und kein Mensch, ders nicht erfahren, würde meinen, daß aus ihr was Gutes kommen könnte.

Änneli war so schmuck und durchsichtig, für eine alte Frau noch so appetitlich, seine Rede langsam, aber bedeutsam, alle seine Bewegungen rund und gefällig, daß, wer ihns sah, Respekt vor ihm bekam und es begriff, wie man so einer rechten Frau Röcke anziehen kann, welche man will, und hinter allerlei Tische sie setzen kann, hinter Teetische und hinter Specktische, hinter Kuchitische und hinter Spieltische, und sie sitzt hinter jedem recht, zu jedermanns Respekt.

Die Andere hatte auch allerlei an, aber es war nur so angewuschet, und nichts hatte den rechten, saubern Glanz; sie machte alle Kleider zu Werktagskleidern, während an Änneli alle Kleider zu Sonntagskleidern wurden. Ihre Hände waren nicht ungewaschen, aber beim Waschen ging immer nur noch das Halbe ab. Die Nägel waren teils kurz, teils lang, und an allen war bald hier, bald dort was Überflüssiges. Das Gesicht war eben nicht häßlich, aber hochmütig, schien dazu auch klebrig; sie sprach geläufig, aber ungern hörte man ihr zu und wußte nie, sollte man etwas glauben von dem, was sie sprach, oder nichts. Wo sie absaß, meinte sie, sie müsse zeigen, daß sie Dienste sei, und eben deswegen hielt man sie nie für das, was sie war, und wo sie absaß, saß sie ab, als wenn sie dahin nicht gehörte. Je mehr sie vor Änneli Respekt kriegte innerlich, desto mehr ließ sie sich äußerlich auf, um über ihns emporzuwachsen, und je mehr sie anwendete, um so einfacher ward Änneli, und je einfacher Änneli ward, desto mehr fühlte die Bäuerin dessen Überlegenheit, desto mehr wendete sie an und ward immer kleiner und kleiner dabei. Kurios ists, daß in vielen Dingen das Anwenden so gar nichts hilft, sondern ds Conträri ist.

Das Spiel lächerte die Wirtin; sie mochte es der Dorngrütbäuerin gönnen und hätte ihm den ganzen Tag zusehen mögen, aber Christen mahnte zum Aufbruch. Änneli wiederholte seinen Dank und erwähnte absonderlich der Tochter, die geheißen Resli aufs Grüt bringen, meinte, es möchte die einmal gerne sehen und ihr selbst danken; es würde sie freuen, wenn sie einmal kämen und einzögen, was sie an Resli getan. Selb sei nicht dr wert, davon zu reden, sagte die Bäuerin, indessen könnte es es wohl geben, drneben aber wisse man nie, was es geben könne, es gebe manchmal mit jungen Mädchen etwas ungsinnet. Darauf trat Änneli nicht ein, sondern fragte Christen, ob es nicht anständig wäre, der jungen Burscht, welche sich des Reslis angenommen, ein Trinkgeld zukommen zu lassen? Christen sagte, er hätte schon daran gesinnet und es sei gut, daß es daran mahne, zog die große Blatere aus dem Busen, nahm ein Hämpfeli Brabänter und gab sie dem Wirt mit dem Auftrage, er solle, wenn es ihm sich schicke, der Mannschaft einen Trunk geben, was es erleiden möge, und ihr danken in seinem Namen. Der Wirt tat gar erschrocken und sagte, selb wär doch nicht nötig, das hätt afe kei Gattig, unter Hunderten täte das nicht einer, sie hätten das nicht deswegen getan, und kein Einziger sinnete an so etwas, und allweg gebe er viel zu viel, ds Halbe wäre mehr als genug. Indessen nahm er es doch, und da es die Bäurin wunder nahm, wieviel es sei, und sie wahrscheinlich meinte, es könnte gut sein, wenn noch jemand anders es wüßte, wieviel der Wirt erhalten, so wartete sie es ab, bis der Besuch auf dem Wägeli zweggsädelt war, vielfach Abschied genommen und der Draguner in kurzem Galopp zum Dorfe aus setzte.

Wie es so geht, wenn Leute fortgehen oder fortreiten, die Bleibenden stehen zusammen und senden den Enteilenden nicht Kugeln, aber Worte nach, liebe und treue, böse und falsche, je nachdem die Büchse ist, aus der die Worte geschossen werden, denn auf die kommt alles an und nicht auf die Enteilenden. Es gibt solche Büchsen, die unserm Herrgott Spott und Schande nachsenden würden, wenn er einmal leiblich erschienen wäre, ihnen den größten Segen ins Haus gebracht hatte und wieder davonginge.

So standen sie auch, die Bäuerin und die Wirtin, und die Letztere lud und schoß ganze Kanonen voll Preis und Ehre ab, wie das doch Leute seien, so manierlich und gemein mit allen Leuten, von Hochmut nicht einen Flöhdrecks groß an ihnen und doch so adelich, man wisse nicht wie. Was aber die für Geld haben müßten, für eine einzige Nacht hätte der Junge fünf Batzen Trinkgeld gegeben und dem Stallknecht ebenso viel, und was der Mann erhalten, sei allweg zehn Kronen; das wäre hier herum keinem Menschen in Sinn gekommen, ja es wäre die Frage, ob einer darnach sie nicht angegriffen als die, welche ihn geschlagen. Sie hätte ihn gefragt, ob er die kenne, welche ihm den Streich gegeben, und ob er nicht hinter sie wolle. Da hätte er gesagt, was dahinten sei, sei gemäht, und wegen eines Streiches willen fange er keinen Streit an; er hätte Gott zu danken, daß er davongekommen, und ein schlechter Dank wärs, wenn er seine Erhaltung mit einem Prozeß, wo all ehrlich Leute scheuen und Gott hasse, vergelten wollte. Das hätte ihr bsunderbar wohl gefallen, aber sie möchte wissen, ob zentum einer die Gedanken hätte. Wenn sie Meitscheni hätte und eins den bekäme, es könnte sie nicht mehr freuen, wenn es einen König erhalten könnte. So rühmte die Wirtin, und wie sie so zwei Weiber beisammenstehen sah, trappete auch die Krämerin herbei, blies in die Posaune und rühmte, wie die Frau eine bsunderbare Erkenntnis von allen Dingen gehabt und doch um keine Sache gemärtet hätte. Sie hätte nie im Brauch, eine Sache zu überschätzen, wie es Manche hätte, die sie nennen könnte, aber wenn sie ihn hätte, sie hätte um kein Geld eine Sache teurer schätzen mögen, als sie wert sei, sie hätte gefürchtet, vor der Frau zuschanden zu werden, und das hätte sie um kein Lieb mögen. Man wisse nie, aber solche Leute kämen weit umher, und wenn so eine einmal sage, dort und dort hätte sie es gut gemacht, dSach recht gekauft und um den rechten Preis, so nütze einem das hundertmal mehr, als wenn man einmal die Sache ds Halb z'tür hätte verkaufen können. Das sei mit den Wirten gleich, sagte die Wirtin; es meine Mancher, er könne einen Schnitt machen, und überteure bei einem Anlaß die Leute oder gebe dSach schlecht, und von selbem an hätte er keinen Stern mehr, und wenn er die Sache halb umsonst gebe, so brüllten die Leute die Welt voll, sie seien bschissen, weil sie den Glauben zu ihm nicht hätten. Der Glaube mache dSach. Und bsunderbar junge Wirte hätten das z'schüchen, sie wüßte einen, der sich mit einem solchen Streich sein Lebtag geschadet hätte, von wegen wenn dSach einmal brännte, so könne man ihr mit keinem Lieb mehr eine andere Kust geben, man möge machen, was man wolle.

So schwer hatte die Dorngrütbäurin nie heimgetragen, auch wenn sie einen Korb voll Birnen auf dem Kopfe getragen und einen Kratten voll in der Hand. Sie mußte immer strenger daran denken, wie ihr Anne Mareili mit dem glücklich sein würde und wie das doch ein ganz Anderer wäre als der alte Unflat, vor dem es ihr selbst gruset hätte in der Jugend, obgleich sie nicht halb so eigelich gewesen sei als ihre Tochter. Freilich hatte sie dieselbe, wenn sie weinte und jammerte, oft damit getröstet, daß der Ätti noch älter sei als ihr Freier, und wenn es ihr der Ätti tue, so könnte es ihr der Andere auch tun, sie wüßte nicht, warum es die Tochter besser haben sollte als die Mutter. Indessen war doch etwas in ihr, welches ihr sagte, daß dieser Trost nicht genügend sei, daher setzte sie gewöhnlich hinzu: Es sei sich doch dr wert, für eine Sache, welche öppe nicht lange dauern werde, so wüst zu tun, eine, der so kurzen Atem hätte wie der Kellerjoggi, werd öppe nit hundertjährig werde. Ja, wenn es so lange dauern sollte, so wollte sie nicht viel sagen, sie glaube selbst, öppe dr Chumligist werde er nicht sein, und gnug tun in der Haushaltung werde eini müssen. Die Dritte möchte sie nicht sein, was sich zwuee, das dritte sich auch, aber die Vierte, die werde ihm nadisch wohl den Marsch machen und dann hätte es sein Lebtag gut, könne im Sessel hocke und brauche nur zu befehlen, was man ihm darstellen solle für z'essen und z'trinken, und wenn es siebenmal im Tag Kaffee mache, so gehe das niemand was an.

So hatte die Mutter oft getröstet und gescholten, aber sie war doch von den Müttern eine, welche Gefühl haben für das persönliche Wohl und nicht bloß für Geld und Gut und ihres Hauses Glanz. Es düechte sie, wenn Anne Mareili eine vornehme Frau werden könnte, so wüßte sie doch nicht, warum es absolut um der Brüder willen den Alten nehmen und bloß zum Sparhafen geraten sollte. Es hätte sie doch auch strengs düecht, dachte sie, wenn man mit ihr so verfahren wäre, und wenn man es recht mache, so könnte man den Buben doch zueha, daß sie es machen könnten. Wenn der Alte immer wüst tue und nicht verschreiben wolle, was billig sei, so möge sie ihm nicht mehr z'best rede und dem Meitschi nicht z'böst, wenn es lieber diesen wolle; sie hätte wohl gemerkt, daß er ihm im Kopf sei, es hätte nicht vergebens so oft brichtet, wie es da einist mit einem hätte tanzen können, und daß es ihn gleich wieder erkannt zmitts in der Nacht und zmitts im Wald, das sei ein Zeichen, daß es ihn gut ins Aug gno heyg. Vielleicht könne man dem Einen mit dem Andern Füß machen, probieren könne man immer. Aber das müsse sie sagen, in das Haus würde Anne Mareili sich schicken, es hätte auch etwas so Stadlichs, und man wisse manchmal nicht, dürfe man mit ihm rede oder nicht, und es sei so ein eigeligs, es schütt sich ab Sache, wo üeblig und brüchlig syge u ke sterblichi Seel sich brauche ein Gewissen darüber zu machen.

So gings der Bäurin im Kopf herum, und als sie heimkam, machte sie ein Staatsgesicht und teilte jedem mit, was die Staatsweisheit erlaubte. Dem Manne sagte sie, das seien Leute, wie man sie nicht dick finde, wenn man bloß aufs Meitschi luegti, so wüßte sie nicht, wo es eines besser machen könnte allem Ansehen nach. Besser luegen müßte man freilich allweg noch, aber sie glaubte, es wäre nicht ein mal nötig. Wenn der Andere sich nicht bald nachelöy, so hülf sie anbinden. Geradeheraus hätten sie freilich nichts gesagt, die Wirtin, die Täsche, werde ihnen wohl gerunet haben, daß etwas anders obhanden sei; aber daß die Jungen einander gefielen, hätte sie wohl gemerkt, und wenn man mit ihnen etwas wollte, so hätte man die beste Gelegenheit, man brauchte nur einmal zu ihnen zDorf, sie hätten sie gar grusam heiße cho.

Ihrer Tochter aber, die um sie her ging wie eine Katze um den heißen Brei, sagte sie, das seien wunderliche Leute gewesen, zu denen schickten sie sich nicht, Leute, von denen man nicht wisse, seien sie vornehm oder gemein; zu rühmen hätten sie nicht viel gehabt, aber mit dem Geld seien sie umgegangen, als ob sie einen Geldscheißer daheim hätten; sie hätten sie wohl daran gemahnt, wie man sage, daß die Täufer seien, deren so viele sein sollen im Emmental. Es werden zuletzt wohl deren sein.

»Aber Mutter, die Täufer tanzen nicht, wie ich immer gehört habe«, antwortete Anne Mareili. »Ach was, du hast immer nur dein schießiges Tanzen im Kopf, als wenn ds Tanzen die Hauptsache wäre in der Welt. Zähle darauf, es kömmt dir nicht gut, wenn du nur solche Flausen im Kopfe hast; kannst du dein Lebtag nicht auch zu guten Gedanken kommen: was der Flachs gelten werde dieses Jahr, in welchem Zeichen man Bohnen setzen müsse und wie machen, daß es einem mit dem Heiraten gerate, wie es Vater und Mutter gerne sähen?«

Die Weggehenden, welche den Ort verändern, kommen aus dem Fluß der Rede; es geht eine Weile, bis sie an die Straße sich gewöhnen, die Worte wieder flüssig werden, und manchmal geschieht es gar nicht, bald sind die Beine zu müde dazu, bald ist das Roß zu wild, oder die Gedanken über das, was man gesehen und erfahren, sind zu schwer und wollen erst verwerchet sein, ehe sie zu Worten werden können, wie es auch oft aus den schwärzesten Wolken weder regnen noch hageln kann, wie gerne es auch möchte.

So redeten sie auf dem Wägeli nicht viel und am allerwenigsten von der Hauptsache. Die Mutter kümmerte sich um Reslis Kopf, dieser hatte mit dem Draguner zu tun, der jedoch unter seiner Leitung besser gehorchte als unter der des Vaters, welcher sehr schläfrig war und mit seiner Pfeife sich abgeben mußte, wenn er nicht einschlafen wollte, was er jedoch nicht verwehren konnte.

Daheim aber warten ängstlich und neugierig die Zurückgebliebenen, langsam verläuft ihnen die Zeit, und immer zu früh gucken ihre Augen aus nach den Heimkehrenden, und gar manchmal wird verhandelt, warum sie noch nicht da seien und wie sie kämen und was sie brächten an Kram und Neuigkeiten, und kommen sie endlich, so ist Geschrei ums ganze Haus, aus allen Löchern schießt es hervor, jedes bietet seinen Willkomm, sogar die Tiere stimmen ein, es blökt das Schaf, es wiehern die Pferde, der Hund wedelet um Roß und Menschen, und auf der Bsetzi steht mit aufgehobenem Schwanze die zurückhaltendere Katze und harrt, um ihre sittsamen Liebkosungen merkbar anzubringen, eines günstigen Augenblickes. Vorlaute Fragen werden nicht vernommen, aber ungeduldig harrt man des Augenblickes, wo die Geschäfte abgetan, Hunger und Durst gestillt, überflüssige Ohren sich entfernt, um zu fragen und auszupacken, was an Fragen und Antworten in den Herzen aufgespeichert liegt.

Obgleich Resli sehr müde war und der Kopf ihm schwer, so wartete er doch die Auspacketen ab, denn auch ihn nahm wunder, ob Vater und Mutter nichts zu sagen hätten.

Annelisi war sehr unzufrieden, daß der ganze Bericht eigentlich auf nichts hinauslief, als daß sie die Dorngrütbäurin gesehen, und auch dieser Bericht fiel sparsam aus, denn Vater und Mutter waren vorsichtig in ihren Äußerungen über sie, und daß mit ihr gar nichts über die Sache geredet worden, das konnte es ihnen nicht verzeihen. Es sei ume lätz, daß es nicht dabei gewesen, dSach wäre anders gegangen und ab Ort gekommen, meinte es. Endlich vernahm es, daß das Ding sich nicht so machen ließe, indem etwas anderes im Spiel sei, und wo viel Dornen seien, müsse man erst zusehen, ehe man Hand anlege, wenn man nicht die Hand voll Dornen wolle. Da meinte Annelisi, das müßten aber doch wüste Leute sein, einem Meitschi so etwas (Schüligs, würden die Zürcher sagen) zuzumuten. Es wolle aufrichtig sagen, keinen Augenblick könnte es Vater und Mutter mehr lieb haben, wenn sie ihm so etwas zumuten würden, so ein Einmetzgen bei lebendigem Leibe; es düechs, ein rechtes Meitschi sollte fortlaufen, so weit es seine Beine tragen täten, einmal es würde es so machen.

Da seufzte Änneli, und Christen tubakete stark. Resli aber bekam die Augen voll Wasser. Er sehe wohl, sagte er, daß sie etwas auf dem Herzen hätten, und er merke wohl was. Die Leute gefielen ihnen nicht, und wenn sie schon wegen Namen und Reichtum sich wohl schicketen, so hätten sie Kummer, inwendig sei es nicht gut. Er sehe das wohl ein, aber auf der Welt sei leider Gottes nie alles beisammen; bald fehle es auswendig, bald inwendig, bald am Meitschi und bald an den Eltern. Auch ihm gefielen sie nicht, und wenn das Meitschi ihm nicht so lieb wäre, und bsunderbar seit er es vor seinem Bette gesehen, als er die Augen aufgeschlagen und er gemeint, er sehe einen Geist, könne er nicht von ihm lassen. Es sei aber auch ganz anders als die Alten und hätte einen andern Sinn, nicht nur er meine es, alle Leute sagten es. Es sei ja auch ganz anders anzusehen, täte anders, und man sehe wohl, wie oft es sich für die Andern schämen müsse. Zudem käme es weit von ihnen weg, des Jahrs werde man sich nicht manchmal sehen, und sie sollten nur sehen, wie wohl es sein werde, wenn es bei rechten Leuten sei und ungehindert tun könne, wie es ihm sei. Dann erst werde so recht fürecho, was ihm Guets im Herze syg.

»Man kann nicht wissen«, sagte Christen, »Blut ist Blut und Art ist Art, aber ich will deswegen nicht wehren; du bist alt genug, um selber z'luege, du mußt sie haben.« – »Vater«, sagte Resli, »glaubt mir, die Sache macht mir auch schwer, ich weiß, es ist für mein Lebtag, ja vielleicht noch für die Ewigkeit, und es ist mir manchmal, es wäre mir viel nützer, ledig zu bleiben, da wüßte ich doch, was ich hätte und woran ich wäre. Aber so will es ja Gott nicht, und darum müssen Vater und Mutter es so wünschen und den Kindern ans Herz es legen. Glaubt mir nur, blindlings will ich nicht hineintrappen, nicht meinen, es müsse erzwängt sein, weil ich einmal daran gesetzt. Die Sach wird ja nicht eys Gurts gehen, und da wärs seltsam, wenn nicht an Tag käme, was innefert ist. Und wenn ich im Geringsten merke, daß es da nicht gut ist und ds Böse eingeurbet, so zählet darauf, es wird aus der Sache nichts, und sollte es mir das Herz zerreißen afangs. Nachher besserete es schon, ich weiß es; aber wo lange verstocktes Böses ist, da bessert es nie, da böset es alle Tag.« – »Aber«, sagte Annelisi, »wie willst du mit dem Meitschi zusammenkommen, da ihr ja kein Wort mit der Mutter geredet, was dumm genug ist; und wenn sie am Sonntag schon verkünden ließen? Oder hast du öppis Abgredts?«

Resli kam in Verlegenheit und sagte endlich: »Häb nit Kummer, etwas muß gehen, aber lieber behalte ich die Sache für mich, bis sie zueche an gewerchet ist, daß man weiß, wo sie hinaus will.« – »Das sollte ich zürnen«, sagte Annelisi, »sonst ists der Brauch, daß die Schwester so um eine Sache weiß, und schon gar manche Schwester hat dem Bruder gute Dienste geleistet, ist Lockvogel gewesen oder Deckmantel, und ohne Schwester wäre er nie zur Frau gekommen. Und warum ich das nicht so gut verstünde als eine Andere, das wüßte ich nicht, bin ich doch nicht von den Dümmsten eine. Aber wenn dus willst ghebt ha, so probiere alleine, und wenn du mich doch nötig haben solltest, so sags, ich will dir deswegen nicht ab sein, wenn du jetzt mich schon nichts schätzest.«

Resli schlief selbe Nacht nicht viel; so recht schwer lag es ihm auf dem Herzen, daß er selbst den Kopf nicht mehr fühlte. Ihm selbst gefiel das ganze Dorngrütwesen nicht, die Leute nicht, ihre Leb- und Redeweise nicht, ihr Bauern nicht; es ging ihm fast mit ihnen, wie es einem wohlerzogenen, sittsamen Mädchen geht, wenn es unter ausgelassene, rohe Dirnen gerät; er fühlte Ärger, Ekel und konnte sich fast nicht enthalten, zu sagen: »Ich danke dir Gott, daß ich nicht bin wie diese da.« Mit einer Frau von dem Schlage, wie sie im Dorngrüt der Brauch war, mußte er unglücklich sein, das fühlte er, und sie paßte so wenig in ihr Haus als eine Mistgülle vor das Haus, und Vater und Mutter würden weder bei einer solchen Schwiegertochter noch bei einer Gülle vor dem Hause es aushalten können, das wußte er.

Wo ein Haus seit einer Reihe von Geschlechtern ein bestimmtes

Gepräge hat und die Familie eine wohl hergebrachte Lebensweise, da ist das Heiraten ganz was anderes, wenns nämlich glücklich sein soll, als wenn Zwei auf der Straße sich finden und im ersten, wohlfeilsten Stübchen sich ansetzen. Und in einem adelichen Bauernhaus ist dies noch viel schwerer als in einem adelichen Herrenhaus; im Herrenhaus ist der Haushalt zumeist in den Händen einer angestammten Dienerschaft, im Bauernhaus ist es die Bäurin, welche ihn führt und die Regel macht.

Nun schien Anne Mareili dem Äußern nach vollkommen zu ihnen zu passen; gemessen, freundlich, stattlich, säuberlich erschien es ihm, flink zur Arbeit und im Befehlen nicht ungeübt. Vater und Mutter hatte es nicht widerredet, Hund und Katze liebten es, Hühner und Tauben liefen ihm draußen nach. Das alles waren ihm gute Zeichen, aber doch nur äußere, und was inwendig in ihm war, hatte in der kurzen Zeit, in welcher er es sah, nicht zum Vorschein kommen können. Und er wußte es wohl, daß ein Mädchen Sinn für ein anständiges Äußere haben kann, vor seiner ganzen Familie sich auszeichnet, aber inwendig, wo man mit keiner Brille, keinem Feldspiegel hinsieht, da läßt es es ruhig beim Alten und gleicht den Übrigen auf ein Haar; das kömmt dann aber erst zum Vorschein nach der Heirat, wenn man hat, was man will, und sich nun nach innerm Behagen kann gehen lassen.

Resli hatte schon manchmal es gesehen, wie aus einer jungen schönen Frau ein Ding, fast ein Ungetüm sich herauspuppte, welches man gar nicht im feinen und lieblichen Meitschi gesucht hätte. Wenns ihm auch so gehen sollte, wenn seine Eltern ihre grauen Haare mit Jammer in die Grube tragen müßten, und er müßte dem zusehen – es trieb ihm aufs neue das Wasser in die Augen. Wie das auch möglich sei, dachte tief Resli nach, aber er ergründete es nicht; aber genau zu forschen mit Furcht und Zittern, das beschloß er. Daß Resli dies Geheimnis nicht ergründet, soll niemand verwundern, ergründet es doch Mancher nicht, der Professor ist oder Ratsherr sogar oder gar ein halber Moses mit glänzendem Gesichte, mit dem Unterschiede nur, daß dessen Glanz nur rückwärts und innerlich wirkt, daher ein Schleier nicht nötig ist.

Hat aber niemand je ein herrlich Kleid gesehen, funkelnagelneu, glitzernd und aller Menschen Wohlgefallen, hat er das Kleid später nicht gesehen, abgeschossen, ohne Glanz, mit übertünchten Flecken, einem Kammermeitli am Leibe, hat er es nicht bald darauf gesehen im matten Schimmer, aber voll Staub, bei einem Grämpler, dann alle Tage schmieriger am Leibe einer welschen Köchin, und endlich als Hudel irgendwo, den niemand in die Hand nehmen mochte?

Hat niemand ein zierlich Reitroß tänzerlen sehen unter einem mageren Kavalier oder ein herrlich Tier hochauf sich bäumen sehen an einem köstlichen Tilbury, später das gleiche Tier mühsam traben an einem Lohnfuhrwerk, dann es Zügelten ziehen und Mistkarren, endlich aber in den Händen eines Kachelers, mit berganstehendem Haar, einem von Mäusen zerfressenen Schwanz und gen Himmel schreienden Rippen.

Ja, hat noch niemand eine Mädchenhaut gesehen, glatt und weich wie Sammet, glänzend der Seide gleich, fest und drall wie ein Trommelfell, und die Haut spannte sich allmählig ab wie das Trommelfell, wenn viel darauf gepaukt wird, verlor die Weiche wie Sammet, der viel getragen wird, wie Seide an Wind und Wetter? Sie ward anfänglich zur währschaften Weiberhaut mit etwelchen Klecksen und Spälten, dann welk wie eine Zwetschge nach etwelchen Reifen und endlich gleich einem alten Judenkrös, wo man den Spiegel braucht, um die gelben Falten und Fältchen zu zählen.

So geht es mit allen irdischen Dingen, der Glanz verschwimmt, Flecken gibts, die Häßlichkeit kömmt, und bald darauf tritt Verwesung ein, und manchmal schon bei lebendigem Leibe. Ja, wenn nun auch das Herz irdisch ist, nur irdischer Stoff es schwellt zu Glanz und Schönheit, zu Prunk und Lieblichkeit, was sollte anders sein Los sein, als das Los alles Irdischen ist, zu verblühen, zu verwelken! Flecken und Schmerz, steigende Häßlichkeit, zahllose Falten, Jämmerlichkeit bis in alle Ewigkeit! Man balsamiert wohl ein, aber damit wehrt man der Häßlichkeit, wehrt man den Falten nicht; man setzt Herzen in Weingeist, aber damit werden sie um nichts appetitlicher.

Aber einen Balsam gibt's, ein Geist hat ihn getränket, und wo ein Tropfen dieses Balsams auf ein Herz gefallen ist, da sprüht er Leben aus und das Leben ätzt Schmutz und Flecken aus; in immer reinerem Glanze strahlet es, es blüht die Schönheit auf, die in ewiger Jugend strahlet, von der man viel gefaselt, zu der man lange das Elixier gesucht, das doch längst schon gegeben war vom Himmel herab, aber die Menschen erkannten es nicht, es suchten es immer noch die Toren, wie noch immer die Juden des Messias warten. Wo aus kleinem Senfkorne das Leben erblühet, dessen Funke Christus auf die Erde gebracht, da bleibt dem Herzen die Häßlichkeit ferne, es glätten sich die Falten, es tritt nicht die gräßliche Täuschung ein, die den schlägt, der mit einer Schlange am Herzen aus der Liebe Traum erwacht. Es strahlet immer klarer das wunderbare Ebenbild auf, dessen Urbild auf des Himmels Throne sitzt. Wer ein solches Ebenbild gebunden, der hat einen ewigen Fund getan wenn er auch nur eine sterbliche Hand gefaßt; denn wenn auch die Hand welkt, modert, das neugeborne Herz blüht als ewig jung, ewig schön in immer göttlicherer Klarheit fort.

Wie schwer ists aber, durch glatte, seidensammete Haut hindurch zu sehen auf des Herzens Grund, zu entdecken dort tief unten, ob die Flamme des ewigen Lebens glühe, ob die Lüfte der Verwesung wehen, ob Moder oder süßes Leben unser Teil sein werde. Zu solchem Schauen hilft Wissenschaft nicht, taugen Brillen nicht, das Alter schützt vor Torheit nicht, kindliche Augen sehen am klarsten, das Beste aber tut Gott und denen besonders, die kindliche Augen haben, ungeblendet noch vom Glanz oder Staub der Welt.

Wenn Liebende unbemerkt sich finden wollen, so müssen sie entweder die größte Einsamkeit wählen oder das größte Menschengewühl; die Gegensätze berühren sich. Der Instinkt der Jugend fühlt das so sicher heraus, was die Erfahrung des Alters bestätige. Will ein Mädchen so recht sicher und unbemerkt einen Werber zu Gesichte fassen oder ein Werber unbehorcht einem Mädchen das Glück auseinandersetzen, welches er ihm zugedacht, so wird ebenso lieb als das dunkle Obergaden ein heller, lichter Markttag gewählt, und in irgend einem Winkel oder Stübchen unterhandelt das Pärchen ungestört und unbeachtet einen lieben langen halben Tag lang, denn wenn Geigen gehn und lauter gut Schick vom Himmel fallen, am Morgen auf dem Kühmärit, am Abend auf dem Meitschimärit, da hat jeder mit sich selbst zu tun, rennt dem eigenen Glücke nach, hat nicht Zeit, einem Andern nachzulauern oder horchend an einer Wand zu stehen. Man denkt sich gar nicht, wenn man mitten im Gewühle des Roß- oder Garnmärit ist, wie manches Pärchen einsam zusammensitzt, denn die Narren sind selten, gewöhnlich halbsturme Witwer, welche förmlich Stuben empfangen, wie allfällig fremde Roßhändler tun, um sich Witwen und Mädchen vorführen zu lassen, zur Auswahl und zum Heiraten. Wenn man die Scharen Mädchen mit ihren Gesichtern voll Hoffnung zMärit ziehen sieht, so denke man sich nur, daß die meisten was im Schilde führen, daß man in Burgdorf oder Langnau oder Signau oder Höchstetten was zum Gschauen zu finden hofft und an wichtige Verhandlungen denkt. Aber o je, was für ganz andere Gesichter sieht man so oft schon durch den Nachmittag nach

Hause kehren; die Nase um einen halben Schuh gewachsen und die untere Lippe hangend bis auf den Boden, daß sie alle Augenblicke Gefahr laufen, darauf zu trappen, oder daß man sie für Lätschen an den Schuhen ansieht.

Als Resli sein vergessenes Nastuch holte, hatte er rasch ein Bestelltes gemacht, aber nicht das Gewühl hatte er auserlesen, sondern die Einsamkeit, teils weil er sowohl mit den Marktgelegenheiten als mit der Familie Läuf und Gängen zu wenig bekannt war. Denn Anne Mareili auf einen Markt zu bestellen, den die halbe oder ganze Familie besuchte, wäre gefährlich gewesen, und auf einen Markt, welchen gewöhnlich niemand besuchte, wäre verdächtig gewesen, und wahrscheinlich hätte man aufpassen oder Anne Mareili nicht gehen lassen.

Aber an einem Orte, von Natur einsam, lag ein Bad, das wegem Wasser bsunderbar berühmt war, wegen den Wirtsleuten aber destweniger, denn entweder hatten sie nichts, das Fleisch gestern aufgegessen und das Brot am Morgen, oder aber wenn sie etwas hatten, so ließen sie sich bezahlen, daß einem das Liegen weh tat. Sie wollten halt so und so viel aus dem Bade ziehen, und jeder Gast sollte seinen Anteil daran bezahlen. Nun meinten sie, wenn nur hundert Gäste kämen, so hätten sie das Recht, aus diesen hundert Gästen den gleichen Profit zu ziehen, als sie gezogen hätten, wenn tausend Gäste gekommen wären. Das Publikum versteht bei solchen Rechnungen aber nicht Spaß, und da ihm meist an
der Wirtschaft mehr gelegen ist als am Bade, so ward der Ort nicht nur von Natur einsam, sondern auch von Menschen leer, und wer was Ruhiges wollte, der fand es dort Sonntag und Werktag.

Tag und Namen dieses Ortes hatte Resli dem Meitschi ins Ohr geflüstert, und es hatte genickt dazu; das wars, was ihn so getrost machte und warum er nicht begehrte, daß einstweilen jemand anders hinein sich mische.

Dort saß nun Resli schon lange am bestimmten Tage, und kein Anne Mareili kam dem waldigen Abhange nach oder über den gebrechlichen Steg von der Ebene her. Düstere Wolken jagten sich am Himmel, ein saurer Wind strich durch die Lüfte, Badewetter war es nicht, und düster und sauer sah es aus in Reslis Gemüte, und Liebesfreuden sonneten es nicht. Angst und Bangen war darin, und wie es dann geht, wenn man warten muß und immer banger wird ob dem Warten: hunderterlei Dinge kommen einem in Sinn, warum man warten müsse, und ein Ding ist immer ärger als das andere Ding, und eines macht einen immer böser als das andere, und wenn man endlich recht böse ist, so schlägt der Zorn in Angst über, und tausenderlei fällt einem ein und steigert von Minute zu Minute des Wartens Pein. Oh, Warten ist hart, so recht Warten ist fürchterlich, ist eine Folterbank, die kein Gesetz abschaffen kann, über die keine Zeit hinauswächst. Aber wir sollen eben nie vergessen, was das Warten ist an der Himmelstüre, wenn kein Pförtner kommen kein Schlüssel im Schlosse sich drehen, kein Willkommen uns entgegenschallen will, kein Liebesblick durch das Schlüsselloch dringt, kein Säuseln uns Gnade verheißt, wenn es immer düsterer um uns wird, immer kälter, schauerliche Finsternis wie eine Wolke uns umfängt, die Wolke allmählig zur Nacht wird und die Nacht zur Hölle erglüht, und keine Stimme will ertönen, keine will Erbarmen rufen, wie wir auch warten unter Heulen und Zähneklappern in des Wartens entsetzlichstem Entsetzen. Aber wenn man so in banger Spannung auf etwas Geliebtes auf Erden wartet, denkt man an jenes entsetzliche Warten nicht, sondern man sitzt auf glühendem Stuhle und wiegt die Wenn und Aber ab, die Ob und Noch, die Was und Wie.

Hat es mich nicht verstanden? Kömmt es noch? Wars schon da? Hat es sich verirrt? Haben sie es nicht gehen lassen? Hat es nicht kommen wollen? So werweisete Resli in sich in einer glühenden Pein, denn wochenlang hatte er es sich ausgedacht, wie, wenn er gegen das Bad komme, er Anne Mareili von der andern Seite her kommen sehe, und wie sie akkurat bei dem Bade zusammentreffen würden. Jetzt war er schon stundenlang da, man hatte ihn gefragt, ob er baden, ob er essen wolle; er solle es nur zu rechter Zeit sagen, von wegen an einem solchen Orte könne man nicht hexen, wie etwa die Leute meinen möchten, daß wenn sie daran dächten, die Sache schon zweg sei. Resli hatte ausweichenden Bescheid gegeben, endlich Essen bestellt; die Stubenmagd brachte Teller und sagte, ds Angere werde sie bringen, sobald der Bub mit dem Brot komme; der schießig Bub mache immer so lange, er werde wahrscheinlich auch öpperem warten. So leitete sie ein Gespräch ein, von dem man nicht recht wußte, sollte es eine Einleitung sein zu einer Schimpfeten über ihre Meistersfrau und des Hauses Unordnung oder aber zu einem Privatvergnügen mit dem hübschen Burschen.

Da ging langsam die Türe auf. »Gott grüß euch miteinander«, sagte eine Stimme, und ein Mädchen stand in der Stube, dessen Backen rot anliefen, während die Stubenmagd aufstund vom Vorstuhle und antwortete: »Gott grüß dich wohl. Womit kann ich aufwarten?« Resli war auch rot geworden, ob aus Überraschung oder weil er es ungern hatte, daß die Stubenmagd so nahe bei ihm gesessen, wissen wir nicht; rasch stund er aber auf und sprach: »Gottwilche, Base! Bist du auch da? Was bringt dich Guts dahin?« Anne Mareili merkte Resli und sagte: »Bis mir auch Gottwilche! Ich bin auf dem Wege gewesen zu euch, und jetzt kann ich dir die Sache verrichten; es ist mir noch anständig, so kann ich zu rechter Zeit wieder heim sein Es ist bei solchem Wetter nicht lustig auf der Straße sein, aber dSach hat pressiert.« Resli sagte: »Komm hock und tue Bescheid«; er hätts bald nicht gekannt. Das war wirklich auch fast kein Wunder, denn Anne Mareili war nicht geputzt, sondern mehr verkleidet, hatte ein dünn, kurz Kitteli, einen halbleinernen Tschopen, ein halbreistenes Hemde an, eine Roßhaarkappe auf dem Kopf, war mehr angezogen wie eine mittelmäßige Jumpfere und nicht wie eine reiche Bauerntochter, und doch war es auch so recht hübsch und stattlich, daß man da auch wieder sah, daß nicht immer die Kleider es sind, welche die Leute machen. Die Stubenjumpfere sagte, sie werden dSach wohl zusammen wollen, und wenn sie es begehrten, so wolle sie dieselbe ihnen in ein oberes Stübli tragen, es seien weniger Fliegen dort, und wenn man mit einander zu reden habe, so sei man bas alleine. Nit daß sie jemand hier stören würde, so an einem Orte sei sie nie gewesen, wo weniger Leute kämen, längs Stuck niemand als der Mühlekarrer und der Kämifeger, nicht einmal Bettler. Von wegen je böser eine Stubenmagd über die Frau Wirtin ist, desto zärtlicher wird sie in der Regel gegen die Gäste, und warum sollte sie nicht? Zieht es doch zum Herzen das Herz, und wenn die Frau Wirtin das Herz der Stubenmagd nicht will, warum sollte diese dasselbe nicht den Gästen austeilen dürfen?

Das Stübchen war klein, das Lischenruhbett eingesessen, der Tisch wackelte; es hatte nicht die fernste Ähnlichkeit mit irgend einem Prunkgemach, sei es einem Salon oder der berühmten blauen Stube; aber doch kam es Resli und Anne Mareili wunderbar vor, und als sie neben einander auf dem Ruhbett saßen, fanden sie anfänglich keine Worte. Alles, was sie einander zu sagen hatten in der kurzen ihnen zugemessenen Frist, hatte sich aufgestaucht vor dem engen Durchpaß; eins klemmte das andere ein, bis endlich Resli die Masse zu lösen begann mit der Bemerkung: »Ich habe geglaubt, du wollest nicht kommen, ich müsse unverrichteter Sache wieder heim.«

»Es ist ein Wunder, daß ich da bin«, sagte Anne Mareili; »ich habe lange nicht gewußt wie machen, und als ich einmal es gewußt, da hat es etwas gegolten, bis ich los geworden.«

»Hast du dann nicht im Sinne gehabt, zu kommen? Hast du Mut gehabt, mich zu sprengen und umsonst warten zu lassen?« sagte Resli. »Zürn nicht«, sagte Anne Mareili, »aber wenn das nicht so gegangen wäre wie der Blitz, so hätte ich es dir gleich damals abgesagt.« – »Begehrst du dann nichts von mir, oder mich nur zum Narren zu halten? Hab ich mich dann geirrt, wenn es mich düechte, es sei dir fast wie mir und ich sei dir auch öppe e weneli wert?«

Da tat Anne Mareili einen Blick auf Resli; das Wasser schoß ihm in die Augen, dann sagte es langsam: »Du weißt darum nicht, wie ich es habe. Mein Brauch ists nicht, öppe im Lande herumzufahren, bald hierhin, bald dorthin; das ist das erstemal, daß ich einem an ein Ort hingekommen bin. Und wenn ich schon wollte, man ließe mich nicht. Wir haben immer zu werchen mehr als genug, und dann ists Üse auch, daß es nach ihrem Kopf gehe und nichts dazwischenkomme. Und da ists mir lang gewesen, was es doch nütze, zu kommen. Nichts, als mir das Herz noch schwerer zu machen, als es schon ist, und ds Beste war, ich schlüge alles aus dem Kopf und ließ es sein, als wüßte ich nichts von dir.«

»Das wäre schön von dir gewesen, und darauf hätte ich dir nicht viel gehabt; dann hätts mih düecht, es sei kein Meitschi mehr einen Kreuzer wert, und was du von deinen Alten sagst, wird doch nicht eine Sache sein, die nicht zu ändern wäre«, sagte Resli.

»'s wird wohl. Aber eben deswegen hets mih düecht, ich möchte dich noch einmal sehen und dir sagen, du sollest es doch recht nicht an mir zürnen, daß meine Eltern es dir so wüst gemacht haben und dich fortgelassen, wo du ja kaum bei dir selbst gewesen bist und ds Ryten nicht hast erleiden mögen. Aber es ist ihnen eben gewesen, daß es dr Kellerjoggi, den ich nehmen soll, nicht vernehme und daß wir nicht etwa viel mit einander redeten und es ihnen dann etwa eine Störung gebe in ihr Eingricht. Von wegen, wo der Vater durch will, da muß es durch, kosts was es wolle und gehe es übel oder nicht. Da hets mih düecht, das möchte ich dir noch sagen, daß du nur nicht zürnest und mit mir dich nicht plagest, dSach trag doch nichts ab. Aber einist wäre ich doch noch gerne bei dir gewesen, darum bin ich gekommen, vielleicht sehen wir uns dann unser Lebtag nicht wieder.«

»Das wär«, sagte Resli; »sövli übel wird es doch nicht stehen, haben wir doch nicht z'ernstem probiert; so leicht setz ich von einer Sache nicht ab, darauf kömmt es nur an, daß du willst und mich begehrest. Dann möchte ich doch sehen, ob man dich zum

Alten zwängen kann und dich mir nicht lassen muß. Aber eben darauf kömmt es jetzt an. Was meinst?«

»Das werde ich dir öppe nicht z'längem sagen müssen«, sagte Anne Mareili; »wenn du mir nicht lieb wärest, so wäre ich nicht da; keinem Menschen auf der Erde wäre ich hieher gekommen und hätte ihm z'lieb so wüst getan und gelogen. Hätte ich gesagt, ich käme deinetwegen, so wäre keine Rede gewesen, daß sie mich hätten kommen lassen; da habe ich zWort gehabt, ich wolle ds Guetjahr trage. Ich habe ein Gevatterkind nicht weit da weg, und das ist letztes Neujahr nicht gekommen, wie sie es sonst im Brauch haben. Sie meinten, nachezlaufe mangle es sich nicht, das Jahr sei bald um, am nächsten Neujahr werde es schon kommen, da könne man es ihm für zwei Jahre zusammen geben. Und gäb was ich gesagt habe, sie sind dabei geblieben. Und wenns schön Wetter gewesen wäre, daß das Werchen draußen recht gegangen wäre, so wäre keine Rede davon gewesen, daß ich hätte kommen können. Der Vater ist gar mißtreu, und wenn er dSach nicht auf der Hand hat, so trauet er nichts. Da habe ich bei der Mutter pläret und ihr gesagt, es sei doch schrecklich; wenn ich den haben müßte, so wüßte ich wohl wie ich es bekäme; keinen Tag könnte ich mehr fort, und jetzt, wo ich noch daheim sei, gönne man mir nicht einmal einen Tag für fort; so hätts doch keine Jumpfere. Aber wenn man so wüst gegen mich sein wolle, so solle man nur sehen, gut komme das nicht, ich wolle es ihnen vorher sagen. Das ist der Mutter zHerze gange, von wege, wenn dr Vater nicht wäre, öppe so bös gegen uns wäre sie nicht, sie wüßte noch, was Erbarmen ist. Sie hat mit dem Vater geredet und mir darauf gesagt: Sage öppe nicht mehr viel und gehe, aber mache nichts Ungeschicktes, ghörst, wenn ich etwas vernehmen müßte, es weiß kein Mensch, wie es ginge! Jetz ists mir aber doch himmelangst, und es dücht mich, wenn ich nur schon wieder daheim wär.«

»Du hast dann nicht Freud bei mir?« frug Resli.

»Oh, plag mich nicht und frag nicht so«, sagte das Meitschi, »allem an weißt du nicht, wie es einem ist wenn man alle Augenblicke fürchten muß, es sehe einen jemand, der einen kenne und verrate. Und wenn man immer denken muß: was machen sie für Augen, wenn ich heimkomme, was sagen sie mir, wie wüst werden sie mit mir tun; wenn man das vorstehnds hat und denken muß, das ist der letzte Tag, wo ich hätte Freude haben können, und kanns nicht einmal, weil mit dem Tag auch ein Elend näher kömmt, das ärger ist als das Grab. Du weißt nicht, wie es einem da ist.«

»Wohl«, sagte Resli, »das ist z'denke. Öppe ganz am besten ist es mir auch nicht immer gewesen, und auch schon ists mir im Kopf gewesen, daß ich mich dessen, was außer mir gegangen, nichts geachtet und daß ich hätte plären mögen, wenn die Sonne am schönsten geschienen. Wohl, das begreife ich. Du hättest also nichts gegen mich und begehrtest mich zu heiraten, wenns nur an dir wäre?«

»Rede mir nicht davon«, sagte Anne Mareili, »es macht mir das Herz nur schwerer; ohnehin wenn ich dich ansehe, so muß ich immer an den Kellerjoggi denken mit seinen Augen, die immer tropfen wie ein alter Weinhahne, und wenn ich an ihn denke, so chunt mih ds Briegge a.«

»Lybsthalbe gefiel ich dir also besser als der alte Unflat?« frug Resli.

»Gang mr«, sagte Anne Mareili, »selligs z'frage!«

»Aber wenn dr Alt my Lyb hätt, so wärs dr recht?«

»Wenn ich gewußt hätte«, sagte Anne Mareili, »daß du nur daran Freude hättest, mich zu plagen, so wäre ich nicht gekommen, und hättest mir noch zehnmal Bscheid machen lassen. Nein wäger, es ist mir nicht nur Lybsthalb, daß mir Kellerjoggi zwider ist. Ich weiß nicht, aber es düecht mich manchmal, ich könnte mich in alles schicken, wenn er nicht so wüst gegen alle Menschen wäre und alle Laster an sich hätte. Oh, es ist ein schreckliches Dabeisein, wenn man immer das denken muß, es vrfluchen einen alle Leute und kein Mensch bete für einen, und einem dabei die Hände gebunden sind, daß man auf keinen Weg öppe gut machen kann. Davor gruset es mir am meisten, denn ich weiß wohl, das kann ich nicht so in der Geduld annehmen, sondern ich ertaube auch, und was ich dann anfange, weiß Gott! Und deretwege habt ihr ein gutes Lob, wie ich vernommen, und rechtschaffen geht es bei euch zu; da könnte man Guts lerne, und ich mangelte das so übel, ich gspürs wohl, wie nötig ich es hätte. Und deretwege, ich will es aufrichtig sagen, habe ich mehr als Lybsthalb an dich gesinnte; 's düecht mich immer, wenn es Gott so gut mit einem meinte, als es heißt, er sollte einen nicht so dem Teufel lassen vor die Füße werfen, wo man doch deutlich weiß, daß es der Hölle zu geht.«

»He«, sagte Resli, »der liebe Gott wehrt sich nicht für dich, du mußt dich wehren. Aber wer weiß, wenn es dir mit deinen Reden recht ernst ist, so könntest du vielleicht auch sinnen, der liebe Gott hatte uns zusammengeführt so ungsinnet, daß du dich an mir halten und ich für dich in den Riß stehen, mich für dich wehren könnte.«

»Was meinst wegem Ernst?« fragte Anne Mareili, »was soll mir ernst sein?«

»Ich meine so wegen der Seele und von wegen dem lieben Gott. Es ist nicht, daß ich meine, es sei dir nicht ernst, aber es ist mir schon manchmal so gegangen, daß ich habe den lieben Gott hineinstoßen wollen, wo doch die Sache an mir lag, und daß ich die Seele füregstoße ha, wo es mir doch nur um etwas Leibliches war. Ich habe nur gemeint, wenn es dir recht um die Seligkeit wäre, so würdest du das den Eltern vorgestellt haben, und wenn ein guter Blutstropf in ihnen wäre, so könnten sie ja kein Wort mehr sagen. Ich will nicht sagen, daß wir die Besten sind, und es ist manchmal strub genug gegangen bei uns, doch so Gott will ists vrwerchet. Aber auch wo es am trübsten ausgesehen, so hätts wohl Lärm geben können wegem Geld, aber wo eins gesagt hätte, dSach wär ihm vor der Seligkeit und es wollte nicht schuld sein daran, so hätte kein Mensch mehr ein Wort gesagt, nit dMuetter, nit dr Vater.«

»So ist es darum nicht bei uns«, sagte Anne Mareili, »es ist mir leid, daß ich es sagen muß, und jemand Anderem sagte ich es nicht. Da könnte ich lange sagen, nur auslachen würde man mich und sagen: Du Löhl, was fragst doch dem darnach! Wenn er macht, was er will, so mach du, was du kannst; dHauptsach ist, daß du einen reichen Mann kriegst und daß er dir die Sache läßt verschreiben, dem andern allem hast du nichts nachzufragen. Ach, sie meinen, mit dem Gelde hätte man alles, an diesem klebe alle Herrlichkeit, wie an einem klebrigen Stecken der Staub. Darum fragen sie allem nichts nach als dem Gelde alleine, und mich geben sie dar, wie man arme Würmer an die Angel steckt, wenn man Fische fangen will. Ich bin ihnen niemere, sie denken nicht an meinen Leib, nicht an meine Seele, nicht an meine Lebtig, nicht an meine Ewigkeit, sondern an nichts als an das Geld, das sie mit mir fangen wollen, und was ich sage und wie ich bitte, sie achten sich dessen gerade so viel, als der Fischer sich achtet, wie der Wurm zappelt, den er an die Angel steckt.«

»Das ist bös«, sagte Resli, »aber sie werden doch auch eine Religion haben?«

»Ich glaube es«, sagte Anne Mareili, »sie werden; unterwiesen sind sie worden, wie üblich, aber viel davon habe ich nicht gemerkt, ich sags mit Leid. Du glaubst nicht, wie es mir manchmal angst wird unter unserem Strohdach, wo man den ganzen Tag flucht, selten ein Gebet verrichtet wird, wo über Tisch geredet wird, daß einem düecht, es sollte den Wänden übel werden, und selten ein Mensch zum Nachtmahl geht. Wenns donnert oder wenn ich nachts denken muß, wie leicht ein Funke nebenausfallen und wir alle verbrennen könnten, ehe nur jemand das Feuer merkte, und die Hölle so uns anginge schon bei Lebenszeit, dann wirds mir so angst, daß ich kein Aug voll schlafen kann, daß ich im Hause herumgehen muß, zu sehen, ob nicht irgendwo noch Feuer ist; und wenn ich nichts finde und mich niederlege, so dünkt es mich, ich rieche Rauch, muß von neuem auf, und der Morgen kömmt, ehe ich mir trauen darf im Bette. Und meine Furcht darf ich nicht merken lassen, sie lachen mich sonst aus, halten mir vor, ich sehe mich nach Kiltern um, und wenn ich sonst etwa sage, man solle doch öppe auch denken, daß einer ob uns sei und es wäre gut, wenn man auch etwas mehr daran sinnete und darum täte, so sagt man mir, ich solle nur zu mir sehen, und so dumms werde ich doch nicht sein, alles zu glauben, was der Pfaff sage, und zu meinen, alles sei wahr, was geschrieben stehe; da wäre ich ja ein Aff, und dere seien heutzutage nicht mehr viel, sie seien rar. Da gruset es mir manchmal, dabei zu sein, du glaubst nicht wie, und ich habe den lieben Gott schon manchmal gebeten, er solle mir da weghelfen, und jetzt will er mir dazu helfen, aber wie! Noch an ein viel ärger Ort.«

»Nit, nit«, sagte Resli, »vrsündige dich nicht; der liebe Gott läßt sich nicht so mustern und dr Marsch machen wie ein anderer Mensch, und wenn man selbst das Rechte breicht, so ist das, was er einem schickt, immer gut, aber eben aufs Breichen kömmt es an.«

»Ich kann weiß Gott nicht helfen«, sagte Arme Mareili, »aber denk doch nur, wie es einem sein muß, so in aller Himmelangst, das Elend vor sich, und ein Tag nach dem andern kömmt näher, und hinten eine Wand und neben Wände, oben der Himmel vermacht und nirgends eine Hand, die aufbricht, daß man fliehen, dem Elend entrinnen kann. Denke, wenn man selig sterben möchte, und bei lebendigem Leibe schon wird man dem Satan zugeworfen; denk, wie wäre dir, und wüßtest du immer, was du redtest?«

»Wenns dir so ist«, sagte Resli, »und es wird, so kummere nicht, dir muß geholfen werden; wir sind doch ja nicht mehr Heiden, und es würde mich doch wunder nehmen, ob es unter Christen ärger zugehen sollte als zur Zeit, wo man dem Moloch opferte.«

Lieb sei es ihm vom ersten Augenblick an gewesen, wo er es gesehen, aber seit er seine Eltern und ihr Haus gesehen, hätte er allerdings Kummer gehabt. Es hätte ihn düecht, seine Leute seien wohl rauh und frügen nur nach dem Zeitlichen, und das bringe den Frieden nicht und mache das Glück nicht aus; sie hätten es erfahren. Und nun sei es ihm schwer gewesen, es sei auch so und hätte seiner Leute Art. Wenn man sich aber in diesen Dingen nicht verstünde, so hätte es gefehlt, und wenn man sich dem lieben Gott nicht unterziehen könne, wie wollte sich dann ein Mensch dem andern unterziehen? Und er wolle es geradeheraus sagen, er hätte sich gescheut, seinen Leuten einen Menschen ins Haus zu bringen, der das Beten nicht verstünde und kein Begehren hätte, ein Christ zu sein und nach dem Friede z'trachte. Er wüßte, ein Söhnisweib hätte es öppe nicht bös bei ihnen, aber daß seine Leute es um des Söhnisweibs willen bös hätten, das hätte er neue auch nit mögen. Aber jetzt sei er guten Muts, und es solle auch so sein, dSach werde doch öppe wohl zu machen sein.

»Ach«, sagte Anne Mareili, »wenn ich einmal in einem solchen Hause leben könnte, wo ich nicht alle Nächte Furcht haben muß und öppe dr Tag düre Friede, es düechti mih, ich wäre im Himmel, wenn man dann auch schon nicht so reich wäre dazu. Aber setz ab, das gibt es nun einmal nicht. Der Vater wills, und wenn der einmal etwas gewollt, so hat er noch nie abgesetzt. Wehren kann ich mich noch ein Stück und wüsttun, aber was hilfts, am Ende muß es doch sein.«

»Hör«, sagte Resli, »willst du mir versprechen und treu sein, so nähmte es mich doch wunder, ob nichts zu machen wäre; aber auf dich kömmt alles an, wenn du nicht standhaft bist, so ist dSach verspielt. Willst du, so gib mir die Hand und sage: Ja in Gottes Name!«

Anne Mareili ward rot und blaß, Tränen stürzten ihm über die Wangen, es hob langsam die Hand, legte sie in Reslis, dann sagte es langsam: »Ja in Gottes Name!« und in heftigem Weinen lehnte es sich an Reslis Schulter.

Stille drückte Resli die Hand, welche in seiner lag, und stille war es lange; es war, als beteten Beide leise, als flöge in leisem Flügelschlage ein Engel zu den Verlobten, zu empfangen und emporzutragen, was in ihren Herzen lebte und bebte. Resli zog seine Uhr hervor und sagte: »Nimm sie als Ehepfand. Ich weiß, für uns ist es nicht nötig, aber es freut mich, wenn ich denken kann, du habest etwas von mir und wenn du sie schlagen hörst, denkst du an mich, und glaube nur, so oft es schlägt in der Uhr, so oft schlägt es mir im Herzen für dich.«

Anne Mareili betrachtete die stattliche, schwere silberne Uhr mit den erhöhten Zahlen und der schweren silbernen Kette und sagte: »Ich behielte sie gerne, sie freute mich, aber ich darf doch nicht; ich darf sie nicht aufziehen, ich könnte sie auch nirgends bergen, daß ich nicht fürchten müßte, man könnte mir darüber kommen, Vater oder Mutter könnten sie finden. Nimm sie wieder, und wenn ich dich recht verstanden habe, so braucht es zwischen uns eigentlich kein Ehepfand. Aber etwas hätte ich gerne von dir, nicht wegen der Sach, sondern weil es von dir ist und damit ich es, wenn ich alleine bin, hervorziehen kann und Gschauen und denken: das ist von ihm, was macht er wohl, was denkt er ächt?«

»Was soll ich dir wohl geben?« sagte Resli; »hätte ich daran gesinnet, so hätte ich einen Ring gebracht oder ein Ketteli, aber jetzt habe ich hell nichts bei mir.«

»Ring oder Kette«, sagte Anne Mareili, »dürfte ich ja auch nicht nehmen, es wäre das Gleiche wie mit der Uhr; aber gib mir ein Geldstück, was für eins, daß du willst, und ich will dir auch eins geben; das achtet niemand, und wenn wir die ansehen, so können wir dabei an einander sinnen, so gut, als wenn es eine Uhr oder weiß kein Mensch was wäre.«

Sie zogen ihr Geld hervor, erlasen dasselbe, und Resli las einen treuen, ehrenfesten alten Bernzwanziger mit einem wackeren Schweizermann darauf aus, Anne Mareili aber ein neu Guldenstück. Diese Stücke verwechselten sie nicht, erachteten sie, mit den Fünffrankenstücken könnte man sich verirren, und doch käme niemand in Sinn, daß sie was zu bedeuten hätten, wenn man ihnen das Geld erlesen würde.

Resli steckte sein Guldenstück apart ins Leiblitäschli, Anne Mareili behielt es in der Hand; aber Beiden ward erst jetzt so recht behaglich und traulich im Stübchen und so recht offen ums Gemüt. Es war ihnen, als könnten und müßten sie einander alles sagen, was sie auf dem Herzen hätten und was sie in Liebe und Leid gesinnet. Anne Mareili erzählte, wie es ihm gewesen, als es mit dem Vater fortgefahren und nicht hätte vernehmen können, woher Resli sei. Mit mehr als hundert Bursche hätte es schon getanzt, aber mit keinem sei es ihm so gegangen; da hätte es ihm schon während dem Tanzen immer getönt, der oder Keiner, und als er nun verschwunden, sei es ihm gewesen, als gehe der Himmel zu. Lange hätte es nicht mehr lachen mögen und nichts als stunen und sinnen; die Mutter hätte es manchmal auseinandergenommen und gemeint, es sei etwas Verdächtiges, aber was hätte es ihr sagen sollen? Nirgends hätte es ihn mehr antreffen können, und alle Sonntag hätte es denken müssen, läßt er öppe heut verkünden? Und wenn es am Freitag zusammengeläutet, so hätte es sich fast nicht des Weinens erwehren mögen, es hätte immer denken müssen, läuten sie ihm wohl heute zKilche? Aber erst als man ihns mit dem Kellerjoggi zu plagen angefangen, hätte es recht an ihn sinnen müssen, und kein Morgen sei ihm aufgegangen, wo ihm nicht vorgekommen sei, als hätte es ihn des Nachts im Traume gesehen.

»Aber du«, frug Anne Mareili, »hast du gewußt, wer ich war?« Da ward Resli rot und sagte, es solle ihm recht nicht zürnen, er wolle ihm Punktum die Wahrheit sagen. Aber Anne Mareili ward rot, fast böse, und sagte, es möge nichts hören von einer Liebe, die ein Jahr daure, und man wisse, wo das Meitschi sei, und tue keinen Wank, um zu ihm zu kommen; es hätte ihn aufrichtiger geglaubt und wisse jetzt, woran es sei. Mit großer Mühe kam Resli zur Rede und bat, es möchte doch nicht so aufbrennen; wenn es ihn gehört, so werde es zufrieden sein. Er erzählte nun Punktum, wie es zu Hause gestanden, wie die Mutter ihn nicht habe anhören wollen, wie er allen Mut verloren und bsunderbar, als er nachgefragt und vernommen, wie reich sie seien und daß ihr Vater apart auf reiche Tochtermänner hielte und daß diese von ihren Eltern alles alleine erbten. Aber wie wunderbar es nun gegangen sei, daß am selben Tage, wo sie daheim so recht sich versöhnt für immerdar und er Eltern und Geschwistern sein Herz eröffnet, wie er an einem Meitschi hange, aber nicht Mut gehabt wegen ihrem Streit und wegen deren Reichtum, und sie ihm zugeredet, er solle daran hin, und ihm alles Liebs und Guts versprochen, es gestürmt und das Feuer so seltsam und ungesinnet sie zusammengebracht hätte. Er müsse glauben, das sei nicht von ungefähr gewesen, darum habe er auch Mut zum Glauben, es komme alles gut, denn wenn sie nicht zusammenkämen, so wüßte er doch nicht, warum alles so gegangen wäre. Anne Mareili hatte Mühe, sich darein zu finden, daß Resli gewußt, wer es wäre, und doch so lange bei ihm sich nicht gekündet; wenn es ein Bub gewesen wäre, das hätte es nicht übers Herz bringen können, sagte es. Jetzt könne es es begreifen, und es wolle ihm verzogen haben, aber so recht lieb müsse er ihns haben, lieber als alles in der Welt, gerade auch so, wie es ihn lieb haben wolle, sonst hätte es den Mut nicht, so recht sich zu wehren und anezstoh. »Aber, daß ich doch frage, wie muß die Sache gehen, und was willst du jetzt vornehmen?«

Guter Rat war da teuer und um so mehr, da Anne Mareili meinte, es sei kein Zögern, kein Aufschieben, weil Kellerjoggi sich jüngst nachgiebiger gezeigt und dem Vater verheißen, wenn er nur verkünden lassen wolle, so wolle er mit dem Verschreiben sich auch nicht eigelig machen, sondern sich öppe nachela, daß man zufrieden sein könne. Ein langes Unterholzen war da nicht tunlich, es mußte rasch zu Werke geschritten werden, und da schien es endlich Resli am männlichsten und am besten, wenn er geradezu selbst käme und dem Dorngrütbauer die Tochter abforderte; dann aber müßte Anne Mareili zu ihm stehen und bekennen, sie seien einig und es wolle keinen Andern. Anne Mareili hätte es besser gefallen, wenn der Vater gekommen wäre, es hätte sich besser im Hintergrunde halten können, es wäre der Sache nicht so geradezu auf den Leib gegangen gewesen, hätte nicht geheißen: Vogel friß oder stirb. Mädchen scheuen dieses Geradeaus, kommen lieber hintenum zur Sache oder so bei Längem, süferli, wie eine Katze zur Maus; so geht es freilich oft leichter, aber es ist doch nicht jedes Mannes Sache, und auch oft kömmt man vor lauter Umwegen nicht zur Sache.

Dann kam es natürlich aus, wo es gewesen, und darauf konnte es zählen, daß es, solange es noch daheim war, kein gut Wort mehr bekam. Wenn es sein müsse, sagte Anne Mareili, so wolle es sich in Gottes Namen darein schicken ihm zulieb, wenn er ihm schon ein ganzes Jahr nicht nachgefragt hätte. Aber es sehe voraus, es gehe nicht, und dann noch einmal etwas zu versuchen, werde bös sein, es werde so wohl der Kübel auf einmal ausgeleert werden. Jedenfalls solle er nicht böse werden, manierlich bleiben, man möge ihm sagen was man wolle, damit man keinen Grund hätte, ihm ein für allemal das Haus zu verbieten. Es schlottere aber schon, wenn es daran denke, und er solle ihm doch recht nicht zürnen, wenn es sich erst zeige, wann es müsse.

Resli hatte immer größere Freude an dem Mädchen, je mehr er es ansah, es war trotz seiner geringen Kleidung so sauber und nett, redete so gesetzt, manierlich und doch ohne Zimpferlichkeit, sondern in aller Aufrichtigkeit. Es aß und trank ohne Ziererei, so viel es nötig hatte, aber dabei so säuberlich und appetitlich, daß man selbst Appetit bekam darob. Es sagte nicht: »Ih mah nit Krut, ih ha daheim o«; es streckte die Finger, namentlich die kleinen, nicht nach allen vier Winden aus, nahm ebenso wenig das Fleisch in die ganze Hand, fuhr auch nicht so große Stücke Kuchen ein, daß es das Gesicht über und über mit Brosmen bepflasterte, es machte alles so nett ab, gnagte sogar Beine mit Manier, was viel heißt. Resli hätte ihns den ganzen Tag mögen essen sehen, während man Andere nur einmal hinter einen Tisch zu setzen braucht, um sie sich erleiden zu lassen; es schien ihm immer mehr, es hätte etwas von seiner Mutter, und er konnte doch nicht sagen was, es war nicht hier, es war nicht dort, es war in der ganzen Art. Es ward ihm immer auffallender, wie das Meitschi in diesem Hause so werden konnte. Wie die Spanier fast alle dunkel sind, die Engländer aber blaß und blond, in der Jugend wenigstens jeder seine Landesfarbe im Gesichte trägt, so hat hinwiederum fast jeder Mensch seine Hausfarbe, und alle Glieder des Hauses sind mehr oder weniger damit angelaufen. Man sieht zum Beispiel Familien, in welchen alle Kinder und Kindeskinder, ja bis ins siebente Glied hinaus, Schmutzgüggel bleiben, sich nie waschen, als wenn sie müssen, und nie mehr, als was zunächst vor die Leute kömmt, welche daher ordentlich sprüchwörtlich werden. Nun aber schien es ihm so gar nichts zu haben von seinen Leuten und der Hausfarbe oder dem Hausgeruch (denn manchmal ists eben ein Geruch), weder innerlich noch äußerlich, daß er fragen mußte, ob es denn immer daheim gewesen. Da vernahm er, daß es in seiner Jugend lange bei einer Großmutter gewesen, einer gar lieben, aber seltsamen Frau, aber es hätte sie geliebt, daß es ihns gedünket, es möchte, als sie starb, mit ihr ins Grab. Lange hätte es daheim sich nicht gewöhnen können und es sei ihm immer gewesen, man hätte es nicht so lieb wie die Andern und alles sei nicht recht, was es mache. Als seine Schwestern fortgekommen, habe es gebessert, und die Mutter hätte noch manchmal auf ihns gehört, aber dem Vater, dem sei es nie recht gewesen, bis jetzt, wo er mit ihm einen Handel machen könne. Er sei schon böse über ihns geworden, ehe es auf der Welt gewesen, und dessen, daß es darauf gekommen, vermöge es sich doch nichts.

Wie doch so ein Tag verrinnt und was das für ein Unterschied ist zwischen so einem Tage, wo man zum ersten Male mit seinem Lieben ungestört unter vier Augen sitzt, und zwischen einer langen Krankennacht, wo man alleine mit seinem Schmerz auf seinem Lager liegt! Wie langsam die Zeit dahinrinnt, jede Sekunde, wie ein langsamer Blutstropfe vom Körper langsam tropft, von der Uhr weg ins Meer der abgelaufenen Sekunden, und in endlose Weiten die Stunden sich dehnen, Sandwüsten gleich, wo kein Schatten ist, keine Ruhe, nichts als schwere Pein und unendliche Weiten! Und wenn es endlich Mitternacht schlägt, eine Ewigkeit vergangen scheint, aber unsere Pein nicht abnimmt, denn eine neue Ewigkeit reiht sich an die vergangene Ewigkeit, schwarze trostlose Stunden sind es, die wiederum vor uns liegen, ohne Schatten, ohne Ruhe, sechzigmal sechzig Sekunden müssen langsam abtropfen, ehe eine vorüber ist, und manche muß vorübergehen, ehe ein junger Morgen scheinet, und über was denn eigentlich, über unsere alte Pein. Aber was die Sonne bescheinet, das wird erträglicher, milder, lieblicher, selbst der Menschen Pein.

Wie aber die Zeit von dannen rennt, Stunden schwinden, aus dem Morgen Abend wird, wo in Liebe zwei Herzen offen liegen, die Liebe Liebe in den Augen liest, die Ohren voll süßer Töne sind, und ungehemmt der Liebe Rede über die Zunge quillt! Wohl redet die Liebe verschieden, redet in herrlichen Worten, die dem Hauche der Geister gleichen, nicht eigentliche Worte sind, nicht Leib haben, sondern fast klingen wie Kinderlispeln oder unaussprechliches Seufzen; aber sie redet auch recht derbe, zieht ein rauhes Kleid an, wirft Worte aus, die Feldsteinen gleichen oder gar Felsenstücken, wie aus dem Schoße des feuerspeienden Berges auch allerlei kömmt, eine glühende Feuersäule, schwarzer Rauch, schwere Steine, flüssige Lava, und doch der gleiche Schoß es ist, der sie gebiert, die gleiche Kraft, die sie auswirft.

So war es Resli und Anne Mareili Abend geworden, sie wußten nicht wie, und Anne Mareili begann zu pressieren und Resli es zu verweilen, bis es endlich doch sein mußte. Scheiden und Meiden tut weh, heißts, das erfuhren sie, und besonders dann, wenn man voraus weiß, daß das nächste Treffen ein schweres ist und dessen Ausgang möglicherweise ein unglücklicher. Gerne hätte Resli sein Meitschi begleitet, aber es sagte es ihm ab. Die Felder hätten Augen, die Wälder Ohren, und wenn etwas Böses anzustellen sei, so führe der Teufel ungesinnet Leute in den Weg, die man hundert Stund weit weg glaube. So schieden sie beim Hause, nachdem das Stubenmeitli ihnen glückliche Reise gewünscht und manchmal geheißen hatte wieder zu kommen, und wenn sie was zu verrichten hätten und es bhülflich sein könne, so solle man es nur sagen. Resli wußte es, wie ein Fünfbätzler fünfzigfältige und ein gut Wort hundertfältige Früchte tragen kann, bei einem Stubenmeitli nämlich, bei Stallknechten ist es umgekehrt, darum kargte er mit beiden nie, war aber auch mit keinem von beiden verschwenderisch; darum ward er allenthalben gerne gesehen und doch nirgends zum Besten gehalten.

Anne Mareili hatte einen schweren Heimgang, denn wenn der Geliebte von ihrer Seite weicht, so kömmt den Mädchen gewöhnlich das Zagen an, selbst in geebneten Verhältnissen, geschweige denn, wenn Unholde drohen und Klüfte gähnen.

Wer ist wohl, der nicht schon von der Teufelsbrücke gehört hat und von dem finstern Loch jenseits und wie jenseits des Loches ein wunderbar friedlich Gelände sei, wo sanft die Wasser fließen, sonnig die Wiesen glänzen, hell der Kühe Glocken läuten, fruchtbar die Berge zu Tale laufen, freundliche Menschen wohnen bei gutem Käse und herrlichen Fischen? Aber wer diesseits der Teufelsbrücke steht in wildem Felsentale, eingeklemmt zwischen nackter Fluh, die gen Himmel strebt, zu seinen Füßen donnernd die wilde Reuß in schäumendem Zorne, hinter ihm kommen stäubende Wetter gezogen, und Not und Sehnen treibt ihn nach dem Tale des Friedens, auf ebner Bahn und weichem Rasen die müden Glieder zu sonnen, aber vor ihm fehlt die Brücke, gähnt die Kluft, und höher und höher spritzt der wilde Fluß seine gierigen Wellen, und ungestümer drängen die Gewitter sich nach, und oben geht die Sonne vorüber, ihre Strahlen verglimmen an der Felswand, und Nacht wird über dem Graus: der mag sich denken, wie es in Anne Mareilis Seele war. Es hatte einen Blick getan in der Ehe selige Gelände, wo des Gemütes Wogen friedlich rauschen, des Friedens Sonne scheinet, im Schwersten des Herrn Segen ist, der Liebe Läuten jede Stunde zum Sonntag macht, das Leben zum Sabbath des Herrn weiht; aber vor seinen Füßen gähnt der Abgrund, und aus dem Abgrund empor streckt ein Unhold nach ihm seine Arme, über den Abgrund fehlt die Brücke, hinter ihm drängen die Wetter. Der elterliche Wille wäre die Brücke, dann ein Schritt, es wäre drüben über seinen Jordan, stände im Lande Kanaan, dem gelobten, dem ersehnten. Aber dieser Wille ist keine Brücke, hat vielmehr ins harte Wetter sich gewandelt, das ihns tückisch zum Abgrund drängt, aus dem empor des Kellerjoggis versüderete Augen näher und näher zwitzeren. Kann es aber nun etwas Gräßlicheres geben, als wenn in tückische Kobolde die Eltern sich wandeln, welche auf der gefährlichen Lebensfahrt neckisch und teuflisch ihre eigenen Kinder locken und drängen in Schlünde und Gründe, in denen die Hölle ihre Eingänge hat? Ein einzig freundlich Wort, der Ausgang aus der Gefahr, der Eingang ins sichere Land wäre gefunden. Und wie muß so einem Kinde sein, wenn es klar seine Lage erkannt hat, das heilige Land, den schwarzen Abgrund, und es geht heim zu den Eltern, die mit einem Worte ihm erschließen könnten seine Herrlichkeit, und es weiß, sie wollen nicht, und es weiß, es liegt in ihrem Sinne, daß es sich opfere dem Moloch, der aus dem Abgrunde die Arme reckt! Da kann man sich wohl denken, wie es dem armen Kinde sein muß, und wenn es weinen muß, so recht des Herzens Grundwasser aus den Augen quellen, wer will es tadeln, wer will ihm sagen: »Schwyg ume, schwyg ume, das macht nüt, häb o Vrstang«? Aber wie es Eltern geben kann, die mit einem Wörtlein ihre eigenen Kinder mit Leib und Seele retten können und tun es nicht, das kömmt Vielen unerhört und unbegreiflich vor, und doch ist dies nicht nur sehr faßlich, sondern sogar handgreiflich, alle Tage zu sehen.

Man hört noch hie und da vom alten, grauen Heidentume, hört mit Schaudern, wie man Kinder geopfert, erwachsene Töchter, halbgroße Söhne, Sklaven zu Hunderten, ja wie von einem indischen Götterwagen noch dato alljährlich Hunderte Gott zu Ehren zermalmt würden, und wer das hört, macht, wenn er katholisch ist, ein Kreuz, und Reformierte fröstelet es einfach, und alle sagen: »Gottlob sind diese Zeiten vorbei und rollt der indische Wagen nicht auf unsern Wegen!« Und doch ist das Heidentum mitten unter uns und Menschenopfer sind gäng und gäb, und da greuliche zermalmende Wagen des Gottes Unverstand rollt alle Tage über Tausende, nicht über Hunderte bloß.

Schon so oft ist es ausgesprochen worden, daß sobald der Mensch einen Götzen habe, er demselben alles opfere, was er hat, und je klarer diese Wahrheit ist und alle Tage zutage tritt tausendfach, um so weniger faßt sie da Mensch. Ist einem Menschen Geld sein Götze, so opfert er ihm Leben, Ehre, Kinder. Hat einer die Ehr- oder Familiensucht, so opfert er derselben Leben, Geld, Kinder usw., und klagen die Letztern, so schreit er Mordio über kindlichen Undank, wie er sie habe glücklich machen wollen, und sie tätens nicht begreifen, wie stockklar es auch sei. Das ist halt Götzendienst, und der will Opfer.

Nun freilich verbergen sich diese Eltern zumeist hinter dem Vorwande, daß Kinder nicht wüßten, was ihnen gut sei, und daß Eltern für sie den Verstand haben müssen. Richtig ists, daß Kinder es oft haben eben wie Kinder, denen jeder Doggel den sie hinter den Fenstern eines Ladens sehen mit schönen Backen und langen Züpfen, zu Herzen geht, daß sie meinen ihn haben zu müssen. Da mag Wehren gut sein, aber einen andern ebenso argen Doggel dagegen ihnen aufzwingen, das ist unrecht, denn Götz ist eben Götz. Aber auch oft meinen es die Kinder recht, die Eltern unrecht, ihr starrer Wille ist Sünde und Unbarmherzigkeit. Der Unbarmherzigkeit der Eltern, der Torheit der Kinder ist aber durch kein Gesetz zu wehren, und wäre dasselbe aus der allerneuesten Fabrike, da mittelt alleine der christliche Sinn, der zu werten weiß ein jedes nach seinem Werte.

Man mag sich aber denken, wie schwer das Gehen wird, wenn so schwer das Herz einem ist, wenn jede rinnende Sekunde näher dem Abgrund uns bringt, für das wölbende Wörtlein keine Hoffnung ist.

Anders aber ging Resli heim, voll Mut und Freude, war doch

das Mädchen sein und nicht nur dem Worte nach, sondern Inneres und Äußeres war, wie wenn Gott es apart für ihr Haus erschaffen, er ihm eine zweite Mutter hätte schenken wollen. Mit dem Laufen wuchs ihm der Mut, und als er heimkam, hatte er keinen Zweifel mehr, daß nicht alles gut gehen werde. Es werde doch wohl noch Gerechtigkeit im Himmel und auf Erden sein, sagte er.

Es war ziemlich spät, als er heimkam, aber noch schimmerte Licht durchs Fenster; auf der Bsetzi traf er den Vater an mit seinem Pfeifchen, in der Stube las die Mutter in der Bibel, hinter dem Tische nähte Annelisi an einem Göller, und auf dem Ofen erhob sich schlaftrunken der Bruder. Gäb wie er sagte, er möge nichts, sie sollten nicht Mühe haben, er sei nicht hungerig, war im Hui der Tisch gedeckt, stand Essen und Trinken vor ihm, und während er aß und trank, wurden gleichgültige Reden gewechselt: wie warm es heute gewesen, ob man am Roggenschneiden sei, ob Obst sei an den Bäumen und wie da unten die Kirschen gerieten. Erst als Annelisi abgeräumt, das Tischtuch weggenommen hatte, doch nicht eher, als bis Vater und Bruder noch anerboten worden war, was übrig geblieben, frug die Mutter: »Und jetzt, wie ists gegangen? Bricht, ists cho, und was hets gseit?« Nun gab Resli Bericht, wie er gewartet und wie sie einander gevettert und was das Mädchen geredet und wie es ihm immer lieber geworden sei und wie er ein grusam Bedauern mit ihm gehabt und was sie abgeredet und wie den ganzen Tag kein Mensch sich gezeigt, der sie verraten könnte.

»So hats doch keinen Verdruß einstweilen«, sagte die Mutter; »es hat mir immer Kummer gemacht, sie ließen es nicht gehen oder schicken ihm jemand nach.« – »Ja aber denk, Mutter«, sagte Resli, »wie es ihm sein muß, wenn es gegen ihr Haus kömmt und es da erst recht verbergen muß, wessen sein Herz voll ist, ärger als ein Schelm gestohlene Habe. Und ists doch nichts Böses, das es im Herzen trägt, nichts, dessen es sich zu schämen braucht, sondern etwas, das Vater und Mutter zuerst wissen sollten und das es ihnen nicht sagen darf, weil sie meinen, ihres Meßtischs Herz sei ihr Holzschopf, wo nichts drein und draus darf ohne ihr Vorwissen, und kömmt die Liebe an, man weiß nicht wie und kann selbst nicht wehren, wenn man schon wollte. Ich habe nicht genug denken können, wie anders ich es habe, wenn ich heimkomme. Da werde man mir warten, habe ich gedacht, akkurat wie ich es getroffen, der Vater auf der Bsezi, die Mutter hinter der Bibel, und ich habe gar nicht warten mögen, bis ich heim war, um alles sagen zu können, was ich gehört und gesehen. Es het mih mengist düecht, mi ziehy mih fry am ene Welleseil. Oh, ihr glaubt nicht, was das für ein lustig Heimkommen ist und wie ruhig man dann ins Bett geht, wenn man alles hat brichten können, fry ds ganz Herz ablade.« – »Ja, Kinder, so ists lustig«, sagte der Vater, »und jetzt hey mrs und jetzt bheyt mrs, sinnet dra, wies angers ist. Wir wollen es haben wie Leute, denen das Haus hat angehen wollen aus Unachtsamkeit, die es noch haben löschen können, die können auch nicht Sorge genug tragen zum Feuer ihr Lebtag lang.«

»Ja«, sagte Annelisi, »so ists, da ist es lustigers Drbysy.

Aber warten mag ich nicht, bis ich das Meitschi sehe; das nimmt mich wunder, was das für eins ist, welches es dir hat antun können als wie ghexet. Ich bin doch auch nicht das Leidist, aber ich mag tun wie ich will, so zweg bracht, wie dich dein Meitschi, habe ich Keinen. Die, welchen ich den Tätsch gebe, hängen sich nicht, und die, welche fragen, was der Vater mir wohl Ehesteuer gebe, und ich sage, ich traue eine trägene Aue und halbrystige Hemli bis gnue, die gehen und sehen sich nicht mehr um, gäb wie ich ein Büschelimüli mache und Auge wie Fürsprützerädli. Und wegen Keinem habe ich mich ghängt, gäb wie Mancher auch schon gegangen ist, und Keinem wäre ich eine Stunde weit nachgelaufen, die Schuhe hätten mich gereut. Da nimmt es mich doch wunder, wie das sei mit der Liebe, ob sich die Leute das nur so einbilden oder ob der liebe Gott apartige Herzen gemacht hätte, so brönnigi, wo selber gleich im Feuer sind und andere anstecken könnten, wie Kuderbützeni auch gleich angehen, wenn man mit Schwefelhölzern hineinfährt. So eine brönnige Liebe ist schön, ich muß es sagen, sie gefiele mir auch, aber eben wissen möchte ich, was man machen müsse, damit sie angehe, oder ob man dafür besonders beschaffen sein müsse.«

»Du bist ein leichtsinnig Annelisi«, sagte die Mutter, »meinst nit bös, aber über solche Dinge spottet man nicht; auf jeden losen Spott kommt böser Lohn, und wie es dir mit der Liebe noch geht, weißt du nicht, das ist eine Sache, die nicht zu ergründen ist und vor der niemand sicher ist. An Liebestränke glaube ich nicht, obgleich einer in Solothurn sein soll, der verflümeret starchi und gueti Liebestränke gemacht, aber auch verflümeret teuer, doch heigs ihm afe böset damit, heißts. Aber gwüßni Stunde sinds, wo sie einen ankommt, als ob man einem einen Stein anwürfe, ich könnte auch etwas davon erzählen, und so eine Stunde wirds auch gewesen sein, als Resli mit seinem Meitschi zusammentraf.«

»Mutter, was könntest du erzählen, Mutter, was?« fragte Annelisi, und die Andern machten ebenfalls fragende Gesichter. »He, King«, sagte Änneli, »nur daß ihrs wißt, es weiß niemere, wie lang ich noch lebe, und daß ihr ein Beispiel daran nehmen könnt, so will ichs sagen. Wo der Vater um mich buhlet hat, habe ich anfangs auch nur mit ihm das Gespött getrieben; ich bin ein lustig Meitschi gewesen, gerade wie Annelisi, und es het mih düecht, ich wollte all lieber als den, und den nehmte ich nicht um keinen Preis. Da habe ich einmal, an einem Langnaumärit wars, etwas gesehen, und da wars, als ob man mir einen Stein ans Herz würfe, und von Stund an ists mir anders gewesen und es het mih düecht, den oder keinen, und gäb wie ich mich geschämt habe und es habe verbergen, verwerchen wollen, es war alles nichts, und gäb es lang gegangen ist, haben wir verkünden lassen.« – »Mutter, was hast du gesehen?« fragten alle. »He, ich wills fry sagen«, antwortete sie, »sellig Sachen sollen nicht verborgen bleiben, wer weiß, zu was es dient, und wenn ich noch etwas sagen will, so darf ich nicht warten. Es ist Märit gewesen in Langnau und tanzet habe ich mit so einem ungschlachten Truber Bauernsohn und getan haben wir, welches ungereimter und wilder. Da wars mir auf einmal, als rufe mich jemand, ich sah mich um, aber es kündete sich niemand; ich tanze zu, höre wieder rufen, und mit dem ists mir, als gehe jemand draußen am Fenster vorbei und winke mir dringelich dreimal. Ich wußte nicht, wers war, aber die Augen sahen mich so bekannt an, als wären es meine eigenen Augen. Ich vergaß Truber und Tanz, alles um mich, und mache mich hinaus. Draußen sehe ich niemand mehr kein Mensch, der dem glich, den ich gesehen, aber hinten in des Hauses Ecke sehe ich unsern Ätti, der kehrt mir den Rücken, aber ich sehe, wie er das Nastuch in der Hand hat. Anfangs glaubte ich, er blute nur, aber er wischte sich die Augen, und fry gschüttet hets ne. Da wars mir, als würfe man mir einen Stein ans Herz, und von Stund an mochte ich keinen Andern mehr ansehen, und wie gesagt, gäb wie ich mich wehrte, mein Herz sagte, der und kein Anderer, und was ich ausgestanden, bis er mir wieder nachgelaufen und die Sache richtig gewesen ist, das weiß niemand; Tag und Nacht habe ich ihn gesehen, wie er die Augen wischte, und bis wir geheiratet waren, gabs wohl keine Nacht, daß ich nicht darob erwachte. Darum, Annelisi, spotte nicht, du weißt nicht, wie es dir geht. Und denk, wie grüslig, wenn man einen ausgespottet hat, und wie er weitergeht, fährt uns der Stein ans Herz, aber jener kehrt nicht um, geht jetzt einer Andern nach.«

»Und ich weiß nicht«, sagte Annelisi, »ob ich, und wenn man mir mit zentnerigen Steinen das Herz zerbenggelt hätte, daß es ein Grus wäre, daß es wurde wie ein lötiger Heitibrei, einem nachliefe. Bstellet hat mich schon Mancher, aber gekommen bin ich Keinem, wenigstens expreß nicht.« Resli ward rot, aber rasch sagte die Mutter: »Los, red nicht, wennd dSach nicht verstehst. Du mahnst mich an einen, der im heißen Sommer über die lachet, die im Winter auf den Ofen sitzen und wollene Strümpfe tragen. Und was eins nicht mag, daß dies dann auch niemand tun soll, das ist noch lange nicht gesagt. Wie viele Bestellungen hiehin, dorthin werden nicht gemacht, und Mädchen, welche unbsinnt gehen, sind sicher eine größere Zahl, als solche sind, welche nicht gehen. Und warum sollte man in ein ehrbar Wirtshaus nicht gehen dürfen, und was ist da unanständig, Es ist Landsbrauch, und wer einen ehrbaren Sinn ins Wirtshaus trägt, bringt sicher einen ehrbaren Leib wieder hinaus. Dann, Meitschi, was meinst, was tätest, wenn wir dich verkuppeln wollten einem alten Sünder, wenn wir dich verspotteten und verlachten, der Vater dir abputzte, die Mutter des Vaters Meinig wäre und die Brüder auf dir wie der Teufel auf einer armen Seele, und ein rechter Bursche machte dich und du ihn, und im Hause wäre keine Ecke zu einem vertraulichen Wort, und du hättest doch das Herz voll und es hieß: Entweder nimm dBestellig an oder ergib dich dem grauen Unflat – Meitschi, was tätest? Jetzt hast du gut krähen, aber sinn, was ich gesagt, und jetzt, wenn du Anne Mareili wärist, Meitschi, was tätest, Meitschi, was meinst?« – »Ach Mutter, nichts meine ich«, sagte Annelisi, »ich täte, was du mir raten würdest.« – »Du bist es Täschli«, sagte die Mutter. »Aber jetzt, Kinder, geht ins Bett und danket Gott, daß er gemittelt hat, daß wir wieder mit einander reden können in Liebe und Friede, und betet, daß es immer so bleiben möge.«

»Zürn nüt«, sagte Annelisi zu Resli, »aber was witt, ich bin schalus über das Meitschi, welches du lieber hast als mich, und das wird so bleiben, bis ich einen finde, der mir auch lieber wird, als du mir bist. Sehen möchte ich das Meitschi doch, es nähmte mich wunder, obs denn auch so ein Ausbund ist, daß kein anderes ihm zu vergleichen wäre; das wäre bös für alle, wo es nicht bekämen.« – »Dank dem lieben Gott auch dafür, lieb Annelisi«, sagte die Mutter, »daß er jedem Menschen apartige Augen gegeben hat, es wäre bös, wenn es anders wäre. So ist mir jetzt mein Mann der liebste, brävere Kinder als meine sehe ich nicht, und es wird sich wohl noch einer finden mit solchen Augen, welchem du als das schönste und beste Meitschi erscheinst auf Gottes liebem Erdboden.«

Resli wartete nicht lange, die Abrede auszuführen, aber es ging ihm doch dabei, wie es gewöhnlich geht, wenn zwischen dem

Entschluß und der Tat eine Zeit liegt, und auch nur eine kurze. Das Fassen des Entschlusses hat Kraft verzehrt; als der Entschluß geboren war, hatten die Geburtskräfte sich abgespannt, und Ruhe ist eingetreten. Nun steht der Mensch da, wie von hoher Höhe herabgefallen ins tiefe Tal, und vor ihm steht als eine neue Höhe die Tat da; da ist nicht ein Schreiten, ein Satz von einem zum andern, sondern ein neuer Anlauf tut not, ein neues Aufraffen, was gewöhnlich menschlicher Trägheit so schwer wird. Taten vollbringen sich schwer und selten, wie die Weiber auch nicht alle Tage gebären, der Himmel nicht alle Tage donnert; des Menschen Tun ist meist nichts als ein tägliches Abhaspeln der täglichen Gewohnheiten. Eine Braut abfordern, absonderlich unter solchen Umständen, ist eine Tat, und wenn man schon dazu den Entschluß gefaßt hat, so ist sie damit nicht vollbracht, sondern mit jedem Tage, der zwischen der Ausführung liegt, wächst die Lust, dieselbe jemand anders in den Sack zu schieben.

Mehr als hundertmal ward Resli reuig, daß er nicht nach, gegeben, als Anne Mareili meinte, er solle den Vater senden; er empfand es, wie im Übermut eine Rute sitzt, die unbarmherzig geißelt. Ists doch eigentlich Übung, daß Väter Brautbitter bei den Eltern der Braut sind, daß sie hingehen und sagen: »My Bueb möcht dys Meitschi, du wirst doch öppe nüt drwider ha, es wird dr recht sy?« Manchmal macht man es schöner, wie zum Beispiel jener Ätti, der am Läufterli doppelte des Abends spät, bat, der Alte möchte unters Fenster kommen, und als er erschien, anhub: »Es ist Gottes Wille, daß mein Bub und dein Meitschi zusammenkommen sollen, und da habe ich mich darein ergeben, du wirst wohl auch müssen. Aber fragen hätte ich dich doch mögen, was du Ehesteuer geben willst, öppe drütusig Pfung, düecht mih, nit?« – »D'Sach ist mer recht«, antwortete der Andere, »aber mehr als hundert Kronen gebe ich allweg nit.« – »Wird nit Ernst sy«, antwortete der Erste. »Wohl ists«, sagte der Andere, »nit e Chrüzer meh chan ih gä, selb ist no zviel.« – »So wirds nicht Gottes Wille sein«, sagte der Erste, »daß die Zwei zusammenkommen, des Herrn Ratschläge sind unerforschlich und seine Wege wunderbar. Adie wohl und zürn nüt.« – »Ds Kunträri«, antwortete der Andere und machte satt das Läufterli zu.

Und warum es Übung ist, daß Väter gehen, kömmt erstlich noch aus dem alten schönen Grundsatze, daß Eltern für das Wohl ihrer Kinder sorgen sollen in jeglicher Beziehung, und aus jener alten schönen Zeit, wo die Kinder nicht mit der Muttermilch sich emanzipiert glaubten und auf die Eltern stark herabsahen, sobald sie die Nase selber schneuzen konnten. Zwischen unbarmherzigem Zwang und frommer Sorge ist ein unendlicher Unterschied, denn es ist ein Unterschied zwischen Eltern, die Geldsack mit Geldsack kuppeln, ein Pöstlein aufs andere Pöstlein pfropfen, einen Namen mit einem andern Namen paaren wollen, und solchen, die es verhüten möchten, daß ihre Söhne nicht heidnische Weiber nehmen aus dem Lande der Moabiter und Kananiter, sondern sie wählen aus den frommen Töchtern des Landes. Nebenbei tun, sobald die Sache ihnen recht ist, die Väter nicht ungern diesen Gang, ja manchmal streiten die Mütter um den Vorzug, ihn tun zu dürfen. Das ist so ein Anlaß, wo ohne Ruhmredigkeit Vater und Mutter Zeugnis ablegen dürfen von ihren Kindern, von ihrem ganzen Hauswesen, und wohl dem Vater, Heil der Mutter, die bei dieser Gelegenheit aufrichtig sagen dürfen: »Noch kein Herzenleid hat mir mein Kind gemacht, mit uns und unsern Kindern war Gott für und für«! Dabei werden wohl, das heißt wo aus aufrichtigem Herzen die Worte kommen, die Augen tränen, werden zu heiligen Altären werden, auf denen freudige Dankopfer erglühen.

Mutter und Vater wären Resli gegangen, aber er hatte es anders gewollt und hielt sich jetzt nicht dafür, seinen Kleinmut zu bekennen und zu sagen: »Ätti, gang du, ih darf nit.« Er nahm den zweiten Anlauf wirklich und ging. Aber das war ein Stolpern und Studieren, bis er im Dorngrüt war!

Wer hat nicht schon einen Studenten stolpern sehen mit seiner ersten Predigt im Kopf, in der Tasche, in beiden Händen, allenthalben, um und um, daß er selbst zu einer lebendigen Predigt ward über eines Studenten nebelhaftes Heldentum in der Einbildung und wie er aber nichts ist als ein kleiner Nebel in der Wirklichkeit, der stolpern muß über Steine und Steine, bis er selbst, wenn er ächtes Korn hat, erhärtet zum Felsen, an dem Nebel streichen, Wellen sich brechen, die Luft sich läutert. Aber noch ganz anders stolpert ein Schulmeister, Schullehrer will ich sagen (von wegen die Demut kömmt; Meister sich zu nennen, schämen sich die Herren Lehrer mehr und mehr, besonders die unbärtigen), wenn er am Pressen der ersten Kinderlehre ist, wo es gerade ist, als wenn man mit dem Kopfe aus den Steinen eine lebendige Quelle schlagen wollte oder aus Thuner Trauben in harten Jahren was Nasses. Und doch weiß Keiner, was Stolpern ist, wenn er nicht einen Dito gehört hat stolpern an einer eidgenössischen Rede an einem eidgenössischen Schießet, daß man mit Kanonen schießen mußte, damit er nicht Leib und Seele verstolpere. Da machen es die Fürsprecher besser; die reden zu, mags nun kommen wie es will, und wenn einer dem Volke ein Kompliment mache und sagt: »O Volk! O edles Volk! Bald wirst du aufstehen, wirst aber nicht wissen warum«, so meint er noch, was er gesagt. Es gibt halt unverschämte Leute!

Und doch stolperte Resli noch viel ärger an allem dem, was er reden sollte im Dorngrüt, und je näher er demselben kam, desto häufiger stolperte er. Wie richtig er auch alles gesetzt hatte, was er sagen wollte: das, wenn es dä Weg gang, jenes, wenn es dr anger gang: wenn er wieder von vornen anfangen, repetieren wollte, so hatte er den Anfang vergessen, und wenn er den neu erdichtet halte, so kam ihm das Übrige krausimausi durcheinander, daß er ärger daran zu erlesen hatte, als wenn er Flachssamen aus einem Heufuder herauslesen sollte. Meinte er es auseinander zu haben, wollte es überblicken, hutsch, war alles ärger als zuvor, und je näher er dem Hause kam, desto krauser ward alles, aber desto mehr schwitzte er. Aber Resli war nicht der, welcher sich leicht von einer Sache begwältigen ließ. Stille stand er und sagte zu sich: So geht das nicht, das muß anders vorgenommen sein, so wie ein Bub willst du doch dort nicht aufmarschieren. Was ich reden soll, wird mir schon kommen, wenn ich sehe, was Trumpf ist, und vielleicht ist das zu vernehmen, ehe ich dort bin. Sagt' es, bog ein, und nicht lange darauf saß er hinter einem Schoppen in dem Wirtshause, wo seine Eltern ihn abgeholt hatten, und vor ihm auf dem Vorstuhl die Wirtin.

Die Wirtin wußte ihm nicht viel Tröstliches zu sagen. Das Mädchen rühmte sie, es sei sich dr wert, anzusetzen für dasselbe, seiner Person wegen, aber öppe wegem Reichtum könne man es leicht anderswo besser machen, denn öppe viel würden die Meitleni nicht erhalten, wenn man es nicht mit Prozedieren zwänge. Aber streng rede man davon, daß es nächsten Sonntag verkündet werden werde mit Kellerjoggi, und Wehre werd dem Meitschi wenig helfen, was der Alte wolle, das zwäng er düre und wärs durch sieben eiserne Türen durch. Aber z'probiere werde nicht z'töten gehen, fressen werde man ihn nicht, aber wenn sie ihm raten könne, so solle er etwas kramen, das gehe dort allweg wohl an und mach, daß man öppe manierlicher gegen ihn sei, wenn man schon nichts von ihm wissen wolle. Das wolle sie ihm sagen, erschrecken müsse er sich nicht alsobald lassen, sonst solle er lieber nicht gehen; darauf solle er zählen, daß er da mit Aufbegehren mehr ausrichte als mit Ordelitue, bsungerbar beim Alte. Wer mit dem ordeli tue, den sehe er nur so für einen Schnuderbub an, mit dem er machen könne, was er wolle.

Resli ließ sich brichten, nahm ein Vierpfünder-Zuckerstöckli und ein Pfund Kaffee in ein Säckli und marschierte gefaßt, als wie einer, der seine Seele Gott befohlen, mutig und todesgewärtig ins Feuer der Schlacht geht, dem Dorngrüt zu.

Bald lag es vor ihm, halb alt, halb neu, halb grau, halb blank, und welches ihm besser gefiel, das wußte er nicht. So geht es noch Manchem mit Alt und mit Jung, daß man nicht weiß, was einem besser gefällt, und ganz besonders, wenn Alt und Jung unter einander ist wie Kraut und Rüben, wird einem das Urteil schwer. Indessen kömmts halt nicht aufs Dach, sondern auf die Leute an, obs einem unter einem Dache gefällt und wohl ist oder ds Kunträri. Es gibt strube Dächer, es ist einem wohl darunter, wenn nämlich biederherzige Menschen darunter hervor einem die Hand längen, und es gibt nagelneue Schieferdächer, die verflucht haltbar sein sollen, strenge Winter ausgenommen, und es wird einem darunter, daß man dem Teufel Götti sagen möchte, wenn die Leute eben auch halb und halb sind, alle Laster haben, aber schöne nagelneue Worte dazu. Oh, was so schöne nagelneue Worte glänzen und flimmern können, viel ärger als die Sterne am Himmel, und seit man im Kanton Bern kein eigenes Geld mehr schlägt, keine schönen Dublonen mehr, keine ehrenfesten Neutaler, hat man sich aufs Prägen von glitzernden Wörtern gelegt, die so ganz frisch, so hagelnagelneu glänzen, daß man darob ds Teufels werden möchte. Mit der Zeit böset es ihnen freilich auch, aber dann prägt man neue, und kommod ists, daß man dazu kein eigenes Haus bedarf, jedes Wirtshaus und jedes Rathaus paßt dazu und den Stempel trägt jeder im eigenen Maul.

Aber eben darum wußte Resli nicht, wie es ihm werden werde unter dem Dache, denn kein Mensch war sichtbar um dasselbe, kein Ringgi bellte, kein Hahn krähte, still war es rundum. Er doppelte an der Nebentüre, er doppelte an der Vordertüre, stille bliebs, nichts regte sich. So ein stilles Haus hat etwas Geheimnisvolles, Schauerliches, es wird einem, als müsse da innen was Wunderbares sein, und ob es sich kund gebe, ob zum Fenster hinaus, ob hinter der Türe hervor, das weiß man nicht. Je mehr man hoschet, desto ängster wird einem, denn um so Wunderbareres erwartet man.

So ging es Resli. Er hoschete zum ersten Male, wartete, hoschete zum zweiten Male, wartete, wartete länger, endlich zum dritten, aber stark klopfte ihm das Herz, alle Sinne waren scharf gespannt. Stille bliebs im Hause; aber wie er zusammenfuhr, als hinter ihm plötzlich eine Stimme fragte: »Was hest welle?« Und als er sich

167

umsah, war niemand hinter ihm, und schauerlich war es ihm, daß er da stand, nicht rückwärts, nicht vorwärts konnte, bis noch einmal die gleiche Stimme frug: »Wasd welle heygist?« Da er diesmal dem Orte, woher die Stimme kam, das Gesicht zukehrte, so sah er unten im Garten zwischen grünen Bohnenblättern eine lange Nase und endlich der Bäuerin ganz Gesicht. Resli stellte sich vor, und langsam machte sich die Bäuerin los aus dem grünen Geflechte und langsam kam sie auf ihn zu, augenscheinlich ratschlagend in sich, wie sie sich zu gebärden hätte. Langsamkeit ist eine schöne Sache; wer sie recht zu ratsamen weiß, wird sich selten anders verfehlen, als daß er Andern höllisch lange Weile macht.

Resli machte sich so höflich, als er konnte, aber die Bäuerin hieß ihn nicht hineinkommen, sondern bloß abhocken auf dem Bänklein vor der Küche. Dort gab er ihr sein Säcklein, sie solle es leeren, er sei in der Nähe vorbeigekommen und hätte gedacht, er wolle ein Zeichen tun für die Müh und Kosten, welche sie seinethalben gehabt. Die Bäuerin sagte: »E, aber nei! Daran hätte ich doch nicht gesinnet, das hat sich nicht nötig, bhäbs.« Aber Resli setzte nicht ab und brachte die Bäuerin bald dahin, daß sie sagte: »He nu so de, weds zwänge witt, aber es hatt sih notti nüt brucht.« Sie ging hinein; bald darauf hörte man es lustig knistern In der Küche, und als die Bäurin wieder kam, hatte sie ganz freundliche Augen es war, als ob sie ihr der Zucker so süß gemacht hätte. Er müsse warten, sagte sie Resli, ohne etwas Warmes lasse sie ihn nicht fort. Aber so sich zu verköstigen, das heig afe ke Gattig! Resli pressierte nicht; die Bäuerin setzte sich neben ihn und rüstete Bohnen, und wie eine Bohne um die andere aus dem Schoße der Bäuerin ins Körbchen zurückfiel, gab ein Wort das andere, und nach und nach kam Resli aufs Weiben und wie es eine bei ihm haben müßte, wenn er eine fände, die ihm anständig wäre; e wüeste Hung gegen eine Frau mochte er dann nadisch nicht sein, sich nicht etwas aufs Gewissen laden, da gehe das Aufladen wohl ring zu, aber mit dem Abladen könne man nicht mehr zwegkommen. »Allem an«, sagte die Bäuerin, »hätte dann eine Frau nicht bös bei dir?«

»Wäger nit«, sagte Resli, »öppe wegem Reichtum will ich nicht sagen, daß es eine nicht besser machen könnte, aber mehr als genug kann eine doch nicht essen und mehr als gut es doch nicht haben, und genug fände sie so Gott will bei uns, und wegem Guthaben, traue ich, würde es eine kaum besser machen..«

»He ja«, sagte die Bäurin und seufzte, »es wär gut, es wäre allenthalben so, aber Guthaben und Reichsein ist zwei. Manche

Arme hat es so gut oder besser als manche Reiche.«

»He ja«, sagte Resli, »es ist so, und schon Manche, wo Geld genug hatte, aber e Hung vo Ma, hat mich grusam duret, und es het mih düecht, ih möcht dä Uflat ungspitzt dur e Bode niederschla. Wenn ich eine bekommen könnte, gerade so wie Euer Meitschi eins ist, es düecht mich, ich wollte ihm den Geiger haben, so oft es wollte, und barfuß lief ich ihm, wohin es wollte, und sollte es über ein Dornhag sein bis ga Basel abe. Wenns z'mache wär, das möcht ich, und ich traue, auch meinen Leuten wäre es bsunderbar anständig. Gesehen haben sie es zwar nicht, aber viel Grühms von ihm gehört.«

» Sövli ernst wirds dr nit sy, wird tuest«, sagte die Bäuerin, »u de wärs z'spät. Anne Mareili hat schon einen, dSach ist richtig, sust gfielst mir noch, und ich glaubs, ds Meitschi hätt nit sövli bös bei dir.«

»Es freut mich«, sagte Resli, »wenn Ihr das glaubt, und deswegen, hoffe ich, werdet Ihr ein gutes Wort für mich einlegen. DSach wird doch wohl zu ändern sein, und dem Meitschi wärs auch recht, wie ich Grund habe zu glauben.«

»Es tut wüst, ja, ich weiß es wohl, aber es hilft ihm nichts, als daß es nachher um so böser hat«, sagte die Alte. »Sie machen es einem so, die Donnstigs Grännine; nimmt man sie gerne, so halten sie einem vor, man sei ihnen nachgelaufen, und wehrt man sich und muß doch anekneue, so treiben sie es einem ein, daß man anfangs vergehen möchte vor Plären, nachher bessert es einem. Ich habe es auch erfahren und weiß, wie es geht.«

»Darum«, sagte Resli, »seid eine Mutter am Meitschi, legt ein gut Wort für ihns ein, macht die Sache mit dem Alten krebsgängig, Ihr sollt Euch Euer Lebtag nicht reuig sein; ds Meitschi will ich auf den Händen tragen und Euch auch.« – »Hör chäre«, sagte die Frau, »es hilft nüt. Mein Mann hat einen Gring wie ein Landvogt, was er einmal darin hat, das bringt man ihm nicht mehr daraus. Nun setzt er an die Heirat mit dem Kellerjoggi, es ist ihm wegen den Buben. Das sei das Einzige, für was man die Meitscheni brauchen könne, daß man sie reich heiraten mache und öppe, daß die Buben noch zum Erben kämen, so mehre sich die Sache, statt daß sie sonst mindere und die Buben durch die Meitscheni zuletzt über nichts kämen. Und es ist wahr, Kellerjoggi ist reich, und wenn alles öppe kömmt, wie man denkt, so können da einmal üser Buebe Hung usenäh.«

»Aber«, fragte Resli, »sind dann eigentlich nur die Buben Euere Kinder, und soll einem nicht eins sein was das Andere?«

»Was weiß ich«, sagte die Bäurin, »es ist der Brauch diese Weg, und wie es der Brauch ist, so macht mans. Ich will nicht sagen, daß das Meitschi mich nicht dauert, aber was will man, es muß es haben wie die Andern auch. Dafür ist man auf der Welt. Sonst, wenn das nicht wäre, hättest du mir nicht übel gefallen. Wenn unser Ätti tot ist, so könnte ich zu euch kommen. Machen tut er es nicht mehr lange, er muß des Nachts manchmal husten, daß es einem übel gruset, und ganz Stunde muß er aufhocken. Öppe gut habe ich es bei ihm nicht gehabt, und wenn ich einen Kreuzer habe brauchen müssen, öppe zUnnutz nit, selb wär mr selber nit zSinn cho, so hat er für zwei mit mir aufbegehrt, und wenn ne üse Herrgott öppe bald will, su kehre ih mih nit lätz, was hilfts? Mi mueß sih i dSach wüsse z'schicke. Aber notti reut er mich, denn nachher habe ich es noch böser. Die Buben sind schon jetzt so wüst gegen mich, daß sie nicht wüster sein könnten, und wenn dSach erst ihre ist, so bekomme ich es, wies kein Hund hat in der ganzen Gemeinde. Da nehmen sie alles, und was sie mir geben sollen, geben sie mir nicht, und wenn ich schon dene Manne klage, so nützt es nichts, ich kriegs nur böser. Es hats ein jeder auch so gemacht, und was ist so an einer alten Frau gelegen, wo man je eher je lieber unter dem Herd hat! Da, hatte ich gedacht, könnte ich zu euch, wenn üse Ätti greiset wär, und bruchte meinen Schleiß dort; du würdest notti schon sehen, daß ich ihn bekäme, und mich davon brauchen lassen, was ich öppe nötig hätte; öppe alles nicht, es bliebe immer noch übrig, was ihr nehmen könntet. Es hat mir wohl gefallen, bsunderbar, wie deine Mutter hat könne kramen und bifehle, es het mih düecht, wenn ich es einmal so haben könnte, nur einen Monat lang, ich wollte zufrieden sein, aber mein Lebtag habe ich nie bifehlen können und werde auch nie dazu kommen, daß Gott erbarm! Aber vrsprenge hets mr ds Herz scho mängist welle, wenn ich daran gedacht, daß mein Mann vierzigtausend Pfund von mir hat können nehmen, so gut als wie einen Batzen, und wie ich davon nichts gehabt, aber habe können Hund sein fast vierzig Jahre lang; von wege, ich bin noch gar jung gewesen, wo ich ihn habe nehmen müssen und schier nit welle ha. Es hat mich auch düecht, ich möchte noch ein wenig ledig und lustig sein und so einen finde ich immer noch, wenn ich auch zehn Jahre noch warte. Jetzt macht es Anne Mareili doch besser, es muß Seinen, so Gott will, nicht vierzig Jahre haben, auf das allerhöchst kömmt es mit zwanzig Jahren daraus, und dann hat es notti ein Schönes verdient; aber zwanzig Jahre sind lang und e alte Uflat e wüesti Sach.«

Unterdessen war in der Küche etwas Warmes zustande gekommen, der Mittag näher, und vom Felde her hörte man Stimmen und Hundegebell. Die Bäurin nötigte ihn hinein und sagte, es sei drinnen neuis zweg, und daß das Volk ihn sehe, sei eben nicht nötig. Resli gehorchte und ward ins bekannte Stübchen gewiesen, wo er krank gelegen und wieder erwacht war; es war Anne Mareilis Stübli, das sicherste im ganzen Hause, denn des Meitschis Stube betritt nicht leicht ein anderer Fuß als solche, welche es eigenhändig einläßt.

So ein Mädchenstübchen, sei es groß oder klein, schön oder schlecht, ist immerdar ein Geheimnis oder wenigstens die Hülle eines Geheimnisses; manchmal birgt die Hülle ein Heiligtum, selig dann die Hand, welche die Hülle hebt, manchmal birgt sie das Gegenteil, und besser wäre der Hand, welche die Hülle gehoben, gewesen, sie wäre verdorret, ehe sie den unglücklichen Griff getan.

Resli achtete sich der Suppe nicht, welche auf dem Tische stand; er sah rings im Stübchen sich um, betrachtete alles in einer Andacht, die inniger und heiliger war als die englische, mit welcher die weißhaarigen Vögel alles betrachten, was in ihren Reisebüchern steht, und jegliche Stube eines Berühmten, in die sie gewiesen werden, andächtiger betrachten, als jener Engländer die Jungfrau vom Rugen hinüber im Laternenschein. Er war nämlich am Abend bei Nacht nach Interlaken gekommen, wollte vor Tag am Morgen fort und wollte doch die Jungfrau sehen, ließ an lange Stangen Laternen binden und zünden in die Nacht hinaus, und was er gesehen, weiß man nicht, aber er sagte: »Byutiful! Encore un moment«, schrieb etwas auf, dann ging er heim, trank Tee, aß dazu anderthalb Pfund Anken und anderthalb Dutzend harte Eier und strich sich am folgenden Morgen wieder.

Und wie er da so herumschaute, Resli nämlich, von einem zum andern, ging die Türe auf und Anne Mareili trat herein; die Mutter hatte ihm einen Wink gegeben, daß neuer seiner warte. Es schlug die Hände zusammen, als es ihn sah, ward bald rot, bald weiß, und als es ihm stumm die Hand längte, zitterte sie.

»Die Mutter meints nicht bös«, sagte er.

»Ja, gschauet einander nur«, sagte diese, rasch eintretend, »und esset schnell, und je eher du gehst, dest besser ists. Aus der Sache gibt es doch nichts, und wenn der Alte dazukäme, so wär das Wetter los für nichts und aber nichts.«

»Aber Mutter«, sagte Anne Mareili, »du wirst doch nicht begehren, mich so unglücklich zu machen, häb auch ein Gefühl für mich!«

»Hör chäre« sagte die Mutter, »du weißt ja, wie dr Ätti ist und was ich zu einer Sache zu sagen habe. Und so wegem Manne ists wäger nit dr wert, ds Wüestist alles z'mache. Am End kömmts aufs Gleiche hinaus, nehme man den oder diesen, öppe e chly besser oder e chly böser, es ist e gringe Unterschied, und wenn es schon nicht nach dem geht, was man im Kopf hat, deswegen fährt einem der Kopf doch nicht ab, darauf chast zele. Ih hätt sust scho dryßig Jahr kene meh.« Man gewöhne sich an alles. Dreißig Jahre sei es nie gegangen, wie sie gewollt, deretwegen würde es ihr jetzt gar ungewohnt vorkommen, wenn es einmal ginge, wie es sie düeche, daß es ihr anständig wäre. Und wenn dr Ätti einist abgehe, und sövli lang gehe es nicht mehr, sie sage es noch einmal, so hätte sie den Glauben zu ihnen, daß sie es bei ihnen nicht am bösten hätte. Aber was nicht sein könne, müsse man nicht zwangen wollen, und wenn man zuweilen ein gutes Tröpfli Kaffee habe, so lerne man sich in manches schicken, wo man anfangs geglaubt, es wolle einen in die Luft sprengen.

So tröstete die Mutter, aber dieser Trost schlug nicht ein. Trost und Gemüt verhalten sich gar seltsam zusammen, und gar selten weiß ein Mensch, ob er mit seinem Trost Öl oder Wasser ins Feuer gießt. Die Einen trösten und haben selbst den Glauben nicht zu ihrem Troste, und Andere trösten, nach dem es sie düecht, und denken nicht, daß es den Andern ganz anders düecht.

So faßte auch der Bäurin Trost bei ihrer Tochter nicht. Resli zu trösten, erachtete sie nicht für notwendig; wahrscheinlich meinte sie, einer, der nur einen Finger zum Fenster hinauszustrecken brauche, damit Zehn ihm daran hingen, werde sich nicht hängen, wenn er die nicht kriege, die ihm angfähr ins Gesicht geschienen. Es war ihr, wenn er nur fort wäre. So aber war es Resli nicht. Er saß neben Anne Mareili und rückte mit Essen nicht fort, gäb wie die Mutter sagte: »Seh iß doch, nimm doch, es kaltet ja.« Das Kacheli mit dem gleichen Kaffee stand noch immer vor ihm, und mit dem ersten Stück Eiertätsch war er auch noch nicht fertig. Und Anne Mareili machte auch keine Anstalt zum Gehen, als die Mutter die Nachricht brachte: »Seh mach und gang, si göh wieder, und was würd dr Ätti säge, wenn er dich nicht auf dem Felde sähe! Der geht dort vorbei, wenn er heimkömmt.« Aber Anne Mareili war nicht ab Platz zu bringen. Der Ätti hätte in der letzten Zeit so oft mit ihm wüst getan, sagte es, daß einmal mehr oder weniger ihm gleich sei. Und so darin hangen zwischen Leben und Sterben möge es nicht länger, aber wunder nähmte es ihns, ob dann ein Ätti das Recht hätte, mit einem so umzugehen, daß es gerade so sei, als tötete er einen, das möcht es doch erfahren. »Duguets Tröpfli«, sagte die Mutter, »probiers mit ihm, wennd darfst; du wirsts erfahren, was ein Ätti kann und was ein Meitschi kann.« – »Ja, Mutter, das will ich, von wegen ich glaube, es komme da aufs Couragi an, und wenn ein Meitschi fest in ihm selber ist und öppe es paar Wort und es paar Kläpf nit schücht, su wird öppe so e Ätti nit alles zwänge. Und tut er z'wüst, so laufe ich fort, und wohin, weiß ich wohl.«

Da ward der Mutter himmelangst; sie hatte das Couragi längst verloren und begehrte die Suppe nicht mit auszuessen, welche Anne Mareili einbrockete, sie begehrte nicht Schläge, und fortlaufen konnte sie nicht, sie wußte kein Haus, wo sie Gottwilche gewesen wäre.

Sie bat ihns, es möchte gehen; zu Resli sagte sie, es düeche sie, es sollte ihm lieb sein, nicht Ungelegenheit zu haben, und wenn sie ihm zu Gutem raten könne, so solle er gehen, so streng er möge. An ihrem Meitschi würde er doch eben nicht alles erobern, dSach sei den Buben, und von der Haushaltung verstehe es nichts, es hätte dSach geng alles a seye gla, es vrstang i Gottsname nüt, als so gradane dryzschla; so ein Bursch, wie er sei, könne es hundertmal besser machen, und wenn sie ihn wäre, so wollte sie doch nicht so Mühe haben, wo es nichts als Verdruß gebe. Aber auch zu ihm redete die Bäurin wie an eine Wand, und je strenger sie redete, desto weniger achteten sich die Zwei ihrer, sondern führten Privatgespräche. Da ward die Alte endlich böse und sagte: »Ih sägen ech zum letztemal, göht! U wenn dr nit ganget, su luegit de. Ob de dr Alt chunt oder dr Tüfel, es chunt ech i eys.«

Da ging die Türe auf und der Alte trat ein. »Herr Jesis, er chunt, er chunt!« rief die Bäurin und machte sich hinaus. »Das geht lustig«, sagte der Bauer, doch eben nicht zornig, »grad wie es im Spruchwort heißt: wenn die Katze aus dem Hause ist, so tanzen die Mäuse. Haben sie dich schon wieder gefunden hinter einem Hag?« – »Nein«, sagte Resli, »diesmal bin ich selbst gekommen. Mutter und Vater alten und sind schon lange an mir, daß ich weiben solle, aber es hat mich bisher nie düecht, daß ich möchte, bis jetz. Jetz habe ich wollen fragen, ob Ihr mir Eure Tochter geben wollt. Öppe bös haben soll sie nicht, und öppe bös machte sie es auch nicht. Wir haben eine styfe Sache, wo man dabei leben kann der Hof ist zahlt, Usgleues ist auch noch etwas, es sind unserer Drei, und ich bin der Jüngst.« – »So, so, du machst nit viel Federleses, Bürschli, fahrst mit der Tür ins Haus, als wenn vom Himmel herab kämest, und wirst meine, ich solle jetzt gleich anekneue und

Ja sagen und dir noch danken für die Ehr und das Zutrauen. Aber selb macht sich nicht so und so gleytig geht das nit, oder was meinst, Meitschi, soll ne klepfe und wotsch ne?« – »Mir wärs recht, Ätti«, sagte Anne Mareili, »ich wußte nicht, was ich darwider haben sollte.« – »So, das wüßtest du nicht«, sagte der Bauer, »du wirst nicht mehr wissen, was abgeredet ist? Allem an scheint das eine abgeredete Sache, und es mangelt nichts mehr, als daß ich schön nachsage, was ihr mir vorsagt. So, so, das geht afe lustig heutzutage.« – »Nein, Vater«, sagte Anne Mareili, »so ists doch nicht, und es ist mir recht, daß Ihr gerade dazukommt, es wäre öppe niemand in Sinn gekommen, öppis hinter Euerem Rücken anzustellen. Aber das sage ich noch einmal und werde es immer sagen, den Kellerjoggi nehme ich nicht, einen Unflat mag ich nicht.« – »Warum holst du mir kein Kacheli?« sagte der Bauer, »oder ist dSach nicht auch für mich?«, setzte sich an den Tisch und sagte dazu: »Es macht heute heiß.« Dann sprach er von diesem, von jenem, frug nebenbei, ob sie auch eine Käserei hätten, und ließ alles abwickeln, was an dasselbe sich knüpfen läßt, hielt so gleichsam ein verblümt Examen. Endlich frug er: »Wo bleibt die Mutter? Sage ihr, sie solle einen Schlack Wein bringen, er düecht mich nie besser als auf den Kaffee. Ich habe heute noch keinen gehabt, ich habe pressiert, es het mih düecht, ih müeß hei.«

Die Mutter war draußen und hatte sich wohl gehütet, in die Nähe zu kommen; sie hatte es akkurat wie ein Knabe, der brennenden Schwamm auf einer Schlüsselbüchse hat oder auf einem Feuerteufel: er horcht ängstlich, obs nicht bald losgehe, aber das Gesicht hält er wohlweislich so weit als möglich vom Feuer ab.

Als Anne Mareili hinauskam, erschrak sie und meinte, sie müsse vor Gericht, als es aber seinen Auftrag ausrichtete, frug sie freudig: »Was, hat er zugesagt, ist dSach richtig?« – »Nichts hat er gesagt«, sagte Anne Mareili, »er tut, als ob er von allem nichts gehört, und redet da von Ziger und Käsmilch, daß man vor Ungeduld fast selber Ziger wird. Ich kann mich gar nicht auf den Ätti verstehen.« – »Zähle darauf«, sagte die Mutter, »es hat etwas Ungerades gegeben mit Kellerjoggi. Die alte Säble! Es wird einer den Andern betrügen wollen, und jeder wird meinen, der Andere solle es nicht merken. Üse Ätti wird öppis gmerkt ha und nit zwüsche Stüehl und Bänk welle, er het lieber Figge und Mühle.« – »Weiß nit«, sagte Anne Mareili, »aber Figge und Mühle können auch fehlen, das erfährt gegenwärtig so manche stolze Tochter, die sich in ihren Ängsten die Beine abläuft um einen Mann und vor lauter Figge und Mühle zu einem unehlichen Kinde kömmt. Es ist jetzt afe eine Schande, eine Bauerntochter zu sein, und man nimmt bald alle in eine Wid.« – »Ja«, sagte die Mutter, »dWelt ist afe schlecht.« – »Ja«, sagte Anne Mareili, »aber noch manches Meitschi sinnete das Bessere, aber man läßt nicht lugg, bis es nicht anders als die Andern ist.« – »He ja«, sagte die Mutter, »es geht all Weg«, aber der Tochter Sinn verstund sie nicht.

Drinnen gings in lauter Friede, daß die Mutter sich gewaltig wunderte, als sie den Wein brachte und sah, wie der Alte mit Resli redete, freilich nicht wie mit seinesgleichen, denn der Dorngrütbauer war der Meinung, daß seinesgleichen nicht auf Erden sei, und kein Altadelicher konnte auf seine Weise stolzer sein als der Dorngrütbauer. Seine Einbildung stützte sich nicht nur auf seinen Reichtum, sondern auch auf seine Weisheit und Einsicht. Er hatte einige Händel gewonnen, und einmal war er fast Ratsherr geworden, hatte sich wenigstens bereit erklärt, daß er es annehmen würde; zudem waren ihm einige Redensarten über Herren und Pfaffen geläufig, mit denen er regelmäßig alle Sonntage einige Handwerksbursche und an Gerichtstagen den Gerichtschreiber zu lachen machte. Daher behandelte er niemand als seinesgleichen; wem er Ehrfurcht bezeigen sollte, den floh er, aus welchem Grunde wahrscheinlich er auch von unserem Herrgott keine Notiz nahm und tat, als ob derselbe nirgendwo wäre; mit wem er zusammentraf und sich abgeben mußte, der mußte es wissen und empfinden, daß es der Dorngrütbauer sei, mit dem er rede. Und wenn er mit einem zusammentraf, der ihn nicht kannte, was noch hie und da geschah, obgleich seine Nase selten außerhalb seiner Kuhweid zu sehen war, so sagte er, das düeche ihn kurios, sust wüß öppe esn ieders King uf dr Welt, wer der Dorugrütbauer sei. Es wäre sehr merkwürdig gewesen, wenn der und Goethe sich einmal getroffen hätten, sie Zwei an einem Wirtshaustisch, zwischen Beiden etwa ein Kalbskopf an weißer Sauce, und hätte der Goethe nicht gewußt, wer der Dorngrütbauer sei, und der Dorngrütbauer ebenso wenig von dem Goethe: was die sich für Augen gemacht hätten und wie jeder bei sich gedacht hätte, der weiß afe nüt, wird ume son e Löhl sy! Nun, über dieses Verwundern darf man sich bei solchen Notabilitäten nicht verwundern, geschah es doch sogar einem gewissen (Löhl darf man nicht sagen) Badbeschreiber in Deutschland, das heißt einem Solchen, der für Geld oder freies Logis mit Kost gewisse Bäder rühmt, daß er sich gröblich wunderte, wie auf irgend einer Straße irgend ein ordinärer Mensch nicht wußte, wer er sei. Nun er wird gemeint haben, wenigstens unter seinesgleichen sollte er bekannt sein.

So ein junger Bursche war natürlich tief unter ihm, und er ließ es Resli auch gehörig fühlen mit Manieren, Bemerken und Widersprechen, wie man es alle Tage hören und sehen kann, wo Notabilitäten zu sehen sind. Resli war bescheiden, aber nicht katzenbucklicht, er gab Bescheid, paßte dabei aber auf Gelegenheit wie die Katze auf die Maus, aber lange umsonst.

Endlich fragte der Bauer: »Du wirst den Hof erhalten?«

»Allweg«, sagte Resli, »und wenn Ihr mir die Tochter gebt, so gibt sie eine Bäurin, die öppe de Kümi nicht zu spalten braucht.« – »Es gibt Höfe droben«, sagte der Bauer, »ich möchte sie nicht geschenkt, und wenn man Schulden darauf hat, so wäre man ringer Polizeier, der doch noch öppe all Tag Brot bekömmt, bald hie, bald da. Es wird gemacht sein, du wirst den Andern doch öppe nicht viel müssen herausgeben?« – »Gemacht ist nichts«, sagte Resli, »aber öppe hart halten wird man mich nicht, sie sind alle gut gegen mich, und es meint öppe Keins, daß zLiebiwyl kein Bauer mehr sein sollte. Der Hof ist öppe nicht ganz eben, aber stotzig Land ist doch auch keins, und wenn einer zu ihm sieht, so wäre da unten in den Dörfern öppe nicht manches Haus, in welchem Platz hätte, was auf demselben gemacht wird.«

»Ich habe heute vernommen, daß mir Laden nicht kommen, welche ich gekauft zu haben meinte; jetzt habe ich zwei oder drei Bäume zu wenig. Fände ich bei euch welche? Du hast mir letzthin davon gesagt, daß ihr Holz verkauft?«

» Oh, aparti verkaufen wir nicht Holz, aber wenn jemand mangelt und wir können ihm einen Gefallen tun, so sagen wir es ihm nicht ab«, sagte Resli, »In unserm Holzschopf wird wohl etwas von Laden sein, was Euch anständig wäre; kommt und sucht Euch aus.«

» So, habt ihr Vorrat auf den Kauf hin ?« fragte der Bauer. »Nein, aparti nicht. Aber wenn etwas Abgähndes ist im Walde oder andres, das mehr schadet, als ihm aufgeht, so machen wir es im Winter nieder, und was Laden gibt, tun wir zur Säge. Der Vater meint, man wisse nie, was es geben könne, und wenn man es brauche, so habe man es. Es sei ihm nichts mehr zuwider, als wenn man erst die ganze Welt aus gumpen müsse, ehe man an etwas hin könne.«

»He, wennd meinst, ihr habet Laden, einen Baum zwei Zoll und zwei anderthalbzöllige, aber saubere, so wäre es möglich, daß ich die andere Woche hinaufkäme, wenn man etwa ein Roß entmangeln kann.« – »Deren«, sagte Resli, »haben wir zum Auslesen, und wenn Ihr mehr mangelt, so braucht Ihr auch nicht weiter. Aber von wegen der Tochter möchte ich fragen, wärs Euch wohl anständig?« – »He«, sagte der Bauer, »pressiere wird das öppe nit sövli, man hat danach alle Zeit, davon zu reden, und ds Meitschi ist uns nit sövli erleidet, daß das so eys Gurts gehen muß. Man kann immer noch davon reden, und wenn ich die andere Woche hinaufkomme, so gibt vielleicht ein Wort das andere.«

Weiter konnte es Resli nicht bringen, trotz allen diplomatischen Redensarten, und als er sagte, die Sonne sei schon teuf und er habe weit, so gab man ihm nicht zu verstehen, daß er bleiben könne, sondern man sagte, die Tage seien lang und finster werde es nicht, um zehne komme der Mond. Er mußte aufbrechen, lud aber vorerst noch grausam ein, daß der Bauer die andere Woche ja nicht fehlen und Frau und Tochter mitbringen solle; sie seien doch noch nie da oben gewesen. Daß das Weibervolk die ganze Welt sehe, meinte der Bauer, halte er nicht für nötig; wenn er sie an alle Orte führen sollte, wo sie nicht gewesen, so hätte er mehr zu tun, als er möchte, und sei z'alte für noch anzufangen. Mehr wollte er nicht sagen, und mehr ließ er ihn nicht sagen, weder zu einem Zeichen noch zu einem Worte hinter seinem Rücken gab es Zeit oder Raum; er begleitete Resli bis auf die Straße und hütete Haus und Straße mit scharfen Blicken, daß keine Maus was Geheimes hätte tun können, geschweige denn ein Meitschi. Erst als er sich überzeugt hatte, daß Resli in der Ferne wirklich verschwunden, ohne Versuche zu weiterer Annäherung, ging er ins Haus zurück und nahm die Weiber scharf ins Gebet: Wie der dahergekommen, was sie mit ihm gehabt und warum sie ihm aufgewartet hätten, als ob er bereits Hochzeiter wäre.

Die Mutter machte sich ganz unschuldig. Sie wies das Zuckerstöcklein vor (den Kaffee verschwieg sie), das hätte er als Kram gebracht für seine Verpflegig, und da hätte sie ihn müssen hinein heißen und ihm etwas Warms machen, wegem allgemeinen Gebrauch; an etwas anders hätte sie nicht gesinnet. Da sei aber Anne Mareili dazugekommen, und die hätten gleich mit einander getan wie dGöhle, bsunderbar wenn sie draußen gewesen. Sie hätte darauf Anne Mareili oft gehen heißen und ihm gesagt, es komme nicht gut, es solle selbst sagen, ob es nicht so sei, aber es hätte nicht darum getan.

So unschuldig kam Anne Mareili nicht davon. Es bekannte offen, daß es dem Resli bekannt, es sage nicht Nein, er solle nur auch machen, daß der Vater Ja sage; den Kellerjoggi aber, den nehme es allweg nicht, lieber wollte es sich rösten lassen wie Kaffeebohnen. »Selb wär z'probiere«, sagte der Vater und weiter nichts, wüst tat er gar nicht. Das wars, was Anne Mareili grusam verwunderte, aber einen ganzen Tag umsonst, denn erst am folgenden Tage konnte es die Mutter ihm erzählen, wie Kellerjoggi den Vater erzürnt und wie dieser es ihm nun weisen wolle.

Kellerjoggi hatte nämlich eingewilligt, sein Vermögen dem Anne Mareili verschreiben zu lassen, und es war abgeredet worden, an einem Markttag an einem gewissen Orte zusammenzutreffen, um den Kontrakt schreiben und dann alsobald verkündigen zu lassen. »Nun kömmt Kellerjoggi nicht, sondern schickt ihm so einen Lumpenhund und Bauerngumper, wo an allen Orten sind und nichts begehren, als die Leute hineinzusprengen und Bauern zu betrügen. Mit dem soll der Vater es ausmachen und schreiben lassen, und der fängt aufs neue zu märten an und will den Vater überreden, der Ehekontrakt pressiere nicht sövli; wenn man es begehre, so könne man wohl zuerst verkünden lassen, das hätte nichts zu sagen. Da ist der Vater bös geworden und hat ihm gesagt, ob er meine, er habe einen Schulbub vor sich, der nicht wisse, daß eine Verkündigung ein Lätsch sei, und wer daraus wolle, Haare lassen müsse. Er sei aber z'jung und z'dumm dazu. Dem Kellerjoggi solle er nur sagen, mit der Sache solle es nichts sein, und meinen solle er nicht, daß er am Dorngrütbauer einen Narren habe, mit dem er machen könne, was er wolle.« Gab was der Lumpenhund gesagt, Kellerjoggi habe Rückenweh und könne das Fahren nicht ertragen, habe der Vater nichts hören wollen, sondern sei in der Täubi fortgegangen; des Wartens habe er jetzt genug, und es gebe noch Andere für sein Meitschi als so alte Böck und Sünder, habe er gesagt. »Allem an hat einer von unsern Buben dem Alten es gchläfelet, Resli sei da. Nun wird er gedacht haben, besser könnte das sich nicht schicken, um es dem alten Hung zu weisen, und darum hat er nicht wüst getan, ds Konträri, dSach ist ihm noch recht gewesen. Und wer weiß, jetzt kommt die Sache vielleicht noch gut, wenn nur dr Ätti bald fährt und den Kellerjoggi nicht etwa ein anderer Laun ankömmt, daß er daherkömmt und dem Kübel wieder einen andern Mupf gibt. Oder der Ätti änderte Sinn, aber ich glaube es nicht, ds Geld ist ihm lieb und zwänge noch lieber; aber wenn öpper gescheiter sein will als er und ihn zum Narren halten, das mag er nicht erleiden, da reut ihn kein Geld mehr, da will er für ds Tüfels Gewalt ds Gegeteil von dem, was er gerade vorher het welle zwänge für ds Tüfels Gewalt. Er ist e Kuriose, üse Ätti.«

Der Eröffnung hörte Anne Mareili mit großer Andacht zu; ein Berg glitt ihm vom Herzen, vor ihm tat der Himmel sich auf, aber wie er herunter war, rutschte langsam der Berg wieder das Herz hinauf, der Himmel schloß sich wie ein Blitz, und schwarze Angst umfloß es wieder, schwarz und immer schwärzer. Auf einem Felsenvorsprung im Meere, auf den er sich zur Ebbezeit hinausgewagt, ist einer rasch von der Flut erfaßt, der Rückweg ihm abgeschnitten worden; er muß warten, muß hinaussehen ins weite Meer, sehen, wie die Wogen schäumen, steigen, muß sie fühlen, wie sie lecken an seinen Füßen, höher und immer höher, und langsam rinnt die Zeit vorüber, und wilder wird die Flut, und je wilder sie wird, um so langsamer rinnt die Zeit. Wie hoch die Flut steigen wird, wer sagt es ihm, wer kennt des Mondes Launen, des Windes Tücke, was beide über ihn verhängen? Ob er nach einer Stunde auf eigenen Beinen gerettet ans Ufer geht oder als Leiche von mutwilligen Wellen ans Ufer gespült wird, weiß nur der, der jede Tücke kennt und jede Laune. Und nun ein junges Mädchen, das den Himmel offen vor sich sieht, aber es darf den Fuß nicht heben, es darf nicht hinein; es muß warten, und wie lange, weiß es nicht, sechs Tage, sechs Nächte, sechs Wochen vielleicht, und ob es hineingetragen oder versenkt wird in der Lebensflut tiefuntersten Grund, das hängt nicht von Wind oder Mond ab, nicht von der Gnade dessen, der Wind und Mond regiert, sondern von den Launen zweier alten Vögel, zweier durchtriebenen Käusene, die nichts wissen von Menschenglück und Menschenliebe, sondern nur spielen Trumpf um Trumpf und stechen, was vorliegt, Herz oder Dame oder Bub, Karten ziehen, je nachdem der Teufel sie sticht. Und auf dieses Stechen und wie dr Teufel die Alten sticht, muß das Mädchen warten, kann nichts daran machen, muß warten Tag um Tag, und wie manchen noch, das weiß es nicht. Wer weiß nun, was so einen alten Käusi angeflogen kömmt über Nacht, was ihn sticht, was ihn plagt, ein böser Husten oder was anderes? Wer weiß, was er am Morgen stechen will, ob das Herz oder die Sau?

Wer alte Käusene kennt, welche Launen regieren, die leben, je nachdem der Teufel sie sticht, ohne Gewissen und ohne Erbarmen, der kann sich denken, wie es Anne Mareili sein mußte. Jetzt war sein Glück seinem Vater recht, weil er damit den Kellerjoggi so recht, wie man sagt, abetüfeln konnte; aber wenn Kellerjoggi kam und sich unterzog, sein Rückenweh recht groß machte, seinen Agenten recht dumm, der nicht gewußt, was er redete, zu nichts den Auftrag gehabt, so war die ganze Freude aus und der Friede unter den Sündern wieder hergestellt. Und wenn der Vater dann noch hinfuhr, wie er versprochen hatte, so war er imstande, sie dort im Ungewissen zu lassen, bis er recht wohlfeile Laden gekauft, und dann erst zu sagen, sie sollten nur nicht weiter Mühe haben, aus der Sache werde nichts, er tue es nicht. Wenn es draußen doppelte an der Türe, so fuhr es hoch auf; wenn es von weitem ein Wägelein hörte, so zitterte es, bis es sich vergwissert hatte, daß nicht der Kellerjoggi darauf sitze, und wenn der Vater vom Hause wegging, so stund es in alle vier Ecken Kehr um Kehr und hatte nicht Ruhe, bis der Vater heim war, bis es wußte, was er für ein Gesicht heimgebracht.

Ein Tag nach dem andern ging um, ohne daß einer dem Vater den Kellerjoggi oder einen andern Sinn gebracht; aber es kam der Sonntag, der Vater war auch noch nicht gefahren, und wenn er fahren wollte, das wußte niemand, und niemand fragte ihn. In diesem Hause ward nicht Familienrat gehalten, wie es sonst wohl in andern geschieht, hier war unumschränkte Despotie. Der Vater wollte, daß die Söhne reich blieben, er sorgte dafür, aber er befahl, und in sein Regiment sich zu mischen, das wagte niemand. Und wenn er Argwohn faßte, einer seiner Söhne hätte Mut, den Kopf aufzuheben und etwas von eigenem Willen spüren zu lassen, so drückte er ihm den Kopf nieder, daß derselbe froh war, ihn unten zu behalten. Er zog die Söhne zu Bauern, ließ sie zAcker fahren und handeln; aber wenn er irgend merkte, daß einer derselben anfing zu glauben, er verstehe die Sache und möge mit Kauf und Verkauf bald den Vater, so war er imstande, ein Pferd, welches einer seiner Söhne eingekauft, unter dem Preise wegzugeben, nur um denselben demütigen, ihm vorhalten zu können, wieviel an einem Roß, welches derselbe eingekauft, verloren gegangen und daß solche Schnuderbuben doch nicht meinen sollten, sie könnten schon etwas. Wohl, das würde gehen, wenn der Alte nicht noch immer das Heft in der Hand behielte! So führte er ein Regiment, und wenn ein Kind etwas fragte, so sagte er: »Lue de«, und wenn sonst jemand etwas von ihm wissen wollte, so sagte er entweder ebenfalls nichts oder das Gegenteil von dem, was er eigentlich im Sinne hatte. Nur der Mutter sagte er zuweilen etwas, wenn sie sich nämlich recht demütig und stille verhielt. Rührte sie sich, zeigte sie Neugierde, so sagte er ihr: »Ja wolle, am ene sellige Babi wird man öppis sagen, das dKing uf dr Gaß nit sölle wüsse. Geh und köhl de Säue; für selligs het me dWyber, i ds Angere häb dNase nit, sust überchunst druf, es geyht dih o hell nüt a.«

Da aber doch selten ein Mensch ist der nicht seine Stunden hat, in denen er gerne schwatzt oder der nicht gerne einmal die Perücke abzieht und ist, wie er ist, und schwatzt, wie ihm ist, und selten einer ist wie Ludwig der Vierzehnte, den auch sein Kammerdiener nie in seiner Gemeinheit, sondern stets nur in der Perücke gesehen, so packte er zuweilen bei seiner Frau aus, was er dachte, was er wollte; dann mußte sie ihm gellen, ihn rühmen und hatte vielleicht einige gute Stunden, wo sie meinte, sie seien Beide recht gute Freunde. Aber sie brauchte dieses Gefühl nur einigermaßen merken zu lassen, so gab er ihr einen Tätsch, daß sie merken konnte, daß ihr Mann sie nicht zum Freund, sondern nur zum Hund wolle. Was sie in solchen Stunden erfuhr, das sagte sie manchmal Anne Mareili, weil es verschwiegen war und sie nicht verriet. Die Buben aber erfuhren nichts davon, denn sie zeigten eine souveräne Verachtung gegen das Weibervolk; dem ließen sie es auf allen Suppenbröcklene merken, wer da einmal zu befehlen hätte.

An einem Sonntag ging der Dorngrütbauer selten aus, wenn er nicht irgend einem Geschäft nachfuhr mit Roß und Wägeli, manchmal um Holz aus, manchmal um eine Kuh oder sonst was. Er rechnete am Sonntag, und nachmittags war meist jemand da, der mit ihm verkehren wollte, bald ein Metzger, bald ein Zinsmann, bald ein Nachbar, der Rat suchte, bald ein Anderer, der Geld wollte.

An jenem Sonntag tat er wie gewohnt, und Anne Mareili bebte nur vor einem heranfahrenden Kellerjoggi; aber es wußte doch immer, was ging, und hatte den Vater sozusagen unter den Augen. Wie erschrak es aber, als er, sobald er zu Mittag gegessen hatte, sich sunndigte, den Hut bürsten ließ und abzog, ohne zu sagen wohin, aber in der Richtung eines Wirtshauses, wo des Sonntags Kellerjoggi gewöhnlich seinem Namen Ehre machte und welches zwischen Schüliwyl und Aufbigehrige lag.

Unwillkürlich zog es Anne Mareili dem Vater nach, aber bis es sich zweggemacht, war er seinen Augen längst entschwunden, aber dennoch mußte es gehen. Es werde ihm neue so angst, sagte es der Mutter, es düechs, es müsse ein wenig voruse. »He nun, so geh«, sagte die Mutter, »aber mach, daß du heim bist für dSach z'mache! Auf die Jungfrauen kann man sich nicht mehr verlassen, gäb wie man es ihnen sagt; wenn die hinter sieben Zäunen ein Bubenbein sehen, so bringt man sie mit keinem Lieb mehr ab Platz.«

Anne Mareili ging der Richtung nach, in welcher der Vater gegangen war, aber keine Spur vom Vater fand sich mehr. Wege liefen nach allen Richtungen aus, es wählte nicht, lief den geradesten; bald stand vor ihm das Dorf, wo ihre Kirche stund, und nun fiel auf einmal ihm die Verlegenheit aufs Herz, was es dort machen, was es zWort haben wolle, und wenn es durchs Dorf durch sei, wohinaus es dann wolle. Wenn es gesagt hätte, es wolle ein Kehrli machen, spazieren gehen, man hätte es angesehen wie einen Stier ohne Hörner, ein Schwein ohne Ohren, und bis dato noch schämen ehrbare Mädchen auf dem Lande sich des Kehrlis und Spazierens ohne Ziel; sie spazieren auch, aber sie haben entweder etwas beim Schuhmacher zu verrichten oder möchten sehen, was ihr Flachs mache oder der Hanf auf der Rösti. Dann war es so früh, und es kam daher wie aus einer Kanone; so wegen mir nichts und dir nichts kömmt man aber nicht so früh und so wie aus einer Kanone.

Da fing es an zusammenzuläuten zur Kinderlehre. Beruhigend klangen die Töne in sein verwirrt und ängstlich Herz hinein, sie waren wie das Öl, das Aarons Haupt umfloß und Ruhe in sein Herz ihm goß; vor ihm ging es auf wie ein groß und herrlich Tor, das in kühle, friedliche Hallen führt aus heißem Gewühle. In die Kinderlehre, düechte es ihns, möchte es einmal wieder; seit es die Erlaubnis zum heiligen Abendmahl erhalten, war es nie in derselben gewesen. Daß Baurentöchter dieselbe besuchen, ist nicht Mode, kein guter Schick ist dort zu machen, keine Kurzweil ist darin zu treiben, und wo es nicht Mode ist, geht man nicht hin, so ume vo wege nüt mag man sich nicht auslachen lassen. Nur so arme Mädchen und zuweilen auch ein sinniger Bube kommen her, die es einsam anweht draußen in der Welt, die Heimweh haben nach dem Orte, wo sie die Liebe Gottes angeweht, wo sein Licht helle Strahlen in ihre Herzen geworfen, die ein Heimweh haben nach dem Lehrer, der ihre Herzen einem höhern Sinne aufgeschlossen, dessen Worten sie es angefühlt, daß er ein Herz für sie habe, wie keines auf Erden für sie geschlagen, daß sie ihn so recht aus Herzensgrund erbarmen, daß er sie retten möchte aus des Verderbens Schlund mit allen Kräften und von ganzer Seele. Wie wohl tut es ihnen, wenn sie ihn sehn, wenn sie die alten und doch immer neu werdenden Lehren hören! Und wenn sie fühlen, daß unter ihnen der Boden wankt, daß die Wellen der Welt die Scholle, auf der sie stehen, vom Ufer reißen, so wenden sie nur um so inniger ihre Blicke nach dem treuen Lehrer, und Tränen drängen sich ins Auge, und jede Träne ruft: Wenn der es wüßte, was würde er sagen! Da wird oft das Herz so heiß, Bekenntnis um Bekenntnis drängt sich hervor bis an die Schranke der üblichen Sitte; da erkalten sie wie Lava in des Meeres Schoß, und was der Lehrer wohl im Auge sah, das überschritt die Lippen nicht, das versteinerte nach und nach. Wenn dann im Herzen die Welt erkaltet, da taut wohl das versteinert Gewesene wieder auf; er hätts gut mit mir gemeint, heißt es dann, aber was will me? Ih ha mih gschoche, u du ischs gange, wies gange ist. Wenn ich ihn nur noch einmal sehen könnte und der liebe Gott mir verzöge, so wärs, was ich wünschte. So dünkt es manches arme Mädchen und zuweilen auch einen Buben, die fühlen, daß kein Herz so warm für sie schlägt als das da innen. Diese haben eben kein Vorwort nötig, wenn sie in die Kinderlehre gehen wollen; die, wenn sie nicht narrochtig tun, laufen unbeachtet.

Anne Mareili hatte den Pfarrer auch geliebt, es düechte ihns immer, er meine es so gut, kein Mensch so auf der Welt; mit keinem Lieb hätte man es von einer Unterweisung abgehalten, und als sie zu Ende waren, düechte es ihns, es wäre ihm jemand gestorben und zwar das Liebste, welches es auf der Welt hatte. Es hatte darauf einige Male gesagt: »Es düecht mih, ih möcht zKingelehr.« Dann hatte die Mutter gesagt: »Was witt doch, du Göhl, es düecht mih, du söttisch gnue Kingelehr übercho ha. Es geyht ja ke Mönsch, was witt doch? DLüt lache dih ume us.« So hatte es die Mutter abgehalten, und Anne Mareili ließ sich abhalten, es hatte es nicht besser gesinnet.

So halten noch viele Eltern ihre Kinder vom Gottesdienst ab, und nicht nur vom Gottesdienst, sondern auch von Gott selbst. Wartet nur, ihr Toren! Wenn ihr eure grauen Haare mit Jammer zur Grube tragt, dann schreit ihr vielleicht nach Gott; aber zwischen euch und eurem Gott stehen dann eure Kinder, die ihr an Teufel und Welt verraten, und wie wollt ihr erlöst und selig werden, so eure Kinder durch euch verführt und verflucht sind?

Jetzt düechte es Anne Mareili, dahin möchte es einmal wieder, und alsbald fiel ihm bei, wenn es die Leute frügen, was es da wolle, so könne es zWort haben, sie hätten einen Ackerbub und es nähme sie wunder, wie der antworte und ob ihm der Herr wohl erlauben würde. Das könnte freilich noch Mancher zWort haben, um zur Kinderlehre zu gehen; aber leider sind der Mütter, der Väter gar zu viele, die sich nie darum kümmern, wie ihr Kind dem Herrn antworten könne in der Kinderlehre, die sich ebenso wenig darum bekümmern, was einst ihr Kind dem Herrn antworten müsse am Tage des Gerichtes. Aber wartet nur, es kömmt eine Stunde, wo ihr anhören müßt, ihr mögt wollen oder nicht, was das Kind antworten muß, und wehe dann euch, wenn das Zeugnis gegen euch ist, euch anklaget als Seelenmörder, und Seelenmörder ist noch ganz was anderes als Leibesmörder! Dann gehen euch die Ohren auf, sie mögen verpicht sein wie sie wollen, und die Predigt könnt ihr nicht verschlafen, wie manche auf Erden ihr auch verschlafen habt; die Donner des Zornes Gottes wecken, darauf könnt ihr euch verlassen.

Anne Mareili mäßigte, sobald es den Fund getan, seinen Schritt und ging ganz zimpferlich ins Dorf, wie es sich Dorngrütbauern Tochter ziemte, suchte so unbemerkt als möglich zur Kirche zu gelangen, und wenn ihns jemand ansprach, so brachte es seinen guten Grund vor, gegen welchen man ihm gewöhnlich einwendete: »He, was witt, laß du die zusammen machen; gäb du gehest oder nicht, es fällt doch wies will oder wie der Herr den Laun hat. Komm, in der Kirche schläfert es dich nur, und in der Luspinte wird getanzt!«

Als Anne Mareili in die Kirche kam, hatte es verläutet, der Herr den Psalm verlesen; schon ging die Orgel, mit gwunderigen Augen sahen sich die Kinder nach ihm um, daß es ganz rot ward und fast reuig, daß es gekommen.

Während die Orgel ging, gingen seine Gedanken dem Vater nach, sahen, wie er den Kellerjoggi fand, wie sie Frieden machten, sah den Tritt vor dem Taufstein und dachte sich, wenn es da knien müßte mit dem alten, an Leib und Seele wüsten Manne, sich verkaufen lassen mußte mit Leib und Seele, wie es unter Christen, und zwar unter den vornehmsten am öftersten, üblich und bräuchlich ist. Immer lebendiger trat ihm der Alte vors innere Gesicht; es sah ihn dort knien, sah sich an seiner Seite, sah, wie der Pfarrer las und immer las und immer näher die Stelle kam, wo es Ja sagen sollte; immer enger schnürte sich sein Herz zusammen, es dünkte ihns, als müßte es ersticken oder geradeaus in die Kirche hineinrufen: Nein, Nein und immer Nein in alle Ewigkeit. Da schwieg plötzlich die Orgel; aber seine Beklemmung löste sich nur langsam, Göller und Hemde und Kittel, alles war ihm zu eng geworden, denn wo es einem zu eng ums Herz wird, da ist kein Göller weit genug, da ist selbst Gottes weite Welt zu eng. Aber wenn es einem zu eng wird in der weiten Welt, da findet man wohl ein ruhig, frei Plätzchen im eigenen Herzen, wenn man ein Herz darnach hat.

Da begann der Pfarrer zu reden: Wie es draußen in der Welt wandelbar sei, das Wetter unterm Himmel wie die Zustände auf Erden, wie auf den Sonnenschein der Regen folge, auf den Sommer der Winter, auf gute böse Jahre, und Trübsale wechselten mit Glück und Freude. Dieser Wechsel sei aber nicht ungefähr oder komme aus Bosheit, sondern aus Gottes väterlicher Hand. Das aber sei wichtig und nie zu vergessen; denn wie draußen es wechsle, solle es nicht wechseln in des Menschen Seele, denn es solle eben der Mensch über den Wechsel sich erheben und zu einem bleibenden, unveränderlichen Wesen werden, er solle nicht gleichen der wechselnden Welt, sondern dem Vater im Himmel, in welchem kein Schatten der Umkehr und des Wandels sei. Um aber so zu werden, müsse der Mensch es wissen und nie vergessen, daß er ein Kind unter des Vaters Auge sei, der jedes Haar an seinem Haupte behüte und keines ausfallen lasse ohne seinen Willen, jede gute Gabe gebe und jede Züchtigung; dann vermöge er den kindlichen Sinn zu bewahren, der dankbar bleibe dem Vater in guten Tagen, willig und geduldig in Trübsalen, in guter Zuversicht auf die Zukunft, gleichmütig und demütig immerdar in festem Glauben, daß denen, die Gott lieben, alle Dinge zur Seligkeit dienen müßten. Wo aber der Mensch sein Auge nicht also fest und unverwandt auf Gott gerichtet halte, nicht es immerfort läutere im Anschauen seiner Herrlichkeit, da werde es getrübt vom Wechsel der Welt und ändere Farbe mit jedem Wechsel. Dessen sei Zeugnis das Leben so vieler Menschen, in dem Übermut wechsle mit Kleinmut, Hochmut mit Niederträchtigkeit, eitles Wesen mit Jammersucht, Leichtsinn mit Trübsinn. Man solle doch nur in die Häuser schauen, und wo man sehe, daß Gott vergessen, man sich nicht mehr bewußt sei, daß man die guten Tage Gott zu verdanken hätte, da werde man Übermut und Hochmut finden, alle verachte man, sich selbst mache man zu seinem Götzen; aber man solle nur sehen, wie schwer diese Leute die kleinste Widerwärtigkeit nähmen, wie sie sich sträubten und ärgerten, wie sie sich gebärdeten, wenn nicht alles nach ihrem Kopfe ginge, wie sie zagten in schweren Nöten, wie durch diesen Wechsel ein mürrisches Wesen sich ansetze, ihr Friede beständig getrübt sei, im Glück durch Übermut, im Unglück durch Kleinmut, in der Jugend durch Hoffart, im Alter durch Jammersucht. Man klage immer mehr über die Welt und das mit Recht, denn je mehr man der Welt die Herrschaft einräume über sich, desto elender werde man, ein welkend Laub im Winde, das nie weiß, wenn der Fuß kömmt, der es zertritet oder ob es eine Welle dahinnimmt. »Würde man die Welt überwinden und an Gott sein Leben knüpfen, dann würden die Klagen über die Welt verstummen, sie würde wieder unser Paradies werden. So ist manche kleine Hütte, ob welcher man Gottes Auge offen sieht, ein köstlicher, friedlicher Tempel, während so manches große Haus nur Elend herberget, und immer mehr Elend, je größer es wird; in ihm ists Nacht, denn Gottes Liebe scheinet nicht hinein, und daß auch über ihm Gottes Auge wacht, daran sinnet niemand. Sie wälzen sich in Not und Sorgen, in

Jammer und Klagen, in Streiten und Zanken, in Neid und Ungenügen dem Grabe zu. Elend war hier ihr Teil, was wird ihnen drüben werden? Und doch wäre Gottes Hand auch ihnen nahe, aber sie öffnen ihre Augen nicht, und wehe dem, der sie ihnen öffnen wollte; im Übermute der Welt würden auch sie jetzt noch nach Steinen greifen. Ihr Kinder aber, vergesset es nie und nimmer, euer himmlische Vater waltet über euch, nicht blindes Ungefähr; was kömmt, kömmt aus seiner Hand, darum vergesset nimmer Dank und Demut, Geduld und Zuversicht zu euerm getreuen Gott und Vater, der im Himmel ist.«

So kinderlehrete der Pfarrer auf freundliche Weise in wechselnder Rede und Gegenrede. Es heimelete Anne Mareili gar sehr, denn alles das hatte es schon gehört, wenn auch nicht mit gleichen Worten, und manches Wort tauchte ihm auf aus der wunderbaren Kammer der menschlichen Seele, in welcher so manches unbeachtet vergessen liegt, welches in entsprechenden Augenblicken wieder zutage trittet, manches Wort, welches der Pfarrer nicht aussprach; auch die alte Zeit tauchte ihm auf, in der es als lustiges, wildes Mädchen das alles hörte mit großer Andacht, aber ohne inniges besonderes Verständnis, wo es die Worte des Pfarrers hielt wie Perlen und Edelsteine, an denen man große Freude hat, aber ehrerbietig sie beiseite legt und keinen besondern nähern Gebrauch von ihnen zu machen weiß. Und so geht es zumeist; es geht mit der Lehre auch, wie es mit Korn und anderem Samen geht, welches eine Weile im Schoße der Erde ruhen muß, ehe es zu eigenem Leben erwacht, was gar schnell aufgeht, verdorret schnell wieder. Das Leben ist es, welches des Herren Worte ausbrütet in den Herzen der Menschen. So wars ihm anfangs, als sei die alte lustige Zeit wiedergekehrt, aber so war es ihm nicht lange. Die Worte schienen ihm einen ganz anderen Klang zu haben als ehedem, sie glitten ihm nicht mehr so süß und sanft ins Herz hinein, sie bebten alle Falten erschütternd im Herzen wider, und wie ein Echo tönte es ringsum: Ja so ists; das Leben gab ihm der Worte Verständnis, das zweischneidige Zeugnis ihrer Wahrheit, das Leben machte auf einmal lebendig, was wohlbewahrt in dunkler Kammer gelegen.

Ja, über ihrem Hause war es trübe und finster, und drinnen fehlte der Friede und das Genügen und jedem Herzen Dank und Demut und Zuversicht; denn ihrem Hause fehlte Gott, an sein Walten dachte niemand, ihm dankte niemand, auf ihn hoffte niemand; wenn schon Lippen beteten, stumm blieben doch die Herzen, jedes Leben war los von Gott, und jeder führte es nach seinem Sinn und in eigener, eingebildeter Machtvollkommenheit. Wenn ein reicher Segen Scheuer und Spycher füllte, so dankte man nicht Gott, sondern aß und trank um so reichlicher an den Sichelten und tat um so wüster, und wenn das Wetter Verderben drohte, so grollte man mit dem Wetter, aber um besseres bat man den Herrn des Wetters nicht; was dieses eintrage, jenes schade, so rechnete man, aber was der Herr zu diesem sage und zu jenem, so frug man nicht; eines war des Andern Feind, jedes lauerte auf seinen Vorteil und des Anderen Schwäche, zwischen den selbstsüchtigen Herzen mittelte Gott nimmer, darum war daheim ein so düster und unheimlich Sein.

Das hatte Anne Mareili schon lange gefühlt, aber so klar war es ihm nicht geworden, so klar war es ihm nie geworden, wie es selbst trotz der eigenen Unheimlichkeit erfasset sei und untertänig ihrem bösen Hausgeiste. War doch Gott ihm kein Trost, suchte es doch im Gebete den Frieden nicht, hatte doch all sein Glauben wenig Einfluß auf seine Stimmungen, suchte sein Auge in keiner Schickung Gott, war ja auch sein Leben eigentlich los von Gott, wenn es auch weder ungläubig noch lasterhaft war. War es aber nicht deswegen so in Ängsten, ein ratlos Laub im Winde, meinte sich abhängig von alten Launen alleine und dachte nicht daran, daß auch es Gottes Kind sei und jedes Haar auf seinem Haupte in dessen Schutz und daß in einem festen Entschluß, in Gottes Namen gefaßt, die beste Abwehr sei für unbegrenzte Angst?

Aber so ists, schön Predigen ist nicht schwer und viel Glauben auch nicht, aber den Glauben zum Leben werden zu lassen und die Predigt zu einer Brücke vom alten Wort ins junge Leben, das ist schwer. Zumeist hat es der Mensch wie ein kluger Kaufmann, alles wohl sortiert, hier eins apart und dort das andere für sich, in einem Krummen ist der Glaube, in einem andern sind die Ansichten, in einem dritten die Grundsätze, in einem vierten die Gefühle, das Leben aber hat er in den Fingern, und wenn er seinen Kunden wägen tut Rosinen und Weinbeeren, Mandeln und Kaffee, so frägt er weder nach Ansichten noch nach Grundsätzen, sondern wiegt eben, wie es ihm in den Fingern ist. Schlägt der Kaffee ab, so wiegt er wie der frommste Christ, denn viel Absetzen so schnell als möglich ist sein größter Vorteil; schlagen die Weinbeeren auf, so kleben sie ihm an den Fingern und er wiegt wie ein emanzipierter (das sind eben die schlimmsten) Jude, denn je weniger er heute gibt, desto mehr löst er aus den andern morgen. So aber wie ein wohlassortierter Jude soll es der Christ nicht haben, er soll eins sein, das heißt nicht alles durcheinander, einem Knäuel gleich, in welchem es hinten und vornen gleich strub ist, wie es in mancher Schreiberei aussieht und in manchem oberkeitlichen und sonstigen Haushalt, sondern einem schönen Baume gleich, wo aus lebendig gewordenem Kerne die festen Wurzeln sprossen, schlank der Stamm gen Himmel strebt, schattenreich und weit die Äste sich ausbreiten. Der Glaube ist das Wurzelgeflecht im christlichen Herzen, entsprossen dem lebendig gewordenen Worte, der Stamm ist des Lebens Wuchs, das den Himmel sucht, die Äste die einzelnen Verrichtungen, welche das Leben fordert. Dieses Einswerden in sich ist auch das Einswerden mit Gott, unser Ziel auf Erden, zu welchem Christi Fußstapfen führen, aber wohlverstanden nicht diesseits, sondern erst jenseits.

Weit kommoder als dies ists freilich, wenn man annimmt unser Fleisch sei unser Gott, und was das wolle, sei recht; da ist die Einheit rasch da, aber es ist die Einheit, welche bereits in der Maus und in der Katze, im Hunde und im Hasen ist.

Kommod ists wieder, wenn man unser Fleisch für einen dürren Ast erklärt, der nichts mehr zu bedeuten hätte, also den Glauben oder den Geist nichts anginge, so daß was allfällig noch mit ihm vorginge, ehe er völlig zu Staube würde, sie nicht im mindesten zu verantworten hätten. Das ist den Worten nach zwei, aber dem Wesen nach eins; es führt beides zu der Einheit, welche im Tiere ist, aus welchem wir uns emporwinden, aber nicht in Gott, zu welchem wir emporsteigen sollen.

Gar Manche aber auch meinen, der aufgespeicherte Same sei das Ackerfeld selbst, und denken nicht, daß was im Spycher wächst, Auswuchs oder Würmer sind. Was im Spycher ist, muß man, während es gesund ist, mahlen, dann gibt es gesundes Brot, wird zu Fleisch und Blut in gesunden Körpern, oder man muß es eben wieder aufgehen lassen in des Lebens Ackerfeld zu neuer Frucht, zur Frucht, die bis in den Himmel reicht.

Es sproßte in Anne Mareili, wie nach einem fruchtbaren Gewitterregen, wenn im Westen durchs Gewölk die Sonne bricht, während im Osten der wunderbare Gnadenbogen sich wölbet. Es war auch ein Durchbruch. Aber wenn es sproßt, so streckt der Stamm seine Äste doch noch nicht bis in den Himmel hinein, und eben den Sprößlingen ist der Reif am gefährlichsten.

Als der letzte Gesang vorübergerauscht, der Pfarrer den Segen gesprochen, der Sigrist die Türe geöffnet, ging Anne Mareili ungern aus dem kühlen, friedlichen Hause hinaus ins heiße, staubige Leben; es fühlte eben in sich Leben wogen, Gefühle kreisen, der heiligen Stunde hätte es so gerne abgewartet innerhalb den stillen, heiligen Mauern. Wer aber sein Leben draußen hat, nicht drinnen, wer sein Gehör anstrengen muß, seine Sinne zusammenhalten, die, wie ein Trupp wilder Buben, sich nicht gerne stille halten an einem Orte, der mag wohl kaum warten, bis der Pfarrer schweigt, der Sigrist ds Loch aufmacht für die ungezogenen Buben, die hinausfahren, ehe er es noch recht offen hat. Anne Mareili mußte mit den Anderen hinaus und trappte ins Dorf hinein, ohne daß es durch etwas gezogen ward, ohne daß es wußte, wohin es wollte; innerlich war seine Seele gekehrt. Aber seiner selbst war es nicht lange; erst rief ihm die Krämerin, kramen sollte es, dann riefen ihm zwei Gefährtinnen, eine Halbe zahlen sollte es, dann kam die Wirtin und rief, dGeiger seien da und tränken nur noch einen Schoppen, die Halunken meinten, sie könnten keinen Zug tun, wenn sie nicht den Kragen voll hätten, sie sollten doch ja nicht weiter, im Augenblick ginge es an. So umarfelte die Welt das Meitschi von allen Seiten, zog es dem Strudel wieder zu, an dessen Enden es sich gewiegt hatte; es ging hinein, es wußte nicht anderswohin, hatte keine Ausrede bei der Hand, und wer weiß, ob die Wirtin nicht etwas für ihns wußte, Aber stille war es, die Welt überwältigte sein Sinnen nicht, die äußern Eindrücke überfluteten es nicht, der Wein ersäufte es nicht, die Geigen übertönten es nicht, und als die andern Mädchen hinaufgingen, um zu sehen, ob Schreiß da sei, sagte es: Etwas Grechts sei nicht da, öppe es paar Buben, die nicht drei Mäß Krüsch hoch seien und die tanzen müßten, wenn niemand anders da sei, wenn es ihnen nicht gehen solle wie Heustüffeln in den Erdäpfeln, die, sie möchten springen wie sie wollten, doch nicht voraufkämen. So blieb es sitzen, und alsbald war die Wirtin bei ihm und stärkte ihns, daß es nur standhaft bleibe, einen Brävern bekäme es nicht, sie wisse es, und vom Kellerjoggi wisse sie Sachen, wenn sie bewiesen wären, so wäre der wohl alt genug. Sie wollte lieber eine lebendige Kröte zum Manne und noch dazu eine geschundene, als so einen alten Kellermoloch. Mehr konnte die Wirtin nicht sagen, andere Gäste nahmen sie in Anspruch. Anne Mareili zahlte, ging; was es gehört, ging ihm über Geigen und Tanzen.

    Mehr und mehr festigte sich in ihm der Entschluß, der Heirat mit dem Kellerjoggi, wenn sie wieder auf das Tapet kommen sollte, sich ernstlich zu widersetzen, wars doch keine Not, sondern nur Zwang, den Eltern an sich selbst nichts geholfen, sondern nur den Reichtum der Brüder vermehrt, die deshalb um nichts besser mit ihm gewesen wären. Wollten sie ihm Resli nicht lassen, in Gottes Namen, darein wollte es sich fügen, und doch zog es ihns immer inniger nach einem Hause, wo Friede sei und Genügen,

Gott Hebel und Sonne, wo mit Gott begonnen ward der Tag und mit ihm geschlossen. Da, düechte es ihns, wäre ihm wohl, wäre ihm, als wenn es käme unter ein sicher Obdach aus finsterem Walde, in welchem Räuber ihm nachgestellt, wilde Tiere gebrüllt, giftige Schlangen durchs Gras gekrochen; da wollte es beten und gehorchen alle Tage seines Lebens, keine Unantwort mehr geben, keine saure Miene machen nimmermehr. Und es gaukelten vor seinen Augen die lieblichsten Bilder, wie es dort schaltete und waltete, ein treu Söhnisweib war und der Eltern wartete, wie es ein lieb Weibchen war, mit dem Manne freundlich tat und er mit ihm, wie es alles anstellte und gerühmt ward von allen Leuten.

So verschwammen ihm immer mehr Himmel und Erde und beide waren eins. Reslis Haus ward sein Himmel und im Himmel schien ihm Reslis Haus, und so wanderte es langsam, gedankenvoll dahin, bis rohes, wildes Bellen ihns weckte; es war ihr roter Mutz, der alle Vorübergehenden neckte. Ach, wie viele Himmel gibt es nicht, aus denen ein roter Mutz mit Bellen uns verjagen, ja manchmal eine einfache Katze, braucht nicht dreifarbig zu sein, mit Miauen uns verjagen kann. Dort stand es lange und schaute ihr Haus und rechnete zusammen, was alles darin sei, wie man es haben könnte, wie man es hätte und wie das Guthaben nicht abhänge vom Garbenstock, nicht vom Heustock, nicht vom Schmutzhafen, nicht vom Geldseckel, und wie es ihnen nicht übel ginge, wenn alles dies verbrennen täte, indem sie es böser nicht hätten, vielleicht besser, denn man käme wahrscheinlich der Wanzen los. Aber was am meisten schmerze, was einem Haus und Bett verleide, dieses verbrenne das Feuer nicht, wasche das Wasser nicht weg, dieses sitze an einem Orte, wo irdisches Feuer nicht brennt, wohin Wasser nicht reicht, und triebe man es auch mit Spritzen von allen Seiten. Aber daß es eben hier geboren worden, hatte das nicht auch Gott gewollt, und wenn es eines Spittlers Tochter gewesen, in Schmutz und Hudeln, hätte es Resli je angesehen? Sollte es murren, undankbar sein? Nein, das wollte es nicht, wollte anerkennen und dankbar sein, wollte Resli entsagen, wenn es sein müßte, aber wollte den Kellerjoggi nicht um kein Lieb, keinen Preis. Zu der Brüder Hung sei es nicht geboren, es stehe nirgends in der Gschrift, daß das Gottes Wille sei.

Die Sonne senkte sich, und Anne Mareili ging heim, ziemlich ruhig, was auch der Vater heimbringen möchte, denn nur solange man nicht gefaßt zu sein meint, währt die Angst; ob man dann aber auch wirklich gefaßt sei, wenn man auch gefaßt zu sein glaubt, das ist eine andere Frage.

Von weitem schon kam ihm ihr Mutz entgegen und ränggelete mit dem Schwanz, so weit es ihm möglich war, denn wenn er schon ein wüster Hund war, so war er doch dankbar. Still wars sonst ums Haus, bloß die Enten schnaderten in der Mistgülle und die Schafe blökten zum offenen Gatter hinaus; die Jungfrauen aber waren, wie die Mutter richtig gesagt, noch weit von heim, werden wahrscheinlich auch in irgend einer Mistgülle geschnadert haben. Die Schweine grunzten gewaltig, als es bei ihnen vorbeiging; sie wußten auch, wer es war, und als es in die Stube trat, berzete auch die Mutter im Nebenstübli, durch das Raxen der Türe aus ihren Träumen gestört. Es ist meist so, daß wo der Bauer ein Raxer ist, da raxet und gyret alles; da raxet das Tennstor, die Wagenräder, die Stuben-, die Gänterlistüre, ja selbst der Hosensack.

»Bist dus?« fragte die Mutter und zog die Kappe wieder zweg, »was ist für Zeit? Es wird Zeit sein zum Feuern, geh und mach zweg; es muß zweggmacht sein für die Säu, u für us geyhts de grad i eym, u was de nit da ist, cha hingernache luege.«

Anne Mareili, ein getreuer Adjutant, jedoch ohne galonierte Hosen (die Obersten sollen galonierte Schnäuze kriegen nächstens, an Geflemmten wolle man den Effekt probieren, heißt es), fütterte die Schweine an der Mutter Statt. Wie es eben dran war, den Trog zu putzen, kam der Vater daher, tat die Türe auf zum Stall, und wie Anne Mareili das Herz klopfte, während der Vater die Schweine besah, aber nicht wegen den eigentlichen Schweinen, sondern wegen Kellerjoggi, das begreift niemand, als wem einmal an Vaters Lippen ein Urteil gehangen hat, das, wie eine Kartätsche in den Leib, schlagen konnte in das Lebensglück. »Die tun nicht bös«, sagte er; »am kalten Märit können wir zwei vorab den Burgdorf-Metzgern geben, öppe eim, der Geld hat; wenn wir die andern ausmästen bis Lichtmeß, so wiegt jede drei und einen halben Zentner, und wennd morn mitwillst düruf, so mach, daß du vor den Fünfen zweg bist.«

Man sagt bald, es sei einem gewesen, als ob Feuer durch einen durchgefahren oder als ob man einen mit Wasser beschüttet hätte über und über, aber wie es Anne Mareili war, das konnte es nicht sagen. Es wußte nicht, tanzte es mit dem Säutrog oder fuhr es mit samt dem Haus durch die Luft, und ehe es begriff und antworten konnte, war der Vater fort und gab den Rossen zu fressen, brummend über die Liederlichkeit des jungen Volkes, das um sechs Uhr noch nicht heim sei, nicht ausgehudelt habe, wohl, denen wolle er. Er dachte halt nicht daran, daß jeder meinte, der Meister, weil er so früh ausgegangen, werde auch spät heimkommen, darnach sich richtete und verrechnete, so gut der Meister sich selbst verrechnet hatte. Der war auch ausgegangen, um zufällig den Kellerjoggi anzutreffen, und traf denselben richtig auch an, aber nicht wie er gehofft hatte. Derselbe tat gar kaltblütig, weder verblüfft noch zornig, brachte es ihm schön, als er hineinkam, sagte bloß im Vorbeigehen, er sei letzthin nicht gekommen, er hätte öppis Rückeweh gehabt, aber die andere Woche werde es sich wohl geben, wenn er öppe Zeit hätte. Der Dorngrütbauer nahm das hin und sagte bloß, er wisse nicht, was es gebe, könne nichts versprechen, es gebe manchmal etwas ungsinnet. Darauf sprach er von gleichgültigen Dingen. Wie er den Schoppen aus hatte, brach er auf, gäb wie man ihn bleiben hieß. Er müsse gehen noch etwas schauen, sagte er, wenn es einem an etwas gelegen sei, so müsse man gehen, während es noch Zeit sei, mit dem Warten habe man schon manches versäumt, dann sei man reuig und es nütze doch nichts. Das ging dem Kellerjoggi hinein; er drehte die Rede lang um und um und dachte: Ist das ghaue oder gstoche? Er wird einen nur glustig machen wollen, meinte er endlich, aber er ist am Lätzen; wenn die Katzen Mäuse fangen wollen, so müssen sie der Sache wohl abpassen. Aber zu listig kann man manchmal auch sein, und Abpassen und Verpassen ist einander nahe verwandt.

Anne Mareili konnte vor Freuden der Mutter den erhaltenen Bericht fast nicht sagen, setzte aber doch hinzu: »Mutter, gehe du mit dem Vater; du bist so lang nie von Hause weg gewesen und noch gar nie dort oben.«

Die Mutter hatte es ungern, daß der Vater das Meitschi auserlesen, und zürnte es, wie es so geht, auch an der Tochter, die sich dessen nichts vermochte. »Wenn er mich wollte«, sagte sie, »so hätte er es mir anerboten; aber ich weiß wohl, er schätzt mich nichts und schämt sich meiner, und wenn er mir jetzt schon zehn Batzen geben wollte, daß ich mitgehen sollte, er könnte mir küderlen.« Das wäre zu probieren gewesen; aber was der Bauer einmal wollte, daran war wenig mehr zu ändern, und an diesem gar nichts. Die Mutter hatte allerdings recht, er schämte sich ihrer, sie war ihm zu ungattlich und redete ihm nie recht. Gab sie ihm recht, so war es ihm nicht recht, widerredete sie ihm, so ward er erst böse. Sie hatte es bös treffen. Seine hübsche Tochter hatte er viel lieber neben sich; er hatte eine gewisse Meinung mit ihr, die sich in ihrem Grunde nicht viel von der Meinung unterschied, die man mit einem schönen Roß hat oder einer aparti stolzen Kuh und daß man lieber mit einem Engländer ausfährt als mit einer Mähre, welche halb von den Mäusen gefressen ist. Er schmunzelte allemal, wenn einer sein Meitschi wohlgefällig ansah. Gäll, hättischs, dachte er; er empfand so eine Art Galgenfreude, wenn er sein Meitschi wie ein Stück Speck dem Mannevolk einen ganzen Tag lang durchs Maul ziehen und bei jedem denken konnte: Der nähms auch, aber ohä!

Ganz anders hat es ein alter Käusi, wenn er eine schöne junge Frau neben sich hat. Jeder freundliche Blick, den sie erhält, geht ihm wie ein Stich durchs Herz; was haben die zusammen, denkt er allemal, wenn die einander nicht kennten, sie hätten sich nicht so angesehen, da muß etwas sein. So kriegt er lauter Stiche ins Herz, daß wenn dasselbe nicht wäre wie altes Händscheleder, dasselbe ganz verlöchert würde. Geht er aber ohne sie, so stechen ihn seine eigenen Gedanken, und alle Augenblicke muß er denken: Was macht sie jetzt?

Wen sieht sie jetzt? Wer ist wohl bei ihr, der Tüfels Täsche? So wird er gestochen, er mag mit ihr fahren oder sie daheim sitzen lassen; geschieht ihm aber recht, ist Strafe für den Glust.

Anne Mareili freute sich gar unbeschreiblich, je unverhoffter und wie ausgemacht sein Glück, wie ein Engelein aus dem Himmel, ihm vor den Füßen stund. Es hürschete in der Küche herum, daß die Mutter es daraus schicken mußte; es kehrte in seinem Stübchen das Oberste zu unterst, und als es den Schaden umsah, hatte es lauter alte Rustig für morgen zweggelegt und alles, was es wollte, wieder in den Schaft getan. Es wollte nicht gäuggelhaft erscheinen, sondern so recht ehrbar und anständig, wie es sich ziemt. Das ist aber für ein Meitschi ein schwer Ersinnen, wenn es dieses nicht von Jugend auf seiner Mutter absehen kann.

Es ist wohl nicht bald etwas so schwer, besonders wenn es ersinnet werden muß und nicht angewohnt ist, als sich immer so zu kleiden, daß weder etwas Nachlässiges noch etwas Narrochtiges zum Vorschein kommt, daß jedermann sagen muß: »Das kömmt doch tusigs brav daher, geng wie us eme Druckli use, nüt zviel, nüt zwenig.« Gäb wie leicht ein Bändeli zviel, eins zu wenig, etwas Schmutziges oder etwas Glariges, etwas Zerrissenes oder Überflüssiges, so ist alle Mühe und Arbeit umsonst und man wird Schlärpli oder Gäuggel tituliert, und diese Titel werden weit häufiger ausgeteilt, als man glaubt, und an Mädchen, die sich das nicht träumen ließen. Es ist aber auch wirklich schön, ein himmelschreiend seiden Fürtuch und kuderige Strümpfe dazu, oder ein schöner weißer Lampihut mit Federn oder Lätschen vom Tüfel und ein blau oder weiß Band daran, das man mit keinem Stecklein anrühren möchte, oder schöne schwarzseidene à jour-Handschuhe bis an die halbe Hand, hinten an den Fingern goldene Ringe und vornendran Klauen wie ein Habch, oder eine goldene (wenigstens gelbe) Kette um den Hals und Dreck hinter den Ohren, oder á jour-Strümpfe und verkniepete Schuhe und gwunderige Ferseren. Es ist wirklich eine strenge Sache für ein Meitschi, eben recht in allem zu sein, zu machen, daß alles nicht bloß zusammen, sondern auch zu Zeit und Ort paßt, daß es nicht zum Nachtmahl geht zum Beispiel wie ein Pfau, der zHimmel fliegen will, oder im Winter wie ein Sommervogel und schön himmelblau und schnadelig im Gesichte. Aber am allerschwersten mag es doch sein, sich recht zu kleiden, wenn man auf die Gschaui reitet; wenn je, so paßt hier ein alt Sprichwort: Zu wenig und zu viel verhöhnt alle Spiel. Eine alte Frau sieht scharf, sieht, was hinter den Ohren ist oder hier oder dort, was man nicht sehen soll, und eine alte Frau ist oft wunderlich, und wenns der einen recht wäre, ist es der andern nicht.

Anne Mareili hatte einen natürlichen Sinn für das Rechte und die nicht zu kaufende Gabe der Nettigkeit; es stund ihm alles wohl, es strahlte so gleichsam aus den Kleidern heraus, und doch sah man gar nicht, daß es angewendet, daß es gedacht: Helf, was helfen mag! Es war meist alles so, daß man meinte, es müsse so sein und nicht anders, es hätte gleichsam gerade so von selbst sich verstanden. Was ihm aber die Sache sehr erschwerte, war, daß es nicht kaufen konnte was es wollte, sondern daß ihm sehr viel Kleider kramsweise zukamen, bald vom Vater, bald von der Mutter; manchmal war es dabei, manchmal nicht, und weder der Vater noch die Mutter hatten je von Geschmack gehört, sie wußten nur, was steych und was wohl schmöck, und meinten, was sie schön düech, sei schön, und schön düechte sie, was himmelschreiend war oder was wohlfeil war und doch, wie sie sagten, in die Augen schien. So krameten sie manchmal, daß es Anne Mareili das Wasser in die Augen trieb, während es schön danken mußte. Und was sie gekramet, das mußte es auch tragen, sie zürnten es sonst an ihm. Das Dümmste mußte es einige Male tragen, daß die Eltern es sahen. Das tat es denn auch etwa als Gotte an einem Nebenausort oder in der Nähe herum, wo es wohl bekannt war, oder in der Familie, wenn es an irgend ein Mahl mußte. Hatten sie es so gesehen, so vergaßen sie es und es konnte sich desselben wie, der entledigen auf beliebige Weise.

Man kann sich daher denken, daß die Wahl Mühe kostete, besonders da die Toilette eines Bernermädchens da anfängt, wo eine vornehme Dame noch gar nicht daran denkt, beim Hemde nämlich; das Hemd bildet eine der köstlichsten Zierden. Ich weiß nicht, wie Königinnen Hemder tragen; selbst von der Viktoria ihrem, von der sonst allerlei in den Zeitungen stand, habe ich nie etwas gesehen oder gehört, aber ich bin überzeugt, sie würde es kaum merken, dem Stoffe nach, wenn man ihr eins von einer Berner Bauerntochter leihen würde, eins nämlich, wo Ärmel und Stock vom gleichen Stücke wären, was freilich nicht immer der Fall ist, wie es bei Wäschen an den langen Seilen zu sehen. Es ist halt in allen irdischen Dingen gerne Bschiß. Aber das bin ich überzeugt, daß manche Hofdame und manch ander adelich Ding gar keine solche Hemder hat und es ungern hätte, wenn man wüßte, wie manches sie hat und welche. Die Hoffart im Hemde ist die schönste aller Hoffarten; das reine, feine Hemd über dem Herzen soll dem Mädchen eine tägliche Predigt sein, daß es auch rein bleiben müsse unterm Hemde, denn was da unten werde gesponnen, auch noch so fein, das müsse einmal an die Sonne.

Die Mutter hatte es recht böse an selbem Abend und ward daher rumpelrurrig aus dem ff. Anne Mareili war hell nichts für sie und keine Jungfrau kam heim, sie mußte die Sache alleine machen. So Jungfräuleni kommen nicht heim, solange eine Geige geht, solange noch Hoffnung zu einem Schick vorhanden ist; so Jungfräuleni haben selten Sinn für ihre Pflicht und christlichen Ernst im Leibe, sie haben nichts im Leibe als den Sinn der Mücke, die auch nichts kann als tanzen, und zwar am liebsten um ein Licht, bis die Flügel verbrannt sind. Dann ists mit dem Tanzen aus und ein elend Raxen fängt an, das währet, bis endlich der Tod kömmt. Was dann aber auch an einem solchen Abend, wo sie alles alleine machen muß und am Morgen eine Andere dafür ausfahren kann, eine Mutter abzerrt, man glaubt es nicht, wenn man es nicht gehört hat. Es kömmt ihrer Umgebung wohl, daß sie gewöhnlich alle ihre Vorsätze unterm warmen Federnbette verschläft, sonst wahrhaftig, es würde geschehen, daß man an einem schönen Morgen statt Hammen und Speckseiten lauter Jungfrauen im Kämi könnte hängen sehen und statt der Würste die Geiger.

Anne Mareili konnte lange nicht schlafen, es war ihm viel zu heiß in seinem Stübchen, und wenn der Schlaf kommen wollte, so kam die Angst auch, die hörte dann donnern oder regnen. Anne Mareili fuhr auf, steckte die Nase zum Läuferli aus, husch! war der Schlaf entflohen. Dann kam er leise wieder, drückte leise ihm die Äugelein zu; plötzlich fuhr Anne Mareili auf und schrie: »Halt, Ätti, halt, Herr Jeses, Herr Jeses, mr falle, lue doch ds Bord!«

Da saß es dann ganz verblüfft im Bette, wenn es merkte, daß kein Bord da war, schämte sich vor sich selbst, huschte unter die Decke, der mitleidige Schlaf erbarmte sich seiner wieder, drückte leise die Augenlider nieder, ein angenehm Schnarchen ließ liebliche Töne hören. Da plötzlich ein lauter Schrei, und bolzgerade stand Anne Mareili im Bette und schrie: »Häb, Ätti, häb, dr tusig Gottswille, häb, häb, lue, der Kohli het Fecke und wott flüge!« Das lächerete wohl den Schlaf, aber boshaft ist er nicht, er ist der Menschen mildester Freund auf Erden. Alle Abende kömmt er mit Bechern voll süßer Labung und stärket die Menschen zu neuem Tagewerk. Wie eine treue Mutter zum dritten und vierten Male ansetzt, einen heilenden Trank dem kranken Kinde einzuflößen, so tut auch der Schlaf. Nur wo er weiß, daß einem recht not täte, an den Himmel zu sinnen Tag und Nacht, weil gar zu weit er noch von der engen Pforte ist, da kömmt er nicht, da gibt er dem Menschen Zeit zum Sinnen. Aber gar viele Menschen verstehn ihn nicht und sinnen nur an die Welt, deren eben das Herz voll ist.

Zum dritten Male aber kam er zu Anne Mareili wieder, nahm aber diesmal süße Bilder mit, ob denen Anne Mareili nicht erschrak, in die mit süßer Wonne es sich versenkte; denn lieblich wurden seine Mienen, ein Lächeln schwebte über ihnen, dem süßen Dufte gleich, der aus den Blumen steigt. Der schönste Tag brach an, es merkte ihn nicht, goldene Sonnenstrahlen gwunderten übers holde Mädchen hin, sie weckten es nicht, sie glänzten in seine Träume hinein, zauberten den süßesten Tag herauf, den es je erlebt. Aber wie die schönsten Tage gewöhnlich mit Gedonner enden, so fuhr in seinen schönsten Traum auch die Stimme der Mutter: »Seh wennd doch mit willst, so steh auf, das ist doch afe kei Manier, im Bett liege, bis man fort will, und alles a mih z'la!«

Da tat Anne Mareili einen Satz wie ein Roß in der Schlacht, wenn ihm eine Bombe oder sonst etwas auf den Kopf fährt, stand mitten im Stübchen, wußte aber lange nicht, wo es war, bis es den Tag vor den Fenstern sah und die Kleider rings auf Tisch und Stühlen. »Herr Jeses, Mutter, hab' ich mich verschlafen«, sagte es, »und doch so früh auf wollen! Zürn doch recht nicht, ich bin gleich zweg.«

Mit dem Dorngrütbauer war nicht zu spaßen, und wenn einer ein streng Regiment führt, so tut er alles eher als warten, das wußte Anne Mareili und hexete sich zweg, man wußte nicht wie, aber als es fertig war, rann ihm der helle Schweiß von der Stirne. Es kam ihm wohl, daß sein Gesicht das Schwitzen erleiden mochte, was bekanntlich nicht alle Gesichter vermögen, und daß es sich schicken konnte, ohne eben zu pfuschen, was eben wieder gar Wenige können. Das Letztere ist eine Eigenschaft, welche von Jugend auf erlernt werden sollte, und besonders von den Meitscheni, es fehlt aber gewöhnlich der Lehrmeister dazu. Ferner kam ihm wohl, daß es den Kaffee brühheiß trinken konnte, was aber eine Unart ist, welche bekanntlich fast alle Tochter von ihren Müttern lernen können, denn schon war der Vater fertig, nahm die Geißel und ging; das hieß so viel als: Ich fahre, wer mit will, kann zusehen.

Krieg macht flätig, der Friede lässig. Anne Mareili war getrüllet und hatte daher etwas von einem Soldaten an sich, der auch zweg sein muß und nichts vergessen darf, wenn die Trommel geht oder es heißt, der Feind sei da. Darum trüllet man die Soldaten im Frieden, und wenn getrüllet wird, so ist das eben nur Trüllen und nicht Kriegen. Freilich geschieht es oft, daß Trüllen für die Hauptsache angesehen wird und ein Trüllmeister für ein Hauptkerl, besonders wenn er similorige Epauletten hat und allfällig noch schreiben kann und Kolonne machen, auf dem Papier nämlich, im Kriege ist dann aber all nichts und ds Trüllen ist vergessen. Hat man doch schon oft während dem Trüllen von einem Tag zum andern Tag alles vergessen, was man befohlen hat oder was befohlen worden; wie sollte man dann nicht alles vergessen haben, wenn der Krieg kömmt, wirket doch kaum was so eigen auf das Gedächtnis, als wenn es blitzt, als wenn es kracht. Und wenn das Hauptquartier mit dem schlechtesten Beispiel vorangeht, was darf man dann vom gemeinen Soldaten fordern? Die Haupttrüll ist aber immer die fürs tägliche Leben, wo Vater und Mutter die Trüllmeister sind; die ist nicht bloß gut fürs Gvätterle, die ist zu allen Dingen nutz; wer aber diese Trüll nicht empfangen hat, ist ein Lädi fürs Leben, ein Meisterlos, ein Zaaggi: soll er laufen, so hat er die Strumpfbändel vernistet, soll er schießen, so hat er kein Pulver, oder hat er gar das Unglück, in die Regierig zu kommen, so macht er die Weibel tubetänzig, die Schreiber ds Teufels, die Geschäfte zu einer verhürschete Strange; dabei wird es ihm am Reden nicht fehlen, von wegen je mehr einer zaagget und hürschet, desto mehr redet er gewöhnlich und manchmal sogar schön.

Anne Mareili war gut getrüllet, absonderlich vom Vater, der für niemand Nachsicht und Geduld hatte; wer mit ihm fahren wollte, mußte zweg sein; war er fertig, so saß er auf, und saß er oben, so sagte er »Hü!«, und wer nicht fertig war, konnte nachspringen oder daheim bleiben. Bei ihm hätte noch manches Ding, Frau oder Tochter, das Schicken gelernt und das Springen.

Es war daher fertig, wunderbar schnell (oh, was die Meitscheni sich schicken können, wenns sein muß nämlich, man glaubt es nicht); es hatte weder das Nastuch vergessen noch die Brasselets zu den Myten, welche es freilich erst auf dem Wege von der Küche zum Wägeli anzog; aber als der Vater absaß, hatte es schon den Fuß auf dem Tritt, und in diesem Fall war er doch nicht Hungs genug, zu sagen »Hü!«; er wartete dann, bis man wirklich niedersaß. Die Mutter trappete, trotzdem daß sie daheim bleiben mußte, nach bis zum Wägeli; sie hoffte auf ein freundlich Abschiedswort von ihrem Alten. »Daß ihr mir dann heute fertig werdet mit Werchziehen«, sagte dieser, »und spreitet es dann sogleich auf dem Moosacker, daß es aber gemacht sei, wenn ich heimkomme. Hü, Kohli!« Und nachdem er ein paar Male ausgeschlagen, zottelte endlich Kohli taubsüchtig seines Weges. »Er ist u blybt e Wüeste«, brummte die Mutter und ging zur Küche; aber ob sie den Kohli meine oder ihren Alten, darüber erklärte sie sich nicht näher.

Ein wunderschöner Morgen wars, als vom Dorngrüt weg Vater und Tochter fuhren, einem verhängnisvollen Tage entgegen. Hell schien die Sonne, kohl war die Luft, in üppiger Mannigfaltigkeit glänzte die in reichem Taue perlende Erde, und nach und nach ward auch der Kohli heiterer und trabte munter von hinnen.

Es hat was Eigenes und wirkt auch eigens ein auf unser Gemüt, unserem Glück entgegenzutraben in frischem, hellem Morgenwinde. Mancher Fähnrich hat dies erfahren, der in den ersten Morgenstrahlen mit fröhlichem Trompetenklang seiner ersten Heldentat entgegenritt. Des Feindes Feldmarschall wollte er zusammenhauen in Mitte der Armee, wollte der Erste sein auf dem Mauerkranze, der Erste auf der feuersprühenden Batterie, und wie immer enger und enger das Herz sich zusammenzog, je näher die Stunde der Tat anrückte, wird er ebenfalls erfahren haben. Das Gleiche hat mancher Schütze erfahren, der lange von Bechern, Stutzern und Goldbarren geträumt, an schönem Morgen dem ersten Schießet entgegenfuhr in grünem Kleide, im Jubel der Gefährten. Wie er auf den Platz der Ehre kam, da dutterte ihm das Herz, es zwirrte ihm vor den Augen, so klein war die Scheibe, so weit der Stand! Gerne hätte er das Schießen aufgeschoben, aber es rennt von dannen die Zeit; dann trinkt man sich Mut ins Herz, will mit Vierunddreißiger den Schlotter aus den Armen treiben, und doch zittert der Stutzer in der Hand; ob man den Zweck von oben oder von unten zu nehmen habe, weiß man nicht mehr, und aus dem Stutzer fährt der Schuß, man weiß nicht wie und nicht wohin. Allweg nicht in den Zweck, oft nicht einmal in die Scheibe.

Was eines Mädchens Herz bewegt, wenn es bald, bald am Ziele ist, welches es mit ganzer Seele erfaßt hat, kann man sich denken. Aber wie es schlägt, wenn es einer Hölle entronnen und dem Himmel entgegenfährt, bald, bald ihn erreicht, das kann nur der recht sich denken, der auch einmal vom Höllentor weg noch gen Himmel fuhr. Aber je näher man dem Himmel kommt, desto mehr will es einem schwindeln, desto mehr ängstigt die Kluft, welche noch zwischen uns und dem Gestade liegt, desto mehr fällt uns ein, was uns am glücklichen Landen hindern könnte. Wenn der Kornet in die Schlacht reitet, so ist es Gott und er, welche die Sache ausmachen, und steht der Schütze im Schießstand, so ist zwischen seinem Stutzer und der Scheibe nichts als ein bißchen Luft. Ehedem kam noch manchmal der Zeiger dazwischen, jetzt ist dem auch abgeholfen. Wie viel schwerer hats ein Mädchen, neben dem ein zwängischer Vater sitzt mit apartigem Kopf, und das auf Gschaui zu einem jungen Burschen fährt, wo Vater und Mutter und Geschwister sind und wahrscheinlich alle mit apartigen Köpfen, und diese Köpfe alle haben etwas zu sagen, können sich stellen zwischen ihns und sein Ziel!

Der Vater sprach nicht viel, er dachte seinem Ladenhandel nach; die Tochter sprach in dem Maße noch weniger, als ein Herzhandel das Herz mehr angreift als ein Ladenhandel. Manchmal schien ihr der Kohli so langsam zu gehen, daß ihr ein »Hü, Hü« nach dem andern auf die Zunge kam, und manchmal schien ihr, als kriege derselbe Flügel und müsse sie rufen: »O Ätti, Ätti, häb, häb!« Auf einmal hielt der Ätti wirklich still. »Herr Jemer, wo sy mr?« rief Anne Mareili, welches plötzlich die Angst ankam, sie seien schon an Ort und Stelle. »ZHerrlige«, sagte der Vater, gab dem Stallknecht das Leitseil und sagte ihm: »Spann aus, und das Roß bleibt über Mittag hier.« Jetzt wußte Anne Mareili, daß es absteigen solle und daß Liebiwyl in der Nähe sein müsse. Dem Rosse nach ging der Vater in den Stall, und Anne Mareili stund zwischen Wägeli und Wirtshaus, wußte nicht was machen, und als das Stubenmeitli ihns hineinkommen hieß, sagte es, es wolle dem Vater warten, es wisse nicht, was der im Sinn habe.

Der hatte im Sinn hineinzugehen, wie es sich erzeigte, und Anne Mareili folgte ihm. Drinnen kannte ihn der Wirt, tat erfreut, ihn zu sehen, und frug, was ihn Apartes einmal in ihre Gegend bringe, wo man ihn sonst nicht zu sehen pflege. Der Dorngrütbauer tat vertraulich und sagte, er hätte noch etwas an Holz und Laden nötig und gedacht, er wolle hier durchkommen, er (der Wirt) könne ihm vielleicht raten, wo er es am besten und wohlfeilsten finde. »Mit dem Holz ist es bös«, sagte dieser, »es geht alles fort, wir können ihm nachsehen und bald unser eigenes nicht mehr sägen lassen. Die Sager sägen auf den Kauf hin, und uns Bauern lassen sie warten, bis die Würmer im Holze sind, und gäb wie wir bitten und fluchen, so zäpfeln sie uns nur aus. Dürre Laden oder Holz sind rar, öppe hie und da noch ein Bäumchen bei einem Bauer, aber nicht oft, vielleicht hat der Sager im Taubloch noch etwas.« – »Ists wyt?« fragte der Dorngrütbauer. »O nein, keine Viertelstunde, da zvorderst im Graben«, antwortete der Wirt. »Es ist mir gesagt worden, der Bauer zu Liebiwyl hätte immer Vorrat«, sagte der Dorngrüter. »Das ist«, antwortete der Wirt, »der hat immer, aber nicht auf den Kauf hin, nur hie und da gibt er jemand zGfallen. Kennt Ihr ihn?« – »Nein«, sagte der Bauer. »Sein Sohn wurde an der Brunst zu Aufbegehrige geprügelt und blieb liegen, unsere Leute fanden ihn und brachten ihn heim; der hat gesagt, wenn wir etwas mangelten, so sollten wir nur kommen, wenns der Ätti hätt, so müeßte mrs ha. Aber ich weiß, wie das ist, zGfalle geben! Märten darf man nicht, und wenn man einen betrügen kann, so spart mans nicht.«

»Habt nicht Kummer«, sagte der Wirt, »wenn Euch der Sohn dies gesagt hat, so findet Ihr dort, was Ihr wollt, und wie nirgends wohlfeil und gut. Sie hätten sich nicht dafür, wie unkommod es ihnen wäre, nicht zu halten, was der Sohn gesagt. Das sind noch apartige Leute, wenn alle so wären, so könnte unsereiner noch sein in der Welt. Ich nehme ihnen fast alle Kälber ab, und öppe was billig ist, nehmen sie gerne, aber mehr als etwas wert war, mußte ich nie zahlen und erhielt die Sache recht, und wenn sie etwas kaufen, so zahlen sie, was billig ist, und plagen einen nicht mit Märten, daß es einem düecht, man mochte ihnen fünf Finger Usgwicht geben. Öppe ungsorget darf man Schweine von ihnen kaufen auf Gewicht, man wird nie Steinkrätten voll Kieselsteine in den Därmen finden. Mit denen ist noch z'handeln, aber sonst ist mit den Bauern fast nichts mehr zu machen, sie glauben bald keinem Wirt mehr etwas. Nüt für unguet z'ha! Es werden die Bauern öppe auch alle Tage witziger, und sie müssens, wenn sie die Haut unter den Ohren behalten wollen und es ihnen nicht gehen soll wie den Hasen, die immer rarer werden, je mehr Jäger es gibt.« – »Sind die Leute reich?« – »Ja«, antwortete der Wirt, »das sind noch Bauern, wie ehedem gewesen, haben noch Würze hängen nicht zu oberst in den Ästen und müssen nicht wie so Viele jetzt, wenn sie drei Dublonen mangeln, um Geld aus und um Milch, wenn sie ein Kaffee machen müssen ungsinnet.« –

»Ho«, sagte der Dorngrütbauer, »es wird doch dere noch mehr geben, welche einen Tropf Milch übrig haben und einen Kreuzer Geld, und mügli wärs, daß dWirte auch noch oft froh darüber sind, wenn sie Geld bei Bauern finden oder eine Kuh, und manchmal zwei, dings haben können.« – »Es gibt auch beider Gattig«, sagte einlenkend der Wirt, »aber wenn ich raten kann, so geht dorthin, reuig werdet Ihr nicht werden.« – »Allweg«, sagte der Bauer, »will ich zuerst zur Säge, liegt beides an einem Wege?« – »Nein«, sagte der Wirt, »dort bei jenem Haus mit dem roten Dache gehen sie voneinander, und Ihr mußt wieder zurück bis dort, um von der Säge nach Liebiwyl zu kommen.«

Als nun Vater und Tochter zum neuen Dache kamen, sagte der Vater zu Anne Mareili: »Geh du afe! Wenn sie etwa nicht daheim sind, so kann man sie rufen, damit ich nicht lange warten muß, von wegen, noch heute wollen wir heim und es ist weit.« Somit ging er links und ließ Anne Mareili stehen. Das wäre gerne in den Boden gekrochen, wenn ein Loch dagewesen wäre, bis der Vater wiederkam, aber dastehen durfte es nicht, es mußte rechts, wie schwer es ihm auch ward. Was man gewöhnlich schüchtern nennt, war Anne Mareili nicht; es wußte, daß es des Dorngrütbauern Tochter war, und konnte Rede stehen und an ein Haus klopfen, ohne rot zu werden und dumm zu tun. Aber es gibt eine Schüchternheit, eine innere möchte man sie nennen, die man nicht sieht, an die man daher meist nicht glauben will. Sie ist etwas Unnennbares, halb Bescheidenheit, die fürchtet, jemand zu stören, ihm lästig zu sein, halb Scheu, sich selbst mit einer fremden Persönlichkeit in Berührung zu bringen, ein inneres Widerstreben, sich selbst einem fremden Auge zu öffnen, vor fremden Ohren auszusprechen, was das Herz bewegt, auf der Seele sich abspiegelt. Diese Schüchternheit trägt mancher Mann zu Grabe, sie wohnt in manchem Weibe, umschleiert, als dessen bestes Ich; ihr eigentliches Haus aber ist das Herz der Jungfrau, aber um so fester umschleiert sie es, je bedeutsamer der Moment ist, dem sie mit Bewußtsein entgegengeht. Anne Mareili, von der Liebe Angst und Weh gedrängt, hatte Resli in sein Herz schauen lassen, sich gegeben, wie es war, ohne viel Umstände und Komplimente. Es hatte Resli so viel als das Leben gerettet, dieses Bewußtsein war der Schlüssel zu seinem Herzen gewesen. Aber jetzt sollte es alleine zu einem Hause gehen, wo es nie gewesen, sollte dort anklopfen, mußte vielleicht lange erklären, wer es sei; was Resli von ihm gesagt, das wußte es nicht, und ob es ihnen recht anständig sei, ebenfalls nicht, was es sagen sollte und wie sich benehmen, wußte es darum auch nicht. Vielleicht konnte es gar ans unrechte Haus gelangen und zum Gspött werden oder niemand zu Hause treffen als einen bösen Hund, ungefähr einen wie ihren roten Mutz, was sollte es dann machen?

So schritt es schwer und ängstlich zwischen hohen Lebhägen ein enges Gäßchen entlang; da hörte es hinter dem Hag rechts erst eine Sense durchs Gras fahren, dann sagen: »Höre du, heute kommen sie nicht, sie wären da.« Darauf sagte eine andere Stimme, und die kam ihm gar wunderbar bekannt vor: »Das ist nicht gesagt, kommen können sie immer noch, es ist weit.« – »Zähl darauf«, sagte wieder die erste Stimme, »sie kommen nicht, sie haben dich nur abschüsselen wollen, um ds Wüestist nicht alles z'machen. Warum hätte dir sonst der Alte so nahglußet? Du bist dr Narr im Spiel, und z'wette wär, daß sie gestern vrkündet worden.« – »Selb nit«, sagte die andere Stimme, »das hätt ds Meitschi nit ta und mr Bscheid gmacht.« – »Ah bah, verlaß dich doch auf kein Meitschi«, sagte die erste Stimme, »wenns a Notknopf kömmt, so sind sie alle gleich, und gäb wie sie vorher gränne, wenns heißt, jetzt müsse es sein, sie wollten zum Pfarrer, das Hochzeit anzugeben, so hat man noch Keiner ein sauber Fürtuch vorbinden müssen, sie hat es noch immer selbst getan.« – »Nimm nicht alle in einen Klapf«, sagte die andere Stimme, »es gibt mancher Gattig Mädchen, so wie vieler Gattig Buben, du ließest dich auch nicht mit jedem zusammenzählen. Zähl darauf, meins wäre nicht gegangen und hätte mir Bscheid machen lassen.« – »Es muß dann ein Apartes sein«, lautete die Antwort. »Wie ists eins? Es nähmte mich doch wunder, es zu sehen.«

»Ich kann es dir so recht nicht sagen«, wurde geantwortet, »du mußt warten, bis du es siehst, und dann wird es dir sicherlich gefallen. Es ist groß, fast wie die Mutter, und doch kein Bohnenstecken, hat eine schöne Haut, sufer, nit kührot, aber auch nicht wie ein ausgewaschener Fürfuß, läng Züpfe, dunkle Augen und bsungerbar schöne Zähne; wenn es den Mund auftut, so düechts einem, man sehe das Gätterli zum Paradies, und noch ganz funkelnagelneu, und bsunderbar fründlig chas de dryluege, daß es eim düecht, es schmelz alles i eim. Sonst gwöhnli macht es ein ernsthaft Gesicht, fast wie wenn es einem etwas befehlen wollte, und Häng hets, man sieht ihnen ds Werche an und ds Wäsche, wies am e Meitschi wohl asteyht.« – »Und taubs hast du es auch schon gesehen?« wurde gefragt. »Taubs habe ich es zu Aufbegehrige gemacht, aber wie ich es erkannte, war es wieder verschwunden.« – »So nimm dich in acht und spring nicht so zsämefüeßlige hinein«, sagte die erste Stimme, »ich für meinen Teil heirate kein Mädchen, wenn ich es nicht taubs gesehen, so taubs, als es nur immer werderi könnte. Und wenn ich nicht angfähr dazu käme, so ließe ich nicht nach, bis ich es selbst so taubs gemacht hätte, daß es eim düechti, es möchte einen ungschabt fresse.« – »Warum das?« wurde gefragt, »du bist immer der seltsam Christeli.«

»Ja lue«, sagte derselbe, »ich will wissen, wie sie dreinsehen und was sie tun, wenn sie taub sind, und warum sie es werden.« Ich will dir etwas sagen, es weiß es kein Mensch noch. Einmal hatte ich auch im Sinne zu heiraten, das war ein Meitschi wie aus Seide und Sammet gemacht und ordlig wie ein Lebkuchen, von dem hätte man glauben sollen, es könnte kein Wässerchen trüben, keine andern Augen machen als süße und nie anders reden als wie durch ein Pfeifenröhrchen. Es het mih düecht, es schryß mih e ganze Tag bi de Haare bis am Abend, daß ich bei ihm war. Da kam ich einmal an einen Ort, wo getanzt wurde; es war noch nicht da, ich wartete, es kam nicht, aus Langeweile nahm ich ein Meitschi, hatte drei mit ihm und zahlte darauf ihm eine Halbe. Während wir sie tranken, kam mein Mädchen herein, ob es draußen mir aufgepaßt, weiß ich nicht. Aber Augen machte es mir, daß es mir schien, es strecke sie armlang zum Kopf aus und jedes hätte fünf Krallen wie ein Lämmergeier. Mit mir wollte es nichts zu tun haben, schoß im Saal herum wie ein Wespi an einem Fenster, zahlte mir zTrotz ihrer Jungfrau Wein und Essen, schoß dann heim wie bsessen. Ich auf und nach, nicht weit von ihrem Hause holte ich es ein, unterzog mich, wollte bestens mich versprechen, aber wohl, ich erfuhr, was ein ertaubet Meitschi kann! Es machte mir ein noch zehnmal ärger Gesicht als vorhin, die Nase tat sich auf, die Augen wurden wie Pflugsrädli, und aus dem weitgeöffneten Munde fuhr eine Stimme, so dick wie ein Weberbaum, und sagte mir so wüst, wie ich mein Lebtag es nie gehört. Schyßhung war das Manierlichste. Als ich das Mädchen so sah, so ungattlig tun, und Augen machen, ärger als ein ertaubeter Stier, und reden wie ein halb, voller Weltsch, da entfiel es mir plötzlich, statt der Liebe hatte ich ein Abschüchen. Lieber e taubi Katz als so eine, dachte ich, machte mich davon, so streng ich konnte, und die Angst, es sei hinter mir und begehre mein, verließ mich nicht, bis ich daheim im Bette lag.

»Da war mir, als hätte mich jemand aus dem Wasser gezogen oder als wäre ein schwer Fuhrwerk über mich gegangen und unerwartet erwache ich statt tot unversehrt, und ich tat einen teuern Eid, nie mehr zu heiraten oder wenigstens nicht, bis ich das

Mädchen so taub als möglich gemacht und erfahren, ob was es ertaube und wie. Da tätschelt man die Mädchen nur, däselet ihnen, und wenn sie im Geringsten die Miene verziehen, so fragt man hundertmal: Was hest, was hest? und macht den Kratzfuß um sie wie ein Hund um heiße Milch. Wenn eine schon wollte, sie könnte nicht wüst tun, und so geht es, bis man sie hat. Nun meint man, man habe sie und ds Fangen sei nicht mehr nötig, geht gradane, und wie man so gradane tut, tut das Mädchen auch, wie es gewohnt ist, läßt seine Hornlein hervor, von wegen, es braucht sich vor niemand in acht zu nehmen. Wenn nun jedes so auf einmal ganz natürlich tut, fällt jedes aus den Wolken und niemand mehr zerteilt die Wetter mit Däselen hinten und vornen, das Heulen geht an und das Zähneklappern und jedes klagt, es sei bschisse worden. Das Weib klagt, der Mann täte nicht nach Schuldigkeit flattieren und tätscheln, der Mann schüttelt sich und sagt, es grus ihm, so was hätte er nie erlebt, es werde ihm fast gschmuecht. So, Bruder, gehts, und wenn ich geheiratet gewesen wäre, als ich das Gesicht gesehen, und nicht noch ledig, es wäre mir nicht nur fast, sondern ganz gschmuecht geworden; so aber lief ich davon, ward gescheit und dankte Gott. Darum, Bruder, nimm dich in acht, wunder nähmte es mich, ob dein Meitschi auch noch so lieblich bliebe, wenn es so recht taubs wäre aus dem ff.«

So redend trug Christeli eine Gablete Klee auf den Wagen, blieb aber stehen wie eingewurzelt. In grünem Hasellaube sah er ein Mädchengesicht, dessen funkelnd Augen, paar starr auf ihn gerichtet war. »Was düecht dich, was mache ich für ein Gesicht?« frug das Mädchen, als es sich entdeckt sah, und schalkhaft spielte über das Gesicht ein Lächeln, Christeli aber stand da wie Butter an der Sonne und wäre weiß kein Mensch wie lange dagestanden, wenn nicht Resli, sobald er die Stimme hörte, herbeigekommen und im grünen Hag sein Meitschi entdeckt hätte.

Als dasselbe von sich reden hörte, konnte es begreiflich nicht mehr weiters; es wollte eigentlich nicht horchen, sondern sich nur zeigen, aber es scheute sich, Christeli zu unterbrechen, ist das ja nicht höflich, und so stund es stille da, bis Christeli es erblickte. Als Resli freudig es anredete: »Bis Gottwilche! Das ist bravs, ih ha afe zwyflet«, da sah man nichts mehr von der Ernsthaftigkeit, in welcher Christeli das Meitschi anfänglich erblickt, es machte ein gar freundlich Mieneli und sagte: »Trauist de niemere? Was me vrspricht, das haltet me de notti. Dr Ätti het welle, daß ih mitehömm, er ist afe alte u fahrt nit gern alleini.« Nun kam auch

Christeli herbei, gab die Hand, hieß ihns Gottwilche und sagte, es werde doch nicht für ungut haben, was er da gestürmt, er sage manchmal etwas für die Langeweil, dessen müsse man sich nicht achten. Aber er hulf, sie wollten heim, die Leute könnten sonst meinen, sie seien sturm und redeten mit den Haselstauden.

Von dieser Seite her kam man zum Hause, ohne andere Häuser zu berühren; es lag in weitem Baumgarten, rundum ein geräumiger Platz, aber nirgends ein verzattert Stück Holz, nirgends herumliegend Stroh, alles wie an einem Festtage, freundliche Blumen in den Fenstern, auf der breiten Terrasse sonnete sich ein alter Hund, der ohne Bellen, aber freundlich wedelnd ihnen entgegenkam. Der Vater schnefelte im Holzschopf, die Mutter putzte Samen, und Annelisi fegte das Milchgeschirr beim Brunnen. Von dort sah es Anne Mareili zuerst hinter dem Kleewägeli mit Resli gehen, ließ das Melchterli fahren, schoß zur Nebentüre hinein, zur vordern hinaus, rief der Mutter zu: »Sie kommt, sie kommt!« und husch wieder hinein und davon und hörte nicht mehr wie die Mutter sagte: »Du tust doch wieder dumm und weißt, wie ich das uhöflig Wese so ungern habe. Was wird sie denken!« Desto freundlicher ging die stattliche Frau Anne Mareili entgegen, hieß es in Gott willkommen und sagte, wie sie blanget hätte, es zu sehen, und wie es sie freue, wenn es ihm hier gefalle, daß es für immer bei ihnen bleiben möge. Aber es solle hineinkommen, drinnen Bericht geben, wo es den Vater hätte.

Schon unter der Türe erschien Annelisi wieder, aber mit einem Halstüchli um die Ohren, einem saubern Fürtuch, und vor lauter Luegen vergaß es fast den Willkomm. Aber was ist einem Meitschi bei neuer Begegnung wohl wichtiger, als zu ergründen, was die Kommende für ein Gesicht hat und was sie anhat vom Kopf bis zu den Füßen! Bis es weiß, wie ihr Gloschli verbändelt ist, ob rot oder schwarz oder gar blau, hat es keine Ruhe. Wie freundlich zwei Mädchen sich auch begegnen, wie willkommen sie sich auch heißen, sie betrachten einander doch wie zwei Schwinger, die sich auch die Hände geben, ehe sie einander fassen zum Niederwerfen. Nun ist ein Glück dabei, daß bei solchem Messen gewöhnlich jedes Mädchen denkt: Nein, gottlob, so hübsch wie die bin ich doch denn nadisch auch, es ist sih doch dr wert, es selligs Gheye z'mache! Aber es selligs Göller oder e selligi Kittelbrust muß ich auch haben, ih la nit lugg, bis ich eine habe, u de no e schöneri. Ob diese beiden Mädchen auch so dachten, sagten sie nicht, aber wahrscheinlich, denn sie wurden noch freundlicher gegen einander, als sie sich recht betrachtet hatten, natürlich deswegen, weil jede sich selbst doch noch besser gefiel als die Andere. Jede hatte auch recht, es kam nur darauf an, von welchem Standpunkt man ausging und welchen Gesichtspunkt man ins Auge faßte. Ging man von einem vornehmen Standpunkt aus, so war Anne Mareili schöner, schlanker und von regelmäßigern Zügen, faßte man das Wesen ins Auge mit mehr bürgerlichem Auge, so war Annelisi beweglicher, lustiger, von geistiger und leiblicher Frische, welche eben gern in einem rundlichten Wesen wohnt und welche man eben nicht für vornehm hält.

Die blanke Küche, die schöne, helle, große Stube fielen Anne Mareili auf, so hatten sie es nicht daheim, und als es unter der Küchentüre noch nach außen sah, in den schönen Garten, über Matten und Felder weg, in deren Mitte so frei und stattlich das blanke Haus stand, so mußte es bekennen, daß es einen schönern Bauernsitz noch nie gesehen, und mächtig bewegte sein Herz der Gedanke, was es heiße, hier Bäurin sein zu können. Und doch fühlte es sich gedrückt, unwohl, und eine Art Beklemmung nahm immer zu, fast wie gewisse Leute des Morgens sie empfinden, wenn es abends ein Gewitter geben will. Alles war so freundlich gegen ihns, alles gefiel ihm so wohl, man stellte ihm, gäb wie es sich wehrte, den besten Kaffee auf, wie sie ihn daheim nie hatten, Käs und weißes Brot, und alle nahmen sich Zeit, bei ihm zu sein, und keinem Gesicht sah man Ärger an, daß man so für nichts und wieder nichts, ume so weg em ene Meitschi, einen heiligen Werktag versäumen müsse. Es fühlte, daß da ein viel manierlicher Wesen sei als bei ihnen, so eine Art von Haussitte und Anstand, welche man im Weltsche hinger nicht lernt, welche zusammengesetzt ist aus Gutmütigkeit und gegenseitiger Achtung, welche zur andern Natur geworden und welche Kinder gegen Eltern üben und Eltern gegen Kinder, und wenn sie alleine sind und vor fremden Leuten. Es müssen nämlich auch die Eltern ihre Kinder achten, wenn sie deren Liebe und Achtung bewahren und wenn sie wollen, daß ihre Kinder achtungswert werden und bleiben sollen, müssen sie sie namentlich vor fremden Leuten mit Achtung behandeln. Nun aber findet man in gar manchem Hause die Sitte, daß entweder ein Glied der Familie, Mann oder Weib, den Leuten zeigen will, wer Meister sei und wer zu befehlen habe, oder daß jedes, Groß und Klein, zeigen will, daß man auch etwas sei, sich nicht unterntun lasse usw. Dies führt zu den widerwärtigsten Auftritten und wirkt das Gegenteil von dem, was man bezweckt; man macht sich statt groß recht klein damit, und wie man sich gegenseitig nicht achtet, streift man sich auch die Achtung Anderer ab. So war es bei ihnen. Der Vater meinte, er müsse allen Leuten zeigen, wie er die Seinen mustern könne. Die Brüder taten es ihm nach, man wehrte sich, so gut man konnte, man tat nicht manierlich zusammen.

Anne Mareili fühlte die Überlegenheit in solcher Sitte, und wenn der Vater komme, so werde es sich erst recht schämen müssen, dachte es. Ein Inwendiges spiegelt sich auswendig oft gar seltsam ab. Demut erscheint wie Hochmut, ein gedrücktes Wesen wie Nichtachtung und Unfreundlichkeit. Je mehr Anne Mareili das Unbehagen fühlte, welches aus dem Bewußtsein dieser Überlegenheit entsprang, um so weniger ward es dessen Meister, um so dunkler ward die Wolke, die es überschattete. Resli sah das wohl, war auf Dornen, wußte aber nicht, woran es lag, gab sich die größte Mühe, Anne Mareili im schönsten Lichte zu zeigen, und je mehr er sich mühte, desto dunkler ward es auf Anne Mareilis Gesicht. Man weiß, wie jeder es hat, der jemand Geliebtes vor die Leute stellt; man möchte, daß sie täten wie nie sonst, so schön und manierlich, damit man Lob bekomme und Ehre von ihnen. Wie manche Mutter hat nicht ihr Kind unter Geheul und Zetergeschrei aus einem Zimmer getragen in halber Verzweiflung! Sie harte mit dem Kind Puff machen wollen, und je mehr sie das wollte, desto weniger wollte das Kind, desto mehr tat es das Gegenteil, und das Ende war, daß der Zorn die Mutter fast versprengte, das Brüllen aber das Kind.

Das ist aber noch gar nichts gegen einen Liebhaber, dessen Mädchen zum erstenmal zu seinen Eltern kömmt; der möchte, daß sein Mädchen täte wie die leibhaftige Liebenswürdigkeit und daß seine Eltern mit dem Mädchen täten wie mit einem leibhaftigen Engel, der gradwegs vom Himmel gekommen. Er hat Angst nach beiden Seiten hin, siehe mit einem Auge auf das Mädchen, mit dem andern auf die Eltern; bald meint er, es fehle hier, da will er hier nachhelfen, dann scheints ihm dort zu hinken, es will dort nachhelfen, kommt dabei in eine Art von Fieber, wird selbst am unliebenswürdigsten, macht kehrum alle taub, und am Ende gehts ihm wie einem ungeduldigen Weber mit einer vershürscheten Strange schlechten Garns. So ging es freilich Resli nicht, dazu war er eben zu adelich, aber fast Blut schwitzte er doch. Sein Meitschi war so seltsam, so schweigsam, fast pumpelrurrig, daß er es kaum mehr kannte, fürchtete, man hätte irgendwo gefehlt oder Christelis Rede rüche auf. Er ward um so freundlicher, Anne Mareili merkte es wohl, aber es machte ihm die Wirkung, als ob jemand den Hals ihm zusammenschnüre, es konnte fast keinen Laut mehr von sich geben.

Es ist kurios mit Kindernaturen, also auch mit weiblichen (je besser diese sind, desto mehr ähneln sie den Erstern); der Widerspruch scheint ihnen recht eigentlich im Fleische zu sitzen, und zwar zvorderst in allen Fingerspitzen, es wird wahrscheinlich die Erbsünde sein, die natürlich um so klarer hervorscheint, je durchsichtiger die Haut noch ist. Wenn so ein altes Leder von Professor, das in Foliantenstaub ergrauet ist, oder so ein Luder von Schlingel, das auf allen jüdischen und christlichen Misthaufen sich dickgewälzt, sie leugnet, so nimmt es einen nicht wunder, es ist ganz natürlich, sintemalen Luder und Professor vor lauter auswendigem Staub oder Dreck den inwendigen nicht mehr ahnen, geschweige sehen, sondern der süßen Hoffnung leben, unter der Haut wenigstens sei es sauber. Eine Kokette, ein Weibel, ein unbedeutendes Staatshaupt fühlen sie, wissen sie aber zu vertuschen, drängen sie nach unten, nach hinten; aufwärts aber und vorwärts fechten sie mit Lächeln und Nicken.

Aber, wie gesagt, gute Kinder, die artig sein sollen, und liebe Mädchen, welche man liebenswürdig möchte, denen sieht man sie am meisten an, die können sie am wenigsten überwinden, merken es wohl, wenigstens die Letztern, möchten sich darüber die Finger abbeißen, wenigstens die Nägel, und während sie am Werweisen, wie sie überwinden sollen, sind, machen sie dazu Gesichter, als wenn sie bereits am Schlucken der Finger wären. Ganz besonders aber kömmt sie junge Weibchen an, an denen man, solange sie Bräute waren, blind gewesen ist, das heißt sie kömmt sie nicht erst an, sondern man merkt sie erst, wenn aus der Braut ein Weibchen geworden. Kurios! Da, liebe Leute, gilts klug sein, nicht mit dem Holzschlägel lausen wollen, da muß man süferli tun mit Däseln, sachte fortfahren, aber nicht unerchannt, und luegen dazu und nur so zuweilen mit dem nassen Finger ganz leise und süferli ein Brämi abmachen. Mit solcher junger Weiber Liebenswürdigkeit oder Erbsünde (ist fast ein Tun) ists ungefähr wie mit einem Bienenstock, der schwärmen will; wehren kann man ihm nicht, aber reisen kann man ihn mit Süferlitun, das aber versteht gewöhnlich nur, wer schon mehr dabeigewesen ist. Das war Resli nie, darum vermochte er Anne Mareilis Gemüt nicht zu reisen, gäb wie er anwendete und ihm Gelegenheit zu geben meinte, sich zu zeigen in der Holdseligkeit, welche Resli an ihm gerühmt hatte.

Die Ankunft des Vaters machte eine Unterbrechung, erleichterte aber Anne Mareili nicht. Es nahm Ärgernis am Vater und hatte die größte Muhe, dieses nicht auszusprechen. Obgleich es selbst nicht recht wußte wie tun, so düechte es ihns doch, es sollte den Vater brichten, was anständig sei und was er reden solle und was nicht, und wenn Resli auf Dornen saß, so saß dagegen Anne Mareili auf glühenden Kohlen. Dem Vater dagegen war es recht behaglich, er aß und trank, und weil er es umsonst hatte, noch zweimal so viel als gewöhnlich; er kaufte Laden, und weil er sie weit unter dem Preise erhielt, zweimal so viel, als er brauchte, und weil er Großmut am Brett sah, so hätte er dem Liebiwylbauer Roß- und Kuhstall ausgekauft ums halbe Geld, wenn der nicht, klug genug, gesagt hätte, wegem nahen Säet mangle er Zug und wegen den vielen Leuten Milch, so daß er weder Kuh noch Roß entmangeln könne. Darum machte der Dorngrütbauer sich hinter eine Staatskalbete, und da diese weder Milch gab noch Zug, sintemal eine Staatskalbete einstweilen zu nichts anderem taugt als zum Fressen und Ansehen, so galt hier die Ausrede nicht; wenigstens drei Dublonen zu wohlfeil kriegte er sie. Dies merkten alle, aber niemand verzog dabei ein Gesicht als der Dorngrütbauer selbst; den lächerte es vrflümeret heimlich, und er dachte, es sei doch noch immer so, daß wer uvrschant tue, dest bas sei.

Anne Mareili war bei diesen Staatsaktionen nicht, es besah derweilen mit Annelisi die Plätze. Als es beim Heimfahren sich nicht enthalten konnte, dem Vater zu sagen, es müsse sich fry schämen, wie er die Sache bekommen hätte, so erhielt es zur Antwort: »So schäme dich, es kostet nichts. Aber wennd nit es Babi bist, so laß dir gesagt sein, daß man die Birnen schütteln muß, wenn sie fallen wollen.«

So ging der Morgen um, und in die Stube mußten sie wieder, wo ein Mittagessen zwegstand, wie im Dorngrüt noch keines auf den Tisch gekommen, so nett und appetitlich, und nicht bloß so gradane Schnitz und Tellerete voll Fleisch, schwynigs und gräuchts, sondern da war Voressen, es kam sogar Bratis, und war doch nicht Kindbetti, und das ging neue alles so gschlecket, daß es Anne Mareili fry recht dudderte, wenn es dachte, wie sie hier gewohnt seien und wie es sich nicht zu helfen wüßte, wenn dSach an ihm wäre. Das müßten afe Sache in dem Hause sein, für so aufzuwarten, dachte es, und nebenbei mußte es Ärger verwerchen über den Vater, der wiederum aß, als wenn er heute noch nichts gehabt hätte. Je mehr der Vater aß, desto weniger brachte die Tochter hinunter, so daß es die guten Leute recht gmühte und sie vielfach sich entschuldigten, daß sie so schlechtlig aufwarteten; wenn sie gewußt hätten, daß sie kämen, so hätten sie sich besser versehen, ein andermal wollten sie öppe luegen, daß sie es besser breichten.

Das machte Anne Mareili noch verlegener, zog ihm den Hals zu, es mäuelte immer mehr und gäbelte auf dem Teller herum, als wenn es mit bloßen Fingern in Nesseln heuete. Es gmühte die Mutter recht, und als Resli einmal in der Küche an ihr vorüberging, konnte sie sich nicht enthalten, ihn zu fragen, wo sie wohl gefehlt hätte, daß das Meitschi so stills sei und nichts esse, so werde es doch nicht immer sein? »Nein«, sagte Resli, »es ist sonst fründlich und gspräch; daß man gefehlt, wüßte ich nicht, es wird öppe ds Fahre nicht mögen erleiden und Kopfweh haben, wies am Wybervolch mängist git.« So entschuldigte Resli, aber wohl war es ihm doch nicht dabei.

Von der Hauptsache war über dem Essen nicht die Rede; erst als niemand mehr essen mochte, der Wein gebracht wurde und billig gelobt war, denn es war nicht Kuttlenrugger von Erlach oder Biel, frug Christen, nachdem ihm Änneli bereits mehrere Winke gegeben hatte: »Und, wie hey mrs wege diesem, wes Euch recht wär, üs wärs gar aständig. Wir alte afe u wüsse nit, wie lang mrs no mache, u da wär us denn dra glege, we mr wüßte, wem wir die Sache hinterließen. Wir haben es Üsem schon lange gesagt, er söll wybe, aber es het ne neue kes Meitschi chönne adrähye, bis er Euers gesehen hat, an dem hanget er jetz grusam; ds Meitschi hätt auch nichts darwider, meint er, und wenns Euch recht wär, so hulfen wir eine Hochzeit machen. Öppe aparti rühmen will ich nicht«, sagte Christen, »aber ich denke, wenn sie zusammenkommen und ume e kly zur Sach luegen, so werden sie öppe ihr Lebenlang mehr als genug haben.«

Änneli wischte sich die Augen, Christeli war hinausgegangen, als der Vater begann, Annelisi auch, Resli und Anne Mareili schwiegen; der Dorngrütbauer versorgete noch ein ansehnlich Stück Hamme und sprach endlich: Wege desse sei er eigentlich nicht hiehergekommen, und wenn er gewußt, daß es sövli ärst sei, so hätte er vielleicht Laden Laden sein lassen. Aparti hätte er nichts gegen sie, wegen der Fürnehmi wolle er ihnen nichts vorhalten, es könne nicht en iedere dr Fürnehmst sy, und wegem Reichtum chönnt me luege. Aber wohl weit sei es ihm abhanden, und so wisse man nicht, wie es einem King gehe, und dara sölls doch am ene Vater am meiste glege sy. Mi chönnts schindte, mi vernähmts nit, bis es z'spät wär. Und er müsse sagen, da sei er am chutzligste; er möge viel erleiden, aber daß man einem seiner Kinder Böses tue, das mög er nicht erleiden, da wär er imstande, ds Wüstest z'mache (Anne Mareili machte ganz bedenkliche Augen, es schwieg wohl, aber in den Augen stand geschrieben: O Ätti, wie lügst!).

Er wisse wohl, daß man mit den Meitschene nicht viel machen könne und man sie dafür hätte, um sie z'vrmanne, aber dafür sei man da, um zu sehen wie. Wenn er Anne Marei dem ersten besten Schlabi hätte geben wollen, so könnte dasselbe schon Großmutter sein.

Nun tat auch Änneli eine Rede dar und meinte, das hätten sie ihm z'danken, daß er sövli für dKing lueg, aber er solle auch denken, daß der liebe Gott sein Kind eben für ihren Resli habe aufsparen wollen. Kummer, daß es ihm nicht gut gehe, solle er nicht haben. Er solle fragen, bös Lob hätten sie nicht, und vor Gott und Menschen hätte es schon manchmal versprochen, eine böse Schwiegermutter wolle es nicht sein, ein Sühniswyb müsse es, wenn es nur e chly gattlig tue, bei ihm haben, wie es daheim nie besser gehabt. Deretwegen könnte er sein Kind ungesorget ziehen lassen.

Von wegen dem lieben Gott, sagte der Bauer, möge er nicht viel hören; wenn er gewollt hätte, so hätte der nicht viel dazu zu sagen gehabt. Er wolle der Sach nicht ab sein dahin und daweg, aber wie man bette, so liege man. Ds Meitschi sei ihm aparti nicht vrleidet daheim, Zeit wärs afe mit ihm, aber daneben hätte er noch immer z'esse und z'werche für ihns. Er wolle lose, was sie im Sinn hätten zu tun, wenn es etwas aus der Sache gebe.

»Das«, sagte Christen, »versteht sich von selbst, Resli ist dr Jüngst u nimmt dr Hof öppe um enes Billigs u git de Angere use, was öppe recht ist.«

»Es ist mit dem gar es Ungwüsses«, sagte der Bauer, »es kömmt immer darauf an, wer dahinterkömmt; es geht afe unerchannt, die Buben sollen mehr herausgeben, als ihnen bleibt. So gehts nicht gut, dBauern will man zBode mache, dHäftlikrämer und dSchryber söllen obenauf, das ist schon lange zwegkorbet. Ds Best ist, man lasse die Sache machen bei Lebzeiten, dann hat man es in der Hand und kann machen, wie es einem gefällt, und wenns einmal abgetreten ist, so ist es abgetreten, es wird dann öppe niemand mehr viel daran machen können.«

Das hätte sich hier nicht nötig, sagte Christen, und gebe nur unnötige Kosten. Wie recht, komme der Hof dem Jüngsten zu, niemand hätte etwas darwider, und zviel zu geben, werde ihm kein Mensch zumuten. Es sei Landsbrauch, daß die Höfe beisammenblieben, und so müsse es auch sein. Wenn man die Höfe verteilen wollte, so wäre ds Buren us und alles ginge zgrund. Man könnte keinen Zug mehr haben, hätte auf die magern Büggel keinen Aufzug mehr, die Heimet würden ermagern und die Leute dazu. Alles wollte nur am Land hangen, und wie es mit den kleinen Heimeten gehe, sehe man gut. Sie vermöchten weder sich noch ihre Besitzer zu erhalten; die Meisten, welche nicht Geld außerhalb des Hages zu nehmen wüßten, gingen ja auf solchen Kühheimetlene zugrunde.« »Unser Amtsrichter hat erst letzthin brichtet, es sei ein Land, man sage ihm Irland, dort gehe es strub und mehr als die Halben stürben Hungers, und das komme alles von der Verteilung des Landes, wo eine Haushaltung nur so viel hätte, und zwar nur pachtsweise, daß sie dabei in guten Jahren weder recht leben noch recht sterben könnten, sondern so zwischeninne plampeten wie der Kalle in der Glocke, in schlechten Jahren aber Hungers sterben müßten wie im Herbste die Fliegen. Nein, so ist es bei uns gottlob nicht, da bleibt das Land noch beieinander, daß es sich und eine rechte Familie ernähren kann. Und wo öppe rechte Kinder sind, da gibt es beim Teilen nicht Streit und Keins begehrt zu viel heraus. Es weiß öppe jedes, was so auf einem Hof alles auszurichten ist, und Keins begehrte den Ort, wo es daheim gewesen, zu zerstören, sondern jedes hat Freude daran, wenn es ein rechter Bauernort bleibt, wie von alters her, und öppe auch in der Familie, daß ihn der Jüngste nicht zu verkaufen braucht. Solang eins lebt, weiß es öppe, wo es daheim ist und daß, es mag ihm geben was es will, es dort immer ein Heim findet und nicht gleich auf die Gemeinde muß. Man wurd sich öppe schämen. Nur was es heißt, alles auszurichten, was Vater und Mutter zGvatter gstange sy, bis alles öppe ghüratet het! Ja, wenn öpper us dr Familie zGvatter gstange ist, so lat sih alles geng gegem Hof zue u meint, er syg halb da daheim, wenn scho Götti oder Gotte nimme lebe oder wyt dadänne ghüratet hey. Daran sinnet öppe esn ieders rechts King u bigehrt, daß dr Jüngst öppe vrma z'sy. U wenn Vater und Muetter sterbe, so ist dr Jüngst geng dr Jüngst, und wenn der Hof nit zu ihm luegti, so luegti an manchem Orte niemere zu ihm, denn einen Hof kann man ihm doch nicht so liederlig verliederlige. Es wüßt kei Mönsch, wies gieng, we so jungi Büebli ume Geld hätte, wo niemere zu ne meh luegt, wo me ume zu dene luegt, wo könne stimme an ere Wahlversammlig oder gar am Große Rat.«

»Ja, ja«, sagte der Dorngrütbauer, »selb wär guet, wes geng so wär, aber mi weiß nie, was dLüt öppe achunt oder was ne gseit wird, darum ists immer guet, we me drvor ist. Und da düecht es mih, ihr solltet den Hof dem Jüngsten verkaufen, daß er dabei sein kann. Was ist er wert?«

Christen sagte: »Aparti gschatziget habe ich ihn nicht, aber mein

Vater selig hat immer gesagt, unter Brüdern sei er sechzigtausend Pfund wert. Seither habe ich dazugekauft, und das Land het türet, es wüßt kein Mensch, wie hoch er an einer Steigerung käme, bsungerbar wenn er stuckweise ausgerufen würde.«

»So um zweiunddreißig oder dreißigtausend Pfund könntet Ihr ihn also abtreten«, sagte der Dorngrüter, »der Bub kriegte immer noch Schulden und hätte zu tun genug, von wegen, öppe usegä tue ich nicht, es schickt mir sich nicht, ich stümple nicht gerne; sie können dann einmal alles zusammen nehmen, es gibt nur umso besser aus.«

Christen sagte: »Die Schulden werden ihm nicht viel tun, Gülte sind auch da, und dBsatzig ist groß, Schiff und Gschir wird er öppe nit viel bruche la z'mache, u dr Wald ma o öppis erlyde, wes sy mueß. Es ist de öppe nit, daß ih alles niedergmacht u nit a dKing däicht ha, wies öppe a mängem Ort gscheh ist.«

»Dest besser«, sagte der Bauer, »und wenn Gülti sy, so düecht mih, es wäre da auch etwas zu machen. Öppe ds Kumligste könnte man abkündte, sGeld könnte der Bub nehmen und zahlen damit. Es wüßt ke Mönsch, wohers chäm, u wenn öppere frug, su chönnt me sage, es wär Ehstür. U nah dere het ke Tüfel z'frage, u wenns öppere tuet, su wyset ne ume zu mir, ih will de dem scho Bscheid un Antwort gä.«

Änneli seufzte schwer auf diese Rede, aber Christen sagte: Es düeche ihn, selligs sei nicht nötig. Wenn Resli den Hof um fünfzigtausend Pfund nehme, und sechzigtausend möchte es auch erleiden, so seien alle wohl zufrieden und Resli mache einen guten Drittel best. Wenn er dann die Gülten herausgebe und aus dem Wald nehme, was es wohl erleiden möge, so würden die Schulden ihn nicht plagen. Sein Weiber gut sei noch da in Gülten und vielleicht noch etwas dazu, und was Resli einmal von seiner Frau bekommen sollte, das brauche er nicht an die Schulden zu verwenden; so wie jetzt alles gelte, hätte der Hof die längst gezahlt, wenn er einmal z'erben kommen sollte. Aber so ein Schelm an seinen Kindern zu werden, das begehre er in seinen alten Tagen nicht; er begehre nicht, daß einmal Enkel und Urenkel ins andere Leben ihm nachkommen und vor Gott es ihm vorhalten möchten, er hätte sie zu Schelmen und Bettlern gemacht. Davor, wie es an manchem Orte gehe, wo nur eins erbe und den Andern nur ein Bettlergeld gebe, hätte es ihm immer gruset, und nicht bloß wegen ihm selbst; aber es heiße, ein ungerechter Kreuzer fresse zehn gerechte, und das gelte noch, man sehe es alle Tage; darum müsse so mancher Urenkel barfuß laufen, weil der Großvater ein Schelm gewesen an seinen eigenen Geschwistern, Geschwisterskindern oder andern Leuten. Das möge er nicht, und wenn er mehr Kinder gehabt oder wenn Christeli hätte heiraten wollen, so hätte er nicht begehrt, sie daheim zu behalten, und gemeint, sie müssen für den Jüngsten den Hof werchen und ihre beste Zeit für ihn verbrauchen, sondern sie hätten etwas für sich anfangen müssen, und er hätte ihnen wollen zweghelfen. Es dürfe einer nicht vierzig Jahr alt werden aufs Vaters Hof, wenn er einmal davon müsse und fortkommen solle; es müsse einer in die Welt hinaus, während er noch klebrig sei; wenn einer einmal gstabelig geworden, so sei es ustubaket, er brauche, was er habe, und dann müßten andere Leute ihm helfen. So gehts! Was recht sei, müsse Resli haben, sie gönnten es ihm alle; aber mehr als recht, das möchten sie ihm nicht gönnen, dazu sei er ihnen z'lieb, und denen unterm Herd möchten sie es nicht zuleid tun.

Das brauche er nicht halb so spitz zu nehmen, sagte der Dorngrütbauer, es werde öppe e jedere dWehli ha, z'säge, was er denk, und mache werde auch ein jeder können, was er wolle, dazu werde es nicht zu spät sein. Aber so dem ersten besten Fötzel und Schuldehung gebe er seine Tochter nicht; sie hätten es gehört, und gseit syg gseit.

Darauf sprach Änneli: Er solle verzeihn, Christen hätte es nicht bös gemeint und nur so beispielsweise geredet, er hätt minger o chönne, es syg wahr. Aber einen Schuldenhung gebe Resli doch nicht. Wenn er den Hof um sechzigtausend Pfund übernehme, so werde er nicht zehntausend Pfund darauf schuldig, daran zahle ihm der Wald das Meist, und wenn er den Hof verkaufen wollte, was aber neue nit z'denke sei, so hätte er de fry viel mehr g'erbt als die Andern. DSchulde werden ihn nie plagen, es mög gehen wie es wolle, und viel Bauern, die es besser machen können als er, würd es nicht geben, und es wär noch mancher froh, er hätte es so. Dann müsse man auch nicht vergessen, daß von dem viel, leicht, wenn man öppe grecht und billig handle, noch viel vorume chömm; es sei noch Keins von den Andern geheiratet, »und ob es eins tut, weiß man nicht, aber mir Wüsttun könnte man es zwängen. Aber was meinst du dazu?« wandte sich Änneli zu Anne Mareili, »dih geihts am nächsten an und hast doch kein Wort noch dazu gesagt.«

Diese unerwartete Frage erschreckte Anne Mareili wie ein Kanonenschuß, der ungsinnet hinter dem Rücken abgebrannt wird. Während des ganzen Gespräches hatte es in seinem Herzen gezittert; es ward um sein Glück gehandelt, und des Handels Ende ward seinem Auge, welches weder in die Tiefen der Herzen sah noch den Handel selbst übersah, immer dunkler, und als es nun selbst sich hineinmischen sollte, zitterte es, es möchte den Ausgang noch schwieriger machen, antwortete daher in seiner Angst, es ließe sichs gefallen, wie sie es machten. »Üsereim het zu selligem nit viel z'säge, mi mueß es näh, wies chunt.«

Das arme Meitschi wußte nicht, daß ein keckes, gerades Wort hundertmal besser ist als ein verdrücktes, achselträgerisches; aber wissen das noch ganz andere Knebel nicht als ein Mädchen, dessen Herz im Bangen der Liebe erzittert!

Erlickt aber die Hohlheit zu jeglicher Zeit das Gewicht solcher geraden Rede, die Hohlheit, die schwer wiegen will auf der Wage der Zeit, so bläst sie sich auf mit Luft bis zum Himmel hinauf und redet dann wie vom Himmel herab und meint nun, die Menschheit sollte die Blase für den Berg Sinai nehmen und ihre Stimme für die Stimme Gottes. Und die Menschheit tut dieses wirklich manchmal, nimmt ihr Quaken für Donnern, fürchtet sich, und die Quäkenden verbergen in glänzenden Schleiern ihre Saugesichter, vorgebend, es seien Mosisgesichter. Das tut namentlich das gegenwärtige, weltstürmende Geschmeiß. Knirpse tun wie Titanen, Dozenten mit Schweinsseelen und in Schweinsleder gebunden gebärden sich wie Herkules, der bekanntlich oben ein Tierfell hatte, unten aber nackte Beine. Wer aber gar brüllen kann wie zehntausend Stiere und daneben sich wohlsein lassen fünfhundert Säuen gleich, der sagt, er sei der Herrgott selbst, einstweilen aber wolle er sich begnügen, wenn man ihn zum Professor mache oder zum Bürgermeister.

Solche reden keck und gerade, daß es einem düecht, sie sollten fry ein Loch in den Himmel stüpfen mit ihren Worten; sie bringen allerdings es dahin, daß man eine Schweinsblase ansieht für den Berg Sinai und unten an der Schweinsblase einen Altar errichtet mit einem goldenen Kalbe darauf oder wenigstens einem Ehrenbecher. Aber leider ist das Ding nur wie Nebel und die Himmelsstüpfer erfinden sich, wenn man recht hinsieht, als Heustüffel, die bekanntlich nur einen Sommer dauern, und wenn der rechte Moses wieder kommt, so zerfallen Kälber und Becher wieder in ihr Nichts.

Wenn also von kecker und gerader Rede die Rede ist, so wird eben nicht die Rede gemeint, die eigentlich weder keck noch gerade ist, nichts als unverschämt, sondern die Rede, welche unverhohlen ausspricht, was das Herz bewegt und wünscht, dem Unrecht Unrecht sagt, der Wahrheit aber Zeugnis gibt. So gehts aber oft in der Welt, der Wahrheit trittet Schüchternheit in den Weg, ein leidig Fürchten und Werweisen, während die Unverschämtheit als Vorreiterin der Lüge beständig bei der Hand ist. So geht es gerne Meitschene, deren Herz gefangen ist und befangen ihr Verstand, und wer will von einem armen Meitschi fordern, daß wenn gefangen sein Herz ist, unbefangen sein Verstand bleibe!

So ging es Anne Mareili. O wie gerne hätte es dem Vater angehalten, er solle sich in diese Verhältnisse nicht mischen, alles Gott und guten Leuten überlassen, wie gerne gesagt, es sei mit allem zufrieden, wenn es nur daheim weg und hiehin kommen könnte; aber es fürchtete, den Vater noch hinterstelliger, hinterhäger zu machen, und die Forderungen des Vaters zu unterstützen, dazu war es eben zu wenig unverschämt, zu wenig radikal, und dessetwegen ward sein Vater ärgerlich und weh tat seine Antwort den Andern; es verfehlte sich also gegen beide Partieen.

»Und dann du, was sagst du dazu?« frug der Dorngrütbauer den Resli, »dich gehts am nächsten an, und es düecht mich, wie ich meinte, sollte es dir recht sein, du hättest es z'gnießen.« Resli, dem das Herz weh tat, antwortete, es sei ihm so: Anne Mareili sei ihm lieb, er glaube, es gebe eine Frau wie dMuetter, und über Bösha solle es nie zu klagen haben. Er hätte dessetwegen nie gefragt, was es hätte und wieviel es mitbrächte, und wenn es nichts hätte, so sei es ihm recht. Aber deswegen düeche es ihn, man sollte auch ihnen vertrauen und öppe denke, man mache, wie recht. Übrigens lasse er ihm alles gefallen, aber öppe daß die Andern z'klagen hätten, begehre er nicht. Gschwisterti seien einmal immer Gschwisterti.

Er meine, dHut söll eim lieber sein als ds Hemmli, und wenn man eine Frau wolle, so hätte man nichts nach den Geschwisterten zu fragen, sagte der Bauer. Aber ihm sei es gleich, sie könntens machen, wie sie wollten, deretwegen sei er nicht hergekommen. Könne es sein Meitschi bsungerbar gut machen hier oben, so möge er es ihm gönnen, sonst aber, wenn es gmannet sein müsse, finde es bei ihnen ein Dutzend für einen, und dann wisse er doch, was für einen, und hätte dSach unter Augen, es möge gehen, welchen Weg es wolle. Es sei da einer, der hätte schon lange angesetzt, und so gut mache sein Meitschi es nie mehr. Freilich meine ds Meitschi, der sei ihm wohl alte, aber es werde ihm wohl noch dGlarlöcher aufgehen, daß es es begreife, je älter, dest besser. Selb hätt er nit Kummer, und gehe es manchmal lang, bis so am ene Meitschi dGlare ufgange. Aber wenn sie noch heim wollten, so wär es Zeit furt.

»Nit«, sagte Christen, »so ists doch nit gmeint, u ufbinge wollen wir nicht; was wir gesagt haben, ist nicht bös gemeint, und si Sach z'säge, het öppe en iedere dWehli. Dr Bueb lyt üs am Herze, un öppe uf enes paar tusig Pfüngli uf oder nieder wirds öppe Keim acho; wo me enangere lieb het, bricht ds Geld öppe ke Handel. Ds Meitschi isch ihm aständig, u mir hei nüt drwider, we mrs scho nüt chenne, wo selb süst nüt schadt, we me enangere scho öppe vorher e weneli chennt. Aber wie gseit, wir sind etwas weit auseinander, selb ist wahr, es hat aber auch seinen Nutzen, selb ist auch wahr; man ist einander manchmal nur zu nah. So geht es einmal in der Welt, die Berge kommen nicht zusammen, aber die Menschen wohl, und wenn sie einmal zusammengekommen, so soll man sie nicht scheiden, das ist meine Meinung. Was meint Ihr, wie ist die Sache z'machen? Was möglich ist, soll geschehen.«

»Was meinst, Meitschi?« sagte der Bauer zu seiner Tochter, »es ist deine Sache, red!« Anne Mareili wars nicht ums Reden, die bitterste Angst guälte sein Herz; sie kann nicht enger zusammenpressen das Herz des Spielers, der alle seine Habe auf eine Karte gesetzt und nun starren Auges auf die zögernden Hände des Bankhalters sieht. Jede Rede mehrte seine Angst, jede Rede zürnte es dem Redenden, weil sie nicht den Abschluß brachte, sondern ihn hinausschob; es düechte ihns, es gäbte alles, was es auf Erden und im Himmel zu erwarten hätte, wenn mans nur richtig machte, gäb wie. Hingerdry chönn me geng no luege u 's mache, wie me öppe well, dachte es. Sein Vater war zäh, auf den setzte es keine Hoffnung, alle also auf die Andern. Daß diese werweiseten und Bedenken hatten, ärgerte ihns also doppelt, und besonders an Resli tat es ihm weh, es düechte ihns immer mehr, wenn der ihns recht lieb hätte, so wäre ihm alles recht, er würde nichts scheuen, um ihns zu erhalten; hingerdry chönnt me ja de geng luege und 's mache, wie man es ha wett. Darum antwortete Anne Mareili, es hätte nicht geglaubt, daß es da so viel Bsinnens gebe, dem an, was man ihm gesagt; aber es sage nichts dazu, wie der Vater es mache, sei es ihm recht, aber das Märten sei ihm zwider, es wäre lieber nicht dabei, es müß es sagen.

So sei es ihm auch, antwortete der Vater, und so wolle er sagen, was er wolle: Sie sollten dem Sohn den Hof abtreten für vierzigtausend Pfund, daß sobald sie geheiratet, sein Meitschi Kelle und Schlüssel übernehme, und wenn Resli vor ihm ohne Kinder sterbe, so erbe das Meitschi den Hof dahin und daweg. So wolle er und sonst nicht.

Resli wurde ganz blaß, als er das hörte, die Lippen bebten ihm, als ob er reden wollte; aber wenn ers schon gewollt, für kein Lieb hätte er ein Wort hervorgebracht. Etwas Giftiges quoll in ihm auf, welches sonst seinem Herzen fremd war, ein Stolz regte sich in ihm, von dem er nicht wußte, woher er kam. Kam man da von unten her und meinte, hier oben sei lauter Dummheit und man könne mit den Menschen umgehen als wie mit Tröpfen und Halbwitzigen; war dann keine Liebe im Meitschi zu ihm, sondern nur zu seinem Hofe, und während er nichts forderte, von keinem Kreuzer Ehsteuer sprach, wars dann recht, daß man von ihm alles forderte? War er ein Kerli, den man vergolden mußte, damit ein Meitschi ihn nehme? Er fing an zu fühlen, daß er alleine ein Mädchen wert sei und daß sein Ich alleine mehr wiege als manch ander Ich, und wenn dasselbe hunderttausend Pfund mit sich auf die Wage nähme.

Der gute Resli wußte halt nicht, daß selten ein Mädchen eine rechte Wage hat für das rechte Ich, und daß wenn es sie schon hätte, auf der Eltern Wage ein rechtes Ich doch nie mehr zieht als eine Nulle, und daß jedes Ich zu seinem Ich noch legen muß einen Zinsrodel oder ein Geschäft oder einen Titel samt Namen, wenn es irgend etwas ziehen soll, gäb wie wenig. Das wußte Resli nicht und sah auch nicht in Anne Mareilis Herz hinein, nur an sein Gesicht, und das hatte ihm bereits sattsam Kummer gemacht. Es arbeitete gewaltig in seiner Brust, es düechte ihn, er möchte satteln und reiten auf Leben und Tod, gegen was man wollte; wissen sollte man, daß er nicht Nichts wäre, sondern Resli, der Bauernsohn zu Liebiwyl, e rechte Burscht un e Draguner trotz eim. Die Weiber haben einen eigenen Sinn für das, was sich auf den Gesichtern regt; dieser Sinn ist ein Schlüssel zu den Herzen der Männer, in diesem Sinne läge auch die Herrschaft über sie, wenn nicht wiederum im Weibe ein eigener Geist des Widerspruchs läge, der das, was es im Herzen sieht, nicht beherrschen, sondern unduldsam seine Stelle ihm nicht gönnt, es vertreiben will mit Keifen oder Zürnen. Mütter sind geläuterter als Weiber, ihre Liebe ist meist weniger selbstsüchtig, sie sehen ebenfalls in die Herzen ihrer Söhne (kurios, mehr als in die ihrer Töchter), aber sie stellen sich ihnen nicht entgegen, sondern als Schirm und Schutz, als Vorfechter davor oder wenden es unvermerkt mit Zärtlichkeit, wie man ja Butter weich macht, wenn man sie knetet, und Eisen flüssig, wenn man es gießen will.

So lasen Anne Mareili und Änneli in Reslis Gesicht die unsichtbare Schrift, die auf der wunderbaren Tafel seines Herzens geschrieben ward von unsichtbarer Hand. Heiß und kalt fuhr es Anne Mareili den Rücken auf, als es sie sah, für kein Lieb hätte es ein freundlich Wort reden können; hätte es reden müssen, so wär ein Gallenstrahl hoch aufgespritzt. Aber rasch ergriff Änneli das Wort und sprach, das seien Sachen, an die man nicht gedacht und über die man nicht mit einander geredet hätte. Es für seinen Teil legte gerne die Bürde ab, und je eher ihm Resli ein Söhnisweib zubringe, dest lieber sei es ihm, und gerne wolle es abgeben und dasselbe machen lassen; es sei müde und ruhe gerne, und öppe ume z'bifehle sei nie seine Sache gewesen, deswegen brauche man nicht Kummer zu haben. Aber wegen dem andern müsse man doch mit den Andern reden, es gehe sie auch an, und wenn man es vorher abgeredet und ausgemacht, so gebe es hintenher keinen Streit. Wegem Christeli hätte man kaum was zu fürchten, aber wenn Annelisi heiraten sollte, so wüßte man nicht, was es für einen Mann bekäme. Darum wäre es am besten, man redete noch mit einander, ehe man das Wort gebe.

Es sei ihm recht, sagte Christen; »wo sind sie wohl, man kann sie rufen«. Ein Schatten flog über Ännelis Gesicht, schon hatte es den Mund offen, da sprach der Bauer, das pressiere nicht halb so, und wenn man sie jetzt gleich riefe, so meinten sie, wie nötlich er täte, und selb sei nicht; ds Cunträri, es sei ihm lieber, man behielte noch auf beiden Seiten dWehli, man wisse nie, was es gebe, es könne in einem Tage Ungsinnets geben ganz Hüfe. Sie sollten öppe mit Glegeheit mit einander reden, und wenns ne recht sei, so sollten sie Bricht machen, und mache man keinen, so sei es ihm, wie gesagt, auch gleich, denn dSach sei ihm doch nur halb recht, und wenn er nicht sähe, daß es am Meitschi hier gefiele, so möchte er lieber nichts mehr davon hören. So tue er es ihm zu Gefallen, aber dessetwegen sollten sie nicht meinen, sie könnten mit ihm machen, was sie wollten; so es Meitschi sei immer z'tröste, un öppe dr Narr mache und sih hingersinne, das sei in seiner Familie nicht dr Brauch. Gits nit dä, su gits en Angere, u gits Kene, so cheu mrs süst mache, so denk me i syr Familie. U de wärs nimme Zyt, öppe lang no z'rede, es sei schon vier, und sie hätten noch angere Sache auszumachen.

Nun begann er zu seufzen und zu berzen wegen den Laden, wenn er die nur daheim hätte, er hätte sie nötig und wisse nicht, wie sie holen, da sie alle Hände voll zu tun und alle Tage gleich nach morgens zwei Uhr zwei Züge im Felde haben müßten. DKalbete, die könnte man allfällig durch einen Jungen holen lassen, aber dLade, die mangelten Zeit und Rosse, und er wüßte sy Seel nicht wie machen; se z'vrdinge z'füehre, verteure sie ihm gleich, daß er sie ringer, es wüß ke Mönsch wo, kauft hätt. Deretwegen, sagte Änneli rasch, sollte er nicht Kummer haben, ein paar Bäume Laden zu führen, hätten sie immer Zeit, zugleich könne man Bricht bringen und dSach usmache; am Donnstag oder Freitag, wenn es ihm recht sei, gebe sich das schon.

Eingemärtet habe er das Fuhren nicht, sagte der Bauer, und wenn es etwa viel kosten sollte, so wollte er lieber noch warten. Das sei nun gleich, eingemärtet oder nicht, was man anerbiete, sei anerboten, und dafür nehme man öppe kein Geld, sagte Christen. Er solle nur sagen, an welchem Tage es ihm am anständigsten sei. Wenn das so gemeint sei, antwortete der Dorngrüter, so wolle er es mit Dank angenommen haben, all Tag seien ihm gleich, dr Freitag noch schier lieber als der Donnstag. Öppe Futter brauchten sie nicht mitzubringen, der Gattig hätte er genug; mit Haber zwar sei er nicht am besten versehen, aber dest besser sei das Heu, und wenn es noch etwas mehr sein müsse, so täte es Reiterkorn auch. Aber jetz hulf er fort, bis sie daheim seien, sei es längst Nacht.

Er solle nicht pressieren, hieß es, allweg doch vorher noch recht essen und trinken, wofür sonst wärs da? Das ließ er sich allerdings nicht lange sagen, und Glas um Glas rutschte ihm runter, man wußte nicht wie, und wer weiß, wie lange er gesessen, wenn Anne Mareili nicht immer heftiger am Heimgehn getrieben hätte.

Es hatte, wie unsere Weiber zu sagen pflegen, voll bis obenaus, es zwitzerte ihm vor den Augen, und unendlich viel hätte es darum gegeben, wenn es sein Haupt hätte legen können auf ein Bett in dunkler Kammer und da so recht ausweinen Liebeszorn und Liebesangst, verbergen können das eigene Herz vor den eigenen Augen. Es war ihm so wind und weh, da wegzukommen, es fühlte immer mehr, daß es seiner nicht Meister sei, ein Reiz seiner Herr werde, dem untertan zu sein es nicht gut ist, sintemalen man nie weiß, was alles zu tun er imstande ist. Es fühlte sich in einem Zustande, in welchem eine Wolke ist, die regnen möchte, aber bereits ein Wesen fühlt, das den Regen hemmt, dafür aber hageln läßt; denn obs regnet oder hagelt, hängt nicht von der Wolke ab, sondern von der Luftschicht, in die sie gerät, von dem Winde, der über sie hinweht. So brachte es Anne Mareili zum Aufbrechen, aber holdselig war es dabei nicht, es sah aus, als wenn es zürnte, und es zürnte allerdings, und zwar über alles: über ihns, weil es mit dem Weinen kämpfen mußte, über den Vater, weil er so getan, daß den Andern der Mut zu entfallen schien, über Resli und seine Leute, weil sie die Sache ins Bedenken gezogen, so gleichsam sie an eine Kommission gewiesen.

Ach ja, an Kommissionen weisen, das ist ein prächtig Ding,

denn jedwede Sache soll doch reiflich erwogen, jeder Beschluß rundum bedacht sein, ehe er gefaßt wird. Aber wo ein jung Herz in Liebe schlägt, da sind solche Kommissionen und ihr Erwägen ein gräßlich Ding, denn was kömmt da wohl alles ins Spiel und was wird wohl alles bedacht und wie lange geht es wohl, bis eine Kommission eine Sache ausgedacht! Und wo ein ander Herz in Eifer für eine schöne Sache schlägt, im Feuer der Begeisterung sie erfaßt, in der Klarheit eines reinen Aufblickes sie erschaut hat, was wer, den diesen Herzen so oft Kommissionen für ein schändlich, greulich Ding! Es kömmt einem manchmal vor, als ob solche Kommissionen nichts respektierten als ihren eigenen Kot und sich als Käfer dächten und alles ihnen Vorgelegte als Düngerklötze, die sie nach Lust und Bequemlichkeit zu durchwühlen hätten, um an dem einen Teil sich selbst zu mästen, vom Rest aber zu sagen, es sei halt Dünger und Dünger gehöre auf den Mist. Es gibt Kommissionen, die weder Sinn, Verstand noch Willen haben zu dem, wofür sie kommittiert sind, die nichts als Kyb, Neid und Eigendünkel haben und daher wirklich nichts respektieren als den eigenen Kot. Manchmal ignorieren sie vornehm, was ihnen übertragen worden, und man hat Beispiele, daß sie es verlieren und doch nach Jahren mit beispielloser Frechheit rapportieren über das, von dem sie höchstens den Deckel gesehen. Da kömmt es dann kommod, wenn man lügen kann, daß die Schwarten krachen, und schamlos ist wie eine kuhrote Kuh, die auch nie röter werden kann, als sie bereits ist, es mag geben, was es will.

Nun war es allerdings ein parlamentarischer Kniff von Änneli, daß es die Sache aufs Referendum schob, aber es geschah nicht in böser Absicht. Es sah, was kochete, und eben diese Kocheten wollte es nicht anrichten lassen. Es gibt Augenblicke im Privat- und Staatsleben, welche man verrauschen lassen muß, wenn man nicht graune Sachen machen will. Diese Augenblicke erfordern Takt, den hat man leider nicht immer, in neuen Kantonen nicht, ja am Vorort selbst nicht; die Aargauer zum Beispiel könnten Beispiele von Exempeln erzählen. Anne Mareili aber, noch eine junge Kreatur, gleichsam ein neuer Kanton, begriff das nicht, und daß es ohne Sicherheit und Gewißheit heim mußte, vom vermeintlichen sichern Port weg wieder aufs unsichere Meer hinaus, wo jeder Haifisch und jeder Kellerjoggi aufs neue nach ihm schnappen konnte, das wollte ihns fast zerreißen.

Sie gaben ihm das Begleit fast bis nach Herrlige, aber es ging trüb zu zwischen ihnen, und als man Abschied nahm, wurde manch üblich Wort gewechselt, aber kein herzliches, trotzdem daß das Augenwasser in manchem Auge stand, und gäb wie man anwendete, das klare, wahre Wort fand sich nicht; und kurios ists, wie es so selten sich findet, wie so selten es sich im Gemüte gestaltet, und wo es sich auch gestaltet, doch die Kraft fehlt, es auszusprechen. Es ist halt auch in unserm Gemüte wie am Himmel, welcher so selten wolkenrein ist, und ist ers, so weht meist ein rauher Wind, oder ehe noch die Sonne niedergeht, kömmt schon der Sturm gezogen und verhüllt das Helle wieder.

Finster zog nach vollendetem Abschied es hinter dem Vater her, und als der einige Male keine Antwort erhielt, blickte er zurück und sah, wie Anne Mareili mit dem Nastuch im Gesichte focht. »Plärist?« fragte er. »Nein«, sagte es, »aber ich bin flessig.« – »Ich wußte auch nicht, was z'pläre hättest«, sagte der Vater, »gehe es wie es wolle. Kömmst du dahin, so ist für dich gesorget, tun sie hinterstellig, he nun, so gibt es was anders. Das sind dumm altväterische Leute, die für jede Sache einen apartige Brauch haben, meinen, wie witzig sie seien, und doch nichts verstehen; einmal für vierzig Kronen habe ich sie mögen. So dumm Lüt habe ich längs Stück nicht angetroffen. Denen muß man den Marsch machen zu rechter Zeit; wenn du unter ihres Regiment müßtest, in acht Tagen machten sie dich ds Tüfels. Darum habe ich für dich gesorget, wenn du ds Maul schon nicht hast auftun wollen.«

»Aber Vater«, sagte endlich Anne Mareili, »und wenn sie nicht wollen? Es ist doch auch wohl strengs für sie.« – »He nun, so habe ich doch wohlfeile Laden und eine Kalbete, woran auch etwas zu verdienen ist. Aber habe nicht Kummer, die tuns, sie hätten sich nicht dafür, zurückzugehen. Uvrschants von ihnen ist es gewesen, daß sie nicht gleich eingeschlagen, nachdem sie uns haben kommen heißen, so daß man hätte meinen sollen, es sei ihnen im voraus schon alles recht. An uns wäre es gewesen, sih z'bsinne, und nicht an ihnen. Sie hättens schon für eine Ehre nehmen sollen, daß es uns nur dr wert gsi ist, ga z'luege da in ihr Gitzinest hinauf. Am täubste hat mich dr Jung gemacht, dem wärs doch am meisten angestanden, sein Maul aufzutun und einzureden, so nötli, wie er getan hat; aber ein Wort ist ein Wort, das er gesagt hat. Es muß notti nicht alles mit denen Leuten sein, sonst hätte er nicht so weit laufen müssen für eine Frau und hätte nicht brauchen so nötlich zu tun. Es ist gut, hat man sich in acht genommen u nit gmeint, mi müeß zsämefüeßlige dry. So wie es jetzt ateigget ist, kann man der Sach abwarten.«

Anne Mareili kannte den Vater; sonst hatte dessen Wort nicht gute Statt in seinem Herzen, jetzt aber fand es Boden, schwoll auf und keimte. Es steigerte eine Stimmung, die bereits vorhanden war, gab unbestimmten Gefühlen feste Richtung, übermachtete die Liebe, erbitterte das Herz, kurz tat, was Aufweisung gewöhnlich tut, machte einen Schaden größer, trieb ihn der Unheilbarkeit entgegen, zeitigte Empfindungen, die ohne sie rasch verglommen wären, zum Brande, und was ein solcher Brand alles zu verzehren imstande ist, wer weiß es nicht!

Oh, Aufweisungen sind Teufelswerke, und Aufweisen ist ein höllisch Wort. Als der Teufel es bei der Eva anfing, Gottes Gebot ihr vernütigte, ihr weismachte, der liebe Gott gönn ihr guet Sach nicht, da wußte er wohl, was er damit in die Welt pflanzte; denn Aufweiserei bricht aller guten Lehr und Strafe die Spitze ab, raubt der Gutmeinenheit das Vertrauen, ist die Handhabe, an welcher der Teufel die Dummen hält; denn wer einmal der Aufweiserei die Ohren geöffnet hat, der ist gerade, als wenn er auf einem Schlitten säße am stotzigen Berge, an dessen Fuß das Höllentor ist; oben gibt ihm der Teufel einen Mupf, und stötzlige, hü, trärerä! gehts dem schwarzen Loche zu.

Wie Viele aber sie treiben, diese Aufweiserei, die sind des Teufels Diener, und wie die Metzgerbuben und Metzgerhunde den Metzgern Kälber, treiben sie dem Teufel Seelen zu. Bedenken dies dann die nie, welche niemand von sich lassen, es sei denn, sie hätten sie aufgewiesen gegen die, durch deren Hand sie Gott regieren will? Wenn jemand unversehens der Kopf aufschwillt zu einem unförmlichen Klotze, groß wie ein Mäß wird, so heißt es, man sei in einen bösen Luft gekommen oder sei uf enes Unghür trappet. O Mensch, bedenk, wenn du ein klein Ärgernis hast und jemand bläst es dir auf, daß es dir Kopf und Herz zersprengen will, daß es dir vorkömmt, es habe die Seele nicht mehr Weite in der Haut, bedenk, o Mensch, das ist der wahre böse Luft, und dem Teufel selbst bist du auf den Stiel getrappet, und seine giftigen Klauen hat er in dein Herz geschlagen! Mach, daß du los wirst, salbe dich mit Demut und waffne dich mit Sanftmut, strecke den Schild des Glaubens vor dich und rufe: »Gang furt, Tüfel, ih wott nüt vo dr!«

Schwer ist dieses freilich, denn wenn der Mensch mißstimmt ist, gereizt ist, so macht ers nicht wie ein Doktor, der den Mißklang zu lösen, den Reiz aufzuheben sich müht, sondern eine eigene Verkehrtheit macht es ihm zur Lust, den Reiz zu steigern, die Mißstimmung immer mächtiger zu machen, und dieser Verkehrtheit läßt er freien Lauf und sinnet nicht, was sie ist, wohin sie treibt. Wir haben ein gutes Wort dafür: abbrechen müssen wir;

wer ihm selber nit abbrechen kann, ist e arme Tropf, sagt man. Abbrechen ohne Gnade muß man solche Stimmungen, abgebrochene Pflanzen haben keinen Wachstum mehr, sie verdorren.

Nun brach Anne Mareili niemand ab, es selbst vermochte es auch nicht, und was der Vater begonnen, setzte die Mutter fort. Sie hatte sich gefreut, die Sache werde richtig gemacht werden, hatte auf einen guten Tochtermann gehofft, der zuweilen ihr krame ein Pfundlein Kaffee, zu dem sie ziehen könne, wenns mit Ihrem fertiggemacht hätte. Nun war die Sache noch in hängenden Rechten und in Zweifel gestellt, das ärgerte sie sehr. Ihr Alter sei der uvrschantist Hung, was gebe, sagte sie, und gheusche heig er wien e Narr, aber das düech si an ihm nichts anders, von wegen, er sei so, sei immer so gewesen und werde immer so bleiben. Aber von diesen düeche es sie wüst, und sie könne es ihnen nicht verzeihen, daß sie werweisen wollten und abraten. Es müsse doch nicht alles mit ihnen sein, und wenn dr Jung es auch nur ein Augvoll lieb hätte, so würde er anders angesetzt und seinem Alten wüst gesagt haben, bis es gegangen wäre, wie ihrer Buben auch gemacht hätten. Sie hulf es ihnen zeigen, daß man sich nicht zum Besten halten ließe, und wenn er jetzt auch mit gutem Bescheid käme, so müßte er lange nicht wissen, ob man wolle oder nicht. »O Jere, sie müssen nicht meinen, daß hier nicht auch Leute seien, die selber zu essen haben und wissen, was der Brauch ist, o Jere! Ein Reicher wärs u guet Sach könntist ha, aber die müesse de notti wisse, we me da ungeruche in ihre Wildnuß chunt, me nit chunt für sih la z'regiere u z'kujiniere, das cha me hie unger o ha, sondere für guet Händel z'ha und se z'brichte, was o unger rechte Lüte dr Bruch ist, u drnah z'fahre u se dra z'gwenne.«

Solche Reden umsurreten Anne Mareili, und wenn schon zuweilen ein Gedanke ihm kam, daß was man zu Liebiwyl gesagt, nicht so ungegründet sei, so faßte der nicht Fuß. Es düechte ihns, alle Leute sehen ihm an, daß es auf der Gschaui gewesen, und möchten es ihm gönnen, daß es unverrichtet heimgekommen. Es nahm sich vor, am Freitag, wenn Resli komme, recht kohl und kalt zu sein, sich lange nicht zu zeigen, und wenn er komme mit dem besten Bescheid, so wolle es ihn anhalten lassen bis gnueg, damit er für alle Zeit wisse, wie man mit ihm umgehen müßte; von wegen, wie man sie gewöhne, so hätte man sie. Zu dem kam noch das, daß Kellerjoggi sich wieder zeigte, und dringlicher und nachgiebiger als nie. Wahrscheinlich hatte er Wind von dem, was unterhänds war, möglich auch noch andere Gründe zur Ehe, kurz eines Abends kam er dahergetrappet. Er tat, als ob nichts vorgefallen wäre, setzte sich aufs Bänklein vor der Küche, frug nach dem Ätti und brichtete unterdessen der Mutter von seinem Reichtum und seinen Vorhaben. Und als der Vater endlich kam, lauernd und es dick tragend hinter den Ohren, sagte Kellerjoggi unbefangen: Es hätte da neuis gä, aber jetzt syg er drübercho und heyg gseh, wies syg, und darum komme er wieder und wolle sehen, wie es stehe zwischen ihnen. Man habe so allerlei brichtet übers Meitschi vo dr Brunst nache. Er hätte es nie geglaubt, aber wissen hätte er doch wollen, was an der Sache sei, von wegen, wenn man afe dJahr uf eim heyg wie er, so lueg me zerst, ehe man dSach richtig mach. Darum hätte es ihm nicht pressiert, jetzt aber sei es ihm daran gelegen, daß dSach i dRichtigkeit komme, er wisse jetzt, daß man gelogen habe; aber wie lang man lebe, wisse man nie, es gehe manchmal geschwinder, als man mein. Erst vorgester sei dr Kuderwirt gsund und wohl ins Bett gegangen und tot ufgstange, u ke Mönsch heygs ghört, wonr gstorbe syg. Selb grus ihm, so möcht er doch nicht sterben. We me i gwüßne Jahre sei, so sollte man immer jemand bei sich haben, die wüß, was gang, und emel o öppe chönnt es Gebet verrichte, wenns ungsinnet a Notknopf käm.

»He ja«, sagte die Frau, »ich habe auch schon manchmal daran gesinnet, wenn mein Alter so gehustet hat, daß es mich düechte, er sött ds Herz a dDieli ueche sprenge, es wär gut, wenn ich ein Gebetbuch zweglegte; man kann nicht wissen, was es gibt, und wenn man in der Angst etwas suchen soll, so findet man es nicht, bsungerbar öppis, wo me öppe nit viel brucht. Und denn könnts z'spät werde, u das chönnt mr doch de gruse, vo wege, es könnte etwas bleiben hangen, wo besser wär, es bliebe hier, u daß de son e armi Seel müeßt umecho, selb wär doch de neue grüslig; wes einist het müesse sy, so wärs doch de besser, es blieb drby un esn ieders blieb, wos wär, mi het öppe gnue chönne binangere sy bi Lebzyte.«

»Du bist e Sturm u weißt nicht, wasd redest«, sagte der Bauer, »geh und gib den Schweinen, hörst nicht, wie sie nötlich tun. So haben es die Weiber; was sie nichts angeht, darum kümmern sie sich, u darob vergesse si ihr Sach; es weiß kei Tüfel, wie es giengt, wenn man nicht immer hinten und vornen wäre.«

»He ja, öppis ist an der Sach«, sagte Kellerjoggi, »aber gut ists doch allweg, wenn me allbeeinist an die Seele auch sinnet, gangs de, wele Weg es well, su het me doch de nüt gfehlt. Es ist mir manchmal so wunderlich, es geht mit mir alles ringsum und es düecht mih, ih fahr Gutsche, wyt wyt weg, u zletzt bin ich doch am gleichen Ort, wo ich abgsessen bin. Lang mache tue ihs nimme, ih förcht, ih förcht! He nu, gangs wies well, mi mueß's anäh. Aber öppe, wie gseit, so alleine, daß niemere für eim betet, sturb ih nit gern, ds Lebe ist längs, u drwyle geit mängs, wos besser wär, es wär nit gange, u wos guet ist, wes drhinger blybt u wes eim öpper abnimmt. Drum han ih denkt, ih well hüt no cho, es wird öppe nüt meh im Weg sy, daß mes richtig mache cha. Ists daheim, ds Meitschi, wo ists?«

So sprach Kellerjoggi, und der Dorngrütbauer hörte es nicht ungern, sagte aber, sövli gschwing mach sich das doch nicht. Schreiber hätte man keinen bei der Hand, und mit dem Meitschi müeß da wieder frisch geredet werden; es hätte sich jetzt darauf verlassen, es sei nichts mehr, und denn wisse man nie, was dMeitschi agstellt heyge. Dabei möchte er doch wissen, wie ers jetzt im Sinn hatte, die Sache machen zu lassen. Darauf hustete Kellerjoggi grimmiglich, kam lange nicht zu Atem, tat, als ob ihm fast etwas versprengt wäre, sagte endlich, als er wieder zu Atem kam: »Ja, ja, so gehts nicht mehr lang, und was du tun willst, heißt es, das tue bald«; er müsse jetzt heim, er mög dr Nachtluft nicht mehr erleiden. Aber er solle doch zu ihm kommen die nächsten Tage und darauf zählen, dSach werd richtig; aber säumen solle er nicht, man wisse nie, wie reuig man werden könne. Er leu ihm guten Abend wünschen, sagte er und stopfete davon.

»Du alte Dolders Schelm, was du bist«, brummte ihm der Dorngrütbauer nach. Aber das nahe Sterben machte doch Eindruck auf ihn, und er dachte, etwas könnte doch an der Sache sein, u luege müeß me. Anne Mareili begriff noch besser den Kniff, aber das machte ihns umso böser über Resli, je mehr es Kellerjoggi haßte. Nun war es neuen Drangsalen ausgesetzt, die Sache ins weite Feld gestellt, und vor dem allem hätten sie sein können, wenn sie nicht so eigelich getan, sondern sich hinzugelassen, wie man es öppe begehrt hätte.

Über Liebiwyl war der Himmel auch nicht helle. Als die Familie vom Begleit zurückging, redeten sie abgebrochene Worte von gleichgültigen Dingen, aber Keins frug das Andere: »Was sagst du dazu, wie haben dir die gefallen?« – »Du solltest noch Bohnen gwinnen«, sagte Änneli zu Annelisi. »Ich habe geglaubt, es gebe ein Wetter«, sagte Christen. »Vater, soll ich das Wasser abreisen?« frug Resli. »Es düecht mich, das Emd hätte brav agsetzt«, bemerkte Christeli. So gings nach Hause, dort jedes seinen Geschäften nach. Annelisi ertrug das schwer, es machte ihm ordentlich eng über den Magen, so alles verschlucken zu müssen, was ihm durch die Gedanken lief; aber es wußte wohl, wenn Vater und Mutter von einer Sache nicht anfingen, so stund es ihm nicht zu. Als es einen Korb suchte für die Bohnen, ging Christeli vorbei. Da konnte es sich nicht enthalten, ihn zu stellen und zu fragen: »Du, wie het si dr gfalle?« – »So bös nit«, sagte Christeli, »son e weneli e Schüchi oder e Suri, ih weiß selber nit, welches von beiden.« – »Mich«, sagte Annelisi, »nimmt ume ds Schinders wunder, wie die es Resli hat können antun und was er an der sieht, er, der sonst son e Exakte un e Figgestiel ist, won ihm so lang Keini recht gsi ist hie ume. Brav genug wär si, aber daß man de öppe kei Bräveri fände hier herum, selb nit. Aber z'rede weiß si i Gottsname nüt. Ich habe alles Mögliche angefangen, von Schießete und Märite, von Buben und Mägden, aber ein Wort ist ein Wort, das ich anders herausgebracht, als so trockne Ja und Nein und: e dr Tusig! Und was das für e Stolzi ist, keim Meitli het si es fründligs Wort gä, und hättist gseh, wie die ere nahgrännet hey! Und de Maniere het si de öppe nit gar, hast nicht gesehen, wie sie ds Fleisch noch mit dem Finger ab der Gablen stößt, Und dann ein Naselümpli hat sie gehabt, so es klys und es dünns, daß ich mich geschämt hätte, mit einem solchen zDorf z'fahren, und wenn sie es hat brauchen wollen, so hat sie längs Stück nit gwüßt, wos ist, oder hat die Nase nicht finden können. Ich will wetten, die braucht daheim keinen Lumpen, sondern dFinger u ds Fürtech.«

»Du bist immer das Gleiche«, sagte Christeli, »es usfüehrisch Meitli. Denk, wenn dich jemand hörte, was sagte er von dir! An einem fremden Ort kannst du tun wie der heilig Feierabend, daß dLüt meine, sie müßten mit dir in e Vrsammlig. Vielleicht ists bei diesem umgekehrt, liebliger daheim als zDorf.« – »Du bist ein böser Christeli«, sagte Annelisi, »aber wart du nur, kein guts Wort gebe ich dir mehr. Wenn ich aufrichtig bin gegen dich und meine, ich habe einen Freund an dir, so kömmst du mir so!« – »Zürn nit«, sagte Christeli, »ich habe da nur so was nachedampet, was ih am Sunndi ghört ha. Es ist einer im Wirtshaus gewesen und der hat gesagt, es gebe zweier Gattig Mönsche, die eine seien gut für dGaß, die andern gut für ds Hus, und die einen hätten Manieren daheim und die andern daheim keine, aber ds Tüfels viel zDorf, und es gäb schöne Visitegsichter, die vrfluxt wüste Kuchigsichter seien. Nun komm es darauf an, was me lieb, aber wenn me das scho wüß, so werd me doch gern bschisse, vo wege, man sehe die Meitleni doch meist nur auf der Gaß und könne sich daher gar nicht vorstellen, was sie in der Küche für Gesichter machen oder wenn sie sollten Bohnen gwinnen und lieber klappern möchten und dLüt usführen.« – »Wart nume, du«, sagte Annelisi,

»kein Wort sage ich dir mehr, und wenn de dr Dokter manglist, so kannst du selbst laufen«, so schnauzte es und schoß dem Bohnenplätz zu.

Als alles zu Bette war und Christen und Änneli in ihrem Stübchen, redete lange Keines, aber schwer seufzte Christen. »Was hast du?« fragte Änneli. »Ich weiß es selbst nicht«, sagte Christen, »aber es ist mir neue so schwer. Was ich zur Sache sagen soll, weiß ich nicht, sie gefällt mir nur halb.« – »Was gefällt dir nicht?« fragte Änneli. »Ds Meitschi noch gut genug, von dem will ich nichts sagen, obschon öppis e wenig holdseliger nichts schadte; aber der Alt hat mich geärgert, das ist so recht einer, wo meint, es sei niemand gescheit als er und wenn er aus seinem Dorfe weg sei, so komme er zu lauter halbwitzigen Menschen. Er hat doch wohl gewußt, wo er ist, und hat getan, als wäre er auf dem Märit, als hätte unsereinem keinen Verstand, und gemärtet, wie ich mich unter den fremdesten Leuten schämte. Ich glaube, er hätte uns die Kleider am Leibe abgekauft, wenn ich nicht gesagt, ich brauche sie selbst.« – »Das«, sagte Änneli, »sind Gewohnheiten; einer hats so, ein Anderer anders, und wer öppe viel auf den Märten herumkömmt, meint, er sei immer darauf.«

»Von dem wollte ich nichts sagen«, sagte Christen, »das könnte mir gleich sein, aber die Gedinge, die er gestellt hat, die sind uverschant. Wenn er noch viel geben wollte, so hätte er ds Recht, auch etwas z'fordern, aber nichts zu geben und alles zu wollen, das het afe kei Gattig. Er hat getan, als wär kein Meitschi mehr in der Welt als seins.« – »He«, sagte Änneli, »sie haben es so da unten. Geht es ihnen an, so nehmen sie alles, will man nicht, so nehmen sie auch mit Minderem vorlieb. Es hat mich auch gedrückt, und bsunderbar Resli, der hat mich dauern können. Aber was meinst, wie macht man das?«

»Ich hulf, die Kinder machen zu lassen«, sagte Christen, »es ist ihre Sach, was den Preis anbelangt, hingege wegem Abtrette, das ist mr zwider. Aber am Meitschi hets mih o nit schöns düecht, daß es em Vater nit abbroche het und ne so het la mache, es hätt sölle meh Vrstang ha un abwehre. Ih mueß säge, wenn son es gytigs, wüests Fraueli da sött uf e Hof cho, ih dräyhti mih no im Grab um.« – »Wir wollen öppe nit hoffe«, sagte Änneli, »Resli sagt gar, es sei nicht so und der Gyt daheim sei ihm zwider. Daneben weiß man es nicht, es düecht se manchmal, wenn sie daheim sind, sie möchten es ganz anders machen und haben als im elterlichen Hause, und doch dann muß es einmal in ihrer Haushaltung akkurat am gleichen Schnürchen gehn. Doch das Best wollen wir hoffen, es ist müglig, daß es nit gwüßt het, was säge, u daß es sih ds Vaters gschämt het unds nit het dörfe la merke. Es ist nichts, das einem so weh tut und eim so es dumms oder es bös Gesicht macht, als wenn man sich öpperem schämt und sichs doch nicht darf merken lassen, da ist man wie vor den Kopf geschlagen. Sagt man etwas, so macht man die Sache noch schlimmer, sagt man nichts, so gehts am Ende über einen los. Ich weiß, was das kann. Ich habe auch jemand gehabt, der zuweilen getan, daß ich durch den Boden durch hätte kriechen mögen, und je wüster er getan hat, desto weniger habe ich ihn verlassen dürfen, es hätt kein Mensch gewußt, was er angestellt hätte. Das ist ein Dabeisein, es glaubt es kein Mensch, als wer es erfahren hat. Drum ists auch möglich, daß es dem Mädchen so ging, man muß das Bessere hoffen. Wenn es sich öppe aparti vor dem Resli verstellt hätte, so wüßte ich nicht, warum es sich nicht auch vor uns hätte verstellen können. Aber es wird eben so eine Natur haben, daß es zeigen muß, wie es ihm inwendig ist, und das sind nicht die Schlechtern. Wenn man einander öppe einmal versteht und sagen darf, wie es einem ist, so kömmt man dä Weg hundertmal besser zweg als mit jemand, der sich stellen kann, wie er will, und ganz anders, als er es meint. Öppe so wege ere jedere Fliege, wo surret, wird man dann auch öppe nicht ein Gesicht machen, als wenn man Tannzäpfen schlucken sollte.«

»Du redest immer z'best«, sagte Christen, »und hest recht, es ist besser dä Weg, as wenn me allen z'böst redet. Aber Hürate het geng e Nase, u gäb wie men o öppe brav ist un recht denkt, so chas doch übel gehen, wenn man einander nicht recht versteht oder enandere ds Mul nit gönnt. Es muß immer einer da sein, der Friede macht, wenn dWelt wott zwüsche yche cho und dZwängigi. Resli weiß sonst wohl was er macht, und hat die Augen am rechte Ort, drnebe ist er nit link, und wenn er sieht, daß dSach fehle will, so wird er nicht meinen, daß er auf dem Wagen bleiben müsse bis zletscht, er weiß sonst, was er macht, u weiß o no z'rede wenns sy mueß; weder hüt, da hets ihm nit füre welle.«

»Ds Herz wird ihm z'volls gsi sy«, sagte Änneli. »Es ist eine wichtige Sach für uns, aber gottlob, daß wir einig sind und üse Herrgott üse Friede ist. Zwängen wollen wir nichts mehr in der Welt, wer weiß, wie bald sie uns unter den Füßen wegschlüpft; öppe rate können wir und unsern Herrgott bete, daß er unsere Kinder durchs rechte Türli führe wie uns, wenns auch zZyte ruch gnne geyht. Und er wird scho, ich habe nicht Kummer, es ist noch der alt Gott, wo auch uns geführt. Als wir zusammenkamen, waren wir auch nicht, was wir jetzt sind, und doch hat er uns nicht verlassen, sondern geführt bis hieher, daß wir gottlob noch so recht aufrichtig zu ihm beten dürfen, und mein Trost ist, daß es heißt, frommer Eltern Segen baue den Kindern Häuser. Öppe die Besten sind wir nicht, aber das weiß ich und fühl ich, üse Herrgott hat uns doch für die Seinen, am Segen sölls nit fehle, und üse Herrgott wird ihm scho Kraft geben. Wotsch du oder soll ich?« – »Bet ume«, sagte Christe.

»Vater im Himmel«, betete Änneli, »vergib uns unsere Schulden, wie auch wir vergeben unsern Schuldnern, rechne sie üse Kinge nit a. We mr öppis Guets ta hey uf dr Welt, das rechne de Kinge a u hilf ne dessetwege. Aber nit, daß de se rych machist u vornehm, aber bhalt se uf dyne Wege, bhalt ne dr Friede im Herze u dr Friede im Hus u dFreud für e Himmel. Bhalt se als Gschwisterti unter enandere, daß eys em andere sy Trost ist, sys Hauptküssi, we sHerz schwer ist u dr Kummer zvorderist. La nüt zwüsche yche cho, nit dr Tüfel, nit e Mönsch, und was i sHus chunt, o Vater, das segne auch, nimms uf i Bund, durchfürs mit dym Geist, la is es zum Engel werde, der is dr Himmel no besser zeigt. Gern wey mr ihm nahgah, mir bigehre nit voruszgah. Gib am Resli e rechti Frau mit dm rechte Geist, der nahm Friede trachtet u nah dem, was not tuet fürs ewig Lebe. Gib Beide Sanftmuet und Geduld, daß sie dr Glaube u dr Muet anenandere nie vrliere, daß dSunne nie untergeyht vor ihrem Zorn, daß sie nie schlafe, oder sie heyge vor dir enandere dHänd gä u guet Nacht gseit u du heigist se gsegnet. O Vater, viel hey mr dih betet, aber wos us rechtem Herze chunt, wirds dr nie zviel sy, u wer weiß, wie lang mr no Zyt hei z'bete. Machs wied witt deretwege, aber üsi King vrgiß nit u üse Seele erbarm dih!« – »Amen«, sagte Christen.

Es war an den beiden folgenden Tagen fast, als ob eine Leiche im Hause wäre, ein Gegenstand stiller Trauer, über den zu reden jedermann sich scheute; in stillem Wesen verrichtete man seine Arbeit, aber jedermann schien gerne allein zu sein, als ob er noch mehr innerlich als äußerlich zu verwerchen hätte. Dieses innerliche Verwerchen ist eine altadeliche Tugend, oft stillen Leuten angeboren, es ist eine reiche Werkstätte: in derselben werden die Grundsätze geschmiedet, auf welche Menschen absetzen, um ihre Namen im Himmel anzuschreiben, da werden die Seelen geläutert zu reinen Spiegeln, in welchen Gott zu schauen ist, da werden die Leben geweiht zu heiligen Opfern, welche ewig und in alle Ewigkeit gelten. Knechte und Mägde merkten wohl, daß etwas obhanden war, und aus einem natürlichen Instinkte verschwanden sie, so viel sie konnten, gaben Raum zu einem vertrauten Wort. Dennoch gab es sich nicht bis am Mittwoch abends, als eben auch Knechte und Mägde abseits waren. Der Vater, der auf dem Bänkchen sein Pfeifchen rauchte sagte, er hülfe hineingehen, der Wind sei sauer und neuis sollten sie doch abreden.

Drinnen frug der Vater: »Wer fahrt?« – »Ich, denk«, sagte Resli. »Was wotsch für e Wage näh?« – »Denk dr breitschienig«, antwortete derselbe. »Ist der nicht z'schwere?« – »Sechs Bäum soll ich doch lade, u da mueß es e guete Wage sy.« – »Ists nit zviel?« fragte der Vater. »Es macht sich, der Weg ist gut, dLade sy tür, un es geyht alles nidsig, u was me ungereinist füehrt, dara brucht me nit zwure z'mache«, antwortete Resli. »Wennd gfahre magst, mir ists recht«, sagte der Vater. »Aber was willst du für Bescheid geben, darüber muß man doch auch reden«, sagte Christeli. »He, ich habe gedacht, kurzen«, antwortete Resli und stützte den Kopf in die hohle Hand, als ob ihm das Licht weh täte in den Augen. »Man kann kurzen geben und doch mancher Gattig«, antwortete der Vater. »Da ist nur ein Bescheid möglich«, sagte Resli, »auf die Geding hin gibt es nichts aus der Sache, ich will nicht, daß alle ihr Glück einschießen müssen für mich, und für was am End? Für öppis, wo no ke Mönsch weiß, was daraus wird. Zuerst ists mr gsi, dr Knecht chönn fahre, aber du han ih denkt: aständig sygs, was ih agfange heyg, das mach ich selber us. U de ist mr ds Meitschi zSinn cho, das duret mih; so ists nit, wies dr Schyn het, es het mih düecht, emel einist möcht ihs no gseh. Gangs de nache wies well.«

»Was meinst du, das nicht gehe?« fragte Christeli, »man muß doch zuerst über eine Sache reden, ehe man den Mut verliert und den Stecken wirft.« – »Das ist doch öppe nicht nötig zu sagen«, antwortete Resli. »Der Alt hat dSach so gestellt, daß gar nichts daran zu machen ist. Der infam Hund weiß wohl, was er macht, er will nichts von der Sach und will damit nur einen Andern in das Garn jagen. Ich merke ihn wohl, aber dem sage ich noch was, ehe wir auseinander kommen; der graue Schelm muß wissen, daß wir auch an einem Ort daheim sind und nit Hunde sind. Belle cheu si de nadisch da nide besser als wir hier oben.« – »Nit«, sagte Änneli, »so mußt du nicht tun; wenn man ein Meitschi lieb hat, so muß man dessen Vater nicht schelten, ästimiere sött me ne, syg er de wie nr well. Aber von der Sach muß man reden stückswys u se nit so arfelswys desusschieße. Was meinst, was geht nicht, was ist nit z'gattige?«

»He, da will er vor allem aus, daß mir der Hof nicht höher angeschlagen werde als vierzigtausend Pfund, und sövli Kronen ist er wert, wenn alles aufs Höchste getrieben würde. Ich will nicht sagen, daß er mir so teuer gegeben werden solle, weniger wär billig; aber wenn ich ihn um vierzigtausend Pfund begehrte, so wäre ich ein Schelm an diesne, und eins von ihnen bekäme nicht mehr als dreißigtausend Pfund und ich fast so viel als Beide.« – »Was, dreißigtausend Pfund«, rief Annelisi, »so viel bekäm ich! Da nimm du nur den Hof für vierzigtausend Pfund; wenn ich dreißigtausend Pfund bekomme, so will ich auslesen ds Land auf, ds Land ab und erst jetzt mih recht ufla u bäumele wie sWetter, potz Hegel!« – »Nit, nit«, sagte Christen, »es gspaßet sich da nicht.« – »He, Ätteli, es ist mir ernst«, sagte Annelisi, »da spaße ich nicht.« – »So macht sich das, Bruder«, sagte Christeli; »wenn Annelisi so denkt, so will ich ihm auch daran denken, und wenn einmal sein Mann muggeln sollte, so hab ichs in der Hand, ihn z'gschweige, welë Weg er will. Das soll also nichts heißen, wenns nur das ist, so ist dSach e gmachti.« – »Das ist ume gchäret«, sagte Resli, »du weißt ja wohl, daß da noch anderes ist, was nit guet ist u wo nit geyht.« – »He, man muß doch darüber reden, es wird sein wegem Verschreiben.« – »Ist das nicht ein Unsinn! Wenn mir der Hof abgetreten würd und es könnte ihn erben, wenn ich stürbe, so wärs ja möglich, daß ihr ihn alle mit dem Rücken ansehen und so ne Ärgäuerkafli darauf müßtet gnürzen und hustern sehen. Das möcht ich euch doch um keinen Preis von der Welt zleid tun.«

»Ich will mich in dieses eigentlich nicht mischen«, antwortete der Vater, »aber wie wärs, wenn man machen würde, daß Christeli in diesem Fall das Recht hätte, ihn um den Preis, wo er dir angeschlagen ist, an die Hand zu ziehen, Das wäre nicht unbillig, vierzigtausend Pfund trüge sie allweg hinweg, und sagen muß ich, weh täts mir, wenn der Hof so ungsinnet aus der Familie kommen sollte, und ich weiß es, es täte allen Leuten weit umher ungwohnt. Nit, ich will nicht hoffen, daß du sterbest, aber man weiß ja nie, was es gibt.« Er hätte es auch gedacht, sagte Christeli, es täte ihm bsunderbar weh, da fort zu müssen; aber sagen habe er es nicht wollen, er möchte doch nicht, daß man sich an dem alleine stoße. Wenn es so zu machen wäre, so sei es ihm recht, ja wenn es öppe dem Wald nicht zu wüst gegangen in der Zeit, so nähmte er ihn zurück um fünfzigtausend Pfund. So düech es ihn, das Meitschi sollte es wohl wagen dürfen, zu ihnen hinauf zu kommen; gehe es wie es wolle, so gehe es ihm nicht bös, und öppe besser werds es niene mache. »Aber recht ists auch nicht«, sagte Resli, »daß alles auf eine Seite kömmt und daß ds Hürate ist wie Chrüz und Bär, wo man macht, welches dem Andern das Seine abgewinne; da muß ich sagen, das drückt mich, daß ich alles verwyben und vielleicht nichts erwyben soll. Es ist grad so, als wenn öppis an mir z'schüche wär, das ich mit Geld sollte gut machen. Und doch wüßt ich nicht was, und wenn man gegen einander rechnen wollte, so wüßte ich nicht, wer dem Andern heraus schuldig wär. Das ist ein Hochmut und e Uvrschantigkeit, daß es mr i alli Glieder schießt.«

»He«, sagte Änneli, »wenn dir das Meitschi recht lieb ist, so sieh das nicht an, in den Ehetag wird der liebe Gott wohl ein Loch machen, ehe es lang geht. Wegen etwas, wo zwanzig gegen eins zu wetten ist, daß es nichts abträgt, sollen Zwei nicht von einander lassen, welche sich lieb gewonnen so recht. Das ist gar eine seltene Sache, rechte Liebe, und so wege Bagatellsache muß man sie nicht zerstören; man muß nie vergessen, daß einer glücklich ist, wenn er einmal in seinem Leben zu solcher Liebe kömmt, zum zweiten Male gibt es sich ihm kaum. So, wenn deine Geschwister nichts dagegen haben, so wollte ich das annehmen. Wenn dein Meitschi öppe es Herz het, wies z'hoffe ist, so sinnet es ne ihr Lebtag dra.« – »Es ist gut«, sagte Resli, »es ist wäger besser, als es sich hier gezeigt hat. Ich habe mich salbst nicht darauf verstehen können, aber sagen muß es mir noch, was es gehabt hat.«

»So wär man ja richtig«, sagte Christen, »ohne Streit und ohne Zank, wie es öppe nicht an manchem Orte so gegangen wäre; das freut mich, und blybit so, es wird euch noch wohl kommen im Leben, und man kann einander gar oft zGutem sein, wenn man ein Herz zu einander hat und sich kann verstehen. Sinnet daran, Kinder.«

»Ja nein«, sagte Resli, »es ist noch eins, aber us selbem gibt es nichts, und da es wegem Geld nicht darauf ankömmt, so denke ich, werden sie nicht ds Wüstest alles machen, um es durez'zwänge, und wette si, su tät ihs nit. Ich will doch de nadisch auch wissen, ob ich dem Meitschi lieb bin oder nicht und ob es meinetwegen auch nachgeben und sich etwas gefallen lassen kann.« – »Was wär denn das?« fragte Annelisi, »habe ich ihm etwa nicht gefallen und soll ich aus dem Hause? Wenns das ist, ume zuegfahre, mit dreißigtausend Pfund will ich schon nächsten Sonntag verkünden lassen, mit Zweien statt mit einem, oder ih gange is Weltschlang ga lere bradle u Kürbsbrei esse; es heißt, für füfzg Dublone es Jahrs überchömm me ebe halb gnue dere im Weltschlang.« – »Schweig doch mit deinen Flausen«, sagte Änneli, »es wird öppe von dir nicht fast die Rede gewesen sein, dulden wird man dich wohl müssen, solange wir auch da sind.«

»Ja, Mutter, das meine ich auch«, sagte Resli, »aber habt Ihr nicht gehört, daß dr Alt von Abtreten geredet hat, er meint, Ihr sollet abgeben, ich solle den Hof gleich übernehmen, Nutzen und Schaden mir gleich angehen, und dann wär Anne Mareili Meisterfrau.« – »He nun so dann«, sagte Änneli, »geschehe nichts Böseres, die Ruhe ist mir auch zu gönnen, daran einmal stoße dich nicht.« – »Wohl, Mutter«, sagte Resli, »das ists eben, woran ich mich stoße und was ich durchaus nicht tue. Solange Ihr lebt, sollt Ihr da zu befehlen, zu schalten und zu walten haben, wie Ihr es von je im Brauch gehabt habt; anders tue ich es nicht, es freute mich nicht mehr, hier zu sein.« – »Du bist doch e Göhl!« sagte Änneli, »warum doch nicht; eine junge Frau mag der Sache besser nach als eine alte, sie kann gleich anfangen, wie sie es gerne hat. Es drückt junge Weiber oft gar sehr, wenn sie sich in einem andern Hause neu gewöhnen sollen.« – »Drück es sie nun oder drück es sie nicht, so will ich, Mutter, ich mag nun die oder eine andere Frau bringen, daß Ihr, solange Ihr mögt, die Meisterschaft im Hauswesen behaltet. Mit dem Ätti und mir wirds öppe, so Gott will, im Alte blybe, solang mr lebe, und wie Ihr es mit Annelisi habt, so sollt Ihr es mit meiner Frau haben; das will ich, und mengere tewge.« – »Mach dich deretwege nit köpfig«, sagte Änneli, »ich wüßte nicht, warum du gerade das erzwangen wolltest, der Eigensinn trägt nichts ab.«

»Mutter, es ist nicht Eigensinn, aber ich habe die Sache wohl überlegt. Wir haben öppe ein Hauswesen, wie wir uns dessen nicht zu schämen brauchen; wir haben genug, und für andere Leute ist auch etwas da, so ists bei Mannsdenken gewesen und soll so bleiben, solang wir hier sind. Es würd öppe am enen iedere von uns wehe tun, wenns ändern sollte. Dort unten haben sie ganz andere Bräuche, und die begehre ich nicht hierherauf, sie wären mir und euch nicht anständig. Und dann würd es auch viel Lachens geben deretwegen; die Leute würden öppe z'reden haben, und selb begehre ich auch nicht. Meine Frau kömmt in mein Haus, und da soll sie öppe fortfahren, wie ich mich gewohnt bin, wie es mir anständig ist; das, mein ich, sei nicht über Ort. Das muß sie aber alles lernen, sie weiß von unsern Bräuchen nichts, sie muß sich selbst zuerst daran gewöhnen. Und unsere Mutter ist öppe eini, wo ein Söhniswyb öppe mit der Liebi nachziehn wird, wie öppe nit en iederi. Sie wird nicht alles an einem Tage wollen, sie wird Geduld haben, sie hat ja von je mit uns allen Geduld gehabt, wir haben sie öppe erfahren, seitdem wir leben; auch ein Söhniswyb wird nicht bös Sach bei ihr haben und im Trab sein, ehe es daran denkt, wes e kly Vrstand het und dr Friede bigehrt. Soll aber meine Frau gleich das Heft in die Hand nehmen, so nimmt sie es, wie es daheim üblich war, frägt vielleicht die Mutter einige Male, und andere Male vergißt sie es. Sagt ihr die Mutter ungfragt, was nicht recht ist, wer weiß, wie sie es aufnimmt und ob sie nicht meint, die Mutter wolle sie kujonieren und es gehe sie nichts mehr an. Und muß ich es ihr sagen: Die Mutter hat es so gemacht, so sind wir es gewohnt, frag doch die Mutter, wer weiß, wie sie das dünkt, ob sie nicht im Herzen denkt, sie könne nichts recht machen, ob sie nicht schalus wird und meint, ich habe die Mutter lieber als sie, und dann sich und Andern das Leben schwer macht mit Plären und Dublen oder sonst Wüsttun. Und wenn wir nichts sagten, es verdrückten, so wären wir auch nicht wohl dabei, und Zufriedenheit wär keine.«

»Oh, so wird sie doch nicht sein, du wirst doch wohl wissen, an wen du so gesetzt hast«, sagte der Vater. »Vater, was weiß ich«, sagte Resli, »die Mutter kenne ich und ihr darf ich vertrauen, sie wird mir öppe es Fraueli nit plage. Aber wie ein Meitschi ausfällt, kann man nicht wissen, und wie es in ihm aussieht, nicht sehen. Es hat einmal einer gemeint, es komme schon viel darauf an, ob sie am Hochzeittag die Sonne anscheine oder es regne; regne es, so hätte man manchmal ds Schinders Not mit ihrem Gesicht die ganze Ehe durch. Es kann etwas so in ein Herz hineinkommen, gäb wie wenig, und es ist ganz angers und vrpfuscht für geng.« – »He ja«, sagte Änneli, »haben wir das nicht selbst erfahren und nicht etwa jung, sondern wir alte Stöcke.«

»Darum möchte ich lieber ds Gwüssere spiele; man kann sich an einen Hausbrauch gewöhnen, wenn man Kind im Haus ist, man weiß nicht wie, hingegen wenn man einmal regieren soll, läßt man sich nicht mehr gerne brichten, sondern macht, wie es sich einem schickt«, sagte Resli. »Und dMuetter ist witzig gnueg, wenn ds Meitschi öppis Chumligs weiß, wo kurzer oder besser geyht, ihm sy Sach auch gelten zu lassen und einzuführen; dMuetter ist nicht von denen eine, wo meine, dKunst bstand darin, alles, was man nicht selber macht, zu vernütigen; my Muetter weiß wohl, daß dKunst die ist, aus allem immer das Beste zu nehmen und alles am besten suchen z'mache. Darum meine ich, solle meine Frau bei ihr in die Lehre gehen, und darum übernehme ich den Hof nicht.« – »Um öppis hest recht«, sagte der Vater, »aber wenn du so damit kommst, so machst du sie bös und sie stange dr zruck. Sag du das Ding so, daß wenn ich dir die Sache verkaufe und dir Nutzen und Schaden gleich angeht, so wirst du mir also vierzigtausend Pfund schuldig; die muß ich vertellen, du aber den Hof nicht min, der, so gibt es doppelte Telle, und das sei mir zwider; säg, das wär nur son e Gspaß von dreißig bis vierzig Kronen, das begreift der Dorngrütbauer allweg.« – »Nein, Vater«, sagte Resli, »das sage ich nicht so, verzeiht, Vater, man kann sich doch auch z'fast unterzieh. Sie konnten zuletzt meinen, wie dumm oder wie schlecht wir wären, daß wir uns alles gefallen ließen, und das konnte dem Meitschi doch endlich auch in Kopf kommen, daß es meinte, wie viel mehr es sei als wir, und das tät wäger nit gut. Das möchte ich nicht erleiden, und wenn ihr scholl nicht viel sagen würdet, so gings euch doch hinein.« – »An dem«, sagte die Mutter, »wollte ich doch nicht hangen, wenn es sonst ginge ohne das; denk, das ist ume e Meinige und vielleicht noch e lätzi, und so bloß ere Meinige twege vonenandere z'la, wär doch e strengi Sach.«

»Mutter«, sagte Resli, »es chunt nie gut, wo eins alleine sich unterzieh soll und sich nicht eins dem Andern unterzieht. Nun haben wir uns unterzogen auf eine Weise, wie sie mir grusam zwider ist; es müssen ja alle darunter leiden, und in der Hauptsache tut man, was sie wollen, und läßt sich in unsern Sachen befehle, wo man ihnen doch nichts sagt, was man von ihnen haben möchte und wie sie es mit dem Lande halten sollen. Was ich jetzt will, ist eine Nebensache, wo nur das Meitschi angeht, wo dem Vater hell gleich sein kann. Het mih ds Meitschi lieb, so tuet es mr dr Gfalle, hets doch deretwegen nüt dest meh, nüt dest minger, u wotts mr dä Gfalle nit tue, he nu, so erfahre ich noch zu rechter Zeit, was ich z'erwarte hätt, denn was es Meitschi eim nit tuet, das tuet eim de e Frau auch nicht, u das tuet si nit.«

»Du bist lätz dra«, sagte Änneli, »wäger. Wenn ich zurückdenke, wo ich Christen genommen habe, und es vergleiche mit jetzt, so ist das ganz anders. Selbist, und er ist mr doch recht lieb gewesen, habe ich immer Kummer gehabt, ich gebe ihm zu viel nach, ich verderbe ihn, und wenn er etwas von mir gewollt hat, so habe ich lang studiert, obs ächt nüt mach, wenn ich ihms zGfalle tue, und hergege habe ich ihm manches vorgelegt, es ist mir nicht ernst gewesen, aber ich habe nur sehen wollen, ob er mich recht lieb habe, und hätte er es nicht getan, so hätte ich, es weiß kein Mensch wie, getan und mih gha, als wenn mr ds größt Unglück geschehen wäre. Wenn Christen nicht so gut gewesen wäre und es hätte machen wollen wie du, es weiß kein Mensch, wie es gegangen, ich glaube nicht, daß wir zusammengekommen. So ists gsi, jetzt düecht es mich, ich wollte ihm tun können was er begehrte, und nüt düecht mih z'strengs, dä Weg hets gänderet. Es gruset mr geng, wenn man einander so fecken will, es ist geng Gott vrsuecht, und es chunt meist uf es Nüt a, mengist uf es einzigs Wort, uf e Blick. Und meine söll man doch nie, daß wenn man zusammenkomme, man sei, wie man sein solle, sonst hats schon gefehlt; Liebi u Vrstang mueß me all Tag als Schlyfsteine bruche, wes guet cho söll.

Wenn meine Mutter selig noch lebte, die würd dr dr Text lese!«

»Mutter, versteht mich recht«, sagte Resli. »So fecke, bloß um nichts und wieder nichts, in einer Lumpesach, ume so für z'luege, wer nachgebe müeß, das möchte ich auch nicht; das ist ja grad, was unter Eheleuten nicht sein, nie anfangen soll, das Nünizieh ums Rechthaben, das ist e Elend, Ihr habt recht. Aber hier ists nicht so, hier handelt es sich um eine Hauptsach, um Recht und Unrecht; es handelt sich darum, wer dem Andern sich unterziehen soll, eine alte Frau einer jungen oder die junge der alten, ob denn eigentlich dMuetter uf dSyte sött un dr Vater wie es Paar alti, usbruchti Schueh, oder ob es jungs Meitschi no i dSchuel söll und sich solle den Alten unterziehen, solang öppe Gott will, und zweitens auch, ob sich eine Frau dem Mann unterziehen will, wie es doch auch in der Bibel steht, Mutter, oder ob der Mann dr Löhl machen soll. Ich muß es sagen, wenn ich an Euerm Platz wär, so begehrte ich gar nicht so abzugeben, ehe ich wüßte, wie es käme, oder ich möchte keinen Krauch mehr oder es wär mir grusam erleidet. Und, Mutter, ich muß Euch sagen, ich hätte geglaubt, Ihr hättet mich lieber als so und möchtet Euch doch gmühen, um so mit Liebi und Vrstang dFrau nachez'zieh. Aber ich merke, die ganze Sach ist Euch nicht recht, ds Meitschi gfallt Euch nicht, darum möchtet Ihr ganz drus und dänne und lieber nüt mit ihm z'tue und Eure Sache aparti haben. Das merk ich, und so wärs besser, man gäbte die ganze Sach auf und redti graduse, währet es noch Zeit ist, als daß man dann so hintendrein sagt: Ih has doch denkt, ih has doch glaubt, ih has doch gmeint, u gseit han ihs o, aber ume für mih selber.«

»Los, los«,, sagte der Vater, »wird nicht bös, du solltest doch wissen, daß dMutter es besser meint, als du es ihr andichten willst, und daß sie deinetwegen noch nie eine Mühe gschoche hat. Aber öppis recht hast du auch, da muß ich dir Beifall geben; so da von vornenherein zu regieren und dEltern von ihrer Sach weg z'sprenge, selb ist nicht recht, solange sie es nicht gerne von selber tun oder eins von ihnen gestorben ist. Ja, wenn eins oder das Andere sturb, ih oder dMuetter, das wär es Angers; de schickt es sih bas, daß es jungs Ehpaar dSach übernimmt z'grechtem, vo wege, für es rechts Hus z'füehre, müesse Ma u Frau sy. Ist dMuetter gstorbe u buret dr Vater furt u ds Sühniswyb macht dHushaltig, su het äs meh z'bidüte as dr Ma, es ist dMeisterfrau u är ume dr Bueb; lebt dMuetter no u wott fürtbure, so ist dr Bueb wie dr Ma u dFrau sött ume dJumpfere sy, u selb tuet o nit guet. Lebe aber Vater und Mutter noch, so habens Sohn und Söhniswyb eins wie das Andere, sind Beider Ghülfen, u Keis het sih z'chlage. Darum bist du nicht so über Ort, aber sagen will ich nichts dazu. Übersinn dSach noch recht und stell dir alles vor und auch, wie es dir wäre, wenn es aus der ganzen Sache nichts geben, und was die Leute dazu sagen würden.«

»Ho«, sagte Resli, »darauf dürfte ich es ankommen lassen; wenn dLüt öppe wüsse, wer me ist, so wissen sie wohl, auf welcher Seite der Fehler ist.« – »Du guete Tropf«, sagte der Vater, »meinst? Ich hätte geglaubt, du kenntest dLüt afe besser als so. Weißt du nicht, daß es Leute gibt, die immer froh sind, wenn sie jemand einen Schlemperlig anhängen können? Und je mehr sie einen beneidet haben, desto lieber tun sie es und dest ungrymter. Und weißt nicht, daß man, sei man wer man well, immer Freund und Feind hat; das zeigt sich nie besser, als wenn eine Hochzeit zWasser geht. Da geht es ärger ringsum als im Frühling im Seeland, wenn dFrösche ihre Singverein hey; ich habe einmal dort Wein geholt, u ds sälbist bin ih fast e Narr worde. Wenn son e Hürat z'nüte wird, am ene Ort mueß geng dr Fehler sy.

Manchmal ist der Bräutigam ein afechtig Bürschchen und möcht dr Schwäher klemme, weiß nit recht wie, geyht zRat, u dummi Wyber dampe ihms us, u hingerdry tuet er de no wie es hässigs Kothäneli. Oder dr Schwäher ist e hochmüetige Gnürzi u möcht dr Tochterma für e Schuehwüsch ha un ihm dr Gottswille gä, was ihm vo Rechts wege ghört. Oder dSchwiegere ist e brutali Gränne und meint, dr Tochterma satt Tag u Nacht vor ihre oder vor em Meitschi uf de Kneue sy u lache, we si ds Mul uftuet, wien e Löhl. U wenn er das nit tuet u witziger ist as si u si sih no mängist vor ihm schiniere mueß vo wege dr Dummheit, su wyst si dTochter uf u seit ere: Dä möcht ih afe nit, lue de, wies dr geyht, wed einist furt bist, er ist e Tyrann, e Tyrann, säg ih dr! U bi de Lüte verschreit si ne, u wil er sie nit u dTochter nit het welle zum Götz mache, su seyt si, er heyg ke Religion, u weiß doch selber nit, was für eine sie hat oder ob gar keine. Und manchmal ist ds Meitschi es Laschi u tuet wien e Löhl, u nüt isch ihm schön gnue u kes Mannevolk wüest gnue, und er überchunt am End auch gnue. An allen diesen Orten düecht eim doch, me wüß, wo dr Fehler syg, aber das git es Gred, dä Wäg u diese Wäg, daß me ganz sturm wird, nit weiß, was obe, was unte ist, nit meh weiß, het me e Kirsisturm vor ihm oder Surkabis.«

»So gehts, wo dSach am Tag ist, daß es eim düecht, me chönn se mit em Bschüttgohn näh, u was meinst, wie würd es bei uns gehen? Da ist nichts am Tag, da ist keis längs Dreiß gsi, da ist nicht eins hier aus gesprungen um Rat, das Andere dort aus, man ist nicht zu den Wahrsagern glüffe und auch nicht zu den Verwandten oder Bekannten, wo grusam vornehm sy u doch gern alles wüsse; man hat es unter sich gehabt, und die Leute haben kaum gewußt, daß etwas obhanden. Jetz denk auch, was erst das für ein Gerede geben würde, denk doch, wie sie uns es gemacht, als wir so zweg waren, und doch war da dUrhab am Tage genug. Eben daß man es so geheim gehalten, wurde gegen uns geltend gemacht; die Einen würden sagen, wir hätten uns der Sach geschämt, die Andern, wir hätten einen reichen Fisch vor der Bähre gehabt und gefürchtet, es könne uns jemand z'böst reden; die Einen würden sagen, wo wir das Vermögen hätten weisen sollen, so sei nichts da gewesen, jetzt wisse man, warum es selb Mal so wüst gegangen; die Andern dagegen würden lachen und sagen, du seiest hineingesprengt worden und wo es um eine Ehesteuer zu tun gewesen, habe es sich gezeigt, daß der Vater der Braue am Geltstagen sei und chum no dNase ob em Wasser heyg. Man würde von unehlichen Kindern reden, die zum Vorschein gekommen, und was erst alles vom Dorngrüt her erschallen, was sie dort ausbreiten, in die Welt hinaus blasen würden, das kann ich dir nicht sagen. Aber glaub mir, Resli, es wären wüste Sachen, du würdest z'lyde gnue ha, und Viel möchten dirs gönne, und wer weiß, vor was allem es dir wäre, vo wege, sellige Lärm läßt immer was dahinten. Die eigelige Meitli sind gewöhnlich die beste, und öppe von weitem her läuft nicht bald ein Meitschi herbei, das nichts von allem weiß; bi de Buebe git sih das eh. Glaub nur, du würdest Verdruß genug haben, gäb wie unschuldig wir dabei sind und das Recht auf unserer Seite haben. Das sage ich dir nicht, damit du alles tuest, was man von dir will, sondern nur, damit du weißt, wie es geht, und du hintendrein nicht sagst, du hättest es nicht gsinnet, wenn du es gsinnet, du hättest es anders machen können. U jetz guet Nacht u faß dih guet, damit, es mag gehen, wie es will, du auf den Beinen bleibst. Du hast jetzt alles in deiner Hand und mahnst mich an einen am Steuerruder; wenns zwüsche Wirble durchgeht, häb an dih u lue guet.«

Nun war die Sache äußerlich abgetan bis ans Zwegmachen und Laden; geredet wurde nicht mehr darüber, es sann jetzt jedes wieder. Und wie gesagt, wo der rechte Sinn ist, da kömmt beim Sinnen mehr heraus, als man denkt, meist mehr als mit Reden.

Wenn man dem Treiben zu Liebiwyl zugesehen hätte, so würde jedermann geglaubt haben, Christeli sei der Bräutigam und wolle eine Hoffahrt tun das Land hinab. Fast den ganzen Morgen hatte er mit den Rossen zu tun, nahm eins nach dem andern zum Stall hinaus zum Brunnen und ward nicht fertig mit Striegeln und Wäschen. Annelisi, das vorbeiging und sah, wie oft er jeden Schweif ins Kübli tauchte und ihn dann ausstrich, meinte, es wäre schade, daß er nicht eine Kammerjungfer gegeben, es gäbte gewiß manche vor, nehme Frau, sie wäre froh über so eine. »Ich denke«, antwortete Christeli, »o mängs Buremeitli hätt mih nötig, es soll dere gä, wo me ringer e Stall mistet, als so eins süferet.« – »Oh, stich ume, du breichst mih doch nit, un mit em Süfere weiß ich nicht, wer fleißiger ist, öppe es jungs Meitschi oder son e alte Vetter, wo zletzt z'fule wird, es Jahrs zweumal es angers Hemmli azlegge.« Da stäubte Christeli einen nassen Roßschweif aus, und Annelisi schrie mörderlich auf: »Nu du, du Uflat! Herr Jemer, wie gsehn ih us, o myn Gott, mys Mänteli, u han ihs erst hüt früsch agleyt!«

Am Nachmittag putzte Christeli das Geschirr, hohe das schönste aus dem Spycher, und spiegelblank mußte ihm das Messing werden. Er machte sie in der Küche fast ds Guggers, wollte immer etwas, bald einen leinenen Lumpen, bald einen wollenen, bald wollte er Essig, bald wollte er Öl. Christeli wollte zeigen, wer man sei und daß man zu Liebiwyl noch einen Roßzug vermöge. Christeli hatte es wie alle alten Vettern, diese sind mehr den Katzen ähnlich als den Hunden; ein Hund nämlich hängt mehr an der Person, eine Katze mehr am Ort. Nun, die bessern Katzen lieben auch Menschen, laufen der Bäurin nach bis in den Kabisplätz und der Tochter bis in des Weges nächste Krümme; dann kehren sie aber um, wenn es weiter geht, und machen, daß sie heimkommen. So haben es alte Vettern auch. Sie lieben wohl Personen, besonders die, welche ihnen das Kännli auf den Ofen stellen oder dänne decken, wenn sie im Holz sind; sie lieben auch irgend ein Kind, solange es ihnen nachläuft und bei ihnen gerne schlafen will. Aber von allem, was weiter geht, dem Hause den Rücken kehrt, wenden sie sich ab, denn so wie ihnen im Hause am wöhlsten ist, sorgen sie auch fürs Haus, und so wie es in ihrer Familie am besten ging, sorgen sie für ihre Erhaltung, balgen wohl über deren gegenwärtige

Glieder, aber auf die Jungen bauen sie ihre Hoffnung, daß sie die Vergangenheit herstellen, und suchen für die Mittel dazu zu sorgen. Darum sorgte Christeli so sorgsam für schönen Aufzug; man sollte von dem Zug und von dem Hof, zu dem er gehörte, noch lange reden da unten, wo kein rechtes Haus sei.

Die vornehme Welt hält viel auf einer schönen Equipage. Zwei Pferde dran sind schon was, für vier aber muß man ein Graf sein. Bei einem rechten Bauer gräfelts, der hält wenigstens vier Pferde, zwei tüchtige Stuten hinten, zwei lüftige junge Mönche vornen. Ehrenfest ziehen die einen daher, tänzelnd die andern, aber wenn Not an Mann kömmt, der Wagen an den Berg, dann vereinen sie treu ihre Kraft und liegen ins Geschirr, jedes so stark es mag. Es ist eine Freude, so mit vier tüchtigen Rossen zu fahren in Wald und Feld, Fuhrmann und Pferde aneinander gewöhnt, daß die Letztern dem Erstern ohne Worte unter der Geisel laufen, wie und wohin er will. Darum ist die Geisel auch eine Art von Szepter, sie fuhren zu können ein Ehrenpunkt. Man liest von jungen, vornehmen Engländern, wie sie die Kutscher machen, sich hoch meinen, wenn sie vier Pferde vom Bocke führen können; man liest von Parisern, welche gerne engeländerlen, daß sie es auch versuchen; die alle machen es eigentlich nur unsern Bauernsöhnen nach. Es bildet ein eigentlich Ereignis, wenn ein Vater seinem Sohn die Geisel gibt, er erhebt ihn damit zu seinem Mitregenten und Stellvertreter. Die Geisel ist gleichsam ein Marschall- oder Feldherrnstab, welchen der König seinem besten und treusten Soldaten gibt. Aber ebenso ist es ein Ereignis, wenn ein Vater seinem Sohne die Geisel wieder nimmt. »Denk o, er het ihm dGeisle gno!« heißts. Ärgeres droht ein Vater seinem Sohne nicht leicht als: »Ich nehme dir die Geisel!« Das geht gleich vor dem Enterben her, und wenn man einen General wieder zum Gemeinen macht, es kann ihm nicht ärger als einem Sohne sein, der vom Pfluge weg wieder unter die gemeinen Hacker auf den Acker muß. Und diese Strafe wird nicht bloß verhängt oder gedroht, wenn einer schlecht fährt, den Wagen in den Kot, die Pferde zutod, sondern auch wenn der Sohn zu einem Mädchen geht, welches dem Vater nicht anständig ist, oder in ein Wirtshaus, welches dem Vater verhaßt oder verdächtig ist, und wegen andern wichtigen Vergehen mehr.

Resli hatte die Geisel, Christeli hatte sie nie begehrt, dessenungeachtet wandte er alle Sorgfalt an den Zug und labete sich an dem Gedanken, wie die Leute luegen, wie sie fragen werden, wem der Zug sei, wenn sie die vier stolzen Braunen mit dem schönen Geschirr und dem mächtigen Ladenfuder durchs Land laufen sehen, als wäre die Last federleicht. Als sie das Fuder luden, sparte er die gewaltigen Ketten nicht zum Binden, und als Resli bemerkte, es manglen sich nicht so viele, die Wege seien gut und öppe schlagen werde es nicht fast, so meinte Christen, es sei besser zu viel binden als zu wenig, dKetten hätte man dafür, und sie müßten da unten wissen, daß sie hier die Ketten nicht zu sparen brauchten und nicht mit Seilstümpen zusammenzuplätzen, wie er sie schon manchmal da unten herauf habe Holz holen sehen, wo sie dann nicht einmal genug deren Seilstümpen gehabt, sondern von Haus zu Haus hätten springen müssen, um zu entlehnen.

Früh um drei wollte Resli fort und alleine. Der Vater hatte ihm anerboten, mitzugehen. Es möge geben, was es wolle, so sei es kommod, wenn ihrer Zwei seien, hatte er gesagt. Aber Resli hatte es abgelehnt, er wollte seine wichtigste Angelegenheit ab Ort treiben alleine, mit freier Hand, nach seinem Sinn; so ziemt es eigentlich dem Manne.

Wenn eine solche Ausfahrt in einem Bauernhaus im Biet ist, so wird öppe nicht viel geschlafen, und am folgenden Tag merkt man es doch den Leuten gar nicht an. Das ist nicht wie in einem Herrenhaus, wo die Köchin drei Wochen gränntet, wenn sie einmal um fünf auf muß statt um sechs, und sieben Wochen, wenn man es ihr für um vier Uhr zugemutet hat. Im Stalle füttert jemand, und wer es tut, geht selten zu Bette. Bauernpferde fressen langsam und viel, lassen sich behaglich alle Zeit dazu. Es ist wirklich, als ob es ihnen dieser und jener, der in einem Stalle nächtlich viel gefüttert hat, abgeguckt hätte, wenn er acht bis zehn Stunden an einer Kindbetti sitzt und langsam immer isset, eins nach dem andern, von der Suppe bis zur Tatere, und zwischendurch tapfer tränket. Und wie im Stalle gesorgt wird für den abfahrenden Geiselherr, so vergißt man auch seiner vornen im Hause nicht. Da legt die Mutter halb angekleidet sich zu Bette, damit sie sich nicht verschlafe, denn nicht nur die Pferde, sondern auch der Fuhrmann muß gut seine Sach haben, wird nicht mit etwas Gewärmtem abgespiesen oder einem dünnen Kaffee oder gar bloß mit einem Glase Brönz, sondern wenigstens eine gute Rösti, wenn nicht ein Eiertätsch, wird ihm vorgesetzt, und was er über läßt, erhält, wenn er fort ist, der treue Wärter im Stall. Die Köchin ist eben gewöhnlich die gute Mutter selbst; das Werk vertraut sie selten einer Magd, wenn der Sohn fährt, das wäre der Magd zu viel vertraut, so vertraulich hält man sie nicht. Es ist auch eigentlich die alte, ächte Hausfrau, welche das Feuer anzündet im Hause des Morgens und des Abends es löscht; sie ist des Feuers Herrin und das Feuer ihr Diener, sie ist des Hauses Priesterin, sie wahret, sie brauet des Hauses Segen auf ihrem Herde. Es ist etwas wunderbar Ehrwürdiges und Altertümliches in diesem Beherrschen des Herdes, diesem Schalten und Walten mit dem Feuer, der wahren Hausfrau eigentümlichste Pflicht.

So ging es auch selbe Nacht zu Liebiwyl. Als Resli gegessen hatte, war auch angespannt; die Knechte hatten freiwillig sich hervorgelassen und geholfen. Änneli hatte ihrem Resli noch sehr zugesprochen, er solle es nicht zu streng machen, sich ihrer nicht achten, wenn es zuletzt nur an der Meisterschaft hange; wenn ds Meitschi öppe e guete Wille heyg, su chönn mes geng no brichte. Er solle doch recht an alles sinnen, was der Vater ihm gesagt; wenn man einmal so weit sei, so seis immer bös, wenn dSach i Krebs gang. Aus dem Stübli rief noch der Vater, fragte erst: »Willst Geld, ds Schlüsseli ist im Hosesack, nimm, was manglist.« Dann sprach er auch zu und sagte, er solle nur machen, daß er das Meitschi bekomme, wenn er an ihm hange; wenn man es einmal hätte, so werde doch öppe son es Meitschi geng no z'dressiere sy, es syg doch geng ume es Meitschi. »Ebe«, sagte Resli, »drum düecht mih, man sollte so einem nicht so ganz unger dFüeß ga ligge, daß es meint, es bruch syr Lebtig nüt as uf eim umeztrappe. Wenns dann nicht so ist, als man ihm vorgespiegelt hat, man hintendrein anders ist, dann geht ds Pläre a; es seit, mi heygs bschisse, heyg ihm da es süeßes Mul gmacht, u jetz tüey me, wie we mes fresse wett u wie wenn es alleine alles ustrappe sött. Und öppis hets de recht, aufrichtig gege ihm ist me nit gsi. Wie mes ha wott, so soll mes säge, Ätti. Un i Gottsname, darauf will ich es jetzt ankommen lassen.«

»Mach wied witt«, sagte Christen, »öppis recht hest, aber es ma gah wies will, nimms de öppe nit grusam zHerze, denk de, es syg guet gange.« – »Ich will machen, was möglich ist«, sagte Resli, gab dem Vater die Hand, wünschte ihm einen glücklichen Tag und ging. Die Geisel stach am Sattelroß, das rüchelend den Kopf an Resli rieb, als dieser nach der Geisel faßte, während Christeli zündete dem alles überschauenden Fuhrmann. »Ist der Haber im Kratten?« frug Resli, der des Bauern halbzentnerigen Wink nicht vergessen hatte. »Ein halber Mütt liegt unten«, sagte Christeli. »Ich habe gedacht, du könntest ds Schwähers Rosse auch einmal etwas kramen, Haber wird ihnen wohl seltsam sein.« Nun kam die Mutter noch mit ihrem Laternli und frug: »Du hast doch nichts vergessen, hest e Lumpe, u Zwick, u dSackuhr?« – »Ja, Mutter«, sagte Resli, »ich glaub, alles.« – »He nu so de«, sagte sie, »su schaff wie jene schulmeisterhafte Geistbüchse sagte, sondern wir alle werden es wahrscheinlich sein nach seiner Meinung; somit sind wir auch chemische Stoffe, und chemische Stoffe wirken auf einander, und je nachdem ich mit diesem oder jenem Stoff in Verbindung komme, werde ich auch anders, werde so oder so bewegt und verändert, nehme an oder stoße ab, werde ein ander Produkt, so daß ich zum Beispiel, wenn ich mit jenem Schulmeister in Verbindung gebracht würde, vielleicht was weiß ich für ein Hauptkerl werden könnte, oder vielleicht wieder ein Blütterlüpf sondergleichen, nachdem er halt mir spendete oder entzöge; ich müßte es halt erwarten sein.

Nun möchte ich fragen, ob so einem chemischen Stoff, einem jungen hübschen Burschen nämlich, der einen starken Arm hat und Geschick, mit Sparren, Ketten, Winden um, zugehen, wenn er mit einer Geisel, einem Sattel, vier schönen Pferden, welche sein und zirka hundert Dublonen wert sind, einem guten Kaffee, Rösti und Käse in Rapport und Beziehung gebracht wird, nicht ein eigen Selbstbewußtsein entstehen muß, das Gefühl: du bist auch was wert, in der Wagschale sollst auch du ein ziehend Gewicht sein und nicht Silber und Gold allein. Wie er das frühere Mal blöd und bang hinuntergewandelt war, so ward er jetzt nicht keck und trotzig, doch aber mutig und fest, und als er auf dem Dorngrüt einzog, trugen nicht nur seine Braunen den Kopf hochauf, sondern auch er, und wie sie frisch und munter rücheleten, so knallte lustig seine Geisel. Diesmal brauchte er nicht lange jemand zu suchen, gar freundlich kam zuerst Anne Mareili ihm entgegen, reichte ihm die Hand und sagte: »Ich habe blanget afe und gemeint, du kommest nicht mehr. Bringst guten Bericht?« Und dazu guckte es ihm gar lieblich in die Augen, und während er die eine Hand hielt, tätschelte es mit der andern das wilde Dragunerroß, das scharrte und tat, als komme es erst aus dem Stalle. »Ich meins«, antwortete Resli. »Meine Leute waren bsunderbar gut gegen mich, daß ich mich fry schämen mußte.«

» O Herr Jere, wie froh bin ich, du glaubst es nicht. Denk nur auch, dä alt Uflat, dr Kellerjoggi, ist wieder dagewesen, hat alles Liebs und Guts vrsproche, hat userm Vater den Mund süß gemacht, sich gestellt, als ob er sterben wollte, daß ich den größten Kummer ausgestanden, der Vater lasse sich wieder mit ihm ein. Das ist nun zwar nicht geschehen, er hat ihm ausweichenden Bescheid gegeben, aber ich fürcht, ich fürcht, wenn es den geringsten Anstand geben würde in unserer Sache, ich entrönne dem Kellerjoggi nicht. Lieber sterben wollte ich.« – »Häb nicht Kummer«, sagte Resli. Da kam die Mutter, und als Resli ihr die Hand geben wollte, sagte sie: »Ih ha gar e wüesti, ih darf dr se fast nit gä, ih ha mym Alte dSchueh gsalbet. Es ist gut, daß du kömmst, ds Meitschi hat sich fast die Augen aus dem Kopf gesehen, gäb wie ich gesagt, du werdest nicht vor Mittinacht dich auf den Weg gemacht haben. Ih ha afe gförchtet, es werd blings. Aber ist niemand umdeweg, der dir abnehmen hilft und dr zeigt, wo du mit den Rossen hin sollst? Es wird afe heiß, u sGschmeuß wird bös. Lue doch, wo Hans un Joggi sy, die Stopfine.«

Aber Anne Mareili hörte die Mutter nicht, sondern blieb bei Resli stehen, rühmte seine Rosse und sagte ihm, wie es afe Längizyti gehabt, es hätte es düecht, die paar Tage seien eine Euikeit; es hätte gemeint, es gstangs nicht mehr aus. So was gestehen die Mädchen sonst nur unter vier Augen, vor den Leuten wollen sie den Namen gewöhnlich nicht haben, daß sie jemand anhangen mit Leib und Seele. Ja es gibt welche, die meinen, es schicke sich selbst unter vier Augen nicht, so etwas zu bekennen. 's sind kuriose Dinger, die Mädchen, und man versteht sich nie auf sie, solange man nicht weiß, daß viele eine Rolle spielen müssen, andere eine Rolle zu spielen dressiert werden und die Zahl derer nicht so groß ist, welche ihre Seele zeigen dürfen, wie sie ist, oder welche weder durch dumme Mütter noch durch dumme Gouvernanten noch durch dumme Bücher verleitet werden, eine dumme Rolle schlecht zu spielen, statt das Schönste an ihnen, reine Liebe, zu zeigen in ihrer edeln Natürlichkeit.

»Sövli dumm ga z'rede«, sagte Mareilis Mutter, »gäb wie lieb si eim sy, su mueß me ses nie la merke u dNägel geng halbers davorne ha, sust meine si scho, si chönne mit eim mache, was si welle. Mach ume so, du wirst es bald z'merke übercho. Aber du losist mr nüt, ih wirde no selber dene Stopfine nah müesse, dene schießige Schlürfene.«

»Seh!« rief sie mit greller Stimme gegen das Haus, »ist de niemere umdeweg!« Da kam der Dorngrütbauer selbst von der Bühni herunter und sagte, die Andern seien eben mit der Mistbütti fort, sie werden wohl selbst abspannen können. Er war nicht halb so freundlich als das Weibervolk, kam langsam heran, ging erst um die Laden herum, ehe er zu Resli kam, und frug dann, statt Gottwilche zu sagen: »Hest mr die, wo ich ausgelesen, oder öppe anger?« He, sagte Resli, er solle selber sehen, er werde sie wohl noch kennen, und seien es sie oder seien es sie nicht, so werde er öppe an diesen Laden wenig auszusetzen haben, öppe schöner würden kaum zu finden sein. Aber er soll ihm sagen, wo er hinfahren solle, die Laden müßten abgelegt sein, es wär ihm lieb, wenn die Rosse ab der Sonne kämen. Der Bauer zeigte ihm den Ort, Gräbel lag herum und eng war der Weg fürs große Fuder. »Zuechefahre wird sich kaum geben«, sagte der Dorngrüter. »Mr wey luege«, sagte Resli, hob die Geisel, und ohne Hustern und ohne Donnern liefen unter der Geisel und durch einige Worte geleitet die Rosse scharf und schnell, wohin sie sollten, und stunden alsbald aufs Wort. »Du bist schon mehr gefahren«, konnte der Bauer sich nicht enthalten zu sagen; vielleicht wäre es ihm anständig gewesen und es hätte ihn gelächert im Herzen, wenn Resli das ganze Fuder überleert hätte. »Lue«, sagte die Mutter, »wie der fahre cha, ich glaube nicht, daß einer von unsern Buben es so könnte; aber geh und nimm Eier aus, es werden wohl sein. Ich habe nicht einmal mehr für einen Eiertätsch im Keller; we me ke Krüzer Geld het, aber e wüeste Hung zum Ma, u doch allbeeinist es wyßes Brötli möcht oder e Wegge, was wett me dr Weggefrau anders gä as Eier?« – »Muetter, ih weiß nit, wo sie sNest hey«, antwortete Anne Mareili, schoß den Rossen nach und half sie abnehmen, trotz dem Mahnen, es solle es nur sein lassen. »Ja wolle weißt du dNester nicht«, sagte die Mutter, »wo ist es Meitschi, das dHüehnernester nit weiß! Aber es hat den Narre gfresse a dem Kerli; wes ne nit überchäm, ih glaub, es hintersinnete sich. He nu, er gefiel mir auch un schynt nit son e Hündligürter und Batzeklemmer z'sy. Het er mr ächt aber öppis gchramet, es hätt ihms sauft ta, bsungerbar wenn ih myner Eier für ihn bruche mueß.«

Es beelendete Resli, als er seine Rosse in den dunkeln, engen Stall pressen und im Zweifel leben mußte, ob er je wieder eins lebendig aus der Presse kriege und wie seine Rosse sich mit den andern Rossen vertragen wurden, die scheu und wild an die Krippe heraufschossen, sobald jemand in den Stall kam, wie verwilderte Kinder ums Haus schießen, wenn ein Fremder gegen das Haus kommt. Und wie diese sich nicht mehr zeigen, als allfällig um gegen den Fremden den Hund zu hetzen oder Steine zu werfen oder ihm wüst zu sagen, so konnte sich auch seines Lebens wahren, wer hinter diesen Rossen durchgehen wollte. Das Beste war, sie erst tüchtig abzuschlagen und dann den Gang zu wagen. Wie Kinder tun, wenn man gegen ein Haus kömmt, und Rosse oder auch Kühe, wenn man in den Stall kömmt, daran kann man viel erraten von dem, was inwendig im Hause ist, ja selbst der Hund, der auf der Bsetzi liegt, verrät schon viel.

Nun mußte Resli mit dem Alten abladen oder wenigstens es anfangen, und Peinlicheres gibt es wohl nichts für einen jungen raschen Kerli, der alle Handgriffe los hat und gerne rasch zu Ende wäre, als mit jemand, von welchem man nicht weiß, macht ers expreß unbeholfen oder ist ers von Natur, ein Werk gemeinsam verrichten zu müssen. Und wenn der rasche Kerli noch dazu eine wichtige Ausmacheten vorstehend hat, wenn es sich entscheiden soll, ob er sein Lieb kriege oder nicht, so wird eine solche Arbeit doppelt peinlich. Zudem wollte der Alte die Laden, um spätere Arbeit zu ersparen, gleich aufgeknebelt, es fehlten aber die Knebel dazu; die Scheiter waren auf alte Mode, noch vier Schuh lang, sie mußten also abeinander gemacht werden, und dazu waren sie noch so ungleich dick, so krumm und holpericht, daß man sie ärger auslesen mußte als heutzutage die junge Mannschaft. So wußte der Bauer den armen Resli gut Dings zu versäumen, zudem mußte er noch alle Augen, blicke von der Arbeit in den Stall, weil dort die Rosse rumorten und zusammenschlugen, daß man meinte, sie wären daran, den Stall auseinanderzuschlagen. Endlich band er sein Sattelroß zuvorderst gegen die andern Rosse zu, das konnte er getrost machen lassen, das wußte sich Platz zu machen wie eine hässige Frau an einer Feuerplatte. Wenn sie die Rosse nur weißen hörten und der Bauer sagte: »Los, was geht aber, mi mueß denk ga luege«, so antwortete Resli: »Ih hulf se la mache, si werde enangere nit fresse.« Wenns aber zum zweitenmal wiederkam, so lief doch dann der Bauer, fürchtend, sein Nebenroß zöge den Kürzern, und hieb mit der Geisel ein, wohlweislich aber zumeist auf Reslis Rosse. Das war so ein Vorpostengefecht, aber ganz auf die alte Mode, daß wenn die Könige sich grollen, es über der Völker Haare geht.

Es war gar nicht früh mehr, als man zum Essen kam, und da hatte es auffallend gedunkelt auf Anne Mareilis Gesicht. »Wir können dir nicht aufwarten, wie ihr uns aufgewartet habt«, sagte es, »du mußt vorlieb nehmen, es ist einmal sufer, das kann ich dir sagen.« – »Vexier nit«, sagte er, »es wär mir leid, wenn ihr Umstände gemacht hättet. Es ist eigetlich uvrschant, daß ich schon wieder da bei euch zuechehocke, aber wils da ist, so will ich einmal nehmen in Gottes Namen.« Aber den innern Ärger Anne Mareilis, daß die Mutter es nicht hatte, um so recht aufzuwarten, auch kein schönes Geschirr, keine schönen Gläser, den merkte er nicht, wohl aber die Wolken auf dem Gesicht. »Was hats wohl aber wieder?« dachte er, »vorhin so zweg u jetzt so muggig, ists de sövli lünig oder hats mit den Alten etwas gehabt?«

Was auf einem Gesichte liegt, das sieht man leicht, aber was es daraufgestoßen, das zu fassen ist schwer. Es ist mit den Wolken auf den Gesichtern fast wie mit den Wolken am Himmel. Manchmal sieht man sie wohl sichtbarlich aufsteigen aus einem vorliegenden Nebelloch, manchmal weiß man mit ziemlicher Gewißheit, daß es Bysenebel sind, Kinder des kühlen, sauern Windes; aber unzählige Male begreift man ihr Entstehen nicht, sie erscheinen und schwinden, man weiß weder woher noch wohin, und nur das weiß man, daß verflümeret gerne der heiterste Himmel in den schwärzesten umschlägt. Ein gelehrter Hansdampf hat mir einst das ganz gründlich erklärt, er hat mir gesagt, Wolken seien eigentlich verdichtete Dünste, entstünden also aus Dünsten. Ich konnte ihm nichts darwider haben, aber als ich ihn frug, woher die Dünste entstünden, so sagte er, aus Feuchtigkeit, und als ich ihn frug, woher die Feuchtigkeit und ob alle Dünste gleicher Beschaffenheit seien, so sagte er mir, ich solle selbst hingehen und sehen. Was hätte mir der erst geantwortet, wenn ich ihm meine Bedenken wegen den Wolken auf einem Mädchengesicht mitgeteilt? »Schlüf abe u lueg«, würde er mir gesagt haben. Der Rat, wenn man ihn befolgen wollte, würde gewiß manchem Mädchen den Husten machen, und was hülfs, unten zu sein, wenns stockfinster da unten wäre und man zufällig die rechte Laterne nicht bei sich hätte? Indessen, wenn man einmal den Hals runter wäre, so käme es sicher manchem Mädchen kommod und wohl, wenn man sehen täte, woher die Wolke käme und was sie für Dunst enthielte, denn gar manche Wolke entsteht aus heißem Liebesgrunde, sieht aber akkurat aus wie eine aus giftigen Gründen. Ein gut Liebeswort würde sie zersetzen in ein freundlich Lächeln, eine zärtliche Träne, und hätte man von weitem meinen sollen, sie berge Donner und Blitz oder gar ein Erdbeben.

Und weil eben Resli den Grund nicht sah, woher die Wolke kam, so schien sie ihm verdächtig, und er hätte viel darum gegeben, sie wäre nicht gewesen; der Kaffee schien ihm bitter und der Eiertätsch, an welchem in der Tat der Mangel an Eiern mit Mehl ersetzt war, bodenbös. Und je weniger gut er Anne Mareili selbst dünkte und je weniger Resli davon aß, desto ärgerlicher ward Anne Mareili, ja recht hässig, und durfte es doch nicht mit Worten erzeigen. Das wußte es, daß Kinder mit nichts sich einen bösern Namen machen, als wenn sie Vater oder Mutter vor den Leuten widerreden oder gar sie vernütigen; das tat es nie, auch wenn es ihm das Herz fast versprengen wollte. Es retirierte sich dann in sein Stübchen, lag übers Bett und schnüpfte grusam, wobei ihm höchstens eine Türe etwas härter als sonst aus der Hand entrinnen mochte. Diesmal konnte es nicht fortlaufen, es konnte nichts als der Katze einen Stupf geben; aber wenn ein Mädchenherz so recht schwer geworden ist, vermag es der bloße Stupf einer Katze zu entladen? Ich frage.

»Und jetz, was hast für Bricht?« fragte der Bauer, als die Weinflasche auf dem Tische stund. »Es wär mir lieber, es wär nüt, aber weil doch einmal das Wort heraus ist, so will ich lose, ob es euch recht ist, wie ich gesagt habe. Aber wie gesagt, lieber wärs mr, es wär nichts, vo wege, wenn eine Katze Bratis schmöckt, so läuft sie den Mäusen nicht mehr nach.« – »Ja, aber schon manche Katze hätte verhungern müssen, wenn sie auf das Bratis hätte warten wollen, welches sie geschmöckt«, antwortete Resli. »Sei es nun mit der Katze, wie es wolle«, antwortete der Bauer, »so ists wie gseit, we ds Wort nit gä wär, su gäbt mes nimme.« – »Und du«, fragte Resli Anne Mareili, »bist du etwa auch reuig?« – »Es ist mir geng wie geng«, antwortete Anne Mareili. »He nu so dann«, sagte Resli, »so hoffe ich, sei der Sach nichts im Weg, myner Lüt sy guet gege mr gsi und haben in allen Pünkten ygwilliget. Der Hof soll mir verschrieben werden um vierzigtausend Pfund, und wenn ich sterben sollte ohne Kinder, so kann es die vierzigtausend Pfund nehmen und damit machen, was es will.« – »Dr Hof, wirst meinen«, sagte der Bauer. »Nein«, sagte Resli, »der Hof ist, so lang man sich hintere bsinne mag, in der Familie gewesen, und da täte es uns weh, ihn daraus zu lassen. So hat Christeli gemeint, wenn er noch lebte, so wollte er ihn an sich ziehen, vo wege dr Familie.« – »So, Bürschli«, antwortete der Bauer, »soll das Märten angehen? Werdet meinen, wir wußten nicht, was mehr wert sei, vierzigtausend Pfund oder der Hof. Sövli uvrschant hätte ich euch nicht geglaubt. Aber das wird nicht das Einzige sein, was du im Kropf hast, gib gleich alles füre, so ist ds Gchähr us.« Es dünke ihn, was er mit dem Hof gesagt, sei so unbillig doch nicht, und hundert gegen eins sei zu wetten, daß es nicht dazu kommen werde; das sei auch alles, was man begehre. Daß Nutzen und Schaden ihm erst angingen, wenn Vater oder Mutter stürbe, und bis dahin dSach noch unter ihrem Namen gehe, das werd ihnen öppe gleich sein, antwortete Resli.

Da stand der Bauer auf: »So, meinst? Meinst, du seiest listige gnue, das so einzuschlirggen, daß man nicht merke, was ihr im Sinn habt? Ja wolle.« – »Es ist da wäger keine böse Absicht«, sagte Resli, »und nichts einzuschlirggen.« – »Mach nicht dr Löhl«, sagte der Bauer, »du wirst doch nicht Lappis genug sein, nicht zu merken, daß es ein Unterschied ist, wenn du den Hof um vierzigtausend Pfund jetzt antrittest oder erst in zwanzig Jahren oder noch später, vo wege, we me so uf öppis passe mueß, so täten es die Leute einem nicht zGfallen, zu sterben. Wennd jetzt dr Hof nimmst, so kannst in zwanzig Jahren etwas machen, und daß man den Alten öppe zinse wie am ene Frömde, ist öppe niene dr Bruch; we sis ume mache chönne, su ists alles, was nötig ist.«

Gege de Eltere begehre er nicht wüst zu sein, er würd es öppe auch nicht begehre, daß seine Kinder gegen ihn wüster wären als gegen andere Leute, sagte Resli. Das zähle sich nicht zusammen und gehe einander nichts an, aber wie man es mache, so hätte mans, antwortete der Bauer, und sövli dumm solle man ihn nicht meinen, daß er sei. Daran hätte man nicht gedacht, antwortete Resli. Er zweifle nicht, seine Eltern würden ihm jährlich geben, was man öppe bigehren könne billigerwys. »Aber warum dann nicht, wie ich es haben will, wenn es auf eins herauskommen soll?« fragte der Alte.

He, sagte Resli mit schwerem Herzen, er wolle es fry graduse säge. Ihre Mutter hätte viel an ihnen getan und sei eine gute Frau, da möchte er nicht, daß sie so nebeus gschosse würd wien e alte Wäschlumpe, es tät ihre viel z'weh, sie gstünd es nicht aus, wenn sie auch nicht drglyche tät. Und dann seien hier und bei ihnen andere Bräuche, und wie man sich gewohnt, so sei man sichs gewohnt, wie öppe dr Bruch syg um ein ume, u fahr me angers, so hätte dLüt z'resiniere und spottete eim us. Da hätt es se düecht, Anne Mareili söll zunene cho wie ds Ching vom Hus und lehre, was öppe dr Bruch syg u wie mes mach bei ihnen, »und wenn dMuetter de öppe dehingeblybe sött, su könnts de furtfahre, wies is öppe aständig wär. Bös brauchte es nicht zu haben, z'werche wurd ihm niemere zviel zuemuete, und gwahnet sy mr, dSach öppe z'ha, daß mes drby mache cha. Ds Conträri, dä Weg hätte es es besser, als wenn es dSach alle übernehmen müßte, und wenns dr Muetter ume gueti Wort gibt, so häts die beste Händel.«

»Das gfiel mir«, sagte die Bäurin, »aber es muß noch ein arig Wesen sein bei euch, daß du so viel von der Mutter sagst. Hie ume sinnet man an die nicht, als wenn öppis Wüests z'mache ist oder öppere a neuis dSchuld sy söll. Und wenn wir hundert Kinder z'verheiraten hätten, ich käme niene vor als öppe, wenn vom Trossel dRed wär u nit Sache da wäre, Tischlache u Lylache; da fluchete man öppe über mih, daß ih nit hätt la tueche u won ih mit em Gspünst hicho wär. Ja wolle, tueche, we me eim dr Flachs unghechlet verkauft, wies jetz afe die Möffe, die Händler, ygfüehrt hey!« – »We du gingest ga abwäsche«, sagte der Mann, »so könnte man im Tage einmal das Feuer löschen.«

Unterdessen hatte Resli dem Anne Mareili versichert, daß es die Mutter gewiß wie ihr eigen Kind haben würde und daß es es viel besser hätte, wenn die Mutter es nach und nach anleitete, als wenn es auf einmal alles befehlen sollte und doch um nichts wüßte; es gehe viel ringer zu helfen, wo man es gut mit einem meine, als zu befehlen, wo man die Sach nit kenn (in einer vernünftigen Haushaltung ist es nämlich umgekehrt als in einer Knabenhaushaltung, in einem Staat zum Beispiel, oder bei einem Bataillon). Und Anne Mareili hatte der Sache Beifall gegeben und gesagt, es wäre ihm recht so, es hätte ihm Kummer genug gemacht, wenn es auf einmal alles übernehmen sollte, es hätte wohl gesehen, daß ein Hausbrauch nicht wie der andere sei.

Als der Bauer seine Frau hinausgemustert hatte, sagte er: »Aus der Sache gibt es nichts, ich will dir die Laden zahlen. Ich sehe schon, wie ihrs wollt: mys Meitschi für e Hung ha u Usrede uf alli Füli. Darum ist Abbreche am besten. Wie gesagt, wenn me Bratis schmöckt, su lauft me nit de Müse nah, ih will ga Geld reiche.« – »Aber Vater«, sagte Anne Mareili, »dSach wär mr recht u lieber so, ih bi bas drby. Was soll ih ga bifehle, wo ih dSach nit chenne? Ih wett mih ihne emel avrtraue.« – »Das vrstiehst nit, u drum hest nüt dryz'rede«, sagte der Alte. »Aber Vater«, antwortete Anne Mareili, »ich muß doch dabei sein.« – »U müeßist, su han ih z'bifehle. Was gredt ist, ist gredt«, und somit ging er, Geld zu holen.

»Aber du mein Gott«, sagte Resli, »was ist der Vater preußisch; ist es uns dann nicht erlaubt, bei dieser Sache unsere Meinung zu sagen, und Unbilligs wollen wir nichts. Aber so Hudel und schlecht Lüt sind wir doch nicht, daß wir uns alles müssen gefallen lassen und Gsetzi machen.« – »Er ist geng so«, klagte Anne Mareili. »Er zwängt alles durch in der Gemeinde und meint, es solle daheim auch so gehen. Jetzt hat er die Sache mit dem Kellerjoggi wieder im Kopf, der alte Schelm hat ihn wieder andrehen können. Aber laß dich nach, ich halte dir dr Gottswille an. Am Vater bringe ich nichts ab, ich weiß es wohl; was er im Kopf hat, das ist darin, und lieb hat er mich nie gehabt. Du mußt dich meiner annehmen, wenn du mich lieb hast, gib ihm nach; ich verspreche dir, ich will deinen Eltern ein Kind sein, habest du den Hof oder habest du ihn nicht. Wenn ich hier einmal entronnen bin, wenn wir einmal beisammen sind, so können wir es immer machen, wie wir wollen, dann hat uns niemand mehr etwas zu befehlen. Und was du willst, das tue ich, es soll dir versprochen sein.« Er glaube es gerne, sagte Resli, er wüßte, daß es ihn lieb hätte, aber es sei immer wegen

Leben und Sterben, und darin hätte der Vater recht, daß wie man es mache, man es hätte. Was an ihm sei, wolle er von Herzen tun, aber für die Andern könne er doch nicht versprechen, und billig sei es auch nicht, daß seinetwegen alle sich entgelten sollten und alle tun, als ob sie nichts wären; das dürfte er ihnen nicht zumuten.

»Aber hast du mich dann nicht lieb, und wenn du willst, so sagen die Andern alles nach, ich habe wohl gesehen, wie sie an dir hangen, und wenn du nicht dem Vater alles nachsagst, so bindet er auf und macht es mit Kellerjoggi richtig. Denk an mich!« – »Du bist mir lieb, lieber als ich mir selbst, aber wenn da Vater ein Wort hat, sollen wir nicht auch eins haben, und ist etwa das unsere das unbillige, soll ich Vater und Mutter auf die Seite stoßen?« antwortete Resli. »Glaub mir nur, ich will Kind an ihnen sein, mich unterziehen, ich bins ja gewohnt, aber mach, wies der Vater will, sonst heißt der dich gehen, und was er einmal gesagt, nimmt er nicht zurück«, sprach dringlich das Mädchen, trat vor Resli, sah angstvoll und liebvoll ihm ins Auge.

Resli tat es im Herzen weh, er schlang den Arm um Anne Mareili, drückte es an sich. »Wie lieb du mir bist, weißt du nicht«, sagte er, »und wenn ich sieben Leben hätte, ich gäbte sie dir alle, vo wege, die Lebe wäre myni. Ich weiß, du hieltest dein Wort und wärest wie recht. Aber die erste Woche könnte ich sterben, dann kämen Andere über dich und du wärest nicht mehr Meister.« – »Du stirbst aber nicht«, sagte Anne Mareili, »du mußt Gott vertrauen.« – »Ja«, sagte Resli, »aber vor dem, wo man selber tut, muß man selber sein, da nützt ds Vertraue nüt. Das hat Gott einem selbst zugestellt, daß man luege, was man mache.« – »Los, los«, sagte Anne Mareili, »wie er Geld zählt, bald wird er fertig sein, o versprich mir, sag zu allem Ja und machs ab!« – »Aber Meitschi«, sagte Resli, »denk doch, wenn ich sterben mußte und läge da und müßte denken, sobald ich begraben sei, müßten meine Leute ihre alte Heimat mit dem Rücken ansehen, denk o, Meitschi, wie mir wäre, wie dir wäre und ob ich wohl beten könnte für meine arme Seele und hoffen dürfte auf ein seliges Sterben?«

»Los, los, dr Vater ist fertig! Dr erst Tag können wir es ja ändern, versprich nur, was der Vater will, z'halten brauchen wir ja nur, was wir wollen, aber mach, daß ich fortkomme!« – »Aber soll ich den Vater anlügen«, sagte Resli, »und auch meine Leute, sollen wir unser Glück auf Lug und Trug bauen, denk o, Meitschi! Standhaft wollen wir sein, treu einander und von Menschen uns nicht scheiden lassen, dann können wir auf Gott vertrauen, kommen sicher zusammen, und dann mit reinem Gewissen.« – »Los,

los, er tut das Gänterli zu, er kömmt, er kömmt, säg dr tusig Gottswille nache, was er vorsagt, oder du hast mich nicht lieb und ich will nichts mehr von dir u wett, ih hätt dih nie gseh! Uf de Kneue halte ih dr a«, so rief zitternd, mit unterdrückter Stimme Anne Mareili; seine Lippen wurden blaß und seine Augen stunden groß und starr in ihren Höhlen. Und ehe Resli eine Antwort geben konnte, trat der Alte herein, frug nicht um den Bescheid, sondern zahlte in Päcklene und möglichst schlechtem Gelde seine Schuld auf den Tisch, an dessen Ecke Anne Mareili bebend sich hielt. »Da hasts«, sagte er, »du wirst pressiere für heim, und aufhalten will ich dich nicht.«

Da trat auch Resli zum Tische, das Geld sah er nicht an, aber schwer kämpfte es in seiner Brust. »So da weg«, sagte er, »möchte ich doch nicht, und ein vernünftig Wort wird wohl erlaubt sein. Was Geld und Gut anbelangt, will ich nicht märten, was möglich ist, soll geschehen. Daß man da den Vorteil nicht begehrt, hat man gezeigt und mit keinem Wort gefragt, ob das Meitschi etwas mitbringe oder nichts. Einstweilen haben wir genug, und was es künftig geben soll, überlassen wir Gott. Gebe es etwas oder nichts, so hoffe ich, können wir es mit Gottes Hülfe fürder machen. Aber etwas will ich offenbaren, damit könnt Ihr dann in Gottes Namen machen, was Ihr wollt. Es gibt in jeder Familie zuweilen etwas, manchmal kann man es mit Gottes Hülfe verwerchen, manchmal aber nicht. So hat es auch etwas bei uns gegeben, und damals hat mein Vater gwerweiset, ob er mir nicht den Hof abtreten solle. Da aber hat der Vater gefunden, daß die Mutter das nicht verdiene, weil sie bedeutend Gut eingebracht und eine Hausmutter sei, die für alles Sinn hätte und Vrstang für alle, und so eine, hat er gedacht, soll man nicht bei guten Kräften auf die Seite stellen, weil es ihr leicht in das Gemüt kommen könnte, wenn sie nicht mehr über alles könnte, zu nichts mehr etwas sagen sollte. Das ist eine schwere Verantwortung vor Gott, wenn man so um zeitlichen Nutzens willen jemand beiseite stellt, dem Gott seine Kräfte noch erhalten hat. So hat der Vater gedacht, und ihm wäre es öppe gleich gewesen, hinterezstah u mih la z'mache. U sött ih angers denke gege dr Muetter, wo geng e Muetter a mr gsi ist, vo dr erste Stung a bis jez, u geng zerst u zletzt gsi ist, wos üse Nutze gsi ist, u ke Rueh gha het, wes eim öppe gfehlt het oder sih öppis Bös a eim erzeigt het? Ih hätt wäger nit ds Gwüsse, so lieb mr ds Meitschi ist, ih könnts nit vrantworte vor Gott u Mönsche, u dessetwege soll my Frau nit dest böser ha u nüt dest minger. U sinnet o dra, daß dr o King heyt u nit wüsset, wies Ech gah cha un dr o froh sy chönntet, we dKing öppe guet gegen Ech wäre.«

»Was frage ich deiner Mutter nach, die geht mich nichts an«, sagte der Bauer, »und zu meinen Kindern will ich schon sehen, die werden öppe nicht viel anders machen, als ich will. Du hasts gehört, was gredt ist, ist gredt. Zähl du dein Geld, ich will dr heiße gschire«, und ging.

Resli liefen, ihm unbewußt, Tränen die Backen ab; blaß und lautlos, mit bebenden Lippen, stund am Tische Anne Mareili. »Ists auch möglich«, sagte Resli, »so habe ich doch noch niemand erfahren und nicht geglaubt, daß einer, der selbst Kinder hat, einem gegen die Eltern so etwas zumuten dürfte. So wollen wir treu aneinander halten, dann wird öppe kein Mensch viel zwängen.« So sprach er und bot Anne Mareili die Hand. Aber lautlos stand dieses da, nur die Lippen bebten, und immer größer starrten die dunkeln Augen. »Gib mir noch ein gutes Wort«, bat Resli, »an dem will ich mich halten und auf Gott vertrauen, und wenn du mich nötig hast, so mach mir Bescheid, die Wirtin tut dir schon den Gefallen.« Damit faßte er Anne Mareili in seinen Arm. Da flammte dessen Gesicht, hart stieß es ihn zurück: »Geh mir weg, rühre mich nicht an, jetz weiß ich, wie du mich liebst«, zitterte es heraus. »Wie habe ich dich gebeten, und was hast du getan! Was habe ich dir versprochen, und wie hast du mir vertraut! Ja, vertraue so einer nur auf Gott, verlassen wird er dich, wie du mich verlassen!« Wie Resli reden wollte, es hörte ihn nicht. »Geh weg«, rief es, »ich mag dich nicht sehen, nicht hören! Ein Wort, und du hättest mich erlöst, und willst nicht und machst mirs so, und jetz –« da ging seine Rede in krampfhaftes Schluchzen über, es stürzte ins Nebenstübchen, warf sich aufs Bett und weinte, daß es das ganze Bett erschütterte.

Verstummt war Resli, Schrecken ergriff ihn, er wollte trösten, entschuldigen, ging nach zum Bette, bat um ein gutes Wort, wollte dessen Hand ergreifen; aber es hörte ihn nicht, zuckte, wenn es seine Hand fühlte, zusammen, als wenn diese eine Schlange wäre. Wie er so dastund und es ihn fast zerriß, so weg zu sollen, kam die Mutter und sagte: »Laß du das Mädchen sein, es hilft jetzt nichts mehr. Was gehst und verkegelst dSach; selber ta, selber ha. Es ist öppe recht, we me zu re Muetter luegt un ere allbeeinist öppis kramet, aber mit ihre ga dr Narr z'mache, ist dumm und trägt nichts ab. Einist mueß si doch vom Hof, gäb es Jahr früher oder später, und was soll ihr das machen! Einmal mir wärs recht, wenn mir jemand dBurde abnähmte und ich meine Sache gleich hätte, öppe allbeeinist es Tröpfli Kaffee un es äsigs Möckli. Aber jetz mach, daß fortkömmst, vom Meitschi bekömmst du doch keinen Bescheid mehr; es ist es Grüsligs, wes so zwegchunt, und wenn dr Alt drzuechunt, su seyt er dr wüest.« – »So gehe ich doch nicht gerne fort«, sagte Resli. »Bist selber schuld«, sagte die Alte, »nimm ds Geld u gang, angers gits jetz nümme.«

»Er soll cho«, rief eine harte Stimme zur Türe ein, »es cha ke Mönsch die Donners Keibe gschire.« – »Mi söll se la sy«, rief Resli, trat noch einmal zum Meitschi: »Ume no es guets Wort«, bat er, »dr tusig Gottswille, so la mih nit furt!« Aber Schluchzen war die Antwort, und tiefer drückte das Mädchen den Kopf ins Deckbett. »Komm, komm«, rief die Mutter, »ih ghöre dr Alt! Nimm ds Geld, es git dr ke Mönsch es guets Wort drfür«, und somit wischte sie das Geld in Reslis daliegenden Hut, drückte ihm diesen in die Hand. »Adie«, sagte sie, »und zürn nüt, es geht nicht allemal, wie man gerne möchte, und es ist gut, wenn man sich früh daran gewöhnt.«

»Es wäre Zeit, daß du kämest«, sagte der Bauer, »so ungrymti Roß habe ich noch nie im Stall gehabt.« Weh und Zorn wogten hoch auf in Resli, des Bauern Worte waren eine Art Aderlaß. »Wenn man vernünftig mit ihnen umgeht, so sind sie vernünftiger als mancher Mensch«, sagte er. »Du wirst uns doch nicht lehren wollen mit Rossen umgehen«, sagte der Bauer, »dazu bist du noch z'junge.« – »Has nüt im Sinn, es chönnt mr z'lang gah«, sagte Resli. »Wie meinst« fragte der Alte. »Es gäb mänger Gattig Lüt un mänger Gattig Roß, u die eine möge erlyde, was die angere us dr Hut sprengt, es chunt geng uf ds Gwahne a.« – »Da mußt du deine wunderlich gwehnt ha«, sagte der Bauer.

Reslis Antwort ging im Stall verloren. Dort war ein stark Brüllen; Knechte standen mit Stecken und Geiseln im Gang, seine Rosse waren in der Krippe oben, des Bauern Rosse hatte man geflüchtet. Als er die Zuversicht sah, hieß er sie alle hinausgehen mit Stecken und Stangen und fing mit seinen Rossen zu reden an. Da wars, als ob sie, verirrt in der Wüste, eine bekannte Stimme hörten, in Not und Drangsal einen Retter erblickten; sie wieherten laut auf, drehten ihm die Köpfe zu, und wenn sie schon noch hin- und herfuhren, so biß oder schlug doch keines mehr. Er gschirete und zäumte ohne Not und ohne Zorn, denn die Rosse erbarmten ihn, darum ließen sie es auch willig geschehen und folgten ihm auch willig aus dem Stalle. Draußen kriegte er aber wieder seine liebe Not mit ihnen, als sie den Bauer und die Andern erblickten. Eins wollte hier aus, das andere dort aus, wahrscheinlich den kürzesten Weg der Heimat zu. Er mußte alleine anlegen, denn sobald jemand von den Andern zu nahe kam, schossen die Rosse in die Zügel oder schlugen aus; er hatte mit seiner hässigen Mähre zu tun, der er in der Hast den unrechten Kommet angelegt und die jetzt nicht Vorroß sein wollte und es doch bleiben mußte, da er nicht ändern wollte und der Draguner ihm wirklich diesmal unterm Sattel anständiger war.

Während diesem schweren Geschäft (vier verwilderte Pferde allein zu schirren und anzulegen, ist nämlich nicht leicht) hatte er sich gefaßt, und in dem Maße, als seine Rosse ruhiger wurden, ward auch er es. Mit aller Gelassenheit räumte er seine Sachen zusammen, suchte noch eine Kette, die vergessen worden war, ob absichtlich oder nicht, untersuchte er nicht, leerte den Habersack in des Bauern Futterkasten, gab zehn Batzen Trinkgeld einem Knechte, trat zum Bauer und sprach: »Lebt wohl, dankeiget, es steht z'vrgelte.« – »Hest nüt z'danke«, antwortete dieser. »Dankeigist du für ds Füehre; was es kostet, habe ich nicht gefragt, ihr habt es mir anerboten.«

Resli achtete sich der Rede nicht, saß in raschem Schwung im Sattel, hoch bäumte sich sein Braunroß, laut wieherten alle, aber in gemessenem Schritte zügelte er sie, unter sich das tanzende Roß, und erst hundert Schritte vom Hause ließ er in Trott die Pferde fallen, der rascher und rascher ward, schnell ihn den Augen der Nachsehenden entführte.

»Das ist e stolze Bursch und kann sReiten«, sagte der Eine; »der weiß mit den Rossen umzugehen und weiß öppe auch, was der Brauch ist«, sagte der, welcher das Trinkgeld empfangen. Nachdenklich hatte ihm der Bauer, die Hände in den Westentaschen, nachgesehen, dann sagte er zu den Knechten, es düeche ihn, es wäre jetzt genug gölgötzet u es wäre Zeit, wieder etwas zu machen, hätten sie doch fast einen halben Tag versäumt; dann ging er vom Hause weg, hinter ihm drein sein roter Mutz.

Rasch liefen Reslis Rosse, immer rascher rollte sein Blut in den Adern, und je rascher es rollte, umso heißer ward es, umso langsamer schienen ihm die Rosse zu laufen. Hand und Fuß juckten ihm unwillkürlich, zum schnellsten Jagen die Pferde zu treiben. Es kochte in ihm auf glühendem Herde in einem Kessel beisammen Zorn und Weh, Liebe und Leid, Stolz und Demütigung, und wie der Wind die Glut erhitzt, ließ das schnelle Reiten den Brand unterm schauerlichen Kessel immer heißer erglühen.

Es ist allerdings ein eigentümliches Heimgehen oder Heimreiten mit einem Korbe auf dem Rücken, sei derselbe nun ein grober oder ein feiner, sei er von den Eltern geflochten oder des Mädchens selbsteigenen Händen; immerdar wird er ähnlich sein einem Stück Schwamm, der auf unserm Herzen gleichsam als auf einem nassen Feuerteufel sitzt, dasselbe zischen und Funken sprühen läßt, daß es ein Graus ist. Natürlich zischen nicht alle Feuerteufel gleich, die einen haben mehr Pulver als die andern, und auch nicht alle Funken haben die gleiche Farbe, aber sprützen und spretzeln, mehr oder weniger, tut jeder allweg. Ein Korb ist jedenfalls ein dumm Ding, ein Nasenstüber, eine Demütigung, ein Urteil, daß man einen nicht möge, nicht wert sei, die Schuhriemen aufzulösen, es ist ein Dämpfer, der einem aufgesetzt wird. Ob diese Körbe handfester oder zierlicher seien, mit verzuckerten Mienen gegeben werden oder mit höhnischen, darauf kömmt wenig an, das Hauptgewicht liegt anderswo.

Ist der Korb nichts als das Fehlschlagen einer Spekulation, gleichsam das Ablecken des Pulvers auf der Pfanne, so ists richtig eine fatale Sache; eine verfluchte, sagt man, wird taub über Meitschi und Eltern, aber da es halt so ist, so schüttet man anderes Pulver auf die Pfanne, räumt vorsichtiger das Zündloch und sucht aufs neue zum Schusse zu kommen, am liebsten natürlich auf eine fette Wildsau oder ein blankes Rebhühnchen; wer aber gar zu taub ist, läßt sich verleiten und schießt auf den ersten besten Spatz. Solche Schüsse gehen gerne los, worob aber niemand mehr erschrickt, als wer sie selbst losgedrückt.

Anders gestaltet der Feuerteufel sich, wo er mit Liebe halb oder ganz getränkt ist; der ist nässer, sprüht langsamer, aber länger, und wehmütig flimmern die Funken, und betrübte Gedanken streifen, durchkreuzen den Horizont der Seele. War man zu wenig hübsch, zu wenig reich, zu wenig vornehm, zu wenig galant und elegant? Ach, und auf solche Lumpereien und Nebendinge achtet die Welt, und ds Herz sieht sie nicht, ds Herz, die Hauptsache, wie der Docht in der Kerze; und wie wäre dieses Herz so schön, so gut, so voll Liebe, und wäre auf den Knieen gelegen lebenslänglich und hin- und hergerutscht, auch lebenslänglich, hätte Kartoffelrinde zusammengelesen emsiglichst, hätte sie, ungesalzen und geschmalzen mit Liebe, gekocht oder gebraten nach Belieben am Feuer der Liebe und sie dargereicht auf den Knieen der Liebe und unter Säuseln von Liebe und auf Schüsseln der Liebe. Und ob dem Verschmähen dieser süßen, lebenslänglichen Kost weint man bitterlich, setzt sich an einen Bach, ja selbst an einen Fluß, damit die Tränen gleich unschädlichen Abfluß haben, und balanciert, ob man ihnen selbst nachwolle oder nicht. Wenn unterdessen die Sonne untergeht, so hat man die innigste Sehnsucht, mit ihr unterzugehen ins Bett der Nacht; wenn dann aber der Wind kühl weht, tut man einige Knöpfe ein, und weht er noch kühler, so geht man einstweilen heim, von wegen dem Pfnüsel. Aber über Nacht hat man große Gedanken über Menschenwert und wahres Glück, und vor dreißig Jahren oder noch länger hat man unter solchen Umständen viel an Werther gedacht. Das war nämlich ein Mensch, der sich von wegen Liebe und allerlei sonst erschossen.

Wiederum anders ists, wenn der Korb nur ein halber ist, entweder nur von den Eltern oder nur vom Mädchen ausgeht. Da ist Stolz dabei und man sinnet auf Eroberung oder Überlistung des den Korb austeilenden Teiles. Ist man mit den Eltern einig und hat das Mädchen sich spröde gemacht so denkt man viel an elterliche Rechte und an die gute alte Zeit, wo so ein dummes Meitschi keinen Gux mehr ausgelassen, wenn einmal die Eltern Ja gesagt, ja man denkt sogar an Zwangsmaßregeln und ob jenes System nicht auch hier anzuwenden wäre, jenes System nämlich, wo man einem das Reden verbietet, bis man sich gebessert hat. Ist man aber von den Eltern geschaßt worden und war man doch mit dem Mädchen einig, so denkt man an den Zeitgeist, der den Eltern allen Zwang verbietet, dagegen den Kindern das Zwängen zuläßt (aus welchem Grunde wahrscheinlich einige Gelehrte meinen, der Zeitgeist sei kindisch geworden), oder sieht die Eltern rundum an, ob nicht hinten die Rückenmarkauszehrung oder vornen die Wassersucht, unten das Podagra oder oben eine respektable Gehirnentzündung zu hoffen sei, wodurch am natürlichsten jeder Zwang beseitigt würde, und nebenbei weiß man sich gut auszudrücken über elterliche Beschränktheit, Standesvorurteile oder des Alters stupiden Geiz, der meine, man lebe vom Gelde alleine. Und wenn man einen Stock in der Hand hat, so können die Vorbeigehenden zu ihren Beinen Sorge tragen, sind aber Disteln bei der Hand, so werden die richtig geköpft, und jedem fliegenden Kopf wird nachgerufen: »Gäll du Ketzer, jetz heschs«, wobei die, welche es allfällig hören, im Zweifel bleiben, ob unter dem Ketzer der Vater oder die Mutter zu verstehen sei oder einfach bloß der Distelkopf.

Auf Resli paßt, wie man sieht, keiner dieser Fälle, darum ward ihm auch ganz apart. In seiner Macht wäre es gestanden, den Korb abzuwenden; das Mädchen liebte ihn, den Eltern konnte er gewähren, was sie wollten, und jetzt war er von Beiden verstoßen, von den Alten verhöhnt, und das Mädchen hatte ihm kein gutes Wort gegeben, im Zorn den Rücken ihm gewandt. Und doch war er im Recht, bei ihnen aber Unverstand, am dem scheiterte sein Lebensglück. Nun ist nichts, was man weniger begreift, als Unverstand, nichts erbittert daher mehr als dieser, und den von Einzelnen erlittenen schreibt man zumeist der ganzen Welt und Gott auf Rechnung; daher zumeist junge Menschenfreunde (Philanthropen) alte Menschenhasser werden, denen die ganze junge Begeisterung in einen alten zähen Gallensatz sich niedergeschlagen hat.

So ging es auch Resli. Die ganze Welt schien ihm ein Saunest, dem er im Galopp hätte entrinnen mögen, je eher je lieber, und dem lieben Gott warf er Blicke zu nicht für Gspaß, daß er solchen Unverstand habe zur Möglichkeit werden lassen. Er hatte die größte Mühe, seine Rosse nicht abzuflachsen so recht vaterländisch, aber es dünkte ihn, wenn nur so ein rechter Bauerndrüssel auf einem Wägeli oder mit einem Zug ihm begegnen würde oder gar ein lästerlicher, rot gefütterter Kommis mit einem erzwängten Schnauz, die wollte er mit einem Riß zusammenwettern, daß nicht eine Handgroß ganz an ihnen bliebe; aber glücklicherweise begegnete ihm niemand als ein Hund, der herlief, die Pferde anzubellen, wie es eben Tiere gibt, sogar Menschen, welche alles anbellen müssen, was in ihren Gesichtskreis kommt. Dieser kriegte einen so tüchtigen Geiselhieb, daß er das Bellen einstweilen vergaß und heulend nach Hause lief und eine Zeitlang nicht gewußt haben soll, ob das Bellen ganz verboten sei oder nur zu Zeiten.

Allmählig setzte sich das Fieber, und das allgemeine Gefühl wandelte sich in ein besonderes Denken, gleichsam in ein Wiederkauen des Vergangenen, in ein neues Überschlagen, ob er recht oder unrecht gehabt. Wenn er an den Bauer dachte, so juckte es ihn immer neu im Arm, und wehe dem Pferde, das in diesem Augenblick die geringste Untugend erzeigte, es kriegte richtig eins aus dem Salz; denn es war Resli in solchen Augenblicken nie, daß er ein Pferd schlage, es kam ihm immer vor, der Bauer kriege die Hiebe, und da wars ihm, je härter sie wären, desto wöhler täten die dem Ketzer. Dann glitschten seine Gedanken, er wußte nicht wie, aufs Meitschi, und dort blieben sie, aber uneinig unter einander. Anfangs zürnte er auch ihm bitterlich, dann tauchte in ihm ein Fürsprech auf, der stellte sich an des Meitschis Platz, behauptete dessen Rechte, zeigte ihm, wie sein Nachgeben nur ein formelles gewesen, in re er recht behalten, wie es da nur um eine Wendung sich gehandelt, nur auf ein Stücklein Zutrauen angekommen wäre, und wenn dies zwei Liebende nicht mehr zu einander hätten, wer es dann noch haben sollte! Wie, wenn er wirklich das Mädchen lieb gehabt und Erbarmen mit dessen Lage, er ja wohl hätte nachgeben müssen, was in diesem Punkte ganz alleine an ihm gestanden, wozu noch die Mutter selbst ihn gemahnt, ja ihn gewarnt hatte, die Sache auf die Spitze zu treiben, da es gar nicht am Mädchen gestanden, ob es nachgeben wolle oder nicht, sondern rein in der Gewalt des brutalen Vaters, der einen Pfifferling nach Recht und Billigkeit fragte. So wars ja nichts als Eigensinn von ihm, daß er darauf bestund, den Hof jetzt noch nicht zu wollen, und also am eigenen Eigensinn, nicht am Unverstand Anderer scheiterte sein Lebensglück.

Wenn nicht ein dichter Haselhag zu beiden Seiten den engen Weg begrenzt hätte, wer weiß, ob er nicht rasch umgelenkt und in sausendem Galopp dem Dorngrüt zugefahren, seinen Eigensinn abgebeten hätte!

Aber diesem Fürsprecher gegenüber stund von Anbeginn, anfangs in nebelhafter Ferne, in unbestimmten Umrissen, ein schaurig Bild; das Bild kam näher und näher, bestimmter wurden seine Züge, es war das Bild des zitternden, zornigen Mädchens in seiner krampfhaften Aufregung, wie es so blaß dastand, wie so zornig dessen Augen leuchteten, so blaß seine Lippen bebten, so wild es ihn zurückstieß, so haltlos aufs Bett es sich warf, so maßlos weinte und winselte. So hatte er noch keinen Menschen gesehen, die Mutter nicht, Annelisi nicht, keine Jumpfere. Etwa höhn waren alle gewesen, hatten rascher geredet oder streng geseufzt, auch geweint und waren in einen Ecken gestanden und hatten das Gesicht nicht gerne sehen lassen, aber so außer sich und so ohne Antwort auf ein freundliches Wort, unversöhnlich und rücksichtslos, war nie eine ihm vorgekommen. Es kam ihm in Sinn, was sein Bruder ihm gesagt von ertaubeten Meitschene auf die neue Mode; auf und ähnlich hatte Anne Mareili getan. War er nicht glücklich, daß er das zu rechter Zeit noch gesehen, daß er dieses Weh in seiner ganzen Wüste erfahren; denn wie unglücklich hätte er werden können wenn er es erheiratet, und welche Schande erleben müssen wenn er eine Frau heimgebracht, welche etwas an sich hatte das man bei ihnen nicht kannte, das gerade aussah, als wäre sie vors Hüsli use, und von dem er nicht wußte, wie oft es sie ankam und ob vor den Leuten oder nur privatim vor den Eltern und dem Manne. Vom fallenden Weh hatte er schon viel gehört, und immer hatte es ihm darob gegruset, aber dieses Weh schien ihm noch viel ärger. Es hatte das Mädchen verzerrt, daß er es gar nicht wieder erkannte; es war ein durchaus Anderes geworden, eines, das er lieber nicht mit einem Stecklein anrührte, geschweige dann lieben mochte und gar noch zur Frau es haben. So stellte die letzte Erinnerung dem armen hin- und hergeworfenen Resli das Mädchen immer greller dar, daß er sich fast seiner Liebe zu schämen, sich zu freuen begann über das letzte Ereignis.

Die letzte Erinnerung, der letzte Blick, das letzte Wort setzt so gerne sich fest dem Abgehenden, alles Außergewöhnliche so leicht jedem, der es sieht, daß eine große Bedeutsamkeit in der letzten Gebärde liegt, daß überhaupt eine große Bedeutsamkeit darin liegt, wie jemand Gebärden macht, die bei andern Menschen Eindruck hinterlassen, und ganz besonders bei einem Mädchen sind diese Gebärden von Bedeutsamkeit. Kokettisieren, die Schöne und Liebliche machen soll kein Mädchen, aber so viel Herr über sich selbst sein sollte jedes, daß es sich nie selbst unschön, wüst macht, unschön, wüst werden läßt. Es gibt einen hohen, schönen Zorn, der die Jungfrau zur Göttin macht, der aber ist selten, jeder andere verzerrt das Mädchen, und der gröbste Benz, der gar nicht weiß, was schön oder unschön ist, sagt: »Nei aber, das cha afe wüest tue, so eins begehr ih nadisch nit!« Es ist freilich viel gefordert von einem Mädchen, daß es immer seiner Herr bleibe, sich nicht fortreißen lasse, kanns doch mancher Mann nicht!

Nun ists sicher ebenso unrecht und noch unendlich unrechter, wenn ein Mann sich hinreißen läßt, als wenn es ein Mädchen tut, und schaden tut es ihm, und öppe viel hält ihm niemand darauf, aber so unschön, so widerlich macht es ihn doch nicht, wie es das Mädchen, wie es die Frau macht. Das ist halt Sache des Gefühls, und weil es das Gefühl ist, welches uns von wegen der Schönheit und dem freundlichen Maße in allem zum Weibe zieht, so kann man halt nichts dafür, wenn dieses Gefühl durch widerliche Ausbrüche verletzt wird, halt lieber im Heidenland wäre oder gar bei den Heiducken als so einem kannibalischen Weibsgesicht gegenüber.

Wie es nun Zufälle geben, Umstände sich häufen können, wo ein Mann in einen Zorn gebracht wird, der ihn zum Mörder macht, des Mörders Strafe er auch ausstehen muß, während man ihn allgemein bedauert und Barmherzigkeit bei Gott für ihn hofft, so kann Weh, Leid und Zorn ein Mädchen in einen Zustand versetzen, durch welchen es seinen Liebhaber absprengt. Es war ihm nicht möglich, anders zu sein, es war ihm auch nicht zuzumuten; aber die Wirkung, der Eindruck sind einmal da, sind geborne Dinge, ein fait accompli, welches selbst die Tagsatzung anerkennt; wer wischt sie nun aus, wer macht sie ungeschehen, übertüncht das Bild wieder, das vor den Augen des Liebhabers schwebend bleibt? Wer bricht die Folgerungen ab, die aus dem Bilde entspringen, denn das ist gleich, wie wenn ein Mädchen einen bösen

Beinbruch tut. Heilen werde es wohl, ansehen werde man ihm einstweilen nicht viel, aber sellige Ding gäbten halt böse Alter, so redet man.

Bei allem, was auf Anne Mareili lastete, bei dem innigen Wunsche, aus ihrem Hause in Reslis Haus zu kommen, bei dem Glauben, niemand könne ihm dazu helfen als Resli, bei dem Glauben, der Liebhaber müsse, wenn er treu liebe, alles hintansetzen und zum Opfer bringen, bei dem Glauben an den eigenen guten Willen, der das Opfer nur scheinbar machen, alle Folgen und Schwere ihm nehmen würde, bei allem dem, wem wäre nicht so geworden wie dem armen Meitschi, wer hätte nicht Augen gemacht und hintendrein noch was ganz anderes als geweint und geschluchzt? Aber was die Augen sehen, das haben sie halt gesehen, und woher es gekommen, daran denken Viele nicht; bei Andern kommen wohl Gedanken daran, aber die Gedanken kommen meist lang hintendrein, werden leicht verweht, wenigstens immer von neuen Zweifeln angeweht.

Bei Resli war es umgekehrt gegangen, die Gedanken waren vor dem Bilde da, von wegen, der gute Boden in seiner Seele war ziemlich tief und trug lieber das Gute als das Böse, und die Liebe ging als Samen über ihn hin. Das Bild trat Reslis Gedanken gegenüber und kämpfte mit ihnen. Das Bild war die böse Fee, welche in seinen Liebesgarten schlich und seine Geliebte verzaubern wollte in ein scheußlich Drachenbild, zum Werwolf mit feurigen Augen, zur wütenden Hyäne mit den grimmigen Zähnen, das Haar bolzgradauf vor Zorn und Wut. Aber als ein treuer Ritter kämpfte er redlich gegen die böse Fee, und wie sie auch immer neu ansetzte und mit List und Kunst in immer neuen Gestalten daherfuhr, stund er als wie mit breitem Schwerte vor der Geliebten und wehrte dem bösen Zauber. Wie der Kampf ein innerlicher ward, verschwand die äußere Aufregung, ernst saß er im Sattel, ruhig lenkte er die Rosse, und wer freundlich den stattlichen Fuhrmann grüßte, erhielt freundlichen Dank.

Das Mitleid mit dem Mädchen gewann die Oberhand, er bedauerte es von Herzensgrund, die Roheit des Alten verwand er; so ein Mensch habe keinen Verstand, dachte er, und wie man mit einem rechten Menschen umgehe, das wisse er nicht. Es freute ihn, daß er keinen besondern Ärger erzeigt, sondern fest geblieben war bis hundert Schritte vom Hause weg, und mehr war ihm doch auch nicht zuzumuten. Aber eins stund ihm fest, daß die Sache aus und ab sei; es war ihm, als tue sich ein unendlicher Abgrund auf zwischen dem Dorngrüt und ihm, als seien die vergangenen

Tage eine versunkene Welt, die er nur noch im Traume betrachten könne, die mit seinem zukünftigen Leben nicht zusammenhingen. Daß es so war, tat ihm weh, denn wen schmerzt das Herz nicht, wenn was Liebes zu Grabe geht, wer trauerte nicht in tiefster Seele, wenn die Sonne ihm aufgegangen wäre, und sie versänke, Nacht wäre es wieder und keine Hoffnung da, daß die Sonne wieder käme? Und wenn an einem solchen Grabe ein Mann steht, so träufelt wohl Träne um Träne nieder, aber ins Grab stürzt er sich nicht nach, eine starke Hand hält ihn oben: es ist der Glaube, daß nichts aus Zufall kömmt, sondern alles aus der väterlichen Hand dessen, der die Sterne ihre Bahnen führt und die Haare auf unserm Haupte hütet. Die Brust zerschlägt er sich nicht, die Haare zerrauft er sich nicht, klagt als Mörder, als Ursache des Todes sich nicht an. Wenn sein Tun ein überdachtes war und seine Versuche nach dem Maße seiner Kräfte, dann sind Selbstanklagen nichts als Zeugen eines unklaren Verstandes, eines kindischen Gemütes, welches dem einmal Verhängten sich nicht fügen will, welches nie dahin gelangt, Recht und Unrecht nicht nach dem Erfolge zu messen, sondern als Dinge, die für sich bestehen. So ward es Resli auch mehr und mehr; je ruhiger er wurde, je bestimmter er seinen Verlust erkannte und fühlte, um so weniger plagten ihn Zweifel über sein Tun.

Er hatte nicht anders handeln können, er hatte sich nicht nur so ausgesprochen, sondern es war auch das Rechte, was er gesagt, und dieses Rechte beugt sich nicht nach den Umständen, es ist nicht ein Bohnenstecken, den man abbrechen kann, wenn er zu lang ist, auch nicht eine Summe Geldes, an der man märten kann, wo es endlich für den, der es hat und dem an einem Handel etwas gelegen ist, auf ein Stück mehr oder weniger nicht ankömmt, wenn nur der Handel richtig wird. In diesem Rechttun ohne Märten und ohne Beugen liegt ein unendlicher Trost, es fordert aber auch eine große Kraft, es ist das Ausharren und Getreusein bis ans Ende, es ist das Aufgeben des Wahnes, daß man mit Ducken und Klügeln, auf selbstgewählten Wegen wie auf ebener Bahn an ein seliges Ziel gelangen könne, es ist das Aufgeben des Wahnes, daß man weiser als Gott sei und seines eigenen Glückes Schmied in des Wortes falscher Bedeutung. Wohl wird es sehr oft schwer der menschlichen Klugheit und der menschlichen Schwäche, weil wir in unserer Kurzsichtigkeit für uns und Andere das Ärgste bei dem strengen Festhalten des Rechts fürchten, und so oft ist doch eben in diesem Rechttun ohne Märten und ohne Beugen unsere und Anderer Rettung, wo wir in unserer Kurzsichtigkeit das Gegenteil gefürchtet. Wenn wir aber märten und uns beugen, so kommt es sehr oft ganz anders, als wir gemeint, und das Märten und das Beugen wird uns zum Mühlstein, den wir uns selbst an den Hals gebunden, und dann, wenn wir ob Märten und Beugen versinken, wo das Meer am tiefsten ist, was haben wir für einen Trost? Ihr Rechtsgelehrten, welche ihr den Zeitgeist anbetet, der eben nichts ist als ein solches Beugen vor dem eigenen Aberwitz, als ein Märten mit dem Teufel, sagt mir: mit dem Mühlstein um den Hals, was wächst uns für ein Trost empor aus dem Meere, wo es am tiefsten ist? Da sind keine Äste, wo man wie ein Eichhörnchen von einem Aste auf den andern springen kann, wenn der eine oder der andere vom Winde zu stark geschaukelt wird; da ist dann nichts mehr als unter uns das tiefe Meer und am Halse der Mühlstein.

Dieser Trost kam allmählig immer mehr über Resli, er hatte aufrichtig und ehrlich recht getan, und nun in Gottes Namen! Das kann aber der nie sagen, der gemeint, geglaubt, gedacht, gehofft, sich geduckt, gemärtet hatte und nun getäuscht wird, der Erfolg ein ganz anderer ist, als er gemeint, gedacht; dem gehen die Worte »In Gottes Namen« nicht aus dem Munde, sie bleiben hängen auf der Zunge wie Fliegen im Karrensalb.

Langsam und spät kam er nach Hause, und alle warteten seiner guter Dinge, hielten dieses Spätsein für gute Vorbedeutung, ja Annelisi redete schon von zu Bette gehen, denn er komme doch nicht heim, es wolle ihnen das für gewiß sagen und einen Meyenstock oder eine Halbe darauf wetten, mit wem da wolle. »Es gult«, sagte Christeli, »wennd auch zahltest, wasd vrlörest, aber du hast ja nie kes Geld. Resli kömmt so gewiß heim, als Heu nicht Stroh ist. Es ist möglich, daß der Bauer da unten im Grüt hie und da öppe e Mönsch zGast het, öppe viel nit; ih bi o dert gsy, un öppe viel het me mr nit anerbote, aber vier Roß hat der nicht über Nacht. Ds selbist han ih ume eis by mr gha, u selb het niemere bigehrt in e Stall z'tue, ume öppe für e Stung oder e halbi.«

Bald darauf hörten sie durch die nächtliche Stille Rädergerassel. »Das ist ihn«, hieß es. »Nein, es ist ihn nicht, man hörte ihn klepfen, er würde strenger fahren«, ward entgegnet, und während dem Werweisen noch lenkte er still und ohne Peitschenknall durchs Türli. »Es het gfehlt«, sagte die Mutter.

Trübe und stille ward es in Liebiwyl, aber eine Innigkeit, eine stille Freundlichkeit verband die einzelnen Glieder der Familie wie noch nie. Wer hat es nicht schon erfahren, wie still und öde es in einem Hause wird, aus dem ein geliebtes Wesen zu Grabe getragen worden, wie leer und trüb den Zurückkehrenden vom traurigen Begleit das Leben scheint, allenthalben ihnen etwas fehlet, während sie um so inniger an einander sich schließen, in liebevoller Sorge um das Glied sich reihen, welches durch den Verlust am härtesten getroffen worden, die verlorne Liebe ihm zu ersetzen suchen. Wie überhaupt in allen Herzen die Liebe klarer und leuchtender aufbrennt, wie ja auch die Sonne nie heller scheinet als nach gewaltigen Gewittern. Das ist der Segen der wahren Liebe, daß in der Liebe selbst der Balsam liegt für die Wunden der Liebe.

So lebten sie in stiller Freundlichkeit zu Liebiwyl, und jedes redete sanfter mit Resli, und jedes suchte es ihm zu zeigen, wie lieb es ihn hätte und alles für ihn tun möchte. Über die Sache selbst ward wenig oder nichts mehr geredet. Resli hatte natürlich erzählt, wie es ihm ergangen war, und die ganze Familie es tief empfunden, wie Resli behandelt worden; die Jungen hatten sich hauptsächlich über Anne Mareili geärgert und Annelisi gesagt, so könnte es es doch Keinem machen, zu dem es nur einen Funken Liebe hätte. Die Alten aber schmerzte der Übermut des Vaters am meisten gegen eine Familie, deren er sich doch nicht zu schämen hätte; am Meitschi dünke es sie nichts anders, es King syg emel geng ume es King, wüß doch mänge Alte mängisch nit, was er tue. Die Mutter deutete darauf hin, daß sie so etwas gefürchtet und gerne sich unterzogen hätte, aber tadeln tat Resli niemand; die Sache war abgetan, und was nützt es, wenn hintendrein ein jedes sagt: So hätte ich es gemacht, und so hättest du es auch machen sollen? Hintendrein ist gut reden, sagt das Sprüchwort, und die Erfahrung bestätigt es auch. Während vor der Tat guter Rat teuer ist, hat nach der Tat jedes Babi Steinkrätten voll und trägt sie einem nach dringt sie einem auf und zwar gratis. Es ist nichts ärgerlicher als dieses Ausbündeln von Weisheit, wo sie nichts mehr abträgt; mit dem verschone man Resli.

Am meisten drückte es Änneli, daß die Hoffnung, eine Sohnsfrau zu erhalten, in ungewisse Ferne gerückt war; es hätte so gerne die noch gesehen, die nach ihm schalten und walten sollte in diesem Hause. Aber zu etwas Neuem drängen, das mochte es den Sohn nicht; ein solches Drängen zur Unzeit vergrößert nur den Widerstand, ist eine von den bittern Früchten der Liebe, die einem Menschen als Glück etwas aufdringen will, zu welchem derselbe weder Lust noch Liebe hat. Resli war darum auch so gerne bei der Mutter, die ihm von alten Zeiten brichtete, ihn bekannt machte mit vergangenen Sitten und den Vorgängen in der Familie, so weit hintern sie selbst etwas wußte. Wo das Ringen mit der

Gegenwart den Menschen nicht mehr allein faßt, sein Herz sich losgemacht hat von den Dornen und Disteln des gemeinen Lebens, da denkt er an die Vergangenheit, kümmert sich um die Zukunft, sorget für das Los seiner Kinder, forschet nach denen, die ihn auf die Welt gestellt, ihm ein Dasein verschafft. Über der Menschheit tiefsten Niederungen, wo der Mensch beginnt, Vergangenheit und Zukunft in Beziehung auf sich und die Seinen ins Auge zu fassen, entsteht die Familie.

Der Familie Schatzkästlein soll aber nicht sein das Verzeichnis der bloßen Namen der gestorbenen Familienglieder, soll nicht bloß enthalten die Sparpfennige der haushälterischen Ahnen, sondern dieses Schatzkästlein soll enthalten Sitten und Erlebnisse der Väter, zu Warnung und Weisheit der Kinder. An dieser Familiengeschichte sollen Kinder aufwachsen wie am Spalier der edle Fruchtbaum. Der Väter Sinn und Art, welche sie über das Gestrüpp erhoben, wird auf die Kinder übergehen. Dieses wird vergessen; Namen oder Geld, am liebsten Namen und Geld, meint man, machen die Sache, das sind aber beides tote Dinge und erhalten sich nicht, ohne Seele sind sie ein Leib, der verfault, weil eben die Seele gewichen. Freilich schämt man sich zuweilen der Familiengeschichte, darf den Kindern sie nicht erzählen; Torheit! Wie treu und schön erzählt nicht das Alte Testament den Kindern Israels das Tun der Väter Israels, beides, zum Vorbilde und zur Warnung!

In sich trug Resli ein Leben, welches er der Mutter Auge, so innig er sie liebte, nicht erschloß; es war das Leben seiner Liebe, seine versunkene Liebeszeit. Eine solche versunkene Liebeszeit gleicht den Sagen von versunkenen goldenen Zeiten und Ländern, mit dem Unterschiede jedoch, daß die Sagen der Völker sich immer grauer färben, im Herzen der Liebenden die versunkene Zeit immer goldener wird, wie auch oft das Abendrot immer dunkler erglüht, je tiefer die Sonne geht, je weiter es vom Westen steht. In sich trug er, je heller das Abendrot erglühte, um so fester den Entschluß, keinen Versuch zu machen, das versunkene Liebesland heraufzuzaubern aus des Meeres Grund. Aber eben deswegen verbarg er es in den Tiefen seiner Seele und verhüllte es mit finstrem Schweigen; er wußte der Menschen Art, die so gerne heraufbringen möchten das Versunkene, die so gerne denen, welche sie lieben, wieder geben möchten das Verlorne und oft mehr verlieren im Suchen, als sie wiederfinden, wenn sie das Verlorne finden. Er kannte seiner Mutter Milde, ihre Liebe, die, wenn sie erkennen würde sein inneres Leben, ihr eigen Leben opfern würde, um wieder anzuknüpfen das zerrissene Band, um ihm wieder zu gewinnen, was er als verloren so hoch im Herzen trug. Es war seine heilige Überzeugung, daß es also gut sei; diese Überzeugung stand ihm wie ein Fels in der Brandung, vom schönen Abendrot gerötet, von der Liebe Weh umbrandet. Er vermied alles Reden davon, alles Fragen darnach; er fühlte, wie leicht ein Wort zum Zauberwort wird, das Schranken sprengt, Felsen zerstäubt, wie leicht es zum Taucher wird, der Versunkenes zutage bringt, zur bewegenden Gewalt, die den Willen der Menschen dahinrollt nach ihrem Belieben. Aber wenn er alleine war, so durchlebte er immer wieder das erlebte Liebesleben, und allemal erglühte es in neuen Farben, und süßer schien sein Mädchen und süßer die Liebe, die sie verbunden.

Darum war er auch so gerne alleine, und so oft stand er auf des Nachts, legte sich unters Gadenfenster und versank in süßes Träumen. Wenn seine Augen den Wagen am Himmel sahen, wie er so ehrenfest und sonder Wanken durch den Himmel fährt, himmlische Geister führt, ohne Halt, ohne Umleeren, so dachte er des dunkeln Hauses im Dorngrüt, über das der Wagen lautlos dahinfuhr in hehrer Majestät, dachte an sein Mädchen unterm grünen Dache und wie es ihm ums Herz und ob auch er darin noch lebendig sei und das vergangene Leben zuweilen erblühe in wehmütigem Glanze? Die Antwort hätte er für sein Leben gerne vernommen. Oh, wenn es so wäre, wie gerne wäre er nicht mit seiner Seele aus seinem Leibe gezogen; er hätte Haus und Hof verlassen und sich im Bilde angesiedelt, welches das Mädchen im Herzen trug, hätte da im dunkeln Grunde seine Wohnung aufgeschlagen und ein süßes Leben geführt mit des Mädchens Gedanken in freundlichem Kosen, wäre verschwunden gewesen für die Welt und hätte die Welt nicht gemißt, denn auf Erden schon hätte er im Himmel gelebt in des Mädchens Liebe, in dessen liebender Seele. Oh, wie es da ein Leben sein müßte voll holder Wonne, die kein menschlicher Blick befleckt, kein Wort sie auszudrücken vermöchte! Des Morgens zu lauschen, wie das Mädchen seine Augen aufschlägt, wie die ersten Strahlen der Sonne in seinem Auge flimmern; der Erste zu sein, den dessen Liebe begrüßt, den es wecket im Herzen, mit dem es tändelt und spricht, für den es betet zu Gott und ihn vertrittet vor den Menschen; den ganzen Tag mit ihm gehen zu können Schritt und Tritt, in jedem einsamen Orte sich rufen zu hören, küssen zu fühlen, ja mitten im Gedränge, selbst mitten unter höfelnden Menschen vom treuen Mädchen mit Innigkeit umfaßt zu sein, sein Alles zu sein, in seinem innersten Heiligtum zu sein und zu sehen und zu hören, wie dessen Augen blind, dessen Ohren taub werden, wie dessen Sinnen und

Sehen sich nach innen zieht, auf das Bild im Herzen sich richtet, in ihm aufgeht: wer möchte das Bild nicht sein im Herzen seines treuen Mädchens? Und wenn der Abend kömmt, des Mädchens Sehnen wächst, allein zu sein mit seinem lieben Bilde, wenn es dasselbe endlich ungestört tausendmal herzt und küßt, dann seine Augen schließt, vertrauensvoll sein Herz dessen Hut überläßt, um nun zaubern zu können liebliche Träume in des Mädchens weichen Schlaf: welch ein Reich voll Wonne öffnet da nicht seine Tore! Oh, wer möchte nicht so wohnen als liebes Bild in des lieben Mädchens reinem Herzen, mochte da nicht sein Lebenlang warten, bis der Vater aus diesem Himmel in den seinen uns nimmt!

Lebensjahre hätte Resli darum gegeben, wenn er dort oben in den großen Sternen, gleich als wie in einem Spiegel, es hätte sehen können, was da unten in seines Mädchens Herz sich rege, ob er auch noch in selbem sei und in welchem Glanze. Gar oft dachte er: Wenn wir einander nicht mehr sehen in dieser Welt und Beide sterben, sehen wir uns dann wohl wieder in einer andern Welt, erkennen wir uns wohl und ist da auch noch etwas zwischen uns, oder können wir dort bei einander sein in ungetrübter Liebe?

So sinnete, so träumte er, und mancher abenteuerliche Plan ging an ihm vorüber, wie er erfahren könne, was im Dorngrüt gehe und wie dort die Sachen stünden. Er konnte dort als Bettler erscheinen oder als Kiltbub bei den Mägden, konnte bei der Wirtin in eigener Gestalt sich einschleichen und vernehmen oder Bericht machen lassen, er konnte als stilles Unghür das Haus umkreisen und bewachen jeden Eingang und Ausgang.

Dieses und eine Menge anderes bedachte er und tat nichts, nicht aus Unschlüssigkeit und weil er werweisete zwischen diesem und jenem, sondern weil er eben nichts tun wollte und seine Überzeugung feststund, daß es so bleiben müsse. Hundertmal juckte es ihn, mit seiner Mutter zu reden über seine Gedanken, aber weil er wußte, wie sie sich verbünden würde mit seiner Sehnsucht, hielt er das Wort gefesselt an ehernen Banden.

Dieses stille Liebesleben ward nachgerade doch Annelisi langweilig, und es erwachte in ihm die Sehnsucht nach etwas Lustigerem, Lebendigerem. Und es ist seltsam, wie es Buben und Wespen fast gleich haben. Solange eine Birne hart und bitter ist, da fliegen die Wespen wohl darum, aber rasch vorbei, sobald sie aber nur gäb wie zu mürben beginnt, so ists, als wenns die Tilders Wespen von weitem schmöckten; sie kommen scharenweise daher und stechen an und geben nicht lugg, bis die ganze Birne kaput ist. So machens die Wespen nämlich. Nicht ganz gleich die Buben; die merken also auch fast auf hundert Stunden, wenn Birnen mürben, aber jeder möchte die ganze Birne für sich und frißt nicht gerne in Gemeinschaft mit Andern sie an. Und wenn das Mädchen nicht gleich gekapert wird, so ist oft nur das große Gedränge schuld und weil das Mädchen nicht ins Klare kömmt, wer ihns am angenehmsten und zärtlichsten fressen würde.

So ging es auch um Annelisi wie wild. Ja sogar einige Fürsprecher ließen sich herbei, gleichsam wie große Raubvögel (denn je größer das Aas, desto großer die Vögel sind, welche es herbeilockt), und breiteten rotverbrämte Mäntel stattlich aus und schlenggeten die Haare oder strichen den Schnauz und redeten zärtlich nach neuer Mode, welche freilich zuweilen ans Kannibalische streift. Sie machten aber keinen Eindruck, strichen umsonst Schnäuze und ließen Mäntel flattern und wedelten mit den Haaren, eine neue Art ungebundener Zöpfe, nur daß man sie jetzt vornen trägt statt wie ehedem hinten.

Ein junger Bauer, mit dem Annelisi aufgewachsen war, über den es von seinem ersten Schuljahr an bis zum letzten geschimpft, sich mit ihm gezankt, gekratzt, gestriegelt, über den es von dort an beständig zu lachen und zu spotten hatte, der schlich sich auch unter die Wespen, welche um die Birne flatterten. Annelisi spottete nur ärger und richtete alle Pfeile des Witzes und der Bosheit auf ihn, daß ihm die Mutter oft abwehrte und ihns bat, es solle doch schweigen und denken, es könne sich versündigen. Dann bat es wohl ab, aber handkehrum fiel es in den gleichen Fehler, nur noch ärger.

Da kam derselbe eines Sonntags, als Christen alleine hütete, zum Haus, setzte sich zu Christen und bat ihn um seine Tochter. Der horchte natürlich gewaltig auf und sagte: »Hans Uli, du kömmst mir ungsinnet, an dich habe ich afe nicht gedacht. Meinetwegen hätte ich nichts darwider, aber bigryfst, ehe ich etwas sagen kann, muß ich doch mit meinen Leuten reden, und was ds Meitschi seyt, weiß ich nicht.« – »Was selb ist«, sagte Hans Uli, »wir wären neue richtig.« – »Das wär arig«, sagte Christen, »es wird öppe nit sy.« – »Wohl wäger ists«, sagte Hans Uli, »es het mrs emel verheiße, u sövli e Schalk wirds öppe nit sy.« – »Öppe selb nit«, sagte Christen, »mit sellige Dinge ist nit z'gspasse. Aber wunder nimmts mich doch, daß es so ist, und wenn du es nicht selbst sagtest, so glaubte ich es nicht.« – »He«, sagte Hans Uli, »es ginge mir selbst so, wenn es mir jemand anders sagte. Nit, gfalle hets mr geng u wär mr lieb gsi. Aber es het immer nur ds Gspött mit mir triebe un z'zanke gha, nüt hätt ih dra dörfe sinne, ds

Gunträri, ih ha mängist denkt, wenn das einist heirate, so müsse dem ghornet, gklepft, ta sy, daß es e grüsligi Sach syg. Da bin ich letzthin im Neuenbad zHerrlige und stande e so u luege u ha nit gwüßt, will ih oder will ih nit oder wos mr fehlt, da klopft mr neuer uf dAchsle u seit: Hest aber ds Öl vrschüttet, du arms Tröpfli? Aber weißt ih wüßt dr öppis. Wennd drei mit mr hest und de e Plätz wyt mit mr heychunst, so zahl ich dir e Halbi, u wes sy mueß, no für e Krüzer Käs u für e halbe Brot, aber meh nit. Und ih ha ds Mul längs Stück off vrgesse u nit gwüßt, was das bidüte söll, vo wege, es ist Eues Annelisi gsi, wo mih süst ume usglachet ha un ds Gspött mit mr triebe, u ha gmeint, es well jetz o. U won ih nüt säge, seyt es du: Los Hans Uli, kannst mir es Gfalle tue, es sy da zweu Raubtier hinger mr, grüslig Burste, ih weiß nit, sys Ratsherresühn oder sust Unghür, eys git sih für e Dokter us u ds angere für e Mediziner; weiß nit, was das ist, aber eine ist zottleter as dr Anger, u wüester u uflätiger tuet üse Melcher nit un ist doch e Länder. Vor dene förchte ih mih, und ih bigehre dSchang nit, daß mih dLüt by ne bim Wy gseh oder mit ne tanze. Ih ha ds Zuetraue zu dr, du layist mich öppe nit im Stich. Ih ha nit gwüßt, wos so mit mr gredt het, stange ih uf em Kopf oder uf de Füeße, aber es ist emel du mit mr zfriede gsi, un eys het ds anger gä, un ih ha müesse gseh, daß ih ihm nit sövli zwider bi, as ih geng glaubt ha. Aber hundert Ränk ha es doch gha, bis es mir endlich nachegseit un erlaubt ha, daß ihs abfordere dörf. Aber dabei hat es nicht sein wollen, wie es öppe anständig gewesen und ich es auch gemeint. Gehen könne ich seinethalb, aber vor Mitternacht sehe es dann niemand daheim, hat es gesagt.«

»Es ist immer das Gleiche«, sagte Christen, »nit es Bös, selb nit, es ist mr lieb, und wenn es sih öppe gsetzt het, su gits no e rechti Husfrau. Aber jetz hets dr Kopf no voll Fuge und es meint, wenn me nit dr Narr tryb all Tag, su syg das nit glebt. Aber das wird ihm auch vergehen, noch wie mancher Andern, ohne Wallisbad. We dus wage witt mit ihm, su ist mr dSach recht, aber bsinn dih recht, es ist es Ketzers Meitschi.« – »He ja«, sagte Hans Uli, »ih has erfahre« – da war es Christen, der dem Tenn zunächst saß, er höre awas hinter dem verschlossenen Tore. Es könnte etwa eine ihrer Jungfrauen sein, dachte er, die müßten doch ihre Nasen in allen Ecken haben, stand auf, rascher als gewöhnlich, tat ds Töri auf; da dünkte es ihn, einige Burden Roggenstroh, welche in der Ecke aufgeschichtet waren, bewegten sich, er deckte ab, und siehe da, hinter denselben saß sein Töchterlein und horchte aufs Scheltwort.

Christen mußte herzhaft lachen, und das Meitschi war nicht einmal verlegen. Es hätte es wunder genommen, wie so ein Bürschli einem Vater einen Heiratsantrag mache und was man nebenbei von ihm sage, es werde da wohl etwas zum Vorschein kommen, das es sonst nicht zu hören bekäme, und akkurat so sei es gegangen, sagte es. »Du«, wandte es sich zu Hans Uli, »du hättest dann nichts zu sagen brauchen, daß ich dich geheißen, mit mir zu kommen, und gäb ich dich wolle, ist auch noch die Frage; es kommt darauf an, was der Vater sagt, bestimmt verheißen habe ich dir nichts.« Verlegen stund der arme Hans Uli da, bis Christen sagte, es hätte gehört, was er gesagt, und Gspaß treibe man mit solchen Dingen nicht. Aber er hülfe es noch nicht vor die Leute lassen und einstweilen davon schweigen. Es sei nächstens heilig, da könne man ohnehin nicht verkündigen lassen, und dann sei es ihm auch wegen Resli, dem würde sein Unglück neu aufrücken, wenn es schon jetzt eine Hochzeit geben sollte. Öppe der Mutter müsse man es sagen und zwar noch diesen Abend, es werde ihr ein Trost sein, von wegen, wenn man so leichtsinnige Meitscheni habe, so wüßte man nie, was man noch an ihnen erleben müsse. Hätten sie einmal gemannet, so könne der Mann zusehen und hüten.

Da ward Annelisi halb böse und meinte: »So, Vater, wenn ich euch so viel Kummer gemacht habe, so ist es Zeit, daß ich gehe, aber ich habe doch gemeint, ich führe mich auf, daß ihr öppe nicht viel z'förchte hättet.« – »Ich klage nicht über dich«, sagte Christen, »aber wie schwach ein Mensch ist, weiß er selbst gewöhnlich zuletzt, und wenn er mit Ehren durchkömmt, so hat man es unserm Herrgott z'danke, nicht ihm, ghörst!« Es war die sogenannte heilige Zeit im Herbst, die der Bettag schließt, welcher vor der Türe stand.

Heilige Zeit – als ob nicht jede Zeit und jeder Tag zu unserer Heiligung uns gegeben, Gott geweiht sein sollte! Aber der Mensch findet so gerne mit Gott sich ab, gibt ihm etwas, das Übrige will er apart haben und gebrauchen nach seinem Sinn. Einige Tage nimmt er sich etwas in acht, nennt dieses heilige Tage, glaubt damit Gott einstweilen abgefunden, geht getrost ans alte Leben wieder hin und treibt es mit um so größerer Lust, fast wie es Schlemmer treiben, die expreß einige Stunden fasten, um nachher mit um so größerem Appetit zu fressen. So wird alles verkehrt dem verkehrten Gemüte, und selbst die heilige Zeit wandelt sich für ein solches in einen Fluch um. Schön aber sind unsere vier heiligen Zeiten, unsere vier geistigen Jahreszeiten, wo jede die andere gebiert, jede aufs Gemüt der Menschen eigens wirkt und in beständigem Wechsel und Wiederkommen den Menschen vor geistigem Schlafe wahren soll. Wenn im Herbste die Ernte in den Scheuern liegt, junge Saaten einer neuen Ernte entgegengrünen, an den Bäumen die Blätter gelben und zwischen ihnen die hellen Früchte glänzen, dann soll der Mensch es sich bewußt werden, daß auch er ein Baum sei, von dem Früchte gefordert werden, daß die Menschheit sei der große Weltenacker und gerichtet werde nach den Früchten, die auf selbigem stehen. Es soll im Geiste der Mensch den Herrn sehen, wie er alle Tage am Baume vorübergeht und nach Früchten sucht, soll nun selbst seine Augen richten nach diesen Früchten, soll schauen nach dem, was der Herr sucht. Da wird ein Weh im Herzen geboren, ein göttliches Leid, denn wie wenig trägt der Mensch, die sogenannte Krone der Schöpfung, dem Baume gegenüber, und das Wenige ist wurmstichig und befleckt, wie krankhaft und spärlich steht die Saat auf dem großen Acker und wie üppig und reich das Unkraut, welches der Feind dazwischen gesäet! Da soll der Strom der Buße anschwellen in seinem Herzen, da soll das innige Verlangen geboren werden nach dem, der da kömmt, das Verlorne zu suchen, der den Himmel öffnet, daß die Engel Gottes niedersteigen mit reichen Geistesgaben, der den guten Samen bringt, uns das Mangelnde ergänzt mit seiner Fülle. Es ist ein Gedenkfest, daß wir noch in der Irre wandeln und verloren gingen in der Wüste, wenn Gott uns nicht einen Führer senden würde; es ist eine Mahnung, getrost zu bleiben in der Wüste, denn hinter ihr liege das verheißene Kanaan, und zu ihm gelange, wer dem Führer folge.

Dieser Tag hat noch immer seine hohe Bedeutung unter uns, feierlich wird es uns zumute, und je näher wir ihm kommen, desto demütiger werden wir, desto klarer stellt das Bewußtsein sich heraus, daß wir vor Gott des Ruhmes mangelten, daß all unsere Gerechtigkeit sei wie ein unflätig Kleid. Es gibt freilich Leute unter uns, welche sich dieses sich aufdringenden Bewußtseins mit aller Macht zu erwehren suchen. Es sind hier nicht die gemeint, welche theoretisch Christus und die Sünde abschaffen wollen, sich selbst zum Götzen machen möchten, welche, bei Lichte besehen, akkurat dem Kalbe gleichen, welches die Juden anbeteten, mit dem Unterschiede jedoch, daß diese Kälber dato noch nicht golden sind, aber um so unverschämter an die Welt die Forderung stellen, daß dieselbe sie vergolde und bis dahin wenigstens reichlich füttere und tränke, und das Letztere lieber mit Wein als mit Bier, und diesen ebenfalls je besser desto lieber. Das sind die, welche in ihrer stupenden Anmaßung singen können:

> Und vor der Menschheit schrei ich groß
> noch durch Jahrhunderte daher,

und die eben deswegen nichts sind als Zeugen der Wahrheit des Evangeliums, welches sie vernichten wollen, als Denksteine, daß wer sich selbst erhöht, erniedrigt werden werde, daß sie eben nicht länger dauern als das Kalb, das noch dazu golden war, das zu Pulver gestoßen ward und welches Pulver verschlucken mußten die, welche das Kalb angebetet hatten, welches ihnen sehr übel bekam, denn es machte ihnen Bauchweh und einer erwürgete den Andern. Akkurat wie es heute geht, wo, wer heute der Götze war, morgen zu Pulver zerstampft wird, und übermogen die, welche ihn zerstampft, sich gegenseitig erwürgen. Und jener arme Tropf, der die schmählichen Worte sang: »Und vor der Menschheit schrei ich groß noch durch Jahrhunderte daher«, um den bei Lebzeiten kaum tausend Menschen wußten von tausend Millionen, von dem nur einige Kameraden Lärm machten und ihn herumführten und zeigten, wenn er irgendwo durchkam – (Apropos, die Literaten haben den Schneidern etwas abgeguckt. Wenn nämlich so ein Schneider auszieht, so singen alle Schneider um ihn her, einer trägt ihm die Stiefel nach, ein anderer die Flasche, er selbst hat das Glas in der Hand, bedankt sich ringsum, indem er vortrinkt und hintendrein brüllt, was die andern vorgebrüllt. Wer so ein Schneiderlein hat ausziehen sehen und ihn nach zehn Jahren sitzen sieht, krummbeinig, erlahmt, an Leib und Seele ersiecht, der hat was gesehen, der hat gesehen, was jetzt die sogenannten Literaten auch machen, die ziehen gerade so aus und rum wie ehedem die Schneider. Obs ihnen wohl auch nach zehn und abermal zehn Jahren ergehen wird wie dem armen Schneiderlein, daß in zehn Jahren nicht Zehne mehr etwas von ihnen wissen werden, einige Bibliothekare in fürstlichen Bibliotheken ausgenommen?) – jener arme Mensch ist ein lebendiger Denkstein von diesem grenzenlosen Übermut, und jetzt wird er es in dem verschmähten Jenseits erfahren haben, was der Hochmut kann, was an der Selbstvergötterung ist und wie tief die Selbsterhöhung stürzt. Wer weiß, ob er nicht auch gebeten hat, zurückkehren zu dürfen, denn er habe Brüder und die seien wie er und wohl noch ärger! Ob er zurückgekehrt ist, wissen wir nicht, seine Brüder haben weder etwas davon gesagt noch ein Beispiel genommen; wir zweifeln aber, denn Einem recht, dem Andern billig, und was der reiche Mann vernommen, das wird wohl auch ein aufgeblähter Wissender vernehmen müssen.

Von denen, die ich hier beschrieben, kann ich in Beziehung auf den Bettag nicht reden, er macht ihnen weder kalt noch warm, und wie sie ihn zubringen wollen, darüber sind sie nicht in Verlegenheit; sie bringen ihn zu wie das vergangene Jahr, und daß man ihn so zubringen kann, dafür ist beizeiten gesorgt.

Die Leute, von denen ich reden möchte, sind die, denen er störend in ihr Leben trittet, Handwerker, die in den gewohnten Pinten nicht schöppeln, Agenten, die in Wirtshäusern nicht auf gut Schick passen, Gebildete, die nicht in Lesezimmer können und in sich nichts zu lesen haben, und endlich unglückliche Leistherren, deren Zusammenkunftsort an diesem Tage ebenfalls verschlossen ist. Es gibt Leute, sie sind von unglücklicher Furcht geplagt; wenns Nacht wird oder wenn sie alleine sind, so haben sie Angst, furchten sich vor dem Teufel oder einem Gespenst und schreien Zetermordio um Hülfe; die Leute bedauert man. Es gibt aber Leute, die dürfen nie mit sich selbst alleine sein, sie furchten sich vor sich selbst, sie sind sich selbst ihr Teufel; es gibt Leute, deren größter Graus es ist, mit ihrer Familie alleine zu sein im eigenen Hause, ohne Wein und ohne Klang, es wird ihnen wie in der Hölle; das sind unglückliche Leute, die sind zu bedauern.

Es ist auf dem Lande wohl mehr Sinn für das Ernste, und im Hause unter den Seinen ists dem Landmann wöhler, und mit dem Betrag weiß mancher Bauer weit mehr anzufangen und empfindet mehr seine Bedeutung als gar Mancher, der viel von Geist zu reden weiß, aber doch eigentlich nur von Fleisch, Brot, Wein und ähnlichen Dingen lebt.

Ruhig geht schon der Vorabend ein, und eine wunderbare Stille liegt am Tage selbst überm ganzen Land. Man hört kein Geräusch als nur hie und da ein Chaischen, in dem Stadtleute sind, welche ihrem eigenen Teufel entrinnen möchten. Es wird an rechten Orten wenig Bauern geben, welche an diesem Tage ein Roß aus dem Stalle nehmen würden. Man sieht nichts als Predigtleute, vielleicht solche, welche die Neugierde in eine entferntere Gemeinde getrieben, um zu hören, wie den Nachbarn der Text gelesen wird, wie man denn allerdings lieber Andern abkapiteln hört als sich selbst und seltsamerweise eine Predigt in einer fremden Kirche nicht auf sich bezieht, als ob das Wort Gottes nur in unserer eigenen Kirche das Recht hätte, unser Herz zu züchtigen. Hie und da sieht man bei einsamen Häusern wohl eine Wäsche flattern, die irgend eine verwahrloste Frau an die Sonne gehängt und die da ruhig hängen bleibt, obgleich es eigentlich verboten ist. Aber es ist halt die Welt eine Kugel und dreht bekanntlich sich um; was oben war, kömmt unten, und wie man zu Zeiten beim Erlaubten ruhig war, beim Verbotenen gestört wurde, so dreht sich natürlich mit der Welt auch dieses Ding um, bald wird man ganz getrost das Verbotene treiben können, aber sich wohl in acht zu nehmen haben vor dem, was erlaubt, gesetzlich einem zugesichert war. Und wer kann was dafür, daß die Welt sich dreht?

Und wie die Gemeinde in feierlicher Stille des Wortes harret, das zur Buße rufen, eine tiefe Furche reißen soll ins eingerissene Leben, so sinnet der Prediger auch mit Ernst und Andacht über diesem Worte, schaut über das Saatfeld schaut die Krankheiten an, die auf demselben sichtbar werden, der Ernte die größte Gefahr drohen, und was er tief und ernst erwogen, das legt er seiner Gemeinde vor, nicht in Anschwellungen des Zornes als ein Oberherr, da seine Sklaven züchtigt, nicht als ein Schweinehirt, der seine Schweine peitscht, sondern ernst und bewegt, im Bewußtsein, daß auch er der Gemeinde Glied und vielleicht nur dadurch über den andern Gliedern, daß sein Auge schärfer schaut, sein Mund genauer bestimmt die Krankheiten, die durch die Saaten gehen.

In Liebiwyl war dieser Tag von je ein heiliger gewesen, den man in der Stille zubrachte und wo, Krankheitsfälle ausgenommen, keinem Menschen im Hause es nachgesehen worden wäre, wenn er nicht wenigstens einmal die Kirche besucht hätte, und zumeist waren die Predigten des Pfarrers noch lange der Gegenstand ernster Unterhaltungen.

An diesem Tage gehen die Leute nicht langsam, gemächlich zur Kirche, sie eilen, die zahlreichen Züge gleichen Strömen, die Niederungen zueilen, zu spät will niemand sein, jeder Platz noch finden; je älter die Leute sind, desto früher machen sie sich auf den Weg, und längst, wenigstens bei schönem Wetter, ist die Kirche angefüllt, wenn der Prediger kömmt, ernst und feierlich, im Bewußtsein, daß was in seiner Brust sich rege, auch in den meisten Andern lebe, und auf den Herrn hoffend, daß der Herr das rechte Wort ihn finden lasse, das, was sich innen regt, äußerlich zum Leben zu bringen.

Christen und Änneli hatten darüber nachgedacht, wie das Jahr ein so wichtiges für sie geworden und wie der Herr in demselben sie gesegnet und gezüchtiget wie noch in keinem, und wo wohl noch die Sünde sei bei ihnen, und wie es mit Resli gehen, Gott ihn führen werde. Lange hatten sie am Abend vorher ernste Gedanken gewechselt, und die bewegte Seele wollte lange sich nicht in des Schlafes Ruhe finden. So verschliefen sie sich fast am Morgen, und ungern hatte es Änneli, denn an solchen Tagen hatte es Hasten und Jagen nicht gerne, denn gar schwer wird es dann dem in die häuslichen Wirren versenkten Gemüte, zu der Ruhe zu kommen, welche alleine der fruchtbare Schoß für des Herrn Wort ist. Aber zu seiner großen Verwunderung war schon die meiste Morgenarbeit abgetan und das Meiste zweg, so daß die Haushaltung nicht versäumt war und Änneli seine Zeit auf sich verwenden konnte. Dieses Vortun war ihm eine seltsame Sache, weil die Jungen wegen dem Aufstehen sich zumeist auf die Alten verlassen; darum fragte es auch verwundert die Tochter, welche geschäftig am Herde waltete: »Wer het dih gweckt?«

»He guete Tag, Muetter«, sagte Annelisi, mit gerötetem Gesichte sich umwendend, »bist auch erwacht« – »Guten Tag gebe dir Gott«, antwortete Änneli, »aber sag mir doch, warum bist du schon auf, und wer hat dich geweckt?« – »Mutter, niemere, aber ich habe auch etwas gsinnet und an mich gedacht, und da hat es mich düecht, es würde mir wohl anstehen, wenn ich in Zukunft aufstehe und ihr liegen bliebet, ihr habt den Schlaf nötiger als ich, und wenn es mir einmal dazu kömmt, aufstehen zu müssen, so bin ich daran gewöhnt.« – »He ja«, sagte die Mutter, »das schadet dir nichts, aber wie bist du vor lauter Flausen zu diesem Sinnen gekommen?« – »He, Muetter«, sagte Annelisi, »es ist de öppe wäger nit, daß ich nicht schon manches gsinnet habe, aber ich kann es nicht so erzeigen wie Andere. Es ist wahr, ich habe viel Fehler, aber daß es mir de öppe nit ernst syg, besser z'werde, selb ist doch dann nicht, und wenn ih werde will öppe nit glych, aber doch schier wie du, Muetterli, und das möchte ich, so habe ich noch viel zu tun und einen weiten Weg. Daran habe ich gestern gsinnet, und es ist mr angst worde, u fry recht, und ih ha mr vorgno, mih grad hüt uf e Weg z'mache u dir nache, vo wege, ih weiß o nit, wie lang mr üse Herrgott Zyt git. Es ist so plötzlich us mit eme Mönsch, mi weiß nit wie und het mängist ume nit Zyt, dra z'sinne.«

»Du hast recht, und bsunderbar junge Wybere gehts gerne so«, sagte die Mutter, »und wenn sie erst recht glücklich sein wollen, so nimmt sie Gott weg. Darum, Kind, freut es mich, daß du daran sinnest und von selbst, ich hätte es dir nicht zugetraut. Fahr so fort, so kann ich fröhlich sterben, denn du bist doch immer das gewesen, wo mir am meisten Kummer gemacht hat. Aber eine schönere Freude hat mir auch noch Keins gemacht als du jetzt, und ich wußte wäger mich nit z'bsinne, daß mr grad am ene

Morge, wo ih ufcho bi, neuis so Fröhligs bigegnet wär als hüt. Denn woran haben die Eltern Freude als an den Kindern, und die größte ist die, daß sie gut werden und fromm, daß me öppe einist alli wieder zsämechunt. Wenn ih ume wüßt, wies mit Resli gieng u daß der noch glücklich würde, de wett ih gern sterbe.« – »Öppis Dumms e so, Muetterli, ja wolle, sterbe, wo wir dich je länger je nötiger haben! Sagst du nicht manchmal, wenn wir etwas darnach sagen: Schweiget, Kinder, versündiget euch nicht.« – »Das ist nicht das Gleiche, Kind«, sagte die Mutter. »Wenn die Bäume gewachsen sind, so nimmt man ihnen die Stecken weg; läßt man sie zu lang, so schadts ne. So tuts der liebe Gott, er weiß, wenn es Zeit ist. Aber wenn wir noch nicht essen können, so will ich mich zwegmachen, so pressiere für zChilche tue ich nicht gern, u de faht mr dr Ate a fehle«

Es war ein schöner Herbsttag, klar und mild die Luft und ganz voll Glockentöne; schwiegen sie hier, so hallten sie, bald milder, bald ernster, von anderswo her. Es war, als ob ein treu Elternpaar zuspreche seinem Kinde, und schwiege des Vaters ernste Stimme, so begönne leise, milder, aber gleich innig, die Mutter.

Sonst ist allem voran immer die leichtbeinige Jugend, diesmal zogen alte Mütterchen vorauf, langsam und oft noch stille stehend, und alte Männer gingen mit ihnen, sprachen von alten Tagen und was zu ihren Zeiten gepredigt worden. Und was ist die Menschheit anders als eine große Heeressäule, die dem Grabe entgegenwandert, dort des Leibes los wird und durchs schwarze Tor den hellen Himmel sucht! Wo an diese Wahrheit gemahnt wird und an die Heimat und über die Gräber gewandelt wird, da gehen billig die Alten voran; sie soll es drängen dem Ziele entgegen, sie soll es freuen, Bahnen zu brechen der Jugend, die so viel schwerer sich losreißt vom heitern Sonnenlicht. Aber rührend ists doch, die alten Leutchen, die Spitze der Todessäule, zu sehen, wie sie so andächtig und gläubig dem Herrn zuwandert, so vertrauensvoll zwischen den Gräbern geht, so ergeben über die letzte Reihe blickt, ob wohl das nächste zum eigenen Kämmerlein sich gestalten werde.

Unter den Ersten war auch Änneli, und wie tat das manchem armen Mütterchen so wohl, daß es mit der guten Bäurin zu Liebiwyl zur Kirche gehen konnte, die so freundlich fragte und sprach, und gar manches Mütterchen ging grader auf, als es seit zehn Jahren gegangen war. Oh, es ist seltsam, wie freundliches Wesen wohl tut und armen Herzen erquicklich ist, wie Kranken der Sonne Licht! Und wenn ein Armer am Sterben ist, sein himmlischer Vater zunächst ihm ist, wenn ein Reicher und Hoher als freundlicher Bruder an seine Seite trittet, es erquickt und stärket den Armen, belebenden Tropfen gleich; er richtet sich empor, es ist ihm als wenn es ihn erst jetzt recht freute, zu sterben, er weiß, wie unbeschreiblich süß der Hauch der Liebe durch die Seele fährt. Oh, wenn man wüßte, was in freundlicher Liebe für eine Kraft läge, es würde nicht nur Mancher seine aufrichtige Liebe freundlich zu machen suchen, es würden Juden, alte und junge, sie nachahmen, der Prozente wegen.

Sie drängten sich um Änneli, und als sie in die Kirche kamen, wollte jede wissen, wo man den Herrn am besten verstehe, und ordneten es in eine Bank mit Rücklehne und an die Wand, wo es öppe am bequemsten sei und hingefer u nebefer anliegen könne, vo wege, dr Herr mach mängist wohl lang, u de werd me grusam müed, bsungerbar im Krüz.

Nach und nach füllte sich die Kirche an, die Glocken riefen, der Schulmeister las, und fry herzhaft, er wollte noch über die Glocken übere, und auf einmal verstummte alles, oben auf der Kanzel erschien der Pfarrer, blaß und angegriffen, und nachdem er sein Gebet verrichtet, verlas er leise das zu singende Lied.

Ernst schwollen die Töne auf, ernste Andacht ließen sie in den Herzen zurück, und demütig beteten sie um segensreiche Empfängnis des segensreichen Wortes. Begierig horchten sie auf das Grundwort, welches der Herr der Schrift entnommen, und hörten folgende Worte: »Gefällt es euch nicht, daß ihr dem Herrn dienet, so erwählet euch heute, welchem ihr dienen wollt, es seie den Göttern, denen eure Väter gedient haben, welche jenseits des Flusses waren, oder den Göttern der Ammoniter, in welcher Land ihr wohnet. Ich aber und mein Haus wollen dem Herrn dienen.«

Es war ein schwer Wort, aber Viele dünkte es doch seltsam, daß der Pfarrer jetzt noch davon sprechen könne, daß man wählen solle, wem man dienen wolle; es sei ja längst ausgemacht, daß sie alle Christen seien, meinten sie.

Der Pfarrer begann mit der Bemerkung, daß er auf eines aufmerksam machen müsse, was alle Völker, welche ihrem Untergange entgegengegangen, mehr und mehr außer acht gelassen hätten, was aber ganz eigentümlich im Alten Testament bezeichnet sei und dessen Eckstein das fünfte Gebot sei: »Halt in hohen Ehren Vater und Mutter, auf daß du lange lebest im Lande, das dir der Herr, dein Gott, geben wird.«

Aufmerksam machen müsse er auf das Haus und dessen Bedeutung.

»Daß unter Haus die Familienglieder, welche in einem Gebäude wohnen, zu verstehen sind, so wie unter Kirche nicht bloß der Tempel, sondern alle, welche sich darin versammeln, das brauche ich wohl nicht zu bemerken. Das Haus ist der erste Tempel Gottes gewesen, der Hausvater der erste Priester, der dem Herrn das Liebste geopfert, den einigen Sohn. Die Frömmigkeit des Hauses ist vom Herrn belohnt, des Hauses Irrungen sind gezüchtigt worden. Lest die Geschichten von Isaak und seiner Söhne Zwiespalt, von Jakob und seines Hauses Greuel, von Eli, Samuel und ihren Söhnen, von David und dem Lieblingssohne Absalon, der den größten Jammer über den Vater gebracht: aus dem schlecht geleiteten Hause ist den Vätern das Leid erwachsen. Als die Familie zum Volke geworden, hat man ein gemeinsames Haus gebaut, damit man nie vergesse in allgemeinen Zusammenkünften, daß man eigentlich nur eine Familie sei; ein jedes Haus ist der Tempel geblieben einer jeglichen Haushaltung, das Leben des Hauses der tägliche Gottesdienst, das Walten des Hausvaters des Priesters Amt und Verrichtung. Darum haben die Juden nur einen Tempel gehabt, den zu Jerusalem, der das ganze Volk als eine Familie faßte; in der Zwischenzeit war jedes Haus der heilige Ort, wo der Hausvater mit all den Seinigen Gott diente, jeder andere Tempel, jedes Errichten eines Altars auf Höhen oder in Wäldern war Abfall, war Götzendienst, ein Zeichen, daß sie ihre häuslichen Tempel verließen, nicht mehr zu heiligen wußten, sie und ihr Haus nicht mehr dem Herrn dienen wollten. Dieses Verhältnis hat im neuen Bunde sich nicht geändert, ist nur verklärt und ganz besonders geheiligt worden. Unter vielen Stellen will ich nur die anführen, wo es heißt: Ihr aber seid das auserwählte Geschlecht, das königliche Priestertum, das heilige Volk, das eigentümliche Volk, das ihr verkünden sollt die Tugenden des, der euch berufen hat aus der Finsternis in sein wunderbares Licht. So ist jeder Christ ein Priester, sein Haus sein Tempel, seine Familie sein Altar, auf welchem er als Weihrauch dem Herrn soll aufsteigen lassen die Tugenden des, der ihn berufen hat aus der Finsternis in sein wunderbares Licht; unsere Kirche ist nichts als das allgemeine große Haus, wo wir uns bewußt bleiben sollen, daß wenn auch die Notwendigkeit es gebietet, in besondern Häusern zu wohnen, wir doch alle nur eine Familie seien, und daß wenn die Umstände uns auch verschiedene Häuser geben, Paläste den Einen, Hütten den Andern, wir darum doch nicht größer werden oder kleiner, sondern daß es bei jeglichem auf die Treue ankömmt und was für einen Haushalt er mitbringt und was für eine Rechnung er davon abzulegen vermag. Es ist also jetzt noch jedes Haus ein eigener Tempel Gottes, gleichsam eine Zelle im Reiche Gottes, ist die Pflanzstätte des wahren Gottesdienstes und hat die Verheißung von Gottes Huld und Gnade, denn wo Vater und Mutter verehrt werden als Stellvertreter Gottes, sich aber auch als solche betragen, da soll Gottes Segen wohnen, da gibt Gott Bestand dem Hause, er heiliget es zu seinem Tempel. So soll es sein im Christentum, und da wir uns Christen nennen, so soll es so unter uns sein.

»Liebe Andächtige, heute haben wir einen Bußtag, unseres Elendes sollen wir uns bewußt werden, sollen jammern und klagen darüber. Wenn jeder unter euch reden wollte, an Jammer und Klage würde es nicht fehlen, und wirkliches Elend wäre der Klage Gegenstand. Aber wie selten einer würde des Elendes Grund und Wurzel da suchen, wo sie ist. Es ist des Menschen Art, über alles zu klagen, nur nicht über den eigenen Abfall, die eigene Verkehrtheit. Liebe Andächtige, ich will euch Hauptklagen anführen, die man hört, wenn man nur einige Worte mit Menschen spricht, nur einige Augenblicke an einem Orte steht und hört, was Andere reden. Alle Klagen, welche ich gehört, führe ich nicht an, aber die, welche ich auslasse oder vergesse, die nehmt und macht es so, wie ich mit den angeführten, so werdet ihr auch über diese ins Klare kommen.

»Ihr klagt, nicht jeder über sich, nein, es klagt der Mann über das Weib, das Weib über den Mann; der Mann klagt, das Weib sei nicht mehr des Hauses Mutter, nicht mehr seine sichtbare Vorsehung, nicht mehr dessen Amme, von der die gesunde Speise kömmt für Leib und Seele allen, die im Hause wohnen. Das Weib klagt über den Mann, daß er außer dem Hause des Hauses Mark verzehre, des Hauses Dienst versäume, daß er ob Sammeln oder Verzehren des Geldes vergesse die Menschen, die um ihn wohnten, das Weib, das seine Hälfte sein sollte, die Kinder, die seine Zeugen vor Gott sein werden. Die Eltern klagen über die Kinder, über Mangel an Treue, an Gehorsam, über den hochmütigen Sinn, der alles, was nicht jung ist und nagelneu, verachtet, der meint, es sei mit allen Dingen, allen Menschen wie mit schlechtem Zeuge, welches nur ganz neu schön sei und zu gebrauchen. Ihr klagt über die Dienstboten, wie sie störrisch seien und begehrlich, unzuverlässig und treulos, kein Gewissen hätten und nichts im Auge als den Lohn und daß der Tag umgehe so ring als möglich. Ihr klagt über die Armen im Allgemeinen, daß sie an die Stelle der Barmherzigkeit das Recht gesetzt, daß sie meinen, es heiße beten und betteln, statt beten und arbeiten, daß sie giftigen Neid im Herzen trügen, von Christus sich immer mehr entfernten, dem Tiere sich immer mehr näherten. Ihr klagt über Lehrer und Schulen, daß die Kinder immer weniger nutz wären, je mehr sie lernten, und doch am Ende von der Hauptsache nichts wüßten. Ja ihr klagt über Regierung und Regenten, klagt über ihr Tun und euere Täuschung, über ihr Nichttun und euere Zweifel, klagt so manches, das ihr wohl wißt, hier aber nicht auszusprechen ist. So klaget ihr, oder ists nicht so? Aber auf wen fallen die Klagen zurück? Auf euch, ihr Hausväter, auf euch, ihr Hausmütter! Wo bilden sich die Ursachen zu diesen Klagen? In euerm Hause, in euerm Sinn, ihr Hausväter, ihr Hausmütter! Ist euch euer Haus noch der heilige Tempel, steht in ihm noch der heilige Altar, auf dem ihr dem Gott, der im alten und neuen Bunde sich so herrlich geoffenbaret hat, alles, was er begehrt, und vor allem das Liebste opfert? Oder habt ihr den Tempel verlassen, eigene Höhen euch auserwählet, weilet dort, bauet Altäre dort und opfert dort selbsterwählten Göttern alles, Leib und Seele, Heil und Seligkeit, Knechte und Mägde, Söhne und Töchter, Eigentum und Vaterland, kurz alles, was unter abgöttisch gewordene Hände kömmt?

»Liebe Andächtige, ihr wißt, daß meine Sitte es nicht ist, Verdammungsurteile auszusprechen, von denen ich niemand ausnehme als mich selbst; aber wo durch die Zeit eine Krankheit geht, da bleibt selten jemand von ihr unberührt, am wenigsten ich, es schwebt über Jeglichem der Zeitgeist, der die Krankheit mit sich führt oder die Krankheit selbst ist, gerade wie wenn in der äußern Luft ein Krankheitsstoff getragen wird, zum Beispiel der rote Schaden, sehr selten jemand unberührt bleibt, sondern die Meisten davon berührt werden, wenn auch die Krankheit nicht ausbricht, auch der Tod nicht droht, so doch durch ein Unbehagen, das durch unsere Glieder schwebt, von dem wir nicht wissen, woher es kömmt, und zumeist auch nicht, was es eigentlich ist. Ich bin der Meinung, daß es eben niemand zieme, zu sagen: Ich danke dir, Gott, daß ich nicht bin wie jener arme Zöllner! Darum werdet ihr auch nicht zürnen, wenn ich keine Ausnahme mache, nicht rede von absonderlich braven Leuten, die keinen Fehl hätten, von Häusern, die nichts als heilige Tempel wären; zu anmaßlichen Sektierern will ich euch nicht stempeln, und als Esra betete: Ich schäme mich, mein Antlitz aufzuheben zu dir, denn unsere Schuld ist groß geworden bis an den Himmel, wen nahm er da aus? Die Priester, die Regenten, die Reichen? Er nahm niemand aus. Wen man vom allgemeinen Bekenntnis der Sündhaftigkeit, der Sündenschuld ausschließt, den stößt man damit aus der Gemeinschaft der Gläubigen. Daß je reicher, je mächtiger einer sei, er auch ein desto größerer Sünder sein müsse, wollen wir nicht sagen, aber lebendiger soll das Schuldbewußtsein in ihm sein, denn ihm sind zehn Pfund anvertraut und nicht nur ein Pfund, und wie schwer es einem Kamel sein muß, durch ein Nadelöhr zu gehen, das soll er fühlen im eigenen Gewissen. Wer sich ausnehmen will, und ich zweifle nicht, daß es Solche gibt, es gab und gibt und wird immer Solche geben, die sich zu den Andern nicht zählen, dazu bedarf man weder apart geboren noch apart weise zu sein, die mögen es selbsten tun, aber dann Sorge tragen, daß in ihrer Ausscheidung sie nicht sich selbsten richten, und zwar mit einem harten Gerichte.

»Alle die vorgebrachten Klagen sind richtig, aber ihr, ihr Hausväter, ihr Hausmütter, die ihr klagt, ihr seid zumeist die Schuldigen, und aus dem verwahrlosten Hause herauf wachsen, wie im Moraste Schwämme und Giftpflanzen, die Dinge auf, über die ihr klaget.

»Wenn Mann und Weib über einander klagen, was klagen sie eigentlich? Daß das Haus nicht mehr ihr Tempel sei, daß Gott nicht mehr zwischen ihnen sei, daß jedes dem eigenen Götzen sich zugewandt, daß eins vom Andern fordere, daß es ihm als seinem Götzen diene, daß er auswärts opfere, was das Haus selbst bedürfe; was klagen sie eigentlich, als es sei der Friede fort zwischen ihnen, der Friede, der nur von Gott kömmt und der nur in seinen Tempeln wohnt! Das Eine oder das Andere, zumeist Beide, stehen nicht als Priester am Hausaltare, warten des heiligen Feuers nicht, das die Herzen rein glüht von irdischen Schlacken; daher die Klagen, daher das Weh, das durch zerrissene Glieder fahrt. Ihr klagt über die Kinder und wundert euch darüber. In der Taufe habt ihr versprochen, sie dem Herrn zuzuführen, tut ihr es? Vater, zeigst du deinem Kinde Gott, des zeitlichen Lebens ewige Bedeutung? Und du, Mutter, nährst du in frommem Sinne der Kinder geistigen Hunger und Durst und öffnest ihnen die Augen, daß sie im Sichtbaren das Unsichtbare sehen und die Quelle des Leides über jegliche Sünde, jegliche Befleckung? Gewöhnt ihr sie, euch als Priester nicht nur, sondern als Engel Gottes zu betrachten, die ihnen der Herr auf Erden vorausgesandt, um an erfahrner Hand sie zu geleiten aufrechter Bahn zum ewigen Ziele? Gewöhnt ihr sie, das Haus zu betrachten als eine Freistätte des Guten; Tut ihr das? Oder was meint ihr, wenn die Kinder euern Abfall von Gott sehen, dem Allmächtigen, dem Allwissenden, und euern Ungehorsam gegen ihn, sollen sie dann euch gehorchen, euch, den Schwachen und Gebrechlichen; Und wenn ihr selbst mit der Muttermilch sie einsaugen laßt Fleischeslust, Augenlust, Hoffart des Lebens, was wollt ihr euch da der Früchte weigern, die aus solchem Samen entstehen?

»Oder wollt ihr sagen, Religion zu lehren sei der Lehrer Sache, Religion lehrt sich eben nicht wie ein Rechnungsexempel, und ließe sie sich auch lehren, wie soll sie da gelehrt werden, wo ihr mit Wort und Tat das Gegenteil von dem tut, was der Lehrer lehrt' Was würdet ihr von einem Acker erwarten, den man ansäet und alsobald nach der Aussaat wilde Schweine und andere Tiere hineinläßt? Wenn ihr von den Lehrern fordert, daß sie die Kinder zu Christen machen, so müßt ihr erstlich Lehrer wählen, welche selbst Christen sind und nicht etwa dem Christentum den Krieg angekündigt haben, und wenn ihr Christen zu Lehrern habt, so müßt ihr sie weder verhöhnen noch verdächtigen noch gar ihre Arbeit und ihren Fleiß verwünschen, oder dann suchet nicht Trauben an den Dornen; müßt nicht von der Torheit besessen sein, nicht christliche Kinder zu begehren, sondern bloß gute, so allgemein gute, ohne Glauben, ohne Christus, ohne Gott.

»Man klagt über die Hausgenossen, über die Dienstboten. Aber woher die Klagen, als weil jedes christliche Band zwischen Herren und Dienern zerschnitten ist, das Verhältnis nur auf dem hohlen Recht beruht, wo jedes das Seine sucht und nicht das, was des Andern ist! Woher anders, als weil zu wenig christlicher Ernst in den Häusern ist, um die Seelen man sich nicht kümmert, sein eigen Haus geduldig zum Schlupfwinkel der Sünde machen läßt und zufrieden ist, wenn der Leib seine Pflicht tut. In so vielen Häusern hält man die Dienstboten nie zur Kirche an, ja man ist froh, wenn sie nicht gehen, gibt ihnen weder Platz noch Buch zum Lesen, läßt sie fast absichtlich verwildern. Ich will niemand schuld geben, daß gerade er schuld an diesen Klagen sei, aber ursprünglich liegt der Grund des Verderbens der Dienstboten nicht in ihnen selbst, sondern in den Häusern, in den Häusern, denen sie entwuchsen, in den Häusern, in die sie gerieten. Es trifft dieser Vorwurf arme und reiche Häuser. Es sind leider sehr viele Arme, welche bloß noch leiblich leben, geistig aber tot sind, deren Hütten nichts viel Besseres sind als die Höhlen, in welchen die Tiere des Waldes wohnen. Aber auch viele arme Kinder wurden in reichen Häusern erzogen, und viele wurden nicht besser als die Kinder in jenen Höhlen; geschieht es ja, daß man sie in den Stall hinaus zum Vieh verstößt und Kälber es besser hätten als Kinder. Aus diesem Grunde auch, weil des Hauses Dienst fehlt, weil die Kirche nicht mehr das gemeinsame Vater- Familienhaus ist, das bindende Band zerrissen wird, entsteht der Haß zwischen Reich und Arm, den die Bruderliebe nicht mehr mittelt; der versöhnende Geist entschwindet, es verschwindet der Geist, der alles, was der Vater gibt, als gut nimmt, der Geist, der sich freut, dem Herrn dienen zu können, wenn auch an kleinerem Altare; hängt doch des Feuers Glanz und Größe nicht vom Altare ab, auf dem es brennt, sondern von der Treue und dem Eifer dessen, der des Feuers wartet.

»Torrecht aber auch ist das Klagen über Regenten, denn aus eurer Mitte, aus euern Hausvätern sind sie nicht nur hervorgewachsen, sondern von euch selbst auserkoren; haben die Hausväter den rechten Sinn, so werden sie auch die Rechten sehen, die da wüßten, worauf es ankommt, wenn es das Heil eures Volkes giltet. Dürftet ihr euch bekennen zu dem, der bekennt sein will, wenn auch er euch bekennen und erkennen soll, so hättet ihr weder über Regenten noch über Regierung zu klagen. Die Gründe eurer Klagen wachsen also aus den Häusern heraus, und ihr wißt es nicht; ihr sehnt euch nach bessern Zeiten, nach freundlichem Morgen, und schafft doch Finsternis, webet selbst das Böse in die Zeit hinein.

»Darum lege ich auch euch die Frage vor wie Josua, der auch seinen guten Grund gehabt, doch keinen bessern als ich heute: Wem wollt ihr dienen, irgend einem Götzen oder dem Herrn, dem ich und mein Haus dienen wollen? Ihr werdet meinen, das sei eine müßige Frage, aber das ist sie eben nicht; ihr werdet sagen, das verstehe sich von selbst, daß ihr Christen seiet und mit euerm Hause dem Herrn dienet, aber das versteht sich eben nicht von selbst.

»Ein Haus will man machen, ein Haus will man bauen, ein Haus möchte man besitzen, aber alles das in Beziehung auf die Welt, auf den äußern Schein; man will ein braver Mann sein, eine berühmte Frau, aber an das recht christliche Haus, ans christliche Priestertum denkt man nicht; bedenkliche Verlegenheit würde über so manchem Gesichte sich lagern, wenn man manchen Hausbesitzer, manche sogenannte Hausfrau nach ihrem christlichen Priestertum fragen würde; man heißt sich Christ und dient der Welt, man hat ein Haus, darin zieht die Welt ein und aus, aber dem Herrn ist es nicht geweiht, man meint es nicht bös, aber was man eigentlich will und ist, weiß man nicht, man hat eben nicht daran gedacht. Ich und mein Haus wollen dem Herrn dienen, so sprach Josua, und wir, was wollen wir?

»Es ist, ihr mögt wollen oder nicht, das Haus der Spiegel euerer selbst, eueres Inwendigen; ist euer Herz zerrissen oder hoffärtig oder zuchtlos, so wird alles dieses auch euer Haus sein, wird als Zeuge und Spiegel täglich euch vor Augen stehn. Seht, darum ists auch, warum so oft Menschen nicht daheim sein mögen, warum es dem Manne wird im eigenen Hause, als ob er im Gefängnis wäre, der Frau wie einem Vogel, der in eine Stube sich verirrt, daß ihnen wind und bange wird innerhalb der eigenen Schwelle; was sie im Spiegel sehen, vor dem grauet ihnen, des Hauses Predigt, die ohne Worte, aber wie ein zweischneidend Schwert durch ihre Seele fährt, möchten sie nicht hören, aber wo wollen sie hinfliehen? Das Herz, so öde und ohne Trost, aber voll Stürme Wind und Graus, das folgt ihnen überall, dem entrinnen sie nicht, das sitzt ihnen nicht bloß auf der Ferse, das sitzt mitten in ihnen. Und das Haus sollte doch eben sein der süße friedselige Zufluchtsort des Pilgerims nach vollbrachtem Tagewerk, der freundliche Hafen, den der Schiffer sehnsuchtsvoll sucht, wenn hart des Lebens Wellen ihn geschaukelt; im Hause findet er den Frieden, der aus der Liebe wächst, die süßeste Frucht eines Gott ergebenen Herzens. Und laßt euch nicht irren durch ödes Geschwätz unseliger Toren, es ist nicht der Staat, nicht die Schule, nicht irgend etwas anderes des Lebens Fundament, sondern das Haus ist es. Nicht die Regenten regieren das Land, nicht die Lehrer bilden das Leben, sondern Hausväter und Hausmütter tun es; nicht das öffentliche Leben in einem Lande ist die Hauptsache, sondern das häusliche Leben ist die Wurzel von allem, und je nachdem die Wurzel ist, gestaltet sich das Andere. Täuschet euch nicht, es mag zuweilen die Krone des Baumes noch grün scheinen, während schon die Wurzel welket; aber lange bleibt die Krone nicht grün, dürre wird es bald in ihren Ästen, und wenn ein Sturm übers Land kömmt, so wird sie einen großen Fall tun, die Wurzel hielt den Baum nicht mehr: so wird es dem Vaterland ergehen, wenn man es bauen will auf öden Wüsten statt auf gottseligen Häusern.

»Darum, so kehret, wenn ihr klaget, die Augen in euere Häuser, betrachtet sie: sind sie Tempel Gottes, brennt darin als ewig Feuer die Liebe und die Treue, wartet ihr als treue Priester eueres Gottes heiligen Dienst Tag und Nacht? Seid ihr euch bewußt, daß was ihr auch seid unter den Menschen, euer höchst Amt und Beruf eben das Priesteramt, eben das Warten von Gottes heiligem Dienste ist im Tempel, den ihr euer nennt, im Tempel, in dem ihr mit euerer Familie wohnt, im Tempel, wo ihr selbst die heiligen Opfer sein sollt? Und wenn ihr und euer Haus dem Herrn fürder dienen wollt, so meine ich eben diesen heiligen Dienst und nicht ein kühles Halten irgend eines Gebotes hie und da, wenn es die Leute sehen oder es sonst eben nicht unbequem ist oder nicht schwer fällt. Ich meine eben den Dienst, den auch Paulus meint, wenn er sagt: So ermahne ich euch nun, lieben Brüder, durch das Erbarmen Gottes, daß ihr euere Leiber darstellet zum Opfer, das da lebendig, heilig und Gott wohlgefällig sei, welches sei euer vernünftiger Gottesdienst. Und wollt ihr also dem Herrn dienen, so bekennt es offen vor den Menschen und steht in all euerm Tun zu euerm Glauben und gebt dessen Zeugnis; darf doch auch so mancher öde Wicht zu seinen toten Götzen stehen, warum dann nicht ihr zu euerm lebendigen Gott?«

So ungefähr redete der Pfarrer, aber ausführlicher, und namentlich den letzten Spruch erklärte er, wie man sich heilig darzustellen hätte als ein Gott wohlgefälliges Opfer und sein Haus zu machen habe zu einem heiligen Tempel. Und es war große Stille und Andacht in der Kirche, und wohl nicht manches Herz war darin, das dem Pfarrer nicht recht gab, und nicht manche Seele, die nicht an das eigene Haus dachte, und manches Auge ward naß, wenn es erkannte, wie es im Hause aussah, und weil ihm jetzt die Verständnis kam, warum ihm so übel darin war. Und manch Anderer durchlief seines Hauses Geschichte, und klar ward es ihm, warum der Friede desselben gestört war und sich herstellte, warum die Freudigkeit verdunkelt war und hell wieder strahlte. Alles das in dem Maße, als auf des Tempels Altare dunkel oder hell brannte das heilige Feuer. Und manches arme Weib wischte im Stillen eine Träne ab, denkend, welchem Dienste der Mann fröhne, und nahm sich vor, eine desto treuere Priesterin des Herrn zu sein, und mancher Mann freute sich seines Weibes, dem das Haus alles war, und mancher hatte es umgekehrt. Und manches Kind begriff besser der Eltern Zucht und gelobte willigere Treue.

Auch Änneli fühlte sich eigends bewegt, es säuselte in ihm wie himmlisches Wesen, es ward ihm so wehmütig und doch so unaussprechlich wohl. Vor ihm stand ihr Haus in freundlichem Glanze, es durfte desselben sich freuen vor Gott und Menschen; es fühlte so recht innige Wonne, daß dort sein Eingang, sein Ausgang sei und Christen so einig mit ihm, so freudig des gleichen Dienstes wartend, und die Kinder so treu, anhänglich, nichts Zwieträchtiges zwischen ihnen und kein Zweifel, daß auch sie das Haus im gleichen Glanze erhalten würden, und nicht vor den Menschen nur, sondern auch vor Gott. Es fühlte so recht innig das Glück, wenn Eltern mit Zuversicht sagen können: Jetzt laß deinen Diener im Frieden fahren, und das können sie nur dann, wenn sie sicher wissen, daß ihre Kinder in Gott gewurzelt, ihre Namen im Himmel eingeurbet sind. Änneli war nicht stolz, es betete nicht: »Ich danke dir, Gott, daß unser Haus besser ist als andere Häuser«, aber es freute sich herzinniglich, daß wenn Gott es abrufe, es nicht zu erschrecken brauche, es nicht umsonst auf der Welt gewesen, es das Pfund, welches der Herr ihm gegeben, nicht vergraben, sondern ihm mit Wucher zurückgeben könne: ein Haus, im Herrn erbaut, drei Kinder, im Herrn erzogen, der Welt mächtig, aber ihrer nicht die Welt, und kann eine Hausmutter Höheres, Köstlicheres bringen vor Gott und erwartet er anderes von ihr als ein frommes Haus und fromme Kinder?

Wohl fiel ein Schatten in die Freude, es war der düstere Resli, der nicht klagte, aber wenig lachte, viel schaffte, aber gerne alleine war und dann so trübe war, wie die Mutter im Stillen oft bemerkt hatte; es war das Bangen, daß er alleine bleiben möchte, der stumme Wunsch, die noch zu sehen, welche einst an ihrer Stelle stehen sollte als fromme Priesterin an des Hauses heiligem Altare. Und dieser Schatten wars, der der guten Mutter Auge trübte; aber bald glänzte durch die Wolke hell und klar des Vertrauens goldener Stern; der Herr, der bis hieher geholfen, der alles so wohl gemacht, sollte der nicht ferner helfen, wars nicht getrost ihm zu überlassen, nicht mit ergebenem Herzen zu sagen: Wie du willst, und nicht wie ich will! Und so faßte Änneli es auch, aufgerichtet und freudig ging es heim; es war ihm, als ziehe jemand an ihm, so leicht und wohl war es seit Jahren nicht gegangen.

Diese Predigt war nicht ohne Eindruck an den Leuten vorübergegangen, hatte Beifall gefunden wie selten eine. Da hätte der Herr recht, sagten sie, ds Hus sei dWürze vo allem, u wenns da fehl, su chönns Korn u Heu gä, so viel es well, es bschüß alles nüt. »Ja«, sagte ein fürwitziger Schneider, »und was mir am besten gefallen hat, ist, daß dr Herr afe selber säge mueß, dSchuel trag nüt ab u dKing lehre nüt drin, emel nüt Guets. Wenn ih myni King nit daheime lehrti, i dr Schuel lehrte si i Gotts Name nüt. Un wenns dr Herr afe selber seit, su mueß es sy. Aber ih hätt nit glaubt, daß er sövli witzig wurd, und o nit, daß ers seyti, wenn ers scho gsäch. Deretwege mueß ih Respekt vor ihm ha, so zu eim cha me dr Glaube ha, daß er seyt, was wahr ist; aber es sy nit di Halbe e so.«

Was das für ein freundliches Heimkommen ist, wenn in allen der Friede Gottes ist, wenn man nichts Störendes daheim hat, die Einen in der Stille des Hauses Geschäfte besorgt, die Andern im Hause des Herrn neue Kraft gefunden, neues Licht, neuen Trost, dann beiderseits sich sammeln um des Hauses Tisch, alles in der Ordnung ist, alles zufrieden ist, die Einen auftragen, was sie daheim bereitet, die Andern mitteilen und zerlegen, was sie in der Predigt gesammelt; da faßt man es, was Paulus damit meint, Essen und Trinken zu Gottes Ehre, und in solchem Essen und Trinken ist dann auch Gottes Segen.

Es wolle hüten diesen Nachmittag, sagte Änneli, es werde öppe Keins von ihnen daheimbleiben wollen; an einem solchen Tage solle man nichts versäumen, man wisse nicht, wenn man wieder dazu komme. Und wenn der Pfarrer diesen Nachmittag wieder anwende wie am Vormittag, so könne jedes sein Teilchen nehmen, und es wäre schade, wenn eines es nicht hörte. »Es söll mir aber doch öpper Reis heimbringen, es halb Dutzend Pfund oder was.« Sie hatten brichtet, wie dr rot Schade so grusam regier und so bös syg, bi ds Styni Glause seien vier King krank und dMuetter selber auch, Keis chönn am Andere mehr Rat tun und hätten von allem nichts. »Das ist ein schrecklich Dabeisein, und die Leute können mich erbarmen, ich kann es nicht sagen. Wenn ihr heim seid, so will ich noch hin und sehen, wie da zu helfen ist, so kann man die Sache nicht gehen lassen, denk man doch auch, wie es eim selber wär, sövli krank u niemere, das eim hilft, und nüt im Hus und vielleicht kein Mensch, der ihnen zum Doktor geht.«

»Muetter«, sagte Christeli, »schicket öppere, es geht Euch scho eis vo dene Meitlene, oder wartet bis morgen. Das ist noch e Plätz bis zu dene Leute, und Ihr seid schon in der Kirche gewesen.«

»Von denen Meitlene kann ich keins schicken«, sagte die Mutter, »die sehen nicht, was fehlt, und die Leute wissen es vielleicht selbst nicht oder können es nicht sagen oder dürfen es nicht, und dann weißt wohl, Christeli, wie hässig es einem macht, wenn man krank ist und nicht reden mag und man da immer gefragt wird und Bscheid und Antwort gä söll. Da muß man es einem an den Augen absehen ohne langs Gfrägel. Und wenn die Meitleni scho dr guet Wille hätte, so fehlte ihnen die Erfahrung; man muß bei solchen Sachen gewesen sein, wenn man wissen will, was nötig ist.«

»So wartet bis morgen«, sagte er. »Aber Christeli, was denkest auch, was meinst, wenns dir fehlte und zMittag sagte man es mir und ich antwortete: He nu so de, mr wey öppe luege, wenn es mir sih de schickt, su will ih ihm de morn einist neuis arichte.« – »Ja, Mutter«, sagte Christeli, »das zählt sich nicht zusammen, ich bin dein Kind.« – »Öppe zählt sich das nicht zusammen, denk doch auch, vier Kinder und nicht nur ein Kind liegen an der wüsten Krankheit, und kann keins dem andern anders helfen als helfe pläre u gruchse.

Und dann eine ganze Nacht so, denk, wie lang, wie schrecklich!« – »Aber Ihr könnet da doch kaum helfen«, sagte Christeli.

»Das weißt du nicht und ich nicht, aber ich glaube, wohl. Schon das tut ihnen wohl, wenn sie sehen, daß jemand sich ihrer annimmt, daß sie doch auch nicht so ganz verlassen sind. Denk doch, es könnte ja vielleicht eins sterben über Nacht, und niemand wäre da und nähmte es von den Lebendigen weg und legte es beiseite.«

»Aber Mutter, du wirst doch nicht über Nacht dort bleiben wollen?« antwortete der Sohn. »Das weiß ich nicht«, sagte Änneli, »es kömmt darauf an, wie es öppe ist; aber wenn ich zu rechter Zeit nicht heim sein sollte, so habt nicht Kummer, denket, ich sei dort. Und möglich wärs, daß wenn ich jemand fände, ich nach etwas schicke, was etwa mangeln sollte, gebt es ihm dann.«

»Aber Muetter, gang mir nicht, es heißt, dr rot Schade syg ansteckend, schicket es Meitli«, rückte Christeli endlich mit seiner eigentlichen Meinung heraus. »Aber Christeli, Christeli, was sinnest auch, schäm dih! Welle di guete Lüt sy und öpperem öppis schicke, wo mir nüt gspüre, wo grad ist wie nüt, u drmit es Meitli schicke, wo nüt het as dGsundheit, u die sött es ga opfere, u mir hätte dr Ruehm, un ihm danketi nume niemere, nei Christeli, das ist nie üse Bruch gsi u mit selligem chumm mr nümme.«

In den Hütten der Armen ist wohl keine Krankheit, die Cholera etwa ausgenommen, fürchterlicher und ekelhafter als die rote Ruhr, der rote Schaden. Wo vielleicht nur ein rechtes Bett ist und noch dazu ein schlechtes, die Übrigen mit einzelnen Bettstücken sich behelfen müssen, selbst mit Hudeln, bald in leeren Bettstätten, bald auf dem Ofen, vielleicht auch auf den Tischen; wo kein Glied der Familie mehr als zwei Hemder hat, eins am Leib, eins am Zaun zum Trocknen, kein Vorrat irgend einer Art ist, selbst das Holz für den täglichen Gebrauch zusammengelesen werden muß; wo man einem, der zu Mittag essen wollte, nichts gekocht fand und klagte, es sei längst zwölf vorbei, antwortete: »Du Narr, we mir esse wey, su luege mr nit a dUhr, mir luege i Kuchischaft, wenn nüt drin ist, su hört me koche, sygs de zwölfi oder nit«; wo es so ist, da denke man sich das Elend bei einer Krankheit, wo Reinlichkeit, Wäsche Wechsel, Diät und Pflege die Hauptsache sind!

Als nachmittags die Leute heim waren aus der Predigt, machte Änneli sich auf; niemand widerredete mehr, aber sie boten ihm alle das Geleit an, und als es keins annehmen wollte, baten sie dringlich, es möchte an sein Alter denken und bald heimkommen.

So hatte es sich Änneli, welches doch schon bei vielem Elend gewesen, nicht vorgestellt, wie es es fand, daß so alles in allem fehlen könnte, sich nicht gedacht. Es hatte allerlei mitgebracht, also Reis, etwas Wäsche für die Kinder, Brot und selbst in einer Flasche Nidle, weil es gehört hatte, daß sie drangstillend (einhüllend)sei. Aber Holz fand es nicht, Butter fand es keine, an Wäsche und Reinigungsmitteln einen schauderhaften Mangel, so daß es ihm fast übel ward. Es waren allerdings, besonders weil es Sonntag war, auch Menschen da; Einige hatten etwas mitgebracht, Brot, Lebkuchen, selbst Fleisch, und zwar gesalzenes und geräuchertes, andere legten einen Batzen oder sechs Kreuzer dar und jammerten: »Herr Jemer, wie sieht das aus, da hielte ichs wäger keine Stunde aus, nein, das ist afe grüslig.« Andere leisteten einige Handbietung, sagten dann, sie müßten heim, es koche sonst niemand, aber wer ihre Stelle vertrat hier, darum kümmerten sie sich nicht. Man ging ab und zu, frug, antwortete, urteilte daß wahrscheinlich alle stürben bis vielleicht an die Alte wenn sie es ausstehen möchte, aber die Sache in die Hand nahm niemand, ehe Änneli kam.

Änneli band das Stückwerk aneinander. So einer verständigen Hausfrau ist es unmöglich, in der Unordnung zu sein, es ist ihr zum Instinkt geworden, jedes an seinen Platz zu stellen und die vereinzelten Tätigkeiten zu einem Ganzen zu ordnen, wo keine Kraft der andern entgegenarbeitet, sondern eine der andern vor und in die Hände. Und das tut so eine erfahrne Hausfrau nicht dadurch, daß sie mit vielem Reden daherbraust wie eine Windsbraut, daß sie unter die Leute fährt und sie auseinandersprengt wie ein Wirbelwind, der über das Heu auf dem Felde kömmt, sondern das geht fast auf die Weise, wie unser Schöpfer es macht; es steht jedes auf seinem Platz, es weiß eigentlich nicht wie, und jedes bildet sich ein, es hätte eigentlich den Anstoß gegeben und wenn es nicht dagewesen wäre, so wäre es viel z'übel gegangen; was ihm, wäre kem Mönsche zSinn cho. Zum Doktor ging jemand und im Vorbeigehen mit Aufträgen nach Liebiwyl, Holz kam herbei für die Not, Butter, Reissuppe übers Feuer, gelüftet ward, gesäubert, und je mehr getan ward, desto weniger ward gestürmt und geschwatze, so daß die arme Frau sagte, es düech se, es well afa bessere, es heyg ere scho viel gwohlet. »Wenn öpper dr Vrstang het, dr Wille wär geng no öppe da; aber mit em Vrstang, da ist me mängist übel zweg.«

Am Abend noch kam Annelisi daher, schwer bepackt und mit dem Auftrage, die Mutter solle heim, es wolle dableiben. Aber es konnte lange reden, die Mutter wollte nicht. Wenn so eine rührige Frau einmal daran ist, etwas in Gang zu bringen, Hand an ein Werk gelegt hat, die Hand kann sie nicht davon abbringen; sie kriegt eine Art Fieber, kömmt in Jast, den man nicht stellen kann. Zu dem kam noch Zweites. Wer arme Kinder mit Leiden und Tod ringen gesehen, der weiß, daß in ihrem Anblick zumeist etwas unendlich Rührsames liegt. Zumeist ist so armen Kindern von Jugend auf eingeprägt, daß sie eine Last sind, daß Vater und Mutter um ihretwillen so schwer ringen müssen mit dem Leben. Wenn man es ihnen auch nicht deutlich sagte, so sehen sie es doch. Wenn sie ganz klein sind, so krätzt sie die Mutter, nimmt sie der Vater; so wie sie aber ab deren Armen kommen, so entfremden sie sich auch mehr oder weniger den Herzen, es sei dann ein bsungerbar hübsches u gwirbiges Kind, das sich festzuketten weiß an dem einen oder dem andern Herzen. Es ist aber eigentlich weder Hübschi noch Gwirbigi, es ist Flattierigi der Haken, mit dem es sich ins Herz gehängt. Wie schon tausendmal gesagt worden, es ist jedes Herz, ich möchte fast sagen das wüsteste, liebedurstig; versteht es nun ein Mensch, und Kindern ist es besonders gegeben (denn sie sind liebevoll, ehe die Liebe in der kalten Welt zu Eis erstarrt, zur Selbstliebe sich verknöchert und zusammengezogen hat), das Brünnlein der Liebe in ein Herz zu reisen, so wird dieses den süßen Trank begierig in sich saugen und das Kind freudig gewähren lassen. Das sind aber eben nur Ausnahmen zumeist und trifft meist die jüngsten Kinder, die noch nicht in der Welt erkaltet, verknöchert sind. Die andern müssen sich selbst behelfen: entbehren, man kann ihnen nicht gewähren, leiden, man hat nicht Zeit, sich zu achten, tragen, man hat nicht Zeit, sich mit ihnen zu plagen. Es ist eine harte Schule für weiche Herzen, und wie viele werden wohl da zerdrückt, und doch liegt in dieser natürlichen Schule eine Art Barmherzigkeit; es ist eine Schule fürs harte Leben, wie man Baumstecken härtet im Feuer, leider aber oft sie verbrennt dabei, damit sie nicht faulen in Wasser, Schnee und Erde. Es soll sich dabei Ergebung bilden, eine Gewohnheit, zu dulden und zu tragen, ohne zu klagen, und diese eben sieht man so oft bei armen kranken Kindern. Sie schreien nicht, sie weinen nicht; in glühender Hitze, im ärgsten Fieberfrost liegen sie auf dem jämmerlichsten Lager, ihre Lippen sind braun im Brand; auf dem Ofen ist ein zerbrochen Geschirr mit etwas Nassem, aber niemand hat Zeit, es ihnen zu reichen, sie schweigen, leiden, ihre Augen richten sich wohl dem Geschirr auf dem Ofen zu, aber sie warten, bis die Mutter im Vorübergehen es merkt und frägt: »Wotsch öppe trinke?« Wenn man dagegen reiche Kinder sieht in ihrer Begehrlichkeit, in ihrer Unfähigkeit, den Schmerz zu ertragen, wie sie schreien, wenn sie beinahe sich gehauen, und wie ihrer Sieben um sie springen müssen, wenn sie sich wirklich gehauen, und sie doch nicht gschweigen können, so ist es wirklich zum Erbarmen. Man fängt dann wohl an zu werweisen, wer glücklicher sei fürs Leben, das reiche oder das arme Kind, fängt an, immer stärker darüber zu sinnen, warum es so schwer sei und namentlich den Eltern, die rechte Mitte zu treffen für das Leben, so schwer sei, das Herz zu härten für das Leben, es weich zu erhalten für das Lieben.

Durch die harte Schule waren auch die kranken Kinder gegangen, sie lagen ergeben, stumm, stumpf, würden Solche sagen, die das nicht verstünden, in ihren Hüdelchen; was sie dachten, was sie empfanden, ob sie an das Leiden dachten oder an den Tod, von dem so viel geredet ward, oder an Genesung? Sie gaben kein Zeichen von sich. Aber als die alte, schöne, freundliche Frau sich ihrer annahm, sie säuberte, reine Hemder ihnen anzog, ihnen hülfreich beistand, sie tröstete, ihnen zu trinken gab, weiche, warme Sachen, da war es fast, als ob sie aufwachten, als ob sie wieder reden möchten, und das Kleinste, ein blasses, aber lieblich Mädchen mit krausen, blonden Härchen um den Kopf, fragte: »Bist du öppe my Gotte?« – »Ja, King«, sagte Änneli, »dy Gotte will ih sy.« – »Gäll, du gehst nicht von uns, du bleibst jetzt bei uns, bis es für ist u Müetti wieder ufma«, sagte es. »Ja, du guts Kind, ich verlasse euch nicht«, hatte Änneli gesagt, und jetzt konnte es wirklich nicht fort. Die Kinder, und besonders das blasse, blonde, hatten es gefesselt, es war ihm, als ob es ihre Großmutter wäre und als ob Gott, wenn es sie verließe, sie aus seiner Hand fordern würde. Dieses sagte Änneli Annelisi freilich nicht, sondern anderes; aber es ist ja so häufig so, daß wir viel sagen, aber gerade das nicht, warum wir etwas gesagt, warum wir das wollen und nicht was anderes. Von wegen, was wir nicht wissen, können wir nicht sagen, und wie oft geschieht es uns nicht, daß wir etwas wollen, wir wissen nicht warum, der Entschluß steigt uns auf als wie ein Gespenst aus dunkelm Schlunde, und erst wenn es so da vor uns steht, suchen wir nach Gründen, sein Dasein zu rechtfertigen.

Eine rechte Reisbrühe zu kochen für diesen Fall wüßte niemand, sagte Änneli, man koche das Ding gewöhnlich ein wenig, aber den Reis verkoche man nicht; wenn man anrichte, so sei das lautere Wasser obenauf und der Reis hocke ganz am Boden, und dHauptsach bei einer solchen Brühe sei, daß sie schleimicht sei, anhänke in den Därmen, wie der Doktor gesagt habe; eine solche Brühe wolle es selbst kochen. Dann müßten die Kinder Dokterrustig nehmen; die Frau sage zwar, man könnte innen nichts beibringen, sie nähmten nichts. Das müsse nun sein, und wenn sie jemand etwas abnähmen, so nähmten sie es von ihm, sie seien jetzt an ihns gewöhnt, und es wolle das einmal probieren. Es gehe ihm schier leichter, jetzt hier zu bleiben, als heimzulaufen. Am Morgen könnten sie ihm dann Roß und Wägeli schicken, und wenn jemand kommen wolle, ihns abzulösen, so sei es ihm recht, daneben, wenn einmal die Sach im Gang sei, so werden sich wohl Leute aus der Nächsemi zeigen. Aber vergessen solle man nicht, noch Haberkernen zu bringen und von denen Bettdecken eine, wo im Spycher hingen.

Gäb was es sich sträubte, Annelisi mußte gehen, und gäb was die arme Frau dagegen einwandte, Änneli blieb als Wärterin. Sie dürfte das nicht annehmen, sagte die Frau, sie wüßte nicht, wie es vergelten. Öppe so bei einer Kindbetti, da wollte sie nichts sagen, da sei es der Brauch, da hätte öppe eine Frau die andere nötig, und sie sei manchmal froh darüber gewesen, aber bei einer solchen Krankheit hätts afe ke Gattig. Wenn man das Trinken auf den Ofen stellen wollte, so wollte sie sehen, wie sie es mache. Sie weinte, als Änneli auf seinem Willen bestand, und meinte, sie hätte nicht geglaubt, daß so eine gute Frau auf der Welt noch lebe, und noch so eine vornehme und wo selligs nit nötig hätt auf der Welt und nit für e Himmel, weil sie sonst schon darein käme und ihn für gwüß hätt. Aber wie ihr das Erwarmen wohltäte, weil sie nicht immer auf sein müsse, sie könne es nicht sagen.

Endlich kam Zeug und das Versprechen, der Doktor werde morgen früh da sein; man solle alle Stunden von der Rustig geben und Brühe z'trinke, so streng man möge. Vielleicht, daß dann noch müsse kristiert sein. »E aber nein«, sagte die Frau, »sövli Hung wird er doch nicht gegen uns sein wollen, sövli, daß wir schon aufmüssen, wird er uns doch nicht noch mehr kujinieren wollen!« – »Habe nicht Kummer, Frau, nimm jetzt und schlaf dann ein wenig. Lue, aufs Doktern verstehen ich und du uns nicht, und manchmal ist, was unser Gattig Lüt ds Dümmste dunkt, ds Witzigist«, sagte Änneli. Darauf machte es sich an die Kinder, die sonst keinen Zeug einnehmen wollten. Schmeichelnd fing es beim Jüngsten an, versprach gute Brühe, und das Kind nahm und sagte, das sei fry guet, es hätte nicht geglaubt, daß Dokterzüg so gut sei. »Hast du noch nie gehabt?« fragte Änneli. »Nein, aber man hat mir oft gesagt, ih söll folge un is Bett, sust werd ih krank u de gäb me mr Dokterzüg, u das steych vom Tüfel u dräyh eim ganz zringsetum und syg yznäh öppis schröckligs.« – »Jä so«, sagte

Änneli. Auch die andern Kinder nahmen ein, teils weil das Jüngste es genommen hatte, teils weil sie der freundlichen fremden Frau es nicht recht weigern durften.

Die Nacht war eingebrochen, die Mutter schlief; Änneli das beständig beschäftigt war, bald mit den Kindern, bald mit Kochen und andern Dingen noch, wollte Licht machen, fand die Lampe, aber kein Öl dazu, gäb wie es suchte an allen Orten, wo man sonst das Öl zu haben pflegt; leise fragte es eins der Kinder darnach. »Wir haben schon gestern keins mehr gehabt«, antwortete das Kind. Glücklicherweise war es Mondschein und sehr helle, indessen unbequem war es jedenfalls. Wenn Änneli zuweilen absitzen konnte, so mußte es immer und immer wieder denken: Kein Öl und vier krankne Kinder! Unsereim weiß doch wahrhaftig nicht, wie es solche Leute haben, wir haben es viel zu gut. Wie wäre mir doch, wenn was mangelte, gäb wie leicht, in meiner Haushaltung, und nur eine Nacht lang, es legte mich schlaflos, und wenns nur kein Kaffee wäre oder kein Mehl und ich wüßte, den andern Tag könnte ich deren wieder haben, so viel ich wollte. Und hier nichts, kein Geld, kein Brot, von allem nichts, und alle krank! Nüt ha u nit wüsse wo nah, nein, das stünde ich nicht aus! Und doch würde ich müssen, dachte es, wenn unser Herrgott es wollte, aber ich weiß nicht, wie mir wäre. Und doch müßte ich es ertragen, wenn Gott es wollte! Oh, wenn man geben kann man weiß nicht, wie es einem anders ist, als wenn man nehmen muß. Und wenn ich meine Kinder auch so hätte müssen liegen sehen in schlechten Hüdlene, so matt und mager, nichts als die Haut über die Beinchen, Herr Jemer, wenn ich eins von ihnen noch so sehen müßte, nein wäger, das ertrüge ich nicht! Und wenn mir Gott die Wahl ließe zwischen dem Reichtum und den Kindern, entweder sie so sehen ohne alle Sachen, in schlechtem Bett, oder sie gar nicht zu haben: was lieber?

Ach Gott, ach Gott, dachte Änneli, wie gut ist doch der da oben, daß er einen nicht in Versuchung führt, solche Fragen nicht tut, es macht, wie ers am besten findet! Aber wenn ich denken müßte, ich müßte alles, alles geben und hätte nichts mehr für meine Kinder, und sie lägen so da und ich könnte nicht einmal für sie betteln, es würde mir das Herz zerreißen, und doch gäbte ich sie nicht. Was hülfs mir, reich zu sein, wenn ich keine Kinder mehr hätte, da müßte ich mich ja zu Tode weinen und könnte nichts mehr sagen als: Hätt ih se doch no, hätt ih se no!

Wie doch das ein hübsches Kind ist, mußte es denken, als es das kleine Mädchen aufheben mußte und der Mond auf dessen

Gesichtchen sich spiegelte, durch die Locken schimmerte, golden sie säumte. O du armes Kind, was wird aus dir werden, wie bös wirst du es einst haben und wie reich wäre manche Frau, wenn sie dich hätte! Da lägest du in einem andern Bettchen, und wer weiß, was du für Aufwart hättest! Gott hat es so gemacht, er wird wissen warum. Aber unsereim begreift es nicht. Ach, man begreift so manches nicht! Warum der armen Frau nicht mehr geben, mit Minderem könnten wir es ja auch machen und müßten doch lange nicht so wohnen und hätten noch lange Geld für Öl! Aber so hat ers gemacht, es wird gut sein so und muß gut sein, dHauptsach ist, daß man sich nicht versündige, sei man reich oder sei man arm, die Reichen nicht an den Armen, die Armen nicht an den Reichen. Nein wäger, versündigen will ich mich nicht! Wenn Christen das sehen würde! Doch Christen ist gut und bsungerbar in der letzten Zeit, aber wenn er das Elend sehen könnte und die Kinder, er würde mir noch manches verzeihen und begreifen, wies mir ist, wenn mir jemand was bettelt. Ih mueß gä, i Gottsname. Was weiß man, wie die Leute zweg sind, denke man doch an dieses Elend! Christen braucht das nicht zu sehen, er hat ein gutes Herz, aber Andere sollten es sehen, es gibt deren, die bodenbös sind, und wenn sie einen armen Menschen ausdrücken, das Blut ihm aussaugen könnten, sie sparten es nicht, die wüeste Hüng, Gott vrzieh mr my Süng. Aber eine jede Frau und ein jeder Mann sollte wissen, wie es einem gehen kann in der Welt, und sollte sehen, was Elend ist. Es klagt so Mancher, ist nie zufrieden und weiß nicht, was bös ha ist, sinnet nit, wie gut ers hat, und versündiget sich schröcklig mit Neid und Klage. Oh, wenn man gsund in ein warm Bett schlüpft und dKindli alli deckt sind und öppe ihr Sächli haben, wie sollte man da glücklich sein und Gott loben und preisen.

So sinnete Änneli in selber Nacht, und keinen Preis der Welt hätte es genommen, daß es diese Nacht nicht erlebt hätte. Wenn so ein Tag fürgang wie der andere und man nicht aus seinem Hause komme und immer das Gleiche sehe, so wisse man nicht, was das Leben sei, und die Gedanken würden so kurz, daß sie an nichts dächten als an sich und die eigenen Sachen, und daß man nicht begreife wie es anderwärts anders gehe als um ein herum, und es einem auch anders gehen könnte. Denn das Unglück, welches hier sei, könnte ja so leicht auch zu ihnen kommen ein oder zwei lange Schritte, so wäre es bei ihnen, und wie sie das angreifen müßte, wenn es so ungsinnet daherkäme, dachte es bei sich, und wie eben deswegen so viele Leute hart und gleichgültig werden, weil sie nicht sehen, wie es Andere hätten, und so verzagt und fast gottlos im Unglück, weil sie den Wechsel vergessen hätten und wie über Nacht der Herr die Prüfung senden könne, und nicht nur in eine Bettlerhütte, sondern ins vornehmste Herren- oder Bauernhaus.

So verging Änneli rasch die Nacht, an ihm war sie gesegnet, aber auch an den Kranken, und friedlichen Schlaf und freundliche Gesichter sah der Morgenstern, als er durch die Fenster blickte.

Mit dem Morgen kamen andere Leute, kam Christen selbst daher mit finsterem Gesichte, aber dem Nötigen. Änneli kannte das Gesicht, Christen mußte das Roß anbinden, mußte ins Stübchen kommen, mußte das Elend und die Not ansehen, mußte die Kinder sehen, wie sie so erbärmlich aussahen. Aber Christen machte deswegen kein freundlicher Gesicht, es düechte ihn, das hätte alles so sein können, ohne daß deretwegen seine Frau eine Nacht hier zu sein gebraucht, deretwegen sei die Sache doch so, wie sie sei. »Komm du jetzt«, sprach er. »Willst du fort?«, sprach das kleine Mädchen, »nein, Gotte, bleib, du hast es ja vrsproche«, und hing sich an Ännelis Hals und ließ sich fast nicht begütigen mit allerlei Versprechen, und die andern Kinder, wenn sie auch nicht viel sagten, so sah man doch, wie hart es ihnen ging, daß die gute Frau, die so viel Erbarmen und freundliche Worte hatte, fortwollte. Die Mutter aber weinte und konnte wenig sagen, als daß der Vater im Himmel es ihr vergelten möchte; e selligi Frau gebe es nicht mehr auf der Welt, und in Zeit und Ewigkeit wolle sie diese Nacht nie vergessen, es sei gerade gewesen, als ob ein Engel dawäre und ihnen wachete.

Als Christen das hörte, zogen sich die Wolken fort von seinem Gesichte, er begriff erst, was Änneli getan; sein Herz ward weich, das Erbarmen kam, er ward freundlich, sagte, wenn schon die Frau heimkomme, deswegen sollten sie nicht vergessen sein, aber sie alte afe und mög nümme alles erlyde. Sie sollten nicht Kummer haben, es werde schon bessere, und wenn sie wieder gesund wären, so sölle si de öppe cho, mi well de luege, was me tue chönn. Das war von Christen viel, der sonst derlei Dinge seiner Frau überließ, und was ihm die Frau auf dem Heimwege erzählte, rührte ihn noch mehr. Man wisse nicht, wie man es hätte, sagte er, aber vr- wundere tue es ihn, daß sövli Not da zmitts unter ihnen sein könne. Öppe am wüsteste sei man doch hier gegen die armen Leute nicht, und doch könne es solche Falle geben. Aber man sinn nit dra, öppe selber z'luege, u wil so Viel zum Hus chöme, su mein me, wer öppis mangli, der lauf selber nache.

Es war ein kühler Herbstmorgen, als sie heimfuhren, ein scharfer Nordwind strich ihnen entgegen; es fröstelte Änneli, als sie heimkamen, es hatte warm gehabt und sich nicht wärmer angezogen, als es aufs Wägeli saß. Daran hatte niemand gedacht, und weit war übrigens der Weg nicht. Seit gestern hatte es nichts genossen, den Kindern mochte es die Brühe nicht wegtrinken, und anderes hatte es nichts. Wenn man so leer im Leibe sei, so friere man doch afe, sagte es, es hätte es nicht geglaubt. Annelisi werde aber schon an ein Kaffee gesinnet haben, und es müsse sagen, so hätte es nie nach demselben blanget als jetzt.

So war es auch, das Kaffee war zweg, und Änneli lebte wohl daran, aber bei jedem Schluck mußte es sagen: »O Kinder, wir wissen nicht, wie gut wirs haben und wies hergege arm Lüt hey; warms Esse, es warms Bett, u we mr öppis mangle, su cheu mrs ga näh im Keller oder im Spycher, oh, mi weiß nit, was das ist u was me het!«

Die Kinder waren an der Mutter, daß sie gang ga ligge, um wieder recht zu ihr selbst zu kommen, mit großer Mühe brachten sie es dahin. Änneli war so voll des Gesehenen, daß es lieber den Kindern den ganzen Morgen brichtet hätte. »Schlaf du jetzt, Mutter«, mußte Annelisi mehr als ein Halbdutzendmal sagen, ehe sie es entließ; »los no das, u denk doch!« hielten es immer aufs neue fest. Und lange wollte der Schlaf nicht kommen, und als er kam, war er unruhig und bewegt. Annelisi hatte die Türe nur zugezogen, um zu hören, wenn die Mutter was begehre. Es hörte sie reden, sah hin und fand sie schlafend. »Komm doch«, rief es Resli. »Komm hör, wie dMuetter redt, und schlaft doch, soll se ächt wecke?« – »Ich ließe sie schlafen«, sagte Resli, »sie hät gar es lings Herz, die Lüt hey se grusam erbarmet, un das chunt ere jetz für. Ih glaub, es syg nüt angers, aber gang nit dadänne u gib wohl acht.«

Änneli erwachte mit Kopfweh, sagte aber nichts; es war recht unwohl, wollte aber nicht den Namen haben, wie die Andern auch fragten. Änneli fürchtete, die Andern möchten sagen: »Jä lue, Muetter, warum gehst und machst solche Dinge, haben wir es dir nicht gesagt, du magst wäger so etwas nicht erleiden.«

Diese Furcht ist ein Ding, das oft zu finden ist und viel Unheil stiftet, denn sie ist Ursache mancher Verheimlichung, die einen üblen Ausgang nimmt. Manchmal liegt diese Furcht im Bewußtsein einer Schuld, man war gewarnt worden, man tat es dennoch; manchmal entsteht sie durch allzu große Ängstlichkeit oder Zärtlichkeit anderer Personen, die sich gleich grusam gebärden, aus der Haut fahren und einen Güterwagen in die Apotheke schicken, um Medizin zu holen. Dann gibt es aber auch Leute, welche den Gugger im Leib haben, Predigten anzubringen; die lassen sich, wie bekannt, an Sündern am bequemsten applizieren. Erwachsenen Personen kann man nun so mit Anstand doch nicht jede Kleinigkeit vorhalten, die Anlässe zum Predigen fänden sich selten, wenn sie nicht glücklicherweise zuweilen unwohl würden. Merkt man nun so etwas an ihnen oder klagen sie gar, so ist dies die prächtigste Gelegenheit, die bekannten Sprüchlein anzubringen: »Han drs nit scho mängist gseit, lue, jetz hesch es, du wotsch mr geng nüt glaube, aber mira, ih cha schwyge, ih will nüt meh säge, du wirst es welle zwänge, he nu so de, i Gotts Name, wenns ha witt, su häbs, aber nume gib de mih nit dSchuld.« Es gibt Leute, denen man so aufwarten muß, aber wie gesagt, es gibt Leute, die allen so aufwarten und die, wenn man ihnen alles mit der größten Sorgfalt verheimlicht, daß sie gar keine Predigt anbringen können, an einem schönen Morgen so anfangen: »Hör, ich muß dir einmal was sagen, wird nit scho ungeduldig, es ist dy Sach und ih chönnt eigetlich schwyge, wenns mr nit um dih wär. Du darfst das gewiß nicht mehr so gehen lassen, du mußt abführen oder sonst etwas machen.« – »Aber es fehlt mir ja nichts«, ergeht die Antwort. »Eben das ists, was mir Kummer macht. Es fehlt dir sonst von Zeit zu Zeit etwas und jetzt so lang nichts mehr. Das ist nicht gut, du hest nit Sorg gnue, u lue, ih säge dr jetz zur rechte Zyt, lue wasd machst, gwüß gits öppis Bös drus, was, chan ih dr nit säge, ih bi key Dokter, aber öppis gits. Und drum tue drzue, ds Marei geyht dStadt ab, es chönnt dir doch die Laxierig la rüste, wo dr geng so wohl ta het.«

Solche Gäuggle waren freilich Ännelis Leute nicht, aber hätten doch vielleicht nicht gedacht, daß man geschehenen Dingen z'best reden solle, hätten gesagt: »Mutter, warum meinst auch, du seiest noch zwanzigjährig. Mutter, warum glaubst niemere nüt und vertrauist üs nüt a!« Änneli verbarg daher, daß zum Kopfweh, zur Mattigkeit noch Bauchweh kam, ein Durchfall begann; so geheim als möglich machte es sich Tee, und da es ihn nur trank, wenn es niemand sah, so kam es selten genug dazu. Endlich merkten es aber Annelisi und Christen. »Los, Muetter, es fehlt dir; wo hets, sägs doch, du bist nit zweg.« Es sei nichts anders, sagte Änneli, es hätte nur ein wenig dr Dürlauf, das werd scho bessere, es hätte Kamillentee angerichtet. »Hör, auf der Stelle muß man zum Doktor schicken, das kann man nicht so gehen lassen, wer weiß, was es geben könnte«, sagte Christen. »Das wäre sich wohl dr wert«, sagte Änneli, »so wege eme bitzli Dürlauf zum Dokter z'schicke, er wurd is schön uslache. Man kann noch Brühe kochen, und wenn es dann nicht bessert, so kann man immer noch luegen.« – »Ja, mit em Luege ist scho mänge Mönsch gstorbe«, antwortete Christen. »He«, sagte Änneli, »emel bis morn wird es nit alles zwänge, und wenns de nit besseret, su cha me schicke. Es sollte ohnehin jemand in die Öle und bifehle, daß man uns doch unsern Lewat öle; wir haben fast kein Öl mehr, und ich habe keine Ruhe, bis wir wieder haben, ich weiß jetzt, wie es einem ist, wenn man kein Öl im Hause hat.«

Am folgenden Morgen aber war es Änneli nicht besser, sondern viel schlimmer; es war sehr matt, und sein Übel hatte nicht abgenommen. Früh lief jemand zum Doktor ab, mit dem strengen Befehl, sich nicht zu säumen auf dem Wege. Der Bote kam wieder mit dem Bescheid, die Mutter müsse grusam Sorge tragen, mit dem Dürlauf sei nit z'gspasse, dr rot Schade regier, und bös. Nachmittag komme er da durch (der Doktor nämlich) und wolle dann zuechecho.

Als diese Nachricht kam, war es, als ob der Blitz eingeschlagen hätte ins Haus, da war kein Gesicht, welches nicht bleich ward, keine Hand, die nicht zitterte, daran hatte man nicht gedacht; daß die Mutter den roten Schaden bekommen könnte, war ihnen nicht eingefallen, selbst Christeli, der vor der Ansteckung gewarnt hatte, sinnete nicht mehr an so etwas, da die Mutter ihn nicht gleich mit sich brachte wie irgend ein Ungeziefer, das man auf der Straße aufgelesen. »Herr Jesis, Herr Jesis, dMuetter dr rot Schade«, jammerte alles bis auf den Güterbub hinunter, den man hinter dem Hause weinend antraf und der jammerte: Wenn die ihm stürbe, so hätte er niemere meh uf dr Welt, und aufs Gutjahr hätte sie ihm eine neue Kleidung versproche, wenn er sich gut stelle, und ihm sie gewiß auch gegeben. Christen war ganz geschlagen, hatte fast den Sinn verloren; wenn er zur Türe aus wollte, so fand er die Falle nicht, mußte lange sie suchen. Man wußte eigentlich nicht, warum man so erschrak, noch schien keine Gefahr da, der Doktor hatte nur vor ihr gewarnt. Aber die Mutter war nie krank gewesen, nie dahinten geblieben, man sah sie an als des Hauses Vorsehung, von der alles ausging, und daß die auch zurückbleiben, vielleicht gar sterben könnte, das kam allen erst jetzt in Sinn und schlug daher alle, als ob ein Blitz durchs Haus gefahren wäre. Dem Annelisi, das der Mutter den Zeug geben sollte, liefen die Tränen stromsweise die Backen ab, und die Hand bebte ihm so gewaltig, daß es weder den Löffel halten noch mit dem Gütterli den Löffel treffen konnte. Resli mußte ihm helfen. Änneli blieb gelassen, tröstete, sagte, sie sollten doch nicht so machen wegen öppis, das noch nicht da sei, und wenn es ihn bekomme, so sei es noch nicht gesagt, daß es daran sterben werde, und wenn es stürbe, so hätte es ja einmal sein müssen, und gäb e chly früher, e chly später, darauf komme es ja nicht an, sie hätten Ursache, Gott zu danken, daß er sie so lange beieinander gelassen. Vor zwanzig Jahren, da wohl, da wäre es ihnen übel gegangen, aber jetzt seis ja gleich, jetzt könnten sie es machen ohne ihns.

Als nachmittag der Doktor kam, war auch der rote Schaden da. Was das für ein Jammer war! Der Doktor machte erst ein bedenklich Gesicht und sagte: »Richtig, da hey mr ne, wien ih gseit ha.« Als er aber die Gesichter der Andern sah, da tröstete er auch und sagte, so sollten sie nicht tun, sie machten der Mutter nur Angst. Was er machen könne, das wolle er machen, und sövli eine gute Frau werd öppe üse Herrgott nit welle la sterbe, es ginge den armen Leuten und allensammen viel z'übel. Sie kamen ihm noch alle nach bis weit vor das Haus hinaus, um zu fragen, was er meine, und ihn zu bitten, er solle doch anwenden und alles machen, was zu machen sei, und bifehle, was sie tun sollten, je mehr je lieber. Und als sie wieder hineinkamen, saß eins hier ab, das Andere dort, stützte den Kopf und barg die Augen hinter die Hand, schlich dann hin und sah, was die Mutter mache. Es wollte alles wachen, wollte dabei sein, wollte helfen heilen, und am Morgen stand selbst der Melker früher auf als sonst, weil er nicht mehr schlafen konnte und die Angst um die Mutter ihn auftrieb, zu vernehmen, wie es durch die Nacht gegangen. Von wegen, wenn es einem Dienstboten fehlte, so hatte er sich auch der Mutter zu trösten; sie schlief um seinetwillen manchmal nicht und stand ungsinnet an seinem Bette mit einem Kacheli. Und wenn er schon brummte innerlich über den Trank, so tat ihm doch die Sorge wohl und das Bewußtsein, daß er nicht vergessen sei, wenn er schon nur ein Knecht sei.

Der Anfall war sehr stark für eine ältere Frau, und der Doktor machte sehr bedenkliche Gesichter, befahl großen Fleiß und hatte selbst auch großen. Das müsse einander helfen, sagte er. Am Morgen früh war er schon da und abends kam er meist wieder, und noch größern Fleiß hatte die ganze Familie, sie kam nicht aus den Kleidern; wenn schon nicht alle in der Stube waren, es zog doch Keines seine Kleider aus, und wenn eins schon schlief, die Unruhe weckte es doch bald wieder, um vor der Mutter Türe zu horchen, was drinnen vorgehe, oder in die äußere Stube, wo

Botschaft zu vernehmen war, wenn jemand aus dem Stübli kam.

Der Doktor hatte verboten, daß man nicht alles in die Stube lasse, weil das der Kranken nur Angst mache, und namentlich bei dieser Krankheit, wo man immer aufmüsse und die Leute dabei einem hinderlich seien. Damit hatten sie große Not. Sobald es bekannt wurde, die Bäurin sei krank, so kamen die Leute weitherum her und wollten sie besuchen. Die Stube wäre nie leer geworden, eins hätte gesagt: »Herr Jesis, wie sieht die aus, die erlebt den Morgen nicht«; jemand anders hätte gesagt: »Nein aber, wie hat die gleidet, aber es ist schon mancher Mensch wieder zweg gekommen und ist doch noch viel schröcklicher zweg gewesen«. Ein Schauerfall hätte den andern gejagt, und dazu hätten sie brav pläret, arme Weiber hätten gejammert, und wenn eins Abschied genommen, so hätte es gesagt: »He nu so de, umegseh wirde ih dih nümme, aber bete will ih, daß dr öppe Gott dyner Sünde vrgeb«, und ein Anderes hätte gesagt: »Ih mueß hey, su leb de wohl, u we mr enangere hie öppe nümme gseh sötte, su wey mr hoffe, daß mr dert öppe wieder zsäme chöme.« Sie hatten große Not, die Menge abzuhalten; es meinte jedes das Recht zu haben, hineinzugehen, und Leute sind, die halten es für eine eigentliche Sünde, wenn man nicht alles zum Kranken läßt, oder meinen, er liege in großen Sündenängsten und rede Sachen, die niemand hören solle; eine Krankenstube, meinen sie, solle öffentlich sein wie die heutigen Kammern oder Großratssitzungen. Wir verhehlen es nicht, daß manchmal sicher mehr Erhebung und Erbauung zu finden wäre in einer Krankenstube als in einem Großrats, oder Tagsatzungssaal. Indessen kömmt es hier auf das Heil der Kranken an, und wenn man Säle als Krankenstuben betrachten wollte, so wäre es den Patienten darin zu ihrer Genesung vorteilhafter, sie wären geschlossen, von wegen, es macht der Kranke sich gerne vor den Leuten forsch und sollte eigentlich auf dem Nachtstuhl oder der größten Ruhe sich befleißen und fleißig einnehmen und abführen.

Mit lieblichem Wesen und Essen und Trinken däselete man die Leute ab und schützte den Doktor vor. Das begriffen Wenige. Die Einen meinten, die Bäurin werde gewiß schon gestorben sein und z'grüslig aussehen, als daß sie sie dürften sehen lassen; Andere sagten, sie seien zu vornehm, öppe sonst an allen andern Orten hätte man sie hineingelassen, und die Dritten flüsterten endlich, die Bäurin möchte gerne was offenieren und ihre Leute begehrten lieber, daß es nicht gehört würde und vor die Leute käme, vielleicht, daß sie auch diesem oder jenem was geben möchte, sie sei notti eine gute Frau gewesen, aber die Kinder möchten es ihnen nicht gönnen. So redeten die Leute auf ihre gewohnte Weise, in der sie nie denken, was sie reden, so daß man von den Meisten hoffen muß, der Grund sei besser als der Mund.

Änneli aber redete nichts von Sterben, und das machte den Seinen gute Hoffnung; sie dachten, es müsse selber am besten wissen, wie es ihm sei, und wenn es neuis gspürte, so würde es es sagen; sie hofften wieder, da der Tod nicht einsmal kam.

Und eines Morgens schien der rote Schaden aufgehört zu haben, da hatten sie große Freude, und daß es nach sövli Leiden schwachs sei, düechte sie nichts anders. Es strengte selbst sie an, auf den Acker zu gehen, allesamt, Resli könne bei ihm bleiben. Er hätte die ganze Nacht gewachet, da könne er vielleicht ein wenig schlafen. Wenn es etwas geben sollte, so sei es ja nicht weit, man hätte sie plötzlich. Es war so heiter und schön draußen und allerdings Arbeit not, daß sie gingen, obschon es sie düechte, sie könnten nicht fort, und es war Keins, das nicht noch vorgab, etwas vergessen zu haben, und nachsah, ob es der Mutter nicht noch was tun könnte.

»Sind sie alle fort?« frug die Mutter. »Ich glaube es«, sagte Resli, »ich höre keinen Menschen mehr.« – »So komm und sitz da neben mich, ich habe mit dir zu reden, und öppe laut mag ich nicht mehr. Los, Kind, lang macht es nicht mehr mit mir, und da möchte ich ab dem Herzen tun, was noch auf demselben ist.« – »E Muetter, öppe das nit, es wird sicher bessere, wollt Ihr nicht einen Augenblick schlafen?« sagte Resli. »Es ist jetzt nicht Zeit zum Schlafen«, sagte Änneli, »meine Zeit ist aus, ich fühle es, es git de bald e länge Schlaf zum Leue. Los, schwyg u gib mr dHand, es ist ja Gottes Wille, daß die Einen gehen, die Andern kommen. Aber eben das ist jetzt mein großer Kummer und das Einzige, wo ich auf dem Herzen habe, daß die noch nicht da ist, die nach mir hier sein wird, daß ich mein Tagewerk niemand abgeben, Mann und Kinder niemere anempfehle kann. Das drückt mich. Fragen habe ich dich nicht wollen, wie es dir sei im Herzen, ich habe gesehen, daß du viel zu verwerchen hast und das lieber alleine machst. Aber jetzt möchte ich deinen Sinn doch wissen; liebst das Meitschi, oder sinnest an ein anderes? Denn eine Hausfrau mußt du haben, Annelisi folgt dem Mann, ich dem Vater droben, da muß jemand anders herbei.«

»Nein wäger, Mutter, an kein ander Meitschi habe ich gesinnet, wie wollte ich auch!« – »So liebst das andere noch?« fragte Änneli. »Mutter, ich sollte nicht, aber aus dem Sinn bringen kann ichs nicht, und wenn ich schon etwas anderes denken will, es ist immer wieder da und steht mir vor den Augen.« – »Los, Kind, das freut mich, du nimmst es also, wenn ich nicht mehr bin?« – »Was denkt Ihr, Mutter«, antwortete Resli, »da wärs ja, als hätte ich auf Euern Tod gewartet und Ihr wäret mir jetzt aus dem Weg gegangen. Nein, Mutter, das soll niemand glauben. Auch kann ichs nicht vergessen, wie es mir Augen gemacht hat, so zornige, Mutter, sie haben fry zündet, und kein gutes Wort hat es mir geben wollen, dr tusig Gottswille habe ich darum bete, wie ih no kei Mönsch bete ha, un keis Wörtli hets mr gseit, u so hets mih la gah. U so könnt ih niemere la gah, u wärs my ärgst Find. U da soll ih ga anekneue u ga säge: Gottlob, dMuetter ist jetz tot! U für was für es Meitschi? Wo mr keis guets Wort het welle gä. Muetter, wenns als Frau so tät, so wüest un lätz, ih wär dr unglücklichst Tropf uf dr Welt u müeßt mih ja schäme vor alle Lüte, vor Knechte u Mägde.«

»Kind, du mußt das nicht so nehmen«, sagte Änneli. »Daß du nicht auf meinen Tod gewartet, das weiß öppe, wer uns kennt, und die Andern machen uns nichts. Und wegem Meitschi mußt du nicht so sein und das sövli höch ihm näh. So wege einem einzigen Augenblick es zu verstoßen aus deinem Herzen, und ds Meitschi hanget a dr, denk doch, wenn unser Herrgott auch so sein wollte!«

»Nein, Mutter, wenns mich lieb hätte, so hätte es nit so ta; es ha scho hie son es gspässigs Gsicht gmacht, ih ha nit gwüßt, was ih drus mache söll, es het mr himmelangst gmacht«, antwortete Resli.

»Ich habe der Sach auch nachgedacht, Kind, und anfangs hets mih duret; ich habe geglaubt, es gefalle ihm hier nicht, man warte nicht gut genug auf und erweise ihm nicht genug Ehre, und bin fast mißtreus worde. Da ists mir aufgegangen auf einmal, es ha mih düecht, sein Mänteli sei ein Fenster, und was dahinter sei, könne ich sehen, so deutlich, wie wenn es mir vor Augen wäre, und doch ist der Spiegel eigentlich in meinem Herzen gewesen, und was ich in dem des Meitschis erkannte, las ich eigentlich ab in mir. O Kind, glaub, wenn man sich zurückbesinnt, wie es einem gewesen und was man gedacht und erfahren, so ist das gerade, als ob man lesen könnte eine unbekannte Gschrift, wo die meisten Menschen nicht einmal die Buchstaben sehen, geschweige dann sie verstehen. So ists mir gegangen. Von meinem Vater habe ich nie viel gesagt, aber betet für ihn viel. Er hat viel wüst getan, daheim und in den Wirtshäusern, es ha mih mängist düecht, ih möcht i Bode schlüfe, un wenn Lüt drby gsi sy, su han ih nit viel gseit, aber es Gsicht gmacht akkurat wie dys Meitschi, u ha so weni as mügli vorufgluegt, damit ih dr Vater nit gsäch u nit, was dLüt für Auge mache, un es guets Wort hätte ich keinem Mönsche chönne gä, und hätts ds Lebe golte; es het mih düecht, ih möcht entweder pläre oder täubele, daß es kei Gattig hätt. Und mein Vater wäre mir doch noch lieber gewesen als der Andere, e so wüest mit Märte un uf e Gyt hi Jeste ist er doch de nit gsi. Das hat das Mädchen drückt, hier hats ihm gefallen, und viel ist ihm ungewohnts gewesen; ich habe mich dann wohl geachtet, wie es dies und jenes gschauet het und wie es ihm fremd gewesen, und daheim wars grusam gerne fort, bsungerbar wenns so e Wüeste hürate sött, und grusam angst ists ihm worde, es gäb aus allem nüt, bsunderbar wo dr Alt so uvrschanti Geding gstellt het. Es hätte gerne was mögen dazu reden, aber es hat sich nicht trauet, hat Kummer gehabt, es müeßt afa pläre u zeige, wies ihm drum wär, oder es chönnt dSach verstöre; ih ha recht Erbarme mit ihm gha. Und grad so, es düecht mih, ich sehe es, wird ihm daheim gewesen sein, wo du und der Alte die Köpf gegen einander gemacht; es ist ihm übers Herz cho, und was es so lang vrha het, ist usbroche; die Meisten, glaub mirs, hätte no wüester ta.«

»Mutter, ich will Euch glauben«, sagte Resli, »daß es ihm so gsi ist, aber tue hätts nit so sölle, ih hätt kes Herz meh zun ere Frau, die so Auge macht und kes Wort meh vo re gä will, gäb wie me ahet. Eine schücht das, e Angere dieses, aber selligs ist mir grusam zwider, wo de vor all Lüt chunt un dChilche- und dMäritlüt drvo rede, wie die Frau aber ta heig un usgwüetet, si syg gar nit by re selber gsy meh.«

»Höre, Kind«, sagte die Mutter, »du bist unbarmherzig, wegen einem Male willst du das arme Kind verwerfen, welches nicht so getan hätte, wenn es dich nicht so lieb gehabt. Glaub mir, eben die, wo an einer Frau keinen Fehler wollen, die werden am meisten gestraft, eben die, wo nicht genug auslesen können, werden am öftersten betrogen, von wegen, die aufrichtigen Mädchen denken nicht daran, die Heuchlerinnen zu machen, die pfiffigsten aber merken, was Trumpf ist, verstellen sich und führen sie an. Glaub mir, eine ohne Fehler erhaltest du nicht, und wohl dir, wenn du die Fehler vorher weißt. Glaub mir, wenn wir jung sind, können wir alle recht böse werden. Lies aus, wie du willst, behaltest du nicht Geduld und Liebe, übest Sanftmut, wirst ein rechter Mann, den die Frau ästimieren muß, und hilft Gott nicht nach, so hilft dir alles Auslesen nichts. Du hast mich so lieb und willst ds Muster für eine Frau an mir nehmen, willst von einer Jungen fordern, daß sie sei wie eine Alte, die dur so vieles duremüesse het; Resli, ist das recht; Glaub mir, wenn du mich jung gekannt hättest, du hättest mich nicht genommen, ich wäre dir z'wüest und z'wild gsi. Aber für was ist me uf dr Welt, als für sih z'bessere? Du willst das Meitschi vrstoße und denkst nicht, wie es so einem armen Kind sein muß, wenn an einem einzigen Wörtchen sein Glück hanget, und vielleicht das zeitliche und ewige Glück, und das Wörtlein wird nicht gesprochen, und das Glück geht unter, denk dir das! Und das Mädchen muß da zusehen und darf nicht viel dazu sagen, darf nicht zeigen, wie es ihm ums Herz ist, und soll da gleichmütig bleiben, aber Resli, denk! Eine Abgefeimte wäre dir um den Hals gefallen und hätte es mit Flattieren versucht, das Meitschi tat aufrichtig, tat, wie es ihm war, und das, Resli, willst du ihm übel nehmen? Nein, tu mir das nicht, versprich mir, du wollest ihm verzeihen und es wieder suchen. Versprich mirs, denk daran, du hast auch Sünden und mangelst Barmherzigkeit. Das wär no mys einzig Bigehre uf dr Welt, de wett ih gern sterbe. Glaub mr, ih has lang überlegt, ih weiß, was es Hus vrma, in einem andern Haus wär ich auch anders geworden. Es ist i mängem Hus, als ob e guete Geist drin wär, mi cha nit angers, un es wird mr meh un meh, als wenn ih ne gspürti; wer weiß, viellicht gsehn e bald.«

»Mutter, redet nit so, wollt Ihr was?« sagte Resli. »Wotsch mrs vrspreche, wieder um das Meitschi z'luege?« – »Mutter, aber wie soll ich, soll ich mich wieder lassen wegjagen wie ein Hund? Ja, wenn ich ein gutes Wort hätte von ihm; aber so muß ich glauben, es habe mich nicht lieb, und kein Zeichen hat es seither getan.«

Da sah er einen eigenen Schein fahren über der Mutter Gesicht, sie faltete die Hände, er erschrak. »Mutter, Mutter, was hast?« frug er. Er sah ihre Augen gegen die äußere Stube blicken, dorthin deutete sie; er sah sich um, dort stand in der Zwischentüre, den Kopf an den Pfosten gelehnt, sein Meitschi, Arme Mareili, blaß, mager, und weinte bitterlich.

Da stand Resli, als ob ein Geist vor ihm stünde, weder Laut noch Schritt stund in seiner Macht. Da streckte Anne Mareili ihm die Hand entgegen. »Bring mrs«, sagte Änneli leise. Was sie gebot, tat Resli willenlos, und Änneli faßte Beider Hände und sagte: »Jetzt sehe ich, daß ich Gott lieb bin; was ich noch gewünscht, hat er mir gegeben. Jetzt bleibt beisammen, seid treu einander, seid aufrichtig, und was eins im Herzen hat, das zeigs dem Andern, daß es kein Mißverständnis gebe. Mißverständnisse sind schröcklich, sie wachsen mitten aus der Liebe heraus, sie wachsen zwischen die Herzen hinein und sprengen sie von einander. Sinnet daran, denket an uns und habt einander immer lieb, denket dra, ih luege uf ech. – Resli, gang lauf, rüef se, es duret nimme lang, ih gspüres – es wird mr so kalt, ih möcht se no alli gseh. Lauf, spring!«

Als er draußen war, frug Änneli Anne Mareili: »Gäll, du hest mr ne lieb un lebst ihm zGfalle?« Da sank Anne Mareili vor dem Bett auf die Knie und schluchzte: »O Mutter, o Mutter, Ihr seid kein Mensch, ein Engel seid Ihr; oh, wenn ich sein könnte wie Ihr!« – »Nein, kein Engel, e schwache Mönsch«, sagte Änneli, »aber üse Herrgott macht mih viellicht drzue. Wennd dr Wille hest u nit vo üsem Heiland last, su wirst o eine, wirst besser als ih, du hest e herteri Schuel gha als ih. – Lieb mr ne geng u bis ufrichtig, er ist mr o grusam lieb gsi, ume z'lieb, aber er ist on e Guete, e bessere Bueb gits nit uf dr Welt. – Gäll, du hest mr ne lieb u schickist dih in e! – Glaub mr, es geiht dr guet, du weißt no nit, wie guet er ist u wie er es Herz het. – Es het mih hert von ihm, er ist mr lieb, ih chas nit säge, aber üse Herrgott wird mrs wohl vrzieh, er het mr ne ja gä. – Häb mih e weneli, ih möcht ufsitze. – Es wird mr so wunderlich, so kalt, und doch so heiter vor de Auge; geiht mr scho di anderi Welt uf? – Wenn si doch käme, ih würd se gern gseh, alli bi enander; e nu so de, so han ih doch dih gseh. – Wenn er krank wird, gäll, du hest Sorg zun ihm und wehrst ihm ds Werche ab? – Ghörst nüt, chöme si? – Wenn si nume chämte. – Deck mih besser, es ist, als wetts mih früre ums Herz. – Wennd zornig wirst, erzeigs nit, gang dänne u bet es Vater Unser! – O Gott, Gott, witt mih, es düecht mih, ih gseyh my Muetter!«

Da kamen die Gerufenen, weinend, in voller Hast. Anne Mareili erschrak, wollte Platz machen am Bette, es war ihm, als hätten die Andern näheres Recht, es ward ihm auf einmal wieder so fremd und leid ums Herz. Aber Änneli hielt seine Hand und sagte leise: »Üses King! Heits lieb! Es ist jetz di neui Muetter. – Zürnet mir nüt u sinnet allbeeinist a mih! – U du, bhäb mih lieb«, sagte Änneli zu Christen, »ih will dr on es Plätzli sueche im Himmel.« – Dann nahm es seine Hände zusammen, die blassen Lippen bebten, in eigenem Glanze schlug es seine Augen empor. So betete es leise, leise neigte sein Haupt sich auf die Seite – um eine gute Frau, um eine gute Mutter war die Erde ärmer.

Schluß

Meine günstigen Leser werfen mir so oft vor, meinen Erzählungen fehle der Schluß, daß ich genötigt bin, die Schlüsse förmlich herzusetzen. Ich beginne also hier damit, da auch hier der gleiche Tadel sich erheben könnte. Allerdings ist die Neugierde in Beziehung auf die persönlichen Verhältnisse nicht vollständig befriedigt; die Umstände, welche Anne Mareili an der seligen Mutter Bette brachten, sind nicht angegeben, Änneli ist nicht zur Erde bestattet, die Hochzeit von Anne Mareili und Resli nicht gefeiert. Das alles hätte sich wohl erzählen, einschalten lassen, wenn der Verfasser bloß die Neugierde seiner Leser im Auge hätte. Aber er ist untertan einem eigenen Geiste, der in jeder Erzählung lebendig wird, sie leitet und schließt; der Verfasser kann eine Erzählung beginnen, aber dieser Geist ist es, der sich ihrer bemächtigt und sie gestaltet nach seinem Willen. Es ist dieser Geist ein eigentümlich Wesen, er war es, der mit Ännelis Tod einen freundlichen Schlußstein setzte der Erzählung »Geld und Geist«, welche die Leser so freundlich aufgenommen. Das Betragen des Kellerjoggi und des Dorngrütbauern, Anne Mareilis Leiden und das Ereignis, welches ihns nach Liebiwyl brachte, hätten den Schloß nur getrübt, freilich den Gegensatz greller gemacht, aber vielleicht neue Klagen über die Länge der Erzählung erzeugt, zum Verständnis des Ganzen, zur Verklärung des Bildes einer guten Mutter nichts beigetragen. Die Leute sind manchmal wunderlich, klagen bald über Kürze, bald über Länge; teilweise ist es mir schmeichelhaft, teilweise wohl peinlich Es läßt sich Holz nach Schuhen messen, Kopistenarbeit nach der Seitenzahl, aber wie lang sein Kind werden wird, weiß kein Vater, und wenn dasselbe über Gebühr auswächst, ein Mädchen z.B. über sechs Schuh hinaus, so wird kein Vater zu finden sein, der den natürlichen Wachstum künstlich oder gewaltsam hemmt, unten oder oben abhaut. Freilich mögen Körperteile zu kurz oder zu lang sein; aber wo ist der Vater, der vollständiges Ebenmaß in seiner Gewalt hat, und wo ist der Vater, der Verkürzungen und verunstaltende Verlängerungen immer richtig erkennt; erkennen es doch die Leser selbst nicht, denn wenn man ihnen das Urteil überließe, wo abzuschneiden, wo zuzusetzen sei, so würden sie vielleicht nach langem Reden darin einig werden, das Ding sein zu lassen, wie es von Anfang gewesen.

Es wäre leicht möglich, in einigen folgenden Bändchen den Tod des Dorngrütbauern zu zeichnen, den Gegensatz zu zeigen zwischen dem Tod im Geiste und dem Tod im Gelde; aber eben der Geist weigert sich dessen. Erstlich weil er sich Ännelis Tod nicht trüben lassen, weil er zweitens nicht von sich sagen lassen will, er hätte es, trotzdem daß er im Geist sei, doch nur aufs Geld abgesehen. Somit ist die Erzählung »Geld und Geist« vollendet.

Über den Verhältnissen stehen die Persönlichkeiten, wie über der Neugierde die Liebe. Sollte es mir gelungen sein, den in vorstehender Erzählung aufgestellten Persönlichkeiten Leben einzuhauchen, Leben, welches Leser lieb gewonnen, lieb gewonnen wie das Leben werter Bekannter, teurer Kinder, welches sich entwickeln zu sehen zu den wesentlichsten Lebensgenüssen gehört, so daß man im Geiste sie fortbildet, auch wenn Gott den Faden derselben abbricht, die Erscheinung löscht, sie andershin versetzt: so steht der Entwicklung dieser Leben in neuem Rahmen nichts im Wege als zwei Dinge: Erstlich das Mißtrauen, als ob solche Erzählungen ebenso viele Schrepfhörner sein sollten, angesetzt den Finanzen des Publikums. Der Verfasser sagt es dem Publikum frank und frei ins Gesicht, daß er weit mehr zu des Publikums Nutzen zu schreiben glaubt als zum eigenen. Zweitens der Kopf des Verfassers und die Zeit, welche Gott ihm gibt. Dieser Kopf ist ungeordnet, unorganisiert, treibt allerlei einem neu aufgebrochenen Acker gleich, dessen wilde Triebe nicht gezähmt und geregelt worden; die Zeit aber des Ausführens wird kaum mehr lange dauern, denn spät ward der Acker aufgebrochen, eine beschränkte Zeit hat jede Jahreszeit. Wie kein Jahr nur aus einem Frühling besteht, welcher Leben, und einem Sommer, welcher die Reife bringt, sondern auch aus einem Herbste, in welchem wohl manches keimet, aber für einen andern Sommer, und einem Winter welcher die feierliche Ruhe bringt zur Sammlung für den andern Sommer: so werden die Leben selten gefunden, welche die schaffende Kraft und die Wärme, welche zur Reife das Geborne führt, bis zu ihrem Ende bewahren. Wie nahe dem Verfasser der Herbst schon ist, der Saaten keimen läßt doch nur für einen andern Sommer, wie nahe der Winter der nichts mehr gebiert, sondern das Geborne nur wahre für das neue Gottesjahr, das weiß eben Gott alleine.

Biographie

1797 *4. Oktober:* Jeremias Gotthelf wird unter dem Namen Albert Bitzius in Murten im Kanton Fribourg als erster Sohn in der Ehe des Pfarrers Sigmund Friedrich Bitzius und seiner dritten Frau Elisabeth, geb. Kohler, geboren.

1805 Umzug der Familie nach Utzenstorf in Emmental, wohin der Vater versetzt wurde.
Gemeinsam mit dem Bruder wird Gotthelf vom Vater unterrichtet.

1812 *Frühjahr:* Gotthelf siedelt nach Bern über, wo er in die Literarschule eintritt und bei seinem Onkel, dem Theologieprofessor Samuel Studer, wohnt (bis 1814).

1814 *Frühjahr:* Gotthelf wechselt zur Berner Akademie über, einer Theologenschule, wo er zunächst Philosophie studiert.

1815 Gotthelf nimmt an dem von der philosophischen Fakultät ausgeschriebenen Wettbewerb zum Thema: »Ist sich das Wesen der Poesie der Alten und Neuern gleich?« teil und erhält für seinen Beitrag den zweiten Preis.

1817 *Frühjahr:* Beginn des Besuchs theologischer Vorlesungen. Engere Bekanntschaft mit dem Lehrer Rudolf Fetscherin.

1818 Gotthelf bekommt ein Stipendium.
Vorwiegendes Interesse für Geschichte und Kirchengeschichte und Tätigkeit als Geschichtslehrer für jüngere Schüler (bis 1820).

1819 Mit anderen Studenten gründet Gotthelf die Verbindung Zofingia.

1820 *Juni:* Examen, im darauffolgenden Monat Beginn des Vikariats in der Gemeinde des Vaters.

1821 Übersiedlung zum Studium der Theologie, Ästhetik und Geschichte nach Göttingen (bis 1822).
Herbst: Reise durch Norddeutschland: Hannover, Lüneburger Heide und Hamburg.

1822 *Frühjahr:* Reise von Göttingen zur Familie nach Utzenstorf über Weimar, Leipzig, Dresden und Bayern.
Wiederaufnahme des Vikariats in Utzenstorf.

1824 *Februar:* Tod des Vaters.
Mai: Übersiedlung als Vikar nach Herzogenbuchsee.

1826 Gotthelf hört die von Heinrich Pestalozzi verfaßte Rede »Über Vaterland und Erziehung«.

1828 Gotthelf verfaßt das »Gespräch zwischen Luther, Zwingli

und Calvin im Himmel über die religiöse Gestaltung der Welt seit ihrem Tode«.
1829 *Mai:* Umsiedlung nach Bern, wo Gotthelf eine Stelle als Pfarrgehilfe annimmt.
1831 Gotthelf wird Vikar in Lützelflüh im Emmental.
1832 Wahl zum Pfarrer in Lützelflüh.
Gotthelf wird Mitglied in der Großen Landschulkommission zur Reform des Schulwesens.
1833 Heirat mit Henriette Elisabeth Zeender.
1834 Geburt der Tochter Marie Henriette.
Gotthelf arbeitet in der Verwaltungskommission der Armenerziehungsanstalt Trachselwald mit.
1835 Geburt des Sohnes Bernhard Albert.
Gotthelf wird Schulkommissär in seinem Bezirk (bis 1845).
1836 Der Bruder Friedrich Bitzius stirbt.
Tod der Mutter.
1837 Geburt der Tochter Cécile.
Gotthelf tritt erstmals als Schriftsteller von Bauernromanen und Dorfgeschichten in Erscheinung. Mit dem sozialkritischen Roman »Der Bauernspiegel oder Lebensgeschichte des Jeremias Gotthelf, von ihm selbst beschrieben« beginnt er eine Reihe sozialpädagogischer Romane und Erzählungen. Von nun an nennt er sich nach dem Helden seines ersten Romans.
1838 »Wie fünf Mädchen im Branntwein jämmerlich umkommen« (Erzählung).
»Die Wassernoth im Emmenthal am 13. August 1837« (Novelle).
»Leiden und Freuden eines Schulmeisters« (Roman, 2 Bände, 1838–39).
1839 »Dursli, der Branntweinsäufer« (Erzählung).
Gotthelf wird Mitarbeiter des »Neuen Berner Kalenders« (bis 1845).
1840 »Die Armennoth« (Novelle).
1841 Gotthelf wird Feldprediger.
Der volkspädagogische Entwicklungsroman »Wie Uli der Knecht glücklich wird. Eine Gabe für Dienstboten und Meisterleute« erscheint. Er vertritt das Idealbild einer christlich-patriarchalischen Gesellschaftsordnung, in der der Tüchtige und Ordentliche sein rechtschaffenes Auskommen und moralischen Seelenfrieden findet.
1842 »Eines Schweizers Wort an den Schweizerischen Schützen-

verein«.
»Ein Sylvester-Traum« (Erzählung).
Die Erzählung »Die schwarze Spinne« erscheint in Gotthelfs »Bildern und Sagen aus der Schweiz« (6 Bände, 1842–46).

1843 Der von christlicher Moral geprägte Roman »Geld und Geist oder Die Versöhnung« (3 Bände) erscheint. Mit ihm wird der bisherige Erziehungsauftrag von Gotthelfs Arbeiten, der ein ordentliches, fleißiges und genügsames Leben propagierte, abgelöst durch christlich-missionarisches Bestreben.
»Die Käserei in der Vehfreude« (Roman).
»Wie Anne Bäbi Jowäger haushaltet und wie es ihm mit dem Doktern geht« (Roman, 2 Bände, 1843–44).

1845 Gotthelf wird aus dem Amt des Schulkommissärs entlassen.
»Wie Christen eine Frau gewinnt« (Erzählung).

1846 »Jacobs des Handwerksgesellen Wanderungen durch die Schweiz« (Roman, 2 Bände, 1846–47).
Beginn der Veröffentlichung von Prosastücken im Berliner Verlag Julius Springer.
»Der Knabe des Tell« (Erzählung).
»Der Geldstag, oder die Wirtschaft nach der neuen Mode« (Roman).

1847 »Käthi, die Grossmutter, oder der wahre Weg durch jede Not« (Roman, 2 Bände).

1848 Gotthelf wird zum Präsidenten des Kantonalen Pfarrvereins gewählt.
»Hans Joggeli der Erbvetter« (Erzählungen).
»Leiden eines Schulmeisters« (4 Bände).

1849 »Uli der Pächter« erscheint als Fortsetzung des Erzählung »Uli der Knecht«. Thematisiert wird die Problematik des Herr-Knecht-Verhältnisses.
»Doctor Dorbach, der Wühler, und die Bürgerherren« (Novelle).

1850 »Erzählungen aus der Schweiz« (5 Bände, 1850–55).
Angriffe gegen Gotthelf im »Wochenblatt des Emmental« wegen seiner antiliberalen Haltung.

1851 *Sommer:* Reise nach Straßburg.
»Hans Jacob und Heiri oder die beiden Seidenweber« (Erzählung).

1852 »Zeitgeist und Berner Geist« (Roman, 2 Bände).

1853 Gotthelf wird Ehrenmitglied im Literarischen Verein in

Bern.
Zur Kur in Bad Gurnigel.
1854 »Erlebnisse eines Schuldenbauers« (Roman).
22. Oktober: Gotthelf stirbt in Lützelflüh.

Manufactured by Amazon.ca
Acheson, AB